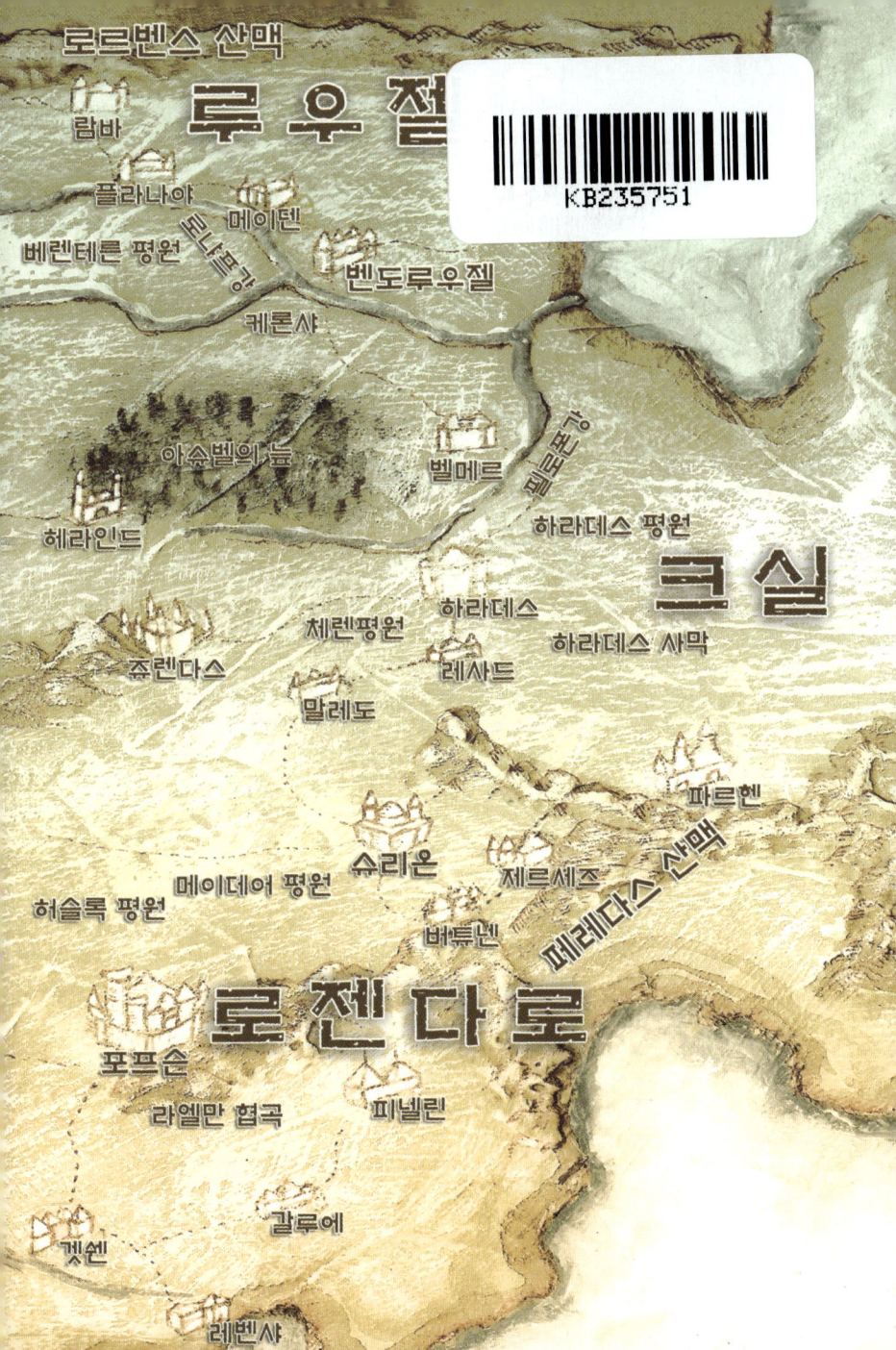

로젠다로의 하늘 3권

하얀 로냐프 강

로젠다로의 하늘 3권

하얀 로냐프 강

CONTENTS

로젠다로의 하늘 3권

하얀 로냐프 강

일러두기 · 6

12장/ 당신의 소중한 것을 Ⅱ · 13

13장/ 해후 · 83

14장/ 체렌평원 · 217

외전/ 그의 무덤가에서 · 275

15장/ 체렌평원-핏빛 절망의 시 Ⅱ · 293

16장/ 로젠다로의 하늘 · 381

17장/ 하얀 로냐프강 · 463

에필로그 · 592

내가 아는 이상균 602

일러두기

〈일러두기〉는 작가에 의해 새로 창조된 세계관의 이해를 돕기 위해 마련한 장입니다. 좀 더 자세한 설명은 1권에 수록된 설정집을 참조해 주시기 바랍니다.

🌹 주요 등장인물

✤ 이나바뉴

[퀴트린 섀럿] '이나바뉴 제1기사'라고 칭해졌던 기사. 아아젠의 카발리에로가 되어 원로원으로부터 영구제명의 형을 받는다.

[아아젠 큐트] 음유시인. 다정한 성격과 강인한 내면을 가진 소녀.

[멜리피온 라벨] 바스크 104 최연소 옐리어스 나이트. 레젠 헬로판의 카발리에로. 퀴트린을 동경한다.

[파벨론 사야카] 바스크 24 파아렐 나이트. 명문 귀족가인 사야카가의 후계자.

[피엔젤 이나바뉴] 이나바뉴의 공주로 국왕 루지아 10세의 외동딸.

[하이파나] 바스크 17 옐리어스 나이트. 실질적인 옐리어스 나이트의 맏형 역할을 한다.

[이바이크] 바스크 53 옐리어스 나이트. 로젠다로의 넷째 왕녀 세렌의 카발리에로.

[가이샤 아켈로르] 이나바뉴의 기사대장. 육십을 바라보는 노장이지만 정력적인 인물.

【슈펜다르켄】엘리어스 나이트의 기사단장. 전술에 대한 조예가 깊은 백전 노장.

【엘빈 섀럿】바스크 6. 퀴트린의 아버지. 냉철하고 근엄한 성격을 가졌다.

【나시벨 루델】멜리피온 라벨의 근위기사단 '베락스 나이트' 서열 1위의 근위기사. 충직한 성격으로 라벨을 보필한다.

【레젠 헬로판】헬로판가의 셋째 딸. 라벨과는 소꿉친구이며 명랑하고 쾌활한 아가씨.

✤ 로젠다로

【율라린 라즈파샤】로젠다로 바스크 2 에우로페 나이트. 기사로서의 실력만큼이나 정치력도 높다.

【하야넬리아 로젠다로】로젠다로의 첫째 공주로 서열 1위의 왕위 계승자.

【라시드】제르세즈의 나뭇꾼.

【페나마 2세】로젠다로의 국왕.

【세렌 로젠다로】로젠다로의 넷째 공주.

【블렌 일린스크】로젠다로 바스크 79 에우로페 나이트.

【첼샤 일린스크】블렌의 누나. 라즈파샤의 연인.

【리엘】로젠다로 왕영 마법학교의 졸업반 학생. 잃어버린 엔버렌의 마법을 연구한다.

✤ 크실

【파스크란】크실 기사대장. 일명 '검은 갑옷의 기사.'

【카도멘 쿼어즈】크실 서방 원정대장. 냉혹한 지장(智將).

🗡 신화 구조도 (이나바뉴)

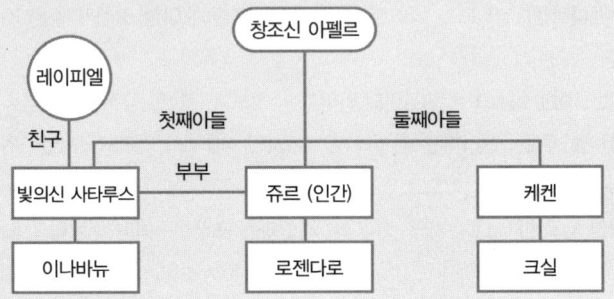

🗡 권력 구조도

✚ 이나바뉴

제2차 천신전쟁 이후 급격한 사회구조의 변동으로 계급 간의 지위 격차가 심하다. 대륙 3국 중 가장 강대국이며 불패 전력의 막강한 기사단을 보유하고 있다.

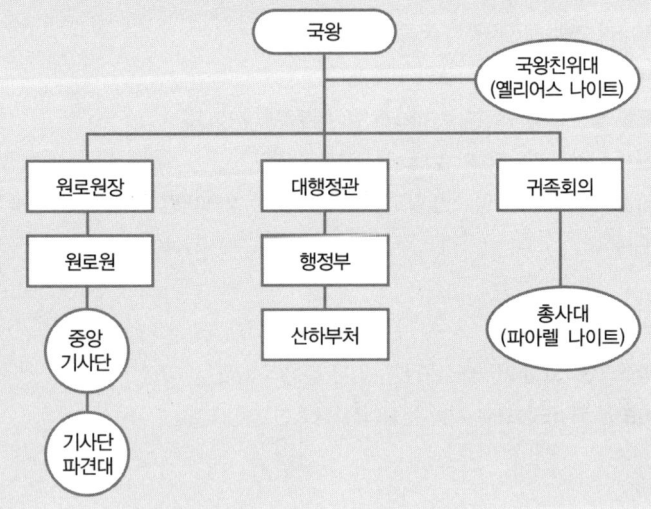

✤ 로젠다로

로젠다로의 평의회의 평민 대표로 구성되어 있으며 자신들의 권리를 충분히 행사하고 있어 계급 간의 격차가 그리 심하지 않다. 이나바뉴-크실의 적대 세력 사이에 낀 정치적 중립국.

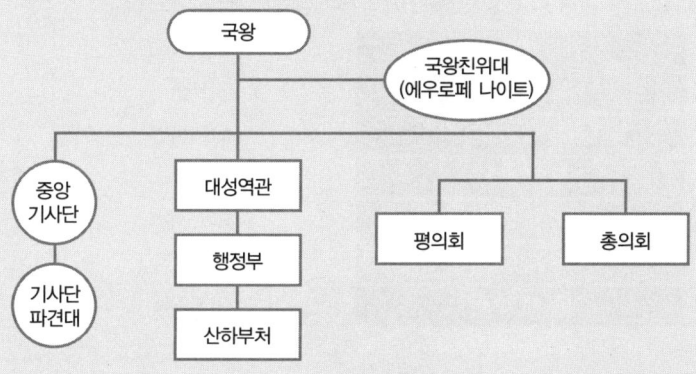

✤ 크실

대륙 동쪽의 척박한 지역에 위치한 대국. 이나바뉴와는 역사적으로 계속 대립해왔다. 힘을 숭상하는 국가로 더 강한 자가 모든 것을 갖는 것을 당연한 가치로 여긴다.

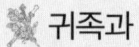 귀족과 기사단

✢ 귀족

정치에 직접적인 참여권한이 있다. 귀족 제 1계급인 세렌다이크 계급은 왕족과도 맞먹을 정도의 막강한 권력을 휘두르는 족벌 세력이다. 원로원과 귀족회의를 통해 직접 행정부를 견제하거나 정치에 개입하기도 한다.

귀족 제 1계급	세렌다이크
귀족 제 2계급	뮤젠
귀족 제 3계급	쇼온브루도
귀족 제 4계급	라카이드
귀족 제 5계급	하이슨루스
귀족 제 6계급	스케렉터
귀족 제 7계급	코카즈나

✢ 기사

■ 기사단의 종류

【중앙기사단】 수도를 수비하는 정예 기사단.

【기사단 파견대】 특정 지역을 수비하는 목적으로 파견 지역에 주둔하는 기사단.

【독립기사단】 국왕 호위 등 특별한 목적으로 구성된 소수의 기사단. 이나바뉴의 엘리어스 나이트나 파아렐 나이트, 혹은 로젠다로의 에우로페 나이트 등을 가리킨다. 후에 독립 편제의 기사단이 독립기사단의 호칭을 받기도 한다.

【근위기사단】 귀족 가문에 머물며 귀족으로부터 봉급을 받는 사병(私兵).

■ 기사단의 구성

[바스엘드] 기사단의 총 지휘관.

[바세론] 바스엘드의 명령 체계를 유지, 전파하거나 휘하 병력의 통제를 담당하는 기사.

레페리온 / 레페린	경장기병대 / 경장기병
휴리어벨 / 휴리안	경장보병대 / 경장보병
애프랜 / 애프랜	궁병대 / 궁병
체샤스 / 체샤스	창병대 / 창병
젠타리온 / 젠타린	철기병대 / 철기병
파이아프랜 / 파이아프랜	석궁병대 / 석궁병

■ 기사 작위

기사	중앙기사단으로부터 정식 기사 작위를 하사받은 이들. "나이트"의 호칭으로 불리며 귀족 계급으로 분류된다.	
상급 견습기사	중앙기사단 소속.	견습기사보다 상위의 계급. 신분은 평민이지만 평민 이상의 대우를 받는다.
근위기사	기사의 근위기사단에 소속.	
견습기사	기사 지망자. 기사단 병력의 대부분을 차지하는 이들이 견습기사이다.	
전사	견습 기사 이하의 계급. 신분상 평민일 뿐 아니라 사회적 지위도 그정도이다. 기사작위.	

12

당신의 소중한 것을 II

당신의 소중한 것을 Ⅱ

"지 키 겠 습 니 다 ."
아 아 젠 이 살 며 시 고 개 를 들 자 퀴 트 린 의 눈 과 그 녀 의 눈 이 마 주 쳤 다 .
퀴 트 린 은 고 요 한 미 소 를 입 가 에 머 금 고 있 었 다 .
"당 신 의 소 중 한 것 을 ."

로젠다로의 포프슨 왕성에서 나이트 라즈파샤가 새로 즉위
한 국왕에게 한 명의 기사를 천거하고 있던 그 시간, 1만 기
기사단과 맞바꿀 수 있을 정도로 뛰어난 역량을 갖추었다는
그 기사는 자신이 가르치는 다른 한 명의 청년과 오후 연습을
끝내고 그동안 모아 두었던 레틀 젖을 팔기 위해 산 아래 마을
로 내려가고 있었다.

"전쟁이 시작될지도 모른데요."

리엘의 다음 수행을 위해 함께 짐을 꾸려 주고 있던 아아젠
은 전쟁이라는 말에 자신도 모르게 몸서리를 쳤다.

리엘이 약간 의아한 표정으로 말했다.

"전쟁을 많이 무서워하나 봐요, 아아젠?"

리엘의 말에 아아젠은 고개를 들어 이상하다는 듯이 그녀를 바라보았다.

"예… 아주 가까이에서 보았었죠. 그런데 리엘은 그렇지 않은가요?"

"잘 모르니까요."

리엘은 전쟁을 경험해 보지 못했다. 크실 기사단이 페레다스 산맥을 넘어 로젠다로의 수도 포프슨을 점령했을 때에도 그녀는 세데레이나 산 속에 있는 마법학교에서 피난 준비만을 했을 뿐이었다.

리엘은 고개를 갸웃하고는 짐을 꾸리던 손을 계속 움직였다.

"마을에 내려갔을 때 들었어요. 더군다나 전쟁을 하게 될지도 모르는 나라는 크실이 아니라 이나바뉴일 거라더군요."

"이나바뉴요?"

아아젠은 놀란 표정을 지었다. 이나바뉴 기사단의 위용은 그녀 자신이 직접 눈으로 보지 않았는가. 로젠다로가 그 이나바뉴 기사단을 맞아 싸워야 한다는 말인가?

"이나바뉴가… 왜 로젠다로를……."

아아젠은 놀란 듯했지만 리엘은 마치 남의 이야기를 하듯 쉽게 말을 이어 갔다. 그녀는 전쟁의 참혹함이나 무서움을 직접 느껴 보지 못했기 때문에, 전쟁이라는 것에 대해서도 그저 막연하게만 생각하고 있었던 것이다.

"로젠다로의 계급 제도가 철폐되면서 그것이 이나바뉴의

평민들을 동요시키고 있다는군요. 이나바뉴의 계급 제도도 위기에 처해 있는 모양이에요… 그 원인을 제거하기 위해서는 내부의 폭동을 수습하는 것보다는 로젠다로에 압력을 가하는 것이 빠르리라고 판단했겠지요."

아아젠은 리엘의 말을 잘 이해할 수 없었다. 단지 한 가지 알 수 있는 것은 '계급 제도가 사라졌기 때문에' 로젠다로는 강대국 이나바뉴의 공격을 받아야 한다는 것이었다.

'왜 이바나뉴는 천민이 핍박받는 사회를 지키기 위해 그토록 노력을 하는 것일까. 이제야 겨우 퀴트린 님을 사랑할 수 있는 세상이 되었는데.'

얼마나 꿈꾸어 왔던 일인가. 기사와 음유시인의 계급 차이 때문에 멀리서 바라보기만 해야 했던 퀴트린. 물론 스스로 평민의 길을 택하여 그녀의 카발리에로가 된 그였지만 이 로젠다로에서는 그들의 사랑이 비웃음거리가 되지는 않을 것이다. 아니 오히려 용감한 사랑이라고 이야기될지도 몰랐다.

'왜 세상은 내게 퀴트린 님을 사랑하지 말라고만 하는 것일까. 이건… 정말 너무해.'

아아젠은 슬픔이 복받쳤지만 이내 말없이 손을 움직여 리엘의 짐을 꾸려 주었다. 요즘 들어 수행 시산이 점점 길어지고 있었기 때문에 그녀는 리엘을 위해 충분한 양의 식량과 물을 준비해 줘야 했다. 마른 식량 등은 리엘이 가지고 있던 금화로 충당하고 있었다.

"자, 이제 된 것 같네요. 도와 줘서 고마워요, 아아젠."

아아젠은 희미하게 웃었다.

"고맙다니요. 한 것도 없는데. 그것보다 몸조심해요, 리엘."

그동안 아아젠과 리엘은 매우 친해져 있었다. 그녀는 걱정 말라는 듯이 웃어 보이고는 짐을 어깨에 짊어지며 일어섰다.

"이번에는 한 칠팔 일 정도는 돌아오지 않을 생각이에요. 그동안 잘 지내요. 퀴트린한테 얼굴도 보지 못하고 가서 미안하다고 전해 주시구요. 일주일 후에 봐요."

아아젠은 고개를 끄덕였다. 또 며칠 동안 이 명랑한 말동무를 만나지 못한다는 것이 조금은 섭섭했지만 그녀는 그런 것을 내색하지 않고 밝은 모습으로 리엘을 전송했다.

저녁 식사 시간이 다가오고 있었다.

"한 달 안으로 돌아오겠다."

라즈파샤가 잠시 어딘가를 다녀온다는 소식은 미리 들어 알고 있었다. 하지만 일린스크는 막상 그가 기사단을 떠난다니 불안한 생각부터 들었다.

"이나바뉴가 제시한 유예 기간 2주는 곧 끝나게 된다. 그들이 정말 2주 후 기사단을 파견할지는 알 수 없는 일이다. 하지만 만약 그렇다면… 그땐 로젠다로를 부탁한다, 나이트 일린스크."

라즈파샤가 일린스크를 총애한다는 것은 대부분의 기사가 알고 있었다. 페가드를 들지 않고 양손에 하야덴만 하나씩 쥐는 그의 파격적인 공격법을 비난하는 기사도 많이 있었으나,

라즈파샤만큼은 그를 진심으로 믿고 아끼고 있었다.

"만약 그전에 이나바뉴 기사단이 국경을 넘으면 어떻게 해야 합니까?"

라즈파샤는 어깨를 으쓱했다.

"우선은 그러지 않기를 바랄 뿐이지. 하지만 정말 그렇게 된다면 그때엔 나이트 이멜젠의 지시에 따르도록 해라. 나이트 이멜젠에게 이미 기사대장의 전권을 위임해 놓았다."

라즈파샤는 로젠다로 바스크 5 로젠다로 중앙기사단장 나이트 이멜젠의 이름을 꺼냈다. 그 역시 라즈파샤와 함께 용맹을 떨치는 중년의 기사였다. 기사대장이 되어 바스크 2를 받기 전에 라즈파샤가 가지고 있었던 바스크는 3, 바스크 4의 자리는 비어 있었으니 이멜젠이 로젠다로 제 2의 기사인 셈이었다.

"알겠습니다. 무엇을 위해 떠나시는 것인지는 모르겠지만 부디 몸조심하십시오."

라즈파샤는 빙긋 웃었다.

"본래는 너를 데리고 가고 싶었다, 나이트 일린스크. 누구보다 네게 가장 먼저 그를 보여 주고 싶었으니까. 그러나 그렇게 할 수 없구나… 수행에는 나이트 레케엘을 데리고 가겠다."

레케엘 역시 젊은 에우로페 나이트였고, 라즈파샤가 신임하는 뛰어난 기사였다. 일린스크는 고개를 끄덕였다.

그렇게 라즈파샤는 한 명의 기사를 찾기 위해 한 달 동안의 기한을 정해 여행을 떠났다. 그 순간에도 라즈파샤는 정말 2주 후에 바로 이나바뉴가 기사단을 파견할 것이라고는 생각하지 않고 있었다.

　라즈파샤의 생각이 모두 틀리지는 않았다. 옐리어스 나이트라벨과 가이사로가 이끄는 4천여 기의 이나바뉴 기사단이 로젠다로의 국경을 넘은 것은 그로부터 3주가 지난 후, 라즈파샤가 아직 중앙기사단으로 복귀하지 않았을 때였기 때문이다.

이나바뉴 바스크 104 옐리어스 나이트 라벨은 안개가 걷히
며 서서히 평원 위에 모습을 드러내는 로젠다로 기사단을 바
라보고 있었다. 그들은 그동안 만난 성들을 공격하지 않고 그
냥 지나쳐 왔었다. 출정 전에 기사대장 아켈로르의 지시가 있
었기 때문이다.

"중앙기사단 파견의 가장 큰 의미는 위협에 있다. 가장 좋
은 것은 전투를 치르지 않는 것이지만, 그것이 불가능하다면
최소한의 전투로 이번 출정을 마무리해 주기 바란다. 나이트
가이사로, 나이트 라벨. 로젠다로는 오랫동안 이나바뉴에 우
호적인 나라였으며 에우로페 나이트는 전장에서 항상 최전방
에 나가 싸우는 가장 명예롭고 용맹스러운 기사임을 잊지 말
아라."

라벨은 입가에 미소를 띠며 하야덴을 천천히 뽑아 들었다.
라벨의 하야덴, 정열의 베락스가 아침 햇빛을 받아 반짝하고
빛났다.

"진심으로 싸울 모양입니다."

말에 탄 채 라벨의 옆에 서 있던 나이트 루델이 말했다. 그
는 이번 출정에 라벨의 요청에 따라 중앙기사단에서 파견되었

다. 루델은 지금은 정식으로 기사 작위를 받은 중앙기사단 소속의 기사였기 때문에 몇 년 전과는 달리 라벨의 요청이 없으면 이 전쟁에 따라올 수가 없었던 것이다.

로젠다로 기사단은 전열을 갖추고 평원 건너편에 서 있었다. 로젠다로 기사단의 규모 역시 4~5천 기. 이나바뉴가 비교적 적은 숫자의 기사단을 파견한 것에 대해 함께 격식을 차려 맞는 셈이었다.

라벨의 다른 쪽에 서 있던 나이트 가이사로가 말했다.

"먼저 공격하지 않으면 이대로 영원히 마주보고 있겠다는 태세군. 지독한 수비 형태군."

아닌게아니라 로젠다로 기사단은 가운데 부분이 움푹 들어간 곡선으로 정렬한 모습이었다. 이런 진형은 공격에는 적합하지 않으나 상대방이 공격해 들어올 때엔 효과적으로 맞아 싸울 수 있어 평원에서 수비를 하기 위한 진형으론 적합했다.

"양쪽 좌우에는 레페리온을 배치시키고, 중앙 부분에 체샤스가 휴리어벨을 등지고 있으니, 저 입속으로 레페리온을 들이밀었다가는 순식간에 전멸당하겠구나. 뭐 저래서야 수비밖에 할 수 없겠지만 골치 아픈걸."

이나바뉴 기사단의 레페리온을 마텐을 쥔 체샤스가 저지하고, 적이 주춤하는 사이 양쪽 날개에 펼쳐져 있던 빠른 레페리온이 후미와 허리를 돌파한다. 로젠다로 기사단의 수비 형태의 뜻은 그랬다.

"마치 기사학교의 교본 같군요."

라벨의 대답에 가이사로는 너털웃음을 터뜨렸다.

상대편 기사단의 바스엘드는 아마도 많은 경험을 쌓은 기사이거나 아니면 작위를 갓 받은 기사일 거라고 라벨은 생각했다. 이 진형은 평원에서의 수비 형태로 가장 기본적인 진형이었기 때문에 그 파해법 역시 오랫동안 연구되어 왔다. 옐리어스 나이트들이 그것을 모를 리가 없었다.

"교본인지, 아니면 아주 수준 높은 연구서인지는 부딪쳐 보면 알겠지. 저대로라면 어서 공격해 주시오, 라고 말하는 거나 다름없는데… 자아, 나이트 라벨. 어떻게 하면 좋을까? 내 생각에는 기사단을 둘로 나누어서 좌우로 펼쳐진 레페리온부터 무너뜨렸으면 좋겠는데. 레페리온이 무너지는데 휴리어벨은 체샤스 뒤에서 눈만 멀뚱멀뚱 뜨고 있을지 아닐지 한번 보고 싶군."

라벨이 웃으며 대답했다.

"그것도 괜찮겠네요. 하지만 이번에는 나이트 루델에게 기회를 주는 것이 어떨까요?"

그 말을 듣자 가이사로는 고개를 끄덕였고 루델은 깜짝 놀란 표정을 지었다.

"그, 그건……."

"좋은 생각입니다. 나이트 루델이 가는 것이 오히려 저 진형을 무너뜨리기 쉬울 것입니다."

그때까지 그들의 말을 듣고만 있던 이나바뉴 바스크 178 나이트 네이서스가 입을 열었다. 그 역시 중앙기사단 소속이었지만 제3차 천신전쟁 때 로젠다로 원정대의 선발대에 소속되어 전쟁에 참가한 경력이 있었기 때문에 그들과 함께 파견되었다. 나이가 오십이 넘은 나이트 네이서스는 여유 있는 표정에 미소까지 띠고 있었다.

네이서스는 이나바뉴의 기사대장 나이트 아켈로르와 수십 년을 함께 싸운 참모였다. 그가 그렇게 말하는 데에는 그만한 이유가 있을 것이라고 가이사로는 생각했다.

"좋아. 나이트 루델, 네 능력을 가늠해 보고 싶다. 이 꼬마 옐리어스 나이트가 그렇게도 총애하는 기사의 실력을 한번 보도록 하지."

가이사로가 말하자 라벨도 루델을 돌아보며 싱긋 웃었다. 네이서스가 입을 열었다.

"1천 기의 기사단을 이끌고 공격에 나서라. 돌파할 필요는 없다. 그들의 진형을 흩뜨릴 뿐이다. 그들이 수비에서 공격으로 전환하려 하면 즉시 이탈하여 기사단으로 복귀해라."

라벨이 고개를 끄덕이며 말을 받았다.

"유인을 하라는 뜻이야. 그렇게 하면 우리가 나머지 기사단으로 저들과 같은 진형을 취하고 있다가 그들을 공격할 수 있을 테니까. 요점은 네가 얼마나 자연스럽게 그들을 유인해 올 수 있느냐에 달렸어, 나이트 루델."

"알겠습니다."

네이서스와 라벨이 생각한 것은 정확히 일치했다. 그것은 상대편의 진형을 그대로 역습에 이용하는 것이었고 상대편 기사단의 바스엘드의 능력을 가늠해 보는 것이기도 했다.

라벨이 혼잣말처럼 중얼거렸다.

"라즈파샤 님일까. 만약 라즈파샤 님이 직접 나오셨다면 결코 만만치 않을 텐데."

아침 햇살에 평원을 감싸고 있던 안개가 모두 녹아내릴 때, 루델이 1천 기의 레페리온을 이끌고 빠른 속도로 평원을 건너 로젠다로 기사단을 향해 돌격해 들어갔다. 이것이 제4차 천신 전쟁의 첫 번째 전투를 알리는 이나바뉴 기사단의 공격이었다. 아펠르 력 646년 봄, 높은 하늘 아래 정적에 싸인 평원에 말발굽 소리와 기사단의 함성이 울려 퍼졌다.

이멜젠의 말대로였다. 이나바뉴 기사단은 거짓말처럼 튼튼한 수비 진형을 구축하고 있는 로젠다로 기사단을 향해 직선으로 돌격해 들어왔다.

이멜젠이 짧게 말했다.

"예상대로군. 진형을 흩뜨리지 말고 이대로 대기해라. 섣불리 반격에 나서서는 안 된다, 나이트 일린스크."

"예."

나이트 일린스크를 한 번 돌이보고는 이멜젠은 손을 들었다.

"공격!"

이멜젠의 외침과 함께 곡선으로 늘어서 있던 로젠다로 기사단의 양쪽 끝부분이 돌출되면서 이나바뉴 기사단을 포위해 가기 시작했다.

그러나 이나바뉴 기사단의 공세는 이멜젠이 예상했던 것처럼 강하지는 않았다. 루델의 경험이 턱없이 부족했기 때문이었다. 기사단의 바스엘드를 수행하는 근위기사로서는 오랜 경험을 쌓은 그였지만 아직 기사단의 바스엘드가 되기에는 모자란 루델이었다. 라벨은 그에게 바스엘드로서의 경험을 쌓게 해주고 싶었던 것이다. 그 자신과 가이사로가 후방을 튼튼히 지키고 있는 동안…….

루델이 이끄는 이나바뉴 기사단과 이멜젠이 지휘하는 로젠다로 기사단은 순식간에 혼전으로 들어갔다.

이멜젠은 마흔 살이 넘은 경험이 풍부한 기사였다. 그는 짧은 시간 동안 이나바뉴 기사단의 바스엘드가 경험이 짧다는 것을 간파할 수 있었다. 1천여 기의 이나바뉴 기사단은 갑작스러운 공세에도 수비로 전환하지 못하고 그대로 체샤스를 향해 돌진해 오고 있었던 것이다. 이멜젠은 순간적으로 망설이게 되었다.

'이것은 속임수가 아니다. 정말 경험이 부족한 것이다. 어떻게 할 것인가… 우리의 수비 진형을 알고 공격해 온 것이라면 그들은 역으로 우리를 유인하려 들 것이다. 하지만…….'

그는 하야덴을 휘둘러 이나바뉴 기사단을 베어 가며 힐끔 뒤를 돌아보았다. 돌출되어 혼전에 들어간 기사단을 제외한 나머지는 나이트 일린스크의 지휘 아래 잘 정렬해 대기하고 있었다.

'이런 기회를 놓칠 수는 없다. 후방의 나이트 일린스크를

믿고 작전을 변경해야겠다.'

　잠시 동안의 혼전 끝에, 이나바뉴의 바스엘드라고 생각되는 기사의 하야덴이 하늘을 향했다.

　"반전!"

　그의 명령과 함께 이나바뉴 기사단은 공세를 수세로 전환하며 전장에서 이탈하기 시작했다. 이멜젠은 호흡을 가다듬은 다음 뒤를 돌아보며 일린스크를 향해 하야덴을 돌려 공중에서 원을 그렸다. 지원을 바란다는 뜻이었다.

　나이트 일린스크는 의아한 표정을 지었다. 혼전에 들어가기 전까지만 해도 나머지 2천 기의 기사단을 그대로 대기시키라고 지시했던 이멜젠이 아닌가.

　하지만 이멜젠의 신호는 명확했기 때문에 일린스크는 망설일 수가 없었다. 그는 즉시 양쪽 허리에 하나씩 채워져 있던 하야덴을 뽑아 양손에 들며 큰 소리로 외쳤다.

　"휴리어벨 돌격! 나이트 이멜젠 님을 지원하라!"

　일린스크의 외침이 끝나자 그가 지휘하던 로젠다로 기사단은 커다란 함성과 함께 먼저 돌출되어 혼전을 벌이고 있던 이멜젠의 체샤스와 휴리어벨을 따라 이나바뉴 기사단 쪽으로 돌진하기 시작했다. 로젠다로 기사단 전체가 본대 쪽으로 급히 후퇴하고 있는 루델의 기사단을 쫓는 형상이 되었다. 경과야 어쨌든, 나이트 네이서스의 생각대로 전투가 진행된 것이다.

"라즈파샤 님이 아니로군요."

라벨의 말에 가이사로도 동의했다.

"그렇군. 이렇게 쉽게 반격에 응해 올 줄이야."

라벨은 생각만큼 루델의 공세가 날카롭지 못한 것을 아쉽게 생각하고 있었다. 네이서스를 제외한 다른 기사들은 루델의 공세가 날카로웠다면 로젠다로 기사단은 결코 반격에 나서지 않았으리라는 것은 모르고 있었던 것이다. 이 작전에 네이서스가 루델의 투입을 찬성한 것은 바로 그 때문이었다. 네이서스는 상대편의 기사가 라즈파샤가 아니라면, 그가 어떻게 나올 것인가에 대해서도 예측하고 있었던 것이다.

어쨌든 로젠다로 기사단이 수비의 진형을 버리고 총반격에 나섰으니 애초에 이나바뉴의 기사들이 세웠던 작전은 맞아 떨어진 셈이 되었다. 라벨은 가이사로를 바라보았고, 가이사로 역시 거침없이 하야텐을 들어올리며 반격을 명령했다.

"전원 수세로! 로젠다로 기사단을 포위하라!"

미리 예정되어 있었던 대로, 길게 펼쳐진 기사단의 양끝을 각각 가이사로와 라벨이 맡았다. 진형 안쪽으로 돌아온 루델의 기사단은 그 자리에서 반전하여 네이서스와 함께 중앙에서부터 반격에 나섰다. 레페리온과 휴리어벨의 위치만 바뀌었을 뿐, 이번에는 반대로 이나바뉴의 진형 속으로 로젠다로 기사단 스스로가 머리를 들이민 모습이 되어 버렸다. 이제는 엘리어스 나이트들의 반격만이 남아 있을 뿐이었다.

쾌속하게 후퇴하지 못해 적잖은 피해를 입은 루델의 기사단이 다시 반전에 나섰을 때, 이멜젠은 함정에 빠졌다는 사실을 깨닫고 있었다. 급히 뒤를 돌아보았지만 이미 때는 늦어 있었다. 나이트 일린스크가 지휘하는 기사단은 생각보다도 더 빠른 속도로 다가와 이미 이멜젠의 기사단의 후미에 완전히 밀착되어 있었던 것이다.

그가 급히 후퇴 명령을 내리려는 순간, 이멜젠은 로젠다로 기사단의 양쪽 옆구리 부분이 무너져 내린 것을 알 수 있었다. 반원형 포위망을 좁히던 상대방의 기사단이 마침내 로젠다로 기사단의 허리 부분에 맞닿은 것이었다.

'빠르다. 정말 빠르구나.'

이멜젠은 속으로 감탄을 연발했다. 눈 깜짝할 새에 로젠다로 기사단은 이나바뉴 기사단의 포위망 속으로 들어와 있었다. 이제는 빠져 나가고 싶어도 후퇴할 퇴로가 없었다.

'포위망을 뚫고 나가며 기력을 모두 소진하거나, 아니면 해체 명령을 내리는 방법뿐인가. 이렇게 된 이상, 한바탕 호쾌하게 싸워 볼 수밖에……'

이멜젠은 눈을 부릅떴다. 일린스크의 실력이 이나바뉴 기사단의 바스엘드보다 뛰어나기를 바라는 수밖에 없었다.

만약 일린스크와 대치하게 되는 후미의 기사가 이나바뉴의 정열, 나이트 라벨이라는 것을 알기만 했어도 이멜젠은 이런 도박을 시도하지 않았을 것이다.

이멜젠은 즉시 하야덴을 들어 상대편 기사를 베어 가며 이나바뉴 기사단의 바스엘드를 찾았다. 두 명으로 예상되는 바스엘드는 이미 로젠다로 기사단의 양옆을 깊숙이 파고들어 오고 있었다.

'후방에 강한 기사가 있다!'
라벨은 로젠다로 기사단의 후미가 두툼하다는 것을 눈치 채고 즉시 그쪽으로 말을 몰았다.

과연 그곳에 기사단의 바스엘드가 있었다. 라벨은 쓰게 웃었다.

'저런 위치에서 기사단을 지휘하는 것은 아무래도 쉽지 않을 텐데……'

나이는 비슷했지만, 역시 일린스크의 실전 경험은 라벨에 비해 턱없이 부족했다.

라벨이 베락스를 들어 그를 향하자, 일린스크도 고개를 돌려 라벨을 마주 바라보았다. 짙은 자줏빛의 전투복. 그도 에우로페 나이트였다.

"이나바뉴 바스크 104 옐리어스 나이트 라벨입니다."

본래는 상대편 기사를 향해 존칭어나 겸양어를 사용하지 않는 것이 일반적이었지만, 이나바뉴와 로젠다로는 오랫동안 우호적인 관계를 유지해 왔기 때문에 지금 전장에서 서로 하야덴을 마주하고 있다 하더라도 라벨의 입에서는 자연스레 경어가 튀어나왔다.

상대편에 서 있던 기사는 여러 군데가 찢긴 그의 자주색 펜플을 목에서부터 찢어 던져 버렸다. 그도 라벨이 이나바뉴 기사단의 바스엘드라는 것을 짐작한 것이다.

"로젠다로 바스크 79 나이트 일린스크, 에우로페 나이트입니다."

예를 취하지는 않았으나 일린스크 역시 라벨을 향해 경어를 썼다. 라벨은 일린스크의 이름을 들어 본 적은 없었다.

'양손에 하나씩의 하야덴을 드는 기사라…….'

라벨은 하야덴을 들어 가슴 앞에 세웠다.

"겨뤄 보시겠습니까."

일린스크의 말에 라벨은 고개를 끄덕였다. 더 이상 말을 하는 것은 시간 낭비일 뿐이었다. 라벨은 베락스를 눕혀 즉시 직선으로 일린스크의 가슴을 향해 찔러 들어갔다.

"앗,"

일린스크의 하야덴 하나가 공중으로 치솟았다. 눈에 보이지도 않는 새에 라벨의 하야덴은 일린스크의 바샤켄을 적중한 것이다. 라벨의 실력은 스무 살이 된 후에 이미 이나바뉴 최고의 경지에 올라 있었다.

'라즈파샤 님이라고 할지라도 이 정도 속도라면 막아 내기 힘들다!'

일린스크는 경악했다.

일린스크가 놀라는 사이 라벨은 베락스를 회수하였다. 본래는 연속 공격으로 다른 쪽 손의 하야덴도 날려 버릴 생각이었지만 그렇게까지 여유를 주지 않는 것은 우호 국가였던 로젠다로에 대한 예의가 아니라는 생각에 잠시 공격을 멈춘 것이었다.

일린스크는 왼손에 남아 있던 하야덴을 오른손으로 옮겨 쥐었고, 그 순간 그의 얼굴에 살기가 일었다.

"좋은 기세로군요."

라벨은 빙긋 웃으며 중얼거렸다. 일린스크의 하야덴이 파공성을 지르며 라벨을 엄습해 왔다.

왼쪽으로 한 번, 다시 오른쪽으로 한 번 몸을 흔들어 일린스크의 공격을 피해 낸 라벨은, 세 번째엔 드디어 하야덴을 들어 일린스크의 하야덴을 잡은 안쪽 손목을 노렸다. 그것은 정확히 허점을 노린 공격이었기 때문에 일린스크가 깜짝 놀라 하야덴을 회수하려 했을 때에는 이미 라벨의 하야덴이 그의 가슴 안쪽으로 깊숙이 들어온 후였다. 때는 늦어 버렸다. 일린스크의 두 번째 하야덴도 베락스에 맞아 하늘로 날아올랐다.

'앗!'

일린스크의 눈이 순간 흔들렸다. 호승심이 강하고 지기 싫어하는 성격인 나이트 일린스크, 그도 이번만큼은 자기와 비슷한 나이 또래의 옐리어스 나이트 앞에서 그 자신이 너무나 무력하다는 것을 인정해야만 했다.

일린스크가 말없이 라벨을 바라보는 사이, 라벨은 일린스크의 얼굴에 한 번 눈길을 주고는 휙 돌아섰다. 생명까지 취할 이유는 없다는 뜻인 듯했다.

'볼 수 없었다.'

일린스크는 양손에 들었던 두 개의 하야덴을 모두 잃어버린 채 멍한 표정을 짓고 있었다.

그대로 한참의 시간이 지나고 나서야 일린스크는 제정신으로 돌아왔다. 하지만 그때 그의 눈에 비친 것은 포위당한 채 궤멸당하고 있는, 이나바뉴 기사단이 고의적으로 만들어 준 퇴로로 진형도 갖추지 못한 채 필사적으로 도주하고 있는 로젠다로 기사단이었다.

3

"왜, 믿을 수 없나?"

로젠다로 바스크 2 기사대장 나이트 라즈파샤는 자신의 옆에서 도저히 믿을 수 없다는 표정으로 입을 벌리고 있는 기사를 향해 호쾌한 웃음을 던졌다.

"그래도 그렇지, 그렇게까지 놀란 표정을 지을 줄은 몰랐는걸, 나이트 레케엘."

로젠다로 바스크 61 에우로페 나이트 레케엘은 기사대장의 말을 다시 한 번 반복해 보았다.

"나이트 레이피엘이라면, 이나바뉴 제1기사라고 불리던 옐리어스 나이트. 바로 그분을 말씀하시는 겁니까?"

"나이트 레이피엘이 제1기사는 아니지. 그것이 그의 이름 앞에 붙어 다니는 별칭이기는 하지만. 아마도 이나바뉴에는 그보다 더 강한 기사가 있을 거야."

이나바뉴와 로젠다로에는 각각 다른 바스크가 존재했다. 게다가 3백 명에 가까운 기사를 보유한 이나바뉴와 겨우 1백 명의 기사를 보유한 로젠다로의 기사들의 서열을 서로 비교하기는 더욱 힘들었다. 그래서 양국의 기사들은 편의상 상호 존칭을 사용했으나 기사대장만은 타국의 모든 기사들에게 호칭만큼은 존칭을 사용하지 않았다. 그래서 로젠다로의 기사대장 나이트 라즈파샤는 퀴트린을 가리켜 '나이트 레이피엘'이라고 호칭하고 있는 것이었다.

레케엘은 미세하게 몸을 떨었다. 로젠다로의 기사들은 크실에게 잃었던 그들의 나라를 탈환해 준 이나바뉴 기사단, 특히 선발대의 바스엘드였던 나이트 레이피엘에 대해 말할 수 없는 경외심과 존경을 가지고 있었다.

"하지만,"

레케엘이 다시 입을 열었다. 지금 라즈파샤와 레케엘은 단지 수십 기의 레페린만을 대동한 채 말을 달리고 있는 중이었다.

"어째서 레이피엘 님이 로젠다로에 있을 거라고 생각하시는 겁니까?"

라즈파샤는 어깨를 으쓱했다.

"이나바뉴 원로원은 이유 없이 기사단을 이탈한 나이트 레이피엘을 이나바뉴 기사단에서 영구 제명한다고 발표했다. 하지만 이나바뉴 제1기사라는 별칭까지 얻으며 아켈로르, 슈펜다르켄에 이은 차기 기사대장감으로 성장하고 있던 그가 스스로 그렇게 쉽게 기사단을 이탈했을 것이라고 생각하긴 어렵지."

레케엘은 말없이 라즈파샤의 다음 말을 기다렸다. 그는 여전히 반신반의하는 표정을 짓고 있었다.

"나이트 레이피엘이 기사단을 이탈하던 날, 나는 바로 그 자리에 있었다. 그날은 마지막으로 크실 기사대장이 이끄는 크실 기사단을 패주시키고 승리를 자축하던 날이었다."

라즈파샤는 눈을 가늘게 떴다. 그날 그들은 이나바뉴의 기사대장 나이트 아켈로르가 중군 수송대를 통해 가지고 온 것들로 연회를 열었었다. 연회가 한참 무르익어 갈 때쯤, 갑자기 피투성이의 사야카가 막사 안으로 뛰어들어왔던 것이다.

"… 내가 나이트 레이피엘을 본 것은 그때가 마지막이었다. 이나바뉴의 기사들이 막사 쪽으로 뛰어간 후, 내가 들었던 소식은 나이트 레이피엘이 기사단을 이탈했다는 이야기뿐이었다. 타국의 기사였던 나로서는 더 자세한 이야기를 물어볼 수가 없었지. 내겐 그럴 권리도 없었고."

계급 제도에 익숙한 이나바뉴 기사들로서는 퀴트린의 행동이 이나바뉴 기사단의, 아니 이나바뉴 전체의 수치라고 생각할 수도 있었다. 당연히 그 내막을 로젠다로의 기사에게 설명해 줄 여유나 이유가 없었던 것이다. 그래서 라즈파샤가 더 이상 알 수 없었다.

"무엇인지 석연치 않은 이유로 나이트 레이피엘은 이나바뉴 기사단을 떠났다. 아니, 이나바뉴 원로원이 나이트 레이피엘을 이나바뉴 기사단에서 영구 제명한 것을 보면 아마도 레이피엘은 이나바뉴 기사단은 물론이고 이나바뉴 전체를 등졌다고 할 수 있다. 그렇다면 그는 어디로 갔겠는가? 설마하니 적국이던 크실로 갔을까?"

레케엘은 고개를 끄덕였다. 확실히 그가 은신할 수 있는 곳은 그의 얼굴이 알려지지 않은 로젠다로일 것이다. 그가 사라진 것은 아펠르 력 643년 겨울. 지금까지 3년이 넘는 시간 동안 알려지지 않은 채 숨어 지내고 있다면 그가 있을 가능성이 가장 높은 곳은 로젠다로라고 밖에 생각할 수가 없었다. 만약 죽지 않고 살아 있다면.

"그런데 얼마 전, 재미있는 소문을 들었다."

라즈파샤가 싱긋 웃으며 레케엘을 쳐다보았다. 딱딱하고 조금은 경직되어 있던 라즈파샤에게 평의회 의원직은 여유 있는 웃음과 몸짓을 가질 수 있게 했다고 레케엘은 생각했다. 그는 기사로서 입문할 때부터 라즈파샤를 보아 왔던 에우로페 나이트였다.

"아마 2년 전 겨울쯤이었지. 동북쪽 제르세즈라는 작은 마을에 있는 농민 두 사람이, 그들 중 한 명은 나무꾼이라고 하긴 했지만, 하여튼 그 근방에서 꽤 악명이 높던 마적의 산채를 습격해 거의 전원을 몰살시켰다는 이야기를 들었다."

레케엘이 말을 받았다.

"그 이야기라면 저도 들은 기억이 납니다. 하지만 그때는 전쟁이 끝난 직후였고, 그래서 누구든 영웅을 말하고 싶어하지 않았습니까?"

레케엘은 기사대장에게서 시선을 전방으로 돌린 다음 천천히 말을 이었다.

"더군다나 페레다스 산맥에 주둔하고 있는 동방 제2파견대에서 그 사실의 진위를 판단하기 위해 기사들을 제르세즈로 파견했지만 결국 그것은 그저 소문일 뿐이라고…….”

라즈파샤가 그의 말을 중간에서 가로챘다.

“맞다, 나이트 레케엘. 기사단 파견대에서 소문의 진위를 가리기 위해 —실은 포상이나 견습기사의 작위라도 내리려 한 것이겠지— 제르세즈를 찾았었다. 하지만 정작 제르세즈의 주민들은 들어 본 적도 없는 일이라고 말했다고 했지. 결국, 소문 속의 그 영웅을 찾는 일은 실패로 돌아갔다. 하지만 확실한 것은,”

라즈파샤는 손을 들어 기사들의 걸음을 멈추게 했다. 아직 갈 길이 많이 남았는데, 말을 지치게 해서는 안 되기 때문이었다.

“기사단 파견대조차 골머리를 앓던 그 마적들이 그 소문 이후 흔적도 없이 사라졌다는 보고가 올라왔다는 것이다.”

레케엘도 고삐를 늦춰 말을 천천히 가게 하며 라즈파샤와의 거리를 유지했다. 레케엘은 하야덴 외에 기마술도 뛰어난 기사였다.

“소문이 사실이든 아니든 마적들이 없어진 것만큼은 사실이라는 거군요.”

라즈파샤는 레케엘을 돌아보지 않은 채 이야기를 계속했다.

“그렇지, 최소한 마적들이 없어진 것은 사실이라는 것이다.”

레케엘이 말했다.

“하지만 그게 가능한 일일까요? 소문은 부풀려지게 마련이니, 그 점을 감안해 생각해 보더라도 겨우 마을 농민들이 마적들을 소탕하다니요. 아무리 그 마적단이 이나바뉴의 카아르처럼 큰 규모와 기사단식의 규율이 있지 않다고 해도 말이죠."

라즈파샤는 머리를 저었다.

"이런 가정은 어떨까. 정말 누군가가 마적들을 섬멸한 다음, 자신의 존재를 알리고 싶지 않아서 마을 주민들에게 그 이야기를 하지 않도록 부탁했다면, 마을 주민들은 마적떼를 소탕해 준 그 영웅을 위해 그 정도 약속도 지켜 주지 않았겠는가?"

"알리고 싶지 않아서……."

레케엘은 라즈파샤의 말을 되뇌어 본 다음에야 그가 무슨 말을 하고 있는지 깨달을 수 있었다. 그는 갑자기 눈을 동그랗게 뜨고 라즈파샤를 돌아보았다.

"기사대장님께서는, 그가 레이피엘 님이라고 생각하고 계시는 겁니까?"

라즈파샤는 고개를 돌려 레케엘을 향해 웃어 보였다.

"그럴 가능성이 충분히 있다는 것이다. 지금 우리에게는 그 가능성에 모험을 걸 충분한 이유가 있고."

만약 그것이 사실이라고 할지라도, 레이피엘 님이 그곳을 떠나 다른 곳을 향했다면 찾는 것은 불가능하지 않을까 하고 레케엘은 생각했다.

'만약 레이피엘 님을 찾을 수 있다면, 그래서 로젠다로 기사단에 합류를 시킬 수 있다면 그보다 더 좋은 일은 없겠지만 그런 꿈 같은 일이 정말 일어날 수 있을까?

레케엘은 아직도 회의적인 생각을 하고 있었다.

제르세즈까지는 이제 얼마 남지 않았다. 라즈파샤와 레케엘은 그리 가망 있어 보이지 않는 희망을 안고 제르세즈로 달려가고 있었다.

로젠다로 기사단에게 일부러 탈출로를 열어 준 것은 바로 네이서스의 생각이었다. 전투가 끝난 후, 그는 라벨에게 말했다.

"로젠다로 기사단 역시 긍지와 명예가 높은 기사단입니다. 완전히 섬멸시킬 수도 있습니다만, 그들을 섬멸시키기 위해서는 우리도 적잖은 피해를 감수해야 했을 것입니다. 아직 로젠다로와 전면전이 선포된 것은 아닙니다. 강대국으로서 로젠다로에 이 정도의 여유를 보여 줄 수 있어야 한다고 생각합니다."

라벨과 가이사로도 그의 말에 동의했다. 어쨌든 로젠다로 기사단은 패하여 물러났고, 이나바뉴 기사단은 그 펫파 평원에 막사를 짓고 주둔을 하고 있었다.

"어떻게 할까, 이대로 포프슨으로 향할까?"

가이사로는 차를 권하는 하녀에게 필요 없다는 손짓을 하며 말했다.

회의는 본래 엄숙한 분위기에서 진행되는 것이 원칙이었다. 하지만 그 자리에 모인 기사는 단지 네 명뿐이고 전황이 그리

급박하지 않으니, 차라도 마시면서 회의를 진행하자는 라벨의 의견에 따라 그들은 저녁 식사 후에 차를 마시고 있는 중이었다.

"이건 특별한 차라구요, 가이사로 님."

차를 거부하는 가이사로를 보며 라벨이 웃으며 말했다.

"난 어쨌든 차는 싫어."

가이사로는 짤막하게 대답하고는 고개를 저었다.

기사나 귀족 집안의 어린 아이들은 대개 차를 싫어하곤 했다. 차의 향기를 즐길 줄도 모르거니와, 차를 마실 때의 여러 가지 예법들을 익히는 것이 귀찮기 때문이었다. 그러나 차 마시는 법은 예법 교육 중에서 빼놓을 수 없는 덕목 중 하나였기 때문에 어린 시절에는 억지로 차를 마셔야 했다. 그렇더라도 대부분 나이를 먹어감에 따라 차츰 차를 음미할 줄 알게 되는데 가이사로는 서른 살이 넘도록 아직도 차라면 질색이었다.

"그럼 향이라도 맡아 보세요. 제가 일부러 전장에까지 가져온 귀한 차예요."

라벨이 그렇게까지 권하자 가이사로는 마지못해 찻잔을 코끝에 잠시 가져갔다. 그리고는 무엇인지 잠시 생각하는 것 같더니 고개를 갸웃하며 다시 한 번 찻잔을 코 가까이에 대어 보는 것이었다.

"어디선가 맡아 본 향기인데."

그는 고개를 다시 한 번 갸웃하고는 찻잔을 다시 내려놓았다. 결국 그는 끝까지 차를 마시지는 않았다. 라벨은 부드럽게 웃음을 지어 보였다.

"슈렐린이에요."

슈렐린 차는 향이 독특하고 강하기 때문에 마신 다음에도 한참 동안 마신 사람의 곁을 따라다니곤 한다. 그래서 항상 퀴트린을 따라다니던 슈렐린 차 향기를 가리켜 나이트 이바이크는 '전장에서 맡을 수 있는 가장 사치스러운 향기'라고 말하기도 했었다.

가이사로가 말했다.

"아아, 나이트 레이피엘한테서 나던 그 냄새로군. 그래, 기억이 난다. 이젠 네가 그럴 모양이지, 나이트 라벨?"

"글쎄요. 가끔 레이피엘 님과 슈렐린을 나눌 기회가 있었는데, 이젠 그럴 수가 없잖아요. 아쉬운 만큼 슈렐린이라도 즐겨보려고 하는 거예요."

가이사로는 적당히 고개를 끄덕여 보인 다음 네이서스 쪽으로 고개를 돌렸다. 이제 그만 회의를 속개하자는 뜻이었다. 네이서스는 공손히 고개를 숙여 보인 다음 아까 하던 말을 이었다.

"위협을 할 뿐입니다. 포프슨까지 진격한다는 것은 기사단이 파견된 처음의 취지와 부합되지 않는 것입니다."

"흐음."

가이사로는 헛기침을 한 다음 고개를 끄덕였다. 잠자코 있던 루델이 말했다.

"하지만 아무것도 하지 않는 것 역시 위협을 한다는 취지에는 맞지 않는 게 아니겠습니까?"

얼마 전까지만 해도 회의에 참가할 자격조차 주어지지 않았던 루델이었지만, 지금은 그도 정식 기사 작위를 받은 기사의 한 사람으로 이 회의에 참가하고 있었다.

가이사로가 말했다.

"그도 그렇군. 이대로 멈추어 있는 것 역시 있을 수 없는 일이야. 좋은 생각이 있나, 나이트 네이서스?"

네이서스가 공손한 태도로 대답했다.

"그렇다면 기사단을 나누어 슈리온으로 가는 것은 어떻겠습니까?"

"슈리온이라……."

슈리온, 로젠다로의 북동쪽에 있는 로젠다로 제2의 도시.

상업적이나 위치적으로는 그다지 중요한 도시는 아니었지만 그 도시에는 로젠다로의 창조신 쥬르를 모시는 대신전이 있었다. 로젠다로는 이나바뉴와 비교해 사회 구성원 사이의 종교적 결속력이 강한 나라였을 뿐 아니라 대신관으로 대표되는 쥬르 신의 사제들의 정치 참여도가 높았기 때문에, 로젠다로 종교의 구심점인 이 슈리온은 제2도시로 성장해 왔다. 에우로페 나이트들이 '슈리온 성역 수호대'라는 별칭으로 불리는 것도 로젠다로의 제2도시인 슈리온이 종교 도시이기 때문이었다.

"좋은 생각인 것 같다. 그 정도라면 충분한 위협이 되겠지. 로젠다로 왕궁이 있는 포프슨으로 직접 진격하는 것처럼 강한 적의를 드러내지도 않을 것이고."

가이사로의 말에 다른 기사들도 모두 동의했다.

다음 날 이나바뉴 기사단은 둘로 갈라졌다. 나이트 가이사로와 나이트 네이서스는 2천 기의 기사단을 이끌고 슈리온으로 향했고, 나이트 라벨과 나이트 루델은 나머지 2천 기의 기사단과 함께 펫파 평원에 그대로 계속 주둔해 있기로 했다. 로젠다로 기사단은 평원 저편에서 그들과 대치하여 있을 뿐, 다른 움직임은 보이지 않고 있었다.

점심 전에 리엘이 돌아왔다. 언제나처럼 초췌한 모습이기는 했지만 이번에는 제법 밝은 표정이었다. 아아젠은 그녀의 수행이 성공적이었을 것이라고 생각하며 기쁜 마음으로 한 사람 분의 식사를 더 준비했다.

"도와 줄까요, 아아젠?"

아아젠은 고개를 저었다.

"아뇨, 그냥 거기 앉아 쉬세요. 수행 때문에 피곤하셨을 텐데요."

아아젠은 따뜻한 목소리로 말했다. 리엘은 식사 전에 우선 아아젠이 끓여 준 차부터 한 잔 마셨다. 몸이 덥혀지며 피로가 조금 풀리는 느낌이었다.

"밖에 두 분은 여전히 열심이네요."

리엘이 창밖으로 눈을 돌리며 말했다. 창밖으로 보이는 집 앞의 좁은 공터에서 언제나처럼 귀트린과 라시드가 페치를 겨루고 있었다.

아아젠이 말했다.

"며칠 전엔 퀴트린 님이 제게 라시드 님이 굉장히 많이 늘었다며 칭찬을 하셨어요. 그런 말씀은 좀처럼 하시지 않는 분인데……."

"그래요."

리엘은 고개를 끄덕이며 차를 다시 한 모금 마셨다.

"리엘은… 어때요?"

아아젠의 말에 문득 리엘은 그녀를 돌아보았다. 아아젠은 부드럽게 웃으며 리엘을 바라보고 있었다.

"아, 그냥 그렇죠. 이제는 무엇을 좀 더 연습하고 연구해야 하는지 알 것 같아요. 그것만 해도 이 페레다스 산맥에 온 보람이 있는 셈이죠."

"다행이에요."

아아젠은 밝게 웃어 보였다. 그녀의 웃음에는 호의가 가득했다.

리엘은 엔버렌의 마법을 사용함에 자신의 영력이 턱없이 부족하다는 것을 알고 있었다. 그래서 그녀는 지금 긴 명상을 통해 영력을 꾸준히 수련하고 있던 중이었다. 대부분의 엔버렌의 마법을 사용하기에는 아직도 많이 모자랐다.

마법학교를 다닐 땐 저학년 때부터 영력 수련법을 익히지만, 그녀는 영력 수련에는 그다지 관심을 두지 않았었다. 그녀의 목표는 오직 엔버렌의 잊힌 마법들을 찾는 것이었기 때문이다. 하지만 이젠 그때와는 반대로 오로지 영력 수련 하나만을 목표로 혼자서 갑절의 노력을 해야 했다.

"준비가 끝났어요. 제가 가서 두 분을 불러 올게요."

아아젠이 식기를 탁자 위에 늘어놓으며 말하자 리엘이 자리에서 일어섰다.

"아니, 제가 부를게요."

그녀는 아아젠이 말릴 틈도 없이 문을 열고 밖으로 나갔다. 밖에는 퀴트린과 라시드가 온몸이 땀에 젖은 채 여전히 페치를 휘두르고 있었다.

"두 분, 식사하세요."

리엘의 목소리에 둘은 동시에 휘두르던 페치를 멈추고 리엘을 돌아보았다. 그때, 리엘의 눈에 언덕을 뛰어올라 오고 있는 한 사람이 들어왔다. 잠시 그를 바라보던 리엘이 퀴트린에게 물었다.

"누구죠?"

큰 키에 가무잡잡한 피부를 가진 남자가 헐레벌떡 언덕을 올라오고 있었다. 푸른색의 옷이 바람에 흔들렸다.

라시드가 중얼거렸다.

"델란?"

마을 장로의 아들인 델란이었다. 마을에 내려갈 때 가끔 마주칠 뿐, 특별히 많은 이야기를 나눈 사이는 아니었다.

델란은 뛰어와서 숨이 찼는지 몇 번 숨을 고르고는 바로 퀴트린을 향했다.

"퀴트린, 당신을 찾는 사람이 있어요. 그, 그런데 그분은 바로……."

퀴트린은 2년 전쯤, 마적 사시스의 산채를 라시드와 단둘이서 습격하여 완전히 궤멸시킨 적이 있었다. 그 후 퀴트린의 부탁에 의해 마을 사람들은 그 일을 절대 비밀에 부치기로 하고, 로젠다로 기사단 파견대의 기사들이나, 다른 사람들이 찾아오더라도 결코 퀴트린의 존재를 알리지 않았었다. 마을 사람들에게 퀴트린의 능력은 신비스럽기까지 한 것이었지만, 그들은 퀴트린을 배려해 그 능력의 출처나 과거에 대해 묻지 않았다.

어쨌든, 델란이 직접 찾아온 것은 분명 그를 찾아온 사람이 평범하지 않다는 사실을 말해 주고 있었다.

'누구일까. 이번에 퀴트린 님을 찾아온 사람은…….'

라시드는 페치를 내리고 델란의 얼굴을 들여다보았다. 그의 얼굴이 붉게 상기된 것은 단지 언덕을 뛰어올라 왔기 때문만은 아닌 것 같았다.

"로, 로젠다로의 기사… 기사대장님이시래요."

"뭐?"

라시드가 더 놀란 표정을 지었다. 로젠다로의 기사대장? 2년 전의 소문이 로젠다로의 기사대장이 직접 찾아올 정도로 대단한 것이었나 하고 의아한 생각이 들었다.

'퓨네스 님이 파스크란의 하야덴에 쓰러진 다음에는 로젠다로의 기사대장 자리가 공석으로 비어 있는 줄 알았는데… 정말 이나바뉴와의 전쟁이 시작된 모양이군. 기사대장 자리를 누군가가 계승한 것을 보면.'

퀴트린의 표정이 딱딱하게 굳었다.

"로젠다로의 기사대장님이 왜 퀴트린 님을 찾죠?"

리엘이 물었다. 그녀는 2년 전의 그 사건에 대해서 전혀 알지 못했기 때문에 기사대장이 직접 퀴트린을 찾아왔다는 사실을 이해할 수 없었던 것이다.

"아직 퀴트린 님의 존재를 그분께 알리지는 않았어요… 아버지의 눈치를 보고 제가 먼저 이리로 달려온 거예요."

조금 망설이는 태도로 델란이 말했다. 퀴트린은 말이 없었다. 단지 그는 밖에서 나누는 대화를 듣고 식탁을 차리다 말고 나온 아아젠을 돌아보았을 뿐이었다.

"퀴트린, 그동안 아무리 궁금해도 묻지 않았는데… 도대체 당신은 누구죠?"

델란의 물음에 퀴트린은 어깨를 으쓱해 보였다. 그가 대답하지 않자 델란이 다시 말을 이었다.

"로젠다로를 구하기 위해서는 반드시 그가 필요합니다. 그가 자신의 존재를 숨기고 싶어한다는 건 알지만 저는 꼭 그를 만나야 합니다, 라고 그분이 말했어요."

'로젠다로를 구하기 위해서라…….'

퀴트린은 다시 고개를 돌려 아아젠을 바라보았다. 그녀는 웃지도, 기분 나빠하지도 않았다. 오히려 그녀의 얼굴은 슬픈 듯한 표정이었다.

'3년간의 행복은 너무 긴 것이었어요. 제가 감당할 수 없을 정도로. 그러나 언젠가 당신이 떠나시리라는 걸 알고 있었어요.'

아아젠의 얼굴은 그렇게 말하고 있는 것 같았다. 퀴트린이 주저하자, 아아젠이 앞으로 나서서 퀴트린의 팔을 끌었다.

"가보세요. 누군가가 당신을 필요로 하고 있다면."

퀴트린은 아아젠의 얼굴을 마주보았다. 그는 표정이 굳어 있었다.

'하지만 당신도 저를 필요로 하고 있잖아요.'

퀴트린은 눈빛으로 그렇게 말하고 있었다. 라시드가 얼떨떨한 표정을 지으며 입을 열었다.

"무슨 이유인지는 모르지만 로젠다로의 기사대장이 그저 호기심에서 퀴트린 님을 만나러 오진 않았겠죠."

퀴트린이 고개를 끄덕이고는 아아젠을 바라보았다. 아아젠은 천천히 퀴트린의 한쪽 손을 잡아 자신의 두 손으로 감싸쥐었다.

'가보세요.'

그녀는 그렇게 말하고 있었다.

"그러지요. 당신께서 그렇게 말씀하신다면."

퀴트린은 모두에게 손짓을 했다. 우선 모두 마을로 내려가 보기로 한 것이다.

퀴트린은 알고 있었다. 그는 아마도 먼 곳에 말을 세워 두고 혼자 걸어서 왔을 것이다. 아무리 페치를 휘두르고 있었다지만 말발굽 소리를 퀴트린이 듣지 못했을 리가 없었다. 로젠다로의 기사대장은 충분히 이나바뉴 제1기사에게 공경의 뜻을 표하고 있었던 것이다.

마을 장로의 집은 제르세즈 마을의 한가운데, 중앙광장이 보이는 곳에 있었다. 벌써 몇몇 사람이 그 집 앞에 모여 수군대고 있었다. 로젠다로 기사단 소속의 기사가 마을을 찾는 일은 아주 드문 일은 아니지만, 말로만 전해 듣던 에우로페 나이트의 복장을 한 기사는 당연히 모두가 처음 보았던 것이다.

퀴트린과 아아젠, 라시드, 리엘과 델란이 다가오자 마을 사람들이 길을 열어 주었다. 퀴트린은 문을 열고 안으로 들어섰다. 안에서는 장로와 짙은 자주색 전투복을 입은 기사가 이야기를 나누고 있었다.

"어쨌든, 그런 사람은 이곳에 없습니다. 몇 번을 말씀드렸습니다만. 기사대장님께서 찾으신다는데, 더욱이 로젠다로를 구하기 위해서라는데 제가 왜 없다고 거짓말을…….."

"나이트 레이피엘!"

장로는 맞은편에 있던 기사가 갑자기 자리에서 벌떡 일어나자 말을 하다 말고 깜짝 놀라서 뒤를 돌아보았다.

짙은 자줏빛 전투복을 입은 에우로페 나이트의 목소리에 놀란 것은 마을 장로뿐만이 아니었다. 퀴트린의 뒤에 서 있던 라시드와 리엘, 그리고 장로의 아들 델란까지 모두가 어리둥절한 표정으로 그 기사와 퀴트린을 번갈아 바라보고 있었다. 놀라지 않은 사람은 아아젠뿐이었다.

퀴트린은 공손하게 인사하며 미소를 머금었다. 하지만 그는 기사로서의 예는 취하지 않았다.

"그런 호칭은 부담스럽습니다, 라즈파샤 님. 저는 이제 기사가 아닙니다."

"기, 기사라구요, 퀴트린 당신이요?"

리엘이 깜짝 놀란 얼굴로 물었다.

로젠다로 바스크 2 로젠다로 기사대장 나이트 라즈파샤는 너무나 반가워 당장에라도 퀴트린을 껴안고 싶은 심정이었다. 그는 소녀 같은 입술에 가득 웃음을 담고 있었다.

"양해하십시오, 능력이 턱없이 부족한 제가 이번에 국왕님께 기사대장의 작위를 받게 되었습니다. 그래서 레이피엘 님께 경칭을 사용하지 않는 것입니다."

퀴트린이 웃으며 답했다.

"신경 쓰지 마세요. 저야말로 나이트의 칭호조차 들을 수 없는 존재가 아닙니까."

그렇게 라즈파샤와 몇 마디 인사를 나눈 퀴트린은 그제야 장로에게 인사를 했다. 장로는 의자를 몇 개 더 끌어다 놓으며 퀴트린 일행에게 앉으라고 권했다.

"델란, 뭘 하느냐. 어서 차라도 좀 끓여 오지 않고."

"제가 도울게요."

머쓱해진 장로의 말이 끝나자마자 아아젠이 말했다. 델란은 웃으며 손을 저었다.

"아니에요. 아아젠도 손님인데요. 제가 할 테니까 여기에 앉아 계세요."

아아젠이 말할 틈도 주지 않고 델란이 안으로 들어가 버리자 아아젠은 하는 수 없이 장로가 권하는 자리에 앉았다. 먼저 장로가 입을 열었다.

"용서하십시오, 기사대장님. 제가 거짓말을 한 것은……."

"제가 그렇게 부탁드렸습니다. 이해해 주십시오."

장로가 말하는 중간에 끼어들어 퀴트린이 말하자 라즈파샤는 개의치 않는다는 듯이 손을 내저었다.

"장로님, 신경 쓰지 마십시오. 이 사람이 당연히 그렇게 했으리라 짐작하고 있었습니다."

장로는 로젠다로의 기사대장의 직위에 있는 사람이 자신에게 경어와 경칭을 사용하는 것이 다소 생소하게 여겨졌지만 웃으며 고개를 끄덕였다. 계급이 없는 시대. 라즈파샤는 계급 제도 타파에 앞장섰던 사람이니 만큼 스스로가 당연히 그렇게 행동하고 있었다.

그들이 몇 마디 이야기를 나누고 있는 사이, 델란이 차를 날라왔다. 아아젠의 도움을 받아 모두에게 잔을 돌린 다음 그는 조용히 아버지의 등뒤에 가서 섰다.

라즈파샤가 너털웃음을 지으며 입을 열었다.

"이런 생활이 나쁘다는 건 아닙니다만, 레이피엘 님이 이런 곳에서 레틀을 키우고 계실 줄은 정말 몰랐습니다. 이나바뉴의 제1기사라고 불렸던 옐리어스 나이트 레이피엘이 말이죠."

이나바뉴 제1기사!

리엘과 라시드, 그리고 장로와 델란은 서로의 얼굴을 마주보며 놀라움을 감추지 못했다.

'그랬구나. 사시스의 산채를 혼자 힘으로 완전히 격멸시킬 수 있었던 것이 우연이 아니었구나!'

그들은 입을 다물 줄 몰랐다. 아아젠은 다소곳이 앉아 시선을 바닥에 떨구고 있었다.

　"왜 이나바뉴를 떠났는지 이유를 설명해 주실 수 있겠습니까?"

　라즈파샤는 그를 설득하기 위해서는 우선 그가 왜 이곳에 와서 농민의 생활을 하고 있는지를 알아야 한다고 생각했다. 그의 말에 퀴트린은 옆에 앉아 있던 아아젠 쪽으로 고개를 돌렸다. 그가 아아젠을 바라보자 방 안에 있던 모든 사람들의 시선이 아아젠에게 가 꽂혔음은 물론이다.

　"퀴트린 님께서 괜찮으시다면요."

　퀴트린은 아아젠이 허락하자 그제서야 입을 열기로 마음먹었다. 그때 라즈파샤가 탄성을 질렀다.

　"아, 저분은… 기억이 납니다. 그때 포프슨 성의 전투 때 차를 날라 주셨던……."

　아아젠은 고개를 푹 숙였다. 라즈파샤는 기억하고 있었던 것이다. 포프슨 성의 전투를 치르기 전, '마법의 페가드' 포프슨 성을 공략하기 위한 작전을 세우다가 잠시 쉬는 시간에 퀴트린이 라즈파샤를 자신의 막사로 초대해 슈렐린 차를 나눈 적이 있었다. 그때 라즈파샤는 아아젠을 향해 아름답다는 표현을 썼었다.

　"하지만, 이분이… 어떻게……."

　라즈파샤는 어색하게 웃으며 퀴트린에게 시선을 돌렸다. 혈혈단신으로 기사단을 떠났다고 알고 있었는데 어떻게 그녀가 그를 수행하고 있는지 언뜻 이해가 안 되었던 것이다.

"아아젠 님의 카발리에로가 되었기 때문에 기사단을 떠났던 것입니다."

"예?"

이번에는 라즈파샤도 놀라지 않을 수 없었다.

이제는 로젠다로에서 기사가 하녀의 카발리에로가 되는 것이 사회적으로 받아들여질 수 없는 일은 아니었다. 하지만 그것은 로젠다로의 이야기였다.

'이나바뉴의 옐리어스 나이트가 하녀의 카발리에로가 되다니!'

놀라워하는 라즈파샤를 향해 퀴트린은 그동안 어떤 일이 있었는지를 간략하게 설명했다.

그의 설명을 듣고 난 라즈파샤는 잠시 멍한 표정이었다. 그러나 그는 곧 밝은 표정으로 일어나 아아젠을 향해 오른손을 들었다.

"진심으로 축하드립니다, 아아젠 님. 이나바뉴 최고의, 아니 세계 최고의 기사를 카발리에로로 두시게 되다니. 비록 늦긴 했지만 이건 정말 축하드리지 않을 수가 없군요."

아아젠이 급히 일어나 라즈파샤를 만류했다. 로젠다로 기사대장의 예를 받는 것은 그녀로서는 상상도 할 수 없는 일이었다.

그제야 나머지 사람들도 퀴트린과 아아젠이 어떻게 해서 이곳에 오게 되었는지 이해할 수 있었다. 특히 라시드는 너무나 큰 경악으로부터 헤어나지 못하고 있었다. 이나바뉴 제1기사의 가르침을 무려 2년 동안이나 받아 왔다는 사실을 믿을 수가 없었던 것이다.

모두가 충격에 빠져 있을 때 라즈파샤가 입을 열었다.

"그 말대로라면 나이트 레이피엘은 오히려 로젠다로를 지켜야 할 가장 큰 이유를 가지고 계신 셈이 아닌가요?"

퀴트린은 말이 없었다.

계급 제도가 없는 세상. 그런 세상을 아아젠이 얼마나 꿈꿔 왔는지 알지 못하는 퀴트린이 아니었다. 하지만 퀴트린에게는 또한 아아젠과의 행복을 계속 지키고 싶은 욕구도 없지 않았다. 퀴트린이 아무 말도 하지 않자 다급해진 라즈파샤가 설득을 계속했다.

"지금 로젠다로에는 당신의 힘이 필요합니다. 저와 국왕 폐하를 비롯한 모든 로젠다로의 사람들이 로젠다로와, 로젠다로의 새로운 평화—계급 제도가 없는 로젠다로를 말입니다—를 지키고 싶어합니다. 나이트 레이피엘과 아아젠 님, 그리고 이곳에 계신 모든 분들도 그렇지 않습니까?"

장로가 고개를 끄덕였다. 퀴트린이 입을 열었다.

"하지만 지금 제게 가장 소중한 것은 이분의 행복입니다."

"로젠다로가 이나바뉴에 굴복한다면, 아아젠 님의 행복도 사라질 것입니다."

라즈파샤가 단호하게 말했다. 그의 말은 옳았다. 이나바뉴가 요구한 것은 계급 제도의 복귀였기 때문이다.

"아아젠 님의 생각을 듣고 싶군요."

라즈파샤가 말하자 모든 사람들이 아아젠을 향해 고개를 돌렸다. 이제껏 침묵을 지키던 아아젠도 다른 사람들의 시선을 받자 입을 열 수밖에 없었다.

　"조금 긴 이야기가 될지도 모르겠군요."

　아아젠이 조용한 목소리로 말했다.

　"여러분께서는 모두 모르고 계셨겠지만 저는 이나바뉴의 미천한 음유시인이었습니다."

　아무도 그 말에는 동요하지 않았다. 음유시인이 천민이라고 믿는 시대는 이미 지났기 때문이었다.

　"우연한 기회에 저는 퀴트린 님의 길 안내를 겸한 수행을 하게 되었죠. 퓨론사즈 옆의 파이센이라는 작은 도시에서부터 로냐프강이 흐르는 루우젤까지였어요. 길지 않은 여행이었지만, 너무나 불경스럽게도 저는 그 여행을 하는 동안 제 자신의 신분도 잊은 채 마음속으로 퀴트린 님을 연모하게 되었습니다."

　아아젠의 말은 조리 있기는 했으나, 퀴트린으로부터 배운 예법이 아직 완전히 몸에 배진 않아 표현이 약간 거칠 수밖에 없었다. 그러나 그 자리에 있던 누구도 눈썹 하나 찌푸리지 않았다. 오히려 라즈파샤의 얼굴에는 경건함까지 드러나 있었다.

　조금은 서툰 듯한 그녀의 말투에 오히려 퀴트린을 향한 그녀의 아름다운 감정이 숨김없이 녹아 있는 듯했기 때문이었다.

　"순전히 저 하나만의 행복을 위해 퀴트린 님께서는 기사 작위와 보장된 모든 행복을 내던지셨습니다. 그리고 이곳에, 미

천한 제 곁에 계시게 된 것이죠."

아아젠의 말은 미세하게 떨리고 있었다. 리엘은 어렸을 때부터 오직 마법만을 위해 살아왔기 때문에 남녀 간의 정 같은 것에는 그다지 신경 쓰지 않았지만, 어쩐지 코끝이 찡해 오는 느낌이었다.

아아젠이 이어 말했다.

"여러분께서 나누시는 어려운 이야기를 저는 잘 이해하지 못해요. 저는 어리석고 배운 것도 너무 적습니다. 그리고 심성 또한 곱지 못하고 저 자신만을 알기 때문에 퀴트린 님께서 그분 몫의 행복을 제게 모두 주셨음에도 여전히 퀴트린 님 곁에 있고 싶고, 그분을……."

아아젠은 잠시 말을 멈추었다. 방 안에 있는 모든 사람들은 조용히 그녀의 이야기에 귀를 기울이고 있었다.

"그분을… 여전히 바라보고 싶습니다. 그게 제게 있어서 가장 소중한 것이죠."

아아젠의 눈에는 맑은 눈물이 살짝 고였다. 하지만 그녀의 목소리는 더 이상 떨리지 않았다.

"저는 제 생각밖에 할 줄 몰라요. 그래서 계급 제도가 없어졌다는 이야기를 듣고 남몰래 너무나 기뻐했답니다. 이제는 정말 제가 이분을 마음에 담아도 된다는 생각에……."

그녀는 다시 말을 멈추었다. 자신을 가리켜 이기적이라고 말하고 있었지만, 그곳에 있는 어느 누구도 그녀를 이기적이라고 생각하지 않았다.

"퀴트린 님께서는 제 행복이 가장 소중하다고 하셨지만, 제 행복 역시 그렇답니다."

아아젠은 거기까지 말하고는 고개를 푹 숙였다. 모두가 그녀의 말과 그녀의 생각을 이해할 수 있었다. 퀴트린이 조용한 목소리로 말했다.

"알겠습니다."

퀴트린은 고개를 숙인 아아젠을 바라보며 말을 이었다. 그의 눈은 차분했다.

"지키겠습니다."

아아젠이 살며시 고개를 들자 퀴트린의 눈과 그녀의 눈이 마주쳤다. 퀴트린은 고요한 미소를 입가에 머금고 있었다.

"당신의 소중한 것을."

퀴트린의 말은 조용했지만 힘이 있었다. 라시드의 눈에는 이제 그가 레틀을 기르던 제르세즈의 농민이 아니라 평원을 달리며 수천 기 기사단을 지휘하는 옐리어스 나이트로 비춰지고 있었다. 전에는 볼 수 없었던 기사로서의 존재감이 퀴트린의 몸 주위를 감싸고 있었던 것이다.

"… 죄송해요."

아아젠의 말을 마지막으로 방 안은 잠시 침묵 속으로 빠져들었다.

마침내 라즈파샤가 입을 열었다.

"고맙습니다, 나이트 레이피엘."

퀴트린이 부드럽게 웃었다.

"나이트 레이피엘이라는 이름은 버리고 싶습니다. 저는 이제 이나바뉴의 기사가 아니니까요."

"그럼, 어떻게 불러 드리면 될까요? 국왕께 말씀드려 직접 기사명을 하사받으실 수 있을 겁니다."

국왕에게 직접 기사명을 받는다는 것은 정말 굉장한 영광이 아닐 수 없었다. 그러나 퀴트린은 가볍게 고개를 저었다.

"… 네라이젤. 이 이름이 좋겠군요."

퀴트린의 말에 라즈파샤는 입속으로 그 기사명을 몇 번 되뇌어 보았다.

"네라이젤, 네라이젤이라… 나이트 네라이젤… '당신의 소중한 것을' 이라는 뜻이로군요."

"아펠르 성좌의 다른 이름이기도 하지요."

퀴트린은 조용히 웃음을 지어 보였다.

아아젠은 감격으로 가슴이 벅차올랐지만 아무 말도 하지 못했다.

"더 이상 행복할 수 없다는 말이 어떤 뜻인지 이제 알 것 같아요, 아아젠."

리엘이 아아젠에게 속삭였다. 그리고 마음속으로 리엘은 자신에게도 이렇게 반드시 지키고 싶은 것이 있으면 좋겠다고 생각하고 있었다.

퀴트린이 라시드를 돌아보며 말했다.

"아직 수업이 끝나지 않았는데, 미안하군. 이해해 줬으면 좋겠어, 라시드. 하지만 지금껏 배운 것으로도 충분히 지키고 싶은 사람들을 지킬 수 있을 거야."

퀴트린이 가볍게 웃어 무겁던 분위기를 털어 냈다.

그때 라시드가 말했다.

"저도 데려가 주십시오."

"뭐라고?"

라시드가 이번에는 라즈파샤를 돌아보았다.

"기사대장님, 저도 데려가 주십시오. 제 실력은 별것 아니지만, 저도 로젠다로의 힘이 될 수 있게 해주세요."

라즈파샤는 라시드의 얼굴을 살펴보며 물었다.

"기사로서 말입니까?"

"아직 기사는 될 수 없겠지만, 저도 퀴트린 님께 2년 동안 페치를 배웠습니다. 로젠다로 중앙기사단의 전사로라도 절 써주십시오."

"나이트 레이피엘, 아니 나이트 네라이젤에게 2년 동안이나 페치를 배웠단 말입니까?"

라즈파샤는 깜짝 놀란 표정을 지었다.

'아니… 그렇다면.'

라즈파샤는 퀴트린을 돌아보았고, 퀴트린은 나지막한 목소리로 대답했다.

"이미 기사가 될 수 있는 실력을 갖추고 있을 겁니다. 하지만……."

그는 라시드를 돌아보며 말을 이었다.

"라시드, 자네의 아버지는 결코 기사가 되지 말라고 했다고 하지 않았는가?"

라시드는 눈웃음을 지어 보이며 말했다.

"저도 지키고 싶은 것이 생겼습니다, 퀴트린 님."

퀴트린과 라시드의 눈이 마주쳤다.

"… 로젠다로입니다."

퀴트린은 허탈한 웃음을 지었지만, 라시드의 눈빛이 너무나 진지했기 때문에 곧 웃음을 감추었다. 라시드를 응시하다가 퀴트린은 다시 라즈파샤에게 고개를 돌렸다.

"이 청년은 곧 기사가 될 수 있을 겁니다. 로젠다로의 전력에 큰 도움이 될 것이니 거두어 주십시오."

라즈파샤는 밝게 웃었다.

"그렇게까지 말씀하시니… 함께 가도록 하죠. 이거 굉장한 수확이로군요. 나이트 네라이젤 외에도 훌륭한 기사를 한 명 더 얻게 되다니. 쥬르 님께서 로젠다로를 지켜봐 주시고 계신 모양입니다."

그의 말에 퀴트린도 빙그레 웃었다.

장로의 집에서 퀴트린이 라즈파샤와 전황에 대해 이야기하고 있을 때, 아아젠은 리엘과 함께 그곳을 빠져 나왔다. 퀴트린이 당장 떠나야 할 테니 짐을 정리해야 했던 것이다.

"레틀들은 델란에게 이야기해서 장로님께 부탁드리면 되겠지요?"

혼잣말처럼 중얼거리는 아아젠에게 리엘은 고개를 끄덕여

보였다.

"집은 뭐… 처음부터 비어 있던 곳이니까, 제르세즈를 찾아오는 사람들이 사용할 수 있겠죠. 그것도 장로님께 말씀드리면 될 거예요."

"특별히 가지고 갈 물건이 있나요?"

그들은 언덕을 올라 퀴트린과 아아젠이 몇 년간 머물렀던 통나무집으로 향하고 있었다.

"당장은 파야스 외에는 생각나는 것이 없네요. 집에 들어가 한바퀴 둘러봐야겠어요. 퀴트린 님의 방에 하야덴이 있을 테고… 아 참, 그런데 리엘은 이제 어떻게 할 거예요?"

리엘은 다정하게 아아젠의 어깨에 손을 얹었다.

"수행을 더 하다가 곧 로젠다로 왕영 마법학교로 돌아가야 해요. 자유수행 기간은 끝나지 않았지만 저를 가르치신 메이사드 님께 말씀드리고 싶은 것들이 몇 가지 있거든요."

"그럼, 이번에 헤어지면……."

리엘은 고개를 저었다.

"만나게 될 거예요, 아아젠."

'정말 만날 수 있을까?'

아아젠을 위로하기 위해 그렇게 말은 했지만, 실은 그녀 역시 아아젠과 다시 만날 수 있으리라고는 생각하지 않았다.

"바보 같은 일을 한 건 아닐까요?"

"뭐라고 했죠, 아아젠?"

"제가 다시 퀴트린 님을 전장으로 몰아 낸 것이 아닐까요?

퀴트린 님은 항상 저를 지켜 주셨어요. 절 위해 버린 전장에…
저를 위해 또다시 찾아가려 하시다니."

아아젠은 잠시 말을 끊었다.

"저도 그분을 지켜 드리고 싶은데… 항상 도움을 받는 건
저로군요."

리엘이 부드러운 목소리로 말했다.

"퀴트린과 아아젠의 사랑, 너무 아름답게 보여요. 모든 것
을 포기하면서까지 지켜 주고 싶은 것이 있다는 것은… 제게
도 그럴만한 것이 있으면 좋겠네요. 만약,"

리엘이 아아젠을 돌아보았다. 페레다스 산맥에서 불어 오는
시원한 바람이 그들 곁을 스쳐 지나가고 있었다.

"제 능력으로 두 분의 사랑을 지켜 드릴 수 있다면, 꼭 그렇
게 해드릴게요. 아아젠, 우린 친구잖아요."

아아젠은 그제야 밝은 미소를 보였다.

"정말 따뜻한 마음씨를 가졌군요, 리엘. 그래요… 제겐 리
엘이라는 든든한 버팀목이 있는 거로군요."

어느새 그들은 통나무집에 들어서고 있었다. 해가 서쪽으로
한 뼘쯤 기울어 있는 로젠다로의 봄날 오후가 그렇게 가고 있
었다.

아펠르 력 646년 봄, 이나바뉴의 옐리어스 나이트였던 퀴
트린은 나이트 네라이젤이라는 새로운 기사명으로 로젠다로
의 기사가 되었다. 그가 수적으로 완전히 열세에 있는 로젠다

로 기사단에 얼마만큼의 힘을 더해 줄 수 있을지는 모르지만, 로젠다로의 기사대장 나이트 라즈파샤에겐 그 이상의 행운이 존재하지 않는 듯했다. 이제, 모든 것은 빛의 신 사타루스와 그의 아내 쥬르의 뜻에 달린 것이라고 라즈파샤는 생각했다.

그때, 로젠다로 바스크 8 나이트 헤레온이 지휘하고 있는 로젠다로 기사단 슈리온 파견대는 옐리어스 나이트 가이사로가 이끄는 이나바뉴 기사단의 접근 소식을 듣고 또 한 번의 결전을 준비하고 있었다.

로젠다로 기사단의 규모는 처음부터 이나바뉴 기사단에 비해 수적인 열세에 처해 있었다.

로젠다로 기사단은 중앙기사단과 이나바뉴 접경 지역의 소파견대, 크실 접경 지역의 동방파견대, 그리고 각지에 파견되어 있는 몇몇 파견대들로 구성되어 있었는데, 그 전체 병력이 하라데스 지방에 파견되어 있는 이나바뉴 기사단 동방원정대의 규모 정도밖에는 되지 않았다.

슈리온은 로젠다로 북동부에 있는 로젠다로 제2의 도시로, 쥬르 신의 대신전이 있는 종교 도시였다. 그곳에는 에우로페 나이트 한 명을 비롯한 2천여 기의 기사단이 파견되어 있었다. 그러나 그곳에 머물고 있는 바스엘드들은 대개 은퇴를 앞두고 종교적 휴양이나 영성 수련을 위해 머물고 있는 기사들뿐이었다.

로젠다로 바스크 8 나이트 헤레온은 온화하고 따뜻한 성격으로 후배 기사들에게 많은 존경을 받고 있는 기사였다. 기사로서의 실력은 그다지 뛰어나지 않았지만 기사도와 예법에 충실하고 무엇보다 쥬르 신을 향한 신앙심이 특별해 몇 년 전 이곳 슈리온의 파견대장으로 부임해 얼마 남지 않은 기사 생활을 정리하고 있었다.

헤레온이 이나바뉴 기사단의 접근 소식을 들은 것은 그날 오전이었다. 푸른색 깃발[1]을 들고 달려온 레페린은 나이트 이멜젠과 나이트 일린스크의 패전 소식을 전해 왔다. 그와 동시에 '이나바뉴 기사단이 분리되어 동쪽으로 향하고 있습니다. 아마도 슈리온으로 향하는 듯하니 준비하십시오'라는 나이트 일린스크의 전언 또한 전해 왔다.

헤레온은 소식을 듣자마자 크실 국경 등지의 페레다스 산맥에 주둔하고 있는 로젠다로 기사단 파견대로 기마수를 띄워 지원을 요청했다. 그러나 그들이 얼마 만에 도착할 수 있을지는 미지수였다.

슈리온 역시 넓은 평야로 둘러싸여 있어 안개가 자주 끼는 지역이었다. 그 넓은 평야를 덮은 안개가 신비로움을 더하기 때문에 슈리온은 예부터 대신전이 세워지고 종교 도시로 성장할 수 있었던 것이리라.

참으로 오랜만에 입어 보는 전투복이었다. 하야덴 수련을 소홀히 한 것은 아니었지만 슈리온에 온 이후로 헤레온은 기사로서의 하야덴 수련보다는 신앙인으로서의 영성 수련에 더 몰두했던 것이 사실이었다. 이제 오십이 넘어 희끗희끗해진 머리카락의 헤레온은 담담한 표정으로 옆에 서 있는 기사를 바라보았다.

"옐리어스 나이트를 만나는 것은 처음인가?"

"예."

짙은 자주색 전투복을 입은 기사가 짧게 대답했다. 헤레온의 표정은 부드러웠으나 그 젊은 기사의 얼굴은 굳어 있었다.

　헤레온은 조금은 허탈한 웃음을 하늘로 날려 보냈다. 그는 여전히 담담한 표정으로 안개가 걷히는 슈리온 평원 저편을 바라보고 있었다.

　"한 십 년 전쯤인가… 아니, 십 년은 조금 안 되었나. 난 옐리어스 나이트를 한 명 만난 적이 있었네."

　10년 전이라면 나이트 헤레온이 이곳 슈리온에 파견돼 오기 전으로 중앙기사단 소속의 기사일 때였다.

　"키가 크고 쾌활한 웃음이 매력적인 기사였지… 하야덴을 휘두르는 것을 직접 보지는 못했지만 아마 그가 하야덴을 뽑아 들면 그 위압감만으로도 주위의 성벽이 모두 무너져 내릴 거라고 생각했었지. 그만큼 그는 겉으로 보기에도 대단한 기사였네. 그런 기사를 본 적이 있나, 나이트 세이르본?"

　로젠다로 바스크 27 에우로페 나이트 세이르본은 잠시 고개를 들어 하늘을 쳐다보았다. 무엇인가를 생각하는 듯한 표정이었다.

　"저는 이제 겨우 서른이 조금 넘었습니다. 헤레온 님만큼 많은 세상을 보았을 리가 없지요… 하지만, 지난번 전쟁에서 전사하신 전 기사대장 퓨네스 님이나 지금 현재 기사대장을 맡고 계신 라즈파샤 님이라면 그런 느낌을 상대에게 줄 수 있

1) 푸른색 깃발: 패전을 의미하는 기수 신호.

다고 생각합니다. 특히 라즈파샤 님의 존재감은 대단하지 않습니까."

세이르본의 표정에는 왜 이제 곧 서로 하야덴을 마주쳐 싸워야 할 상대국을 칭찬하느냐 하는 불만이 적잖게 나타나 있었다. 그러나 헤레온은 개의치 않았다.

"그래. 라즈파샤 님이라면 내가 보았던 옐리어스 나이트와 비견할 수 있겠지… 내가 경험이 적고 기사로서 완성되지 않았기 때문에 그런 것인지, 어쨌든 그 기사는 정말 대단하게 보였네. 세렌 넷째 왕녀님의 카발리에로가 되는 의식 때에는 더욱 그랬지."

"아."

세이르본의 입에서 짧은 탄성이 터져 나왔다.

"이바이크 님을 말씀하시는 거로군요."

헤레온은 아무 말도 하지 않았고, 세이르본은 그제야 약한 공포가 자신의 몸을 엄습해 오는 것을 느낄 수 있었다. 이제는 막연한 대상으로서의가 아니라, 실체로서의 옐리어스 나이트의 막강함이 느껴지기 시작한 것이다. 포프슨 평원의 전설로 남은 옐리어스 나이트 이바이크라는 이름으로 인해.

'과연 이길 수 있을까?'

그런 엄청난 기사들이 이끄는 기사단을 상대로 자신이 이길 수 있을까 하는 의문이 두려움과 함께 그에게 다가왔다. 세이르본은 몸을 떨었다.

'그러나 나는 영광스러운 로젠다로의 에우로페 나이트가

아닌가.'

　고개를 떨구고 있던 그가 갑자기 머리를 빳빳하게 들어 전방을 바라보자 그의 생각을 알아차린 듯 헤레온이 조용한 미소를 지었다. 그는 이 전투의 승리를 기대하고 있지는 않은 듯했다.

　고의적으로 큰 목소리로 세이르본이 외쳤다.

　"이길 수 있다고 생각하지 않으십니까? 그렇지 않다면… 왜 다른 파견대로 지원을 요청하셨습니까?"

　말을 마치고 세이르본은 미간을 살짝 찡그렸다. 자신의 의지와는 달리 그의 목소리가 조금씩 떨리고 있었던 것이다. 헤레온은 천천히 그의 친애하는 에우로페 나이트를 돌아보았다.

　"최선을 다할 뿐이다. 또한 로젠다로 기사단의 명예와 패기, 그리고 우리들의 신념을 그들에게 보여 주자."

　'이길 것이라고 생각하고 있지는 않으시다는 말인가.'

　세이르본은 가슴이 철렁했다. 하지만 다음 순간 그는 다시 고개를 꼿꼿이 세우고 전방을 주시했다. 이나바뉴 기사단이 도착해 평원 저편에 서면 기사단의 최전방에 서서 적진을 향해 돌격해야 하는 것이 에우로페 나이트에게 남은 마지막 의무였기 때문이다.

　'그래, 이기지 못한다면 이 슈리온 평원에 피를 뿌리고 에우로페 나이트로서 영광스럽게 죽으리라.'

　세이르본은 그 자리에서 처음으로 죽음을 생각했다. 평원을 대각선으로 가로지르는 말발굽 소리가 들리기 시작한 것은 바로 그때였다.

"수십 기의 레페리온이 접근하고 있습니다."

"로젠다로 기사단인가?"

세이르본은 급히 헤레온을 쳐다보았지만 그는 오히려 온화한 표정이었다. 그들은 단지 수십 기. 그들이 모두 에우로페 나이트라면 모를까, 2천 기의 기사단을 향해 단 수십 기의 레페리온이 정면으로 돌격하는 무모함이란 있을 수 없는 일이었다.

세이르본은 기사의 기량만으로는 헤레온보다 한수 위였다. 세이르본이 레페리온의 기척을 느끼고 한참이 지나서야 헤레온도 레페리온의 말발굽 소리를 들을 수 있었다. 헤레온은 그 소리를 들으며 레페리온의 기마술이 매우 뛰어나고, 특별히 훈련된 기사단일 거라고 생각했다.

"나이트 세이르본, 그들이 보이는가?"

"아직… 확인할 수 없습니다."

안개 때문에 아직은 식별이 불가능했다. 그때 평원을 가르며 커다란 목소리가 들려왔다.

"로젠다로 바스크 61 나이트 레케엘이 기사대장님을 모시고 왔습니다! 슈리온 파견대장 나이트 헤레온 님, 거기에 계십니까?"

"기사대장님이라고?"

줄곧 담담한 표정을 짓고 있던 나이트 헤레온의 얼굴에도 큰 동요가 일었다.

'어떻게 기사대장님이 여기에 오셨을까?'

세이르본은 기쁜 표정으로 헤레온을 돌아보았다. 헤레온은 급히 명령을 내렸다.

"나이트 세이르본. 즉시 가서 기사대장님을 영접해라."

"예!"

세이르본은 큰 소리로 대답하고는 하야덴을 뽑아 들어 자신이 지휘하는 근위기사단 중 수십 기에 전진 명령을 내렸다. 순식간에 잘 훈련된 로젠다로의 기사들이 전열을 정비하여 세이르본을 따르기 시작했다. 에우로페 나이트의 직속 기사단은 말 그대로 로젠다로 최정예의 기사단이었다.

'기사대장, 라즈파샤 님이 오셨다.'

비록 결과가 어떻게 될지는 예측할 수 없었지만, 그것은 이나바뉴의 어떠한 기사단과 전투를 벌이게 된다 하더라도 사기를 잃지 않고 끝까지 싸울 수 있다는 확신을 주는 것이었다. 기사대장이라는 이름이 갖는 힘은 기사단의 수적 열세나 훈련도 따위를 떠나 강한 투지를 주는 것이었기 때문이다.

세이르본은 뛰는 가슴을 억누르며 말을 몰아 안개 저편의 기마대 쪽으로 달려갔다. 아펠르 력 646년 봄의 어느 흐린 날 오후, 슈리온 평원의 안개는 서서히 걷혀 가고 있었다.

이나바뉴 바스크 178 나이트 네이서스는 흔들림 없이 정렬한 채 조용히 평원 저편에서 그들을 맞이하고 있는 로젠다로 기사단을 바라보며 감탄을 연발했다.

"로젠다로 기사단의 긍지란 정말 대단하군요."

"성역 슈리온을 지키는 기사단이야. 저 정도 위용은 되어야지 않는가."

가이사로가 네이서스의 말을 받았다. 네이서스는 고개를 끄덕이며 한 손으로 턱을 어루만졌다. 탐색전을 거칠 것인지, 그렇지 않을 것인지를 생각하고 있는 것이었다.

"로젠다로의 총병력은 1만 5천 기. 아마도 슈리온에 파견되어 있는 기사단은 2천 명 남짓일 것입니다. 크실과의 접경 지역의 파견대에 도움을 요청했다고 하더라도 시간상으로 충분한 집결을 이루지는 못했던 모양이군요."

가이사로가 그의 말에 동의를 표했다.

"지금 평원 건너에 포진한 기사단이 슈리온 파견대의 대부분이라고 보아야 한다는 말이로군."

네이서스가 고개를 끄덕였다.

"역시."

가이사로는 하늘을 올려다보며 크게 심호흡을 했다. 이제 나올 말은 작전 지령일 것이라고 네이서스는 생각했다.

"정면충돌이 가장 좋은 방법이겠군."

가이사로가 어깨를 으쓱하는 것을 보며 로젠다로 원정대의 참모는 빙긋 웃음을 지었다.

기사단이 서로 공격하고 방어하는 방법에는 참으로 여러 가지 방법이 있었다. 기사학교에서는 언제나 새로운 전략과 전술이 연구되지만, 사실 실제로 전장에서 사용되는 전법은 그때그때 상황을 분석한 그 기사단의 바스엘드에 의해 펼쳐지게 마련이었다.

시간, 지형, 날씨, 기후, 기사단의 규모와 사기, 양쪽 기사단 바스엘드의 역량, 그리고 행운까지. 전투에 영향을 주는 조건과 상황들은 너무나 많았다. 어떠한 전술서도 모든 상황을 정확히 꿰뚫어 낼 수는 없었기 때문에 결국 그 기사단을 지휘하는 바스엘드가 전술을 결정하게 되는 것은 당연한 일이었다.

그런 의미에서 정면충돌도 언제나 충분히 고려될 수 있는 전법 중 하나였다. 가장 이른 시일 안에 전투를 마무리해야 할 때, 작전을 사용하기 어려운 맑은 날씨의 평야에서, 혹은 기사단의 규모나 사기, 기사들의 역량에 많은 차이가 있다고 판단될 때 효과적으로 사용할 수 있는 전술이었다.

지금 슈리온 평원에서 마주친 두 기사단은 규모는 큰 차이가 나지 않았지만 기사들의 역량과 사기에서 많은 차이가 난다고 판단한 네이서스와 가이사로는, 맑은 평원을 질러 로젠다로 기사단을 향해 정면으로 돌격하기로 마음먹은 것이었다.

그러나, 기사대장 나이트 라즈파샤가 그 기사단에 있다는 사실만 알았더라도 그들은 그런 결정을 내리지는 않았을 것이다.

"아마도 나이트 가이사로인 듯하군요."

상대 진영을 바라보던 퀴트린이 중얼거렸다. 그의 목소리는 아주 작았기 때문에 바로 옆에 서 있는 라즈파샤에게만 들렸다.

가이사로라면 라즈파샤도 만나 본 적이 있는 기사였다. 항상 호쾌하고 농담을 잘하는 그 기사를 라즈파샤도 기억하고 있었다.

"옐리어스 나이트가 상대라는 것만으로도 충분한 부담이 됩니다. 신중해야 합니다."

헤레온은 조심스럽게 말했다. 그는 어제까지만 해도 슈리온 파견대와 함께 바스엘드로서의 생을 이곳에서 끝마치리라고 생각하고 있었다. 그러나 이제 상황은 달라졌다. 기사대장 나이트 라즈파샤가 직접 이 기사단을 지휘하고 있는 것이다.

"탐색전을 하려고 하지는 않을까요? 병력은 비슷한 수준입니다."

세이르본이 말했다. 그런데 엉뚱하게 기사대장은 어디에선가 데리고 온 젊은 기사를 돌아보았다. 퀴트린은 빙긋 웃었다.

"기사대장님이 이곳에 있다는 사실을 알게 되면 당연히 탐색전으로 나올 것입니다. 그러나 아직 그런 움직임은 보이지 않는군요."

세이르본은 처음 보는 이 기사에게 묘한 거부감을 느꼈다. 라즈파샤는 세이르본에게 그의 바스크나 소속도 이야기해 주지 않았다. 단지 '나이트 네라이젤'이라며 슈리온 파견대의 기사에게 그를 소개했을 뿐이었다. 하는 수 없이 그는 경칭과 경어를 사용하고 있었지만 기사대장의 신뢰를 한몸에 받고 있는 낯선 이에게 세이르본은 쉽게 마음을 열 수 없었다.

그 짙은 거부감이, 실은 상대의 존재감에 대한 두려움이라는 것을 세이르본은 전투가 끝난 후에야 깨달을 수 있었다.

그날 아침에 페레다스 산맥에 주둔하고 있는 기사단으로 띄운 레페린이 제르세즈에서 포프슨으로 향하고 있던 라즈파샤 일행과 마주친 것은 정말 커다란 행운이 아닐 수 없었다. 그들은 슈리온이 공격받을 것 같다는 레페린의 전언을 듣고 생각할 새도 없이 우선 슈리온으로 달려오게 된 것이었다.

슈리온과 제르세즈는 그리 멀지 않은 거리에 있었기 때문에 우선 기마술에 뛰어난 라즈파샤와 퀴트린, 그리고 라즈파샤를 수행하고 있던 나이트 레케엘과 몇몇 레페린들이 먼저 슈리온에 도착할 수 있었다. 그러나 그동안 라즈파샤가 퀴트린에게 바스크를 내리고 기사단을 할당해 줄 여유가 없었기 때문에 우선 퀴트린은 이 전투에 참모의 역할을 수행하기로 하였다.

라즈파샤가 그를 믿지 못하는 것은 아니었다. 그럼에도 그를 직접 전투에 투입하지는 않는 것은, 아무래도 3년 동안이나 기사단을 떠나 있었기에 하야덴의 감촉이나 전투에 대한 감각이 돌아오는 데에는 어느 정도의 시간이 필요하다고 생각됐기 때문이다. 그리고 무엇보다 로젠다로의 기사대장이 이끄는 기사단의 힘이 옐리어스 나이트 한 사람이 이끄는 이나바뉴 기사단보다 약할 것이라고 판단되지는 않았기 때문이다.

퀴트린은 전투복 안쪽에 손을 넣어 가슴에 간직한 아아젠의 물건을 만져 보았다. 애프러더처럼 흰 나뭇가지에 짐승 가죽으로 보이는 줄들이 기다랗게 몇 가닥 매달려 있는 악기. 기사가 출정하기 전 카발리에로로서 모시고 있는 귀부인에게 받는 승리의 징표로서는 어색한 물건이었지만 어쨌든 퀴트린은 그것을 소중하게 갑옷 가슴 안쪽에 간직하고 있었다. 이 전투는 퀴트린이 아아젠의 카발리에로가 된 다음에 치르게 되는 첫 번째 전투였던 것이다.

"아아젠 님, 징표 같은 것은 주시지 않나요?"
"네?"
라즈파샤의 말에 아아젠은 그의 얼굴을 빤히 올려다보았다.
라즈파샤는 레페린에게 슈리온이 공격받을 것 같다는 이야기를 들은 즉시 퀴트린, 레케엘과 함께 먼저 슈리온으로 향하기로 했었다. 라즈파샤는 너털웃음을 날렸다.
"카발리에로가 출정할 때에는 자신이 소중하게 생각하는 물건이나 의미가 있는 물건을 카발리에로의 무사 귀환을 기원하며 징표로 주는 것이랍니다. 지금 아아젠 님의 카발리에로는 잠시 아아젠 님의 곁을 떠나 전장으로 가려 하고 있어요."
아아젠이 퀴트린을 돌아보자, 퀴트린은 멋쩍은 듯이 어색한 웃음을 머금었다.
그제야 아아젠은 징표라는 것이 어떤 것인지 대충 짐작을 할 수 있었다. 그러나 급히 제르세즈를 떠나 오는 바람에 그녀는 많은 물건을 가져 오지는 못했다. 하는 수 없이 그녀는 가슴에 품고 있던 파야스를 꺼내 퀴트린에게 건네 주었다.
"이런 것도 괜찮을까요?"
"충분합니다, 아아젠."
퀴트린이 정중하게 파야스를 받아 들었다. 전투복을 입고 옆구리에는 파야스를 낀 퀴트린의 모습은 우스꽝스러웠다. 그러나 퀴트린은 엄숙하게 아아젠의 앞에 무릎을 꿇었다.

"다녀오겠습니다."

"몸조심하세요."

새벽녘, 레틀에게 아침을 먹이기 위해 퀴트린이 통나무집을 나설 때에 아아젠은 그렇게 말하곤 했었다. 그녀가 해줄 수 있는 말이라고는 그것뿐이었다.

'다녀오세요.'

아아젠은 입을 벙긋거리며 퀴트린과 라즈파샤가 멀어져서 흙먼지만 남을 때까지 뒤를 바라보았다.

그는 떠났다. 그녀와 그녀의 소중한 것을 지키기 위해 또 한 번의 먼 여행을.

"하지만 그들이 정면으로 승부를 걸어올 때, 물러서거나 주춤거리면 안 됩니다. 패퇴해서는 더욱 안 됩니다. 그것은……."

헤레온은 역시 연륜이 많이 쌓인 기사였다. 그는 이 전투가 가지는 의미를 정확하게 꿰뚫고 있었던 것이다. 이 전투에서 승리한다면 이나바뉴의 기세를 한풀 꺾을 수 있겠지만, 만약 그러지 못한다면 '기사대장이 지휘하는 로젠다로 기사단'이 패배하는 것 이상의 의미를 가지게 될 것이다. 슈리온은 바로 로젠다로의 성역이라고 볼 수도 있는 종교 도시인 것이다.

라즈파샤도 그 점을 충분히 알고 있었다. 결코 물러설 수 없는 전투였다.

"나이트 세이르본."

"예."

로젠다로 바스크 27 에우로페 나이트 세이르본이 오른손을 들어 예를 취했다.

"전투에 들어서면 최전방에 선다. 에우로페 나이트의 의무를 잘 알고 있겠지?"

"물론입니다."

세이르본은 짧고 간결하게, 그러나 힘있게 대답했다. 에우로페 나이트는 전통적으로 전투가 벌어질 때 기사단의 최전방에 서서 적을 섬멸해 왔었다.

"나이트 레케엘."

"예."

로젠다로 바스크 61 에우로페 나이트 레케엘이 대답했다. 나이트 일린스크와 함께 가장 젊은 에우로페 나이트였지만 패기와 기마술에는 로젠다로의 어느 기사에게도 뒤지지 않는 지력 있는 기사였다.

"나이트 세이르본과 함께 최전방에 선다. 그러나 이나바뉴 기사단의 바스엘드와는 마주치지 말아라."

"알겠습니다."

두 에우로페 나이트에게 임무를 하달한 라즈파샤는 이어서 슈리온 파견대장 나이트 헤레온을 향했다.

"나이트 헤레온."

"예."

"나와 함께 중앙을 맡는다. 혹 이나바뉴 기사단의 바스엘드가 전투 중에 일 대 일의 대결을 요구해 올지도 모른다. 역시 상대방의 바스엘드와는 마주치지 않도록 해라."

"예. 알겠습니다."

옐리어스 나이트와 렉카아드로 승부를 낼 수 있는 사람은 라즈파샤 자신과 퀴트린뿐이라는 사실을 라즈파샤는 잘 알고 있었다. 모든 기사들에게 작전과 역할을 명령한 라즈파샤는 마지막으로 퀴트린을 돌아보았다.

"나이트 네라이젤."

"예."

퀴트린이 공손한 태도로 기사대장에게 예를 갖췄다. 로젠다로의 기사가 된 이상, 그에게 예의를 취해야 하는 것은 당연한 일이었다.

"레페리온 6백 기를 분리하여 휘하에 주겠다. 후방에 있다가 적의 공세가 집중되거나 수세가 약해지는 부분을 지원하도록."

"알겠습니다."

이나바뉴는 아마도 그들이 파견한 기사단이 로젠다로 기사단에게 패배할 것이라곤 전혀 생각지도 않고 있을 것이다. 라즈파샤는 그것을 정확히 꿰뚫은 작전을 지시하고 있었다.

그러나 2천여 기 기사단의 핵심, 6백 기의 레페리온을 분리하여 운용을 맡긴다는 것은 역시나 파격적이었다.

'후방 지원에 그렇게 많은 기사단을 할당할 필요가 있을까?'

세이르본의 의문을 어떻게 알았는지, 라즈파샤는 조용한 목소리로 말했다.

"기사단을 셋으로 나눈다. 나이트 레케엘과 나이트 세이르본이 그 하나씩을 맡고, 나머지 하나는 나와 나이트 헤레온이 지휘하여 후방에서 대기한다. 상대의 전력이 강한 쪽에 지원을 하기 위함이다."

"예비대 운용? 고전적인 전법이로군요."

헤레온이 말했다. 라즈파샤는 씩 웃음을 지어 보였다.

"그저 전법서에 나오는 예비대는 아니지. 우리에게는 상대편 진영에 벼락이라도 내리쳐 줄 수 있는 6백 기의 레페리온이 있으니까 말이야."

'어디서 나오는 자신감일까?'

헤레온은 뭔가 석연찮은 듯 고개를 갸웃거렸다.

'전원을 이나바뉴 기사단을 향해 돌격시킨다고 하더라도 병력상 2천 기의 이나바뉴 기사단에게 우위를 점하지 못하는데 굳이 예비대를 후방에 대기시킬 필요가 있을까?'

세이르본은 의문이 깨끗이 풀린 것은 아니었지만 우선 기사대장의 지시에 따르기로 했다.

"이 전투가 얼마나 중요한 것인지 설명하지 않아도 잘 알고 있으리라 믿는다. 부탁한다, 모두들."

작전 지시를 내린 라즈파샤는 그의 얇고 새빨간 입술을 꼭 다물었다. 상대가 옐리어스 나이트가 지휘하는 기사단이었기 때문에 그들은 최선을 다해야만 했다. 기사대장이 지휘한다는 이유만으로 이길 수 있는 전투는 아니었기 때문이다.

그날 저녁, 석양이 지기 시작함과 동시에 양쪽 기사단은 함성과 함께 서로를 향해 돌진해 들어가기 시작했다. 양쪽 수천 기의 기사단이 내지르는 함성과 말발굽 소리가 슈리온 평원을 뒤덮었고, 하야덴과 페가드, 리첼반이 서로 부딪치는 소리가 하늘까지 치솟고 있었다.

대 결전은 아니었다. 그러나 그날 저녁, 슈리온 평원에서 있었던 전투는 놀랍게도 로젠다로 기사단의 대승으로 끝났다는 것과, 짧으나마 분명히 역사 속에 기록된 제4차 천신전쟁의 한 귀퉁이를 이 전투가 장식하고 있다는 것만은 확실하다.

이나바뉴 기사단은 이 전투에서 전력적으로 큰 타격을 입지는 않았으나 슈리온 평원에서 물러나 로젠다로와의 국경 펫파 평야에 머물고 있던 본대로 복귀해야 했다. 그러나 전투의 결과보다는 옐리어스 나이트가 이끄는 기사단이 패했다는 점에서 이나바뉴는 무엇과도 바꿀 수 없는 자존심에 커다란 상처를 입었다.

후에 역사는 로젠다로의 젊은 기사대장, 나이트 라즈파샤의 역량이 뛰어났기 때문이라고 이 전투의 결과를 해석했다. 그러나 라즈파샤의 지도력과 함께, 후방에 있던 6백여 기의 레페린을 자유자재로 운용하여 이나바뉴 기사단을 사방에서 압박해 붕괴시켰던 로젠다로의 숨은 기사가 있었음을 역사는 잊고 있었다.

무명의 영웅은 그렇게 잊혀져 갔다.

13

해후

그래서 휴리어벨 위주의 백병전이 주류를 이루었던 기사 단끼리의 싸움은, 나이트 져런스타르에 의해 말을 탄 전투원 위주, 즉 레페리온 위주의 전투로 바뀌게 되었다. 레페리온 선두에 선 바스엘드가 빠른 레페리온을 이용해 송곳처럼 적진을 돌파하면, 그 적진의 혼란 속으로 후방에 있던 휴리어벨이 투입된다. 레페리온의 돌격을 저지할 수 있느냐 없느냐가 전투의 향방을 결정하는 중요한 요소로 작용을 했기 때문에, 긴 마텐을 든 체샤스라는 새로운 전투원들이 등장하게 되는 것이다. 레페리온의 돌파에 이은 휴리어벨의 전과확대, 이것이 2차 천신전쟁 이후, 그러니까 5백 년대 중반 이후 등장하는 전술의 핵심이 된다.

6백 년대의 전투에 유난히도 뛰어난 기사가 많이 보이는 것은, 이 레페리온의 돌격력을 결정하는 가장 중요한 요인이 바스엘드의 지휘력과 기사로서의 실력이기 때문이다. 기사의 역량이 가장 뚜렷하게 드러나는 것이 바로 6백 년대 레페리온 돌격 위주의 전투이고, 그래서 기사들을 이야기 할 때에는 6백 년대의 전투를 이야기하지 않을 수 없는 것이다. 레페리온이 점점 중요해 지자, 심지어는 자하이드로 빚은 갑주로 감싼 젠타리온만을 무려 5천 기나 운용하는 기사까

지 등장하게 되는데, 여러분도 잘 알고 있는 파스크란의 기사단이 바로 그것이다.

그러나 전술의 흐름은 7백 년대에 이르러 또 한 번의 변혁을 겪게 되는데, 그것이 바로 유명한 나이트 수우판의 애프랜과 파이아프랜의 등장 때문이다. 그전까지는 공성전에서 성으로 돌격하는 휴리어벨을 지원하는 정도로만 활용되었던 애프랜은 수우판에 의해 무서운 장거리 공격 능력을 갖춘 전투원들로 거듭나게 되는데, 더더군다나 기사의 갑주를 꿰뚫을 수 있는 파이아프랜까지 등장한 다음에는 레페리온의 전투능력은 반감되어 버릴 수밖에 없었다.

루우젤 독립전쟁 당시 이나바뉴 기사단이 애프랜 개발에 큰 힘을 쏟았던 것은 바로 나이트 수우판의 애프랜을 인정할 수밖에 없었기 때문이다. 그래서 애프랜을 이용한 수많은 전술을 쏟아 놓았던 수우판은 지금까지도 전사(戰史) 연구가들에게 중요하게 다룰 수밖에 없는 기사 중 한 명으로 꼽히고 있다.

이나바뉴의 역사 학자 베이로도의 십이 기사 평전
제9장 나이트 수우판 편에서 발췌
아삘르 력 812년 발행

해후

내게 관심이 있는 일은 오직 한 가지
나이트 레이피엘과 다시 한 번 하야덴을 겨루는 것뿐이다.

레젠의 방문은 그리 갑작스러운 것이 아니었다. 단지 겉모습뿐만이 아니라 생각하는 것까지 전형적인 귀부인이 되어 있는 레젠을 생각하며 프제야는 속으로 웃음을 지었다.

"어서 와, 레젠."

프제야는 반가운 표정으로 레젠을 맞았다. 레젠은 비스듬히 썼던 넓은 챙의 모자를 벗어서 자신을 수행하는 하녀에게 넘기고는 뒤에 서 있던 기사에게 말했다.

"고마워요, 덴케이. 돌아갈 때도 부탁해요."

덴케이라 불린 기사는 레젠에게 정중히 인사하고 물러서 밖으로 나갔다. 이제 응접실에는 주인인 프제야와 손님인 레젠, 그리고 프제야를 시중드는 하녀 한 사람만이 남았다.

"누구야?"

손짓으로 하녀에게 차를 준비시키고는 프제야가 웃으며 레젠에게 물었다. 레젠은 동그랗게 뜬 눈을 깜박거리고 나서야 프제야의 질문을 이해한 모양이었다.

"아, 저 기사… 라벨 님 밑에서 기사 수업을 받고 있는 근위기사야. 아직 작위는 없지만… 루델 님이 작위를 받고 중앙기사단으로 전출을 간 후에는 라벨 님의 근위기사단 소속 기사들 중에 가장 높은 직위에 있어."

프제야가 말했다.

"멜리피온이 ─아, 경칭을 써야 하나─ 라벨 님이 전장에 나가면서 네 수행을 부탁했구나."

레젠은 고개를 끄덕였다.

카발리에로는 평상시에 항상 자신이 모시는 귀부인을 수행해야 하는 의무가 있다. 따라서 레젠이 외출을 할 때에는 특별한 일이 아니라면 카발리에로인 라벨이 그녀를 수행하는 것이 당연한 일이었다. 하지만 전장에 나가게 되어 더는 레젠을 수행할 수 없게 되자, 라벨은 자신의 휘하에 있는 근위기사단 중 최고의 기사를 뽑아 그녀의 수행을 명했던 것이다.

'국왕친위대 옐리어스 나이트의 수행을 받다니, 길거리에 나서면 얼마나 많은 사람의 주목과 부러움을 받을까?'

프제야는 라벨의 수행을 받는 레젠의 모습을 상상해 보고는 부럽게 미소를 지었다.

"그럼 라벨 가에 오랫동안 있었던 기사겠네. 그럼 혹시 저

기사도 너의 과거를 알고 있는 거 아니야?"

프제야는 일부러 과거라는 단어에 힘을 주어 말했다. 그녀가 레젠을 놀리고 있다는 사실을 아는지 모르는지 레젠은 태연하게 그녀의 말에 대답했다.

"그가 라벨 가의 정문을 지키는 견습기사일 때부터 알고 있었지… 라벨 님이 부재중일 때 라벨 님을 대신해서 하야덴을 겨루기도 여러 번 했지."

프제야는 더 참지 못하고 웃음을 터뜨렸다.

"프제야!"

레젠도 말을 하고 나서 창피했는지 얼굴이 붉어지며 제법 큰 목소리로 외쳤다. 프제야는 간신히 웃음을 멈추며 말했다.

"아, 미안. 말괄량이였던 네가 그 시절을 똑똑히 기억하고 있는 사람에게 천연덕스럽게 수행을 부탁한다는 게 재미있어서 그랬어. 기분 나빴다면 용서해."

어린 시절부터 본래 프제야는 조용하고 말이 없는 성격이었고, 레젠은 항상 밝고 명랑했다. 둘은 친한 친구였지만 아주 대조적이었다. 하지만 이제 와서는 조용해진 레젠 앞에 오히려 프제야가 더 명랑해져 있었다.

몇 마디를 더 나누고 있을 때 하녀가 차를 내왔다. 차를 몇 모금 마신 다음 프제야가 먼저 입을 열었다.

"네가 이렇게 변했는데, 카발리에로가 생기면 난 어떻게 될까. 가끔 생각하면 두렵기까지 해."

"변하긴."

레젠은 짧게 대답했다.

"변했어. 카발리에로가 전장에 나갔다고 불안해하며 친구 집을 찾는 레젠이, 변하지 않았다고 말할 순 없겠지?"

정확히 정곡을 찔렸는지, 레젠은 친구의 짓궂은 질문이 원망스럽다는 표정을 지었다. 레젠은 카발리에로인 라벨이 중앙 기사단의 원정대에 소속되어 로젠다로로 떠난 후, 마음을 가다듬을 수가 없었다. 그래서 오랜 친구인 프제야를 만나 이야기라도 나누며 마음을 가라앉히려고 온 것이었다.

"너무 그러지 마, 프제야. 카발리에로는 아니지만 너도 누군가를 떠나 보낸 것 아니야?"

"떠나 보내? 내가?"

프제야는 눈을 동그랗게 떴다. 레젠은 화살을 프제야 쪽으로 돌리려 했으나 그녀가 무슨 소리인지 모르겠다는 표정을 짓자 난처해졌다.

"있잖아. 그… 중앙기사단의……."

레젠이 말하자 프제야는 더욱 이상하다는 표정을 지었다. 레젠도, 프제야도 이제 스무 살이 되어 여러 군데에서 혼처가 들어오고 있었다. 그러나 엘리어스 나이트인 라벨이 카발리에로로 버티고 있는 레젠에게는 이제 더 이상 혼처가 들어오지를 않았다. 이나바뉴의 어떤 남자가 감히 엘리어스 나이트와 연적이 되기를 원하겠는가.

하지만 프제야는 레젠과는 사정이 달랐다. 많은 귀족들이나 기사들이 그녀를 흠모해 직접, 혹은 간접적으로 만남을 요청해 왔다. 그러나 프제야는 대부분 그 요청에 응하지 않았고 만약 응하지 않을 수 없는 상황이 되더라도 만남을 깊은 관계로 지속시키지 않았다. 그녀가 어렸을 때부터 귀부인으로서의 교육을 충실히 받아 온 것을 생각하면 이상한 일이 아닐 수 없었다.

"모르는 척은. 왕녀님의 스무 살 생일 때……."

"아, 루델 님을 말하는 거야?"

레젠은 고개를 끄덕였다. 얼마 전 피엔젤 왕녀의 스무 살 생일 때 프제야는 루델에 의해 초대되어 궁성 정원에서 열리는 생일 연회에 참석한 적이 있었다.

"기분 나쁘게 생각하지 마. 전에 라벨 님의 근위기사였다지만, 지금은 당당히 작위를 가진 기사가 되었잖아? 라벨 님은 항상 루델님이 훌륭한 기사가 될 거라고 얘기했었어."

"예법에 익숙하지는 않지만… 루델 님의 실력이 뛰어나다는 것은 알고 있어. 무엇보다 멜리피온이 직접 뽑아 가르친 기사잖아. 난 멜리피온, 아니지 라벨 님의 눈을 믿어."

그러나 프제야는 말 끝에 한숨을 내쉬었다.

"하지만 너무하는구나, 레젠."

"응?"

모른 척 대답했지만 레젠은 아차 싶었다. 나이트 루델은 이제 겨우 바스크 351의 기사. 스케렉터 타에레온 가의 딸에게 청혼을 하기에는 그들 사이의 계급 차이가 너무 컸다. 농담으로 하려던 말이 빗나간 셈이었다.

차를 한 모금 마신 프제야는 깊은 한숨을 내쉬고는 조용한 목소리로 입을 열었다.

"내가 어린 시절부터 바라보았던 분은 이제 다른 귀부인의 카발리에로가 되었어, 레젠. 난 이제 기사는 마음속에 담지 않을 거야."

"다른 사람의 카발리에로가 되다니?"

레젠은 놀란 표정으로 물었다. 그녀가 들고 있던 찻잔이 달 깍거렸다.

"그게 무슨 말이야, 프제야?"

레젠이 다급하게 물었다. 설마 하는 생각이 그녀의 머릿속을 스쳤다.

"혹시… 너도 라벨 님을?"

레젠의 말에 프제야는 폭소를 터뜨렸다. 그 웃음이 가실 때까지는 꽤 오랜 시간이 걸렸다.

"이나바뉴 모든 여자들이 라벨 님만 바라보고 있을 거라고 생각하는 거야? 설마… 같이 있으면 꼭 동생 같잖아. 레젠, 라벨 님은 오직 너하고만 어울릴 거야."

라벨 님은 아니었구나 하고 레젠은 속으로 안도의 한숨을 내쉬었다. 프제야는 가벼운 표정으로 말을 이었다.

"어렸을 땐 막연하게 생각했었어. 나를 알지도 못하는 분이지만 언젠가는 나를 바라보실 거라고. 지금은 멀리 있지만 언젠가는 내 곁에 있을 수 있을 거라고……."

레젠은 말없이 차를 한 모금 마셨다. 차 향기는 짙었지만 레젠은 향기를 거의 느낄 수 없었다.

"하지만 이젠 끝났어. 지금은 내 손이 결코 닿지 않는 곳으로 멀리 날아가 버리셨으니까."

프제야가 그렇게 말하자 레젠도 이제 그 이야기는 하지 않는 편이 좋겠다고 생각했다. 라벨이 아니라면 프제야가 마음에 품었던 그 기사가 누구인지는 중요하지 않았다. 더 이야기를 계속하면 위로를 받으러 왔다가 오히려 프제야를 가슴 아프게 할 것만 같았다.

그랬다. 중요하지 않았다. 프제야가 오랫동안 혼자 바라보고 있었던 그 사람이 지금은 이나바뉴 최고의 귀부인의 카발리에로가 되어 있다는 것도, 귀족 제1계급 세렌다이크 출신의 기사와 프제야, 그리고 이나바뉴의 왕녀와 프제야의 계급 차이는 지금의 이나바뉴에서 극복하기에는 너무나 컸다는 것도.

이나바뉴 바스크 351 나이트 루델과 스케렉터 타에레온 집안의 딸 프제야의 계급 차이가 다가가기엔 너무나 컸던 것처럼.

이나바뉴 바스크 24 파아렐 나이트 사야카는 어느새 실질적인 파아렐 나이트의 바스엘드가 되어 있었다. 그보다 높은 바스크의 파아렐 나이트가 두 명이나 있었지만 그들은 모두 상징적인 존재일 뿐이었다. 이나바뉴 바스크 3 듀포픈 왕자가 원래 총사대장[1]이었고, 이나바뉴의 현 국왕 루지아 10세의 동생인 젤루어 경이 바스크 4를 가지고 있었다. 그러나 그들은 모두 기사적인 능력은 매우 떨어지는 편이었다. 일곱 명의 파아렐 나이트 중 진정한 기사라고 부를 수 있는 사람은 바로 나이트 사야카와 이나바뉴 바스크 55 나이트 메이반, 이들 둘 정도뿐이었다.

사야카는 기사대장 나이트 아켈로르의 호출에 의해 왕성에 들어갔다가 다시 사타루스의 대지로 복귀하고 있었다. 하늘에 구름 한 점 없는 맑고 화창한 여름날이었다.

사타루스의 대지에는 그의 예상대로 세 명의 파아렐 나이트만이 모여 있었다. 나이트 메이반, 나이트 바이켈리, 그리고

---

1) 총사대장: 통상 파아렐 나이트 바스크 1의 기사를 이나바뉴 총사대장이라 호칭한다. 파아렐 나이트는 이나바뉴 총사대란 별칭을 갖고 있다.

나이트 이슈트였다. 그들은 사야카가 사타루스의 대지로 들어
오자 모두 자리에서 일어나 예를 취했다.

"어떻게 되었습니까?"

이나바뉴 바스크 55 나이트 메이반이 물었다. 그는 넓은 어
깨에 구레나룻을 기르고 있는 건장한 체구의 기사였다. 서른
다섯 살, 나이트 메이반은 실력으로는 나이트 사야카에 이어
파아렐 나이트의 2인자로 꼽히고 있었다.

"2차 파견이 결정되었다. 이번 원정에는 파아렐 나이트도
두 명이 참가한다."

바이켈리가 눈을 반짝였다.

"물론 총사대장님의 재량에 달렸겠지요?"

사야카는 바이켈리의 질문에 잠시 그를 돌아본 후 말을 이
었다.

"그렇다. 나와 나이트 메이반이 참가하게 될 것이다."

날카로운 목소리로 바이켈리가 외쳤다.

"왜 나이트 메이반입니까?"

바이켈리의 말에 사야카를 포함한 나머지 세 명이 놀라며
바이켈리를 바라보았다. 이나바뉴 바스크 32 나이트 이슈트
가 말했다.

"나이트 바이켈리, 그게 무슨 경솔한 말이냐. 그건 사야카
님께서 직접 결정하신 일이 아니냐."

바이켈리는 차갑게 웃었다. 그의 얼굴에는 누구를 향한 것
인지 모를 경멸이 나타나 있었다.

"저는 단지 어떤 기준으로 나이트 메이반이 선발되었는지를 묻고 있을 뿐입니다."

기사라면 누구든 전쟁에 나가서 공적을 쌓고 싶어하는 것이 당연하였다. 그러나 출전할 기사는 원로원이나 행정부, 아니면 기사단의 수뇌에서 결정하는 것이었기 때문에 자신이 원한다고 해서 출정에 참가할 수 있는 것은 아니었다. 결국 바이켈리의 말은 상식을 벗어난 것이었다.

"실력으로 선발됐을 뿐이다."

사야카의 대답에 바이켈리는 코웃음을 쳤다. 잠시 사야카를 노려본 바이켈리는 허리에서 갑자기 하야덴을 뽑아 들었다.

"실력이라고 하셨습니까?"

메이반이 깜짝 놀라 앞으로 나섰다.

"무… 무슨 짓입니까? 바이켈리 님, 어서 하야덴을 거두십시오. 사야카 님을 향해 하야덴을 들다니요."

바이켈리는 어깨를 휙 돌려 자신의 어깨를 잡으려 하던 메이반의 손을 뿌리쳤다.

"실력만 있으면 참가할 수 있단 말씀입니까? 그렇다면 사야카 님과 한번 겨뤄 보겠습니다."

사야카와 비견될 수 있는 사람은 젊은 엘리어스 나이트 라벨 정도일까. 이나바뉴 바스크 24 파라렐 나이트 사야카는 지금 이나바뉴의 기사라면 누구나 인정하는 최강의 기사였다. 메이반이 한 걸음 물러서서 하야덴을 뽑아 들었다.

"정 그러시다면 제가 상대해 드리겠습니다. 사야카 님께 불경스러운 행동은 삼가 주십시오."

메이반만 하더라도 바이켈리보다는 한참 위의 실력을 갖추고 있었다. 그러나 바이켈리는 냉소했다.

"나이트 메이반, 너야말로 불경스럽구나. 네가 감히 내 앞을 가로막겠다는 거냐?"

"그것은……."

나이트 바이켈리의 바스크는 39. 그가 나이트 메이반보다 높은 서열의 기사임은 분명했다.

그때 사야카가 앞으로 나섰다.

"물러서라, 나이트 메이반."

사야카의 표정이 일그러졌다. 지금 바이켈리의 언행은 파아렐 나이트의 위상을 크게 실추시키는 것이었다.

"좋다. 상대해 주마. 하지만 내게 패한다면 다시는 그런 경망스러운 언행은 하지 않겠다고 약속해라."

바이켈리가 히죽거리며 웃었다.

"좋습니다. 하지만 제가 이긴다면 저를 전쟁에 데려가 주십시오."

사야카는 기가 막혔다. 바이켈리가 기사답지 못하고 품행이 경망스럽다는 것은 익히 알고 있었다. 하지만 얼마 전부터는 그 행동이 더욱 심해져 궁중에서도 그의 행동을 예의 주시할 정도가 되었다. 단지 그가 뮤젠 계급 출신이었기 때문에 함부로 대하지 못할 뿐이었다.

'실력으로 가르쳐 줄 수밖에…….'

사야카는 더 대답할 필요도 없이 하야덴을 뽑아 들었다.

"공격해라."

사야카의 말이 떨어지자마자 바이켈리는 직선으로 하야덴을 찔렀다. 그의 하야덴이 사야카의 어깨로 다가왔지만, 사야카는 발을 움직이지도 않고 어깨만 돌려 그의 공격을 피해 냈다. 그와 동시에 오른손에 들려 있던 사야카의 하야덴이 바이켈리의 측면을 향해 유려한 곡선을 그렸다. 왼쪽 위의 공격이 빗나가면 반대쪽 옆구리에는 빈틈이 생기게 마련이었다.

"헛!"

바이켈리는 오른팔을 뻗은 자세 그대로 멈추어 서야만 했다. 그의 하야덴은 허공을 가리키고 있었고, 사야카의 하야덴은 가볍게 그의 옆구리에 와 닿아 있었기 때문이다.

당연히 사야카의 승리는 예정된 일이었지만 이슈트와 메이반은 찬사의 눈길을 보내지 않을 수 없었다. 단 한 번의 공격으로, 그것도 불필요한 동작 없이 간결하게 하야덴을 찔러 상대를 제압한 것이다. 그동안 그에게는 많은 진보가 있었던 듯했다.

사야카가 하야덴을 거두자 그제야 바이켈리도 한 걸음 물러서 서 그의 하야덴을 고쳐 잡았다.

"두 번째입니다."

바이켈리가 음침하게 웃으며 그다음 공격을 펼쳤다. 이번에는 하야덴이 공중에서 원을 그리고 곧장 사야카의 가슴께를 향해 찔러 들어왔고, 사야카는 동요하는 기색 없이 하야덴을 한 번 내리쳐 오른쪽으로 반원의 은색 선을 그렸다. 하야덴끼리 부딪치는 가벼운 파찰음이 들리고 나자, 바이켈리의 하야덴은 그 끝이 바닥에 닿아 있었고 사야카의 하야덴은 그의 하야덴을 누르며 바이켈리의 복부를 가리키고 있었다. 이번에도 단 한 번 하야덴끼리 부딪친 후 승부가 나버린 것이다.

"단 한 번으로 수비와 공격을……."

이슈트가 중얼거렸다.

이쯤되면 렉카아드가 아닌 이상 패배를 인정하게 마련인데도 바이켈리는 뒤로 한 걸음 물러서면서도 코웃음을 쳤다.

"계속 할 것인가, 나이트 바이켈리?"

"물론입니다."

바이켈리는 입가에 비웃음을 담은 채 대답했다. 사야카는 그의 표정이 마음에 들지 않았지만 역시 내색하지 않고 다시 하야덴을 들어 가슴 앞을 보호했다. 바이켈리는 잠시 동안 하야덴을 든 채 가만히 서 있었다.

"앗!"

그때, 사야카의 눈이 커졌다. 무엇인지 거북한 기운이 자신의 주위를 감싸기 시작한 것이다. 아니, 정확히 말하면 바이켈리의 몸에서 무엇인지 음산한 기운이 뻗쳐 나오기 시작했다.

'투기? 아니, 그런 것이 아니다.'

그 느낌은 중압감이나 기사로서의 투기가 아니었다. 무엇인지 다른 느낌의 기운이 사야카와 바이켈리가 서 있는 공간을 메우고 있었다.

"나이트 바이켈리, 이건……."

사야카가 얼굴을 찌푸리며 무슨 말인가를 하려 할 때, 번쩍하며 바이켈리의 하야덴이 눈앞으로 다가왔다.

믿을 수 없을 정도로 빠른 속도였다.

사야카는 반사적으로 하야덴을 들어 그의 공격을 막아 냈다.

챙강.

강한 파찰음이 들렸다. 어깨와 가슴에 충돌로 인한 충격을 느낀 순간, 어떻게 된 일인지 바이켈리의 하야덴은 사야카의 옆구리를 노리고 있었다. 사야카는 놀라며 뒤로 뛰어 그의 하야덴을 피해 냈다. 하지만 놀랍게도 바이켈리의 하야덴은 뒷걸음치는 사야카의 턱을 노리며 빠른 속도로 다시 앞으로 찌르고 있었다. 사야카는 하야덴을 뻗어 그 공격에 맞설 수밖에 없었다.

다시 몇 번의 금속음이 들렸다. 아주 짧은 시간 동안 바이켈리와 사야카의 하야덴은 공중에서 여러 번 부딪쳤다. 그리고 다시 사야카가 흔들린 중심을 잡으려는 순간, 엷지만 날카로운 바람이 얼굴에 끼얹어지며 바이켈리의 하야덴이 사야카의 목을 향해 뻗어 왔다.

날카로운 파공성이 들렸다.

"조심하십시오!"

놀란 목소리로 메이반이 외쳤지만 그 목소리는 이미 사야카에겐 들리지 않았다.

사야카는 있는 힘껏 하야덴을 들어 그 공격에 맞섰다. 피할 수 없었기에 힘으로 막으려 한 것이다. 다시 하야덴이 공중에서 강하게 부딪쳤고, 그 충격으로 사야카는 몸을 비틀거렸다.

바이켈리의 공격력은 하야덴을 통해 팔, 어깨, 그리고 가슴에까지 전해져 왔다.

'이럴 수가?'

사야카가 정신을 차리려는 순간, 이번에는 양 미간 사이에 바이켈리의 하야덴이 다가와 있었다. 하야덴을 들어 방어할 시간이 없었기에 사야카는 즉시 온몸을 젖혀 그 공격을 피하려 했다. 하지만 이미 자세가 흐트러져 있는 상태에서 억지로 몸을 비트는 것은 무리였다. 무게 중심이 완전히 무너져 버린 사야카는 하야덴으로 가슴을 보호한 채 한쪽 무릎을 바닥에 꿇고 말았다.

"… 아."

재빨리 몸을 일으키려 한순간, 사야카는 차가운 하야덴의 끝이 자신의 목 옆을 가리키고 있다는 사실을 깨달았다.

'진 것인가.'

사야카는 고개를 돌려 바이켈리를 바라보았다. 어느새 바이켈리의 몸을 감싸고 있던 그 음침한 투기는 사라져 버렸다.

"아하하핫!"

바이켈리는 차가운 웃음을 길게 내뱉고는 하야덴을 거두었다.

사타루스의 대지는 침묵하고 있었다.

'나이트 사야카가 패하다니! 그것도 일방적인 공격을 받고,

제대로 하야덴을 휘둘러 반격 한 번 해보지 못한 채…….'

이슈트와 메이반은 눈앞에서 벌어진 믿을 수 없는 광경에 입을 다물지 못하고 있었다.

"이번 전쟁에는 제가 나가는 것으로 알겠습니다."

바이켈리는 그 말을 내뱉고 휙 돌아서서 사타루스의 대지를 걸어 나갔다. 사야카는 한쪽 무릎을 꿇은 채 그의 뒷모습을 바라보았다.

'그 투기, 그 투기는 무엇이었지?'

파아렐 나이트들이 사야카에게로 달려왔다.

"사야카 님, 괜찮으십니까?"

사야카는 부축을 뿌리치고 자리에서 일어났다. 지기는 했지만 상처를 입은 곳은 없었다.

"물론이다. 그보다 보지 못했나?"

"무엇을 말입니까?"

"아니……."

무엇인가 이야기를 하려던 사야카는 그 말을 목 뒤로 넘겨 버렸다.

'잘못 느꼈을 수도 있지. 하지만, 한순간에 하야덴의 파괴력이 그렇게 증가하다니. 이건 정말 믿을 수 없는 일이다.'

사야카는 고개를 가로저었다.

아펠르 력 646년 여름, 로젠다로로 파견된 이나바뉴 기사단은 예상 외로 강한 로젠다로의 반격에 펫파 평원에서 내륙으로 더 진출하지 못하고 일단 퓨론사즈로 복귀했다. 전투는 단 두 번 치러졌을 뿐이고, 기사단의 손실도 그리 크진 않았다. 그러나 일방적인 제압 수준의 전투를 할 수 있으리라는 예상과는 달리 로젠다로 기사단이 만만치 않다는 판단이 서자, 일단 복귀하여 2차 출병을 기다리자는 결정이 로젠다로 원정대에 의해 자의적으로 내려지게 된 것이다.

그러나 이것은 원로원에 보고된 내용일 뿐, 사실은 꼭 그 이유 뿐만은 아니었다. 나이트 가이사로와 나이트 네이서스는 로젠다로 기사단과 슈리온 평원에서 전투를 벌이며, 나이트 레이피엘과 닮은 기사를 보았던 것이다.

출중한 돌파력과 파괴력, 매끄러운 레페리온의 운용, 상대의 의표를 찌르는 효율적인 돌격. 그 모든 능력과 정황으로 보아 그는 나이트 레이피엘임이 틀림없었다. 그 놀라운 사실은 후에 합류한 라벨에게 전해졌고, 그래서 라벨과 가이사로는 후퇴를 결정했다. 나이트 레이피엘이 로젠다로에 있다면 그것은 이나바뉴에게 큰 위협이 될 테고, 충분한 대책 협의가 필요할 것이기 때문이었다.

이나바뉴 기사단이 퓨론사즈로 복귀한 얼마 후, 이나바뉴는 다시 로젠다로의 여왕 엘쥬르 7세에게 2차 사신단을 보냈다. 그러나 사신단이 돌아와 여전히 완강한 로젠다로의 의지를 전하자, 원로원은 결국 로젠다로와의 전면전을 선포하게 되었다. 그러나 이나바뉴의 모든 기사단을 동원할 수 있는 상황은 아니었다. 큰 타격을 입고 지금은 잠잠한 채로 있지만 크실이 언제 어떻게 나올지 알 수 없었기에 크실과의 국경에 파견되어 있는 동방원정대에서는 많은 인원을 차출할 수가 없었기 때문이었다.

파아렐 나이트에서는 두 명의 기사를 로젠다로로 파견하기로 결정했다. 이나바뉴 바스크 24 나이트 사야카와 이나바뉴 바스크 39 나이트 바이켈리였다.

운명이 나를 저주한다면, 나는 운명을 경멸한다
― 나이트 바이켈리 편

"로람, 네 동생이란다. 어쩜 이렇게 예쁘니? 오뚝 선 콧날하며 커다란 눈을 좀 보렴. 아빠를 꼭 빼닮았구나. 네 동생은 꼭 훌륭한 기사가 될 거야."

저도, 저도 기사가 될 수 있어요. 어머니, 저도 좀 봐주세요.

"아니 글쎄, 엘파시는 한 살밖에 되지 않았는데 울지를 않아요. 얼마나 의젓한지, 벌써 네 살이 된 로람이 꼭 동생 같다니까요. 게다가 형을 얼마나 잘 따르는지, 걱정할 것이 하나도 없어요."

"좋으시겠어요, 부인. 저희 집 애는 똑똑하기는 한데 몸이 약해서요… 엘파시는 아직 큰 병 한 번 앓지 않았다죠?"

아줌마, 저도 병을 앓지 않았어요. 저도 여섯 살이 되도록 신나게 울어 본 적이 없단 말이에요. 저도 그래요. 저도…….

"로람, 어떻게 된 일이냐. 선생님께 대들다니! 네 동생은 이미 펠류넨의 문학 입문서를 떼지 않았느냐! 네 공부가 부족한 것을 탓하지 않고 어찌 너는 선생님을 함부로 대하느냐!"

공부는 그렇게 하는 건가요? 전 시가 좋아요. 엘파시는 펠류넨의 시를 술술 외우지만, 전 시 속에서 펠류넨이 뭐라고 이야기하는지 듣고 싶단 말이에요. 아버지, 공부는 그렇게 하는 건가요? 엘파시가 옳은 건가요? 전 선생님께 제 생각을 말씀드렸을 뿐인데……

"작은 도련님 본 좀 받으세요. 벌써 아침 일찍부터 일어나서 연습실에서 페치를 휘두른답니다. 그 정도는 바라지 않으니 제발 제가 깨우는 시간에만 일어나세요. 마님께 저만 꾸중을 듣는답니다."

난 페치를 좋아하지 않아, 하녀장. 밤 늦게까지 문학책을 읽고 사색을 하고 싶을 뿐이야. 그게 잘못인가? 나도 엘파시처럼 기사가 되고 싶어해야 하냐구?

"형 괜찮아. 내가 깨뜨렸다고 이야기할게. 내가 얘기하면 별로 꾸중하지 않으실 거야. 형은 그냥 모른 척하고 있어."

"믿을 수가 없구나! 네가 한 짓이지 로람? 네가 이 소중한 것을 깨뜨리고 나서 동생에게 용서를 빌라고 한 것이 아니냐! 이 모자란 녀석, 동생에게 죄를 뒤집어씌우려고 하다니. 아버지는 처음부터 보고 있었단 말이다!"

하지만… 하지만, 아버지. 저는……

"용서해 주세요, 형이 그렇게 하라고 한 것은 아니에요. 제가… 제가 그렇게 거짓말을 하겠다고 했어요, 아버지. 형은 잘못한 것이 없어요."

"엘파시, 너는 가만히 있거라. 아버지는 남에게 죄를 떠넘기려 하는 비겁함에 대해 꾸짖고 있는 거다."

죄송해요… 제발 제게도 사죄할 기회를 주세요.

"아무래도 계승자는 엘파시가 적당한 것 같소. 로람 그 녀석은 무엇 하나 제대로 해내는 것이 없구려. 구석에 박혀서 쓸

데없는 종이쪽지와 씨름이나 하고……."

"그렇게만 이야기하시진 마세요. 꼭 기사가 가문을 계승해야 하는 것은 아니잖아요? 그래도 로람이 장남이니 조금 더 기다려 보시는 게……."

"필요 없소. 그놈은 처음부터 글러 먹은 녀석이오. 음침하기만 하고, 허약하고, 항상 모든 것을 비뚤게만 바라보려고 하지 않소. 처음엔 어려서 그러겠거니 했더니 어리석게도 동생을 질투나 하고. 그런 속 좁은 녀석에게 계승을 시키느니 차라리 가문을 끝내고 말겠소. 뮤젠 바이켈리 가는 기사만 열 명도 넘게 배출한 이름난 가문이오. 잘못을 저지르고 반성도 하지 못하고, 그렇다고 정중하게 사죄조차 못하는 녀석은 바이켈리 가에는 필요없소."

제가 언제 동생을 질투했다고 그러시는 거죠. 전 그저 엘파시가 페치를 잘 쓴다고. 부럽다고 이야기한 것뿐인데.

"당장 내일이라도 가문의 이름을 부여하겠소. 벌써 엘파시는 열세 살이오."

가문의 이름을… 그럼 전 어떻게 되는 건가요, 어머니. 저는 어떻게 되는 거죠?

"바이켈리 가의 쓰레기 같은 녀석. 네가 내 아들이라는 것이 정말 저주스럽다."

저주스러우시다고… 당신의 아들인데. 기사가 될 수도 없고 머리도 뛰어나지 않지만 저도 당신의 아들인데.

"도련님?"

"헉!"

"좋지 않은 꿈을 꾸셨나 보네요?"

바이켈리는 눈을 떴다. 걱정스러운 표정의 늙은 하녀장이 자신을 내려다보고 있었다.

"젠장, 빌어먹을 꿈."

온몸이 땀에 젖어 있었다. 바이켈리는 몸을 부르르 떨었다. 아침 햇살이 창밖에서 내려오고 있는 것으로 보아 이미 기상 시간은 꽤 지나 있는 것 같았다.

"얼마나 되었죠?"

"두 번 정도 깨우러 왔는데, 도련님께서 너무 곤하게 주무시는 바람에 깨우지 않았습니다. 아침은 드시지 못할 테구요. 제가 뭐라도 좀 가져다 드릴까요?"

바이켈리는 침상에 걸려 있던 천을 끌어내려 목과 가슴팍에 묻어 있던 땀방울들을 닦아 냈다. 잠시 생각을 하던 그의 입에서 언제나처럼 퉁명스러운 대답이 튀어나왔다.

"필요 없어. 차나 한 잔 갖다 줘."

"예."

공손하게 인사를 하고 나가려던 하녀장은, 바이켈리의 침실 문 손잡이를 잡으려다 말고 자신의 주인을 돌아보았다.

"아참, 정말인가요? 파아렐 나이트로서 이번 전투에 참전하게 되신다는 것이."

바이켈리는 냉소를 날렸다.

"어디서 또 쓸데없는 소릴 들은 모양이군. 그만 나가 봐."

"알겠습니다."

하녀장은 소리가 나지 않게 주의하며 문을 닫았다. 방 안에는 다시 바이켈리 혼자만이 남았다.

문득 자리에서 일어나려던 바이켈리는 뒤통수가 세게 맞은 것처럼 흔들리는 것을 느꼈다.

'이런 젠장. 어제 너무 많이 마셨나.'

관자놀이를 짓누르던 바이켈리는 한참 후에야 자신이 어젯밤 어느 귀족 집안의 연회에서 술에 취해 새벽 늦게서야 돌아왔다는 걸 기억해 낼 수 있었다.

적당히 평상복을 걸친 바이켈리는 하녀가 차가운 물과 차를 가져올 때까지 방 안에 가만히 앉아 있었다. 어젯밤 꾸었던 기분 나쁜 꿈을 하나씩 떠올리며, 자신이 내쳤던 운명에 냉소하며.

"참 오랜만에 나를 괴롭히는군… 엘파시, 내 잘난 형제여."

무슨 생각을 했는지 바이켈리는 키득거리며 웃기 시작했고, 결국엔 침대에 벌렁 누워서 큰 소리로 웃음을 터뜨리기 시작했다.

엘파시 바이켈리.

로람 바이켈리의 동생, 형을 대신하여 바이켈리 가를 계승할 것이라고 이야기되던 소년. 기사의 강함과 귀족의 부드러움을 동시에 갖추고 있었던 뮤젠 바이켈리 가의 희망.

"그 추운 땅속이 지겨운 모양이지? 오랜만에 그 속에서 기어 나와 형의 침대에까지 찾아오다니 말이야. 이히히힛."

로람이 마법에 손을 대기 시작한 것은 열여섯 살 때부터였다. 기사 집안의 핏줄을 이어받았으나 그는 기사로서의 재질을 타고나진 못했다. 페치를 휘두르기보다는 시를 읽고 쓰는 것을 좋아한 그는 문인이 되겠다는 꿈을 키웠다. 그러나 바이켈리 가 같은 기사 가문에서 그가 문인이 되는 걸 탐탁해할 리 없었다 ─ 원래 기사 계급과 귀족 계급은 드러내지는 않지만 반목하는 사이여서 기사 집안의 계승자가 문인이 되거나 귀족 집안의 계승자가 기사가 되는 것을 꺼렸다. 철저한 귀족 가문인 사야카 가에서 파벨론 사야카가 기사가 되는 것을 반대하고, 기사 가문인 바이켈리 가에서 로람이 문인이 되는 것을 못마땅해한 것은 그러한 사회적 분위기에서 비롯된 것이었다 ─ 페치는 마지못해서 휘두르는 둥 마는 둥 하며 방에 틀어박혀 이것저것 책을 읽던 로람 바이켈리는 어느 날 우연히 집 안 구석에 잠자고 있던 마법서를 발견하게 되었다.

다른 사람에게 말은 하지 못하고 혼자서 마법서를 뒤적이던 그는, 그에게 마법사로서의 소질이 전혀 없다는 것을 알게 되었다. 실망스럽기는 했지만, 달리할 일이 없던 그는 왕영 도서관에 가서그저 재미삼아 마법서를 더 구해 읽기 시작했고, 그러다 우연히 카스레더의 마법에 닿게 되었다.

그것이야말로 마법 같은 일이었다.

"『영원한 마법을 위하여』? 이건 무슨 내용이죠?"

어린 로람의 질문에 왕영 마법사는 인자한 미소를 보였다.

"마법의 성자 엔버렌의 마법서일 겁니다. 대부분 고대 아펠르 어로 되어 있기 때문에 해석은 불가능하지만, 아마도 그런 내용이겠죠."

로람은 눈살을 찌푸렸다.

"왕영 마법사이면서도 마법서를 읽지 않았단 말이에요?"

왕영 마법사 서고의 안내를 맡은 메이사드는 로람 바이켈리에게 공손한 말투로 대답했다.

"도련님, 이 서고에서 잠자고 있는 책은 수만 권에 달한답니다. 그런데 고대 아펠르 어로 되어 있는 책 한 권을 읽기 위해서는 뛰어난 마법사들이라고 해도 몇 년은 소비해야 하죠. 그러나 그렇게 많은 시간과 노력을 들여서 마법을 익혀도 이미 그 마법들은 사용할 수가 없기 때문에 소용이 없답니다. 저는 그저 이 서고를 관리할 뿐, 책을 읽지는 않습니다. 고대 아펠르 어로 되어 있는 책 한 권 읽을 시간에 다른 마법서 수십 권을 읽을 수 있기 때문이지요."

로람은 코웃음을 쳤다.

"빌려 주세요. 이거요."

모든 사람들이 잊고 있던 그 책이 그를 끌어당긴 것 자체가 마법이었으리라. 로람 바이켈리는 그렇게 카스레더의 마법과 만났다. 이나바뉴 왕영 도서관, 맨 마지막 층 마지막 서고에서.

"그건 곤란합니다."

"왜죠? 어차피 읽지 않는 책이라면서요."

"그렇다고는 하지만 역시 이 책들은 저희 마법사들에게는 소중한 것입니다. 한줄 한줄 모두 옛날에 살았던 선배 마법사들의 노력의 결실이 담겨 있기 때문이지요. 마법서로의 가치는 없지만 저희는 이것들 모두를 소중하게 생각한답니다. 정원하신다면 쉬운 마법서 하나를 소개해 드리지요."

'웃기는군. 읽지도 않는 마법서가 무슨 소용이 있다는 말인가? 하야덴을 벽에 걸어 놓으면 기사가 될 수 있나?'

그러나 로람은 입가에 가득 순진무구한 웃음을 띠었다.

"좋아요, 그럼 제가 읽을 만한 책을 소개해 주세요."

"그러죠, 착한 도련님."

왕영 마법사는 예의 인자한 웃음을 보이며 앞장서서 서고의 앞쪽으로 걸어갔다. 그땐 이미 카스레더의 책이라는 그 고대의 마법서가 로람의 소맷자락으로 들어간 후였다.

카스레더의 마법은 조잡한 엔버렌의 그것과는 다르다. 카스레더의 마법은 위선이 가득한 빛 보다는 차라리 거짓 없는 어둠을 택하며, 자비로운 척하며 실은 더할 수 없이 잔인한 엔버렌의 마법들보다는 훨씬 솔직하게 마법의 파괴력을 보여 준다.

생각해 보라. 엔버렌이 펼쳤던 Watre Vamp Pingo Wess의 마법을 본 적이 있는가? 당신의 눈앞에서 하얀빛이 그 참혹한 광경을 가릴 뿐, 팔과 다리와 머리가 모두 몸통에서 떨어져 나가 내장이 바닥에 우수수 떨어지는 장면을 상상해 볼 수 있는가? 스스로 성자라 자칭하는 엔버렌은 그 마법에 어떤 이름을 붙였는가. 그렇다. '사타루스의 징벌'. 그들은 언제나 그렇다. 그들이 행하면 그것은 신의 징벌이요, 카스레더가 행하면 추악한 악마의 힘이다. 나의 주인이신 카스레더는 그래서 제자를 두지 않았으며, 오직 나만을 통해서 마법을 전수하셨다.

이 책은 소외받은 자를 위한 것이다. 카스레더 님의 마법력으로 봉인되어 있는 이 책은, 오직 카스레더의 힘을 받을 수 있는 자만을 위해 그 문을 열 것이다. 위대한 마법사 카스레더를 위하여 Krendem LHom Miporche. 어느 시대, 어느 장소에서라도 이 마법서는 그 시대의 언어로 진실을 이야기할 것이다.

첫 장을 열어라. 카스레더는 케켄의 힘이고, 엔버렌은 사타루스의 힘인가?

마법사들이여, 마법이란 태초에 창조주인 아펠르 신이 인간에게 그 능력을 나누어 준 것임을 왜 잊고 사는가?

조용히 소리를 내어 책을 읽어 내려가던 로람은 책에서 눈을 뗐다. 셀큐러스 강이 보이는 높은 절벽 위에 여름의 햇살이 비치고 있었다. 바이켈리는 문득 절벽 밑에 찰랑거리는 셀큐러스 강이 그에게 무언가 말하고 싶어하는 것 같다는 착각을 일으켰다.

그 책은 놀랍게도 고대 아펠르 어로 적혀 있지 않았다. 로람은 떨리는 가슴을 진정시키며 책을 가슴에 품었고, 마법서는 지금까지 내뿜던 그 희미한 빛을 감추기 시작했다.

'소외된 자를 위한 마법이라……'

"형!"

등 뒤에서 그를 부르는 목소리를 들으며 로람은 급히 마법서를 품 속으로 감추었다.

"뭘 하고 있어? 페치를 겨루기로 했잖아."

"아, 그랬지. 알고 있어."

엘파시는 도저히 열세 살이라고는 생각되지 않는 의젓한 태도로 형이 일어설 때까지 기다리고 있었다. 로람은 세 살이나 차이가 나는 동생과 페치를 겨루어 도저히 이길 자신이 없었다.

로람은 엉거주춤한 자세로 페치를 엘파시를 향해 겨누었다. 준비가 됐다는 듯이 고개를 끄덕이자, 엘파시는 기합성과 함께 페치를 들어 로람을 공격해 왔다.

몇 번 페치를 부딪치자 로람은 벌써 싫증이 나기 시작했다. 건성으로 페치를 들어 엘파시의 공격에 응해 주고 있을 뿐, 처음부터 그는 페치를 연습하고 싶은 생각은 없었던 것이다.

몇 번 더 하고 그만두어야겠다고 생각했을 때 즈음, 갑자기 엘파시의 공격이 빨라졌다.

"좋은데, 엘파시."

로람이 말하자 엘파시는 숨을 한 번 몰아쉰 다음 기쁜 표정으로 대답했다.

"응. 나는 기사가 될 거야. 내가 형 나이가 되면 기사 시험을 볼 수 있을 거래."

"기사 시험을……."

로람은 쓴웃음을 지었다.

'그때가 되면 네가 가문을 계승하는 거겠지. 난 바이켈리

가에서 쫓겨나 어디 조그마한 집이나 구해서 적당히 살아가게 될 테고…….'

"앗!"

잠시 다른 생각을 하는 새 엘파시의 페치가 빠른 속도로 로람에게 다가오고 있었다. 처음부터 로람은 기사적인 감각이 엘파시에 비해 턱없이 모자랐다. 더군다나 급습을 당하고 나니 미처 페치를 들어 방어를 할 시간도 없었던 것이다.

치익 하는 소리가 들리며 로람의 웃옷이 가로로 길게 찢어졌다. 다행히도 급소는 피할 수 있었다. 하지만 다음 순간, 로람의 품속에 숨겨져 있던 마법서는 엘파시가 펼친 페치의 충격으로 절벽으로 날아가 버렸다.

"아앗, 안 돼!"

그 짧은 순간 로람은 그쪽으로 손을 뻗었고, 무엇인가 형의 소중한 물건이라는 것을 눈치를 챈 엘파시도 마법서를 향해 몸을 던졌다.

"위험해, 엘파시!"

순식간에 일어난 일이었다. 절벽 쪽으로 뛰어든 엘파시는 짧은 비명과 함께 허공을 디뎠고, 빨려들어가듯 절벽 밑으로 사라져 버렸다.

"엘파시!"

깜짝 놀란 로람은 절벽 밑을 향해 고개를 내밀었다. 기적이었을까? 엘파시는 비록 파랗게 질린 얼굴이었지만 간신히 오른손으로 절벽에 돋아난 풀뿌리를 붙잡은 채 매달려 있었다.

그의 왼손에는 로람의 마법서가 들려 있었다.

'마법서!'

그것이야말로 악마의 유혹이었다.

로람은 알 수 있었다. 귀족의 외출복 안쪽에 무거운 갑주를 걸친 엘파시가 풀뿌리에 매달릴 수 있는 것은 어떤 기적이나 마법이 아니면 불가능하다는 사실을. 그는 무엇에 홀린 듯이 엘파시의 왼손에 들려 있던 마법서를 향해 손을 내밀었다.

"형?"

엘파시가 그의 이름을 불렀는지, 부르지 않았는지도 기억나지 않았다. 싸늘한 바람이 불어 와 정신을 차렸을 때에야 로람은 자신이 한 손에 마법서를 든 채 퍼렇게 입을 벌리고 있는 셀큐러스 강을 바라보고 있다는 것을 깨달을 수 있었다.

엘파시는 이틀 후에 퓨론사즈에서 한참이나 떨어진 강어귀에서 갑옷을 입은 채 시체로 발견되었다.

"운명은."

터져 나오던 웃음이 멈춰지자 그다음엔 허탈감이 바이켈리를 세차게 몰아쳤다. 그는 여전히 침상에 누운 채 화려하게 장식된 자신의 방 천장을 바라보고 있었다.

"날 그렇게도 저주했었지. 그러나 어떻게 되었는가. 나는 살아남았고… 엘파시 녀석은 죽지 않았는가."

바이켈리는 나지막한 목소리로 다시 웃기 시작했다. 마치 그 주위에 꽉 찬 어두운 느낌을 떨쳐 버리기라도 하려는 듯이.

"엘파시 녀석의 목숨과 맞바꾼 마법이야. 이히힛. 그렇게 쉽게 물러서 줄 순 없지…… 그제는 사야카 님도 된통 당했다는 표정이었지? 정말 생각할수록 신나는 일이군. 이히히힛."

3

퀴트린이 왕성으로 간 지 열흘 만에 돌아왔을 때, 아아젠은 식사 준비를 하고 있었다. 아아젠은 환한 표정으로 그를 반겨 주었다.

"어서 오세요. 오늘도 안 오시는 줄 알았어요."

"늦어서 죄송합니다. 라시드는 아직 오지 않았나요?"

탁자 위엔 두 사람 것만이 차려져 있었다. 아아젠이 대답했다.

"라시드 님은 원래 밤 늦게 들어오세요."

퀴트린이 알았다는 듯이 고개를 끄덕이며 겉옷을 벗었다. 아아젠은 옷을 받아 들며 잠시 그를 가만히 들여다보았다. 겸양을 상징하는 밝은 자주색 전투복. 순백의 옐리어스 나이트였던 그가 지금은 로젠다로 중앙기사단 소속 기사의 복장을 하고 있는 것이었다.

이나바뉴 기사단 1차 파견대가 퓨론사즈로 복귀하는 것을 확인하고 라즈파샤는 로젠다로의 기사단을 다시 포프슨으로 후퇴시켰다. 일단 이나바뉴와 로젠다로의 첫 번째 무력 충돌은 완강한 로젠다로의 저항에 의해 무승부로 끝났다고 평가되었다.

로젠다로로 복귀한 뒤, 라즈파샤는 퀴트린과 라시드에게 각기 저택을 제공하려 했었다. 그러나 그들이 끝내 작은 집 한 채에서 같이 살기를 요청했기 때문에 라즈파샤는 왕성과 가까운 곳에 집을 한 채 마련해 주었다. 작은 집이라고 했으나 라시드의 입장에서는 난생처음 보는 거대한 저택이었다.

퀴트린은 로젠다로 기사대장에 의해 정식으로 로젠다로 바스크 9를 받고 로젠다로의 기사가 되었다. 기사대장과 몇몇 원로 기사들 바로 아래의 높은 바스크였다. 라시드는 일단 견습기사의 작위를 받고 기사학교로 보내졌다. 라시드의 실력 역시 뛰어난 것이었지만 그의 실력은 퀴트린의 그것처럼 검증된 것은 아니었기 때문이다.

식사를 하면서 아아젠이 먼저 입을 열었다.

"다시 전장에 나가셔야 하나요?"

"아마도요."

무언가 깊은 생각에 빠져 있던 퀴트린은 아아젠의 말에 그제야 정신을 차리고 고개를 끄덕이며 대답했다. 아아젠을 위해서 다시 택하게 된 기사의 길이었지만 일단 임무를 맡은 이상 그 임무를 훌륭하게 수행해 내는 것이 퀴트린의 성격이었다.

아아젠이 말했다.

"그럼… 이번에는 제가 퀴트린 님을 수행해도 될까요?"

"네?"

아아젠의 말에 잠시 어리둥절한 표정을 지은 퀴트린은 그녀의 얼굴을 바라보고는 싱긋 웃음을 지어 보였다. 그녀가 무엇을 원하는지 알 것 같았다.

"물론입니다. 당신이 원하신다면."

퀴트린이 확신 있게 말했다.

'그럼, 당신 곁에 있을 수 있겠군요.'

아아젠은 가슴이 한껏 부풀어오르는 것을 느꼈다.

나이트 하이파나의 저택은 퓨론사즈의 동쪽 끝에 있었다. 그 저택은 아주 오래된 것으로, 하이파나 가의 연륜을 말해 주듯 기품과 고풍스러움을 지니고 있었다.

그날 하이파나의 저택에는 예복 차림이 아닌 평복의 옐리어스 나이트들이 모두 모여 있었다. 명목은 나이트 하이파나가 옐리어스 나이트들을 위해 준비한 생일 연회였지만, 그곳의 분위기는 생일 연회라고는 도저히 생각할 수 없을 정도로 무겁게 가라앉아 있었다.

"… 그게 사실이라면 우리들의 입장은 정말 곤란해질 수밖에 없을 거야."

이나바뉴 바스크 49 옐리어스 나이트 샤렌델이 말했다. 삼십대 중반에 접어든 그는 하이파나와 함께 옐리어스 나이트들의 정신적인 선배 역할을 하고 있었다.

"입장이 곤란해지는 건 레이퍼엘 님도 마찬가지일 겁니다."

조금 굳은 목소리로 라벨이 말했다.

"그의 하야뎬은 옛날과 조금도 다르지 않았어. 확신에 차 있는 듯한 몸짓이었지."

가이사로가 말했다. 항상 장난기 많고 명랑한 그의 얼굴에도 웃음기가 싹 가셔 있었다. 그 자리에 있던 모든 옐리어스 나이트들이 가이사로를 바라보았다.

"다시 나이트 레이피엘과 전장에서 하야덴을 마주하게 된다면,"

그는 잠시 말을 끊었다.

"그를 대적할 수 있는 옐리어스 나이트는 아마 나이트 라벨, 너 한 명뿐일 거야."

다른 기사들 모두가 그의 말에 동의했다. 라벨은 스무 살이 된 지금도 옐리어스 나이트 중에서 막내였지만, 그와 하야덴을 대적할 수 있는 기사는 이나바뉴에 거의 없었다.

이나바뉴 바스크 98 옐리어스 나이트 이셀란이 입을 열었다.

"역시 새럿 님께는 일단 말씀드리지 않는 것이 좋겠습니다."

하이파나가 말했다.

"그가 나이트 레이피엘임을 확인한 후 말씀드려도 늦지 않겠지."

퀴트린이 로젠다로 기사단에 소속되어 있는 것이 사실이라 할지라도 이나바뉴 기사단이 정면으로 로젠다로와 맞설 때는 퀴트린 한 명의 힘은 그다지 문제가 되지 않았다. 아무리 퀴트린의 기량이 뛰어나도 개인이 미칠 수 있는 힘엔 한계가 있는 법이었다. 훈련도나 규모 면에서 로젠다로 기사단은 이나바뉴 기사단에게 적수가 될 수 없는 것이다.

가이사로가 물었다.

"원로원과 행정부에서는 단기전으로 전쟁을 끝낼 생각을 하고 있다고 하셨죠?"

하이파나는 나이트 새럿과 함께 기사단 수뇌 회의에 옐리어스 나이트의 대표로 다녀왔다.

하이파나가 대답했다.

"크실의 위협이 있기 때문에 오랜 시간 동안 전쟁을 끌 수는 없다는 결론을 내린 거지."

라벨이 불쑥 말했다.

"로젠다로에 가고 싶습니다."

하이파나는 잠시 라벨의 얼굴을 바라보다 한숨을 내쉬었다.

"내일 사타루스의 하늘에서 발표될 것이지만… 원로원은 이미 로젠다로와의 전면전을 각오하고 있다. 최대의 전력을 투입하여 최단 시간에 전쟁을 끝내겠다는 생각인 거야. 크실도 그렇지만… 무엇보다 민감한 문제는 이나바뉴 내부의 혼란이다."

이셀란이 고개를 끄덕였다.

"그렇겠지요. 헛된 망상은 응징 된다는 것을 보여 주어야 할 테니까요. 그런데 안도칸과의 국경 부근과 햐드 쪽이 무척 시끄럽다고 하더군요."

하이파나가 쓴웃음을 지으며 대답했다.

"그렇다더군. 그곳에 가면 루우젤은 오히려 평화로운 곳이라는 생각이 들 거라고 누군가가 그랬지."

농담이었지만 그 누구도 웃을 수 없었다. 최단시간에 로젠다로를 쓰러뜨릴 수 없다면, 그다음에 그들의 하야덴이 쳐야 할 것은 바로 이나바뉴 평민들의 목이었다.

잠시 침묵이 흐른 후 하이파나가 무겁게 말문을 열었다.

"2차 원정대에 참가하게 될 옐리어스 나이트는 모두 다섯 명이다."

"다섯 명!"

"이거야 원, 크실과 로젠다로 연합군이라도 쳐들어오는 것 같군."

옐리어스 나이트가 다섯 명이나 출정할 것이라는 소식에 모두 동요하지 않을 수 없었다.

라벨은 고개를 숙였고, 가이사로는 휘파람을 불며 천장을 올려다보았다.

다섯 명, 몇 년 전 크실이 하라데스를 함락시키고 내륙으로 진출하려 할 때 파견되었던 옐리어스 나이트의 인원과 같은 숫자였다.

'로젠다로는 한 달도 버티지 못할 것이다.'

아무도 입 밖에 내지는 않았지만, 모든 옐리어스 나이트들은 그렇게 생각하고 있었다. 하이파나는 메마른 목소리로 다음 말을 이었다.

"명단은 다음과 같다. 나, 나이트 가이사로, 나이트 샤렌델, 나이트 이셀란, 그리고 나이트 라벨이다."

하이파나가의 저택에도 저녁이 찾아들었다.

"우리 중 누군가는 아마도 나이트 레이피엘과 하야덴을 마주해야 하겠지."

하이파나가 혼잣말처럼 중얼거렸다.

얼마 전부터 로젠다로에 퍼지기 시작한 그 노래는 결국 하야녤리아 왕녀, 지금의 로젠다로 국왕 엘쥬르 7세의 귀에까지 들어가게 되었다. 보수적인 몇몇 귀족들의 만류에도 결국 엘쥬르 7세는 궁중악사들을 불러 그 노래를 연주하게 하고 있었다.

다시 태어난다면 바람으로 태어나겠어요
바람이 된다면 항상 당신 곁에 머물 수 있겠죠
먼 훗날 당신의 땀을 당신 모르게
닦아 드릴 수 있겠죠, 먼 훗날에라도

다시 태어난다면 햇볕으로 태어나겠어요
햇볕은 눈을 가지고 수많은 눈을 가지고
당신이 어디에 계신지 항상 바라볼 수 있겠죠
바라볼 수 있겠죠, 먼 훗날에라도

다시 태어난다면 당신의 발자국으로 태어나겠어요
당신이 가시는 걸음걸음 따라다니며
당신이 혹 잘못 디뎌 넘어지지 않도록

보살펴 드릴 수 있겠죠, 먼 훗날에라도

그림으로 그릴 수 없을 거예요 나의 사랑은
붓을 들면 화폭엔 눈물만 쏟아질 테니
햇살처럼 항상 내가 여기에 있다는 것만 기억하세요
당신이 느끼지 못하기를 바라요, 나의 사랑은

어느새 루운은 저물고 하늘엔 보석이 박히네요
이 밤이 지나면 난 떠나지만 당신은 여기에 머물러 계세요
어쩌면 새벽이 오지 않을지도 모르잖아요
나의 사랑 대신 짧은 인사말만 놓고 갈게요

그대여 그럼 안녕… 영원히

노래는 길지 않았다. 엘쥬르 7세는 그 노래를 반복해서 연주시킨 후 옆에 서 있던 로젠다로 기사대장에게 의견을 물었다.

"나이트 라즈파샤, 당신의 생각은 어때요?"

"저는 음악에 대해 아는 바가 거의 없어서 뭐라고 말씀은 드리지 못하겠습니다만, 음률이 매우 아름다운 것 같습니다."

라즈파샤는 공손한 태도로 국왕의 질문에 대답했다.

"궁중악장[1] 그대의 생각도 묻고 싶군요."

---

1) 궁중악장: 왕궁에 머물며 왕족과 귀족을 위해 노래를 연주하는 궁중악사 중 가장 높은 직위의 음악가.

"음악이라는 것은 본래 사람의 감정이 순수하게 우러나오는 것이 가장 아름답다고 생각합니다."

악사들의 맨 앞에 서 있던 궁중악장이 정중히 예를 올리고 대답했다. 본래 음유시인들의 노래는 천하다 못해 귀에 거슬린다는 고정관념을 가지고 있었던 그였다. 그러나 국왕의 요청에 따라 음유시인들의 노래를 궁중음악으로 편곡하기 시작한 후부터는 오히려 그들 음악의 순수함과 풋풋함에 매료되고 있는 중이었다.

방금 연주한 곡은, 연인을 향한 통속적인 사랑의 감정을 은유하지 않고 그대로 드러내고 있다는 것만 제외하면 음유시인들의 노래라고 생각할 수 없을 정도로 아름다운 곡이었다.

낡은 술집에서 파야스 하나만으로 연주되었을 때와는 달리 제대로 갖춰진 궁중악사들의 악기로 연주되니 노래가 더욱 그럴듯하게 여겨지는 것이리라.

그는 잠시 국왕을 바라보고는 말을 이었다.

"음악에 대해 우둔했던 제가 최근에 깨달은 것은, 음악에는 절대 귀천이 있을 수 없다는 것입니다. 노래는 그것이 음유시인들의 노래이건 궁중악사들의 노래건 간에 솔직한 감정을 잘 표현하고 있다면 다를 수가 없는 것입니다. 정말 아름다운 곡이라고 말씀드리고 싶습니다."

엘쥬르 7세는 부드럽게 미소 지었다.

"내가 듣기로 이 노래는 이나바뉴의 음유시인이 만들었다고 하더군요."

궁중악장이 머리를 조아리며 대답했다.

"어느 기사를 사랑한 음유시인의 마음이 담겨 있는 노래라고 들었습니다. 그러나 노래에 담긴 아름다운 사연을 기대하는 이들을 위해 이야기꾼들이 적당히 붙인 이야기일 거라고 저는 생각합니다."

라즈파샤가 옆에서 한마디 거들었다.

"요즘 로젠다로의 분위기가 이 노래에 그럴듯한 사연을 붙인 것이겠지요. 아마 로젠다로에서 이 노래를 모르는 사람은 없을 것입니다."

궁중악장과 라즈파샤의 말은 틀리지 않았다. 분명 어느 이야기꾼이 이 아름다운 노래에 적당히 만들어 붙인 사연일 것이다. 설사 그렇다해도 그 기사가 그 음유시인의 카발리에로가 되었다는 것은 감동적인 사연이 아닐 수 없었다.

"하지만 만약 그 사연이 사실이라면 그것은 정말 용감한 사랑이 아닐 수 없군요."

"그렇습니다."

궁중악장이 대답했다. 엘쥬르 7세는 잠시 생각하다 궁중악장에게 말했다.

"어때요, 궁중악장. 나는 이 용감한 사랑의 노래를 로젠다로의 국가로 정하고 싶은데."

"예?"

음유시인이, 그것도 이나바뉴의 음유시인이 만든 노래를 로젠다로의 국가로 정한다? 궁중악장은 놀란 표정을 지을 수밖에 없었다.

"여자의 관점에서 만들어졌다는 것은 아무런 문제가 되지 않습니다. 위대하신 쥬르 신도 빛의 신 사타루스의 아내였으니까요. 그리고 이나바뉴의 음유시인이 만들었다는 것도 문제가 되지 않겠죠. 그것 역시 입으로 전해지던 이야기가 아닌가요?"

엘쥬르 7세와 함께 그 노래를 감상하던 행정부의 사람들과 기사들은 하나 둘씩 고개를 끄덕였다.

"중요한 것은 그 노래가 가장 용감한 사랑을 노래하고 있고, 또한 그런 용감한 사랑이 로젠다로의 지금 상황과 정확히 부합된다는 점입니다. 그리고 또한,"

로젠다로 국왕은 부드럽게 미소지으며 주위를 둘러보았다.

"로젠다로의 모든 국민이 사랑하는 노래라는 점 또한 중요합니다."

궁중악장이 대답했다.

"옳으신 말씀입니다. 저는 생각이 짧아 그렇게까지 생각하지 못하고 있었습니다."

"나이트 라즈파샤, 그대의 의견은?"

로젠다로의 기사대장은 부드럽게 웃은 다음, 엘쥬르 7세를 향해 공손히 예를 올렸다.

"음악에 대해 아는 것은 없지만, 로젠다로에 가장 어울리는 국가라고 생각합니다."

다른 행정부의 수뇌들도 동의의 뜻을 표했다. 엘쥬르 7세가 말했다.

"좋습니다. 이 노래를 로젠다로의 국가로 지정하기로 하겠습니다. 궁중악장은 이 노래를 정확하게 정리하여 전파시키도록 하세요."

"예."

궁중악장은 짧고 정중하게 국왕의 명령에 대답했다.

이나바뉴의 음유시인이 지었다고 전해지는 슬픈 사랑의 노래, 하얀 로냐프강이라는 그 노래는 이렇게 로젠다로의 국가로 지정되고, 역사 속에서 로젠다로의 국민이 가장 사랑한 국가로 기억되게 되었다.

그러나 로젠다로에 슬픈 사랑의 노래가 국민의 입에서 입으로 전해지고 있을 때, 파아렐 나이트 바이켈리와 옐리어스 나이트 이셀란이 이끄는 이나바뉴 기사단 2차 원정대의 선발대가 로젠다로의 국경을 향해 빠른 속도로 다가오고 있었다.

로젠다로 바스크 15 류가 파견대장 나이트 라피르트는 뿌연 흙먼지를 일으키며 평원을 가로질러오는 이나바뉴 기사단을 응시하고 있었다.

"먼 길을 달려왔으면서도 기세가 좋군."

이나바뉴 기사단은 석양을 등지고 류가 성 앞의 평원을 달려오고 있었고, 라피르트의 로젠다로 기사단은 수세를 굳힌 채 그 모습을 지켜보고 있었다.

"역시 훈련이 잘된 기사단인가 봅니다."

딱딱한 말투로 입을 연 것은 바스크 101 나이트 디이였다.

"아니, 그저 위협일 뿐이다. 설마하니 저 기세로 퓨론사즈에서 부터 이곳까지 달려왔다고 생각할 수는 없지 않겠나, 나이트 디이?"

"예. 그렇긴 합니다만… 너무 가까이까지 속도를 늦추지 않는 것이 이상하군요. 우리를 보지 못한 걸까요?"

라피르트는 웃음을 터뜨렸다.

"그러니까 위협이라는 것이다. 수적으로 우세임을 과시하여 로젠다로 기사단의 사기를 떨어뜨리려는 것이지."

라피르트는 코웃음을 치고는 이나바뉴 기사단을 응시했다.

오십 줄에 들어선 노장이었지만, 라피르트의 용맹은 로젠다로에 널리 알려져 있었다.

라피르트는 가라앉은 목소리로 말했다.

"류가는 중요한 곳이다. 슈리온과 호응하여 양쪽에서 포프슨을 지킬 수 있는 로젠다로의 날개 중 하나이다. 이곳이 점령당한다면 이나바뉴 기사단은 포프슨 평원까지 거리낄 것 없이 진군하게 되겠지. 류가가 무너진다면 남는 것은 포프슨으로 향하는 길목인 허슬록 평원뿐이다."

디이는 말없이 바스엘드의 말을 듣고 있었다.

"비록 1천5백 기뿐이라 할지라도."

라피르트는 자신에게 다짐이라도 하려는 듯이 크게 고개를 끄덕였다.

"그런데 바스엘드 님,"

"말해 보거라."

"아무래도 이상합니다……."

디이는 손을 들어 앞쪽을 가리켰다. 그들의 정면에는 아까보다도 훨씬 가까워진 이나바뉴 기사단이 달려오고 있었다. 빠른 레페리온은 대오를 갖추지도 않고 앞에서 뛰고 있었고, 그 뒤로는 말을 따라갈 수 없는 휴리어벨이 역시 진형도 없이 레페리온을 따르고 있었다.

"속도를 줄이지 않습니다."

"그럼, 이대로 충돌이라도 하려 한다는 말이냐?"

그렇게 말해 놓고서 자신의 말이 더 웃긴다는 듯이 라피르트는 큰 소리로 웃어 젖혔다.

"진형을 갖추는 것은 기사도의 하나이다, 나이트 디이."

"알고 있습니다… 그렇긴 하지만."

다시 고개를 돌려 이나바뉴 기사단을 바라보던 라피르트의 표정에서는 차츰 웃음기가 걷혀 가고 있었다.

'설마?'

라피르트는 마른침을 삼키며 손을 왼쪽 허리께에 있던 하야덴으로 가져갔다. 그리고 또 잠시의 시간이 흘렀다.

"가츠!"

나이트 라피르트와 나이트 디이는 거의 동시에 입을 열었다.

"예."

대기하고 있던 라피르트의 근위기사 가츠가 재빨리 대답했다.

"좌편 레페리온대의 나이트 디쥬얼드에게 알려라. 기사단을 돌격 대기시키고, 충돌에 대비하라고. 어서 가라!"

"알겠습니다."

예를 올리기가 무섭게 가츠가 말머리를 돌려 좌편으로 사라져 갔다. 이제는 순식간에 부딪칠 거리에 이나바뉴 기사단이 와 있었다.

"체샤스 앞으로! 이나바뉴 레페리온의 정면 돌파를 저지하라! 휴리어벨 충격 방어 태세!"

바스엘드의 지령이 떨어지자 전투는 내일이나 벌어질 것이라고 생각하고 있었던 로젠다로 기사단은 혼란스런 와중에도 대열을 갖추고 일사불란하게 바스엘드의 지시에 따라 움직였다.

"나이트 디이!"

"옛!"

"우측 대기중인 휴리어벨의 지휘를 맡아라! 저 미친 기사단의 바스엘드는 내가 직접 상대해 주겠다!"

"알겠습니다. 이나바뉴 기사단이 수세의 안으로 들어서게 되면 돌격하면 되겠습니까?"

"물론이다."

라피르트는 다급하게 외쳤고, 바스엘드가 전투를 준비하는 모습을 보며 디이도 예를 취하고 말을 돌렸다. 곧 긴 마텐을 들고 일렬로 정렬한 로젠다로 기사단의 앞으로 미친 듯한 폭주를 계속하고 있는 이나바뉴 기사단의 레페리온이 들이닥칠 것이다.

"빨리 움직여라! 체샤스 공격 준비!"

이미 전투는 상식을 벗어나 버린 지 오래였다.

일린스크는 펫파 평원의 남쪽, 허슬록 평원으로 이어지는 모퉁이에 있었다. 지난 전투가 끝난 다음 중앙기사단 파견대를 이끌고 이곳에 남아 이나바뉴의 움직임을 주시하라는 라즈파샤의 지시가 있었기 때문이다. 아직 펫파와 류가 등지에서 이나바뉴의 특이한 움직임은 감지되지 않고 있었다.

'전쟁인 것만은 확실하다. 폭풍 전야의 고요일 뿐.'

일린스크는 바스엘드의 막사에 앉아 라즈파샤가 한 말을 되새겨 보고 있었다. 문득 밖에서 자기 이름을 부르는 소리에 그는 사색에서 깨어났다.

"블렌 님."

"누구냐."

"근위기사 라이펠입니다."

"들어와라."

장막이 걷히고, 일린스크의 근위기사 라이펠이 막사 안으로 들어섰다. 라이펠은 무릎을 꿇어 바스엘드에게 예를 갖췄고, 일린스크는 웃음으로 그를 맞았다.

"앉아라. 누님은 안녕하시겠지?"

"예. 일린스크 가에는 별일이 없었습니다."

라이펠은 일린스크의 명령으로 잠시 기사단을 이탈하여 포프슨에 있는 일린스크 가의 저택에 다녀왔던 것이다.

"단지 첼샤 아가씨께서는 블렌 님이 혹시 전쟁 중에 몸이 약해지지 않으셨을까 걱정하셨습니다."

'블렌이 혹시 집에 오고 싶다고 떼를 쓰지는 않았나요, 라이펠? 그 애는 아직 어려서 걱정이 많이 돼요.'

사실 첼샤는 그렇게 말했다. 그러나 라이펠은 그 말을 곧이곧대로 전할 수는 없었다. 첼샤의 어리광덩어리 동생이기도 했지만, 전장에 서면 일린스크도 짙은 자주색 전투복의 에우로페 나이트가 아닌가.

"여전하시군. 그래, 누님이야말로 아프신 데는 없는 것 같던가?"

라이펠은 빙긋 웃었다.

"예. 여전히 건강하셨습니다. 제가 저택에 돌아갔을 때에도 창가에 앉아 차를 드시며 책을 읽고 계시더군요. 아참, 이것은 아가씨로부터 부탁받은 것입니다."

라이펠은 손에 들고 있던 작은 짐을 풀어 일린스크의 앞에 내 놓았다.

"뭐지?"

"이건 첼샤 님께서 손수 싸주신 차입니다. 그리고 이건 책이구요."

전장엔 피묻은 먼지만 자욱하겠지만, 적에게도 생명이 있다

는 것을 잊지 말도록 해요, 블렌. 그들도 누군가의 아들이고 오빠이며 동생이며 아버지랍니다. 누나는 블렌의 승전을 갈구하지만, 또한 블렌이 떠난 사람을 슬퍼할 줄도 아는 기사가 되길 빌어요.

일린스크는 손에 들린 시집을 보며 따뜻한 미소를 지었다. 첼샤의 편지는 책 사이에 끼워져 있었다.

"카발리에로가 된 기분이로군요. 고맙습니다, 누님."

시집과 차에 담겨 있는 누나의 세심함에 고마워하며 일린스크는 중얼거렸다. 시집 책장을 넘기던 일린스크가 문득 입을 열었다.

"그런데, 혹시 자네가 먼저 달려온 건가 라이펠?"

"아닙니다. 혼자 달려왔습니다."

"그럼 지금 달려오는 것은 누군가?"

라이펠은 어리둥절한 표정을 지었다.

순간 일린스크의 얼굴에는 웃음이 사라졌다.

"국경 쪽인가?"

라이펠에게는 느껴지지 않는 레페린의 기척이 일린스크에게 들려 왔다. 일린스크는 즉시 책상 위에 시집을 내려놓고는 막사 장막을 걷었다.

"일린스크 님!"

장막으로 뛰어들어온 근위기사와 부딪칠 뻔한 일린스크는, 반사적으로 몸을 피했다.

"류가 파견대의 전투복 차림의 레페린 두 명이 달려오고 있습니다. 큰 상처를 입어 근위기사단 십여 기가 그들을 맞이하러 나갔습니다. 그런데… 오, 바스엘드 님!"

"침착하게 말해라. 그래서 어쨌다는 거냐?"

일린스크는 순간 오싹하는 한기가 스치는 것을 느꼈다.

"그들의, 그들의 손에 푸른색 깃발이……."

"뭐라고?"

라이펠이 소리지르며 일린스크 곁으로 달려나왔다.

"다시 말해 보아라! 류가 파견대의 복장을 한 근위기사의 손에 무엇이 들려 있다고 했느냐?"

일린스크는 믿기지 않는 듯 소식을 가지고 온 근위기사의 어깨를 붙잡고 다시 한 번 물었다.

"푸른색 깃발… 류가는 함락당했습니다."

그곳에는 정적만이 남아 있었다.

리엘은 조용히 강의실 문을 닫고 나와 복도를 걷기 시작했다. 그 동안 참았던 눈물이 쏟아져 나올 것만 같아 리엘은 한참을 빠른 걸음으로 강의실을 빠져나왔다.

"이사드 리엘."

언제 쫓아왔는지 등뒤 쪽에서 그녀의 스승 메이사드 바센의 목소리가 들렸다. 그제야 리엘은 걸음을 멈추었다.

"리엘, 슬퍼하지 말아요."

그녀의 눈에 맺혀 있는 눈물을 닦아 주며 메이사드 바센은 위로의 말을 건넸다. 리엘은 참지 못하고 스승의 품에 안겨 울음을 터뜨렸다. 그녀의 어깨를 부드럽게 감싸 주며 바센은 철없는 제자를 달랬다.

"모든 사람이 믿지 않는다고는 생각하지 말아요. 나는 이사드 리엘의 말을 믿고 있답니다."

한참을 울고 나서야 리엘은 고개를 들었다.

"정말이에요?"

바센은 인자한 표정으로 리엘의 얼굴을 마주보았다. 청옥색 메이사드 복장의 그는 짧고 하얀 수염이 난 얼굴에 가득 미소를 머금고 있었다. 오래전에 왕영 마법사를 그만두었지만,

로젠다로의 마법사라면 누구든 로젠다로 최고의 마법사로 꼽는데 망설이지 않는, 유일하게 리엘을 믿어 주는 메이사드 바센이 그녀를 내려다보고 있었다.

"물론이지요. 믿을 뿐만 아니라 진심으로 축하하고 있어요. 실전된 엔버렌의 마법을 찾아내다니요."

"그렇게 말씀하시지만 실은……."

실은 방금 강의실에서 제 발표를 들은 메이사드들과 똑같이 생각하고 계시지 않나요, 라고 리엘은 말하고 싶었지만 바센의 표정이 너무나 진지하고 차분했기 때문에 그렇게 말하지 못했다.

리엘은 몇 주일에 걸친 자유수행을 통해 자신이 익힌 마법들에 대해 설명하고 있었다. 논문 발표를 하기 전의 준비 과정이었다. 자유수행 기간이 끝나려면 아직 멀었지만, 많은 이사드들은 1년여 만에 돌아와 논문의 초안을 만들고, 메이사드들에게 지적을 받아 남은 기간에 그 초안을 수정하는 방법을 택하고 있었다.

리엘의 발표는 돌아온 졸업생들과 메이사드들의 웃음거리가 되었다. 어떻게 생각하면 당연했다. 로젠다로 왕영 마법학교의 메이사드들이라면 당금 로젠다로 최고의 마법사들인데, 그들도 들어 보지 못한, 그것도 황당할 정도로 높은 수준의 마법을 실제로 익혔다고 말한다면 그 누가 비웃지 않겠는가. 더욱이 자신이 말한 마법 중 직접 시법할 수 있는 마법이 하나도 없었다면.

"영력이 모자랄 뿐이라고 나는 생각해요. 언젠가는 이사드 리엘의 말이 옳다는 것을 증명할 수 있겠지요. 내가 도와 줄게 요."

오십이 훨씬 넘은 메이사드 바센의 얼굴에는 부드러운 미소 가 떠올랐다. 리엘은 조금 힘이 생기는 것 같았다.

"말씀드린 마법들 중에 두어 개는 사용할 수 있어요. 실제 로 짧은 시간이지만 제가 원하는 지역에 비를 내려 본 적도 있 구요. 아니면, 바센 님께서 직접 엔버렌의 마법원으로 찾아가 시는 거예요. 바센 님의 영력이라면 반드시 엔버렌의 마법을 시법해 보실 수 있을 거예요."

하지만 엔버렌의 마법원에서 마법을 배우려면 마법의 도시 레벤샤를 완전히 비워야 했다. 엔버렌의 마법원은 단 한 사람 만이 들어가야 효력을 발생하기 때문이었다. 그렇다면 그것은 로젠다로 왕영 마법학교 차원이 아니라, 로젠다로 국왕을 수 뇌로 하는 로젠다로 행정부 전체의 차원에서 진행시켜야 하는 일이었다.

메이사드 바센은 조용하지만 따뜻한 목소리로 말했다.

"그것은 조금 후에 생각해 보기로 합시다. 리엘, 우선 내 방 으로 가서 뜨거운 차라도 한잔 마셔요. 지금 너무 흥분해 있어 요."

"네."

리엘은 순순히 대답하고 자리에서 일어섰다. 바센은 친절한 몸짓으로 자신의 방으로 그녀를 안내했다. 얼마 전까지만 해도 그렇게 자주 들렀던 바센의 연구실이었는데도 지금은 왠지 멀게만 느껴졌다.

리엘은 힘없는 발걸음으로 터벅터벅 그를 따라 연구실 쪽으로 걷기 시작했다.

이나바뉴 바스크 98 나이트 이셀란은 젊은 만큼 패기 있고, 거기에 신중함까지 갖춘 기사였다. 하이슨루스 이셀란 가의 둘째 아들인 그는, 형인 나이트 이셀란이 지난 제3차 천신전쟁 때 하라데스 전투에서 전사한 후 이셀란의 기사명을 받게 되었다. 하야덴의 실력은 죽은 형보다 뛰어나지 못했지만 통솔력과 기사로서의 예절은 형보다 뛰어나다고 평가되어 몇 년 전에 엘리어스 나이트로 발탁되었다. 깊고 그윽한 눈이 매력적인 그는 과묵한 성격이어서 좀처럼 입을 열지 않았고, 그래서 기사들과 그다지 친하게 어울리지는 못하였다.

그런 그에게 파아렐 나이트 바이켈리가 좋게 보이지 않았던 것은 당연한 일인지도 몰랐다. 직접 전쟁에 참가한 경력도 없고, 순전히 뮤젠이라는 출신 성분 때문에 파아렐 나이트의 작위를 받은, 게다가 기사에게 어울리지 않는 언행을 일삼았던 그였기 때문이다.

감정을 한 번도 밖으로 드러내지는 않았지만, 그의 마음속에서는 기사단의 바스엘드에 대한 불신감이 샘솟고 있었다. 류가의 승전. 대승을 이루었지만, 결과적으로 그 파행적인 전투는 이셀란의 불신감을 더욱 키워 주었을 뿐이었다.

"썩은 과일이라도 씹었나? 표정이 왜 그 모양인가?"

바이켈리의 말에 이셀란은 고개를 들었다.

"아, 아닙니다. 그냥 류가에서의 일을 잠시 생각하고 있었습니다."

바이켈리는 코웃음을 쳤다.

"바보 같으니. 아직도 그 얘기냐? 기사단을 주둔시키지 않는다고 내가 류가를 함락시킨 게 거짓말이라도 된단 말이냐?"

이셀란은 호소하는 듯한 말투로 말했다.

"그런 것이 아닙니다, 바스엘드 님. 하지만 류가에 주둔군을 남겨 놓지 않는다면, 그래서 우회한 로젠다로 기사단이 류가를 다시 탈환한다면 우리의 노력은 물거품이 됩니다. 아니, 기사들의 노력은 물거품이 된다고 쳐도, 전투에서 죽어 간 다른 이들의 생명은 무의미해집니다."

"다른 이들의 생명? 짐승이 죽는 것과 평민이 죽는 것이 뭐가 다르지?"

"바이켈리 님이 이끄시는 이 기사단의 견습기사들이 짐승이라고 말씀하시는 겁니까?"

"틀렸어. 나 외의 모든 인간들은 전부 짐승에 가깝지."

더 할 말이 없었다. 그가 사랑하는 이셀란 가의 근위기사들을 짐승으로 매도한 것은 참을 수 없는 모욕이었지만, 기사단 내에서 내분을 일으키고 싶지 않아서 이셀란은 더는 바이켈리의 말에 대꾸하지 않았다. 그러나 바이켈리는 이셀란이 그렇게 말을 끝내도록 놓아두지 않았다.

"세상엔 짐승이 많아. 지 자식들을 낳아 놓고 한 놈은 작위를 이을 놈이네 어쩌네 하면서, 다른 한 놈한테는 그 잘난 놈의 잘못까지 모두 뒤집어씌우려는 짐승도 있고, 전부 다 알고 있으면서도 눈밖에 나기 싫어서 그놈 편을 드는 짐승도 있고 말이야. 세상은 다 그래."

"말씀이 심하십니다."

"아니, 심하지 않아, 나이트 이셀란. 자, 저길 보라고. 바이켈리 님의 하야덴 앞에 목을 바치겠다고 잔뜩 몰려든 로젠다로의 배설물들이 평원 가득하지 않은가? 죽은 놈은 바보가 되고 살아남은 놈은 죽은 놈 위에서 잘난 놈이 되지. 죽인 놈은 영웅이 되고, 죽은 놈은 땅속에 묻혀서 바보로 남게 되지. 이 나바뉴의 영광을 위해서 피를 뿌리고 죽으라고? 헹, 그런 놈들이 바로 저 전장에 서 있어야 하는 거야. 그런 위선자들의 말에 충성심이 불타올라 죽으러 나오는 놈들이 짐승이지, 안 그래. 내 논리가 틀린 것 같은가?"

이셀란은 그 엄청난 궤변에 입을 다물 줄을 몰랐다.

"그렇게 말씀하시면서도 기사단을 이끌고 나오시기를 바라지 않으셨습니까? 그래서 총사대의 사야카 님은 명단을 교체하면서까지 바이켈리 님의 출병을 건의했고 말입니다. 바이켈리 님, 전 정말로 바스엘드 님이 원하시는 것이 무엇인지 모르겠습니다."

바이켈리는 웃음을 터뜨렸다. 왠지 그 웃음소리에 소름이 끼쳤다.

"내가 원하는 것? 세상을 비웃는 거야."

"세상을……."

"그 웃기는 기사도라는 것부터 비웃어 주지."

'이젠 기사도까지…….'

이셀란은 차라리 고개를 돌리고 외면해 버렸다.

"아하, 나이트 이셀란. 그래도 기사도 얘길 하니까 제법 거북한 표정을 짓는군."

바이켈리는 이셀란을 돌아보며 웃음을 터뜨리고는 음침한 목소리로 말했다.

"기사도라는 게 뭐야? 결국 이긴 자의 정의 아냐? 그럼 내가 이겨 주겠단 말이야. 내겐 세상 누구와 싸워도 이길 수 있는 힘이 있으니까 말이지."

이셀란은 그의 말을 무시하고 눈을 들어 평원 건너편의 기사단을 살피는 체해 버렸다. 그 이야기에 대꾸를 한다면 렉카아드를 신청해야만 했다.

'용서하십시오, 형님.'

이셀란은 마음속으로 지난 전쟁 때 전사한 형과, 형이 가졌었던 이셀란 가의 이름에 기사로서의 명예로 사과했다.

이셀란의 눈에 비친 로젠다로 기사단은 허슬록 평원 입구에 수세를 굳힌 채 포진해 있었다.

"안개 속이라 정확한 인원 파악은 되지 않지만 대략 4천 기정도의 기사단으로 보입니다. 좌우편에 레페리온이 포진한 것으로 보아 수세를 굳힌 채 싸우겠다는 뜻인 듯합니다."

이셀란은 예의 바른 모습으로 바이켈리에게 상황을 보고한 후, 자신의 소견을 곁들였다. 아마도 전장을 보는 눈은 바이켈리가 십 년을 공부해야 겨우 이셀란을 따라갈 수 있는 수준일 것이다.

"친절하게도 허슬록 평원까지 마중을 나와 있구만."

바이켈리는 음흉한 미소를 지었다.

"선발대가 4천인 것을 감안하면 우선 정면으로 충돌하는 것은 위험해 보입니다. 상호 타격이 적지 않을 테니까요. 하지만 만약 기후를 이용하시려면 이 안개가 걷히기 전에 전투를 시작하는 것이……."

"안개가 걷히면 시작한다."

바이켈리는 귀찮다는 표정으로 중간에 이셀란의 말을 끊고 말을 뱉었다.

"예?"

보고를 받는 중에 보고자의 말을 끊는 것은 아무리 상관이라고 할지라도 예의에 크게 어긋나는 것이었다. 약간 당황한 표정으로 이셀란이 바이켈리를 바라보자 바이켈리는 미간을 찡그리며 날카롭게 외쳤다.

"안개가 걷히면 돌격을 시작한다. 듣기 귀찮으니 더는 보고하지 마라."

방금 전과는 또 다른 표정이었다. 경망스러운 웃음이 얼굴에서 걷히고, 바이켈리는 인상을 찡그리며 평원 건너편을 훑어보고 있었다.

이셀란은 기가 막혔다.

'저 안개 속에 포진한 로젠다로 기사단의 바스엘드는, 옐리어스 나이트 중에서도 최강으로 꼽혔던 그 나이트 레이피엘일지도 모릅니다, 바스엘드 님. 4천 기 기사단을 몰살이라도 시키고 싶으신 겁니까?'

하고 싶은 말이 목까지 올라왔지만 이셀란은 공손하게 예를 취했다.

"알겠습니다."

이셀란이 대답하는 것을 들은 바이켈리는 입 끝을 비쭉 올리며 혼잣말로 중얼거렸다.

"그래, 그래. 착한 소년이로군."

이셀란은 억지로 예를 취하고 말을 몰아 전방에서 떠나 버렸다. 적당히 레페리온 지휘를 맡겠다는 핑계를 대고 싶었지만, 입도 떨어지지 않았다.

그러나 예를 취하는 모습을 돌아보지도 않은 채 바이켈리는 안개 저편을 응시하고 있었다. 그의 입가에는 조소하는 듯한 미소가 떠올라 있었다.

"정말 불쌍한 나라로군. 지난번 전쟁에는 검은 갑옷의 기사에게, 그리고 이번 전쟁에는 하얀 갑옷의 기사에게 우수수 죽어 나가야 하니 말이야… 하얀 갑옷의 기사라."

혼잣말을 중얼거린 그는 갑자기 큰 소리로 웃어 젖혔다. 상대편의 바스엘드가 누구이건, 지금의 나이트 바이켈리에게는 관계가 없었다. 그가 설사 전설처럼 남아 있는 이나바뉴 제1

기사 옐리어스 나이트 레이피엘이라고 할지라도.

"나이트 레이피엘? 이런 이런, 로람. 네 꿈은 너무 작구나!
겨우 레이피엘 같은 어린애가 뭐냐? 최소한 져런스타르쯤은
돼야 하지 않겠나? 이봐 져런스타르. 내가 부르는데 언제까지
누워만 있을 거냐? 당장 땅속에서 솟아 나와 보라구!"

말을 마치고 바이켈리는 다시 기분이 좋아진 듯 소리를 높
여 광소했다.

라즈파샤의 소개 덕에 퀴트린과 일린스크는 이미 안면이 있
었다. 퀴트린이 조금 어색하게 자신의 몸을 감싸고 있는 옅은
자주색의 갑옷을 내려다보자 일린스크가 말했다.

"처음 입어 보신 것은 아니실 텐데… 불편하신가요?"

일린스크는 쾌활하고 명랑한, 그러면서도 붙임성이 있는 청
년처럼 보였다.

'가이사로 님을 닮은 것 같군.'

퀴트린은 생각했다.

"전장에 입고 나온 게 처음이라서 그런 것 같다."

로젠다로 기사단의 갑옷은 자주색으로 통일되어 있었다. 자
주색은 로젠다로의 창조신 쥬르를 상징하는 색깔이자 겸양과
겸손을 상징하는 색깔이었다. 슈리온 성역 수호대 에우로페
나이트는 짙은 자주색, 그리고 나머지 중앙기사단과 중앙기사
단 파견대는 옅은 색깔의 자주색을 사용하고 있었다. 순백색
의 전투복에 금색과 은색의 장식이 있는 이나바뉴의 파아렐

나이트나 엘리어스 나이트와 비교하면 초라할 정도의 모습이었지만, 이제 퀴트린은 그런 것들에 그다지 신경 쓰지 않았다.

"처음에, 선발대와 맞서 싸울 기사단이 차출될 때 저와 네라이젤 님이 지목되어서 무척 놀랐습니다."

퀴트린은 가볍게 웃었다.

"날 못 믿겠다는 뜻으로 들리는군."

일린스크는 손을 급히 내저었다.

"아, 그런 뜻이 아닙니다. 제가 뽑히게 되어 놀랐다는 겁니다. 단지 4천 기의 기사단만이 배정되었고… 이나바뉴 기사단은 강하지 않습니까?"

퀴트린은 어깨를 으쓱했다.

"아니, 로젠다로 기사단도 강해. 그리고 나머지 병력은 아직 정비가 끝나지 않았기 때문에 차출되지 않았다는 걸 자네도 알고 있지 않나?"

일린스크는 퀴트린의 말에 고개를 끄덕였다.

이길 수 있을 것 같다는 생각이 들었다. 지금 그의 옆에 서 있는 나이트 네라이젤에게서는 그가 가장 존경하는 기사대장 나이트 라즈파샤와 맞먹을 정도, 아니 그 이상의 투기와 중압감이 느껴지고 있었다.

'어쩌면 나는 엄청난 기사와 어깨를 나란히 하고 있는 걸지도 모른다.'

일린스크는 생각했다.

"안개가 걷히기를 기다리는 모양이군요."

일린스크의 말에 퀴트린은 안개 저편의 이나바뉴 기사단을 바라보았다.

"그런 것 같군. 이나바뉴 기사단의 바스엘드가 매우 신중한 것이거나 아니면 아주 경솔한 것이겠지."

안개가 걷히기를 기다린다는 점에서는 양쪽 기사단이 같았다. 하지만 지금 퀴트린은 이나바뉴의 바스엘드가 누구인지 파악하기 위해서 기다리는 것이었고, 바이켈리는 시야가 확보된 상태에서 상대의 바스엘드를 찾아 쓰러뜨리기 위해 기다린다는 점이 달랐다.

"그런데 지난번의 그 보고에 대해서는 어떻게 생각하십니까?"

"어떤 보고 말인가?"

일린스크는 조금 주저하다가 얼른 얼굴에서 어두운 빛을 감추었다. 그의 바스엘드는 자신감에 차 있던 것이었다. 께름칙한 기분을 떨쳐 버리기라도 하려는 듯이 일린스크는 가벼운 말투로 말했다.

"류가 파견대장님에 대한 보고말입니다."

"그 이상한 마법이라는 것 말인가?"

"예."

일린스크는 퀴트린 쪽으로 고개를 돌렸다.

"류가 파견대의 생존자들의 의견에 의하면, 급히 의술사들이 회복마법을 시법했다고 하나 체력이 회복되지 않았다고 합니다. 무엇인가 기묘한 마법을 쓰는 마법사라도 이나바뉴 기사단에 있는 것이 아닐까요?"

퀴트린은 쓴웃음을 지었다. 퀴트린은 마법에 대해 조예가 그리 깊지는 않았지만 상처가 아물지 않는, 그런 황당무계한 마법을 사용하는 마법사가 이나바뉴에 있다는 말은 들어 보지도 못한 일이었다.

"불가능한 일이다."

"저도 그렇게 생각합니다. 그런데 그 긍지 높으신 라피르트 님께서 패전에 대한 변명으로 그러한 말을 지어 내셨을 리는 없고……."

"괜한 견습기사나 전사들끼리의 불안감이 그런 소문을 만들었을지도 모르지. 어쨌든 며칠 전에 나이트 라피르트는 세데레이나 산으로 후송되지 않았나."

"예… 그렇습니다. 그분 성격을 생각하면 지금쯤 펄펄 뛰시면서 당장 전장에 나가겠다고 하실지도 모르겠군요."

일린스크의 말에 퀴트린은 그를 마주보며 웃어 주었다.

그러나 그들의 생각과는 달랐다. 그 시각 허슬록 평원에서 얼마 떨어지지 않은 세데레이나 산, 로젠다로 왕영 마법학교에서는 한 시대를 풍미했던 로젠다로 기사의 생명이 꺼져 가고 있었다.

"Requtre Wendtq Predscuda!"

메이사드 엘바사스의 이마에서는 땀이 송글송글 솟아 나고 있었다. 오늘 사용할 수 있는 마지막 마법을 사용한 엘바사스는 체력마저 고갈되어 힘없이 바닥에 무릎을 꿇고 말았다.

"메이사드 엘바사스!"

깜짝 놀라며 옆에 서 있던 메이사드 페넬리가 그를 부축했다. 그러나 엘바사스는 신경질적으로 그녀의 손을 뿌리쳐 버렸다.

"이게 무슨 꼴이냐 말이오."

침통한 표정으로 침상에 누운 기사를 내려다보던 엘바사스는 갑자기 눈을 감고 또다시 마법의 시동어를 영창하기 시작했다.

"Requtre Wendtq……!"

"그만둬요, 엘바사스!"

페넬리가 그의 팔을 잡았고, 시법이 준비되던 마법은 하얀 마법의 기운만 남긴 채 공중으로 흩어져 버렸다.

"소용없는 짓이에요. 에베라네즈라도 되고 싶은 거예요?"

"에베라네즈?"

페넬리를 돌아보는 엘바사스의 눈은 공허했다.

"그래요, 메이사드 페넬리. 차라리 에베라네즈라도 되었으면 좋겠소. 내가 가진 모든 체력마저 바닥이 나서 폭주라도 해 버렸으면 좋겠소! 맙소사, 쥬르 신이여! 내가 평생을 바쳐 공부해 왔던 마법이 겨우 이 정도밖에는 안 된다는 말이오?"

"엘바사스……."

"이렇게 무력하다니! 눈앞에 시체가 되어 가는 사람이 있는데 로젠다로 최고의 마법사라는 사람들이 모두 모여 그 죽음을 지켜볼 수밖에 없단 말이오!"

이미 그 주위를 빙 둘러서 있던 모든 메이사드들은 마법력이 고갈된 상태였다. 며칠을 계속해서 치료마법과 회복마법을 시법했지만 나이트 라피르트의 체력은 떨어져 가기만 했다. 그들은 마법력이 고갈되며 느끼는 고통보다는, 그들이 마법학교의 교수로서 가졌던, 아니 로젠다로 최고의 마법사로서의 자존심이 무너져 내리는 것이 훨씬 고통스러웠다.

잠시 침상에 두 손을 대고 고개를 숙이고 있던 엘바사스가 천천히 눈을 들었다. 그의 눈에는 초점이 없었고, 몸은 당장에라도 쓰러질 듯이 비틀거렸다.

"메이사드 나이안."

"예, 부학장님."

비교적 젊은 얼굴의 마법사가 공손히 고개를 숙였다.

"당신에게는 마법력이 남아 있소?"

간절한 표정이었건만, 메이사드 나이안은 눈을 감으며 고개를 저었다.

"메이사드 카헬리건, 당신은?"

"… 죄송합니다."

"블레드, 탈로몬, 슈카라드 당신들은?"

그의 옆에 서 있던 잿빛 마법사 복의 메이사드들은 모두 말없이 고개를 숙였다.

"… 바센."

문득 엘바사스는 그 자리에 없는 마법사의 이름을 불렀다.

"그래, 메이사드 바센. 아직 그가 남아 있소. 바센을 데려오시오. 그는 왜 여기에 없는 거요? 그는 최고의 마법사지 않소!"

흥분하고 있는 엘바사스를 보다 못한 나이안이 만류했다.

"진정하시지요, 부학장님. 이제 늦었습니다. 모든 방법을 동원해도 불가능하다는 것을 아시지 않았습니까."

"모든 방법을 동원해도?"

나이안은 고개를 수그렸다.

"안 되는 것은… 안 되는 것입니다."

"자네는 마법사의 긍지라는 것이 뭔지나 알고 있는가!"

늙은 마법사 엘바사스의 목에는 핏줄이 솟아 있었다. 이대로 물러나기에는, 그가 마법에 바친 생이 너무 길었던 것이다.

그때, 쿨럭 하는 기침 소리가 들렸다. 그 소리와 동시에 메이사드들의 시선은 모두 그들이 빙 둘러싸고 있는 침상 위의 남자에게로 향했다.

"이… 이런."

"Premdem Choy Holla!"[1]

메이사드 페넬리가 급히 생명확인마법을 시법했다. 그러나 침상 위의 기사에게서는 아무런 반응도 나타나지 않았다. 메이사드 나이안은 고개를 돌렸다. 방 안은 무거운 정적으로 가득 차 버렸다.

"안녕히 가십시오, 나이트 라피르트. 저희가 모자랐음을 원망하십시오."

둘러서 있던 메이사드 중 한 명이 적막을 깨고 나직이 말했다.

"깨어나십시오, 라피르트 님. 이대로 가실 수는 없습니다!"

간신히 버티고 있던 엘바사스의 두 다리는 힘을 잃고 무너져 내리고 말았다.

"엘바사스 님!"

페넬리와 나이안이 동시에 양쪽에서 로젠다로 왕영 마법학교의 부학장 팔을 잡았다.

"쥬르 신이여. 왜 제가 살아온 전 생애가 틀렸다고 말씀하시는 겁니까……."

엘바사스의 말에 모두가 고개를 숙였다. 수백 년간 전수되어 오던 로젠다로의 마법, 그 정점에 서 있던 마법사들은 극도의 허탈감과 함께 밀려오는 슬픔을 참고 있었다.

그때 문이 열리며 푸른빛의 마법사 복을 입은 큰 키의 노인이 방 안에 들어섰다. 그의 한쪽 손은 아직 앳돼 보이는 소녀의 손을 잡고 있었다.

"아직 방법이 하나 남았소, 메이사드 엘바사스. 내 말을 좀 들어 보시오. 아직도 인정하지 못하겠소? 내 제자가 한 말을 말이오. 지금 이사드가 엔버렌의 고대 마법서에서 방법을 발견해 냈소. 좀 황당하긴 하지만……."

그러나 거기까지 말한 바센은 더 말을 이을 수 없었다.

바닥에 꿇어앉은 채 망연한 표정을 짓고 있는 엘바사스를 발견했기 때문이었다.

"이제 할 수 없습니다. 라피르트 님은 방금……."

"아."

바센의 옆에 서 있던 소녀, 자줏빛 마법사복의 이사드 리엘은 자신도 모르게 안타까움의 탄식을 뱉고 말았다.

"운명하셨습니다."

---

1) Premdem Choy Holla: 생명력의 존재를 알아내는 마법. 회복마법을 시법하기 전에 피시법자가 살아날 가능성이 있는가 없는가를 검증하기 위해 사용한다. 마법력 소모는 적다.

9

일방적인 전투가 될 줄 알았다. 적어도 그 파아렐 나이트의 순백색 갑옷이 어두운 빛의 투기에 휩싸이기 전까지는. 나이트 일린스크는 그렇게 믿었다.

"네라이젤 님!"

나이트 일린스크가 외치는 소리에 퀴트린은 힐끗 그를 돌아보았다. 일린스크의 얼굴은 벌써 승리의 기쁨으로 상기되어 있었다.

"이나바뉴 기사단의 후미로 돌아가겠습니다. 이 전투는 일방적인 것 같습니다."

이나바뉴 기사단은 놀랍게도 안개가 걷히자마자 정면으로 돌격해 왔다. 평원에서 엇비슷한 숫자의 기사단이 정면으로 맞붙어 싸우게 되면 기사단의 바스엘드의 지도력과 통솔력에 따라 결과가 나타나게 마련이었다. 로젠다로 기사단이 아직은 완전히 신뢰하지는 않아 퀴트린의 역량이 모두 드러나지 않았음에도 전투는 아주 일방적으로 진행되었다.

'이나바뉴 기사단이 이렇게 무력할 수가?'

퀴트린은 놀랐다. 적진에는 옐리어스 나이트 한 명과 파아렐 나이트 한 명이 기사단을 지휘하고 있었다.

'샤엔[1]님의 경험이 아무리 부족하다고는 하지만 이렇게까지 무력할 수가 있나? 저 파아렐 나이트가 기사단을 지휘하고 있는 건가?

파아렐 나이트는 명예적인 의미를 가진 기사단이기 때문에 나이트 사야카를 비롯한 몇 명을 제외하고는 기사적인 능력은 별로 없었다. 그래서 전투에 출전할 경우 바스엘드의 직위를 동행한 다른 기사에게 수행시키게 마련이었다. 파아렐 나이트는 기사단에 사기를 북돋는 역할을 하기 위해 출정할 뿐이었다.

퀴트린은 고개를 저었다.

"이나바뉴 기사단을 격멸시킬 필요는 없다, 나이트 일린스크. 측면으로 돌아가 협공해 주기 바란다."

적의 기사단이 진형을 잃고 혼란에 빠진다고 해도, 그 기사단을 포위 공격하여 완전 격멸시키기 위해서는 이쪽도 적지 않은 피해를 감수해야 한다. 협곡 등의 좁은 전장에서라면 아군의 피해가 그다지 크지 않지만, 이런 평원에서라면 그 피해는 적지 않았다. 만약 일린스크가 아니라 라즈파샤였다면 포위 공격을 한 후 그 반격을 견디어 낼 능력이 있었겠지만, 그렇게 하기엔 일린스크의 경험은 많이 모자랐다.

1) 샤엔: 나이트 이셀란의 이름. 제3차 천신전쟁 때 형이 전사한 후 이셀란 가의 작위를 계승했다. 퀴트린은 그 전에 기사단을 이탈했으므로 전에 사용했던 이름으로 기억하고 있다.

"알겠습니다!"

퀴트린의 의도를 알아차렸는지 일린스크가 큰 소리로 대답하고 하야덴을 들어 자신의 기사단을 회수한 후, 이나바뉴 기사단의 옆쪽으로 이동해 가기 시작했다.

퀴트린은 찬찬히 전장을 살펴보았다. 이나바뉴 기사단은 진형도 완전히 잃어버리고 우왕좌왕하고 있었다. 그래도 왼쪽 부근은 그나마 조금 튼튼해 보였다. 퀴트린은 그 부근을 피해 중앙을 돌파해 나가기로 마음먹었다. 이 상태에서 기사단을 양분시킬 수 있게 된다면 전의를 완전히 떨어뜨릴 수 있을 것 같았다.

그때 조금 떨어진 곳에서 일린스크의 목소리가 들렸다.

"조심하십시오! 이나바뉴 기사단의 바스엘드가 접근하고 있습니다!"

퀴트린이 문득 옆을 돌아보니, 순백색의 전투복에 온통 피칠을 한 기사가 퀴트린에게 다가오고 있었다.

퀴트린은 하야덴을 들어 그 기사를 향했다. 그 기사를 훑어보는 퀴트린의 눈썹이 살짝 찌푸려졌다.

'저런 모습이라니… 파아렐 나이트의 명예 따위는 집어던진 것 같군.'

"네가 로젠다로의 바스엘드냐?"

젊은 파아렐 나이트였다. 어디선가 본 듯한 얼굴이었지만 정확히 기억이 나지는 않았다. 그 역시 퀴트린을 알아보지 못한 듯했다.

'명예로운 파아렐 나이트에 저렇게 예의를 모르는 기사가 있었던가?'

속으로 적잖이 놀랐지만 퀴트린은 곧 하야덴을 아래로 숙여 공경의 뜻을 표한 다음 대답했다.

"로젠다로 바스크 9 나이트 네라이젤입니다."

"네라이젤? '당신의 소중한 것을' 이라는 뜻이냐? 웃기는 이름이군."

그 기사는 얼굴에 경멸의 뜻을 내비치며 말했다. 퀴트린의 눈썹이 꿈틀했다.

"바스엘드 님의 성함도 말씀해 주셨으면 합니다."

전장에서 마주친 기사는 렉카아드를 치르기 전에 통성명을 하는 것이 기본적인 예의였다.

이나바뉴의 파아렐 나이트는 코웃음을 쳤다.

"너처럼 어린 녀석이 바스크 9라니 로젠다로에는 기사가 어지간히도 없는 모양이구나. 내 이름은 바이켈리. 로젠다로 기사들에게 죽음의 상징이 될 이름이니 잘 기억해라."

퀴트린은 기가 막혔다. 아무리 지금 이나바뉴와 로젠다로가 적대 관계에 있다고는 하지만, 자신의 바스크도 밝히지 않은 채 이렇게까지 무례하게 나오는 것은 상식 밖의 일이었다. 더 말할 필요가 없다는 듯 퀴트린은 하야덴을 들어 정확히 상대의 목을 겨눴다.

"공격하겠습니다. 조심하십시오."

퀴트린의 말이 끝나기도 전에 바이켈리가 먼저 하야덴을 비스듬히 세워 공격 자세를 취했다. 바이켈리의 첫 번째 공격이 들어왔다. 아주 평범한 공격이었다. 퀴트린은 가볍게 하야덴을 흔들어 바이켈리의 공격을 옆으로 빗겨 나가게 했다.

두 번째 공격은 옆으로 비스듬히 들어왔다. 퀴트린은 몸을 뒤로 젖혀 공격을 피해 낸 후, 그 반동을 이용해 앞쪽으로 하야덴을 길게 뻗었다. 이 반격은 공격을 한 후 하야덴을 채 회수하지 못한 바이켈리의 왼팔을 향해 날아갔다. 바이켈리는 페가드를 들어 간신히 퀴트린의 공격을 막아 냈다. 하지만 자세를 취하지 못한 상태로 방어를 하느라 중심이 크게 흔들렸다. 퀴트린은 여유 있게 하야덴을 회수한 다음 한 걸음 물러섰다.

"제법이구나. 사야카 님과 견주어도 되겠어."

퀴트린은 가볍게 웃었다. 하지만 다음 순간, 그의 눈 역시 그때의 사야카와 마찬가지로 크게 떠졌다. 바이켈리의 몸에서 암흑 같은 투기가 솟아 나오기 시작한 것이다.

"이것은?"

퀴트린이 하야덴을 고쳐 잡는 새, 바이켈리의 하야덴이 빠른 속도로 퀴트린을 엄습해 왔다. 퀴트린이 급히 하야덴을 들어 정면으로 바이켈리의 하야덴에 맞섰다. 둔탁한 충격음이 들리고, 퀴트린은 팔부터 어깨까지 시큰한 충격을 받았다.

퀴트린은 깜짝 놀랐다. 방금까지와는 전혀 다른 속도와 힘의 공격이었기 때문이다.

바이켈리가 입에 조소를 머금었다.

"걱정하지 마라. 널 사야카 님처럼 대하지는 않을 테니까. 넌 아예,"

바이켈리의 눈이 반짝하고 빛났다.

"… 죽여 주마."

어두운 빛의 투기가 더욱 확대되자, 이번에는 그의 하야덴까지 검은빛을 띠기 시작했다.

상상할 수 없을 정도로 빠른 공격이 퀴트린의 가슴 앞으로 들어왔다. 퀴트린은 급히 몸을 옆으로 돌렸지만 아차 하는 순간에 왼쪽 팔을 베이고 말았다. 큰 상처는 아니었으나 바이켈리는 득의양양했다.

이대로는 안 되겠다는 생각에 퀴트린이 즉시 반격에 나섰다. 눈 깜짝할 새에 퀴트린의 공격이 세 번 연속 바이켈리를 향해 찔러 들어갔지만, 바이켈리는 여유 있게 그 공격들을 막아 냈다. 퀴트린은 다시 하야덴을 들어 직선으로 바이켈리의 목을 향해 하야덴을 찔렀다. 하야덴끼리 부딪치는 소리가 연속해서 몇 차례 들리고, 육중한 충돌음이 들렸다. 마지막 공격은 바이켈리의 페가드에 막혀 버렸다.

이상하게도 퀴트린은 몸에서 힘이 점점 빠져나가고 있다는 생각이 들었다. 피를 많이 흘렸을 때와 비슷한 느낌이었다.

"점점 느려지는구나."

바이켈리가 음침하게 웃으며 말했다.

뭔가 이상하다고 생각하는 순간, 이번에는 바이켈리의 하야덴이 퀴트린을 공격해 왔다.

퀴트린은 간신히 하아덴을 들어 바이켈리의 공격을 막아 냈으나, 바이켈리의 하아덴은 퀴트린의 하아덴과 공중에서 한 번 부딪친 후, 즉시 빙글 돌아 이번에는 퀴트린의 옆구리를 내리쳤다. 착 하는 파찰음과 함께 퀴트린의 오른쪽 옆구리가 제법 깊게 베졌다. 금세 전투복으로 피가 배어 나왔다. 찌른 것이 아니라 단지 하아덴을 눕혀 옆으로 벤 것인데 갑옷이 이렇게 쉽게 베져 나가는 것은 이해할 수가 없었다. 그것도 거의 힘도 들이지 않고.

바이켈리가 다시 공격을 퍼부었다. 퀴트린은 그의 눈을 응시하며 그의 공격을 막아 내려 했으나, 순식간에 팔과 어깨, 그리고 옆구리에 다시 상처를 입었다. 그다지 깊은 상처는 아니었으나 시간이 지날수록 그는 몸에서 점차 체력이 빠져 나가고 있다는 생각이 들었다. 마치 이틀이나 사흘 동안 계속해서 상대와 하아덴을 겨룬 것 같은 느낌이었다. 하아덴 끝이 조금씩 떨리기 시작했다.

'설마… 이것은?'

바이켈리는 큰 소리로 웃었다.

"어떻게 된 거냐, 지금까지의 그 기세는 어디로 가버렸지? 이젠 하아덴도 제대로 쥐지 못하는 모양이구나."

퀴트린은 이를 악물었다. 속수무책이었다. 다시 몇 번의 공격이 들어온다면 이번엔 목숨까지 내줘야 될 것 같았다.

'그럼 그 소문이 사실이었단 말인가?'

퀴트린은 하아덴을 깊이 눕혔다. 일단 체력이 회복될 때까지 방어 자세를 취하기로 한 것이다. 그때까지도 퀴트린은 체력이 회복되지 않는다는 것을 알지 못했다.

그때, 멀리서 외쳐 부르는 소리가 들려 왔다.

"바이켈리 님! 어서 퇴각 명령을 내리십시오!"

바이켈리는 뒤를 한 번 돌아보고는 대답했다.

"기다려라. 손 한 번만 뻗으면 로젠다로의 바스엘드를 죽일 수 있다."

들려 오는 목소리는 급박했다.

"협공을 당하고 있습니다! 이대로 버티다간 전멸하고 맙니다! 4천 명이나 되는 기사단을 몰살시키실 셈입니까?"

바이켈리가 고개를 들어 전세를 살펴보니 이나바뉴 기사단은 완전히 전의를 상실하고 뿔뿔이 흩어져 도주하려 하고 있었다. 이미 큰 피해를 입었고, 그나마 살아남은 기사들도 공포에 질려 있는 것 같았다.

바이켈리는 코웃음을 쳤다.

"넌 내가 직접 하야덴을 쓰지 않아도 곧 죽게 된다. 살려 준다고 생각하지 마라."

바이켈리는 퀴트린에게 내뱉듯이 말하고는 말을 돌렸다.

"퇴각한다! 평원 건너편에서 다시 집결해라!"

'나이트 일린스크가 나를 살린 셈이군.'

완패였다. 퀴트린은 간신히 몸을 지탱하며 멀어져 가는 이나바뉴 기사단과 바이켈리를 바라보았다. 퀴트린의 자줏빛 전투복이 점차 피로 물들어 가기 시작했다.

'이상한 일이다. 이렇게 피가 많이 나올 정도로 상처를 입지는 않았는데…….'

머리가 어지러웠다. 주위의 말발굽 소리와 함성이 점점 멀게 느껴졌다.

로젠다로 기사단은 승리의 환호성을 질렀다. 그러나 그 함성에 섞여 기사단 중앙에서는 비명이 터져 나오고 있었다. 승리를 기뻐하던 기사들은 모두 비명 소리가 들린 쪽으로 고개를 돌렸다.

엄청난 일이 일어나고 있었다. 뛰어난 통솔력으로 그들을 지휘해 이 전투를 대승으로 이끈 그들의 바스엘드가 정신을 잃고 힘없이 말에서 떨어져 내린 것이다.

"… 따라서 다음 전투에 나설 수 있는 인원은 2천7백여 기 정도뿐입니다. 핵심인 레페리온은 5백 명도 채 되지도 않습니다. 역시 이곳에서 좀 더 떨어진 곳으로 물러나 본대의 참전을 기……."

"닥쳐!"

바이켈리는 신경질적인 목소리로 이셀란의 말을 자르고는 눈을 부릅뜨고 이셀란을 노려보았다.

"네 녀석이 후미만 제대로 막았더라도 그 녀석을 쓰러뜨릴 수 있었어. 그 로젠다로의 바스엘드만 그 자리에서 죽였더라도 전세는 단숨에 뒤집을 수 있었을 거야. 네 녀석 탓에 이 전투에서 진 거야. 알고 있나?"

'아무리 상대의 바스엘드가 쓰러지더라도 이미 뒤집기에는 전세가 너무나 많이 기울어 있었습니다.'

목으로 넘어오려는 말을 간신히 참고 이셀란이 대답했다.

"예."

"바보 같은 녀석."

바이켈리는 이셀란을 향해 입에서 나오는 대로 말을 내뱉었다. 이셀란은 움찔했다. 옐리어스 나이트가 되기 이전에도 이런 모욕을 당한 적은 없었다. 보통 때라면 당장 렉카아드를 신청해야 하겠지만 전장에서 내분을 일으킨다는 것은 상상할 수도 없기 때문에 이셀란은 감정을 힘들게 억눌렀다. 패인을 동료 기사에게 돌리는 바스엘드가 어디에 있단 말인가.

"어쨌든 본대가 도착할 때까지는 우선……."

"닥치라는 말 듣지 못했나?"

바이켈리가 큰 소리로 외쳤다. 나이트 이셀란은 놀란 표정으로 그의 바스엘드를 바라보았다. 바이켈리가 화가 난 듯이 말했다.

"내일 아침에 로젠다로 기사단을 습격한다."

"예?"

수적으로도 열세인데다 사기도 꺾여 있는 상황에서 내일 아침 또다시 전투를 시작한다면 결코 로젠다로 기사단을 이길 수 없다는 말을 하려다가 그는 바이켈리의 얼굴을 보고 말을 멈추었다. 그의 표정이 기묘하게 일그러져 있었던 것이다.

"로젠다로의 바스엘드는 내일 새벽을 넘기지 못하고 죽는

다. 바스엘드가 죽은 혼란을 이용하자는 거야, 이 멍청한 녀석
아."

"예?"

어떤 근거에서 내일 새벽을 넘기지 못하고 로젠다로 기사단
의 바스엘드가 죽는다는 것인지 알 수 없었지만 일단 바스엘
드의 명령을 거역할 수는 없었다.

무엇인가 말을 꺼내려던 이셀란은 바이켈리가 할 말이 없다
는 듯 그를 향해 등을 돌리자, 공손하게 예를 취하고 막사 밖
으로 나왔다.

로젠다로 기사단은 강했다. 옐리어스 나이트인 자신이 지금
이나바뉴 기사단의 바스엘드라고 할지라도 그들과 대적해 이
길 자신이 없었다.

나이트 이셀란은 짧게 탄식했다.

'만약 내일 전투에서 살아남아 다시 퓨론사즈로 돌아가게
된다면, 반드시 저 기사에게 렉카아드를 신청해야 한다.'

이셀란은 하늘을 한 번 올려다보고 막사쪽으로 걸음을 옮겼
다. 그가 지금 있는 곳이 전장이라는 사실이 안타까울 뿐이었다.

같은 시간, 허슬록 평원에 주둔하고 있는 로젠다로 기사단
의 바스엘드, 로젠다로 바스크 9 나이트 네라이젤의 생명이
경각에 달렸다는 급보를 전하는 레페린이 로젠다로 왕영 마법
학교를 향해 전속력으로 달려가고 있었다.

10

"그런 일이 있을 수 있다는 말은 들어 본 적도 없어요."

메이사드 페넬리는 본래 회복계 마법들을 전문적으로 공부한 마법사였다. 왕영 마법사에서 은퇴한 후 병원을 차렸다가 다시 이 로젠다로 왕영 마법학교로 오게 되었다. 결혼도 하지 않은데다가, 독단적이고 신경질적인 면이 있어서 학생들에게 인기를 얻고 있지는 못했지만, 로젠다로에서 가장 성공한 여성 마법사라는 점에서 몇몇 여학생들에겐 우상과도 같은 존재였다. 어쨌든, 그녀의 실력으로 치료할 수 없는 병이라면 로젠다로의 어떤 마법사도 치료할 수 없었다.

"메이사드 페넬리."

옆에서 묵묵히 이야기를 듣고 있던 메이사드 바센이 말했다.

"우리는 오늘 우리의 눈으로 똑똑히 있을 수 없는 일들을 보지 않았소."

메이사드 페넬리는 힐끗 메이사드 바센을 돌아보았다.

"오늘이 아니지요. 그 며칠 동안… 그래요. 평생을 배운 우리들의 마법으로도 불가능한 일을 보았어요."

바센은 말이 없었다. 저러다가 정말 미쳐 버리는 게 아닌가

하고 걱정했던 메이사드 엘바사스를 진정시킨 것이 바로 한나절 전이었다. 그런데, 그와 똑같은 증상이 또 나타나다니 이 무슨 믿을 수 없는 일인가.

"하지만 마법이 시법된 하야덴이란 건 정말 믿을 수가 없군요. 말도 안 돼요."

기사는 조급한 모양이었다.

"하지만 그분이 돌아가시기라도 하면 허슬록 평원의 로젠다로 기사단은 전멸하고 말 겁니다. 그게 사실인지 아닌지는 가서 확인하시면 되지 않습니까?"

페넬리는 조금 차가운 말투로 말했다.

"당신의 눈에는 지금 평생을 바쳤던 마법에 실망하여 망연자실해 있는 이 마법사들이 보이지 않나요? 우리는 할 수 없어요. 제발 제 입으로 이 얘기를 두 번 다시 하지 않게 해주세요. 이만큼 고통받았으면 충분해요."

"그만두세요, 메이사드 페넬리."

페넬리는 그만 울음을 터뜨려 버렸다. 그녀가 몸을 돌리는 것을 보며 바센은 담담한 말투로 입을 열었다.

"근위기사님이라고 하셨습니까?"

"예. 에우로페 나이트 일린스크 님의 근위기사, 라이펠입니다."

"이해해 주십시오. 지금 이 왕영 마법학교의 마법사들은 자신들이 무력하다는 사실에 모두 허탈감에 빠져 있어요. 그래서 엉뚱하게 페넬리가 근위기사님께 화를 낸 것 같군요."

라이펠은 묵묵히 바센의 말에 귀를 기울였다.

"게다가 우리는 그동안 라피르트 님께 모든 마법력을 쏟아부었기 때문에 지금은 회복마법을 쓸 수 있는 마법사가 아무도 없어요."

"아니, 그렇다면……."

바센이 한숨을 내쉬고 나서 다시 말했다.

"한 가지 방법이 있기는 합니다. 성공할 확률이 아주 낮긴 하지만… 시도해 볼 만한 가치가 있는 일입니다."

"뭡니까? 당장 알려 주세요. 네라이젤 님께서 돌아가신다면, 기사단은 몰멸할 것이라고 저희 바스엘드 님이 말씀하셨습니다. 어서 말씀해 주십시오. 설령 이 근위기사 라이펠의 목숨이라 할지라도 바칠 수 있습니다."

"네라이젤 님이라구요?"

그때까지 바센의 등 뒤에 서 있던 키 큰 소녀가 앞으로 나섰다. 근위기사는 그 소녀를 돌아보았다.

"이분은?"

바센은 리엘의 어깨에 손을 얹었다.

"리엘, 제가 말한 마지막 방법을 이 소녀가 알고 있습니다."

"그렇습니까? 가, 가능한 일이죠? 네라이젤 님을 치료할 수 있는 겁니까, 메이사드…?"

리엘은 고개를 약간 숙이며 대답했다.

"전 메이사드가 아니에요. 이사드 리엘이라고 불러 주세요. 그런데… 네라이젤 님이라고 하셨나요?"

"예, 이사드 리엘. 저도 네라이젤 님에 대해선 잘 알지 못합니다만, 굉장히 뛰어난 기사라는 것은 알 수 있었습니다. 바로 얼마 전에 중앙기사단으로 파견을 오셔서 저희 기사단을 지휘하고 계십니다."

'퀴트린!'

갑자기 리엘의 눈이 놀라움으로 커졌다.

라이펠이 다시 말했다.

"어쨌든, 이사드의 마법으로 정말 그분을 치료할 수 있는 겁니까?"

"만약 그것이 카스레더의 마법 때문에 일어난 일이라면 아마도… 하지만 직접 봐야 알 것 같아요."

리엘이 조심스럽게 말했다.

"네가 뭘 안다고 참견을 하는 거냐! 네가 감히 Ebdol계 마법을 사용할 수 있다고 말하는 거냐? 이 건방진 녀석!"

메이사드 페넬리가 소리를 질렀다.

"진정하시오, 메이사드 페넬리. 그렇다면 무슨 다른 방법이라도 있단 말이오. 리엘을 한번 믿어 봅시다. 내가 보기엔 충분히 해볼 만한 가치가 있소. 이렇게 넋 놓고 있는 것보다는 낫지 않소."

메이사드 바센이 격렬히 흥분하는 그녀를 진정시켰다.

마법이 걸린 하야덴에 베어 상처가 갈수록 심해진다는 것은 지금에 와서는 상상할 수도 없는 일이었지만, 만약 그렇다면 그 상처를 회복마법으로 치료하는 것은 불가능할 것이다. 회복마법의 효력은 순간이기 때문에 그 순간이 지나면 또다시 체력을 잃어 갈 것이기 때문이었다.

엔버렌의 잔류 영력 파해마법. 그것이 그 마법의 효력을 없앨 수 있는 현재 로젠다로의 마법사들이 가지고 있는 유일한 방법이었고, 리엘만이 그 마법의 시동어를 알고 있었다.

"저와 같이 가주십시오, 이사드 리엘. 제발 부탁드립니다."

라이펠이 다급하게 말했다. 지푸라기라도 잡는 심정으로 불확실하지만 일말의 희망에 기대를 걸어 보는 것이었다. 더 머뭇거릴 시간이 없었다. 그들은 지체 없이 떠날 채비를 하였다.

"왕영 마법학교에는 불행히도 말이 없습니다. 대신 제가 기사님께서 타고 온 말에 모자라나마 회복마법을 시법해 드리겠습니다."

메이사드 바센이 말했다.

그 레페린은 오후 늦게부터 한 번도 쉬지 않고 말을 달려왔다. 뛰어난 기마술이 있는 기사와 최고의 말이기는 하지만 쉬지 않고 새벽까지 달려 다시 허슬록 평원에 도착하는 것은 쉬운 일이 아니었다.

게다가 만약 그들보다 먼저 이나바뉴 기사단이 허슬록 평원을 건너온다면 네라이젤의 생명과 로젠다로 기사단의 안위는 보장할 수가 없는 것이었다.

11

넓은 평원에는 가쁘게 숨을 몰아쉬는 말의 투레질 소리와 기사의 안타까운 목소리만 울려 퍼지고 있었다.

"조금만 더 힘을 내, 이 녀석아. 조금만 더!"

메이사드 바셴이 시법한 회복마법으로는 무리였을까. 기사의 다그침과 위로에도 말은 차츰 걸음이 느려지더니 드디어 앞다리부터 무너져 내리고 말았다. 라이펠의 뒤에 타고 있던 리엘이 작게 비명을 질렀다.

'조금만 더 가면 되는데. 조금만 더······.'

어쩌면 처음부터 두 명이 한 마리의 말을 타고 온다는 것이 무리였을 것이다. 레페린들은 보통 급보를 전할 때 하루에 서너 마리씩 말을 갈아타며 달린다. 허슬록 평원과 로젠다로 왕영 마법학교는 말을 달려 하루 거리도 채 되지 않았지만 말 한 마리가 조금도 쉬지 않고 전속력으로 뛴다는 것은, 그것도 돌아오는 길에 두 명을 태우고 뛴다는 것은 힘겨운 일이었다.

옆으로 누워 가쁜 숨을 내쉬던 말은 죽는 순간까지 모셔 왔던 자신의 주인을 바라보다가 곧 긴 비명 소리를 지르고는 절명하고 말았다.

자신이 가장 사랑하는 말이었음에도 슬픔보다는 절망감이

더 컸던 모양이었다. 라이펠은 고개를 떨구고 이미 숨이 끊어진 말 앞에 서 있었다. 별빛이 내린 평원에는 고요와 정적만이 남아 있었다.

"갑시다."

잠시 그렇게 서 있던 기사는 무엇인가를 결심했는지 뒤도 돌아보지 않은 채 리엘에게 말했다.

"제가 이사드 님을 업고서라도 뛰어가겠습니다."

"예?"

그의 말은 비장하기보다는 우스웠지만, 리엘은 차마 웃을 수 없었다.

"제 체력이 바닥날 때까지 뛰겠습니다. 제 말도 임무를 완수하지는 못했지만 최선을 다해서 달려왔습니다. 이제 그건 제 몫이 되었습니다."

"진심이세요?"

리엘이 조금 놀란 표정을 짓자 라이펠은 한 번 더 자신의 애마를 바라보다가 미련 없이 돌아섰다.

"죽더라도 이사드 님을 허슬록 평원에 모신 뒤에 죽겠습니다. 자, 가시죠."

"아니, 저도 뛰어가겠어요. 저만 편안히 갈 수는 없지 않겠어요?"

마법사들은 계속해서 체력을 키우고 몸을 단련해 온 기사들보다 현저히 체력이 떨어지는 것이 당연했다. 그럼에도 그녀가 그렇게 말하는 것은 억지로라도 그에게 용기를 북돋워 주려는 것이었다.

"그럴 수는 없습니다. 이렇게 이야기를 나누고 있는 시간도 아깝습니다. 자, 어서……."

무엇인지 더 말하려던 기사는 거기까지 말하다가 리엘의 얼굴을 바라보며 말을 멈추었다. 리엘이 이상한 표정을 짓자 그는 재빨리 손을 저어 조용히 하라는 뜻을 비추었다.

잠시 말이 없던 기사는 갑자기 앞으로 뛰어가며 큰 소리를 질렀다.

"도와 주십시오! 말을 멈추시고 제발 제 말을 좀 들어주세요!"

리엘은 이상하게 생각하며 그의 뒤를 따라갔다. 기사는 더욱더 큰 소리로 외치기 시작했다. 넓은 평야에 그의 목소리가 길게 울려 퍼졌다.

"저는 로젠다로 기사단 소속 근위기사 라이펠입니다! 급한 일로 허슬록 평원까지 돌아가야 합니다! 도와 주십시오!"

말발굽 소리가 들렸던 것이다.

그의 목소리는 처절하기까지 했다.

"로젠다로 기사단의 흥망이 걸린 일입니다. 제발 도와 주십시오!"

리엘은 아무것도 들을 수 없었지만 근위기사 라이펠의 귀에는 평원을 가로질러 가고 있는 말발굽 소리가 분명히 들린 것이다.

조금 시간이 지나자 리엘도 그제야 어떤 사람이 말을 달려 이쪽으로 오고 있다는 사실을 깨달을 수 있었다.

깊은 밤이어서 잘 보이지는 않았지만 별빛에 반사된, 긴 장포를 입은 사람의 윤곽이 나타났다. 그가 다가오자 우선 라이펠은 오른손을 들어 기사로서 깊이 예를 취했다.[1]

"허슬록 평원에 가신다고 하셨습니까?"

그는 말에서 내리지도 않은 채 라이펠을 향해 물었다. 라이펠이 재빨리 대답했다.

"예, 허슬록 평원에 로젠다로 기사단이 주둔해 있습니다. 자세한 사정은 말씀드릴 수 없지만 중요한 일 때문에 이분을 그곳까지 모셔야 합니다. 제발 도와 주십시오. 이분은 로젠다로 왕영 마법학교의 이사드 리엘 님이십니다."

그 여행자는 리엘에게는 별로 관심이 없는 모양이었다. 그는 라이펠을 바라보며 말했다.

"저도 그곳에 주둔한 기사단 쪽으로 가는 길입니다. 잘됐군요."

'이 여행자가 기사단에?'

기사단 주둔지에는 기사단 외에는 아무도 접근할 수 없는 것이 당연하였기 때문에 조금 이상하게 생각되었지만, 라이펠은 그런 생각조차 하고 있을 겨를이 없었다. 어쨌든 지금은 최대한 빨리 나이트 네라이젤을 리엘에게 보이는 것이 가장 중요했다.

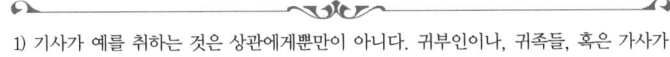

1) 기사가 예를 취하는 것은 상관에게뿐만이 아니다. 귀부인이나, 귀족들, 혹은 가사가 아닌 다른 사람에게도 예를 취할 때엔 이 방법을 사용한다.

"혼자서는 기사단에 접근하는 게 불가능할 텐데요."

그저 그렇게 지나가듯 한마디했을 뿐이었다. 그는 씩 웃으며 짧게 대답했다.

"이분을 모시고 가면 쉽게 접근할 수 있겠지요."

"일린스크 님!"

기사단을 따라온 두 명의 왕영 의술사와 왕영 마법사 옆에서서 퀴트린을 지켜보던 일린스크는 장막이 걷히는 소리에 퍼득 고개를 돌렸다.

"도착했느냐?"

"예! 왕영 마법학교에서 마법사 한 분이 오셨습니다!"

그 말에 일린스크의 표정은 밝아졌다.

"그래? 네라이젤 님을 치료할 수 있다는 말이냐?"

막사 앞에서 보초를 서던 견습기사가 미처 대답하기도 전에, 두 명의 기사가 호위한 채 마법복을 입은 여자 한 명과 장포를 입은 남자 한 명이 막사 안으로 들어왔다.

계속 누워만 있던 퀴트린은 그 모습을 보고 힘없는 목소리로 말했다.

"이사드 리엘? 이렇게 만나게 되다니 미안하군요."

"리엘!"

"아아젠? 여기에 있었군요?"

그러나 아아젠의 얼굴은 결코 밝지 않았다.

"이런 곳에서 만나게 되다니. 왕영 마법학교에서 오신다는 분이 리엘이었나요?"

리엘은 고개를 끄덕이며 아아젠의 손을 잡았다. 간신히 참고 있었던 듯 아아젠의 눈에서 눈물이 주르륵 흘러내렸다.

"이젠 걱정하지 말아요, 아아젠."

아아젠을 다독거리는 리엘의 말투는 차분했다.

"이젠 아아젠이 퀴트린을 지켜 줄 차례잖아요."

아아젠의 포옹을 벗어난 리엘은 즉시 퀴트린을 향했다. 퀴트린의 얼굴은 핏기 하나 찾아볼 수 없을 정도로 창백했다.

"별로 좋지 못한 모습을 보이는군요."

"그곳에서도 별로 멋진 모습은 못 보았어요."

리엘은 싱긋 웃었다.

리엘이 나타났음은 정말 의외였을 텐데도 퀴트린은 그저 힘없이 웃어 보일 뿐이었다. 너무 탈진해 놀랄 힘도 없었던 것이다. 저녁때부터 계속 정신을 잃었다 깨어나기를 반복하고 있던 퀴트린의 생명은 점점 위태로워지고 있었다.

"어쨌든 걱정 말아요, 퀴트린. 제가 최선을 다해 볼게요."

'아아젠을 위해서라두요.'

리엘의 마법력이 엔버렌의 마법을 감당해 낼 수 없다는 것은 그녀가 더 잘 알고 있었다.

일린스크가 다급한 목소리로 말했다.

"이야기를 들으셨을 줄로 압니다만, 네라이젤 님의 상처는……."

"이야기하지 않으셔도 돼요. 눈으로 보아도 알 수 있으니까.”

　리엘이 조용한 목소리로 말했다. 퀴트린이 누워 있는 침상
은 온통 피로 범벅이 되어 있었다. 상처가 생긴 그때부터, 피
가 멈추지 않고 흘러내렸던 것이다.

　분명히 마법에 의한 것이었다.

　따라서 카스레더의 마법을 파해하기 위해서는 그 이계에서부터 오는 힘을 단
절시켜야 한다. 근원을 없애지 못한다면 슬프게도 카스레더의 마법의 위력은 당
해 낼 수 없는 것이 될지도 모른다. Ebdolrowen Preluriul. 이 마법을 기억
하라. 엔버렌의 힘으로 공간을 이계로부터 단절시켜 특정 지역에 잔류되어 있는
영력을 파해하는 마법이다. 현재로서는 이것이 카스레더의 영력을 파해하는 유
일한 방법이다.

　제르세즈의 동굴 속에서 읽었던 엔버렌의 마법서에는 분명
히 그렇게 적혀 있었다.

　‘Ebdolrowen Preluriul의 마법으로 치료할 수 있을지도
몰라. 하지만 시법된 마법을 파해한다고 해도 이렇게 피를 많
이 흘렸다면 회복될 때까지는 꽤 시간이 걸릴 텐데… 그 사이
에 공격을 받게 된다면.’

　리엘은 입을 굳게 다물었다. 하지만 그런 것까지 생각할 겨
를이 없었다. 어쨌든 지금은 자신의 마법의 성공 여부에 로젠
다로 기사단의 생사가 달렸을지도 모르는 일이었다.

　“마법을 시법하겠어요. 정신을 집중할 수 있도록 잠시만 자

리를 비켜 주시겠어요?"

그녀의 말에 일린스크가 고개를 끄덕였다.

"그렇게 하겠습니다. 모두 막사 밖으로 나가 그 앞에 집결해라."

지금 로젠다로 기사단에서 서열 2위의 기사는 바로 일린스크였다. 모두가 예를 취하고 밖으로 나가려 했다.

그때 다시 리엘이 말했다.

"아니, 잠깐만요. 제가 할 수 있는 것은 퀴트린의 상처가 낫게 하는 것뿐이에요. 그의 체력까지 회복시킬 수는 없어요. 지금 퀴트린에게 상처입힌 기사가 다시 공격해 온다면 누가 그를 맞아 싸울 거죠?"

잠시 정적이 흘렀다.

"제가 나갈 겁니다."

일린스크가 대답했다. 리엘은 고개를 끄덕이고 다시 퀴트린에게 말했다.

"제가 시법하려는 마법은 일종의 결계의 마법이에요. 그리고 그 효력은 마법이 시법되는 어느 정도의 공간 안에 있는 사람들에게 유효할 거예요. 기사님은 남아 계세요."

일린스크가 고개를 끄덕이며 다른 기사들에게 손짓을 했다. 그때 낮고 굵직한 목소리가 리엘의 등 뒤에서 들려 왔다.

"잠깐, 제가 먼저 네라이젤 님에게 용무가 있습니다."

그때까지 아무도 의식하고 있지 않았던, 리엘 옆에 서 있던 여행자 차림의 남자였다. 일린스크가 앞으로 나서며 정중하게 말했다.

"로젠다로 바스크 79 나이트 일린스크입니다. 실례지만 성함이 어떻게 되십니까?"

그는 일린스크 쪽을 바라보지도 않고, 침상 위의 퀴트린에게로 시선을 고정한 채 조용한 목소리로 대답했다.

"제 이름쯤은 기사님께서 모르셔도 상관이 없습니다. 단지 침상 위의 기사님께 용무가 있을 뿐."

일린스크는 왠지 수상쩍다는 느낌을 받았다. 그의 태도는 보통사람의 그것이 아니었고 말투 또한 평민의 말투가 아니었기 때문이다.

슈칵!

일린스크가 하야뎬을 하나 뽑아 들었다. 아직 두 번째 하야뎬은 뽑지 않았다.

"누구신지는 모르겠으나, 혹시라도 네라이젤 님을 해하려 한다면 내가 즉시 하야뎬을 사용할 것이오."

일린스크는 정중하지만 위협적으로 말했다. 그러나 바로 눈앞에 로젠다로의 에우로페 나이트가 하야뎬을 들고 있음에도 그 장포의 남자는 눈길 한 번 돌리지 않았다.

그때 침상에 누워 있던 퀴트린이 힘없는 목소리로 입을 열었다.

"하야뎬을 거둬라, 나이트 일린스크. 그는 네가 전력으로 싸워도 이길 수 없는 상대다."

"예?"

일린스크가 놀라 반문하자 그 장포의 남자는 짧게 웃음을 터뜨렸다.

"기억하고 있군, 나이트 레이피엘. 내가 기대했던 것보다 아주 형편없는 모습이로군."

퀴트린도 얼굴에 부드러운 미소를 지었다. 마치 오랜 친구를 만난 것 같은 그런 포근한 미소를. 생명이 경각에 달한 사람의 것이라고는 상상할 수 없는 여유 있는 미소를.

"어떻게 잊을 수 있겠나, 나이트 파스크란. 자네의 목소리는 평생 잊지 못할 거야."

'파스크란!'

로젠다로에서 지옥의 이름으로 불리던 그 크실의 기사대장 파스크란이란 말인가. 경악의 비명도 지를 틈 없이 일린스크가 다른 쪽 하야덴을 마저 뽑아서 퀴트린의 앞을 가로막았다. 그와 동시에 그 주위를 감싸고 있던 기사들도 각자의 하야덴을 찾아 들었다.

"모두 그만두어라. 나이트 파스크란은 기사다."

깊은 상처를 입고 침상에 누워 있는 상대를 공격할 사람은 아니라는 뜻이었다. 그러나 일린스크는 자신의 앞에 서 있는 사람이 로젠다로 최강이라고 일컬어지던 기사대장 나이트 퓨네스를 쓰러뜨린 기사라고 생각하니 몸이 떨려 쉽게 손이 거두어지지 않았다.

파스크란을 한참 동안이나 적의를 담은 눈길로 쏘아보던 일린스크는 하야덴을 내려뜨렸다. 하지만 하야덴을 도로 집어넣지는 않았다. 아직 완전히 경계를 푼 것은 아님을 말해 주는 몸짓이었다.

방 안을 가득 채운 침묵을 깨뜨린 것은 다름 아닌 마법사 이사드 리엘이었다.

"지금은 우선 퀴트린의, 아니 네라이젤 님의 상처를 치료하는 일이 시급해요. 무슨 일인지는 잘 모르겠지만 일단은 모두 자리를 비켜 주셨으면 해요. 그리고 당신 역시 다급하더라도 일단 나가서 기다려 주세요. 지금 네라이젤 님은 일각이 급하니까요."

로젠다로와 이나바뉴 기사단을 공포에 떨게 만들었던 크실의 기사대장이 이런 어린 꼬마 아가씨에게 명령을 들을 날이 올 줄이야 누가 알았겠는가.

그러나 파스크란은 정중한 말투로 그녀에게 대답했다.

"알겠습니다, 이사드 리엘. 하지만 치료가 끝나면 제게 가장 먼저 면회를 허락해 주십시오."

예의가 바른 사람이라고 리엘은 생각했다. 파스크란은 이제는 기사가 아니었지만 여전히 기사로서의 예법이 자연스럽게 몸에 배어 있었다.

"리엘, 부탁하고 싶은 것이 있는데."

"말씀해 보세요."

퀴트린은 상처가 아파오는지 얼굴을 찡그렸다.

"저 친구도 함께 있게 해줄 수는 없을까?"

"네라이젤 님!"

일린스크가 외쳤다. 그러나 퀴트린은 일린스크를 돌아보지 않은 채 리엘에게 다시 말했다.

"괜찮다면 함께 있게 해줬으면 좋겠어. 워낙 오랜만에 만난 친구라서 말이야."

그렇게 말하고는 있었지만, 실은 장막 밖에 나가게 되면 파스크란에게 무슨 일이 생길지 모르기 때문에 퀴트린은 그렇게 말했던 것이다. 지금은 장포를 입고 있다고는 하나, 파스크란은 어쨌든 포프슨을 함락시키고 기사대장 퓨네스의 생명을 빼앗은 기사였다.

리엘은 고개를 갸웃하고는 그렇게 하자고 대답했다. 그 자리에는 리엘을 비롯한 나이트 일린스크와 파스크란, 그리고 아아젠과 왕영 마법사만이 남았다.

막사 장막이 내려지는 것을 확인하고 리엘은 한숨을 내쉬었다.

"이렇게 만나게 되어 유감이에요, 퀴트린. 그냥 퀴트린이라고 불러도 되나요?"

퀴트린이 미세하게 고개를 끄덕이자 리엘은 말을 계속했다.

"당신의 상처는 확실히 마법에 의한 상처예요. 상처 자체는 깊지 않으나 아마도 마법에 의해 상처가 점점 깊어지고 있는 것 같아요. 이대로 계속해서 피를 흘린다면 아마도 얼마 못 가 생명을 잃게 될 거예요."

퀴트린이 다시 한 번 고개를 끄덕였다. 리엘은 조금 밝은 목소리로 말했다.

"그래서 나는 퀴트린을 치료하기보다는 상처에 시법된 마법을 파해하려고 해요. 치료마법이 아니기 때문에 그 후엔 당신 스스로가 치료를 시작해야겠지요. 기사의 몸은 강하잖아요? 어쩌면 제르세즈 농군만큼이나요."

그녀의 말에 퀴트린은 부드럽게 웃었다. 힘은 없지만 여유 있는 웃음이었다.

"눈이… 감기는군요."

퀴트린은 웃음을 머금은 채 천천히 눈을 감았다. 이제 그의 체력은 바닥을 향해 떨어지고 있었다. 더 말해 보았자 그에게 들릴지 알 수 없었지만, 리엘은 혼잣말처럼 중얼거렸다.

"아마도 시법에 성공한다 하더라도 퀴트린의 체력을 회복시킬 영력은 남지 않을 거예요. 그게 아쉬울 뿐이군요."

정신을 잃었는지 퀴트린은 더 움직이지 않았다. 그 얼굴을 내려다보며 리엘은 조용히 마법력을 모으기 시작했다.

'안녕, 마법사의 꿈아.'

"… 리엘?"

아아젠은 느낀 것일까. 그녀가 문득 리엘의 이름을 불렀다.

"조용히 해요. 마법력을 모을 때엔 정신 집중이 필요하답니다, 아아젠."

"아니죠? 그건 아니죠?"

아아젠과 리엘의 눈이 마주쳤다. 그녀는 본능적으로 느꼈던 것이다. 지금 리엘이 시법하려는 마법은 리엘의 능력을 넘어선 것이라는 것을. 성장한 음유시인의 노래를 아이가 따라 부르면, 그 성대가 파열되는 것처럼 리엘도 위험하다는 것을.

"리엘, 그만둬요!"

"기사님, 여기 이분 때문에 집중을 못 하겠군요. 이분을 좀 데리고 나가 주실 수 있나요?"

일린스크는 부드럽게 아아젠에게 손을 내밀었다.

"제가 수행하겠습니다, 아가씨. 마법사님께서 정신을 집중할 수 있도록 도와 주세요."

그러나 아아젠은 꼼짝하지 않았다. 일린스크에게 당장 급한 것은 퀴트린의 안위였다.

"죄를 짓습니다. 용서하십시오. 사죄는 네라이젤 님께 제 목숨으로 하겠습니다."

일린스크는 아아젠에게 기사의 예를 취하고 그녀를 번쩍 들어 올렸다. 퀴트린은 정신을 잃었기 때문에 그 모습을 볼 수가 없었다.

"리엘!"

아아젠이 소리치는 것을 마지막으로 장막이 닫혔다. 이제 막사 안에는 리엘을 포함하여 네 명만이 남았다.

"엔버렌이여, 마법의 성자시여, 당신을 따르려는 어리석은 후배 마법사에게 힘을 나누어 주세요. 처음이자… 마지막으로 당신의 힘을 빌겠습니다."

마법어가 아니라 그것은 기원이었다. 말을 마치자마자 리엘은 눈을 감고 영력을 모았다. 잠시 그렇게 영력을 모으던 리엘은 한 손을 들어 퀴트린의 가슴 부위로 가져가며 시법을 시작했다.

"Ebdolrowen……."

리엘의 입에서 흘러나오는 마법어를 들으며 옆에 서 있던 왕영 마법사의 눈이 커지기 시작했다. 그도 알고 있었던 것이다. Ebdol계 마법 그것은 완전히 소멸된 엔버렌의 결계마법의 시동어라는 것을.

숨을 한 번 크게 들이쉰 리엘은 나머지 한 손마저 퀴트린의 가슴 위에 올려놓았다.

"… Preluriul."

리엘이 약간 떨리는 목소리로 마법을 시법하자 눈부시게 밝은 백색 구체가 퀴트린의 몸을 덮었다. 구체는 퀴트린의 몸을 감싸안고 몇 바퀴 그의 몸 주위를 돌더니 갑자기 한 점으로 모여들며 가볍게 폭발했다.

무엇인지 따뜻하고 부드러운 것이 그동안 서늘했던 방 안을 가득 메우는 것 같았다.

'이렇게 좋은 기분이었을까?'

리엘은 눈을 감았다.

그녀를 바라보던 왕영 마법사는 경악하고 있었다.

그녀의 주위에는 푸른색, 노란색, 보라색의 작은 섬광들이 희미하게 형성되더니 차츰 눈 부신 빛을 발하며 그녀를 향해 모여들기 시작하고 있었다. 그리고 얼마 지나지 않아 리엘의 몸 주위를 감돌던 섬광들은 조금씩 그녀의 몸속으로 빨려들더니 점차 빠른 속도로 그녀를 향해 사방에서 꽂히기 시작했다.

"에베라네즈다!"

왕영 마법사의 외침과 동시에 섬광의 폭발이 일어났다. 내부로 향한 폭발처럼 리엘이 서 있는 작은 공간 안에서만 그것은 폭발했다. 그러나 아무 소리도 들리지 않았고, 주위에 서 있던 사람들의 옷깃 하나 흔들리지 않았다.

"일린스크 님, 빨리 들어오십시오! 누구든 좋으니 왕영 의술사를 불러오세요! 어서!"

시법을 마친 리엘은 퀴트린의 침상 옆에 정신을 잃고 쓰러져 버렸다.

파스크란의 이야기를 듣던 퀴트린은 마시던 찻잔을 잠시 내려놓았다. 아직 침상 위에 앉아 있기는 하지만 아주 창백한 얼굴은 아니었다. 기사인 만큼 회복이 빠르게 진행되고 있었던 것이다.

"영광이군. 나를 찾아 온 로젠다로를 다 돌아다녔다니."

"내게 지금 관심 있는 일은 오직 한 가지, 나이트 레이피엘과 다시 한 번 하야덴을 겨루는 것뿐이야."

전장에서와 같이 파스크란의 태도에는 여전히 당당함이 있었다.

"나도 바라는 바지만 상황이 좋지 않군. 지금은 전쟁 중이고, 내겐 이제 로젠다로를 지켜야 할 이유가 생겼으니 말이야."

"지켜야 할 이유라?"

파스크란은 자세를 고쳐 앉으며 퀴트린에게 물어보았다. 퀴트린은 가벼운 말투로 말했다.

"자네라면 알지도 모르겠군. 카발리에로로서의 의무지."

"카발리에로?"

파스크란은 무엇인가를 잠시 생각하다가 알았다는 듯이 웃어 보였다.

"그렇군, 그런 이유였군. 나이트 레이피엘이 로젠다로의 기사가 되었다는 소식을 듣고는 의아하게 생각했었는데, 그런 이유가 있었던 거였군."

퀴트린이 본래 이나바뉴의 기사였다는 사실은 이제 로젠다로에서는 비밀이 아니었다. 이미 꽤 많은 기사가 그 사실을 알고 있었지만 단지 왜 이나바뉴의 옐리어스 나이트가 로젠다로의 기사가 되어 이나바뉴를 향해 하야덴을 들어야 하는지는 알지 못했다.

"그러고 보니, 그분은 잘 계시겠지?"

"그분?"

잠시 파스크란을 바라보던 퀴트린은 웃음을 터뜨렸다. 자신이 입회해 카발리에로가 된 기사에게 당연히 물어볼 수 있는 질문이었다.

"방금 만나지 않았나. 자네가 막사에 들어섰을 때 내 곁에서 계셨던 분이라네."

"아."

그제야 생각난다는 듯이 파스크란은 탄성을 뱉었다.

"상처를 치료해 줘서 고맙다는 말을 하지 못해서 계속 미안했는데. 뵐 수 있다니 정말 잘됐군."

일린스크는 퀴트린의 옆에 서서 파스크란과 퀴트린이 나누는 대화를 듣고 있었지만, 그들의 대화 내용은 대부분 이해할 수 없었다. 단지 이나바뉴와 로젠다로 양국 모두의 적국인 크실의 기사대장이었던 기사와 마주앉아 차를 마시며 여유 있게 이야기를 나누고 있는 퀴트린의 모습이 이해가 되지 않아 고개를 갸웃거리며 의심스러운 표정을 지을 따름이었다.

그때, 막사가 걷히며 왕영 의술사가 들어왔다.

"네라이젤 님, 이사드 리엘이 깨어났습니다."

리엘은 정신을 잃은 후, 옆 막사에 눕혀졌었다. 왕영 의술사의 말이 끝나기도 전에 그가 가리고 있는 막사 장막 틈을 비집고 리엘이 들어왔다.

"괜찮아요? 마법은 성공한 건가요?"

"보시다시피. 그런데 리엘은 얼굴이 좋지 않군요. 괜찮아요?"

퀴트린은 그렇게 말한 후 왕영 의술사를 바라보았다. 리엘에게는 아무 일도 없느냐는 뜻이었다. 왕영 의술사는 옆에 서 있던 리엘을 힐끗 바라보고는 짐짓 웃음을 지으며 대답했다.

"마법력이 부족했을 뿐입니다. 지금은 새벽이 거의 지나서 이사드 리엘의 영력이 대부분 회복되었기 때문에 괜찮습니다."

다행이라는 뜻으로 퀴트린은 고개를 끄덕였다.

'고마워요, 의술사님.'

리엘은 고마움을 담은 눈빛으로 의술사를 올려다보았다. 의술사는 헛기침을 했다.

문득 파스크란이 말했다.

"나이트 레이피엘, 이런 몸으로 출정할 수 있겠는가?"

무슨 뜻이냐고 퀴트린이 물으려는 순간, 막사 장막이 걷히며 전방에 나가 있던 기사가 한 명 뛰어들어왔다.

"네라이젤 님, 이나바뉴 기사단의 움직임이 시작됐습니다. 총공격을 가해 올 기세입니다!"

일린스크의 얼굴에 핏기가 싹 가셨다.

"정말이냐?"

퀴트린은 상처의 원인은 제거했으나 체력이 고갈된 상태였기 때문에 이나바뉴 기사단의 움직임을 파악하지 못했지만, 파스크란은 그렇지 않았기 때문에 멀리 떨어져 있는 이나바뉴 기사단의 움직임을 느끼고 있었다.

'이렇게 일찍……'

일린스크는 입술을 깨물었다.

'내가 정말 이 기사단을 지휘해야 한다는 말인가?'

경험이 절대적으로 부족한 일린스크로서는 두려운 일이었다. 더군다나, 평원 건너편의 이나바뉴 기사단에는 옐리어스 나이트도 한명 포진해 있었다.

퀴트린은 더욱 잘 알고 있었다. 패기 면에서는 뒤지지 않겠지만 지휘력이나 역량에서 지금의 일린스크는 결코 샤엔 ― 옐리어스 나이트 이셀란 ― 의 적수가 될 수 없다는 것을.

"자네와 겨루는 것 외에도 관심이 있는 일이 생겼어."

파스크란의 말에 퀴트린은 고개를 돌렸다. 사실 지금은 더 이상 파스크란과 여유 있는 담화를 나눌 수 있는 순간은 아니었다.

파스크란이 천천히 몸을 일으켰다.

"내가 평생 단 하나뿐인 나의 상대라고 생각했던 나이트 레이피엘을 이렇게 만든 이나바뉴의 기사가 누구인지 한번 확인해 보고 싶군."

퀴트린이 놀란 표정을 지었다. 파스크란이 한 말을 깨달은 것이다.

"1천 기만 빌려 주겠나? 자네의 원수를 갚아 줄 생각은 추호도 없어. 내가 관심이 있는 건 오직 나보다 강한 기사를 쓰러뜨리는 것일 뿐."

파스크란이 담담히 말하자 일린스크가 날카로운 목소리로 외쳤다.

"무슨 소리를 하는 거냐, 넌……."

높은 목소리로 적의를 드러내던 일린스크는 갑자기 안색이 창백해지며 눈에는 경악의 느낌이 스쳐 지나갔다.

"넌… 아아."

무엇에 놀란 것일까. 일린스크는 마치 떠밀리기라도 한 듯이 그 자리에서 두어 걸음 뒤로 물러섰다. 방금 전까지는 전혀 찾아볼 수 없었던 중압감이 파스크란의 몸에서 뿜어져 나오고 있었던 것이다.

'이럴 수가! 상상도 할 수 없는 이 위압감… 이것은!'

거대한 산이 자신을 짓누르고 있는 것 같았다. 당장에라도 무릎을 꿇어야 할 것 같은 위압감에 억지로 버티려 하자 순식간에 일린스크의 온몸에는 식은땀이 흘러내리기 시작했다.

"고맙다, 나이트 파스크란."

"천만에."

퀴트린의 말에 파스크란은 어깨를 으쓱하며 말했다. 단지 자신의 호승심일 뿐, 감사 따위는 받지 않겠다는 뜻이었다.

퀴트린은 간신히 몸을 가누며 자신의 옆에 서 있는 일린스크를 향해 입을 열었다.

"1천 기일 뿐이다, 나이트 일린스크. 결국 전투는 네가 하는 거야."

퀴트린의 말에 일린스크는 천천히 고개를 끄덕였다.

안개가 자욱한 허슬록 평원의 아침, 파아렐 나이트 바이켈리가 이끄는 이나바뉴 기사단과 에우로페 나이트 일린스크가 이끄는 로젠다로 기사단의 일전이 시작되려 하고 있었다.

13

아무리 경험이 부족한 나이트 일린스크가 이끄는 기사단이라고 할지라도, 수적으로 우세한 상태여서 바이켈리의 기사단에게 일방적으로 밀리지만은 않았다. 오히려 두려운 것은 옐리어스 나이트 이셀란이 지휘하는 후미였다.

지난번 전투를 지휘하던 옅은 자주색 복장의 기사가 눈에 띄지 않고, 로젠다로 기사단의 공세가 전날과 같지 않다는 것을 알고 바이켈리는 속으로 쾌재를 불렀다. 로젠다로 기사단의 바스엘드는 아마도 죽었거나 그렇지 않으면 죽어 가고 있으리라. 그는 하야덴을 휘둘러 이나바뉴 기사단에게 총공세를 명했다.

한편 후미에서 바스엘드를 지원하며 공세가 무너진 쪽으로 힘을 보태 간신히 기사단의 균형을 맞추고 있던 옐리어스 나이트 이셀란은 그 모습을 보고 눈살을 찌푸렸다. 지나치게 빠른 돌격을 감행한 이나바뉴 기사단의 대오는 이미 정렬된 상태가 아닌데, 다시 총공세를 명하면 기사단의 방어력은 형편없어질 것이기 때문이었다.

바이켈리 님의 경험이 부족한 탓이겠지, 하고 한숨을 내쉰 이셀란은 어쩔 수 없이 자신이 지휘하던 기사단에게도 진격을 명령했다.

　양쪽 기사단은 허슬록 평원에서 맞부딪쳐 혼전에 들어갔다. 바이켈리는 안개를 헤치며 로젠다로의 바스엘드를 찾기 시작했다. 바스엘드였던 나이트 네라이젤이 없다면 현재 로젠다로 기사단을 지휘하는 기사는 더 실력이 모자랄 것이었다. 그 시시한 바스엘드만 벤다면 승리는 따놓은 것이나 다름이 없다고 그는 확신하고 있었다.

　그는 승리에의 기쁨과 안개 속의 혼전 때문에 누군가 자신을 향해 다가오는 줄도 모르고 있었다.

　"오랜만에 보는 백색 전투복이로군."

　으스스한 느낌과 함께 등 뒤쪽에서 위압적인 목소리가 들리자 바이켈리는 앞뒤 가릴 것 없이 휘두르던 하야덴을 멈추고 뒤를 돌아보았다. 등 뒤에는 자주색의 갑옷을 입고 투구로 안면을 가려 얼굴이 보이지 않는 기사가 자신을 바라보고 있었다.

　"네가 로젠다로의 바스엘드에게 상처를 입혔느냐?"

　그제야 바이켈리에게도 서서히 공포가 느껴지기 시작했다. 엄청난 존재감. 결코 평범한 기사가 뿜어 낼 수 있는 투기가 아니었다. 바이켈리는 정식으로 자세를 취하며 하야덴을 들었다. 그러나 자기 외에 강한 기사를 인정하지 않는 그였기에 입가에는 예의 냉소가 떠올랐다.

　"누구냐?"

　바이켈리의 물음에 대답하지도 않고 그 기사의 하야덴이 앞으로 뿌려졌다. 바이켈리는 엉겁결에 몸을 돌렸고, 그의 하야덴은 아슬아슬하게 바이켈리의 목 바로 앞까지 왔다가 회수되었다. 바이켈리는 목 주변에 서늘한 기운을 느꼈다. 절망적일 정도로 빠른 하야덴이었다.

바이켈리는 두 걸음 정도 뒤로 물러서서 다시 하야덴을 고쳐 잡은 후, 상대를 응시했다. 상대의 얼굴은 투구에 가려 표정도 보이지 않았다.

"이름도 없는 놈이냐, 넌."

바이켈리가 음침한 웃음을 흘리자 갑자기 그의 몸 주위에 어두운 기운이 모이기 시작했다.

그가 자신에 찬 목소리로 말했다.

"내 이름은 바이켈리. 곧 죽을 목숨이지만 내 이름은 기억해 둬라."

바이켈리가 채 말을 마치지 못한 새, 강한 파열음이 들리며 바이켈리의 어깨 갑옷이 날아갔다. 어찌나 빠르고 정확했던지, 바이켈리가 보지도 못한 사이에 펜플과 어깨 갑옷이 공중으로 날아가 버린 것이다. 바이켈리는 깜짝 놀라 상대방을 바라보았다.

"그런 실력으로 감히 나이트 레이피엘에게 상처를 입혔다는 말이냐. 정말 가소롭구나."

파스크란의 조소에 바이켈리는 이를 악물고 으르렁거리듯 말했다.

"내가 이나바뉴 최강의 기사다. 내가 누구에겐들 질 성싶으냐!"

바이켈리는 모르고 있었다. 리엘이 퀴트린의 마법에 의한 상처를 파해하기 위해 쓴 Ebdol계 마법의 영향권 안에 있던 파스크란 역시 그 마법의 효력을 발휘하고 있다는 것을. 결계 마법인 그 Ebdol계 마법으로 인해 파스크란에게는 그의 마법의 하야덴이 먹히지도 않을 뿐만 아니라 나아가 그의 마법을 파해하고 있다는 것을.

파스크란은 코웃음을 쳤다.

"이나바뉴의 기사들 중에도 너같이 버릇없는 놈이 있다니."

'나이트 쥬.'

파스크란은 문득 마지막 순간까지 기사로서 자신을 잃지 않았던 옐리어스 나이트 쥬의 모습을 생각해 내고는 약간의 실망감을 감출 수 없었다.

"그래, 이나바뉴라고 너 같은 놈이 없을 순 없겠지."

다시 파스크란의 공격이 펼쳐졌다. 하야덴이 파공성을 내며 바이켈리를 엄습해 왔다. 바이켈리는 급히 페가드를 들어 파스크란의 공격을 막았다. 그러나 강한 충격이 어깨에까지 전해짐과 동시에 그의 페가드는 하늘로 날아가고 있었다.

바이켈리의 입에서 신음과 비슷한 소리가 새어 나오며 그의 눈이 분노로 타오르기 시작했다.

"난 이나바뉴 최강의 기사야! 이런 이름도 없는 로젠다로의 기사에게 질 수 없어!"

그는 기합 소리와 함께 하야덴을 공중에서 한 바퀴 돌리고 그 기세 그대로 파스크란의 어깨를 베갔다. 파스크란은 그 공격을 막을 생각도 하지 않고 하야덴을 비스듬히 세워 직선으로 바이켈리의 가슴을 노리고 하야덴을 찔렀다.

아차 하는 순간이었다. 하야덴끼리 부딪치는 강한 파찰음이 들리고, 바이켈리의 몸은 뒤로 휘어졌다. 만약 그가 페가드가 없어 자유로운 손으로 말을 잡지 않았다면 아마도 말에서 굴러 떨어졌을 것이다.

파스크란의 하야덴이 훑고 간 자리에는 공포만이 남았다.

'마법이라…….'

조소하는 파스크란과는 대조적으로 바이켈리는 분노와 패배감으로 인한 괴성을 지르며 포효하기 시작했다. 그는 괴성을 지르며 마구잡이로 하야덴을 휘두르기 시작했다.

"빌어먹을 녀석! 죽어라, 죽어!"

파스크란은 몇 번 몸을 흔들어 가볍게 그의 공격을 피해 내고는 낮고 차가운 목소리로 말했다.

"레이피엘 생애 최대의 오점으로 남겠군… 죽어라."

퍽.

날카로운 파공성과 함께 바이켈리의 머리가 그의 몸에서 떨어져 나갔다. 머리를 잃은 목은 분수처럼 피를 쏟아 냈다.

묵묵히 그 모습을 바라보던 파스크란은 미련 없이 휙 뒤로 돌아섰다. 마치 해충 한 마리를 죽인 듯 담담한 몸짓이었다.

그러나 뒤를 돌아본 순간, 파스크란은 다시 하야덴을 곧추 세워야 했다. 그의 등 뒤에는 다시 긴장한 표정의 순백색 전투복의 기사가 그를 향해 하야덴을 들고 있었던 것이다.

"옐리어스 나이트?"

파스크란이 혼잣말처럼 중얼거리자 그 옐리어스 나이트는 경계의 빛을 감추지 않으면서 입을 열었다. 그는 지금 똑똑히 이나바뉴 기사단의 바스엘드가 상대의 하야덴에 쓰러지는 것을 보았던 것이다.

"이나바뉴 바스크 98 나이트 이셀란이다."

파스크란은 잠시 그를 바라보다 대답했다.

"나이트 쥬의 체면을 보아 이야기해 주마. 내 이름은 파스크란."

본래 자신보다 강한 기사가 아니라면 바스크는커녕 이름조차 이야기해 주지 않는 그였으나, 지난 전쟁 하라데스 전투에서 옐리어스 나이트 쥬와의 일전을 벌일 때 비록 적이었지만 그의 기사로서의 긍지와 높은 명예에 진심으로 탄복했었다. 그래서 그 이후로 그는 옐리어스 나이트를 마음속에서부터 충분히 존중해 주고 있는 터였다.

그 이름을 들은 순간 나이트 이셀란은 얼어붙은 듯 놀란 시선으로 파스크란을 바라보았다.

"파스크란? 네, 네가 왜 여기에?"

"이나바뉴 기사단에 가서 전해라. 크실 기사단을 떠난 나이트 파스크란이 로젠다로의 편이 되어 이나바뉴 기사단과 맞서고 있다고."

파스크란은 말을 마치고 뒤로 돌아서 기사단 속으로 빨려 들어가듯 사라져 갔다. 전투는 로젠다로 쪽의 승리로 완전히 기울어 있었다. 이미 파스크란과의 렉카아드를 할 시간적인 여유도, 이유도 없었기에 이셀란은 그 뒷모습을 바라보다 결심한 듯 높이 손을 들어올렸다.

"전원 퇴각! 허슬록 평원 건너편에 집결한다!"

옐리어스 나이트 이셀란의 명령에 따라 이나바뉴 기사단은 각기 전장을 이탈하여 퇴각하기 시작했다. 일린스크는 그때까지만 해도 총력을 기울여 이나바뉴 기사단에 맞서고 있었기 때문에 더 그들을 추격하지는 않았다.

두 차례에 걸쳐 벌어졌던 허슬록 평원의 전투는 완전히 로젠다로 기사단의 승리로 끝났다. 그러나 이 전투는 이나바뉴 기사단에 중요한 두 가지 정보를 알게 해주었다. 이셀란은 전장을 휘젓고 다니는 나이트 레이피엘의 용맹함을 눈으로 확인했으며, 더욱이 절망의 하야덴을 흩뿌리는 '검은 갑옷의 기사' 파스크란이 로젠다로 기사단에 있다는 것도 중군에 전하게 되었기 때문이다.

쌍방 4천여 기의 기사단이 맞붙은 허슬록 평원의 전투는 로젠다로 기사단의 승리로 역사에 기록되었다. 이제 양쪽 기사단의 중군이 서로 마주칠 차례였다. 나이트 라벨, 나이트 가이사로, 나이트 네이서스 등이 이끄는 한 무리의 기사단과 나이트 슈펜다르켄, 나이트 샤야카, 나이트 하이파나, 나이트 샤렌델 등이 이끄는 다른 한 무리의 기사단으로 나뉘어질 이나바뉴 기사단은 하나로 대오를 뭉쳐 로젠다로의 국경을 향해 진격해 오고 있었다. 그리고 나이트 라즈파샤, 나이트 이멜젠 등이 이끄는 로젠다로 기사단 역시 결전을 위해 체렌 평원으로의 출정을 준비하고 있었다.

아펠르 력 646년 여름의 끝 무렵, 역사 속에 기록된 제4차 천신전쟁의 많은 전투 중에서도 가장 치열했던 전투 중 하나로 꼽히는 체렌 평원의 전투가 시작되려 하고 있었다.

아버지의 혼, 어머니의 이름 — 나이트 파스크란 편

크실 바스크 71 나이트 펠파인은 미친 듯이 말을 달리고 있었다. 그의 주위를 둘러싼 나무, 들, 산 등의 풍경들이 모두 한 덩어리가 되어 그의 옆을 스쳐 지나갔다.

'말려야 해.'

그의 머릿속은 오직 한 가지 생각으로 가득 채워져 있었다.

그가 아버지가 렉카아드를 신청받았다는 사실을 안 것은 그날 아침이었다. 그가 소속된 크실 기사단 서방원정대의 바스 엘드인 크실 바스크 47 나이트 쿼어즈에게서였다.

"나이트 펠파인, 내가 이 말을 네게 해주는 것이 옳은 것인지, 아니면 우연히 알게 된 이 사실을 숨기는 것이 옳은 것인지는 솔직히 지금으로서는 판단이 서지 않는다. 렉카아드는 신성한 것이기 때문이다."

그렇게 운을 뗀 나이트 쿼어즈는 기사대장인 나이트 젝크론이 펠파인의 아버지에게 렉카아드를 신청한 사실을 알려 주었다.

나이트 펠파인은 절규하듯이 외쳤다.

"그분도 기사이기 전에 한 인간입니다! 어떻게… 어떻게 그러실 수가 있죠?"

나이트 쿼어즈는 입을 다물고 두 눈으로 먼 하늘을 응시하고 있었다. 차마 펠파인의 얼굴을 마주볼 수 없었다.

"우리 크실 제국의 계급 사회는 이제 완전한 실력 위주의 사회로 바뀌어 가고 있다는 것을 너도 알고 있을 것이다. 너의 아버지, 은퇴한 기사 나이트 펠파인은 분명 기사대장님의 오랜 친구이기는 했지만 기사대장님의 입장에서는 실력으로 뺏을 수 있는 좋은 물건을 가지고 있는 사람이기도 했을 것이다."

쿼어즈의 말은 믿을 수 없으리 만큼 냉정했다.

펠파인이 외쳤다.

"어머니를… 저의 어머니를 물건이라고 말씀하시는 겁니까?"

"모든 것은 소유와 예속의 관계에 있을 뿐이다. 지금 크실에서는 힘이 있다면 무엇이든 빼앗을 수 있다."

펠파인은 절망했다. 자신이 가장 존경하는 바스엘드, 비록 하야덴의 실력이 뛰어나지 못했기 때문에 47의 바스크에 머물고는 있지만 뛰어난 지략과 통솔력으로 서방원정대장의 지위에까지 오른 나이트 쿼어즈라면 자신의 아버지를 구해 낼 수 있을 거라는 기대를 가지고 그는 부탁했던 것이다. 그러나 그 역시 새로운 크실의 시대에 적응하고 있는 기사 중 한 명일 뿐이었다.

"젝크론 님을 증오해서는 안 된다. 그를 증오하고 싶거든 그를 뛰어넘을 실력을 갖춰라."

"실력이라면……."

기사대장 젝크론. 당금 최고의 실력을 갖추고 있는 크실의 기사대장. 아버지의 오랜 친구였음에도 친구의 아내를 빼앗기 위해 병상에 있는 그 친구에게 공개적인 렉카아드를 신청한 기사. 그러나 나이트 쿼어즈는 펠파인에게 그를 미워하지 말 라고 말했던 것이다.

말을 달리던 펠파인의 눈에서는 또다시 분노의 눈물이 솟구 쳐 올랐다.

"아버지!"

이미 렉카아드가 시작되었을지도 몰랐다. 사실 자신이 가도 그 렉카아드에 끼어들 수는 없을 것이었다. 렉카아드는 신성 한 것이기 때문에. 하지만 그는 어떻게든 그 장소에만이라도 가 야 했다. 그것이 지금 그가 할 수 있는 가장 최선의 일이었다.

자신의 집 앞에는 벌써 몇 구의 시체가 바닥에 뒹굴고 있었 다. 그 중에는 몇몇 눈에 익은 하인의 시체도 보였다. 아마도 저택에 들어오는 것을 막았던 그들을 기사대장 젝크론이 단 한 번의 하야덴으로 저세상에 보냈을 것이다. 그 모습을 보자 펠파인의 가슴은 터질 것 같았다. 그는 급히 말에서 뛰어내려 저택 안으로 들어갔다.

저택 안 정원에 들어서자 몇 명의 기사가 하야덴을 들고 서 있는 것이 보였다. 아마도 젝크론을 수행하는 기사들일 터였 다. 펠파인은 한 손을 하야덴에 가져가며 외쳤다.

"크실 기사단 서방원정대 소속, 바스크 71 나이트 펠파인이 다."

나이트 펠파인의 목소리는 조금씩 떨리고 있었다. 몇 명의 기사들은 서로 얼굴을 바라보았다. 무엇인지 망설이는 표정이었다. 다급해진 펠파인이 입을 열려는 찰나에 그들 중 가장 높은 바스크를 가진 듯한 기사가 말했다.

　　"중앙기사단 소속, 바스크 255 나이트 라샤카입니다. 기사대장님께서는 렉카아드가 끝나기 전에는 누구도 안에 들이지 말라고 하셨습니다."

　　펠파인의 눈이 번쩍 빛났다.

　　"나는 지금 안에서 렉카아드를 벌어지고 있는 두 명의 기사 중 한 명의 아들이다. 내가 안으로 들어갈 권리가 없는가?"

　　그들은 다시 서로 얼굴을 마주보았다. 펠파인은 분노를 억누르며 말을 이었다. 침착하려고 노력하고 있었지만, 분노한 그의 목소리는 음산하기까지 했다.

　　"비키지 않는다면 베버리겠다."

　　그제야 기사들은 하나 둘씩 몸을 비켜 길을 열어 주었다. 나이트 펠파인. 크실 바스크 47 나이트 퀴어즈의 서방원정대에서 가장 강하다고 알려졌고, 그가 만약 진정한 실력을 보인다면 크실 최강일지도 모른다는 소문이 돌고 있는 기사였다. 그들은 스스로 그의 적수가 되지 못한다는 것을 알고 있었다. 나이트 펠파인은 뒤도 돌아보지 않고 급히 정원으로 뛰어들어갔다.

　　어린 시절, 그가 뛰노는 모습을 부모님들이 따뜻한 눈길로 바라보던 그 정원은 누구의 피인지 모를 붉고 끈적끈적한 액

체로 얼룩져 있었다. 정원을 장식하고 있던 나무에는 여기저기 하야덴으로 깊숙이 베인 상처가 나 있었고 항상 어머니가 앉아 차를 마시던 원목 탁자는 완전히 부서진 채 그 파편들이 이리저리 뒹굴고 있었다. 언제나 단정하게 정돈되어 있던 정원의 꽃밭마저 이리저리 짓밟혀 흉측한 모습으로 변해 있었다.

정원 한가운데에는 두 명의 기사가 하야덴을 든 채 서로 응시하고 있었다. 검은색 갑옷을 입은 기사 한 명과 푸른색 갑옷을 입은 기사 한 명. 검은색 갑옷을 입은 기사의 하야덴은 이미 힘이 없이 좌우로 흔들리며 여러 군데에 허점을 보이고 있었고, 푸른색 갑옷을 입은 기사는 득의양양한 표정으로 상대방을 응시하고 있었다. 누가 자신의 아버지이고, 누가 크실의 기사대장 나이트 젝크론인지는 순식간에 알아차릴 수 있었다.

정원 한 귀퉁이에는 아름답고 화려한 노란색 드레스를 입은 귀부인이 정원용 의자에 단정히 앉아 있었다. 그녀의 얼굴에는 추호의 흔들림도 보이지 않았다. 어머니께서는 가장 아름답고 정숙한 모습으로 자리에 앉아 자신의 남편과 그의 친구와의 렉카아드를 지켜보고 있었던 것이다.

"아버지!"

펠파인이 외치자 서로 하야덴을 겨누고 있던 두 명의 기사는 동시에 그를 돌아보았다. 아버지 나이트 펠파인—그는 중앙기사단에서 은퇴한 지 오래된 기사였다—의 눈에는 놀라움이, 아버지의 친구인 나이트 젝크론의 얼굴에는 노기가 떠올랐다.

그의 아버지가 그를 바라보며 인자한 표정을 지었다.

"세라프, 좋지 않은 순간에 나타났구나. 아버지는 지금 렉카아드를 하는 중이니 너와 얘기할 수가 없단다."

"물러나라, 나이트 펠파인. 기사도의 기본인 신성한 렉카아드를 방해하지는 않겠지?"

아버지보다 두 배쯤은 되어 보이는 거대한 몸집의 기사대장 나이트 젝크론이 말했다. 펠파인은 그 자리에 선 채로 이를 갈았다. 그의 말은 틀리지 않았다.

펠파인이 다시 어머니를 바라보니 어머니는 역시 인자한 표정으로 그의 아들을 바라보고 있었다. 이렇게도 잘 어울리는 아버지와 어머니인데 우리 가족이 왜 이런 비극을 맞이해야 하는가 하고 펠파인은 마음속으로 탄식했다.

강하고 인자한 아버지와 정숙하고 기품 있는 어머니. 아버지의 병 외에는 아무것도 걱정할 것 없이 행복하기만 했던 펠파인이었다.

"어머니 곁에 가 있어라, 세라프. 가까이 오면 다칠 수도 있다."

아버지의 말에 펠파인은 고개를 끄덕이고는 어머니 곁으로 다가갔다. 어머니는 앉은 채 아들을 올려다보더니 말없이 그의 손을 잡아 쥐었다. 그제야 펠파인은 어머니가 얼마나 극한의 정신력으로 이 상황을 지켜보고 있는지 알 수 있었다. 얼굴 표정이나 몸짓에서는 조금도 드러나지 않고 있었지만 그의 어머니의 몸은 쉴 새 없이 떨리고 있었던 것이다.

'어머니, 정말 훌륭하십니다.'

펠파인 가는 크실에서도 이름난 명문 기사 집안이었다. 어머니는 과연 그 안주인답게 마지막까지도 기품을 지키고 있었던 것이다.

펠파인은 어머니를 향해 고개를 끄덕여 보였다. 아버지는 그가 어머니의 곁으로 다가가 손을 마주잡는 것을 확인하고 나서야 자세를 고쳐 잡았다. 그의 눈에는 아들을 향한 따뜻한 마음이 그대로 드러나 있었다.

"그래야지, 어머니 곁에서 얌전히 있… 쿨럭."

그는 말을 끝내지 못한 채 입에서 검붉은 피를 한 모금 뿜어냈다. 병 때문이었다. 저렇게 허약하신 몸인데. 펠파인이 아버지의 몸을 걱정하는 순간, 그 허점을 노려 기사대장 젝크론이 그의 하야덴을 펼쳤다.

'상대방의 약점을 노려 공격을 하다니!'

펠파인은 크게 경악했지만 때는 이미 늦었다. 젝크론의 하야덴은 정확히 아버지의 가슴 한복판을 관통해 버린 것이다. 그의 아버지는 힘없이 하야덴을 떨구고, 몸을 한 번 부르르 떨었다. 그리고는 천천히 자신의 오랜 친구 앞에 무릎을 꿇었다.

젝크론이 그의 몸에서 천천히 하야덴을 뽑아 내자 아버지의 몸에서는 피가 분수처럼 뿜어져 올랐다. 아버지는 고개를 돌려 아들과 아내를 한 번 바라보고는 그대로 바닥에 쓰러져 버렸다.

나이트 펠파인은 너무나 놀라 비명조차 지르지 못했다.

"아, 아버지……!"

펠파인 가는 대대로 뛰어난 기사들을 배출해왔다. 덕분에 펠파인 가에는 특유의 수련법과 하야텐의 기술이 전해 내려왔는데 그것은 오직 한 명의 아들에게만 전수될 뿐이어서 그 이외에는 아무도 그 비밀을 알지 못하였다. 그것은 펠파인 가문의 역사이자 철저한 비밀이었다. 펠파인의 아버지 역시 그 전수자였고 크실에서 가장 뛰어난 기사 중 한 명이었다.

그러나 몇 년 전, 이유를 알 수 없는 병에 걸린 후, 그는 중앙기사단을 은퇴하여 집에서 요양을 하고 있었다. 만약 그가 병에 걸리지 않았다면 이 렉카아드는 그렇게 일방적이지만은 않았을 것이다.

펠파인은 자신도 인식하지 못하는 새 어머니의 손에 이끌려 아버지에게로 다가가고 있었다. 한 걸음 한 걸음 아버지에게 다가가며 그는 조금씩 인정하기 싫었던 아버지의 죽음을 느끼게 되었다.

아들과 아내가 자신의 옆에 무릎을 꿇고 앉자, 아버지는 떨리는 손을 들어 그들의 뺨을 한 번씩 어루만졌다. 그의 생명이 얼마 남지 않았다는 것을 알 수 있었다. 그의 가슴에서는 그가 한 번 숨을 쉴 때마다 뜨거운 피가 솟구쳐 오르고 있었다.

"미안하구나, 세라프. 아버지가 힘이 모자라 네 어머니를 지키지 못했구나."

눈물이 왈칵 쏟아졌다.

'힘이 모자라다니요! 아버지께서 병에만 걸리시지 않았더라도 저 잔인하고 비겁한 기사 한 명을 이기지 못하셨겠습니까? 펠파인가의 기사인 아버지의 힘이 모자라다니요!'

무슨 말이든 해야겠는데 목이 메어 아무 말도 나오지 않았다. 단지 그는 세차게 고개를 몇 번 저었을 뿐이었다. 아버지의 눈이 다시 펠파인의 어머니를 향했다.

"미안하오, 파나샤. 당신은… 당신은 참으로 무능한 카발리에로를 남편으로 두었구려."

어머니의 표정은 조용했다. 그녀는 강한 여자였고, 자신의 카발리에로를 떠나 보내면서도 슬픔을 보이지 않으려 애쓰고 있었다. 그러나 그녀의 의지와는 달리 눈물은 쉴 새 없이 뺨을 타고 흘러내렸다. 그녀가 목소리를 짜내듯 겨우 입을 열었다.

"편히 쉬세요, 펠파인 님. 당신의 아내는 당신을 카발리에로로 선택한 것을 조금도 후회하지 않는답니다. 처음부터… 처음부터 지금까지 한 번도 후회한 적이 없어요. 앞으로도 마찬가지일 거예요. 그러니……."

하지만 그녀는 끝내 말을 맺지 못했다. 입술이 몇 번 떨리더니 결국 그녀는 참지 못하고 울음을 터뜨리고 만 것이다. 그녀는 그렇게 잠시 그녀의 카발리에로의 몸 위에 엎드려 통곡했다. 그러다 문득 고개를 들더니 놀란 표정으로 자신의 남편의 눈을 바라보았다. 그녀의 남편은 똑바로, 하지만 눈 한 번 깜빡이지 않고 그녀를 바라보고 있었다. 이미 숨이 끊어진 후였던 것이다. 죽는 순간까지 한순간이라도 더 평생을 두고 사랑한 단 한 명의 여인을 바라보며 죽어 가고 싶었던 모양이다.

펠파인의 어머니는 눈물을 훔치고는 남편의 옆에 놓여 있던 하야텐을 주워 아들의 손에 쥐어 주었다. 그녀의 아들, 나이트 펠파인의 표정은 고통과 절망으로 일그러져 있었다.

뒤에서 젝크론의 목소리가 들렸다.

"파나샤, 나의 아름다운 여자여. 당신의 카발리에로는 결국 당신을 지키지 못했소. 이제 당신은 나의 소유요."

그녀는 뒤도 돌아보지 않고 작은 목소리로 말했다. 이제 그녀의 목소리에는 더 이상 떨림이 없었다.

"조금만 시간을 주세요. 기사도는 신성한 것. 저 역시 기사도에 의한 약속은 저버리지 않겠어요. 단지 아들과 몇 마디 나눌 시간만 허락해 주세요."

젝크론이 아무 말도 하지 않자 펠파인의 어머니 파나샤는 아들에게 조용한 목소리로 말했다.

"세라프, 강해지거라. 누가 네게서 너의 사랑하는 것들을 빼앗으려 할 때 그것을 지킬 수 있도록 강해지거라. 이제 펠파인 가는 이것으로 끝이로구나."

"어머니!"

파나샤는 고개를 저었다.

"더 이상 펠파인의 이름은 쓰지 말거라… 펠파인 가의 이름은 이미 천한 네 엄마 때문에 더럽혀졌어."

렉카아드의 결과. 크실에 기사도에 의해서 펠파인 가의 여주인은 이제 젝크론의 소유물이 되었다.

"이름 따윈 아무 상관없습니다. 하지만……."

어머니가 고개를 젓는 것을 보고 펠파인은 천천히 고개를 끄덕였다.

"알겠습니다, 어머니."

나이트 펠파인은 어머니에게 보이려는 듯이 한 번 더 크게 고개를 끄덕였다.

"네 아버지 품에 한 번 더 안겨 보고 싶구나. 네 아버지는 세상에서 가장 멋진 분이셨단다. 이 갑옷을 보며 이분을 존경하지 않았던 사람은 아무도 없었지."

그녀는 천천히 아버지의 가슴에 엎드렸다. 아버지의 검은색 갑옷은 피로 물들어 있었다.

그렇게 잠시의 시간이 지났다. 펠파인의 등 뒤에서 승자의 자신에 찬 목소리가 들렸다.

"파나샤, 일어나시오. 시간이 많이 지났소."

그러나 어머니는 대답하지 않았다. 잠시 뜸을 들인 젝크론은 다시 입을 열었다.

"파나샤, 이제 그만 일어서시오."

그러나 여전히 어머니는 대답하지 않았다. 나이트 펠파인의 머릿속에 불현듯 불길한 예감이 스쳤다. 그는 급히 그녀의 어머니의 양 어깨를 잡고 일으켜 세웠다.

'아.'

그녀의 어머니는 마치 가벼운 나무 인형 같았다. 힘없이 아들의 품으로 쓰러진 그녀의 가슴에는 날카롭고 짧은 페치 하나가 손잡이까지 깊숙이 박혀 있었다. 그녀의 숨은 이미 끊어진 지 오래였다.

"으아아아!"

더 참지 못하고 펠파인은 하늘을 올려다보며 울부짖었다.
그의 목소리에는 누군가를 향한 분노와 절망으로 가득 채워져
있었다. 한참을 그렇게 울부짖고는 그는 어머니의 시체를 천
천히 아버지의 옆에 눕혀 놓은 다음 일어섰다.

크실 기사대장 나이트 젝크론의 표정 역시 경악으로 일그러
져 있었다.

"나이트 젝크론."

자신도 믿을 수 없이 차가운 목소리로 펠파인이 입을 열었
다. 젝크론의 눈이 놀라움으로 커졌다.

"나이트 펠파인, 나는 크실 바스크 1의 기사다. 어찌 그런
호칭을 내게 쓰는가?"

펠파인은 냉소했다.

"네게 가장 소중한 것이 바로 그 1의 바스크와 기사대장의
직위인가? 내게서 가장 소중한 것을 빼앗아 갔으니… 나도 네
게서 그것을 빼앗겠다."

"뭐라고?"

나이트 젝크론의 눈은 놀라움에서 경악으로, 다시 분노로
바뀌어갔다.

"네가 감히 내게 렉카아드를 신청하겠다는 말이냐, 나이트
펠파인? 너의 아버지도 어쩌지 못한 내게?"

펠파인은 다시 차갑고 낮은 목소리로 말했다.

"아버지께서 진정한 실력을 보이셨다면 이 자리에 누워 있어야 할 사람은 바로 너다, 나이트 젝크론."

젝크론은 코웃음을 쳤다. 펠파인 가가 크실에서 이름난 기사 집안이고 그 자손들이 모두 뛰어난 실력을 갖추고 있다는 것은 알지만 눈앞의 애송이는 갓 스무 살이 된 청년일 뿐이었다.

"그리고 나를 나이트 펠파인이라고 부르지 마라."

"펠파인 가는 멸족당했다. 이미 그 가문명까지 내가 접수했어. 네가 펠파인임을 주장하고 싶어도 이미 펠파인 가는 없단 말이다, 이 애송아!"

"어머니의 이름은 남아 있다."

순간 펠파인의 몸은 믿을 수 없을 정도로 엄청난 분노의 투기로 가득 차기 시작했다. 그의 눈빛은 붉게 타올랐다. 젝크론은 깜짝 놀라 뒤로 한 걸음 물러서며 하야덴을 가슴 앞에 곧추세웠다. 나이트 펠파인도 어머니가 쥐여 주었던 하야덴을 앞으로 내밀었다.

"보여 주마… 아버지의 혼을."

'엄청난 투기와 기세다.'

젝크론은 마른침을 삼켰다.

곧 이성을 차린 그는 짐짓 여유를 부리며 천천히 입을 열었다.

"… 알겠다. 네 렉카아드를 받아 주겠다."

그러나 그는 자신의 손이 떨리고 있음을 알 수 있었다. 눈앞에 서 있는 기사는 그가 보았던 어떤 기사보다도 강하다는 것을 그는 육감적으로 느꼈던 것이다. 여유를 부리며 웃으려 했지만 그의 표정은 기묘하게 일그러질 뿐이었다.

팍.

바로 다음 순간, 파스크란의 하야덴은 상상할 수도 없는 속도와 기세로 밀려와 그의 가슴에 꽂혔다. 그는 믿지 못하겠다는 표정으로 펠파인의 얼굴을 쳐다보았다. 그의 표정은 굳어 있었다.

'케켄의 현신. 인간이 하야덴을 이렇게도 쓸 수 있단 말인가!'

젝크론의 몸이 무너져 내렸다. 그의 눈은 여전히 자신을 찌른 기사를 바라보고 있었다. 펠파인의 혼이라…….

'자네가 찌른 것이로군, 나이트 펠파인. 아들의 손을 빌려 자네가 내 생명을 앗아 가는군.'

순간 젝크론의 눈에는 자신을 찌른 기사의 갑옷이 검은색으로 보였다.

파나샤 파스크란. 그의 어머니의 이름이었다.

14

체렌 평원

전쟁에는 흐름이 있다. 그 흐름을 읽을 수 있는 기사는 전투를 승리로 이끌 것이요, 흐름을 읽을 수 있는 국왕은 나라를 굳건하게 할 것이다. 그 전쟁의 흐름은 대개 한 번 혹은 많아야 두세 번 정도의 전투의 결과로 나타난다.

실제로 져런스타르는 단 두 번의 전투에서 승전하여 제2차 천신전쟁을 승리로 이끌게 되었다.

루우젤 통합전쟁을 예로 들자면, 545년 봄의 베렌테른 평원 전투를 들 수 있다. 당시 용맹을 떨쳤던 루우젤의 기사 나이트 마로켄과 나이트 헤안이 그 전투에서 전사함으로써, 결과적으로 이나바뉴 기사단 동방원정대가 그 기세를 타고 루우젤 성을 점령할 수 있었던 것이다. 제4차 천신전쟁도 쌍방 1만여 기의 기사단이 맞붙은 체렌 평원 전투에서 그 승패가 갈려졌음을 이 글을 꾸준히 읽은 독자라면 알 수 있을 것이다. 그 이야기는 나이트 라즈파샤의 이야기가 등장하는 6장에 상세히 기록되어 있으니, 이를 참고하면 된다.

그렇다면 필자는 독자들의 시야를 넓히기 위해 제3차 천신전쟁으로 그 무대를 옮기겠다. 제3차 천신전쟁의 흐름은 어디에서 이나바뉴로 넘어가게 되었는가? 제3차 천신전쟁은 결국 하라데스와 필로폰 강 유역에서 기사단끼리 맞붙은 전쟁이었으나, 실은 그 흐름은 로젠다로에서 바뀌었다. 포프슨을 탈환하고, 포프슨 평원 전투에서 크실의 기사대장 나이트 파스크란의 젠타리온을 무너뜨렸기 때문에 이나바뉴는 그 전쟁을 승리로 이끌 수 있었던 것이다.

서술한 바와 같이 루우젤 독립전쟁의 흐름은 흔히 생각하듯 샤안의 계곡 전투에 있는 것이 아니라 헤라인드 성 전투에 있었다. 그리고 헤라인드 성 전투를 지휘한 것은 네프슈네 나이트와 나이트 엘리미언이 아니라 그 자리에 없었던 나이트 수우판이었다.

이나바뉴 역사학자 베이로도의 십이 기사 평전
제9장 나이트 수우판 편에서 발췌
아뻴르 력 812년 발행

체렌평원

자신의 생명을 던져 기사단을 구하겠다는 생각,
기사단을 지휘하는 기사가 할 수 있는 최후의 결정이었다.

더 숨길 수만은 없었다. 이나바뉴 기사단 로젠다로 원정대가 중군과 합류한 후, 나이트 이셀란의 보고를 들은 이나바뉴 바스크 2 로젠다로 원정대장 나이트 슈펜다르켄은 우선 기사단의 전진을 멈추고 퓨론사즈로 레페린을 띄워 원로원과 행정부의 결정을 기다렸다.

나이트 레이피엘과 나이트 파스크란이 로젠다로 기사단에 합류했으며, 파아렐 나이트 바이켈리가 전사했다는 소식을 알리고 행정부의 지령 하달을 요청한 것이다.

그 소식들은 로젠다로 기사단이 예상과는 달리 막강한 바스엘드들을 가지고 있으며 기사단 또한 강하고 잘 훈련되어 있다는 것을 퓨론사즈의 수뇌들에게 알리기에 충분했다.

그러나 원로원의 반응은 생각보다 심각하지 않았다. 중군이 아닌 단지 3차 원정대의 추가 파견을 결정했을 뿐이었다. 원로원의 결정에는 그들이 영구 제명한 퀴트린의 이나바뉴에서의 위치는 그다지 중요하지 않았고 로젠다로로의 원정 결정이 그릇된 것이 아니었음을 보여 주려는 의도가 짙게 깔려 있었다. 어쨌든 로젠다로의 눈에 띄는 보강에도 이나바뉴 기사단은 여전히 로젠다로 기사단에 비해 결코 열세에 있지는 않았다.

이나바뉴 바스크 279 나이트 멜더는 급한 발걸음으로 중앙기사단 기사 양성소 본부의 복도를 걷고 있었다. 그가 향하고 있는 곳은 양성소 파견대장 나이트 볼로데의 집무실이었다.

나이트 멜더가 문을 급하게 열어젖히고 오른손을 올려 예를 취하자 편안히 앉아 오후의 햇볕과 차를 음미하고 있던 나이트 볼로데는 깜짝 놀란 표정이었다.

"나이트 멜더, 이렇게 갑작스럽게 무슨 일인가?"

중앙기사단의 기사 양성소가 차지하는 역할은 컸다. 뛰어난 자질을 보이는 견습기사를 기사로 성장시키는 곳이 바로 이곳이고, 그것은 이곳이 곧 이나바뉴 기사단의 전력을 만들어 내는 핵심적인 부서라고 말할 수 있기 때문이다. 이곳 기사 양성소의 양성관들은 바스크가 그리 높지는 않으나 실력이 뛰어난 기사들로 구성되어 있었다.

그러나 기사 양성소의 파견대장은 그리 중요하지 않은 직책이었다. 심지어 전쟁 중이라고 하더라도 기사 양성소의 파견대장이 직접 하야덴을 들고 전쟁에 참가하는 일은 없었고, 중앙기사단의 편제 변동 등에도 해당되는 점이 없었기 때문에 나이가 많은, 그러나 요직을 차지할 정도의 실력은 갖추지 못한 기사들이 은퇴 직전에 부임하여 쉬어 가는 곳으로 인식되고 있었다. 오십이 훨씬 넘은 이나바뉴 바스크 62 나이트 볼로데도 역대 파견대장들과 마찬가지였다.

"그 검은 갑옷의 기사 파스크란이 로젠다로 진영에 합류했다는 정보가 사실입니까?"

볼로데는 잠시 멜더의 얼굴을 바라보다가 천천히 입을 뗐다.

"중앙기사단에서 그렇게 보고가 왔다. 기사단을 무단으로 이탈한 나이트 레이피엘도 로젠다로에 있는 모양이더군. 역시 로젠다로가 이나바뉴에 정면으로 맞서겠다고 한 뒤편에는 무엇인가가 있었어."

볼로데는 여유롭게 찻잔을 들어 차를 한 모금을 목 뒤로 넘긴 다음 말을 이었다.

"그렇다고 하더라도 기사 두 명으로 이렇게 많은 병력상 차이를 극복한다는 것은 무리겠지. 전쟁의 승자는 이미 결정되어 있어. 문제는 현 로젠다로 국왕 엘쥬르 7세가 어느 정도의 피해를 입고 나서야 항복을 할 것이냐 하는 것이지. 내 생각에는 아마도 로젠다로는 3차 원정대가 도착하기도 전에……."

볼로데는 나름대로 자신의 전쟁에 대한 생각을 늘어놓았다. 그러나 멜더가 원하는 말은 전쟁에 참가하지도 않은 기사가 내놓는 탁상공론이 아니었다.

"저를 중앙기사단으로 전출시켜 주십시오."

볼로데는 말을 멈추고 물끄러미 멜더의 얼굴을 바라보았다.

"뭐라고 했나?"

"중앙기사단으로 보내 주십시오. 3차 원정대에 지원하고 싶습니다."

볼로데는 무엇인가를 향한 적의로 타오르고 있는 멜더의 눈을 바라보다가 고개를 돌리고 찻잔을 감싸쥐었다. 하야덴을 잡은 지 오랜 시간이 지난 볼로데의 행동은 기사라기보다는 차라리 나이든 귀족과 비슷했다.

"로젠다로로 가고 싶다는 말인가?"

"예."

볼로데는 다시 멜더의 눈을 응시했다. 나이트 볼로데의 눈은 희미하게 웃음을 짓고 있었다.

"그것이었군."

볼로데는 다시 찻잔을 들었다.

"언제나 긴장하고 있고, 항상 경직되어 있고. 자네의 몸은 여기 있었지만 눈은 언제나 먼 곳에 있었지."

지금은 하야덴을 잡지 않는다고 해도 볼로데는 수십 년의 연륜이 있는 기사였다. 나이로만 따진다면 중앙기사단에서도 원로급의 기사였다.

"나이트 카사드렛의 복수인가?"

볼로데의 말은 온화했지만 속에 담긴 뜻은 날카로웠다. 멜더는 고개를 끄덕였다.

"… 아버지처럼 생각했던 분입니다."

멜더는 나이트 카사드렛에 의해 발탁되어 그에 의해서 기사로 키워졌었다. 중앙기사단 소속이었던 나이트 카사드렛이 쥬렌다스 파견대장의 직위를 임명받자 그를 따라 쥬렌다스 파견대로 소속까지 옮겼었다. 그리고 크실의 '검은 갑옷의 기사'에게 카사드렛이 죽임을 당한 그 밤에 그는 평생을 바쳐서라도 아버지처럼 생각했던 카사드렛의 생명의 대가를 꼭 돌려받고야 말겠다고 맹세했었다. 그리고 지금, 그는 그 검은 갑옷의 기사가 로젠다로에 있다는 소식을 접하게 된 것이다.

"알겠네."

볼로데가 조용히 말했다.

"내가 힘닿는 데까지 노력해 보지. 이른 시간 내에 중앙기사단으로 소속을 변경시켜 주겠네. 하지만 3차 원정대는 곧 출정할 예정이니 서둘러야 할 거야."

"감사합니다."

멜더는 뛸 듯이 기뻤다. 곧 그는 정중하게 예를 취하고 본부를 나왔다.

'카사드렛 님을 잃은 밤의 슬픔을 네게 똑같이 느끼게 해주겠다, 나이트 파스크란.'

멜더는 하늘을 향해 다시 한 번 복수에의 의지를 굳혔다.

"벌써 오세요?"

아아젠은 마침 파야스의 줄을 고르고 있던 참이었다. 집에 돌아올 시간이 아직 되지 않았는데 문이 열리자 자리에서 일어나며 밝은 목소리로 퀴트린을 맞았다. 그 문 앞에는 퀴트린에게 배속된 기사들이 경계를 서고 있었고, 퀴트린 자신이나 로젠다로 기사단 소속의 기사가 아니면 그 문은 열리지 않았다.

"오랜만입니다, 아아젠 님."

"아."

퀴트린보다도 훨씬 큰 키에 거대한 체구, 호쾌한 웃음을 가진, 하지만 이제는 페레다스 산맥의 바람 냄새보다는 하야덴에 먹이는 바스엘드 기름 냄새가 더 잘 어울리는 짙은 자주색 갑옷의 기사가 서 있었다.

아직 완전히 자연스럽지는 않지만, 제법 기사다운 자세로 그는 오른손을 가슴에 올리며 아아젠을 향해 예를 취했다.

"로젠다로 바스크 129 나이트 라시드입니다."

아아젠은 놀람 반 기쁨 반의 표정이 되었다. 반갑게 맞이하는 그녀의 목소리는 미세하게 떨리고 있었다.

"드디어 기사가 되셨군요!"

라시드는 호탕한 목소리로 크게 웃었다.

"예, 간신히. 작위를 받자마자 이리로 달려온 겁니다. 아직 퀴트린 님은 오시지 않은 모양인가 봐요?"

아아젠은 밝게 웃으며 대답했다.

"네. 늦게나 오실 거예요. 오늘 저녁 식사는 특별하게 준비해야겠어요. 정말, 너무나 기쁜 날이니까요."

라시드는 기사대장 라즈파샤에 의해 퀴트린과 함께 로젠다로 기사단에 합류한 후, 기사학교로 보내졌었다. 퀴트린에게 수년간 직접 지도를 받아 실력은 로젠다로에서도 정상급이었으나, 아직 정식으로는 견습기사의 작위조차도 받지 못했기 때문이었다. 짧은 시간 안에 그는 작위를 받은 정식 기사가 되어 아아젠의 앞에 다시 서 있는 것이다.

"특별한 식사가 뭐 필요하겠습니까. 레틀 젖으로 담근 술이나 몇 병 준비해 주세요."

라시드의 농담에 아아젠은 손으로 입을 가리고 조용히 웃었다. 이제 그녀도 제법 로젠다로 바스크 9의 기사를 카발리에로로 둔 귀부인의 예법에 익숙해지고 있었다. 퀴트린의 명예가 자신에 의해 손상되지 않도록 하기 위한 노력이었다.

"자, 그럼 저는 바깥에 나갔다가 퀴트린 님이 돌아오실 때쯤 돌아오겠습니다."

"어딜 가시게요? 안에서 쉬시죠. 피곤하실 텐데."

라시드는 눈을 찡긋하며 웃었다.

"혹시 압니까, 성 안에서 저를 마음에 들어하는 어떤 귀부인이라도 만날지. 저도 이제 카발리에로가 되어 봐야죠. 평생 카발리에로가 되는 것이 소원이었답니다."

아아젠은 미소를 지었다. 라시드는 기사가 된 지 얼마 안 되어서인지 말투와 행동은 기사의 예법과는 아직 거리가 멀었다.

"라시드 님이라면 누구든지 카발리에로로 맞이하고 싶어할 거예요."

라시드는 어깨를 으쓱하며 웃어 보이고는 돌아섰다.

"늦지 않게 오겠습니다."

아아젠의 전송을 받으며 라시드는 문을 나섰다.

'… 카발리에로라.'

바깥에는 바람이 불고 있었다. 라시드는 바람이 불어오는 방향으로 고개를 돌렸다. 바람이 그의 얼굴을 어루만지고 머리카락을 흩날리고는 스쳐 지나갔다.

'… 하지만 누구의 카발리에로도 되지 못할 것 같습니다. 아아젠 님.'

혼자 맞는 바람은 왜 이리 쓸쓸한가, 하고 라시드는 생각했다.

'뭐 하긴, 이런 감정이야 그녀를 처음 만났을 때부터 느꼈던 감정이 아닌가. 새삼스럽게 기사가 되었다고 해서 더 감상적이 될 필요가 있을까.'

라시드는 가만히 미소 지었다.

마음이 조금 가벼워진 것 같은 생각이 들자 그는 성큼성큼 걸어 거리로 나왔다. 갈 곳은 없었다. 그저 그녀를 바라보기가 안타까워 막연히 나와 본 거리에는, 쓸쓸한 바람이 그의 가슴만큼이나 넓은 하늘을 가득 채우고 있었다.

기사단 정비는 이제 대부분 끝이 나 있었다. 최종적인 출정 명령만 떨어진다면 로젠다로 중앙기사단 전원이 전쟁에 나설 채비가 된 것이다. 이미 이나바뉴 기사단의 중군이 국경 근처에 집결해 있다는 소식이 들어와 있었다.

이나바뉴 기사단은 선뜻 국경을 넘지는 않았다. 로젠다로의 국토 전체를 유린하지는 않겠다는 강자로서의 여유를 한껏 부리고 있는 셈이었다.

"하지만, 아무도 질 것이라고는 생각하지 않습니다."

로젠다로 바스크 61 에우로페 나이트 레케엘이 말하자 라즈파샤는 너털웃음을 터뜨렸다.

"내가 뭐라고 말했었나, 나이트 레케엘."

라즈파샤는 이나바뉴 기사단을 맞아 싸울 장소를 생각하고 있었다. 이나바뉴 기사단의 규모는 최소한 1만 기 이상일 것이기 때문에 지난번처럼 수도 포프슨에 가까운 허슬록 평원까지 끌어들일 수는 없었다.

"뭔가 걱정이 있으신 것 같아서 그랬습니다."

나이트 레케엘. 로젠다로 바스크 61의 에우로페 나이트이면서 성실하고 맡은 임무를 충실히 이행하려고 노력하는 기사였다. 뛰어난 실력을 갖추고 있으면서도 항상 겸손하다는 점이 라즈파샤의 마음에 들어 그에 의해 중용되고 있었다. 나이트 일린스크와 함께 라즈파샤의 양팔이라 할 수 있으며 항상 기사대장 옆에서 보좌하는 역할을 하는 기사였다.

"빼앗겼던 류가는 탈환했습니다만, 류가 파견대장 자리는 여전히 공석입니다. 행정부 쪽에서는 그것을 또 걱정하는 모양이더군요."

라즈파샤는 어깨를 으쓱했다.

"글쎄, 지금 중요한 것은 사실 류가가 아니야. 이나바뉴가 마음을 먹고 류가를 점령하려 든다면, 로젠다로 기사단은 류가를 지켜낼 수 없을 거야. 만약 레벤샤나 피넬린을 점령하려 든다 해도 마찬가지겠지."

레벤샤나 피넬린은 포프슨보다도 남쪽에 있는 도시였다. 라즈파샤는 의자에 깊숙이 몸을 파묻은 채 조용한 목소리로 말했다.

"모든 곳을 다 넘겨 주어도 이 포프슨과 슈리온만큼은 넘겨 주어서는 안 돼. 이 두 군데 거점만 지켜 낼 수 있다면 우리는 전쟁에서 패하지 않을 거야."

"슈리온을 말입니까? 슈리온은 사실 류가보다도……."

류가보다도 군사적으로는 별 의미가 없는 곳이 아닙니까, 라고 말하려던 레케엘은 라즈파샤가 그를 슬쩍 돌아보자 더 말을 잇지 못했다.

"전쟁은 사기로 하는 것이다. 쥬르 신의 신전이 적의 손에 넘어갔는데, 기사단이 힘을 쓸 수 있겠는가?"

"그건 그렇습니다."

레케엘이 고개를 끄덕였다. 라즈파샤는 너털웃음을 지었다.

"안타깝군. 한 오륙천 기 잘 훈련된 기사단만 있어도 이나바뉴 내륙으로 진격할 수 있을 텐데 말이야. 전에는 기사단이 있고 기사가 없는 것이 걱정이었는데 이제는 기사는 있는데 기사단이 없으니."

"무슨 말씀이십니까?"

라즈파샤는 레케엘을 돌아보며 미소를 지었다.

"아니, 그냥 혼잣말이었다."

그때 방문이 열리며 라즈파샤 가의 집사가 들어왔다. 반쯤 센 희끗희끗한 머리카락을 가진 그는 정중하게 인사를 하고는 라즈파샤에게 말했다.

"라즈파샤 님, 손님이 오셨습니다."

"왔군."

라즈파샤가 일어서자 그의 맞은편에 앉아 있던 레케엘도 자리에서 일어섰다. 문이 열리며 밝은 자주색 전투복을 입은 기사와 검은색 갑옷의 기사가 나란히 방 안으로 들어왔다.

그 두 기사는 깊게 예를 취했다.

"어서 오게, 나이트 네라이젤."

퀴트린은 여유 있는 표정으로 들어와 라즈파샤가 권하는 자리에 앉았다.

"몸은 좀 어떤가?"

퀴트린은 조용히 웃으며 대답했다.

"다 나은 지 오래되었습니다. 걱정해 주셔서 감사합니다."

사석에서는 아직도 서로 존칭을 사용하고 있지만 공적인 자리이거나, 사석이더라도 다른 기사가 동석했을 경우에는 경어를 쓰지 않았다. 퀴트린의 로젠다로 바스크는 9. 몇몇 원로 기사들을 제외하고는 가장 높은 바스크를 가지고 있는 셈이었지만 역시 기사대장에 대한 예의는 중요한 것이기 때문이었다. 그것은 파스크란도 마찬가지였다.

"역시 검은 갑옷이 잘 어울리는군, 나이트 파스크란."

라즈파샤는 농담처럼 한 말이었지만, 옆에 앉아 있던 레케엘은 그의 말에 몸을 떨었다. 그는 아직도 그날 눈 깜짝할 새에 포프슨을 점령하고 기사대장 나이트 퓨네스의 생명을 앗아갔던 그 검은 갑옷의 기사를 기억하고 있었기 때문이다.

'그가 만약 아직도 적국의 기사였다면……'

생각하고 싶지도 않았지만, 어쨌든 지금 그는 로젠다로의 편에 서 있었다. 아니, 정확히 말하면 나이트 네라이젤의 편에 서 있는 것이었지만.

"감사합니다."

파스크란은 짧게 대답했다. 크실의 기사대장. 그가 누군가를 향해 경칭을 사용하는 것은 참 오래만이었다. 나이트 젝크론을 벗던 그날, 나이트 펠파인의 이름을 버린 그날부터 그는 크실의 기사대장이 되어 누구에게도 굽히지 않는 생활을 해왔던 것이다.

문득 퀴트린은 자신과 나란히 앉아 있는 파스크란의 옆모습을 바라보았다. 전장에 서지 않을 때면 순수하기까지 한 깊은 눈을 그는 가지고 있었다.

　파스크란은 퀴트린이 간신히 체력을 회복하여 자리에 앉을 수 있게 되었을 때 즈음 전투를 마치고 돌아왔다. 전투는 로젠다로 기사단의 대승으로 끝났다.

　벗은 투구를 옆구리에 낀 파스크란의 모습은 더 이상 위압적이지도, 공포스럽지도 않았다. 그는 퀴트린의 옆 의자에 깊숙이 앉았다. 오직 일린스크만이 퀴트린의 호위를 위해 막사 안에 서 있을 뿐이었다.

　"알고 있나?"

　퀴트린은 우선 고맙다는 이야기를 하려다 말고, 파스크란이 먼저 입을 열자 가만히 그의 다음 말을 기다렸다.

　"내가 정식으로 하야덴을 두 번 겨루고도 쓰러뜨리지 못한 사람은 나이트 레이피엘, 자네 혼자뿐이란 걸."

　퀴트린은 그저 파스크란을 향해 웃어 보였다. 지금 이 순간, 만약 파스크란이 그를 향해 하야덴을 든다면 아마 자신의 목숨은 단숨에 사라질 것이었다.

　"3년도 넘게 자네를 찾아다녔지. 틀림없이 로젠다로 어딘가에 있을 거라고 짐작은 했지만 찾는 게 쉽지만은 않더군."

　파스크란의 말에 퀴트린이 고개를 끄덕이며 조용한 목소리로 물었다.

"그래, 로젠다로를 보았나?"

파스크란은 의외의 질문에 놀란 듯했다. 둘의 눈이 마주치자 그는 잠시 시선을 아래로 내리깔았다. 파스크란이 대답했다.

"보았지. 내가 본 로젠다로는 자네가 본 것과는 달랐겠지만."

파스크란은 잠시 뜸을 들이다 이어 말했다.

"로젠다로의 정의는 실력이 아니었어."

크실의 기사대장, 크실 최강이었던 기사는 아무렇지도 않은 듯 자신이 몸담아 왔던 조국의 신념과 가치를 비하하는 말을 뱉어 냈다.

"내가 알고 있는 세상에는 적뿐이었지. 내가 쓰러뜨려야 할 적 아니면, 나를 쓰러뜨릴 적."

파스크란의 말뜻을 퀴트린은 알 수 있었다. 크실에서는 강한 자만이 살아남을 수 있다는 사실은 이나바뉴에도 알려졌었다.

"그러고 나니 자네가 보고 싶어지더군."

담담한 목소리로 말하던 파스크란이 퀴트린을 마주 쳐다보았을 때 그의 얼굴에는 경외와 존중, 그리고 우정의 빛이 어려 있었다. 오직 하야덴만을 위해 살아온 기사, 그의 늘 우수에 휩싸인 듯한 어두운 눈빛도 지금은 맑게 개어 있었다.

"아직 로젠다로가 마음에 든다거나, 자네처럼 로젠다로의 기사가 되고 싶다는 것은 아니야. 하지만 자네가 마음에 들었다는 것은 인정하지, 나이트 레이피엘."

퀴트린은 고개를 저었다. 나이트 레이피엘이 아니야, 하고 퀴트린의 눈은 말하고 있었다. 파스크란은 싱긋 웃으며 자리에서 일어났다.

"무슨 상관인가. 바란다면 다시 불러 주지, 나이트 네라이젤."

다른 사람의 그것보다 한 배 반은 되는 긴 하야덴으로 전장을 헤집고 다니던 그 크실의 '검은 갑옷의 기사'는 순수한 호의로 그렇게 나이트 네라이젤의 기사단에 합류했다. 이제 그가 바라는 것은 더 이상 이나바뉴 제1기사와의 렉카아드가 아니었다. 자신이 인정한 유일한 기사인 퀴트린과 전우로서 전장을 공유하는 것, 그것이 지금의 파스크란의 최대 가치였다.

방 안의 웃음소리에 퀴트린은 문득 회상에서 빠져나왔다. 기사대장 나이트 라즈파샤가 자신을 보며 웃고 있었다.

"들었나, 나이트 네라이젤."

"아, 죄송합니다. 듣지 못했습니다."

퀴트린은 미안한 표정으로 말했다.

"파스크란 님은 로젠다로의 갑옷을 입지 않겠다고 합니다. 더욱이……."

레케엘이 꽤 불만족스러운 표정으로 말했다.

라즈파샤는 여유 있게 레케엘에게 손짓을 해 그의 말을 막았다.

"검은색 갑옷은 로젠다로 기사단에겐 공포의 대상일 것이라는 생각을 하는 거로군, 나이트 레케엘."

레케엘은 자신이 에우로페 나이트라는 것에 대해 대단한 긍지가 있었다. 그는 즉시 고개를 크게 끄덕였다.

"하지만 반대로 자신들이 '검은 갑옷의 기사가 지휘하는 무적의 기사단'의 일원이 되었다고 생각할 수도 있지. 나이트 네라이젤의 의견은 어떤가?"

라즈파샤의 질문에 퀴트린은 잠시 파스크란을 돌아보았다. 파스크란은 무표정한 얼굴로 퀴트린의 말을 기다리고 있었다. 퀴트린은 입가에 미소를 띠며 말했다.

"파스크란이 그 이야기를 꺼내지 않는다면, 제가 먼저 그에게 검은색 갑옷을 입게 하도록 기사대장님께 건의를 드릴 생각이었습니다."

"네라이젤 님!"

레케엘은 이해를 할 수 없다는 표정이었다. 몇 년 전, 서로 하야덴을 들이댔던 기사들끼리 이렇게 대면하고 있다는 것도 이해가 되지 않는데, 굳이 그에게 옛날 그 갑옷을 입히려는 의도를 알지 못하겠다는 표정이었다. 라즈파샤의 태도가 지나치게 관대하다고 그는 생각하고 있었다.

"나이트 파스크란의 갑옷만은 검은색으로 하도록 허락하겠네. 우리로서는 망명 의사를 밝힌 기사의 뜻을 충분히 존중해 줄 의무가 있으니까."

라즈파샤는 더 이상 머뭇거리지 않고 강단 있게 결정을 내렸다.

'고맙습니다. 검은색 갑옷은 제 아버님의 혼, 그 갑옷 외에

는 입을 수 없었습니다.'

파스크란은 마음속으로 그렇게 말하고 있었다.

"그리고……."

라즈파샤가 다시 말문을 열었다. 그는 파스크란과 퀴트린의 얼굴을 번갈아 바라보았다.

"받아 줬으면 좋겠네, 나이트 파스크란. '9'의 바스크를."

모두 눈이 크게 떠졌다. 바스크 9는 바로 퀴트린의 바스크 였던 것이다. 라즈파샤는 웃으며 몸을 앞쪽으로 숙였다.

"나이트 네라이젤에게 들었네. 나이트 네라이젤과 나이트 파스크란은 서로 경칭을 쓰지도 않고, 그렇게 되기를 바라지 도 않는다는 말을."

퀴트린의 입에서 작은 탄성이 터져 나왔다. 유례가 없는 일 이었지만 이상적인 생각이었다.

"나이트 네라이젤의 바스크도 9. 이것으로 같은 서열을 가 지게 되겠지. 문제는 바스크 1을 가졌던 기사가 9로 만족할 것 이냐 하는 것이겠지만."

참을 수 없다는 듯이 레케엘이 외쳤다.

"무슨 말씀이십니까. 기사의 서열은 중요한 것입니다. 아무 리 기사대장님께서 작위를 내리실 권한이 있다고는 하지 만……."

라즈파샤는 웃으며 레케엘에게 말했다.

"귀족들이 평민보다 높아야 한다는 말인가."

"그것은……."

로젠다로에 계급 제도가 사라졌다는 것은 단순히 그 사실만을 이야기하는 것은 아니었다. 그것은 사고와 발상의 변혁과 기존 가치관 질서의 변화 또한 필요로 하는 것이었다. 바스크를 계급 제도에 비유한 것은 완전히 부합되는 말은 아니었지만 그 맥락은 같은 곳에 닿아 있었다.

파스크란이 조용하게 말했다.

"감사히 받겠습니다."

그가 정중히 예를 취한 것으로 파스크란의 추후 거취를 위한 나이트 라즈파샤 저택에서의 비공식 회의는 끝이 났다. 로젠다로 바스크 9 나이트 파스크란. 로젠다로를 공포로 몰아넣었던 과거의 검은 갑옷의 기사는 아이러니하게도 이제는 로젠다로의 기사가 되어 그가 유일하게 인정한 기사와 함께 전장을 바라보게 되었다.

라즈파샤의 저택을 나서며 퀴트린이 파스크란에게 말했다.

"저녁 식사에 초대하면 오겠나?"

파스크란이 돌아보자 퀴트린이 어깨를 으쓱하며 말을 이었다.

"보여 주고 싶은 사람이 있네."

파스크란은 잠시 걸음을 멈추며 무엇인가를 생각하더니 입가에 엷게 미소를 띠며 말했다.

"네라이젤 ―당신의 소중한 것을― 말인가."

퀴트린이 고개를 끄덕였다. 파스크란은 한번쯤 만나 보고 싶다는 생각을 했다. 자신의 상처를 치료해 주었던 사람인 동시에, 처음으로 입회했던 카발리에로 의식의 주인공이었기 때문이었다.

　로젠다로 기사단 소집 명령이 내리고, 이나바뉴 기사단이
집결해 있다는 체렌 평원을 향해 기사단이 출정을 시작한 것
은 그로부터 며칠 후였다. 아펠르 력 646년, 청명한 가을 하
늘이 여름을 몰아 내기 시작했을 때 즈음이었다.

이나바뉴의 셀큐러스 강, 루우젤 지방의 로냐프 강, 엘핀랜드의 3대 강이라 불리는 필로폰 강. 대륙의 중심부를 흐르는 그 거대한 물의 흐름은 로젠다로와 이나바뉴의 국경인 라르그 산맥 동쪽에서 시작하여 하라데스 평원을 크게 감싸안고 돌며 동쪽으로 뻗어 나간다.

하라데스 평원의 끝은 필로폰 강 상류와 만나게 되고, 라르그 산맥의 위세가 낮아진 곳에 체렌 평원이 있다.

하라데스 평원에서 체렌 평원으로 통하는 좁고 평탄한 평원의 길은 전부터 이나바뉴와 로젠다로의 상인들이 만나는 곳으로 레사드, 말레도 등의 번창한 상업 도시가 자리잡고 있었다.

체렌 평원은 하라데스 평원과 함께 짙은 안개로 유명한 곳이었다. 그것은 계절마다 바뀌는 바람의 방향 때문이라고 알려져 있었다. 거기에 체렌 평원의 안개가 하라데스 평원보다 더 짙은 이유는 필로폰 강 남단에 자리 잡은 하라데스 사막의 영향이라는 연구 결과도 최근 로젠다로의 학자들에 의해 보고되고 있었다.

체렌 평원은 전통적으로 큰 전투가 많이 일어난 곳이었다. 그것은 체렌 평원이 이나바뉴와 크실, 그리고 로젠다로가 모두 국경을 맞댄 유일한 지역이었기 때문이었다.

아펠르 력 544년 겨울과 545년 봄, 이나바뉴가 루우젤을 병합하기 위해 전력을 손실하고 있을 때 일어난 크실과의 제2차 천신전쟁 최대의 전투도 바로 이 체렌 평원에서 있었다.

수차례의 전투 끝에 이나바뉴는 기사대장 나이트 져런스타르의 뛰어난 전술과 용맹에 힘입어 크실에 대승을 거두고 제2차 천신전쟁을 승리로 이끌었다. 그런 연유로 체렌 평원은 수많은 이나바뉴의 기사들의 피를 끓게 만드는 이름이었다.

"이제 국경을 넘은 셈이군."

이나바뉴 바스크 88 옐리어스 나이트 가이사로는 잠시 말머리를 늦추며 말했다. 그들은 어제 2차 원정대를 지휘하는 나이트 슈펜다르켄이 전달한 원로원의 진격 명령을 받고 쥬렌다스를 우회하여 드디어 국경을 넘어 체렌 평원으로 들어가고 있었다.

"지독한 안개로군요. 평원에 안개가 끼는 것이야 당연지만 오후에 이렇게 짙은 안개가 끼다니 믿을 수가 없는데요."

이나바뉴 바스크 104 옐리어스 나이트 라벨이 양 눈썹 사이를 살짝 찌푸리며 말했다. 그 옆에 말머리를 같이하고 있던 나이트 네이서스가 그 말을 받았다.

"그래도 이 안개를 이용해 져런스타르 님은 크실 기사단을 물리칠 수 있었습니다."

네이서스는 항상 여유 있는 표정이었다. 오랜 연륜과 많은 경험에서 나오는 여유이리라. 아직도 어리다는 소리를 듣는 젊은 기사 라벨은 그 점이 적잖이 부러웠다. 라벨은 이제 스무 살. 훌쩍 커버린 키만큼이나 그의 존재감은 강해졌다. 이제 라벨은, 선배 기사들이 예견한 대로 파아렐 나이트 사야카 외에는 대적할 사람이 없다고 평가될 정도로 이나바뉴에서 손꼽히는 기사가 되어 있었다.

"베락스는 이제 너무 가볍지 않나?"

문득 라벨을 돌아보던 가이사로가 말했다. 라벨은 고개를 갸웃하고는 허리에 고정되어 있는 자신의 하야덴을 가볍게 몇 번 쳐보였다.

"손에 익어서, 이젠 무거운 하야덴은 못 쓰겠어요."

"로젠다로 기사단이라면 어떻게 나올까."

문득 가이사로가 말했다. 마치 그 말은 네이서스를 향해 하는 것처럼 들려, 네이서스는 자연스럽게 그 말에 대답했다.

"로젠다로 기사단은 이미 두 번이나 우리 기사단을 막았습니다. 사기가 올라 있어 정면으로 충돌하려 할지도 모르지요."

라벨은 입을 다물었다. 퀴트린이라면 과연 정면으로 충돌해 올까, 하고 생각해 보았다.

'만약 퀴트린과 전장에서 하야덴을 겨루게라도 된다면?'

많은 사람이 지금의 라벨이라면 퀴트린과 렉카아드를 하게 된다고 하더라도 결코 일방적으로 밀리지는 않을 것이라고 이야기하고 있었다. 그러나 라벨은 결코 그가 퀴트린의 적수가 될 수 없을 거라고 생각했다. 그는 어린 시절부터 퀴트린을 바라보며 성장했고 퀴트린은 항상 그의 목표였기 때문이었다.

가이사로가 너털웃음을 지었다.

"지금 우리가 이끄는 1차 원정대만 하더라도 규모가 1만 기에 육박해. 레페리온만 3천5백 기. 아무리 사기가 올랐다고 해도 설마하니 이 엄청난 규모의 기사단에 정면으로 맞서는 무모한 짓을 하겠나?"

수만 기의 기사단이 평원에서 혼전에 들어간다는 것을 상상해 보라. 그렇게 큰 규모의 기사단이라면 혼전 중에 지휘계통을 잃을 가능성이 높고, 그렇다면 조직력에서 밀리는 쪽은 피해가 걷잡을 수 없이 커질 것이다. 결국 조직력 있는 몇 개의 기사단으로 나누어 분산 공격을 할 것이 당연했다. 최소한 가이사로가 알고 있는 용병 이론으론 그랬다.

네이서스는 어깨를 으쓱했다.

"안개가 없다면 그렇지 않을지도 모르지요. 하지만 안개 속에서, 크실의 검은 갑옷의 기사는 1만 기나 되는 기사단을 돌격시켜 이나바뉴 기사단 하라데스 파견대를 전멸시켰었습니다."

잠시 가이사로의 몸이 움찔했다. 자신이 직접 참전한 적은 없지만, 자신이 존경해 마지 않았던 옐리어스 나이트 쥬의 생명을 앗아간 그 전투를 나이트 네이서스가 지적하고 있었던 것이다.

제3차 천신전쟁이 끝난 이후, 이론 전술가들에 의해 뛰어난 전술을 구사한 전투들은 모두 연구되고 분석되었다. 크실의 검은 갑옷의 기사와의 전투도 예외가 아니어서, 비록 이나바뉴가 패퇴하기는 했으나 그때 크실이 펼쳤던 전술은 철저히 파헤쳐졌고, 그 검은 갑옷의 기사의 대담함과 용맹함에 대해서는 이나바뉴의 유명한 이론 전술가들도 혀를 내둘러야만 했다.

라벨은 미소를 지으며 말했다.

"나이트 네이서스의 말도 맞습니다. 나이트 파스크란의 전술은 일반적인 기사의 상식으로는 상상이 안 되는 것이죠. 전력으로 행군하여 로젠다로를, 바로 그다음엔 쥬렌다스를, 그리고 쉬지도 않고 다시 하라데스를 점령했으니까요. 그 기사단의 용맹함은 지금도 믿을 수 없습니다. 세 명의 검은 갑옷의 기사가 동시에 쳐들어왔다고 믿는 편이 차라리 쉽겠지요."

크실 기사대장 파스크란이 이끌었던 케켄의 기사단은 뛰어난 전술가들에 의해 특별히 훈련된 정예부대였다고 해석되고 있다. 그렇지 않고서는 그런 움직임은 불가능했을 것이기 때문이다.

"상식은 접으라는 말인가. 기사로서는 슬픈 말이로군."

가이사로가 씁쓸하게 웃으며 농담처럼 말했다.

'확실히 엄청난 규모의 전투가 될지도 모르겠군.'

그렇지만 그 웃음 끝에, 옐리어스 나이트 라벨의 표정이 순간적으로 변했다. 웃던 중에도 가이사로는 그 순간을 놓치지 않고 하야덴을 들어 기사단을 정지시켰다.

1만 기나 되는 기사단을 지휘하기 위해서는 명령 체계가 확실해야만 했다. 바스엘드인 가이사로가 명령을 내리면 곳곳에서 있는 바세론들이 그 명령을 전파하여 1만이나 되는 기사단을 통제하고 있었다. 잘 훈련된 이나바뉴 기사단은 순식간에 전진을 멈추고 안개 속을 바라보았다.

잠시의 시간이 지난 후, 가이사로가 천천히 하야덴을 손에 감아 쥐었다. 네이서스가 말했다.

"왔군요. 예상한 대로 정면입니다."

그러나 가이사로는 고개를 저었다.

"아니. 정면과 좌측이다. 양동 작전인 모양이다."

챙 하는 맑은 금속성과 함께 정열의 하야덴 베락스가 라벨의 손에서 튀어오르듯 솟아올랐다.

"아닙니다. 정면과 좌측, 그리고 우측, 삼면에서 오고 있습니다!"

그렇게 말하고 라벨은 마른침을 삼켰다.

"… 포위당했습니다."

로젠다로 기사단은 세 방향에서 전진해 오고 있었으나 조금씩 전진 시간이 틀렸기 때문에 네이서스, 가이사로, 라벨이 차례로 다가오는 기사단을 눈치 챌 수 있었던 것이다. 가이사로는 당황한 표정을 지었다.

"라즈파샤 님이 이런 대담한 작전을 세울 줄이야. 1만 기의 기사단에 충돌하는 것도 아니고 포위 공격을 하다니……."

네이서스가 신음처럼 낮은 목소리로 중얼거렸다.

"내 생각과는 다르구나."

가이사로가 말했다.

"라즈파샤 님이라면 이렇게 대담한 작전을 세우지 않았을 것이다."

라벨의 눈이 빛났다. 그 역시 가이사로와 같은 생각을 하고 있었다.

'… 파스크란!'

"후퇴한다! 전군 반전! 레페리온은 퇴로를 확보하라!"

가이사로의 하야덴이 곧게 솟아올랐다. 네이서스가 무엇인지 마음에 걸리는 게 있는 듯 잠시 그를 만류하려 했으나 가이사로는 더 머뭇거리지 않았다. 소심해서 그런 것이 아니라 1만 기의 기사단이 혼란에 빠지는 일만큼은 막아 보자는 것이었다. 네이서스는 바로 그 점을 우려하고 있었다.

'레이피엘 님이라면 가이사로 님의 성격을 알고 계실 텐데……'

네이서스가 그렇게 생각한 순간, 라벨이 큰 소리로 외쳤다.

"제가 후미를 방어하겠습니다. 가이사로 님, 퇴로를 여십시오!"

1만 기를 동시에 지휘하여 질서 정연하게 후퇴시키는 것은 결코 쉽지 않은 일이었다. 후미에서 추격을 받는다면 공포심이 유발되어 오히려 포위 공격을 받는 것만도 못한 경우가 될 수도 있었다.

라벨은 그 순간에도 침착하게 상황을 판단한 것이다. 후퇴할 때는 전위가 순간적으로 후위가 되어 탈출하는 기사단을 보호하는 것. 이것은 사실 에우로페 나이트들이 사용하는 로젠다로 기사단의 전법이었다.

그러나 그 순간에도 네이서스는 다른 생각을 하고 있었다.

'후퇴는 위험하다. 전면전이 나을지도 몰라. 퇴로에, 무엇인가가 있다면… 우수한 기동력을 가진 기사단이 후미에 버티고 있다면 라벨 님이 퇴로를 뚫는 것이 오히려 나을지도…….'

평생을 기사로서 살아온 네이서스의 지혜와 육감이 그렇게 말하고 있었다.

'기동력, 기동력이 우수한 기사단.'

네이서스의 생각은 틀리지 않았다. 1만 기가 후퇴하는 이나바뉴 기사단의 정면에는 어디서 본 듯한, 암흑보다도 짙은 흑색 갑옷을 입은 기사가 버티고 서 있었던 것이다.

워낙 대규모의 기사단인지라, 움직임의 반응은 역시 느린 편이었다. 라벨은 기사단의 탈출 기세가 조금 수그러들자 이미 전방에 적이 있음을 감지할 수 있었다.

그는 즉시 하야덴을 들어 자신이 지휘하던 후미의 기사단에게 다시 반전을 명했다. 선두의 가이사로가 탈출로를 뚫는 동안의 접전은 피할 수 없는 것이었다.

라벨은 입술을 깨물었다. 어차피 접전이 시작될 줄 알았다면 포위 공격을 당하더라도 피하지 않았을 것을.

그는 하야덴을 높이 올렸다. 베락스의 움직임에 따라 나이트 라벨의 은백색 전투복이 펄럭거리며 뒤로 젖혀졌다.

"공격!"

다행히도 추격을 계속하던 로젠다로 기사단은 갑작스런 이나바뉴 기사단의 반전에 당황한 눈치였다. 돌격 태세를 즉시 수세로 전환하지 못하고 전열이 흐트러진 것을 발견한 라벨은 곧 하야덴을 옆으로 눕히며 적진을 향해 달려들어 갔다. 정면에 포진한 로젠다로 기사단의 바스엘드는 아마도 경험이 부족한 기사인 모양이었다.

말발굽 소리가 한 번 들릴 때마다 로젠다로의 기사들이 하나씩 비명과 함께 쓰러져 갔다. 눈이 부실 정도로 빠른 하야덴이었다.

"옐리어스 나이트다!"

누군가가 경외에 찬 비명을 지르는 것이 귀에 들어왔다.

'그래… 동요해라. 동요할수록 반격은 쉬워진다.'

라벨은 마음속으로 중얼거렸다. 다시 한 명의 기사가 라벨의 하야덴을 맞고 체렌 평원의 안개 속에서 피를 뿌렸다.

1만 기의 기사단을 포위하기 위해서는, 그보다 압도적으로 많은 숫자가 아니라면 포위망이 엷고 넓게 펼쳐지게 마련이었다. 따라서 조그마한 동요도 금방 기사단 전체로 퍼질 수 있었다. 라벨의 생각대로 로젠다로의 포위망은 최소한 라벨이 지휘하는 후미만큼은 약간 느슨해진 느낌이었다.

이제 바스엘드가 나설 차례였다.

라벨은 잠시 멈춰 서서 좌우를 둘러보았다. 아마도 왼쪽을 네이서스가 맡고 있을 것이었다.

'아니?'

왼쪽 옆구리 부분의 기세가 완전히 무너져 내리려 하고 있었다.

'이럴 수가?'

네이서스가 아무리 나이를 많이 먹고, 하야덴 실력이 뛰어나지는 않다고 하더라도 저렇게 일방적으로 밀리리라곤 생각지 않았다. 지금 라벨이 맡고 있는 후미는 어느 정도 포위망을 떨쳐 낼 수 있었지만 왼쪽 부분이 무너져 내리고 있었기 때문에, 이대로 로젠다로 기사단의 공격이 계속된다면 1만 기의 기사단의 중앙이 갈라질 찰나였다.

'저렇게 강할 수가.'

기사단이 다른 기사단을 향해 종단을 시도하는 것은, 그 기사단의 바스엘드의 실력이 뛰어나고 기사단 역시 바스엘드를 향한 절대적인 신뢰를 가지고 있어야 했다. 방어하는 쪽에서는 사기 등 여러 부분에서 치명적인 상처를 입는 것이기 때문에 그만큼 필사적으로 방어할 수밖에 없고 그래서 웬만한 실력으로는 시도하기 힘든 전법이었다.

가장 이상적인 종단 공격의 형태는 쐐기 모양의 공간을 만들며 나타난다. 바스엘드나 강한 기사가 선두에 서고 그 뒤를 잘 정렬된 기사단이 방어 형태를 갖추며 따라 나가는 것이 쐐기 모양의 돌파 형태이다. 그러나 중간쯤 이르러서는 상대방의 숫자가 많아져 반격도 거세어지기 때문에 완벽한 쐐기 모양의 종단 공격은 사실 불가능했다. 그 불가능한 일이 지금 라벨의 눈앞에서 펼쳐지고 있었다.

'거기에 계시는군요…….'

저 놀라운 용맹과 믿을 수 없을 정도의 침착함. 그리고 결정한 공격에 대한 절대적인 자신감. 바로 옐리어스 나이트 레이피엘, 그 만이 해낼 수 있는 종단 공격이었다. 네이서스가 맡고 있는 왼쪽 옆구리는 진형을 잃고 완전히 무너져 내리고 있었다.

'후미를 포기하고 종단을 막으러 가야 하나.'

그러나 만약 종단을 시도한다면 둘로 갈라진 한쪽은 라벨이 직접 지휘해야 하기 때문에 오히려 이 후미 공격을 강화하는 편이 나았다. 만약의 경우, 혈로는 가이사로가 아니라 라벨이 뚫어야 할 것이기 때문이었다.

하지만 잠시 망설이는 사이, 그에게는 더 이상의 선택의 여지가 없어지게 되었다. 무거운 느낌의 투기가 자신의 몸을 감쌌기 때문이다.

"로젠다로의 바스엘드입니까?"

어떻게 생각하면 무모함의 냄새가 나는 것 같기도 했다. 채 다듬어지지 않은, 정련되지 않은 거친 이미지의 기사 하나가 그에게 다가와 섰다.

거대한 몸집. 매우 넓은 어깨. 온몸에서 퍼져 나오는 투기. 포프슨 전투에서 전사한 나이트 이바이크 님을 연상시키는 듯한 체구였다. 이바이크 님보다는 세련되지 못했지만 매우 닮은 듯했다. 그는 말 위에서 정중히 라벨을 향해 인사했다.

"로젠다로 바스크 129 나이트 라시드입니다."

바스크 129의 기사라니. 라벨은 적지 않게 놀랐다.

이나바뉴에는 지난 제3차 천신전쟁에서 많은 기사를 잃어 그 수가 많이 줄었다고는 하지만 그래도 정식 기사 작위를 받은 기사가 넉넉히 2백 명 정도는 되었다. 반면, 로젠다로는 1백 명의 기사도 가지고 있지 못했다. 129의 기사라는 것은 서열을 가진 기사 중 가장 낮은 바스크를 가진 기사라는 뜻이었다.

약간 어이없는 감정을 누르고 라벨은 오른손을 들어 마찬가지로 인사를 했다.

"이나바뉴 바스크 104 옐리어스 나이트 라벨입니다."

129의 바스크, 정돈되지 않은 기사단, 아마도 상대는 경험이 많이 부족한 기사일 거라고 라벨은 짐작했고, 그래서 단시간 내에 결판을 내고 중앙 쪽을 방어해야겠다고 생각했다. 단지 그가 몸에서 뿜어 내는 투기가 부담스러울 뿐이었다.

"공격하겠습니다."

말을 마치고 기합 소리와 함께 정열의 베락스가 허공으로 날았다. 쩡 하는 파찰음과 함께 공중에서 두 하야덴이 맞부딪쳤다.

"아!"

두 명의 입에서 동시에 상대방을 향한 감탄성이 튀어나왔다. 라시드는 라벨의 속도에, 라벨은 라시드의 힘에 놀란 것이다. 조금만 늦었더라도 베락스는 라시드의 가슴에 박혔을 것이고, 조금만 더 늦게 하야덴을 회수했다면 얇고 가벼운 베락스는 라시드의 하야덴의 충격을 견디지 못하고 부러져 나갔을 것이다.

　다시 라벨의 하야덴이 펼쳐졌다. 라벨의 마음은 급했다.

　세 번 하야덴이 교환되는 동안, 라시드는 세 번 물러서야 했다. 라시드는 처음 보는 빠른 공격에 깜짝 놀랐다. 옐리어스 나이트 라는 이름을 듣고 당연히 총력을 기울이겠다고 생각했지만 그래도 이렇게 강하리라고는 생각하지 못했던 것이다.

　그러나 기사단의 지휘라면 모를까. 렉카아드라면 3년 동안이나 제르세즈의 작은 언덕에서 이나바뉴 제1기사와 매일 하야덴을 마주했던 라시드였다.

　라시드의 차례였다. 라시드는 하야덴을 들어 빠르게 라벨을 향해 휘둘렀다. 평범한 공격인 듯했지만 하야덴보다 파공성과 하야덴이 일으킨 바람이 뺨에 먼저 와 닿았다.

　그 위세는 정말 대단한 것이었다. 막으려 한다면 갑옷과 몸과 말 몸뚱이가 동시에 두 조각으로 갈라질지도 몰랐다.

　라벨은 급히 몸을 돌려 라시드의 공격을 피해 냈다. 다행히도 라벨의 빠른 눈은 라시드의 공격을 간파할 수 있었다.

　"제 차례입니다."

　라벨은 직선으로 하야덴을 라시드의 가슴으로 섬광처럼 날렸다. 아주 평범하고 기본적인 하야덴의 찌르기 동작이었지만, 이 공격을 피할 수 있는 사람은 이나바뉴에서도 몇 되지 않았다.

　"앗!"

　라시드의 입에서 놀람의 탄성이 터지고, 그의 가슴 갑옷과 어깨 갑옷이 길게 잘려 나갔다. 뜨거운 피가 공중에 뿌려졌다. 급소는 피했지만, 라벨의 공격을 완전히 피하기엔 라시드의 역량이 역시 모자란 모양이었다.

기세를 탄 베락스는 이어서 다시 어깨와 허리, 그리고 반대쪽 옆구리를 연속해서 노리고 펼쳐 들어갔다. 라시드는 한 번의 공격은 피하고, 한 번의 공격은 허리 부분에 맞고, 마지막 공격은 몸을 흔들며 겨우 막아 낼 수 있었다.

그러나 하야덴으로 라벨의 공격을 막아 내자 오히려 라벨이 주춤거리며 뒤로 물러섰다. 공격을 가한 라벨 역시 통증이 가슴에까지 밀려온 것이다. 힘만으로라면 나이트 이바이크와 대적해도 결코 지지 않을 것 같았다. 아니, 아마 이바이크를 능가할지도 모르겠다고 라벨은 생각했다.

"굉장합니다."

"아니, 오히려 제가 감탄할 따름입니다."

라시드는 라벨의 실력을 충분히 확인했다. 서로 열 번 정도의 하야덴을 교환한 지금, 그는 자신이 라벨과 계속해서 렉카아드를 해간다면 아마도 결국엔 자신이 먼저 쓰러질 것이라는 것을 알게 되었다. 아직까지는 거의 호각지세였지만, 지금 자신은 가슴과 허리에 꽤 깊은 상처를 입고 있었고, 라벨은 펜플 끝 하나 다치지 않은 상태였다.

그러나 라벨 또한 자신도 모르는 새, 강적을 향한 경계의 투기를 펼치고 있었다. 두 명의 기세는 사실 엇비슷한 수준이었다.

라시드는 혼신의 일격을 가할 태세로 하야덴을 새로 고쳐 쥐었다. 이번 공격은 대단할 것이라는 것을 라벨은 눈치 챌 수 있었다. 일단 그의 공격을 막아 내자면 두 손으로 베락스를 쥔다 하더라도 라시드의 괴력에 당하지 못하고 부러져 나갈 것이 분명했다. 그럴 바에야 한 손으로 베락스를 쥐어 움직임을 가볍게 하고, 다른 한 손으로는 몸의 균형을 유지하는 편이 유리할 것이라고 라벨은 판단했다. 결과적으로 하야덴을 놓치게 되면 렉카아드는 어쨌든 지는 것이다.

"공격하겠습니다."

낮은 목소리로 라시드가 말했다.

'온다!'

라벨은 눈을 부릅떴다.

펼쳐진 라시드의 공격은 놀랍게도 찌르기였다. 그러나 찌르기라면 라벨 쪽이 훨씬 빨랐다. 그대로 라시드의 하야덴을 타고 그의 손목을 찌를 수 있다면 거기에서 승부는 끝날 것이다.

라벨은 짧은 시간 동안 망설였다. 방어할 것인가, 피할 것인가. 아니면 반격을 할 것인가. 위세는 대단하다고 해도 라벨의 눈에는 라시드의 공격이 그다지 빠르지 않게 들어오고 있었다.

"앗!"

그러나 다음 순간, 라벨은 깜짝 놀라며 몸을 돌려 피하고 말았다. 라벨의 어깨 갑옷과 한 웅큼의 순백색 옐리어스 나이트의 펜플이 찢겨 나갔다.

'셋, 셋이었어.'

라벨은 경악의 눈빛을 담아 라시드를 쳐다보았다. 그러나 라시드의 표정 역시 허탈했다. 아마도 이 공격이 그가 가진 최고의 기술이었던 모양이다.

'보였어. 셋이었어, 분명히 하야덴이 셋이었어.'

라벨은 마음속으로 경악을 금치 못했다.

잠시, 두 기사는 하야덴을 마주한 채 서로를 바라보며 아무런 행동도 하지 않고 있었다.

"오늘은 그만했으면 좋겠습니다."

라벨이 먼저 입을 열었다.

"예?"

라벨은 베락스를 천천히 거둬 하늘을 향하게 하며 대답했다.

"오늘은 제가 진 것으로 해도 되겠습니까?"

라시드는 잠시 무엇인가를 생각하더니 역시 라벨과 같은 모습으로 하야덴을 거두어 하늘을 향하게 했다.

"좋습니다. 많이 배웠습니다."

말을 마치자 라시드는 즉시 몸을 돌려 라벨에게서 멀어져 갔다.

'그가 이겼을 것이다. 그런데 왜?'

라시드는 마음속에 의문점을 남긴 채 기사단으로 복귀했다.

한편 라벨은 라벨대로 간신히 가슴을 쓰다듬어 놀라움의 감정을 가라앉히고 있었다.

'하야덴이 셋으로 보이다니. 그 기술을 쓸 수 있는 사람은, 그 사람은……'

라벨의 베락스를 쥔 손이 떨려오기 시작했다.

'… 당신이었군요, 퀴트린 형.'

벨라로메 하야덴. 평범한 찌르기에서 순식간에 변화하여 세 군데를 공격하는, 마치 하야덴이 순간적으로 세 개로 나뉜 듯이 보이는 그 기술은, 세상에서 오직 이나바뉴의 제1기사 엘리어스 나이트 레이피엘만이 사용할 수 있는 최고의 기술이었다.

라벨은 잠시 그렇게 서 있다가 몸을 돌려 자신의 기사단의 상태를 돌아보았다. 양쪽의 기사단은 후미에서 혼전에 들어가 있었다. 후미의 접전은 우열을 가리기 어려웠고, 기사단의 중앙은 완전히 파괴된 상태였다. 그리고 전방의 가이사로는 보이지 않았다. 이나바뉴 기사단은 이미 분리된 것이다.

그들의 바스엘드, 엘리어스 나이트 라벨이 혈로를 열어 줄 것이라고 믿는 기사들만이 혼신을 다해 로젠다로의 기사들과 하야덴을 나누고 있었다.

라벨은 즉시 고개를 돌려 퇴로를 찾기 시작했다.

"가자, 전장을 이탈한다!"

라벨이 베락스를 치켜세우며 말을 달리기 시작했다.

'혈로는 어렵지 않게 뚫릴 것이다. 그러나 전방은… 가이사로 님과 네이서스는?'

라벨은 말을 달렸다.

어느새 체렌 평원에 저녁이 가까워 오고 있었다. 서쪽 하늘에 지는 석양빛 때문인지, 그날의 체렌 평원은 어느 때보다도 더 피를 닮은 붉은색으로 물들어 있었다.

안개에 묻힌 기사단 한 측면이 무너져 내리면서 어두운 회색빛이 일렁이기 시작했다. 가이사로는 눈을 크게 떴다.

"멈추지 마라! 돌격!"

그러나 가이사로의 외침과는 달리 이나바뉴 기사단의 돌격 기세는 완전히 늦춰져 거의 멈춰 버린 듯했다. 이대로라면 포위망이 점점 좁혀져 상상할 수도 없는 참극이 일어날지도 모르는 일이었다.

'아아, 1만 기의 기사단이 나의 오판으로 완파되다니……'

가이사로는 하야덴이 으스러지도록 꽉 잡았다.

로젠다로 기사단은 지금 가이사로가 이끄는 이나바뉴 기사단의 선두를 막고 서서 꼼짝도 하지 않고 있었다. 이나바뉴 기사단의 필사적인 공세에도 이렇게 정렬된 상태에서 이나바뉴 기사단의 움직임을 완강히 막아 낼 수 있다는 것은 로젠다로 기사단의 바스엘드가 얼마나 놀라운 통솔력을 가지고 있는지를 보여 주는 것이었다.

가이사로가 기사단을 독려하며 하야덴을 휘두르고 있을 때, 앞쪽에 있던 기사단이 갑자기 둘로 나뉘어 서기 시작했다. 나뉜 부분에선 체렌 평원의 붉은 구름이 피어오르고 있었다. 가이사로가 바라보자 그곳에는 그의 하야덴보다 훨씬 긴 하야덴을 들고 서 있는 검은 갑옷의 기사가 있었다.

"… 파스크란?"

가이사로가 외쳤다. 로젠다로의 기사들에게는 경칭과 경어를 사용해 왔던 그였지만 파스크란에게 만큼은 그럴 수 없었다. 그는 옐리어스 나이트 쥬의 생명을 빼앗아 간 크실의 기사 대장이었던 것이다.

검은 갑옷의 기사는 천천히 하야덴을 들어 가이사로를 향했다.

"옐리어스 나이트?"

"이나바뉴 바스크 88 옐리어스 나이트 가이사로다. 전부터 너와 승부를 겨뤄 보고 싶었다."

파스크란이 검게 가려진 투구 속에서 낮은 목소리로 말했다.

"넌… 죽을 것이다."

가이사로는 바로 하야덴을 들어 파스크란을 찔러 갔다. 파스크란에게 이기는 것도 중요했지만, 이대로 있다가는 정말 1만 기의 기사단이 몰살하는 사태가 벌어질지도 모른다는 것이 지금 가이사로에게는 가장 두려운 일이었다. 이나바뉴 기사단은 완전히 포위되어 있었고, 전진도 후퇴도 못하는 상황이라 시간이 지날수록 점차 좁혀져 오는 포위망 안에서 몸부림을 치고 있었다.

라벨의 기사단과는 이제 연락도 되지 않았다. 허리 부분을 지키고 있던 네이서스도 보이지 않았다. 그들이 전사하지는 않았을 테지만, 어쨌든 지금 상황은 매우 좋지 않았다.

가이사로의 첫 번째 공격은 허공을 찔렀을 뿐이었다. 그는 다시 공중에서 반원을 그리며 파스크란의 왼쪽 어깨를 향해 내리쳤다.

그러나 날카로운 파열음이 들리고, 가이사로는 말 위에서 중심을 잃고 잠시 비틀거려야 했다. 파스크란이 가이사로의 하야덴을 막아 냄과 동시에 반대편으로 하야덴을 뿌렸던 것이다. 힘과 속도 모든 면에서 가이사로는 파스크란의 상대가 되지 못했다.

"아."

가이사로의 시야가 잠시 흐려졌다. 그도 이나바뉴 옐리어스 나이트의 한 사람. 상대가 자신보다 강한 기사인가 약한 기사인가는 쉽게 알 수 있었다. 그는 단 두 번 하야덴을 교환한 후, 자신의 역량으로는 파스크란을 당해 내지 못할 것이라는 걸 직감했다. 아니, 하야덴을 부딪치기 전, 놀라울 정도의 위압감을 뿜어 내는 파스크란을 대면한 순간부터 그의 몸은 이미 그것을 알고 있었다.

'죽음이라……'

가이사로는 입가에 쓰디쓴 미소를 머금었다. 자신의 팔과 다리가 미세하게 떨리는 게 느껴졌다.

"멋진데. 몸뚱이가 먼저 죽음을 예감하다니 말이야."

가이사로는 하늘을 향해 한 번 냉소한 후, 하야덴을 내려 자신의 허벅지께를 길게 그었다. 순백색 옐리어스 나이트의 전투복 위로 붉은 피가 솟아 나왔다.

말 위에서 전투를 계속하는 것은 문제가 되지 않지만, 이제는 말에서 내린다고 하더라도 도망갈 수는 없게 되었다. 가이사로는 스스로를 절벽 끝으로 몰아 온몸에 엄습하는 파스크란에 대한 공포를 이겨 낼 각오를 한 것이다.

'죽는 것은 두렵지 않다. 그러나 내가 지휘하는 이 기사단은 지켜야 한다.'

가이사로는 허탈하게 웃었다. 독설적인 농담과 쾌활한 웃음으로 사타루스의 하늘에 모인 옐리어스 나이트 모두를 즐겁게 해주던 나이트 가이사로. 그도 이제 죽음의 신 케켄을 바로 앞에 대면하고 있었다.

그러나 파스크란은 차갑게 웃었다.

"스스로 절벽에 매달리겠다는 거냐."

파스크란 역시 그의 의도를 알 수 있었다. 가이사로는 빙긋 웃으며 하야덴을 들어 공격 자세를 취했다.

"내가 지상에서 하는 마지막 농담이다."

"가이사로 님!"

그때 등 뒤에서 자신을 부르는 목소리가 들렸다. 놀라서 돌아본 가이사로의 뒤에는 백발의 머리에 온통 붉은 피와 흙을 뒤집어쓴 네이서스가 말을 달려오고 있었다.

"나이트 네이서스?"

그의 얼굴을 보는 순간, 가이사로의 머릿속에는 섬광 같은 희망이 빛이 번쩍였다.

그는 즉시 큰 소리로 말했다.

"나이트 네이서스, 즉시 기사단을 이끌고 전장을 이탈해라!"

가이사로의 외침에 네이서스는 달려오던 말을 멈춰 세웠다.

"무슨 말씀이십니까?"

그도 알고 있으리라. 눈앞에 긴 하야덴을 들고 서 있는 기사가 바로 그 검은 갑옷의 기사라는 것을.

가이사로는 더욱 힘을 주어 말했다.

"어서 탈출해라. 파스크란이 퇴로를 막고 있는 이상, 모두가 탈출하는 것은 불가능하다!"

"기사단이 바스엘드를 버려 두고 어떻게 탈출한다는 말이십니까?"

네이서스는 왼손에 들고 있던 페가드를 바닥에 내팽개치고는 두 손으로 하야덴을 꽉 쥐었다.

"제가 파스크란과 대적하겠습니다. 그 사이 기사단을 이끌고 탈출하십시오."

파스크란 역시 몸은 하나이기 때문에 그가 누군가와 렉카아드를 하고 있다면 그가 기사단을 지휘해 이나바뷰 기사단의 퇴로를 가로막는 것은 불가능했다. 네이서스와 가이사로는 둘 모두 같은 생각을 한 것이다. 자신의 생명을 던져 기사단을 구하겠다는 생각. 기사단을 지휘하는 기사가 할 수 있는 최후의 결정이었다.

"어서 가라! 나는 감상에 빠져 있는 게 아니다. 내가 버틴다면 네가 버티는 것보다는 훨씬 오래 시간을 끌 수 있다. 그렇다면 한 사람이라도 더 많은 기사를 구할 수 있어! 난 그것을 바라는 거다, 나이트 네이서스."

"그러나……."

그렇지 않다면 페가드를 왜 버렸겠는가. 네이서스 역시 죽음을 각오한 것은 마찬가지였다. 그가 아직도 망설이는 듯하자 가이사로는 엄중한 목소리로 말했다.

"이 순간부터 이나바뉴 기사단 로젠다로 1차 원정대 바스엘드의 권한으로 이나바뉴 바스크 178 나이트 네이서스에게 원정 대장 직위를 위임한다. 한 사람이라도 더 죽인다면 그건 네 잘못이다, 나이트 네이서스."

가이사로의 말에는 분노까지 섞여 있었다. 네이서스는 잠시 흐려진 눈으로 그를 바라보았다. 이제 겨우 서른 살을 넘긴 젊은 엘리어스 나이트. 겨우 자신의 아들 또래 정도밖에 되지 않는 그가 발산하는 비장한 기운을 네이서스는 거역할 수가 없었다.

"… 가이사로 님의 말씀을 반드시 라벨 님께 전하겠습니다."

"어서 떠나라!"

가이사로의 외침에 네이서스는 말을 반전하며 하야덴을 공중에서 돌려 원을 그렸다.

"전장을 이탈한다! 이나바뉴 기사단은 정면을 돌파하라! 휴리어벨 돌격 준비!"

네이서스의 독전이 효과가 있었는지 이나바뉴 기사단에서는 일제히 함성이 올랐다. 그들은 아직 그들의 바스엘드가 어떻게 그들의 생명을 구하는지 알지 못했다.

네이서스는 콧등이 시큰해지는 것을 느꼈다.

"네 생각대로 이나바뉴 기사단은 전멸하지는 않을 것이다. 이제 한바탕 싸워 볼 차례다, 나이트 파스크란."

파스크란은 묵묵히 가이사로와 네이서스의 대화를 지켜보다가 조용히 하야덴을 들었다.

"옐리어스 나이트는 모두 몇 명이지?"

"뭐라고?"

엉뚱한 질문에 가이사로는 되물을 수밖에 없었다. 하늘이 어두워지고 있었다. 해가 서편 라르그 산맥 밑으로 가라앉았고, 비가 내릴 듯이 구름이 몰려들어 전장은 어둠 속으로 침몰하고 있었다.

"옐리어스 나이트가 지금 모두 몇 명이냐고 물었다."

"내가 아직도 옐리어스 나이트라면, 이제 열여섯 명이다."

"열여섯 명이라……."

파스크란은 짧게 한숨을 내쉬었다. 가이사로는 온몸의 신경을 그에게 집중하고 있었기 때문에 파스크란의 한숨 소리까지 들을 수 있었다.

"나이트 레이피엘은 바보 같은 선택을 한 셈이군. 이런 기사 열여섯 명을 어떻게 쓰러뜨리겠다는 말인가."

파스크란은 작은 목소리로 중얼거렸다. 잠시 하늘을 바라보던 파스크란은 무슨 결심을 했는지 하야덴을 바로 세우며 가이사로를 향했다.

다시 한 번 무거운 산이 짓누르는 듯한 위압감이 가이사로를 엄습했다. 숨이 막힐 지경이었다.

파스크란의 모습은 절망적이기까지 했다.

"존경스럽다, 나이트 가이사로. 네 목숨으로 지킨 너의 기사단을 오늘은 보내 주기로 하겠다."

파스크란의 하야덴이 가이사로를 엄습했다. 마치 검은 안개가 그를 온통 휘몰아치는 것 같다는 생각이 들었다.

'하야덴을 들었는가, 들지 않았는가.'

가이사로는 순간 자신의 몸이 공중으로 떠오르는 것을 느꼈다.

'이것으로 이나바뉴 기사단은 전멸의 위기는 모면한 것인가.'

자신의 하야덴이 어디에 있는지, 싸워야 할 상대인 파스크란이 어디에 있는지도 보이지 않았다. 눈앞에 펼쳐지는 것은 온통 새빨간 핏 무더기와 열린 탈출로를 향해 달리는 이나바뉴 기사단.

어둠에 덮인 체렌 평원, 구름 속에 잠시 반짝이는 별빛들… 가장 존경했던 옐리어스 나이트 쥬, 항상 경망스럽다며 핀잔을 주던 나이트 하이파나, 자신의 실없는 농담에 항상 밝게 웃어 주던 나이트 라벨, 열린 천장에서 밝은 태양빛이 쏟아지던 사타루스의 하늘, 퓨론사즈를 비추는 그리운 셀큐러스 강, 그리고……

순식간에 가이사로에게 그리운 모습들이 주마등처럼 스쳐

지나갔다. 그리고 잠시 후, 둘로 나뉘어진 가이사로의 몸은 자신이 평생을 타고 전장을 달렸던 말등 위로 무너져 내렸다. 절단된 목에서 피가 거품처럼 뿜어져 나오기 시작했다.

파스크란은 그 모습을 잠시 내려다보고는 천천히 말을 돌렸다. 그의 표정에는 기쁨이라고는 찾아볼 수가 없었다. 렉카아드의 승리에 대한 기쁨이나 승전에의 쾌감보다는 무엇인지 모를 서늘한 감정이 파스크란의 마음속을 채우고 있었다.

"반전! 이탈하여 라즈파샤 님의 기사단과 합세한다!"

나이트 파스크란의 하야덴이 공중을 향했다. 전투는 끝나가고 있었다.

많은 피해를 입었지만 그나마 적잖은 기사단을 수습해 이나바뉴 기사단은 전장에서 빠져나왔고, 로젠다로 기사단은 7천 기의 병력으로 1만 기의 상대를 패퇴시켰다는 기쁨에 들떠 있었다.

　라벨이 기사단을 이끌고 전장을 탈출한 후, 기사단의 전진
을 멈춘 것은 거의 밤이 다 되어서였다.

　주위가 어두워 정확하게 위치를 파악할 수는 없었지만 짐작
하건대 그곳은 대강 체렌 평원의 북쪽, 하라데스 평원으로 통
하는 길목 정도인 것 같았다. 다시 국경까지 후퇴한 셈이었다.
라벨은 일단 그곳에서 기사단에게 야영 명령을 내리고 식사를
준비시켰다.

　이나바뉴 기사단의 사기는 눈에 띄게 떨어져 있었다.

　라벨이 다른 기사단의 접근 소식을 접한 것은 식사를 마치
고 부상병 막사를 둘러본 다음 루델과 근위기사들을 불러 그
날 있었던 전투의 패인을 분석하고 있을 때 즈음이었다.

　"뭐라고!"

　이나바뉴 바스크 351 나이트 루델은 보고를 듣자 즉시 자리
에서 일어났다. 그는 놀란 눈으로 라벨을 바라보았다. 그러나
라벨은 오히려 그런 루델을 빤히 바라보고 있었다.

　"라벨 님, 어서 명령을……."

　간신히 휴식 상태에 들어간 이나바뉴 기사단이 다시 로젠다
로 기사단의 습격을 받는다면 이번에야말로 정말 전멸의 위기

에 이를지도 모르는 일이었다.

그러나 라벨은 무표정한 얼굴로 대답했다.

"나이트 루델, 아무리 로젠다로 기사단이라고 해도 격전을 치른 직후 체렌 평원을 달려 이곳까지 추격해 왔을 리는 없어. 그리고 설사 왔다고 하더라도 이렇게 지친 상태에서 바로 전투를 시작하겠다는 무모한 생각은 하지 않을 거야."

가만히 생각해 보니 라벨의 말이 이치에 맞는 것 같았다. 루델은 기사로서의 실력은 뛰어났지만, 아직 경험이 부족한데다 패전에의 충격으로 기사단의 접근 소식에 민감하게 반응했던 것이다.

"아마도 가이사로 님과 네이서스의 기사단일 거야. 다행이 군. 오늘을 넘기지 않고 합류하게 되어서 말이야."

라벨은 짧게 한숨을 내쉬었다.

그날 오후부터 저녁에 걸쳐 있었던 전투에서, 가이사로가 맡은 전방과 라벨이 맡은 후미는 퀴트린에 의해 ―그것은 라벨의 추측이었지만― 분단되어 독립적으로 전장을 이탈해야 했다. 라벨은 탈출과 동시에 즉시 체렌 평원을 우회하여 북쪽으로 말을 달린 다음, 추격에서 충분히 벗어날 거리에 이르러 야영할 막사를 차렸다.

아마도 네이서스라면 자신이 사전에 약속하지 않았더라도 이쯤에서 기사단을 멈출 것이라는 걸 예상했을 거란 생각에서 였다.

"너무 긴장한 것 같군, 나이트 루델."

루델이 다시 자리에 앉자 라벨은 다독거리는 듯한 말투로 루델에게 말했다.

　"그런 것 같습니다."

　루델은 쓴웃음을 지었다. 이미 작위를 가진 한 명의 기사가 되어 그 자신도 기사단을 이끄는 바스엘드였지만, 아직도 그는 라벨에 대한 절대적 신뢰와 존경의 마음을 잃지 않고 있었다. 라벨의 위로하는 듯한 말에 루델은 마음이 놓였다.

　'라벨 님도 힘드셨을 텐데. 그분을 위로하는 못할망정 오히려 위로를 받다니… 루델, 넌 아직도 기사가 되려면 한참 먼 모양이구나.'

　루델은 다시 고개를 숙였다. 그때, 다른 연락병이 막사 안으로 들어왔다.

　"확인된 바로는, 이나바뷰 기사단인 것 같습니다."

　"역시."

　루델은 그 연락병의 말을 듣고 고개를 끄덕였다. 그런데, 이번에는 라벨이 벌떡 일어났다.

　"그런데?"

　라벨의 목소리가 떨리는 것 같아 루델이 깜짝 놀라 바라보니, 놀랍게도 침통한 표정을 짓고 있는 연락병의 눈에서 뜨거운 눈물이 흐르고 있었다.

　"그런데 뭐냐? 어서 말을 해라!"

　라벨이 급한 목소리로 외쳤다. 루델은 그 순간에도 무슨 일이 일인지 눈치채지 못하고 있었다. 왜 항상 침착한 라벨이 이렇게 흥분하는지, 저 연락병은 왜 비통한 눈물을 흘리고 있는지.

연락병이 눈물을 삼키며 입을 열었다.

"… 전방에, 검은색 깃발[1]이 걸려 있습니다."

라벨은 털썩 자리에 주저앉았다. 그제야 루델이 벌떡 일어났다.

"검은색! 잘못 확인한 것은 아니냐!"

"아닙니다. 저도 믿지 못해 다시 확인했습니다만. 역시 검은……."

연락병은 더는 말을 잇지 못하고 목이 메어 버렸다. 루델은 망연자실한 표정으로 서 있었고, 라벨 또한 비통한 표정으로 말을 잊고 있었다.

"수고했다."

네이서스의 보고가 끝나자, 라벨은 담담한 말투로 말했다.

"그리고, 이곳까지 훌륭히 기사단을 탈출시켜 주었다, 나이트 네이서스, 이제 가서 쉬어라."

"예."

네이서스는 꿇고 있던 무릎을 펴고 똑바로 섰다. 피와 땀으로 얼룩져 만신창이가 된 갑옷만 보더라도 그가 기사단을 이탈시키느라 얼마나 힘들었는지 충분히 짐작할 수 있었다. 네이서스가 짧게 덧붙였다.

"내일 아침 회의에서 말씀드리겠지만, 무리한 움직임은 좋지 않을 듯싶습니다. 역시 슈펜다르켄 님의 2차 원정대와 합류할 때까지 기다려야 할 것 같습니다."

"물론이다."

라벨도 짧게 대답했다. 네이서스는 고개를 몇 번 끄덕이고는 깊숙이 예를 취하고 돌아섰다.

'… 많이 성장하신 것 같다. 지난번 포프슨 전투에서 이바이크 님이 전사하셨을 때에는 통곡하다 혼절까지 하셨던 분이.'

네이서스 역시 침통한 심정이었으나 라벨이 비교적 이성적으로 행동하는 것 같아 약간은 안심이 되었다. 가이사로가 전사한 지금, 일단 1차 원정대 최고 서열의 기사는 바로 바스크 104의 나이트 라벨이었기 때문이다.

네이서스가 막사를 나서자, 막사 안에는 다시 라벨과 루델만이 남았다. 잠시 침묵이 흐른 뒤에, 라벨이 조용한 목소리로 말했다.

"너도 가서 쉬도록 해라, 나이트 루델."

루델은 고개를 숙인 라벨을 보고는 역시 낮은 목소리로 대답했다.

"예."

루델이 예를 취한 후 막사를 나가려 할 때, 등 뒤에서 라벨의 목소리가 들렸다.

"루델."

"예."

1) 검은색 깃발: 검은색 깃발은 기사단 바스엘드의 전사를 의미한다.

루델이 돌아보자, 라벨은 자리에 앉은 채 여전히 고개를 푹 숙이고 있었다.

"나도 이제 감상은 버리겠다."

루델은 그의 가장 존경하는 기사의 모습을 바라보며 다음 말을 기다렸다. 라벨의 목소리는 잠겨 들어가고 있었다.

"이제야 깨달았다. 내가 가장 존경했던 나이트 레이피엘이 로젠다로 기사단에 있다고 하더라도,"

라벨은 목이 메는지 잠시 말을 끊었다. 루델은 문득 라벨의 어깨가 소년처럼 떨리고 있다는 것을 느낄 수 있었다.

"… 나는 기필코 그를 벨 것이다."

라벨의 목소리에는 그의 슬픔만큼이나 깊은 진실이 담겨 있었다.

"그는 이제 내 추억 속에 살고 있는 사람이 아니라 적일 뿐이라는 걸… 가이사로 님이 깨닫게 해주셨다."

루델이 그대로 라벨을 바라보고 있을 때, 라벨의 숙인 고개 밑으로 눈물방울이 떨어지는 것이 보였다. 루델은 자리를 비켜 줘야겠다는 생각이 들었다.

'잘 생각하셨습니다, 라벨 님. 당신은 충분히 강한 모습을 보이고 계십니다.'

루델 그 자신도 통곡하고 싶은 마음을 간신히 억누르고 있는데, 어린 시절부터 사타루스의 하늘에서 하야덴을 같이 나누었던 라벨 님의 심정이야 어떠하시겠는가. 루델은 천천히 발을 떼어 막사 밖으로 향했다. 그때 다시 라벨의 목소리가 들렸다.

"내가 전장에서 나이트 레이피엘을 만나서도 그를 베지 못한다면,"

루델은 반쯤 막사 밖으로 나간 몸을 그대로 멈추어 라벨의 말에 귀를 기울였다. 루델의 눈은 새카만 밤하늘을 향하고 있었다.

"… 네가 나를 베라."

"… 물론입니다."

루델은 짧게 대답하고 막사를 나섰다. 그가 완전히 막사를 나서고 나서야 막사 안에서는 소리를 죽여 흐느끼는 소리가 들려 왔다. 얼마나 참으셨던 눈물일까. 루델은 괜스레 손등으로 눈을 비볐다.

'여리신 분. 저를 기사로 만들어 주신 분은 바로 당신이지만, 어쩌면 라벨 님은 기사에 가장 어울리지 않는 분일지도 모르겠습니다. 아직도 그렇게 여린 마음씨와 순수함을 간직하고 계시다니.'

루델은 발걸음을 옮겨 자신의 막사를 향했다. 체렌 평원의 밤은 그렇게 깊어 가고 있었다.

6

"… 가이사로 님?"

퀴트린이 눈을 크게 뜨고 되묻자 나이트 파스크란은 투구를 얼굴에서 벗어 내려놓으며 간단하게 대답했다.

"그래. 옐리어스 나이트였고, 멋진 최후였다. 그는 자신의 기사단을 위해 스스로를 희생한 거야. 그렇지 않았다면 이나 바뉴 기사단은 전멸하고야 말았겠지."

퀴트린은 천천히 고개를 끄덕였다.

잠시 그의 얼굴을 살피던 파스크란은 입가에 의미 있는 미소를 떠올렸다. 동료였던 옐리어스 나이트의 죽음에 퀴트린이 담담할 수는 없을 것이라는 생각에서였다.

밖에서는 승리를 자축하는 함성과 기사들의 웃음소리가 들려 왔다. 승전 뒤의 식사는 항상 넉넉한 법. 내일의 전투는 어찌 되었든 오늘의 승리를 축하하는 것은 당연한 일이었다.

"두 가지 모두를 가질 수는 없다, 나이트 레이피엘."

파스크란은 조용한 목소리로 말했다.

퀴트린은 말이 없었다. 그는 의자에 앉은 채 가만히 손에 든 나무 조각을 만지작거리고 있었다. 악기인가? 파스크란 역시 하야덴 외에 다른 것에는 관심을 둔 적이 없는 천성적인 기사였기 때문에 퀴트린이 가지고 있는 것이 무엇인지 알 수 없었다. 그가 아는 것은 그 물건이 퀴트린을 떠나 보내며 카발리에로에게 주었던 아아젠의 선물이라는 것뿐이었다.

"네게 가장 소중한 것이 무엇인지는 알고 있겠지?"

퀴트린은 비로소 입가에 엷은 미소를 지었다.

"난 그분을 위해 세상을 버릴 각오도 되어 있네, 나이트 파스크란."

파스크란은 그제야 만족했다는 듯이 웃음을 지었다.

"… 그래. 내가 감탄했던 것은 네 하야덴 솜씨가 아니라, 그날 밤 그녀 앞에 하야덴을 꽂을 수 있었던 용기 때문이었다는 걸 기억해 주길 바라네, 나이트 레이피엘."

퀴트린은 가볍게 웃으며 자리에서 일어났다.

"그렇다면 그분을 만나러 가지 않겠나, 내 좋은 친구여."

퀴트린이 그렇게 말하자 파스크란은 잠시 그의 얼굴을 바라보다 어깨를 으쓱했다.

"좋을 대로. 하긴 승전은 모두 축하하게 마련인데 우리만 이렇게 있는 것도 조금은 억울하다는 생각이 드는군."

파스크란이 시원하게 웃는 일은 참으로 드문 일이었다. 웃음이 그의 입가에 머물더라도 그것은 대부분 조소나 냉소에 가까운 웃음들뿐이었다.

퀴트린이 앞장서서 막사를 나서자 파스크란도 그의 뒤를 따랐다. 기사단을 따라온 아아젠의 처소는 후방에 있는 보급대에 있었다.

체렌 평원에서 벌어진 첫 번째 전투는, 로젠다로 기사대장 나이트 라즈파샤의 계략에 의해 안개 바다 속에서 세 방향을 기습적으로 포위 공격한 로젠다로의 대승으로 끝났다. 거기에 더해 퀴트린의 예상대로 후퇴를 시도하던 이나바뉴 기사단을 나이트 파스크란이 이끄는 기사단이 미리 잠복해 있다가 퇴로를 차단해 큰 타격을 주게 되었다.

이나바뉴 기사단은 패주하기는 했으나, 가이사로의 희생으로 지킨 퇴로 덕에 그나마 더 큰 전력 손실을 막을 수 있었다.

한편 그때 하라데스 평원에서는 7천여 기의 이나바뉴 기사단 2차 원정대가 체렌 평원을 향하고 있었고, 체렌 평원의 남쪽 메이데어 평원에서는 에우로페 나이트 일린스크가 이끄는 로젠다로 기사단의 증원군이 야영을 하고 있었다. 만약 두 기사단이 모두 본대와 합류하게 된다면 그 규모는 각각 이나바뉴 1만 5천 기와 로젠다로 1만 2천 기. 양국 최대 규모의 기사단이 체렌 평원에서 격돌하게 될 것이다.

로젠다로의 역사를 바꾼 체렌 평원의 핏빛 전쟁의 시가 시작되려 하고 있었다.

그의 무덤가에서

'사랑하는 케넬을 위하여, 나의 삶은 헛되지 않았다.'
그 묘비에는 그렇게 적혀 있었다.

이나바뉴의 크실 통합은 두 번째 시도에서 화려한 결실을 이루었다.

아펠르 력 667년, 기사대장의 직위에 오른 나이트 라벨은 크실 침공을 원로원에 건의한다. 원로원은 1만 5천 기 규모의 기사단 파견을 결정하고, 기사대장 나이트 라벨을 원정 대장으로 선발하여 이나바뉴 기사단을 크실로 진군시켰다. 나이트 멜더, 나이트 하이파나, 나이트 루델 등 최고의 기사들을 선발한 라벨은 첫 번째 전투인 하라데스 사막 전투를 승리로 이끌고 그 기세를 타 크실의 수도인 자엘라딘으로 진격한다.

그러나 양국 기사대장이 맞부딪친 자엘라딘 협곡 전투에서 크실 기사대장 나이트 퀄리엄의 지휘로 크실 기사단은 그 두 배가 넘는 이나바뉴 기사단을 상대해 대승을 거둔다. 이 전투에서 무려 3천 명의 이나바뉴 기사들이 자엘라딘 협곡 속으로 그 목숨을 떨구었다. 이나바뉴 기사단은 옐리어스 나이트 하이파나를 잃는 뼈아픈 패배를 경험하고 퓨론사즈로 회군해야만 했다. 자엘라딘 협곡의 전투, 그것은 이나바뉴가 겪은 가장 큰 패전 중 하나로 기록되었다.

기사대장 나이트 라벨은 다시 한 번 크실 통합 전쟁을 계획하지만, 674년 48세의 나이로 세상을 떠남으로 해서 그의 꿈은 실현되지 않았다.

아버지에 이어 기사대장에 오른 게르드 라벨은, 688년 아버지의 꿈을 이루기 위해 제2차 크실 통합 전쟁을 시도한다.

기동성을 위해 1만 5천 기의 기사단 중 무려 7천 기를 레페리온으로 편제했었던 아버지와는 달리, 게르드 라벨은 8천 기의 휴리어벨과 2천 기의 레페리온으로 기사단을 구성한다. 이나바뉴의 기름진 평야를 달리던 레페리온이 크실의 험난한 산악 지형 앞에서는 힘을 쓰지 못한다고 판단한 것이다. 나아가 그는 이 전투를 대비해 우수한 말을 교배시켜 산악지형에 걸맞은 지구력이 강한 젠다라는 새로운 종의 말을 만들어 내었다.

레페리온보다 휴리어벨로 기사단을 구성한 그의 결정은 옳았고, 첫 번째 통합 전쟁과 마찬가지로 자엘라딘 협곡 전투에서 큰 손실을 입었음에도 불구하고 이나바뉴 기사단은 자엘라딘을 함락시키는 데 성공한다. 나이트 라벨의 용병술, 역시 아버지의 뒤를 이어 옐리어스 나이트가 된 쥬 하이파나의 지혜, 당시 최고의 하야덴이라고 불렸던 나이트 렉페르드의 용맹이 일궈 낸 쾌거라고 역사는 기록하였다.

크실에 3천 기의 기사단을 주둔시킨 나이트 라벨은 이듬해 퓨론사즈로 개선하였고, 이나바뉴 행정부는 통합된 크실을 관리하기 위한 여러 제도적 장치 마련에 고심한다. 문화적으로 이나바뉴와는 여러 부분에서 다른 크실을 통합하기 위해서는 크실의 문화와 역사 연구가 선행돼야 했다.

이 이야기는 690년. 이나바뉴의 크실 융합 정책이 진행 중이던 그해 가을에 이나바뉴 왕영 지리 연구소에서 시작한다.

"이것이 지난번에 말씀드린 그 지도입니다."

이나바뉴 바스크 70 나이트 페르도는 머리칼을 쓸어올리며 말했다.

"아, 그렇습니까? 어서 보여 주십시오."

지리 연구소 안에 있던 모든 사람들의 시선이 그쪽으로 쏠렸다. 몇 명은 황급히 페르도의 곁으로 다가오기도 했다. 지리학자라면 누구나 한번쯤 평생이 걸려서라도 그려 보고 싶어하는 대륙전도라는 엄청난 물건이 그들 앞에 펼쳐져 있었다.

"오, 이럴 수가."

"너무나… 너무나 대단합니다."

"굉장하군요… 평생을 꿈꿔 왔던 일인데. 이 엄청난 일을 실제로 해 낸 사람이 있다니 믿을 수가 없습니다."

지도를 바라본 학자들은 제각각 한 마디씩 탄성을 뱉어 냈다. 나이트 페르도는 다른 한 손에 가지고 있던 책들을 내려놓았다. 가죽 표지의 커다란 책이 한 권, 그리고 그보다 작은 검은 책이 한 권이었다.

"이 큰 책은 이 대륙전도의 부분 지도입니다. 저는 지도 작성에 대해 별로 아는 것이 없지만, 아마도 이 지도를 작성한 후 이 지도를 만든 사람은 이를 합쳐 간략한 전체 지도를 만들었던 것 같습니다. 이 지도에는 이나바뉴와 로젠다로가 수백 장에 걸쳐 분석되어 있습니다."

"정말 놀라울 따름입니다."

지리학자이자 역사가인 쇼온브루도 루블린 경은 가죽 표지의 지도책을 손으로 넘겨 보며 입을 다물지 못했다.

"이 지도를 그리신 분께 경의를 표합니다."

나이트 페르도는 잠시 눈을 반짝이며 탄성을 내지르는 학자들을 바라보다가 발걸음을 돌렸다.

"그럼 이만 가보겠습니다. 지난번에 말씀드린 대로 왜 크실에 그런 지도가 있었는지에 대해 알게 되면, 그 연구 결과를 알려 주셨으면 합니다."

"그렇게 하지요. 기사대장님을 직접 찾아 뵈면 되겠습니까?"

페르도는 고개를 끄덕여 보였다.

"예. 혹 기사대장님께서 바쁘실 경우에는 부관들께 맡기시면 됩니다. 그럼 여러 학자분들 수고 부탁드립니다."

"사타루스 신의 가호를."

신관 출신인 루블린은 손바닥을 펼쳐 가슴에 대며 신관의 예를 보였고, 페르도는 가볍게 기사의 예를 차린 다음 지리 연구소를 나섰다.

문이 닫힐 때까지 눈으로 배웅하던 루블린은 다시 눈을 책으로 떨구었다.

"자세히 설명 좀 해보십시오, 루블린 경. 그러니까 이게 크실에서 발견되었단 말입니까?"

루믈린은 여전히 눈을 책에서 떼지 않았다.

"예. 그렇다고 들었습니다. 자엘라딘에서 얼마 떨어지지 않은 도시에서 발견되었다는군요. 놀라운 일입니다. 이렇게 상세한 지도가 크실에 있었다니… 이런 지도가 크실 기사단의 손에 들어갔다면 아마 제3차 천신전쟁과 크실 통합 전쟁의 결과는 크게 달라졌을 것입니다."

"그렇겠지요……."

루믈린은 책을 내려놓고 다시 커다란 대륙 전도로 눈길을 돌렸다.

"하지만 알 수 없는 점이 많이 있습니다. 이 크실의 지도 제작자는 어떻게 해서 이 지도를 그리게 되었을까요? 물론 로젠 다로의 지도는 그릴 수 있었겠으나, 이나바뉴로 어떻게 들어왔는지 궁금하지 않을 수 없습니다. 그리고 이런 지도를 만들었음에도 어째서 크실 기사단에게는 이 지도를 넘기지 않았느냐 하는 것도 문제입니다."

루믈린의 차분한 말투에 다른 학자들은 모두 고개를 끄덕여 동의를 표시했다.

"마지막으로 가장 알 수 없는 점이 있습니다. 크실에 있었음에도, 왜 이 지도 제작자는 크실의 지도는 그리지 않았을까요?"

"그도 그렇군요. 더군다나 이 대륙 전도는 이나바뉴가 중심에 서 있습니다. 크실 부분은 오른쪽에 거의 새하얀 공백으로 남겨 있군요."

다른 학자가 말했다.

"이걸 보면 알 듯도 한데요? 그것은."

지리 연구소에서 가장 젊은 지리학자 라카이드 헤넬 경이었다.

"뭘 발견하신 거죠, 헤넬 경?"

루믈린이 헤넬을 쳐다보았을 때, 헤넬은 방금 루믈린이 내려놓은 커다란 지도책을 들고 있었다.

"이걸 좀 보십시오."

헤넬은 지도책의 한쪽을 펼친 채 책을 들어 보였다.

"이것은?"

"이게 어디입니까? 아, 이것은……."

헤넬은 천천히 지도책을 내렸다.

"맞습니다. 자엘라딘입니다."

"그곳에는 크실의 지도가 있군요."

헤넬은 어깨를 으쓱한 다음 그다음 장을 넘겼다.

"그다음 장에는 자엘라딘 협곡이 있습니다."

빽빽하고 복잡한 협곡의 조감도가 그다음 장에 그려져 있었다. 이 지도 한 장만 있었다면, 이미 667년에 이나바뉴 기사단은 자엘라딘을 점령했을지도 모르는 일이었다.

루믈린이 입을 열었다.

"그렇다면 이 지리학자는 크실의 지도도 그려 넣으려 한 것이었군요… 단지 크실의 지도는 완성되지 못했을 뿐이란 말이죠?"

헤넬이 빠르게 책장을 넘겨 보였다. 몇 장 되지 않는 크실의 지도는 곧 끝나고, 새하얀 백지가 나타났다.

"그런 것 같습니다. 그 증거로 이 책 뒷부분은 새하얀 종이로 채워져 있으니까요. 아마도 평생을 걸려서도 이 지도를 완성하지는 못한 모양입니다……."

헤넬이 씁쓸한 말투로 얘기하다 문득 무엇을 발견했는지 책을 반대쪽으로 돌려 보이며 말했다.

"사랑하는 케넬의 영광을 위해, 이 책 겉장에는 이렇게 쓰여있군요."

"귀족적인 이름이군요. 케넬이라. 그의 아들이거나… 뭐 그렇겠지요."

볼로데가 대답했다. 그때 그의 등 뒤에서 누군가의 목소리가 들렸다.

"미트라?"

"뭐라고 하셨습니까, 야니 경."

볼로데의 가장 친한 친구이자 또 한 명의 지리학자인 야니는 눈이 어두웠다. 그는 책 한 권을 거의 눈앞에 바짝 붙이고 읽어 내려가고 있었다. 나이트 페르도가 가지고 온 나머지 한 권의 책이었다.

"이 지도를 그리신 분의 이름이 미트라인 모양입니다."

"예?"

"이 책은 일기장인 모양이군요. 첫 번째 장에 미트라라고 쓰여 있습니다. 레인 미트라. 633년이라고요."

야니의 말에 볼로데는 눈을 반짝였다.

"633년이면 불과 57년밖에는 되지 않은 것이로군요."

"이분은 일기를 자주 쓰지는 않은 모양입니다. 이 일기장은 거의 다 채워졌지만 수십 년 동안 쓴 것이로군요. 어디 보자… 마지막 일기는 661년에 쓰여져 있습니다. 이 지도는 최근에 만들어진 것인가 봅니다."

볼로데는 야니에게 다가갔고, 야니는 말없이 볼로데에게 일기장을 건넸다.

"레인 미트라… 그런데 미트라라는 이름이 왠지 낯설지가 않군요. 크실에 혹시 그런 이름의 기사가 있었나요?"

"아, 지금 벨메르 파견대장을 맡고 있는 기사가 나이트 미트라 아니었습니까?"

문득 생각난 듯이 헤넬이 말했다.

"이나바뉴의 성이란 말씀입니까?"

볼로데가 되묻자 헤넬이 조심스럽게 대답했다.

"크실에 같은 성이 없다고는 장담 못하겠지만, 일단 그렇게 기억되는군요. 기사단 쪽에 한번 알아보도록 합시다. 나이트 미트라와 어떤 관계가 있을지도 모르니까 말입니다."

"말이 난 김에 지금 가보도록 합시다. 필요하면 이 지도가 발견된 장소에라도 가봐야 할 테고 말입니다."

볼로데가 좋은 생각이라며 책을 덮었다.

벨메르는 군사도시답게 커다란 파견대장의 관사를 성 내에 가지고 있었다. 그들이 나이트 미트라를 찾았을 때, 바스크 18 벨메르 파견대장 나이트 미트라는 정중한 태도로 그들을 맞았다.

근위기사에게 차를 부탁한 미트라는 그들을 응접실로 안내했다. 그 자리에는 볼로데와 헤넬, 야니, 그리고 세 명의 지리학자가 더 있었다.

"어제 전언은 받았습니다. 그런데 크실과 저희 집안이 어떤 관계가 있을지는 잘 모르겠군요."

몇 마디 인사말이 오간 후, 나이트 미트라는 웃음을 지으며 말했다. 덥수룩한 구레나룻을 기른 그는, 사십대 후반 정도로 보임에도 상당히 정력적이었다. 그가 한 번 웃을 때마다 웃음소리는 넓은 파견대장 관사의 응접실 안을 울리고 있었다.

"그렇습니까?"

"이미 아시고 계실지도 모르지만, 미트라 가는 기사가문입니다. 저희 가문에서 지리학자가 나온 적은 없습니다."

볼로데는 작게 한숨을 내쉬었다.

"잘못 생각했던 모양이군요."

"… 혹시 케넬이라는 이름은 모르고 계십니까?"

문득 야니가 입을 열었다. 미트라는 조금 놀란 눈으로 야니를 돌아보았다.

"케넬? 케넬 미트라 말씀입니까?"

"성이 미트라인지는 모르겠습니다만… 알고 계십니까?"

나이트 미트라는 고개를 갸웃했다.

"예. 케넬 미트라, 저희 아버님의 성함입니다."

"아?"

"기사가 되지는 못하셨습니다만, 저는 아버지께 하야덴을 배웠습니다."

"아버님은, 지금 어디 계십니까?"

"8년 전에 돌아가셨습니다."

미트라가 대답했다. 학자들은 서로 얼굴을 마주볼 수밖에 없었다. 잠시 침묵이 흐른 다음, 헤넬이 천천히 말했다.

"그렇다면 이 일기장은 중요한 것이겠군요. 우선 이걸 훑어 보는 것이 좋겠습니다."

"그렇게 하기로 합시다."

볼로데는 고개를 끄덕이며 말하자 헤넬이 목소리를 가다듬은 다음, 첫 장을 조용한 목소리로 읽어 내려가기 시작했다.

"633년 세 번째 달, 열여섯 번째 날."

일기는 이렇게 시작하고 있었다.

"케넬?"

"형. 뭘 하고 있었어?"

레이안은 동생이 언덕을 천천히 걸어 올라오는 것을 보고 있었다.

"응, 아무것도."

"아무것도라니… 괜찮은 거야?"

케넬은 조심스럽게 형의 얼굴 표정을 살폈다. 레이안은 바람이 불어오는 헤라인드 성 앞의 언덕에 앉아 있었다. 그렇게 형을 내려다보던 케넬은 천천히 레이안의 곁에 앉으며 작은 목소리로 말했다.

"올라올 때엔 내게 이야기해, 형. 내가 도와줄게. 혼자 올라오면 힘든 건 둘째치고라도, 내려갈 때 위험하다구."

케넬은 형의 왼쪽 다리를 힐끗 훔쳐보았다. 레이안의 왼쪽 다리, 그것은 나무로 만들어진 의족이었다.

그것은 정말 예기치 못했던 사고였다. 그날, 레이안이 케넬에게 찌르기만 가르치지 않았더라도 그런 일은 없었을 것이다. 아니, 그날 케넬이 찌르기 연습을 할 때 레이안의 발 뒤로 작은 템넬[1]만 지나가지 않았더라도 그런 일은 없었을 것이다.

"또 미안해하는 거니? 벌써 몇 번이나 이야기했잖아, 케넬. 그건 네 잘못이 아니었어."

"미안해, 형."

아니, 그날 진짜 페치를 이용해 연습을 하지만 않았더라도 레이안의 다리는 지금도 그의 무릎에 붙어 있을 것이다. 케넬은 고개를 숙였고, 그와 반대로 레이안은 고개를 들어 한껏 얼굴에 바람을 맞았다.

"차라리 홀가분해. 이제 그 무거운 기사의 짐을 덜게 되었

---

1) 템넬: 갈색 털로 덮인 작은 동물. 산이나 언덕에 살며 나무 열매를 먹는다. 사람을 잘 따라서 애완 동물로 기르기도 한다.

으니까 말이야… 보이니, 케넬?"

케넬은 형의 손가락이 가리키는 대로 시선을 남쪽 평야로 돌렸다.

"저 끝에 반짝이는 것이 필로폰 강의 두 갈래 상류 중 하나야. 그리고 그 건너엔 하라데스 평원이 있겠지."

"하라데스 평원……."

문득 레이안이 케넬을 돌아보았다.

"궁금하지 않니? 그렇다면 저 하라데스 평야 뒤로는 또 뭐가 있을까."

"… 하라데스 사막. 그리고 크실의 땅이 나오겠지."

레이안은 엷게 미소 지었다.

"어린 시절 원했던 대로 지도를 그릴 거야. 네가 나 대신 기사가 되렴, 케넬."

"형."

레이안이 휙 동생을 돌아보았다.

"약속해 줄 수 있겠지?"

"약속해."

"그럼 됐다, 케넬."

레이안은 손을 뒤로 뻗어 편한 자세로 언덕 위에 드러누웠다.

"어쩌면 난 다리 하나와 자유를 바꿨는지도 몰라. 꼭 기사가 되는 것만이 인생에서 승리하고 성공하는 것은 아니잖아."

"그래. 세상엔 여러 가지 사는 방법이 있겠지."

'하지만 형한테 어울리는 건… 그건 기사가 아니었어?'

레이안이 큰 소리로 웃었다.

"내려가자, 케넬. 형을 좀 부축해 주겠니? 아직 의족이 익숙하지 않아서 말이야."

석양이 라르그 산맥 뒤로 함몰하고 있었다.

"… 그래서 레이안 미트라는 페레다스 산맥을 넘어 크실로 잠입했습니다. 한쪽 다리가 의족이었다는 것을 감안하면 정말 필사적인 노력이었다고 상상할 수 있겠죠… 페레다스 산맥이 얼마나 험준한가 하는 것은 페르도 님도 잘 알고 계시리라 생각합니다. 어쨌든 이때가 아마도 664년 혹은 665년 정도였다고 추측됩니다."

"이 지도를 그린 사람은 크실의 학자가 아니라 이나바뉴의 학자였다는 말이로군요."

"그렇군요."

루믈린 경의 설명에 나이트 페르도는 고개를 끄덕였다. 그들은 크실의 수도였던 자엘라딘 성에서 얼마 떨어지지 않은 크실의 공동 묘지에 서 있었다.

"용감한 분입니다. 완성시키지 못한 부분을 그리기 위해 직접 크실로 들어가다시니……."

루믈린은 너털웃음을 지었다.

"그러나 결국 미트라의 노력에도 지도의 동쪽 크실 부분은 백지로 남고 말았습니다. 저희의 생각이고 또한 이 일기장을 토대로 분석을 해 본 결과 그는 이곳에서 병사한 것 같습니다. 크실의 풍토병이었던 모양입니다."

"이것이 그의 무덤입니까?"

"아마도."

루믈린은 조용한 목소리로 대답했다. 페르도는 고개를 갸웃하고는 루믈린을 돌아보았다.

"비석은 누가 세웠을까요?"

루믈린은 어깨를 으쓱해 보였다.

"크실에서 만난 사람이겠죠… 일기장에 레이안 미트라는 그저 이렇게만 적고 있습니다. '그에게 내가 죽으면 이런 비석을 세워 달라고 부탁했다.'라고요."

모두 입을 다물었다. 조용한 가을 햇살이 공동묘지를 비추고 있었다.

"어쩌면, 미트라가 이렇게까지 필사적으로 지도를 그린 것은 자신만을 위한 일이 아니었을지도 모릅니다."

"그렇다면?"

루믈린리 쓸쓸한 미소를 띠고 말했다.

"저는 그런 생각이 드는군요. 동생의 죄책감을 덜어 주고 싶어했던 것이 아닐까 하구요. 실제로 미트라는 일기에 한 번도 이 일이 즐겁다고 쓰지 않았습니다."

페르도는 고개를 끄덕였다.

"돌아갑시다. 답사까지 끝냈으니 저는 기사대장님께 보고 준비를 해야겠습니다. 수고 많이 하셨습니다, 루믈린 경."

"함께 와주셔서 고맙습니다."

루믈린은 빙긋 웃었다. 가을 햇살 속을 걸어서 그들은 묘지를 빠져나가기 시작했다.

루믈린은 고개를 돌려 마지막으로 묘지 안에 있는 위대한 지리학자의 묘비를 바라보았다. 앞으로는 이나바뉴의 모든 지리학자에게 추앙받는 이름이 되겠지만, 크실의 하늘 아래에 자리 잡은 그의 묘비는 왠지 초라하게 보였다.

'사랑하는 케넬을 위하여, 나의 삶은 헛되지 않았다.'

그 묘비에는 그렇게 적혀 있었다.

15

체렌평원-핏빛 절망의 시 Ⅱ

 루우젤의 발전과 붕괴. 2백 년에 가까운 이나바뉴의 통치시절. 그리고 루우젤 독립전쟁까지.

필자는 많은 부분에서 지금까지 루우젤을 평가해왔던 많은 역사들의 관점과 그 의견을 달리한다. 루우젤의 역사는 수백 년 동안 로젠다로의 역사만큼이나 중요하게 다루어졌음에도 그 가치를 제대로 평가받고 있지는 않다. 루우젤은 로냐프강이라는 지형적인 특성 때문에 사실상 이나바뉴와는 또 다른 역사를 가지고 있었다. 로냐프강과 인접한 벤도루우젤 평야는 풍족한 식량을 공급해 줄 수 있었다. 케이프녠에서 생산되는 자하이드는 쥬렌다스의 그것과 비교할 수 없을 정도로 양과 질에서 뛰어난 것이었다. 게다가 예법보다는 능력을 숭상하는 국민성 때문에 그들은 열살 밖에 먹지 않은 평민 소년들도 페치를 잡는 것을 아무렇지도 않게 생각했다고 하니, 그들의 잠재력이 만들어낸 것은 기적이 아니라 숙명이었다고 필자는 말하고 싶은 것이다.

그리고 이렇게 생각해 보자. 이나바뉴 기사단은 네프슈네 나이트와 나이트 엘리미언을 어째서 막아내지 못했는가? 다섯 배나 많은 이나바뉴 기사단을 패퇴시킨 헤라인드성 앞의 전투를 생각해 보면, 가히 나이트 엘리미언의 무용은 6백 년대 혼란기의 크실 기사대장 나이트 파스크란에 비견될 수 있을 것이라고 필자는 확신한다.

　그렇다면 우리는 맨 처음에 필자가 제시한 명제를 만나게 되었다. 지금까지 왜 루우젤과 나이트 수우판, 나이트 엘리미언으로 대표되는 루우젤의 기사들은 그들의 역량과 어울리지 않는 평가를 받아 왔는가? 이러한 의문에 대해 필자는 이렇게 대답하곤 한다. 이제 이나바뉴와 루우젤은 대륙에서 둘밖에 없는 국가이다. 이나바뉴의 역사학자들은 이미 멸망하여 없어진 나라들에 대해서는 관용과 동정을 베풀 수 있었다. 그에 비해, 직접 국경을 맞댄 적국, 게다가 이나바뉴의 수도 퓨론사즈까지 농락했던 루우젤의 힘은 인정하고 싶지 않았기 때문이라고. 당당하게 두 배에 달하는 이나바뉴 기사단에 맞서 승리와 독립을 쟁취해낸 그들의 역량이, 지난 수백 년 동안 패배를 몰랐던 이나바뉴와 이나바뉴 기사단의 자존심에 심한 상처를 입혔기 때문이라고. 그래서 나는 감히 루우젤의 역사는 처음부터 다시 써야 한다고 말하는 것이다. 역사학자에게 국적은 필요가 없다.

이나바뉴의 역사학자 베이로도의 십이 기사 평전
제8장 나이트 엘리미언편에서 발췌
아뻴르 력 812년 발행

체렌평원-핏빛 절망의 시 Ⅱ

피로 얼룩진 채 전장을 분노의 물결로 휩쓸고 있는
로젠다로 기사의 모습은 다름 아닌 한 편의 대서사시였다.

"공격이라고?"

로젠다로 바스크 2 기사대장 나이트 라즈파샤는 연락병의
말을 믿지 못하겠다는 듯이 얼굴을 찌푸리며 말했다. 그러나
연락병의 차림을 한 휴리안의 보고는 다급했다.

"전속력으로 아군 진영 쪽으로 돌격해 들어오고 있습니다.
이미 경계를 맡으셨던 라시드 님이 기사단을 이끌고 전위에
서셨습니다."

라즈파샤는 잠시 무엇인가 생각하는 표정을 짓다가 자리에
서 일어났다.

그날 있었던 전투는 성공적이었다. 로젠다로 기사단은 파스
크란의 전술을 수용하여, 안개 속에서 전진하는 이나바뉴 기

사단을 삼면에서 포위할 수 있었다. 이나바뉴 기사단의 규모는 무려 1만 기. 그런 엄청난 규모의 기사단이었기에 명령 체계는 더욱 중요할 수밖에 없었고, 바세론들의 능력을 십분 활용하기 위해 그들은 대오의 간격을 넓히지 않을 것이라는 파스크란의 예측이 맞아떨어진 것이다.

그의 작전대로 로젠다로 기사단은 적은 숫자의 기사단으로 그들에게 충분한 타격을 입혔고, 혼전이 벌어지는 틈을 타 파스크란의 주력 레페리온은 이나바뉴 기사단의 후미로 돌아가 그들의 퇴로를 차단하는 데 성공했다. 바스엘드를 잃은 이나바뉴 기사단은 국경을 향해 북쪽으로 후퇴해 갔다. 그런데 채 하루도 지나지 않아 이나바뉴 기사단이 반격해 오고 있다는 보고가 들어온 것이다.

'무슨 생각을 하는 거냐.'

라즈파샤는 자신의 귀를 의심하고 있었다.

바스엘드도 잃은 기사단이라면, 지금쯤 승세를 탄 로젠다로 기사단이 야습을 감행해 오지 않을까 걱정하며 적당한 곳에 진영을 만들고 수세를 굳히고 있어야 할 터였다.

"어서 지시를 내려 주십시오, 바스엘드님."

휴리안의 등 뒤에 서 있던 라즈파샤의 근위기사가 말했다. 긴 흑발에 꼭 다문 입을 가진 라인이었다.

"오늘 경계는 자네가 서고 있었나, 라인?"

"그렇습니다."

라즈파샤는 천천히 자리에서 일어났다.

"근위기사단을 우선적으로 소집해라. 지휘는 라인, 자네와 라미스에게 맡긴다. 근위기사단은 언제 어느 방향에서 이나바뉴 기사단이 협공해 오더라도 방어를 굳힐 수 있도록 무장 상태로 중앙에 대기한다. 나는 중앙기사단을 이끌고 전위에 서겠다."

"알겠습니다."

"… 아니, 잠깐만."

라즈파샤는 다시 무엇인가 생각하는 표정을 지었다.

"이런 상황에선 내가 적합하지 않을지도 모르겠군."

"예?"

라인이 되물었지만, 라즈파샤는 혼잣말이었다는 듯이 손을 저었다.

상대의 작전을 간파하지 못할 때에는, 우선 힘으로 그들을 압도하라. 그들의 작전이 시작되기 전에 그들의 승기를 꺾을 수 있다면, 이미 상대의 작전을 절반 이상 간파한 것이나 다름이 없다. 라즈파샤는 전술서의 신봉자는 아니었으나, 그 순간만큼은 오래전에 읽었던 전술서의 지시를 따르기로 했다.

"근위기사단에 대기 명령을 내린 후, 나이트 라시드가 전위를 맡고 있는 사이 나이트 파스크란에게 출진 명령을 하달해라. 나이트 네라이젤은 즉시 이리로 오라고 하도록."

"나이트… 파스크란 말입니까?"

라인이 눈을 동그랗게 뜨자 라즈파샤는 제법 여유 있는 미소를 지어 보였다.

"힘으로 누르는 것이다. 그들이 무슨 수를 쓰기 전에. 그들에게는 나이트 네이서스라는 지혜로운 자가 있다."

"예, 잘 알겠습니다."

라인은 명을 받고 즉시 밖으로 뛰어나갔다.

그날 밤 체렌 평원에는 비가 내리고 있었다. 라즈파샤는 근위기사를 위해 억지로 지어 보였던 웃음을 감추고, 침상 옆에 놓아두었던 하야덴을 가만히 한 손에 쥐어 보았다.

이 밤중에, 거기다 비까지 내리는 밤에 패퇴해 사기가 현저히 떨어졌어야 마땅한 이나바뉴 기사단이 무슨 생각으로 돌격해 들어오는 것인가. 파스크란으로 그들을 막는다는 것은 임시방편일 뿐, 사실 라즈파샤는 아무것도 이해하지 못하고 있었다.

"비가 좀처럼 그칠 것 같지 않습니다!"

나이트 루델의 외침에 나이트 라벨은 말을 달리며 싱긋 웃음을 지어 보였다. 그들은 오랜만에 말 머리를 나란히 하고 상대의 진영을 향해 기사단을 몰아가고 있었다.

"하늘도 우리 편인 것 같군. 이럴 땐 사타루스 신께 감사를 드려야지."

라벨의 말에 루델은 짐짓 하늘을 우러르며 감사의 뜻을 전하는 시늉을 해보였다. 라벨이 웃음을 터뜨렸다.

이나바뉴 기사단은 지친 몸을 이끌고 다시 체렌 평원의 한가운데에 진을 치고 있던 로젠다로 기사단을 향해 돌진해 들어가고 있었다. 이제 양쪽 기사단이 정면으로 격돌하기까지는 시간이 얼마 남지 않았다.

비가 오고 있는데다 1천여 기의 기사단이 체렌 평원을 달리기 때문에 땅은 완전히 진흙탕이 되어 있었다. 만약 전투에 져서 퇴각이라도 하게 된다면 아마 굉장히 불리해질 것이라는 것은 라벨도 잘 알고 있었다.

"기억해라, 나이트 루델. 그저 적당히 싸우는 척만 할 뿐이라는 것을."

루델은 라벨을 바라보며 씩 웃어 보였다.

"물론입니다."

천천히 전방에 포진하고 있는 로젠다로 기사단이 보이기 시작했다. 라벨은 눈을 가늘게 뜨고 비가 만드는 장막 건너편에 진을 치고 있는 로젠다로 기사단의 포진 형태를 살펴보았다.

"공격?"

로젠다로 기사단은 돌출된 중앙 부분에 체샤스를 배치하고, 양 옆쪽으로 레페리온이 길게 늘어선 형태로 포진하고 있었다. 그들 역시 시간을 길게 끌 생각이 없는 것처럼 보였다.

"한번 부딪쳐 봐라, 이건가."

라벨은 빙긋 웃음을 지어 보였다. 그러나 로젠다로 기사단이 어떻게 나오던지 그들에게는 상관이 없었다. 라벨이 문득 루델을 돌아보았다.

"멋지지 않은가?"

"예, 그렇습니다. 하지만 저건 자부심이라기보다는……."

"배짱으로 보인다 이거로군."

루델도 웃음을 지어 보였다.

"그렇습니다."

'어쨌든 멋진 기사로군, 저 기사단의 바스엘드는.'

어떤 책략이 있을지는 모르지만, 부딪칠 테면 부딪쳐 보라는 듯한 패기 있는 포진에 라벨은 속으로 경외심을 느꼈다. 라벨은 미소를 날리며 말에 박차를 가했다.

"최소한의 노력으로 최대의 효과를! 뭐 이런 건가. 나이트 레이피엘의 전술은 결코 아닐 테고… 그렇다면 나이트 파스크란은 더욱 아니겠군. 지난번의 그 기사인 모양이야."

"나이트 라시드말입니까?"

라벨은 고개를 끄덕이며 말고삐를 당겨 전진 속도를 늦췄다. 그 모습을 보며 루델이 하야덴을 들어 일단 기사단의 돌격 속도를 줄였다.

"나이트 라시드, 경험은 부족할지 모르겠지만 역시 대단한 기사야."

라벨은 천천히 허리춤에 고정되어 있던 베락스를 꺼내 들었다. 그러면서도 그의 눈은 로젠다로 기사단을 찬찬히 훑어보고 있었다.

"좋아. 아직 정렬이 완전히 끝나지 않았어. 저쪽의 병력도 1천 기 정도뿐이다. 선공을 한다면 일단 승산은… 앗!"

라벨은 무엇인가 말을 하려다 말고 급히 하야덴을 들어올렸다. 라벨의 공격 명령. 베락스가 빛을 발하는 것을 신호로 이나바뉴 기사단은 공격의 함성을 울리기 시작했다.

"라벨 님?"

잠시 어리둥절한 표정으로 라벨을 돌아본 루델은, 바로 그 다음 순간에 라벨의 표정이 왜 굳었는지 알 수 있었다. 로젠다로 기사단에게도 공격 명령이 내려졌던 것이다.

"저런."

이나바뉴의 두 기사는 서로 얼굴을 마주보았다. 허탈한 웃음이 루델의 입에서 새어 나왔다.

"정말 패기만만한 기사입니다."

"그래."

라벨도 그의 말에 동의했다. 하지만 지금은 상대방 기사에게 감탄할 때가 아니었다. 이나바뉴와 로젠다로의 기사단 2천 기는 즉시 혼전에 들어갔다. 비가 내리고 있었고, 주위에는 한 치 앞도 내다보기 힘든 어둠이 내려 있었다.

'라벨 님의 가슴 속에도 이렇게 비가 내리고 있겠지.'

전장을 향해 돌격하며 루델은 곁눈으로 라벨을 힐끔 훔쳐보았다.

'나이트 레이피엘이라고 하셨나.'

비는 시간이 지날수록 더욱 세차게 내렸다. 이나바뉴 바스크 351 나이트 루델은 한 손에 리첼반을 힘있게 쥐고 페가드를 가슴에 밀착시킨 다음 전장을 향해 전속력으로 말을 달리기 시작했다.

나이트 라시드는 혼전 속에서 벌써 열 명도 넘는 이나바뉴의 기사들을 베었다. 진형을 갖춰 기사단을 운용할 정도의 경험이 없는 라시드였기 때문에, 그에게는 차라리 혼전이 나아 보였다. 게다가 비가 내리는 한밤중이라면 전술도 운용하기 힘들 터이니, 라시드로서는 더할 수 없이 좋은 기회였다.

그러나 거센 기세로 돌격해 오던 이나바뉴 기사단은 그 투지에 비해 공세가 의외로 치열하지 못했다.

'역시 지난번의 패전이 사기에 큰 영향을 준 모양이로군.'

경험이 부족한 라시드는 그저 그렇게 생각할 뿐이었다.

"반전!"

그리 멀지 않은 곳에서 이나바뉴 기사단의 바스엘드의 하야덴이 위로 높이 솟아올랐다. 언젠가 본 적이 있는, 은빛 문양이 달린 날렵하고 가벼워 보이는 하야덴이었다.

"나이트 라벨."

라시드는 날렵하게 생긴 그 하야덴을 보고 이나바뉴 기사단을 운용하는 바스엘드가 누구인지 금방 알아차릴 수 있었다.

'멀지 않은 거리에 있었는데 이렇게 쉽게 반전하다니?'

라시드의 수세가 그리 강력하지 않았고 비교적 팽팽한 접전을 하고 있었는데도 라벨은 쉽게 후퇴 명령을 내리는 것이었다. 더욱이 자신과 렉카아드를 시도한다면 실추된 이나바뉴 기사단의 사기를 단숨에 올릴 수 있을 텐데도.

'추격해야 하나.'

라시드는 문득 뒤를 돌아보았다. 멀지 않은 곳에 로젠다로 기사단의 진영이 있고, 휴식을 취하고 있던 기사단이 전열을 가다듬고 출정을 준비하고 있는 것이 눈에 들어왔다. 앞에 서서 기사단을 독려하는 파스크란의 모습이 어렴풋이 보이는 듯했다. 그러나 그들이 출전하기까지는 시간이 조금 더 필요할 것 같았다.

'추격은 그만두기로 하자. 내 부족한 경험으로는 쉽게 이나바뉴의 함정에 빠질지 모른다.'

기사는 자신의 역량을 인정하는 데에서부터 수련을 시작한다. 그의 능력이 라벨의 능력에 미치지 못함을 알았던 라시드는, 미련 없이 로젠다로 기사단에 대기 명령을 내렸다.

라벨이 이끄는 이나바뉴 기사단은 곧 반전하여 어둠 속으로 사라져 갔고, 라시드는 이나바뉴 기사단이 전장을 이탈하는 것을 지켜보고만 있었다.

라벨이 이끄는 이나바뉴 기사단 레페리온 1천 기는 유유히 전장을 떠나 다시 북쪽을 향했다. 접전은 아주 짧은 시간이었고, 양쪽의 피해 역시 거의 없다시피 했다.

'아무런 타격도 입히지 못하고 돌아갈 거였으면서 왜 피로하고 지친 이나바뉴 기사단을 움직인 걸까?'

라시드의 의문은 그 혼자만이 가지고 있는 것이 아니었다. 기사대장 나이트 라즈파샤, 퀴트린, 파스크란 역시 그 점을 이상하게 생각하고 있었다.

"이해할 수가 없군요."

일단 다시 기사단에 휴식 명령을 하달해 놓은 다음, 기사대장의 막사에 들어선 퀴트린이 입을 열었다. 막사 안에는 라즈파샤를 비롯한 로젠다로의 바스엘드들이 모두 모여 있었다.

"기습적인 공격으로 허를 찌르려 했던 것은 아닐까요? 그것이 여의치 않아 다시 퇴각한 것이고."

라시드는 그래도 자신이 생각한 것 중 가장 그럴듯한 해답을 꺼내 놓았다. 라즈파샤가 부드러운 목소리로 대답했다.

"그런 기습 공격으로 체력이 더 많이 소모되는 것은 이나바뉴 기사단 쪽이야."

퀴트린도 그 말에 동의했다. 지금 이나바뉴 기사단을 이끌고 있는 기사는 옐리어스 나이트 라벨. 그가 이런 무모한 공격을 기습이라고 감행했을 리는 만무했다. 게다가…….

"게다가 지금 이나바뉴 기사단에는 나이트 네이서스라는 기사가 있습니다. 기사대장 아켈로르 님을 따라 안도칸과의 국경 분쟁 등 수많은 전투를 치른 경험 많은 노장(老將)이면서, 동시에 계략과 전술에 뛰어난 기사입니다."

퀴트린의 말에 라즈파샤도 알고 있다는 듯이 어깨를 으쓱했다.

나이트 네이서스. 포프슨 탈환전에서 하이파나의 벨폰 한 발로 크실이 굳게 믿고 있었던 초소를 잠재우고, 퀴트린, 이바이크, 라벨을 셋으로 나누어 동시에 기습을 감행하는 전법을 생각해 내 '마법의 페가드'라 불리던 포프슨 성을 함락시킨 기사가 아닌가.

"나이트 퀴어즈를 쓰러뜨린 전략가라고 들었습니다."

문득 침묵을 지키고 있던 파스크란이 입을 열었다.

"나이트 퀴어즈라……."

퀴트린은 문득 나이트 이바이크의 얼굴이 떠올라 쓴웃음을 지었다. 파스크란은 잠시 퀴트린을 바라보다 낮은 목소리로 이야기를 계속했다.

"나이트 퀴어즈는 크실 기사단에서는 최고의 지략가로 꼽히던 인물이야, 나이트 네라이젤. 그를 쓰러뜨렸다면 결코 무시할 수 없네. 최소한 지금 우리의 진영에는 그의 심중을 파악하고 있는 기사가 아무도 없지 않은가. 포프슨 성은 그렇게 쉽게 무너뜨릴 수 있는 성이 아니었어."

그때 포프슨 성을 잃고 퇴각하던 로젠다로의 기사가 바로 그 자리에 있었음에도 파스크란의 말에는 거침이 없었다. 파스크란은 말이 많은 편은 아니었지만, 그의 말은 항상 소름이 끼칠 정도로 정확하고 조금의 유예도 두지 않는 신랄한 것이었다. 그의 말투 때문이었는지, 잠시 장막 안은 침묵에 휩싸였다.

그의 말은 간결했지만 바로 핵심을 찌르고 있었다. 그랬다.

그들 중 아무도 이나바뉴 기사단의 야습의 의미를 파악하지 못하고 있었다.

"그렇지. 이번 공격은 분명히 어떤 의도가 있었다고 봐야 해."

한참만에 라즈파샤가 입을 열었다.

"그것을 알아내지 못한다면 이번에는 우리 쪽이 패퇴할지도 모릅니다."

묵묵히 앉아 있던 퀴트린이 기사대장의 말을 받았다.

그렇다. 지금까지 로젠다로가 승전을 거듭하고 있다고 해도 상대는 강대국 이나바뉴. 크실을 상대로 세 차례에 걸친 천신 전쟁을 모두 승리로 이끌었던 기사들의 나라 이나바뉴였다.

막사 안을 싸늘한 냉기가 훑고 지나갔다.

"혹, 우리를 혼란시키려는 공격은 아니었을까요? 한 차례 공격으로 로젠다로 기사단을 깨운 다음, 우리가 대기 명령을 내리기를 기다리는 것은 아닐까요?"

퀴트린의 말이었다.

"긴장과 피로를 주어 로젠다로 기사단의 진을 빼놓고 사기를 저하시킨다는 것인가?"

"이를테면… 그렇습니다."

라즈파샤는 싱긋 웃어 보였다.

"그럴듯하게는 들리네만… 나이트 라벨은 그런 기사인가?"

라즈파샤가 퀴트린의 눈을 지긋이 바라보며 말하자, 퀴트린은 웃으며 천천히 고개를 저었다.

싸운다면 반드시 승리한다. 그것이 라벨의 전술이었고, 그 것을 가르친 것은 바로 퀴트린 자신이었다.

"그럴 리가 없습니다."

"그렇다면 아직 우리는 아무것도 알아내지 못한 것이로군 그래."

라즈파샤가 허리가 아픈지 어깨를 쭉 펴보였다.

그때, 막사 장막이 걷히고 로젠다로의 휴리안 한 명이 막사 안으로 뛰어들어왔다. 그와 동시에 그 자리에 있던 기사 모두 가 자리에서 벌떡 일어났다. 그들 모두 한결같이 뭔가 허를 찔 렸다는 표정이었다. 단 한 사람, 상황을 파악할 정도의 경험이 없는 라시드를 제외하고는.

'그럴 수가, 그렇다면⋯⋯.'

퀴트린이 입술을 깨물었다. 휴리안은 무릎을 꿇음과 동시에 상황 보고를 시작했다.

"이나바뉴 기사단의 야습입니다! 1천 기의 기사단이 진영을 향해 돌진해 오고 있습니다."

"맙소사."

라즈파샤가 손으로 이마를 짚으며 절레절레 고개를 흔들었 다.

또다시 1천 기? 이나바뉴의 작전은 갈수록 읽을 수가 없었 다. 라즈파샤는 잠시 눈을 감고 있다가 무거운 목소리로 지령 을 내렸다.

"방금 전투를 치르고 휴식에 들어간 기사단은 계속 휴식한다. 나이트 네라이젤, 기사단을 이끌고 이나바뉴 기사단을 맞이하라."

"알겠습니다."

퀴트린이 명을 받았다. 그리고 나서 라즈파샤의 눈은 그 옆에 서 있던 검은 갑옷의 기사에게 돌아갔다.

"나이트 파스크란."

"예."

파스크란의 눈이 반짝 빛났다.

"후방 보급대를 맡긴다."

"알겠습니다."

파스크란도 고개를 끄덕였다. 로젠다로의 기사대장은 파스크란과 같은 생각을 하고 있었던 것이다. 전후 양동 작전의 가능성. 완전 섬멸전만을 전투라고 생각하던 파스크란 자신이 자주 사용했던 전술이었다.

"되도록 전투는 회피하며 그들의 움직임을 주시하라. 우리는 그들의 계획에 대해 아무것도 알지 못하고 있다는 것을 명심하도록."

"알겠습니다."

퀴트린과 파스크란이 동시에 예를 취하고 막사 밖으로 걸음을 옮겼다. 그 뒷모습을 바라보며 라즈파샤는 입술을 깨물었다.

'왜?'

나이트 네이서스의 생각을 읽지 못한다면 이 전투는 대패할 수도 있다. 그 생각을 읽어야만 하는 것이다.

"단순한 소모전일 수도 있지 않겠습니까?"

평원 건너편에 있는 이나바뉴 기사의 심중을 읽어 내려고 애를 쓰는 라즈파샤의 얼굴이 보기 안쓰러웠는지 문득 라시드가 말했다. 그러나 그의 조심스러운 말도 라즈파샤에게 위안이 되지는 못했다.

단순한 소모전이면 정말 다행이겠지… 라시드를 마주보는 라즈파샤의 얼굴은 그렇게 말하고 있었다.

잠시 후, 퀴트린이 이끄는 1천5백여 기의 기사단이 다시 전장으로 향했다. 라벨의 기사단이 기습 공격을 하고 이탈한 지 불과 몇 시간. 그들이 자신들의 주둔지로까지 후퇴한 다음 다시 공격해 들어왔다고 생각하기는 어려웠다. 아마도 이 1천여 기의 기사단은 라벨 외의 다른 기사가 지휘하는 기사단일 것이다.

'처음부터 이럴 생각이었느냐, 라벨.'

퀴트린은 쓴웃음을 머금고 있었다.

'이미 나와 동등한 기사였던 것이로구나.'

퀴트린은 하야덴을 들었다. 로젠다로 기사단이 함성을 울리며 바스엘드의 독려에 호응하기 시작했다.

"돌격 태세를 늦추지 마라!"

이나바뉴 바스크 178 나이트 네이서스는 기사단을 독전하며 로젠다로의 진영을 향해 돌격하고 있었다. 그가 지금 맞붙어 싸울 로젠다로의 기사는 아마도 렉카아드라면 누구보다 강한 기사일 것이라고 예상하고 있었다. 전방에 신중한 태도로 수세를 지키고 있는 로젠다로의 기사단이 보였다.

"호오."

네이서스는 얼굴에 싱긋 미소를 띠었다. 비록 그의 머리카락은 백발이 성성했지만 깊은 경험에서 나오는 자신감으로 그의 태도에는 여유가 넘치고 있었다.

"레이피엘 님이군. 기사단 전체에서 완벽함이 느껴져."

퀴트린이 나올 것이라고 예상을 한 것일까. 렉카아드뿐만이 아니라 기사단에 대한 통솔력에서도 자신보다 훨씬 뛰어난 퀴트린이 전방에 서 있는데도, 네이서스의 표정은 마치 그럴 줄 알았다는 듯이 여유가 있었다.

예상대로 기사단은 쉽게 혼전에 들어갔다. 로젠다로 기사단은 강했지만 비가 내리는 칠흑같이 어두운 밤이라는 조건 때문에 양쪽의 전력은 그렇게 큰 차이가 나지 않았다. 네이서스는 전방을 피하면서 되도록이면 퀴트린과 마주치지 않도록 노력했다. 렉카아드라도 하게 된다면 그의 계획과는 크게 빗나가는 일이 생길 수도 있을 것이기 때문이었다.

하지만 역시 퀴트린이었다. 전투가 조금 진행된 후, 퀴트린은 양쪽 기사단을 마치 양손처럼 자유자재로 이용하여 천천히 네이서스가 이끄는 이나바뉴 기사단을 좌우에서 협공하기 시작했다. 아니, 협공이 아니라 포위를 할 생각인 것 같기도 했다.

'역시 놀랍습니다, 레이피엘 님. 변하지 않으셨군요.'

네이서스는 퀴트린의 뛰어난 통솔력에 마음속으로 찬사를 보내며 하야덴을 들어올렸다.

"반전! 퇴각해서 진영으로 돌아간다!"

네이서스의 명령에 따라 이나바뉴 기사단은 공세를 순식간에 수세로 바꾸며 퇴각 형세로 돌아섰다. 이번에도 퀴트린의 기사단은 이나바뉴 기사단을 쫓지 않았다. 마치 후방에 대기하고 있는 병력이라도 있는 듯 여유만만하게 퇴각하는 이나바뉴 기사단의 행동이 의심스러웠기 때문이다.

밤, 체렌 평원에 떨어지는 빗소리가 유난히 크게 들려 왔다. 이나바뉴 기사단이 멀어지는 모습을 보며 퀴트린은 생각에 잠겼다.

'나이트 라벨과 나이트 네이서스라… 하지만 왜 이런 파상적인 공격만을 시도하는 거지. 시간이 지날수록 더욱 지치는 건 이나바뉴 쪽일 텐데.'

퀴트린은 잠시 그들의 모습을 지켜보다 말 머리를 돌렸다.

"반전!"

퀴트린의 명령에 따라 로젠다로 기사단도 그리 멀리 떨어지지 않은 로젠다로 진영을 향해 천천히 후퇴하기 시작했다.

의문은 풀리지 않았다. 그리고 이나바뉴 기사단의 연속적인 기습의 의미를 토론하고 있던 기사대장 나이트 라즈파샤를 비롯한 로젠다로의 기사들은, 미처 그 밤이 끝나지도 않았을 때 나이트 루델이 이끄는 1천 기의 기사단이 로젠다로 기사단을 다시 엄습한다는 소식을 접해야 했다.

3

세 번째 야습도 그전에 벌어졌던 두 번의 전투와 똑같은 양상으로 진행되었다.

약간의 접전을 벌인 후 이나바뉴 기사단이 또다시 후퇴하는 낌새를 보이자, 그들을 상대하고 있던 나이트 라즈파샤는 고민에 빠질 수밖에 없었다.

'추격해 오라는 뜻인가.'

하지만 다른 한편으로 생각해 본다면, 이런 무모한 유인 작전을 편다는 것은 상상하기 어려웠다. 만약 정말 후방에 애프러더 등으로 매복한 기사단이 있고, 전방에서 접전을 벌이는 기사단은 단지 그들을 유인해 오는 역할을 할 뿐이라면, 이렇듯 속이 뻔히 들여다보이는 전투를 하지는 않을 것이다. 그것이 퀴트린의 의견이었다.

'그렇겠지. 누가 이런 함정에 빠지겠는가.'

더군다나 체렌 평원에 주둔하고 있는 로젠다로 기사단을 이끄는 바스엘드가 바로 로젠다로 기사대장 나이트 라즈파샤라는 사실을 이나바뉴 기사단의 견습기사들조차 알고 있을 것이었다.

'도대체 원하는 것이 무엇인가, 이나바뉴의 기사여.'

이나바뉴 기사단은 후퇴해 가기 시작했다. 라즈파샤의 지령을 전달하기 위해 바세론들이 그를 응시하고 있었다.

'기사단을 나누어 세 번이나 야습을 감행했다면 지금 이나바뉴 기사단의 피로는 극에 달했을 것이다. 만약 추격한다면 지금이 최상의 기회겠지. 하지만……'

문득 고개를 드니 라미스, 라인 등의 근위기사들이 모두 그를 응시하고 있었다. 모두가 바스엘드의 명령만 떨어지면 퇴각하는 이나바뉴 기사단의 후미를 향해 돌격할 태세였다.

그러나 하야덴뿐만 아니라 통솔력과 지략에서도 가장 뛰어난 기사로 꼽히는 로젠다로의 기사대장도 이번만큼은 어찌해야 할지 결정하지 못하고 망설일 수밖에 없었다. 마치 추격해 오라는 듯이 후미를 적당히 방어하며 유유히 퇴각하는 이나바뉴 기사단의 모습은, 아무리 봐도 유리한 전황이 아닐 것임에도 너무나 여유가 있었다.

일반적인 전투였다면, 아니 그 전날 밤의 전투만 없었더라면 이렇듯 상대 기사단이 유유히 후퇴해 가는 뒷모습을 바라보고 있는 것은 있을 수 없는 일이었다.

그러나 라즈파샤는 입을 다물며 생각을 굳혔다.

'아니, 두고 보기로 하자. 어차피 이렇게 밤이 지난다고 하더라도 더 지친 몸으로 아침을 맞이하는 건 우리가 아니라 이나바뉴 쪽이다.'

라즈파샤는 공격을 멈추고 기사단을 거두어 진지 쪽으로 돌아섰다. 새벽이 오려면 아직도 멀었고, 비는 그칠 기미를 보이지 않고 있었다. 나이트 라즈파샤의 마음 속에는 무엇인지 알수 없는 불안감이 스미기 시작했다.

"또다시 네 번째 공격을 해올까요?"

라시드가 물었다. 그러나 막사 안에 있던 어느 기사도 라시드의 말에 선뜻 대답하지는 못했다. 그들 역시 이나바뉴 기사단의 다음 행동을 예측할 수 없었기 때문이었다.

그곳에 남아 있는 것은 불안함뿐이었다.

"새벽이 오면 안개가 낄 것입니다. 그때 진지를 남쪽으로 옮기는 것은 어떻겠습니까?"

퀴트린이 말했다. 라즈파샤는 가만히 생각하더니 천천히 고개를 저었다.

"로젠다로 기사단은 지금 사기 면에서 이나바뉴를 압도하고 있어. 후퇴한다면 그 기회를 스스로 포기하는 것이야."

"그렇긴 합니다만……."

그 점은 퀴트린도 잘 알고 있었다. 단지 기사로서의 직감이 위험을 알리고 있었기 때문에 퀴트린은 후퇴하여 상황을 살펴보자고 제안한 것이었다.

"그리고, 바로 그것을 이나바뉴 기사단이 바라는지도 모르지."

라즈파샤의 말에 파스크란도 고개를 끄덕였다. 그러나 파스크란의 의견은 그와 달랐다.

"새벽이 오면 기사단을 모두 출진시켜 이나바뉴 진영으로 공격해 가는 것은 어떻겠습니까?"

"아예 우리 쪽에서 먼저 하야텐을 들자 이거로군."

"그들은 우리를 도발하지만, 우리가 그에 응하지 않을 것임을 예상하고 있는 듯합니다. 그렇다면 먼저 기사단을 몰아 그들을 제압하는 쪽이 좋을 수도 있습니다."

파스크란의 의견은 파격적이었지만 지금 상황에선 가장 최상의 선택인 듯했다. 그날 밤 로젠다로 기사단은 이나바뉴 기사단의 저의를 파악하지 못한 채, 철저히 이나바뉴의 의도대로 움직여 주고 있었다. 이나바뉴가 의도하지 않은 의외의 행동을 하는 것이 이 혼란에서 벗어나는 가장 적절한 방법일지도 몰랐다.

"좋은 생각인 것 같습니다."

퀴트린이 파스크란의 의견에 동의했다. 이나바뉴 기사단이 어떻게 나올지 모르기 때문에 많은 위험부담을 갖게 되는 것은 사실이었지만 지금 상황에서는 무엇보다도 이 알 수 없는 공포와 불안에서 벗어나는 것이 가장 중요할 것 같았다. 라즈파샤도 그 말에 동의했는지 천천히 고개를 끄덕여 보였다.

"새벽이 오면 내가 최전방에 서겠다. 나이트 네라이젤과 나이트 파스크란이 좌우를 호위하고 나이트 라시드가 후미를 보호하도록."

라즈파샤가 명료하게 작전을 지시했다. 로젠다로 기사단도 충분히 동요하고 있었다. 아직 싸우겠다는 의지가 꺾인 것은 아니었지만, 기사대장이 최전방에 서는 것으로 기사단의 자신

감을 더욱더 진작시키겠다는 것이 나이트 라즈파샤의 생각이
었다.

"새벽이 올 때까지 모두 휴식을 취하도록 한다."

라즈파샤가 말하자 세 명의 기사는 각자 예를 취하고 막사
에서 물러났다.

퀴트린은 하늘을 바라보았다. 어제부터 내리기 시작한 비는
아직도 그치지 않고 있었다.

키 큰 풀꽃들이 케론샤 언덕을 온통 뒤덮고 있었다. 군데군
데 하얗고 빨갛고 노란 무늬를 만들어 놓고 있는 풀꽃 언덕을
아아젠은 즐거운 마음으로 뛰어다니고 있었다.

오후의 따사로운 햇살을 받은 로냐프 강은 온통 은빛으로
빛나고 있었고, 물결을 따라 유유히 움직이는 물새떼들의 날
갯짓도 아름다웠다. 아아젠의 마음은 행복으로 가득했다.

'퀴트린 님은 멀리 계시지 않아.'

아아젠은 언덕을 달음박질쳐 내려갔다. 퀴트린이 언덕 아래
에서 그녀를 기다리고 있을 것 같았다. 저기 어딘가에 나무 뒤
가 아니라면 무너진 성곽 옆, 그곳도 아니라면 키 큰 풀꽃 그
늘 밑에……

퀴트린은 보이지 않았다. 그녀는 넓은 케론샤 언덕에 망연
히 서서 작은 목소리로 중얼거렸다.

"먼 곳에 계실 리가 없는데."

금세라도 그녀의 눈에서는 눈물이 떨어질 것처럼 보였다.

그때, 등 뒤에서 누군가의 손이 부드럽게 그녀의 어깨를 잡았다.

"이곳에 있었군요, 아아젠."

"… 퀴트린 님."

아아젠이 뒤를 돌아보니 거기엔 새하얀 옐리어스 나이트의 예복을 입은 퀴트린이 미소를 띠고 서 있었다. 넓은 어깨, 단단한 팔. 수만 기의 기사단이 아아젠을 쫓아온다고 해도 그녀를 보호해 줄 수 있을 것 같은 퀴트린이 그녀를 바라보고 서 있었다.

"어디에 계셨어요?"

원망 어린 말투로 아아젠이 물었다. 퀴트린은 대답하지 않고 그녀를 향해 따뜻한 웃음을 지을 뿐이었다.

그때, 어디선가 조용한 목소리가 들려 왔다. 한 번도 들어본 적이 없는 어둡고 불안에 떨고 있는 목소리가.

"네라이젤 님, 적의 습격입니다."

그러나 퀴트린은 돌아보지도 않고 여전히 미소를 머금은 채 그녀를 바라보고 있었다. 형태가 보이지 않는 그 목소리는 다시 한 번 다급하게 말했다. 좀 전보다는 조금 큰 목소리였다.

"이나바뉴 기사단의 습격입니다, 네라이젤 님. 기사대장님께서 급히 호출하셨습니다."

아아젠은 퀴트린의 팔을 잡았지만, 곧 힘없이 그를 놓아 주었다. 그녀를 지키기 위해 이십 년을 살아왔던 이나바뉴와 그 영광스러운 옐리어스 나이트의 작위를 미련 없이 버린 그였다. 그를 잡을 수 없다는 것을 그녀가 더 잘 알고 있었다.

퀴트린의 형체가 묘하게 일그러지기 시작했다. 그리고 다시 한 번 어두운 목소리가 들렸다.

"매우 큰 규모입니다, 네라이젤 님."

"알았다. 하지만 조용히 해라."

퀴트린의 목소리에 아아젠은 꿈에서 깨어났다. 눈을 동그랗게 뜨고 바라본 그녀의 옆에는, 어둠 속에서 자신의 머리맡에 앉아 그녀를 내려다보고 있는 퀴트린이 있었다.

"깨어나셨군요. 시끄럽게 해드려서 죄송합니다."

"아."

뺨으로 흘러내린 아아젠의 머리카락을 퀴트린이 부드럽게 쓸어 올려 주었다.

"좋은 꿈을 꾸고 있었던 모양이에요. 콧노래를 흥얼거리며 웃고 계시더군요."

아아젠은 얼굴을 살짝 붉히며 누운 채 고개를 끄덕였다. 퀴트린은 손을 뻗어 그녀가 덮고 있던 이불을 턱 밑에까지 끌어 올려 주었다.

"잠시 잠든 모습을 보고 싶었을 뿐입니다. 아침이 올 때까지 계속 이렇게 앉아 있고 싶지만 전투가 시작된 모양이군요. 가봐야겠어요."

"조심하세요."

아아젠은 작은 목소리로 말했다. 퀴트린은 다시 한 번 그녀를 향해 웃음을 지어 보이고는 자리에서 일어났다. 자줏빛 로젠다로 중앙기사단의 펜플이 스르륵 그의 어깨에서 흘러내렸다.

"나이트 라시드."

"예."

아아젠의 막사 바깥에서 라시드의 목소리가 들렸다.

"후방 보급대를 부탁한다. 나는 라즈파샤 님을 호위하며 전방 교전이 예상되는 곳으로 가겠다."

"옛."

라시드의 대답 뒤로 퀴트린이 급히 말에 올라타는 소리가 들렸다. 그리고 곧 말에 박차를 가하는 소리가 들리고 얼마 지나지 않아 말발굽 소리는 멀어져 갔다.

아아젠은 침상에서 반쯤 몸을 일으켜 세웠다. 어렴풋이 새벽이 오는 듯, 막사 안은 한밤중처럼 어둡지는 않았다. 그녀는 가만히 앉아 방금 꾸었던 꿈을 생각해 보았다.

'… 당신은 그곳에서도 제 곁에 계셨군요.'

아아젠은 한 손으로 머리카락을 쓸어올리며 겉옷을 찾았다. 이나바뉴 기사단의 습격 소식이 전해진 듯, 주위에서 막사를 정리하는 소리가 들려 오고 있었다.

로젠다로 바스크 2 기사대장 나이트 라즈파샤는 쓰디쓴 미소를 머금고 있었다. 그는 기사단의 최전방에 서서 어둠이 채 걷히지 않은 언덕을 가득 메우며 몰려오는 이나바뉴 기사단을 바라보고 있었다.

"절망적이로군."

파스크란은 동요하지 않는 듯 마른 목소리로 말했다.

"이제 그 무리한 파상적 야습의 의미를 모두 알게 된 셈입니다."

라즈파샤는 고개를 끄덕였다. 뒤에서 그를 부르는 소리가 들렸다.

"라즈파샤 님,"

"나이트 네라이젤. 상황은 파악이 되는가?"

"예."

퀴트린도 무거운 목소리로 말했다. 비에 가려 정확히는 보이지 않지만 이나바뉴 기사단이 돌격해 들어오고 있는 체렌평원 건너편에서는 땅이 흔들릴 정도의 충격이 느껴지고 있다.

"1만 5천 기는 넘는 병력이로군."

라즈파샤가 말했다. 퀴트린은 마른침을 삼켰다.

"2차 원정대와의 합세를 위장하기 위한 야습이었군요."

이곳에 모여 있는 기사들은 로젠다로 기사단에서 최고의 실력을 갖춘 기사들이었다. 아무리 멀리 있다고 하더라도 5천 기가 훨씬 넘는 이나바뉴 2차 원정대의 움직임을 파악하지 못할 기사들이 아니었다.

나이트 네이서스와 나이트 라벨은 2차 원정대와의 합류를 로젠다로 기사단이 눈치 채지 못하게 하기 위해 계속해서 무리한 야습을 감행했던 것이다. 그리고 그 작전은 멋지게 적중했다.

"2차 원정대라. 누가 바스엘드에 서 있을까."

라즈파샤가 중얼거렸다. 퀴트린은 씁쓸한 미소를 지었다.

"이나바뉴 원로원이라면, 아마도 나이트 하이파나 정도의 기사를 세웠을 것입니다. 동방원정대나, 각 파견대의 바스엘드를 제외하고는 가장 신뢰할 수 있는 기사니까요. 만약 최악의 경우라면……."

"최악의 경우?"

"슈펜다르켄 님이나 아켈로르 님이 직접 오셨을 수도 있습니다. "

"흐음."

라즈파샤는 잠시 눈을 가늘게 뜨고 정면을 응시하다가 조용한 목소리로 말했다.

"그 최악의 경우는 아니길 바라네."

파스크란의 표정에는 동요가 없었다. 그 모습을 바라보며 퀴트린은 천천히 하야덴을 뽑아 들었다.

잠시 생각 끝에 라즈파샤가 지령을 내렸다.

"메이데어 평원으로 탈출한다. 나이트 네라이젤, 기사단을 분리하여 시간을 벌어라. 중군의 후미는 나이트 파스크란이 보호하고, 나는 중간에 서서 양단되는 것을 막도록 하겠다."

"예."

후방 보급대는 라시드를 선두로 이미 출발 준비를 하고 있었다. 그러나 보급대는 물품이 많을뿐더러 비전투원으로 이루어져 있기 때문에 쉽게 움직일 수가 없었다. 그 때문에 퀴트린은 시간을 벌어야 하는 것이다.

'이렇게 빨리 이나바뉴 기사단이 증원될 거라고는 생각하지 못했다.'

그러나 그 생각은 이제 허탈함을 더할 뿐이었다. 퀴트린은 하야덴을 들어올렸다. 그가 이끄는 기사단이 본대로부터 돌출하여 이나바뉴 기사단을 향해 돌진하기 시작했다. 레페리온 1천 기를 포함한 퀴트린의 3천 기. 승패를 떠나서 2차 원정대와 합세한 이나바뉴 기사단 1만 5천 기와 대항하여 얼마나 오래 버틸 수 있느냐 하는 것이 지금 로젠다로 기사단 최대의 관건이었다.

라즈파샤는 메이데어 평원으로 퇴각하는 것이 실패할 것이라고는 생각하지 않았다. 퀴트린의 역량이라면 아무리 다섯 배가 넘는 병력이라고 할지라도 그 정도의 시간을 벌어 줄 것이라고 믿었던 것이다.

그러나 라즈파샤가 계산에 넣지 못한 것이 있었다. 퀴트린의 기사단과 정면으로 충돌할 기사단이 파아렐 나이트 사야카의 기사단이라는 것이었다.

"이런, 듣던 것과는 다르군 그래."

이나바뉴 바스크 2 나이트 슈펜다르켄은 하야덴도 꺼내 들지 않은 채 말 위에서 전장을 응시하고 있었다.

"벌써 승세를 잡은 것 같습니다."

옆에서 역시 말 위에 올라타 전장을 응시하고 있던 나이트 라벨이 슈펜다르켄을 쳐다보며 말했다.

나이트 슈펜다르켄. 젊은 시절부터 나이트 아켈로르, 나이트 쥬벨린과 함께 이나바뉴 기사단의 최강의 기사라고 불렸던 그는 옐리어스 나이트 기사단장의 직위를 수행하다 얼마 전 중앙기사단으로 소속을 옮긴 후, 2차 원정대를 지휘하여 로젠다르에 진군해 있었다. 하야덴도 하야덴이었지만, 뛰어난 통솔력과 전술, 그리고 많은 경험을 바탕으로 전장에 나가서는 거의 불패의 전적을 가진 기사였다.

지난 제3차 천신전쟁에서 절대 열세의 전력으로 하라데스에 주둔해 있던 크실 기사단의 내륙 진출을 막았던 사람도 그였고, 기사대장 나이트 아켈로르와 합세하여 크실 기사단을 필로폰 강 이남으로 몰아냈던 것도 그였다. 사야카와 라벨은 그 나름대로 젊은 기사들의 선망의 대상이었지만, 슈펜다르켄이야말로 당금 이나바뉴 최고 기사들의 존경과 추앙을 받는 존재였다.

나이트 슈펜다르켄은 언제나처럼 부드러운 미소로 라벨을 바라보았다. 라벨을 아주 어렸을 때부터 총애해 왔던 그였다.

"나이트 라벨, 모두 너의 공적이다. 난 그저 기사단을 풀어 전장에 투입했을 뿐."

"아닙니다. 사야카 님이 강하시지 않았다면 이렇게 빨리 승세를 잡진 못했을 겁니다."

슈펜다르켄은 라벨의 어깨에 손을 올려놓았다.

라벨은 전장에서 동요하지 않고 잘 정렬된 상태로 조금씩 힘 싸움에서 이겨 가고 있는 이나바뉴 기사단을 천천히 둘러 보았다. 철저히 절제된 효율적인 공격을 펼치는 5천여 기의 이나바뉴 기사단과 냉철한 판단으로 날카로운 반격을 노리는 3천여 기의 로젠다로 기사단. 우열을 가릴 수 없을 듯했지만 시간이 흐르면서 수적 우세를 점하고 있던 이나바뉴 기사단의 승세가 점차 드러나고 있었다.

"하지만 로젠다로 기사단의 반격도 만만치 않다."

"예."

슈펜다르켄은 짐짓 얼굴에 웃음까지 띠고 있었다.

"잘 보거라, 나이트 라벨. 지금 이나바뉴 기사단이 이기고 있는 것은 바스엘드의 지휘력 때문이 아니다. 나이트 사야카 는 오직 병력의 우위를 이용하여 기세를 타고 있을 뿐이다."

"로젠다로 기사단의 바스엘드와 사야카 님의 능력이 백중

세라고 말씀하시는 건가요?"

"그렇다."

슈펜다르켄은 가볍게 대답했다. 그러나 그것은 슈펜다르켄이었기에 그렇게 대답할 수 있는 것이었다. 기사단끼리의 전투의 승리는 바스엘드의 능력과 병력, 전술 등 모든 점에서 상대의 우위를 점하고 나서야만 확신할 수 있는 것이다. 그런데 슈펜다르켄은 사야카가 오직 병력의 우위만을 차지하고 있는데도 마음 놓고 그를 주시하고 있는 것이었다.

'슈펜다르켄 님이라면.'

라벨은 마음속으로 중얼거렸다. 이나바뉴 바스크 2 나이트 슈펜다르켄. 그는 사야카가 조금이라도 물러서게 되면 다음에 펼칠, 그것마저 실패한다면 또 다음의, 그리고 그다음의 작전들을 모두 머릿속에 그려 넣고 있을 터였다.

"로젠다로 기사단이 후퇴하기 시작합니다."

라벨이 말하자 슈펜다르켄은 입가에 미소를 띠었다.

"잘 보았다, 나이트 라벨."

"사야카 님의 기세는 꺾이지 않았습니다."

"겨우 이 정도인가, 로젠다로의 기사가."

아쉽다는 듯이 고개를 절레절레 흔든 슈펜다르켄은 조용한 목소리로 그의 왼편에 서 있던 기사를 불렀다.

"나이트 하이파나."

"예."

이나바뉴 바스크 16 옐리어스 나이트 하이파나가 앞으로 한 발자국 나섰다.

"3천 기의 기사단으로 로젠다로 기사단을 종단해라. 돌파의 선두에는 레페리온을 세우고, 좌우 충격을 완화하기 위해 체샤스를 옆쪽에 배치해라. 전과 확대는 후방 휴리어벨을 활용하는 것이 좋을 것이다. 종단 공격이 성공하면 곧 나이트 라벨을 투입해 나이트 사야카와 교대하도록 하겠다."

"알겠습니다."

명을 받고 나이트 하이파나가 즉시 하야덴을 들어 기사단에게 돌격 명령을 하달했다. 잘 훈련된 옐리어스 나이트의 기사단이 전속력으로 로젠다로 기사단 중군을 향해 달려가기 시작했다. 나이트 슈펜다르켄의 작전에는 조금의 빈틈도 없었다. 동원할 수 있는 모든 기사단을 동원하고, 사용할 수 있는 모든 전술을 써서 상대를 몰멸시키는 것이 기사대장 나이트 아켈로르의 전술이라면, 최단 시간 내에 최대의 전력을 투입하여 일순간에 상대방에게 타격을 입힘으로써 스스로 전의를 포기하게 하는 것이 슈펜다르켄의 전술이었다.

그의 전술에 옆에 서 있던 나이트 네이서스조차도 혀를 내두르고 있었다. 여유 있는 표정으로 정확하게 작전을 하달하는 나이트 슈펜다르켄. 그를 바라보며, 나이트 아켈로르와 같은 시대에 태어나지만 않았더라면 아마도 기사대장의 작위는 그의 것이었을 거라고 네이서스는 생각하고 있었다.

대혼전이었다. 전방의 퀴트린이 파아렐 나이트 사야카와의 전투에 전력을 쏟고 있었기 때문에, 기습한 하이파나의 공격에 대해서는 속수무책일 수밖에 없었다. 기사대장 라즈파샤는 두 번째 방어 진영을 만들어 하이파나와 맞섰지만 미처 대열을 갖추지 못한 로젠다로 기사단은 서서히 전의를 잃어 가고 있었다.

"나이트 파스크란!"

라즈파샤는 이나바뉴의 기사들을 몇 명인가 베어 낸 다음 애타는 목소리로 파스크란을 찾았다. 그러나 나이트 파스크란도 어딘가에서 혼전을 벌이고 있는지 눈에 띄지 않았다. 라즈파샤는 입 안에서 비릿한 피냄새가 나는 것을 느낄 수 있었다. 패전의 냄새. 라즈파샤는 그 섬뜩한 느낌의 향기를 잊으려는 듯이 고함을 지르며 기사단을 독전했다.

"물러설 곳은 없다! 모두 제자리를 지켜라! 체샤스 선두로, 적의 레페리온을 저지하라!"

그러나 이나바뉴의 공격은 로젠다로 기사단에게 틈을 주지 않고 수세가 조금이라도 약한 곳을 집중적으로 공격해 오고 있었다. 매우 적극적이며 냉철한 공격이었다. 놀라운 파괴력으로 로젠다로 기사단을 돌파해 오는 기사도 그렇지만, 작전을 지시하는 이나바뉴 기사단의 바스엘드는 더욱 대단한 기사일 것이라고 라즈파샤는 생각했다.

처음부터 이 전투는 로젠다로의 승리를 점치기 어려웠다. 수적으로 절대적인 열세에 있는데다 예상치 못한 기습공격이었다는 점에서 로젠다로 기사단은 이미 전투의 시작부터 기선을 제압당하고 있었던 것이다.

전황은 이미 이나바뉴 쪽의 승리로 기울고 있었고, 이제 로젠다로 기사단에게는 피해를 어떻게 최소화하여 메이데어 평원으로 퇴각하느냐 하는 과제만 남아 있었다. 라즈파샤는 하야덴을 들어 자신을 찔러 오는 이나바뉴의 기사 한 명을 쓰러뜨렸다.

그때, 라즈파샤의 왼쪽에 그나마 두텁게 수세를 펼치고 있던 기사단이 갑자기 전열을 공세로 전환하여 포위망에서 돌출해 나가기 시작했다. 그 선두에는 칠흑같이 검은 갑옷을 입은 기사가 놀라운 위압감으로 로젠다로의 기사단을 독려하고 있었다.

'나이트 파스크란. 그곳에 있었군.'

라즈파샤는 눈을 돌려 기사단을 응시했다. 먼저 퇴각하려는 것일까? 파스크란의 용맹 때문이었는지, 어쨌든 파스크란이 거느리고 있던 왼쪽 진영은 서서히 포위망을 헤쳐나가고 있었다.

"아, 아니?"

다음 순간 라즈파샤는 놀라움의 탄성을 터뜨리고 말았다. 놀랍게도 포위망을 돌파한 파스크란의 기사단은 돌출된 기세 그대로 전장 저편에 주둔하고 있던 이나바뉴 기사단의 정면으로 돌격해 나가고 있었던 것이다.

'수세로 방어하는 것도 벅찬 일이다… 그런데?'

더군다나 기사대장 자신의 지시도 없었는데… 하지만 라즈파샤는 파스크란이 무엇을 하려는지 알고 있었다.

기사단끼리의 전투는 무엇을 목표로 하느냐에 따라 흔히 섬멸과 전격으로 나뉘어진다.

　섬멸전은 기사단의 모든 병력이 마주쳐 힘을 겨루는 것으로, 결국 기사단의 사기가 현저히 저하되거나 병력의 손실이 큰 쪽이 퇴각을 하게 된다. 1, 2천 기 정도 소수의 기사단이 맞붙는 전투는 바스엘드가 기사단을 이끌고 직접 전투에 나서기 때문에 전투는 섬멸전의 양상을 띠게 된다.

　그러나 대규모의 전투일 경우에는 바스엘드는 수하 기사들만을 전장에 나아가 싸우게 하고, 자신은 조금 떨어진 곳에서 지령만 내리는 것이 일반적이다. 기사단이 1만 기 이상의 대규모가 되게 되면 전황이 한 눈에 들어오지도 않을뿐더러, 또한 그 정도 규모라면 많은 뛰어난 기사들이 있게 마련이기 때문에 바스엘드는 차라리 예비대와 함께 주둔하며 전황에 대처하는 것이 유리하기 때문이다.

　전격전은 그러한 대규모 전쟁에서 상대의 수뇌, 즉 바스엘드가 있는 예비대를 습격하는 것으로, 성공할 확률은 낮지만 상대에게 큰 타격을 입힐 수 있는 전투를 말한다. 대규모 기사단일수록 명령체계가 복잡하게 마련이고, 그 모든 명령의 시발점인 바스엘드를 제압할 수 있다면 상대 기사단에 엄청난 혼란을 가져올 수 있기 때문이다.

　파스크란은 지금 그 전격전을 치르려 하고 있는 것이었다.

　'역시 파스크란… 검은 갑옷의 기사라는 호칭이 그냥 붙여진 게 아니로군.'

라즈파샤는 고개를 끄덕였다. 파스크란의 판단은 마치 짐승과 같은 육감으로 내려진 것임이 틀림없었다.

파스크란은 급하게 포위망을 돌파하느라 라즈파샤에게 아무런 전언도 남기지 않았다. 그러나 라즈파샤는 알 수 있었다. 파스크란은 전격의 뜻이 통하길 빌며 후방 지원을 자신의 몫으로 남긴 것이라는걸.

라즈파샤는 눈을 부릅떴다. 이제 전장은 기사대장 나이트 라즈파샤 자신만의 지휘 아래 놓이게 되었다.

"휴리어벨 전원 수세로!"

라즈파샤는 기사단을 넓게 펼쳐 최대한 방어 범위를 넓혔다. 수적 열세에 있을 때 이런 진형을 펼치는 것은 위험한 것이었으나 어쩔 수가 없었다. 이제부터는 파스크란이 수비하던 범위까지 라즈파샤 자신의 기사단으로 수비해야 했기 때문이다.

파스크란의 돌격은 무모해 보였지만 어떻게 생각하면 가장 적절한 대응이었다. 퀴트린이 사야카의 기사단과 맞붙어 다른 곳에 정신을 쏟을 틈이 없었기 때문에, 라즈파샤는 일단 파스크란에게 희망을 걸어 보기로 했다. 하이파나가 종단 돌파를 시도하기 이전부터 이미 로젠다로 기사단의 문제는 전투에서 이기고 지고가 아니었다. 로젠다로 기사단의 바스엘드의 머릿속에는 얼마나 피해를 최소화하여 전장을 이탈할 수 있는가 하는 것만이 가득 차 있었다.

5

"호오. 로젠다로에도 대담한 기사가 있군."

슈펜다르켄은 중군을 향해 돌격해 들어오는 로젠다로 기사단 1천여 기를 바라보며 중얼거렸다. 그리고는 여유 있게 손을 들어 옆에 서 있던 기사들을 불렀다.

"나이트 샤렌델, 나이트 벨레즈."

"예."

이나바뉴 바스크 49 옐리어스 나이트 샤렌델과 바스크 152의 나이트 벨레즈가 앞으로 나섰다.

"저 돌격을 저지해라. 격파할 필요는 없고 수세로 충분히 시간을 끌어라. 나이트 하이파나의 기사단이 로젠다로 기사단을 종단할 때까지만 버티면 된다."

"알겠습니다."

나이트 샤렌델과 나이트 벨레즈가 슈펜다르켄의 명을 받고 곧 기사단을 이끌어 중군으로부터 돌출해 나갔다. 결사적으로 돌격을 감행하는 파스크란을 저지하는 모험을 하기보다는, 슈펜다르켄은 시간을 끌며 그의 돌격을 완화시키고, 기사단에서 떨어져 나와 상대적으로 방어력이 떨어져 버린 로젠다로 중군이 자멸하기를 기다리는 것이었다. 파스크란의 작전은 대담했고 효과적일 수도 있었지만 나이트 슈펜다르켄의 두터운 연륜의 벽을 넘어서지는 못하고 있었다.

잠시 전장을 주시하던 슈펜다르켄은 다시 고개를 끄덕였다. 전투는 서서히 끝나 가려 하고 있었다.

"나이트 라벨."

"예."

슈펜다르켄은 처음부터 라벨을 이 전투의 가장 중요한 시점에 투입하려고 마음먹고 있었다. 그는 손을 들어 로젠다로 기사단을 가리켰다.

"로젠다로 기사단이 종단된 것이 보이겠지. 나이트 하이파나가 맡고 있는 중앙을 우회해 후미를 공격해라. 보급대가 공격당하면 로젠다로 기사단은 후퇴하기 위해 몸부림을 칠 것이다."

라벨도 그 말뜻을 이해할 수 있었다. 적을 우선 혼란에 빠뜨린 다음 적을 섬멸하는 것은 가장 기본적인 전술 중의 하나였다. 후방을 괴멸시키는 것이 아니라, 후방을 공격함으로 해서 로젠다로 기사단 전체를 혼란에 빠뜨리는 것이 슈펜다르켄의 의도라는 것을 라벨은 곧 알아차릴 수 있었다.

"알겠습니다."

라벨은 짧게 대답하고 베락스를 꺼내 들었다. 밤새 치러진 야습과 전투로 몸은 극도로 피로했지만 기분은 더할 나위 없이 상쾌했다.

전쟁은 서서히 막바지로 치닫고 있었다. 체렌 평원의 동편이 부옇게 밝아 오고 있었다. 그와 함께 피와 시체로 덮인 체렌 평원이 그 거대한 모습을 드러내기 시작했다.

"퇴각하라! 모든 기사단은 흩어져 활로를 찾아라! 메이데어 평원에서 다시 집결한다!"

로젠다로 기사대장 나이트 라즈파샤는 결국 마지막 용단을 내릴 수밖에 없었다. 이대로 억지로 버티려 한다면 기사단은 완전히 궤멸 위기에 놓일 것이었다. 로젠다로 기사단의 전체 병력은 중앙기사단 1만여 기, 슈리온 파견대 3천 기, 그리고 크실 국경지대 등 각지에 파견된 기사단의 병력 5천여 기뿐이었다. 여기에서 모든 기사단을 잃는다면 나이트 일린스크의 지휘하에 후방에서 대기하고 있는 병력을 제외하고는 중앙기사단의 전 병력을 잃는 것이 된다. 라즈파샤는 필사적이었다.

"활로를 열어라!"

라즈파샤의 명령은 사실상 완전한 패퇴를 의미하며, 기사들에게 각자 자력으로 탈출하기를 명한 것이나 다름없었다. 가끔은 이러한 명령에 의해 완전히 상실된 전의가 다시 타오를 때도 있었다. 기사로서의 의무가 아니라, 자신의 생명을 지키기 위한 전의라는 점에서 그것과 다르기는 했지만, 그것도 나름대로 힘이 있었다.

아마도 메이데어 평원에는 나이트 일린스크와 다른 에우로페 나이트들이 지휘하는 중앙기사단이 도착해 있을 것이다. 최대한 많은 인원을 확보하여 그들과 합세하는 것이 라즈파샤의 최선의 목적이었다. 라즈파샤는 스스로도 대열을 이탈해 혈로를 뚫기로 마음먹었다.

이미 그의 갑옷은 많은 기사의 피로 얼룩져 있었다. 로젠다로 기사단은 중심을 잃고 이리저리 몰려다니고 있었고, 사기는 더이상 떨어질 수 없는 곳까지 떨어진 것 같았다. 이제는 설사 렉카아드로 상대의 바스엘드를 쓰러뜨린다고 해도 전세를 뒤집기에는 너무 늦은 것이었다.

팍!

혈로를 뚫으려 하던 라즈파샤는 순간 어깨에 날카로운 통증을 느꼈다.

벨폰?

'아무리 혼란에 빠졌다고 하지만 벨폰을 어깨에 맞을 정도로 내가 정신을 차리지 못하고 있다는 건가?'

라즈파샤는 어이가 없기도 하고 화가 나기도 한 나머지 힘껏 어깨에 박힌 벨폰을 뽑아 들었다. 살점이 떨어져 나가는 고통과 함께 벨폰의 몸체가 뽑혀 올라왔다.

"아!"

벨폰을 본 순간 라즈파샤는 깜짝 놀라며 벨폰이 날아온 방향으로 고개를 돌렸다. 그 벨폰은 황금색이었다. 살아 있는 하야덴. 애프러더를 빠져나오면 한 명의 생명을 빼앗기 전에는 멈추지 않는다는 그 옐리어스 나이트 하이파나의 아카르드였다.

라즈파샤가 바라본 방향에는 백색 옐리어스 나이트의 전투복을 입은 나이트 하이파나가 자신을 바라보고 있었다. 라즈파샤는 쓴웃음을 지었다. 하이파나가 원했다면 아마도 자신의 목을 쏠 수도 있었을 것이다. 지난날 전장에서 함께 싸웠던 동료에 대한 예우일까. 하이파나가 씁쓸한 표정을 지으며 돌아서는 모습이 라즈파샤의 눈에 들어왔다.

나이트 라즈파샤는 누구보다도 그 아카르드의 놀라운 위력을 잘 알고 있었다. 바로 그 아카르드가 도저히 오를 수 없는 포프슨 외성 뒤편 산에 만들어졌던 크실의 초소를 깨뜨려 '마법의 페가드' 라 불리던 포프슨 성을 탈환하는 데 결정적인 역할을 했던 것이다.

'상대편의 동정까지 받아야 한단 말인가.'

라즈파샤는 이로 입술을 꽉 깨물었다. 시큰한 느낌과 함께 입 안에 잔잔한 전장의 냄새가 퍼지기 시작했다.

"모두 힘을 내라! 메이데어 평원은 멀지 않다!"

라즈파샤는 악을 쓰며 기사들을 독려했다.

'나이트 파스크란과 나이트 네라이젤은 아마도 각자의 힘으로 전장을 이탈할 수 있으리라.'

라즈파샤는 그렇게 생각하고 하야덴을 휘두르며 말을 달리기 시작했다.

후방에 서서 호위를 할 것인가, 아니면 전방에서 탈출구를 뚫을 것인가. 선택할 수 있는 두 가지 길 중에서 나이트 라시드는 전방에서 싸우는 쪽을 택했다. 후방 보급대는 움직임이 가장 둔하고, 호위를 해야 하기 때문에 전투 능력도 떨어지게 마련이지만, 앞에서 이끌지 못한다면 그만큼 혼란에 빠지는 정도가 더욱 심할 것이라고 생각한 것이다. 퀴트린과 라즈파샤가 결사적으로 이나바뉴 기사단을 저지하는 사이, 라시드는 후방 보급대를 호위하며 전장을 빠져나오고 있었다.

"나이트 라시드!"

추격해 오는 이나바뉴 기사단을 뿌리치며 달리고 있던 라시드는 뒤에서 자신을 부르는 소리를 들었다.

나이트 란슈트, 바스크 91의 기사였다. 나이트 라시드는 로젠다로에서 가장 낮은 바스크를 가진 기사였으나, 지난번 전투에서 그의 실력이 충분히 입증되었고, 또한 기사대장 라즈파샤에 의해 중용되고 있었기 때문에 자신보다 높은 바스크의 기사와 함께 바스엘드의 역할을 수행하고 있었다.

"후미가 이나바뉴 기사단에게 잡혔다!"

"예?"

라시드는 깜짝 놀랐다. 벌써 이나바뉴 기사단이 추격해 왔다는 말인가?

"전진 속도가 너무 느렸습니까?"

"아니, 이나바뉴 기사단이 너무 빨랐다."

나이트 란슈트는 자랑하던 구레나룻이 온통 피로 범벅이 된 채 다급하게 말했다. 라시드가 잠시 머뭇거리자 란슈트가 이어 말했다.

"보급대의 일부가 이나바뉴 기사단의 손에 들어갔다. 이미 탈환은 어려워졌어."

란슈트는 하야덴 실력은 라시드에 비해 떨어졌지만 그와 비교해 비교적 많은 경험과 지식을 쌓았기 때문에 상황 판단에 관해서만은 라시드보다 정확했다. 그는 후미를 포기하고 더 이상의 피해를 막기 위해 일단 후방으로 가자고 말하고 있었다.

"상대는 옐리어스 나이트. 섬광 같은 하야덴을 쓰는 것으로 보아 나이트 라벨인 것 같다."

라시드는 알겠다는 듯이 고개를 끄덕였다. 라벨이라면 그도 대결해 이길 수 없는 상대라는 것을 알고 있었다. 후방 일부를 포기하는 것이 옳은 선택인 것 같았다.

"최후방에는 어떤 보급대가 포진해 있었습니까?"

"무기창은 아니야. 아마도 식량창이……."

그 말에 라시드는 갑자기 온몸에 전율을 느꼈다. 식량창. 그곳에는…….

"식량창이라고 하셨습니까?"

라시드의 질문에 란슈트가 급하게 대답했다.

"무기창만 지킬 수 있으면 돼. 식량창은 메이데어 평원에도 있다."

라시드는 잠시 뒤를 바라보았다. 이나바뉴 기사단은 더 이상 추격해 올 움직임을 보이지 않고 있었다.

'후방 보급대를 부탁한다. 나는 라즈파샤 님을 호위하며 전방 교전이 예상되는 곳으로 가겠다.'

퀴트린이 전장으로 떠나며 마지막으로 했던 말이 라시드의 뇌리를 스쳤다.

'퀴트린 님은… 내게 아아젠 님의 호위를 맡기신 것이었다.'

라시드는 마른침을 삼켰다.

식량창 쪽에는 아아젠이 있다. 그러나 이제 와서 그의 지휘 하에 있는 기사단을 회군한다면 피해는 더욱 늘 뿐이다. 태반의 병력이 꺾인다면 메이데어 평원에서 준비하고 있는 두 번째 결전은 이미 패한 것이나 다름이 없는 것이다.

'이런 젠장.'

라시드는 나무꾼 시절에 배웠던 욕을 마음속으로 내뱉었다. 그러나 그의 마음속과는 달리 그의 눈은 전장을 빠른 속도로 달리고 있었다.

"나이트 라시드, 뭘 생각하고 있나? 어서 가야 한단 말이야! 이대로라면 무기창도 이나바뉴 기사단에게 넘겨 주게 될지도 몰라!"

라시드는 란슈트를 바라보았다. 란슈트는 후방을 금세라도 압박해 들어올 태세로 로젠다로 기사단을 쫓고 있는 이나바뉴의 레페리온을 바라보고 있었다. 라시드의 등에 오싹한 한기가 몰아치고 있었다.

"란슈트 님."

라시드는 날이 빠져 버린 하야덴을 던져 버리고, 땅바닥에 꽂혀 있던 다른 기사의 하야덴을 뽑아 들었다.

"후방에서 보급대를 호위하여 메이데어 평원으로 후퇴하십시오."

란슈트가 라시드를 향해 무엇인가 말하려 했지만, 라시드는 굳은 표정으로 하야덴을 힘있게 쥐었다.

"무슨 말인가?"

"저는 식량창으로 돌아가야 합니다."

란슈트가 말릴 새도 없이 라시드는 페가드를 가슴에 밀착시킨 채 반전하여 기사단을 이탈해 갔다. 그는 전속력으로 말을 몰았고, 순식간에 로젠다로 기사단에서 멀어져 이나바뉴 기사단을 향해 달려가고 있었다.

'아아젠 님께 무슨 일이 생긴다면, 난 퀴트린 님을 뵐 면목이 없다.'

라시드의 눈에서는 살의가 뿜어져 나오기 시작했다.

아침 햇살이 핏빛으로 물든 체렌 평원에 내리기 시작했다.

6

"설마?"

이나바뉴 바스크 152 나이트 벨레즈는 퇴각하던 로젠다로 기사단에서 한 기의 기사가 돌출하여 이나바뉴 쪽으로 돌격해 오는 것을 바라보며 자신의 눈을 의심할 수밖에 없었다.

"아니, 저럴 수가……."

나이트 벨레즈는 하야덴을 들어 그 기사를 응시하며 작은 목소리로 중얼거렸다. 로젠다로 기사단은 후퇴하고 있었고, 벨레즈가 지휘하는 이나바뉴 기사단은 퇴각하는 로젠다로 기사단의 후미를 공격하고 있었다. 그런데 쫓겨가던 로젠다로 기사단에서 한 기의 말이 후퇴하는 방향의 반대쪽으로 전속력으로 돌격해 오고 있으니, 벨레즈로서는 이해가 안 될 수밖에 없는 것이었다.

"미쳤군."

벨레즈는 혀를 찼다.

그러나 그 기사는 조금도 망설임 없이 직선으로 말을 달려 왔고, 잠시 후 그의 얼굴을 충분히 식별할 수 있는 거리에까지 접근해 왔다. 짙은 자주색의 갑옷. 로젠다로 중앙기사단을 상징하는 갑옷 속에서 엄청난 투기가 뿜어져 나오고 있었다.

'위압감만은 대단한 기사로군.'

벨레즈는 하야덴을 고쳐 쥐었다. 마치 죽음을 각오한 것 같은 놀라운 존재감이 그 기사의 몸을 감싸고 있는 것을 보며, 온 힘을 다해 그를 막아야 할 것이라고 벨레즈의 육감이 말하고 있었던 것이다.

"비키지 않으면 베어 버리겠다!"

자신의 앞을 가로막는 이나바뉴의 기사들을 향해 그 기사가 외치자 그 위세에 눌린 몇 명은 뒤로 물러서거나 옆으로 비켜 서고야 말았다. 그만큼 라시드의 투기는 어마어마한 것이었다.

퍽.

둔탁한 소리가 들리며 기사 세 명의 몸이 공중으로 날아올랐다. 베어진 것이 아니었다. 벨레즈도 자신의 눈을 믿을 수 없었지만 분명히 그 기사는 단 한 번 하야덴을 휘둘러 자신의 앞을 막아선 기사 세 명을 공중으로 밀어 올려 버린 것이다.

'맙소사. 단 한 번의 하야덴으로!'

벨레즈는 즉시 페가드를 가슴에 밀착시키며 말을 몰았다. 본능적으로 그는 로젠다로 기사의 놀라운 힘에 경외심을 느끼고 있었다. 하야덴을 꽉 쥔 채 그는 라시드의 앞을 가로막기 위해 재빨리 움직였다.

"이나바뉴 바스크 152 나이트 벨레즈입니다."

"로젠다로 바스크 129 나이트 라시드입니다. 비켜 주십시오."

라시드는 상대에게 존대어를 쓰고 있었지만 그 어감에선 꿍

장한 적대감이 느껴졌다. 벨레즈는 몸을 움찔했다.

'비켜 줄 수야 있나.'

벨레즈가 충분한 방어 자세를 취하고 하야덴을 들자, 라시드는 거리낌 없이 하야덴을 뻗으며 말을 돌진시켜 왔다.

하마터면 벨레즈 자신도 뒷걸음질을 칠 뻔했다. 마치 거대한 산이 자신을 향해 다가오는 것 같은 착각이 들었던 것이다. 라시드의 하야덴은 천천히, 그러나 무서운 힘으로 벨레즈의 가슴을 막고 있는 페가드를 향해 꽂혀 들어왔다.

"앗."

순간 팔이 떨어지는 듯한 극심한 통증이 팔목 언저리에 느껴졌다. 무언가 손아귀에 굉장한 압력이 가해졌고, 그의 가슴을 막고 있던 페가드는 그의 손을 떠나 하늘로 향해 날아갔다.

"크앗!"

벨레즈는 비명을 질렀다. 왼쪽 팔이 기묘한 모양으로 비틀어져 버렸다. 라시드의 일격에 벨레즈의 왼쪽 팔이 부러져 버린 것이다. 벨레즈의 몸은 말 위에서 중심을 잃고 크게 흔들렸다.

다음 순간, 굉장한 파열음이 들리고, 이번에는 반대쪽으로 몸이 뒤틀렸다. 벨레즈의 눈에는 페가드를 향해 날아가고 있는 자신의 반쪽짜리 하야덴이 들어왔다. 라시드는 두 번의 공격으로 벨레즈의 페가드와 하야덴을 모두 파괴해 버린 것이었다.

"아!"

벨레즈는 순간 죽음을 직감했지만, 라시드는 뒤도 돌아보지 않고 말을 달려 벨레즈의 옆을 스쳐 지나가 버렸다. 그의 앞을 가로막는 기사들은 서슴없이 베어지거나 공중으로 던져 올려지고 있었다. 벨레즈는 손잡이만 남은 하야덴을 버리고, 오른손으로 부러진 왼쪽 팔을 꽉 쥐어 통증을 가라앉히면서 라시드의 뒷모습을 바라보았다.

'정식으로 대적했다면… 죽었을 것이다.'

벨레즈의 몸은 전율로 휩싸였다. 놀라운 힘이었다. 위압감도 위압감이지만, 그의 힘은 정말 들어 본 적도 없는 상식 밖의 괴력이었던 것이다.

'이바이크 님의, 아니… 그 이상이다.'

하지만 라시드의 앞에는 여전히 수십, 아니 수백 명의 기사가 가로막고 있었다. 그때까지만 해도 그의 행동은 무모하게만 보였다.

스무 명쯤 베었을까.

그러나 라시드는 피로를 느낄 새가 없었다. 닥치는 대로 베고 밀어젖히며 앞을 향해 나아갈 뿐이었다. 도망칠 생각이 전혀 없는 것 같았다. 어느새 라시드는 페가드를 버리고 양손에 하야덴을 들고 있었다. 나이트 일린스크처럼 양손에 하야덴을 쥐는 것에 익숙하진 않았지만, 혼자의 힘으로 두터운 기사들의 방어벽을 돌파하기 위해서는 이편이 더 나을 것 같았다. 그러나 페가드가 없는 라시드의 몸은 이미 눈뜨고 보기 힘들 정도로 피투성이가 되어 있었다.

다시 라시드에 의해 다섯 명의 기사가 밀어젖혀져 그 뒤에 서 있던 다른 기사들과 함께 쓰러져 버렸다.

"비켜라!"

라시드는 다시 한 번 큰 소리를 지르고는 앞쪽으로 말을 달렸다. 또 한 명의 기사가 라시드의 하야덴을 맞고 앞으로 몸이 꼬꾸라지며 쓰러졌다.

그러자 앞을 막고 서 있던 기사들이 양쪽으로 갈라서기 시작했다. 그리고 그 행렬 끝에는 군데군데 붉은 반점이 묻어 있는 하얀 전투복을 입은 기사가 굳은 표정으로 그의 앞을 가로막고 서 있었다.

라시드는 다시 하야덴을 들어 그 기사를 향했다. 옐리어스 나이트, 그는 라벨과 똑같은 복장을 하고 있었다. 그러나 옐리어스 나이트라 할지라도 물러설 수는 없었다. 아아젠 님께 가기 전에는.

라시드는 목청을 높여 큰 목소리로 자신의 이름을 밝혔다.

"로젠다로 바스크 129 나이트 라시드입니다. 비켜 주시지 않는다면 뚫고 지나가겠습니다."

"이나바뉴 바스크 49 나이트 샤렌델. 옐리어스 나이트입니다. 라시드 님의 위용은 놀라운 것이나 그냥 비켜 드릴 수는 없습니다. 저를 베고 지나가십시오."

망설일 시간이 없었다. 라시드는 하야덴을 들어 샤렌델의 가슴을 훑고 지나갔다. 샤렌델은 뒤로 한 번 몸을 흔들어 라시드의 공격을 피해 냈다.

역시 옐리어스 나이트. 라시드는 두어 번 더 공격을 펼쳤으나 샤렌델은 하야덴을 들지도 않은 채 몸놀림만으로 라시드의 공격을 피해 냈다. 그는 방금 라시드와 벨레즈의 일전을 지켜보았기 때문에 라시드의 공격을 하야덴이나 페가드로 받아 낼 생각은 없었다. 힘으로 맞선다면 그 역시 결코 라시드의 상대가 될 수 없다는 것을 알고 있었던 것이다.

다시 한 번 찌른 하야덴이 허공을 가르자 라시드는 이를 악물었다. 시간이 지나면 지날수록 불리해지는 것은 라시드 쪽이었다. 라시드가 아무리 산을 움직일 수 있는 힘을 가지고 있다고 하더라도 체력에는 한계가 있게 마련이기 때문이었다. 그는 즉시 왼손에 들고 있던 하야덴을 바닥에 내팽개쳐 버렸다.

"하야덴을?"

샤렌델이 한 걸음 물러서서 하야덴을 들자, 라시드는 타는 듯한 눈으로 그를 응시했다. 또다시 산과 같은 투기가 샤렌델을 엄습해 왔다. 그 상상을 초월하는 존재감에 샤렌델은 온몸이 떨려 왔지만, 겉으로는 얼굴빛 하나 바꾸지 않았다. 샤렌델도 옐리어스 나이트로서의 자부심을 가진 뛰어난 기사였던 것이다.

"조심하십시오."

라시드의 낮은 목소리가 들리고, 하야덴이 눈부시게 펼쳐져 들어왔다. 아니, 들어온다기보다는 쏟아진다는 표현이 옳을 것 같았다.

'아. 정말 아름다운 기술이다.'

라시드의 공격에 감탄하던 샤렌델은 다음 순간, 경악으로 인해 눈을 커다랗게 뜰 수밖에 없었다. 눈이 부시도록 반짝이던 하야덴이 세 갈래 빛으로 나뉘어 세 군데 방향에서 샤렌델의 몸을 향해 쏟아져 들어온 것이었다.

'오, 사타루스여! 어떻게 이럴 수가!'

그러나 감탄의 순간도 잠시, 엄청난 충격이 샤렌델의 페가드에 가해지며 그의 몸이 공중으로 떠오르고 말았다. 그의 몸이 라시드의 공격의 압력을 이겨 내지 못한 것이다. 뒤로 날아가던 샤렌델은 페가드를 놓치고 얼마 후 바닥에 떨어지고 말았다.

경악과 공포로 떨리는 가슴을 진정시키려 애쓰며 샤렌델이 자리에서 일어섰을 때 라시드는 이미 그곳을 지나쳐 더 안쪽으로 달려가고 있었다. 그의 앞을 막으려 한 이나바뉴의 기사들은 여지없이 베어지거나 밀려 넘어지고 있었다.

'나이트 레이피엘… 너는… 너는!'

벨라로메 하야덴, 그것은 옐리어스 나이트 샤렌델이 항상 감탄해 마지않았던 이나바뉴 제1기사 나이트 레이피엘의 기술. 물론 완숙함과 속도 면에서는 나이트 레이피엘에 못 미쳤지만 대신 그의 벨라로메 하야덴에는 엄청난 힘이 실려 있었다. 샤렌델은 망연히 라시드의 뒷모습을 바라볼 뿐이었다.

"뭐라고?"

메이데어 평원에 들어서기 전, 일단 후퇴를 하며 퇴각해 오는 로젠다로 기사단을 수습하던 퀴트린은 나이트 란슈트의 말에 두 눈을 부릅뜨고 말았다. 그는 즉시 고개를 돌려 이나바뉴 기사단 쪽을 바라보았다.

"틀림없습니다. 나이트 라시드는 저 이나바뉴 기사단의 중앙을 향해 돌격해 들어갔습니다."

"그렇게 무모한 짓을 하다니!"

지금 로젠다로에서 기사 한 명의 생명이 얼마나 소중한지 알지 못하고 잃어버린 보급대를 위해 단신으로 상대 기사단에 뛰어들다니 퀴트린은 걱정스러운 마음보다도 분통이 먼저 터졌다.

약간의 거리를 두고 서 있던 파스크란이 퀴트린 쪽으로 다가서며 말했다.

"화는 나중에 내는 게 어때. 무슨 사연이 있는지 모르지만 우선은 그 기사를 구해 내는 것이 급한 일 아닌가."

파스크란의 냉정한 말이 퀴트린을 간신히 진정시켰다.

"맞는 말이다, 나이트 파스크란."

파스크란이 하야덴을 들었다. 그도 많은 상처를 입고 있었다.

"가자."

파스크란이 자신이 이끌던 로젠다로 기사단 1천 기를 향해 명령을 내리자 퀴트린도 그의 뒤를 따라 곧 자신의 기사단에게 돌격 명령을 내렸다. 퀴트린과 나이트 파스크란. 로젠다로 최강의 기사 두 명이 이끄는 3천여 기의 기사단이 다시 이나바뉴 기사단을 향해 돌격하기 시작했다.

"아카르드의 사용을 허락해 주십시오."

나이트 하이파나는 담담한 목소리로 말했다. 그러나 그 옆에 서 있던 나이트 슈펜다르켄은 말이 없었다.

마치 그를 다시 만난 것 같았다. 하라데스 평원에서 마주쳤던 검은 갑옷의 기사. 엄청난 중압감과 거리낌 없이 뻗어 나가는 하야덴은 그를 빼닮은 것이었다. 물론 지금의 무모할 정도로 용맹스런 로젠다로의 기사는 파스크란이 뿜어 내던 자신감의 투기가 아닌, 절망에 가까운 투기를 뿜어 내고 있다는 점이 다르긴 했지만.

"더이상 저 기사를 이대로 방치해 두면 이나바뉴 기사단에게 극심한 공포감을 조성할 듯싶습니다. 아카르드로 그의 생명을 취하겠습니다."

하이파나는 경직된 목소리로 말했다. 그러나 슈펜다르켄은 무엇에 홀린 듯이 단신으로 전장을 누비는 그 로젠다로의 기사를 감상하듯 바라보고만 있었다.

"닮았어."

"예?"

슈펜다르켄의 엉뚱한 말에 하이파나는 그의 얼굴을 돌아보았다. 슈펜다르켄은 묘한 표정을 지은 채 전장을 마치 평원을 달리듯 돌진해 가며 거리낌 없이 하야텐을 뿌려 대는 그 로젠다로 기사를 움직임 하나 놓치지 않으려는 듯 눈으로 좇고 있었다. 주름진 그의 눈가에는 희미한 미소가 떠오르고 있었다.

"정말 닮았군. 얼마 만에 보는 모습인가."

하이파나는 말을 하려다 말고 입을 다물었다. 슈펜다르켄의 목소리는 구름 위를 떠다니는 듯했고, 특별히 누군가를 향해 하는 말도 아니라는 걸 깨달은 것이다.

나지막한 목소리로 슈펜다르켄이 다시 말했다.

"이곳에 있었군… 우리들의 바람. 이 친구야, 우리가 얼마나 자네를 찾았는지 알기나 하는가?"

그의 눈에는 어느새 물기마저 어려 있었다.

그런 슈펜다르켄의 모습을 바라보던 하이파나는 다시 전장으로 눈길을 돌렸다. 피로 얼룩진 채 전장을 분노의 물결로 휩쓸고 있는 그 로젠다로 기사의 모습은 다름 아닌 한 편의 대서사시였다. 그것이 시라면 아마도 핏빛 절망이 가득한 시일 것이라고 하이파나는 생각했다.

바람의 기사 — 나이트 쥬벨린 편

퓨론사즈의 겨울, 눈이 막 그친 밤이라 주위는 평온하고 고요했다. 그 적막 속을 바람이 훑고 지나가고 있었다.

왕궁을 제외하고는 퓨론사즈에서 가장 높은 이니아의 언덕 기슭에 있는 큰 저택 2층 베란다에 한 여자가 눈 쌓인 거리를 내려다보고 있었다. 스무 살가량 돼 보이는 여자였다. 그녀가 작게 한숨을 내쉬자 그녀의 등 뒤쪽에 있던 문이 열리며 목소리가 들려 왔다.

"다레이네 님, 들어오세요. 날씨가 추워요."

뮤젠 페드라스 가의 저택에서 3대째 주인을 모시고 있는 늙은 하녀장이었다. 그녀는 일흔이 넘은데다 결혼조차 하지 않아서인지 페드라스 집안의 외동딸인 다레이네에게 각별한 애정을 쏟고 있었다.

"다레이네 님?"

"아."

다레이네는 그제야 등 뒤의 기척을 알아차리고는 대답을 했다. 하녀장이 그녀에게 다가가자 다레이네는 급히 고개를 돌려 하녀장을 외면했다.

"눈물을 흘리고 계셨어요?"

하녀장의 목소리엔 약간의 놀라움이 나타나 있었다. 그녀는 나지막하고 따뜻한 목소리로 말했다. 마치 친손녀를 타이르듯이.

"다레이네 님처럼 강한 여성이 눈물이라니요. 어울리지 않아요."

"알아요."

조용한 목소리로 다레이네가 말했다. 그녀의 모습이 애처로워 보였는지 하녀장은 부드러운 목소리로 그녀를 격려하려 했다.

"아켈로르 님이 좋아하는 모습은 다레이네 님의 강하고 당찬 모습 아니었던가요? 아마 지금 아켈로르 님이……."

"그만하세요."

날카로운 목소리로 다레이네가 말했다. 말을 내뱉고서 자신도 놀랐는지 그녀는 곧 고개를 돌려 하녀장에게 사과했다.

"미안해요. 그렇게 말하려는 것은 아니었어요. 단지……."

그러나 다레이네는 목소리가 떨려 와 말을 다 맺지 못하고 말았다. 그녀는 한숨을 쉬며 눈을 들어 바깥을 내다보았다.

늦은 시각인데도 언덕 쪽에 불이 켜진 집이 한 채 보였다. 그녀의 물기 어린 시선을 따라가 본 하녀장이 입을 열었다.

"섀럿 님의 저택을 보고 계셨군요. 아마도 그 꼬마 기사님이 하야텐을 연습하는 모양이에요."

이니아의 언덕 꼭대기에는 대대로 뛰어난 기사들을 배출한 섀럿 가의 저택이 있었다.

"엘빈과 다엘처럼… 그렇게 아무 걱정 없던 나이로 돌아갈 수 있다면 얼마나 좋을까요."

엘빈은 섀럿 가의 아들이었고, 섀럿 가의 전통을 이어 기사
가 되기 위해 혹독한 연습을 거치고 있는 중이었다. 늦은 시간
까지 하야덴을 연습하는 걸 보면 아마도 그의 아버지에게 호
된 질책을 받은 모양이었다.

똘망똘망한 눈망울로 다레이네를 훔쳐보다가도, 문득 그녀
가 고개를 돌리면 짐짓 점잖은 척 딴청을 피우는 귀여운 소년
이었다. 다레이네는 어릴 적부터 엘빈을 보아 왔지만, 그가 투
정을 부리거나 소리를 내어 우는 것을 단 한 번도 본 적이 없
었다. 어린 나이였지만 그는 기사 집안 섀럿 가의 엄한 전통에
의해 냉철한 기사로서 훈련되고 있었던 것이다. 나이에 걸맞
지 않게 정중하려고 노력하는 그가 다레이네는 가끔 안쓰러워
보이기도 했었다.

다엘의 집도 이곳에서 멀지 않았다. 그녀 역시 뮤젠 계급 집
안의 둘째딸이었기 때문에 같은 뮤젠 계급인 다레이네의 집안
과 친분이 있었다. 게다가 다엘은 이상하게도 친언니보다 다
레이네를 더 따랐다. 엘빈과 다엘, 둘은 어릴 때부터 함께 자
란 소꿉동무였다.

무슨 생각이 났는지 눈물을 머금고 있던 그녀의 눈에 웃음
기가 어렸다. 하녀장이 조용히 그녀의 말을 기다리자 다레이
네가 혼잣말처럼 작은 목소리로 말했다.

"다엘이, 그 열두 살 꼬마 아가씨가, 제게 고민을 털어놓더
군요. 엘빈이 사랑을 고백했다나 봐요. 그 무뚝뚝하고 조용한
엘빈이 얼굴이 온통 새빨갛게 되어선 다엘에게 고백하는 장면

이 상상이 돼요. 다엘도 싫지는 않겠죠, 엘빈은 좋은 애니까. 저도……."

난간을 붙잡은 그녀의 손이 미세하게 떨렸다.

"그렇게 한 사람만 바라보며 한 사람에게만 사랑받을 수 있다면 좋을 텐데……."

'그런 어린아이들 장난이 부러울 정도로 가슴이 아프신가요.'

하녀장은 다레이네의 모습이 너무나 측은해 보였다. 다레이네가 다시 작은 목소리로 말을 이었다.

"쥬벨린 님이 아니라 이레니엘 오빠, 아켈로르 님이 아니라 가이샤 오빠라고 언제까지나 부를 수는 없을까요, 하녀장."

하녀장이 대답했다.

"결혼이라는 건 누구나 한 번 거쳐야 하는 일이에요. 그건 끝이 아니라 통과의례일 뿐이랍니다."

아마도 아버지 페드라스 경에게 이런 말을 했다면 당연히 다른 대답이 나왔을 것이다. 가이샤는 언젠가 이나바뉴의 기사대장이 될 굉장한 기사라고, 그의 아내가 되는 것이 최고의 행복을 누릴 수 있는 방법이라고, 더군다나 가이샤는 어린 시절부터 너를 바라보고 있었으니 얼마나 다행한 일이냐고, 왜 고민을 하는 거냐고… 아마도 그렇게 말했을 것이다.

분위기를 바꾸려는 듯 하녀장이 명랑한 목소리로 말했다.

"그 귀여운 다엘 님도, 자신의 꼬마 기사를 '섀럿 님'이라고 부르고 싶다더군요. 어쩌면 다레이네 님의 고민은 지나친 것일지도 몰라요."

그녀는 하녀장의 말을 들었는지 못 들었는지 그저 눈으로 퓨론사즈의 거리를 훑고 있었다. 잠시 그렇게 있다가 하녀장이 다시 입을 열었다.

"그만 들어가세요. 바람이 차졌어요."

하녀장의 말에 고개를 끄덕인 다레이네는 하녀장의 뒤를 따라 자신의 방 안으로 들어갔다.

하녀장은 그녀가 조금 마음을 진정시킨 듯하자 침대를 정리해 준 다음 방문을 나서려 했다.

"고마워요."

문득 다레이네의 목소리가 하녀장의 발목을 붙들었다. 키 작은 하녀장은 얼굴에 웃음을 띤 채 고개를 한 번 끄덕여 보인 다음 문을 닫았다.

쥬벨린 님의 이야기를 하지 않아 줘서 정말 고마워요… 그녀는 그렇게 말하고 싶었을 것이다.

"하하핫!"

통쾌한 웃음소리가 들렸다. 가이샤는 언제나 그 창쾌한 웃음소리를 좋아했다.

"그만 좀 하는 게 어때, 가이샤. 하야덴이 아주 닳아 없어져 버리겠어."

온몸이 땀에 흠뻑 젖도록 하야덴을 휘두르고 있던 가이샤는 밝은 표정으로 친구를 맞았다. 커다란 몸집에 밝고 꾸밈없는 얼굴. 그 얼굴 가득 웃음을 띤 이레니엘이 정원으로 올라오고 있었다. 문득 이레니엘이 큰 소리로 말했다.

"어어, 멜피. 너도 와 있었어?"

가이샤와 하야덴을 겨루고 있던 다른 기사가 땀에 젖은 머리카락을 쓸어올리더니 오른손을 들어 예를 취했다. 조금은 장난스러운 모습이었다.

"이나바뉴 바스크 166 나이트 슈펜다르켄이 쥬벨린 님을 뵙습니다."

"이것 봐라. 옐리어스 나이트가 된다더니 헛 겸양만 늘었구나, 멜피."

기사답지 않은 스스럼없는 말투였지만 그 말투 속에는 동료를 향한 사랑과 관심이 담뿍 담겨 있었다. 멜피가 웃으며 대답했다.

"봄이 빨리 왔으면 좋겠어. 화려한 순백색 예복을 입고 예를 취하면 이레니엘도 그렇게 장난스럽게 인사를 받을 수는 없을걸."

이레니엘이 큰 소리로 웃었다.

"그래, 나도 옐리어스 나이트의 예를 받아 보는 날이 빨리 왔으면 좋겠다."

그렇게 말하고는 이레니엘은 잠시 가이샤와 멜피를 번갈아 가며 바라보았다.

"나이트 쥬벨린이란 말이지."

이레니엘, 이나바뉴 중앙기사단 소속 나이트 쥬벨린의 바스크는 125. 스물한 살 동갑내기 기사인 파아렐 나이트 가이샤 아켈로르의 바스크는 110으로 이레니엘보다 높았다.

잠시 몇 마디 농담을 주고받은 후, 가이샤가 멜피에게 말했다.

"멜피, 가서 점심 식사에 한 사람분을 더 추가해 달라고 얘기해 주겠니? 꼭 하녀장일 필요는 없고, 눈에 보이는 사람 아무에게나 부탁하면 하녀장에게 전해 줄 거야. 그리고 나이트 쥬벨린은 보통 사람의 두 배는 더 먹을 테니 주의하라고도 전해 주렴."

"어이, 멜피. 나이트 아켈로르는 배가 고프지 않은 것 같으니 나이트 아켈로르의 몫은 준비하지 않아도 될 것 같다고도 전해 줘."

이레니엘의 말에 가이샤는 하늘을 향해 큰 소리로 웃음을 터뜨렸다.

"잘 알겠습니다. 오늘 식사는 그러니까 나이트 슈펜다르켄만 하는 거죠?"

"뭐야? 이봐 멜피, 내 인생의 유일한 낙을 제발 빼앗지 말아 줘!"

"하하핫!"

멜피는 가이샤와 이레니엘보다 세 살이 어렸다. 하지만 아주 어렸을 때부터 자존심이 남다르게 강했던 멜피는 그 둘을 형으로 대하고 싶어하지 않았고, 언제부터인지 셋은 마치 친구처럼 지내게 되었다. 물론 셋이 있을 때만의 이야기였지만.

하지만 멜피의 나이가 어린 것은 사실이므로 동생으로서 해야 할 일을 함에는 망설이지 않았다.

멜피는 정원을 가로질러 저택 쪽으로 걸어가기 시작했다. 아니, 그는 가이샤와 이레니엘이 둘만 나누고 싶어하는 이야 기가 있다는 것을 알고 있었기 때문에 순순히 자리를 비켜 준 것이었다. 지금, 퓨론사즈 왕궁에 있는 기사라면 누구나 관심 이 있는 이야기를.

"이나바뉴 총사대를 그만둘까 해."

문득 가이샤가 입을 열었다. 이레니엘은 조금 멀리에 있던 의자를 가져다가 앉았다. 의자에 앉아도 서 있는 가이샤와 비 슷하게 보일 정도로 그의 몸집은 대단히 컸다. 조금 쌀쌀한 겨 울 날씨 때문에 땀을 흘린 가이샤는 약간의 추위를 느꼈다.

"파아렐 나이트의 입장은 바뀌지 않은 모양이지."

이레니엘이 말했다. 가이샤는 가장 나이가 어린 파아렐 나 이트였다.

"아, 이것도 저것도 다 귀찮으면 렉카아드를 해보지 뭐."

이레니엘이 갑자기 큰 소리로 말하자, 가이샤는 어이가 없 다는 듯이 그의 얼굴을 바라보다 큰 소리로 웃었다. 이 유쾌한 친구는 언제나 가이샤를 즐겁게 해주었다. 그러나 가이샤의 웃음은 한숨으로 끝났고, 그 모습을 바라보던 이레니엘은 조 용한 목소리로 입을 열었다.

"농담이야, 친구. 그렇게 해서 내가 이긴다면 다레이네가 좋아하겠어?"

가이샤는 그의 옆에 있는 의자를 끌어다 앉았다.

"하지만 내가 이긴다면 다레이네는 자결이라도 하고 싶어 할 거야."

"풋."

이레니엘이 허탈하게 웃음을 터뜨렸다. 그런 걸 알면서 왜 다레이네를 마음속에 품고 있는 거야, 이 바보야. 이레니엘의 허탈한 웃음은 그렇게 말하고 있었다.

가이샤는 문득 고개를 들어 하늘을 빠르게 흐르는 구름과, 그 뒤를 쫓아 달려가는 바람을 바라보았다.

상냥하고 따뜻하면서도 강하고 당찬, 아름다운 다레이네를 가이샤가 가슴속에 간직하기 시작한 것은 꽤 오래전의 일이었다. 그리고 자신의 가장 친한 친구의 마음속에도 그녀가 들어 있고, 그녀의 눈 속에도 그 친구가 있다는 것을 알게 된 것도 그리 오래 지나지 않아서였다. 하지만 가이샤와 이레니엘은 서로의 마음을 묵시적으로 인정하며 지금까지 친구로 지내 왔었다. 둘 다 기사가 되어 그녀가 둘 중의 한 명을 선택해야 할 시간이 오기 전까지는.

하지만 가이샤는 라카이트 계급 출신인 이레니엘에 비해 높은 신분인 뮤젠 계급 출신으로 하이파나 가와 어깨를 견주는 명문 아켈로르 가의 자제였다. 거기에 기사로서의 실력은 엇비슷하다고는 하나 선배 기사들에 대한 깍듯한 예우와 후배 기사들에 대한 통솔력과 애정을 가진 가이샤는, 형식에 얽매이기를 싫어하며 언제나 자유롭고 싶어하는 호탕한 이레니엘에 비해 반드시 큰 기사가 될 것이라고 평가되고 있었다.

비록 다레이네의 마음이 이레니엘을 향하고 있다 하더라도 그녀의 집안에선 그녀가 가이샤의 아내가 되기를 바라는 것은 당연한 일이었다. 아니, 그렇게 해야만 하는 것이 다레이네의 아버지 뮤젠 페드라스 경의 입장이기도 했다.

이제 그 두 명의 젊은 기사가 한 귀부인을 마음에 두고 있다는 사실이 대부분의 기사에게 알려져 어느 쪽의 입장에서든지 양보라는 것은 어색하게 되어 버렸다.

파아렐 나이트들은 바스크가 높고 미세하나마 실력 역시 우위를 점하고 있다고 판단되는 파아렐 나이트 아켈로르가 렉카아드라도 해서 다레이네를 차지하기를 바랐다. 그것은 어쩌면 자연스러운 것이었다. 이나바뉴 총사대라는 거창한 명예가 걸린 파아렐 나이트들이었기 때문에…….

"비웃음을 사기로 했어."

가이샤의 말에 이레니엘이 가이샤를 돌아보았다.

"뭐라고 했지?"

"만약 그런 일이 벌어진다면 내가 렉카아드를 거절한 것으로 하겠어."

이레니엘이 어색한 표정으로 웃었다.

"무슨 소리야. 넌 파아렐 나이트야. 그런 바보 같은 짓을 했다가는 파아렐 나이트의 작위는커녕 이나바뉴 기사단에서 영구 제명당할지도 모른다고."

가이샤는 고개를 저었다. 그의 입가에는 뜻 모를 웃음이 맴돌고 있었다.

"네가 그런 말을 하다니 그게 더 어색한데. 형식에 얽매이기 싫어하는 건 바로 너 아니었어?"

이레니엘이 자리에서 벌떡 일어났다.

"그건 나 하나로 충분해. 네 꿈과 미래를 빼앗을 바에야 차라리 내가 네 하야덴에 쓰러지겠어! 무슨 말도 안 되는 소리를 하는 거야, 가이샤."

이레니엘이 갑자기 화난 듯한 목소리로 말했다.

언제나 자유를 추구하던 이레니엘이었지만 당연히 그의 친구의 미래를 앗고 싶지는 않았다. 렉카아드에서 도망친다면 그것은 명예를 버리고 스스로 기사로서의 인생을 마감하겠다는 뜻과도 같은 것이었다.

"그만둬. 더 얘기하면 할수록 내가 비참해질 것 같다는 생각은 안 들어, 이레니엘?"

가이샤가 몇 마디 말을 더 하려는 순간, 이레니엘이 고개를 가이샤의 반대쪽으로 돌리더니 아, 하는 소리를 뱉어 냈다.

멀리에서 하녀 한 명이 다가오는 모습이 보였다. 가이샤는 즉시 입을 다물었다.

"다레이네 님이 오셨습니다, 가이샤 도련님."

두 사람 앞에 다가온 하녀가 두 손을 공손히 모으고 머리를 조아리며 말했다.

"야, 다레이네!"

아켈로르 가의 기사들이 페드라스 가의 기사들에게서 호위를 인계받자, 다레이네는 곧 경쾌한 발걸음으로 가이샤와 이레니엘에게 다가왔다. 비스듬히 쓴 챙 넓은 모자에 햇살이 부딪혀 반짝였다.

"아, 다레이네에게 이나바뉴 최고의 기사 세 명을 모두 만날 수 있는 영광을 주셔서 감사해요. 어, 한 명이 없네요? 멜피 오빠는요?"

다레이네는 먼저 그 자리에 없는 멜피의 안부부터 물었다. 사실 멜피는 다레이네보다 한 살이 어렸다. 멜피가 나머지 두 명과 친구처럼 지내기 때문에 다레이네는 그를 위해 오빠라는 존칭을 사용하고 있는 것이었다.

"멜피는 잠깐 안에 들어갔어. 춥지 않아?"

이레니엘의 말에 그녀는 춥지 않다는 듯 고개를 저었다. 그러나 그녀의 볼은 이미 찬바람을 맞아 붉게 상기되어 있었다. 가이샤가 입을 열었다.

"다레이네도 왔으니까 이제 안으로 들어가는 것이 어때? 점심 할 시간도 얼마 남지 않은 것 같은데."

"그래요."

다레이네가 동의하자 이레니엘은 의자를 본래의 위치에 가져다 놓았다. 가이샤가 앞장서서 그 둘을 집으로 안내했다. 그녀가 생각보다 밝은 표정이어서 가이샤는 적잖이 안심이 되었다.

"아?"

가이샤의 뒤를 따라 저택 안으로 걸음을 옮기고 있던 다레이네는 무엇인가가 자신의 오른손에 쥐어지는 것을 느끼고 옆에 서 있던 이레니엘을 바라보았다. 쪽지일까? 문득 바라보니 이레니엘은 아무렇지도 않다는 표정을 하고 있어서 다레이네도 곧 아무 일도 없었다는 듯이 내색하지 않은 채 계속 걸음을 옮겼다.

사실 이레니엘을 '바람'이라고 부르기 시작한 것은 다레이네였다. 막힘 없이 자유분방한 성격에 호탕한 웃음, 그리고 전장에 나서면 거리낌없이 평야를 달리듯 적진을 누비며, 그가 상대한 기사는 쓰러졌다는 표현보다는 날아갔다는 표현이 어울릴 정도로 엄청난 파괴력을 보인다는 가이샤와 멜피의 말에, 다레이네가 웃으며 '바람의 기사'라는 별칭을 그에게 붙여 준 것이다. 이레니엘 스스로도 그렇게 불리는 것에 만족했다.

그날 밤, 바람의 기사라고 불리는 이나바뉴 바스크 125 나이트 쥬벨린은 뮤젠 페드라스 가의 담벼락이 만들어 주는 그림자 속에 서 있었다. 가끔 이레니엘과 다레이네가 밀회 장소로 이용하던 바로 그곳이었다.

"이젠 빠져나오는 것이 옛날처럼 쉽지 않아요. 하녀장에게 어찌나 부탁을 했는지."

다레이네의 말에 이레니엘은 입을 벌리고 소리 없이 웃었다. 그녀의 귀에는 통쾌한 그의 웃음소리가 들리는 듯했다.

"시간이 많지는 않아요. 특별히 할 말이 있는 거예요?"

다레이네의 말에 이레니엘은 잠시 그녀의 얼굴을 바라보았다. 눈이 마주치자 다레이네는 황급히 고개를 숙였다. 그녀의 키는 이레니엘의 가슴에도 채 닿지 않았다.

"다레이네, 당장 누구를 선택할 것인지는 묻지 않겠어."

'역시 그 얘기였군요⋯⋯.'

다레이네는 고개를 숙인 채 묵묵히 그의 이야기를 들었다.

'가이샤와 정말 렉카아드를 하게 된다면 결과에 관계없이 그녀는 아무도 선택하지 않겠지.'

이레니엘은 그렇게 생각하고 있었고, 그것은 사실이었다.

이레니엘이 말을 이었다.

"하지만 렉카아드를 하지 않고서도 나를 선택할 수 있다면 어떻게 하겠어?"

"네?"

다레이네는 조금 놀란 눈으로 이레니엘을 바라보았다. 그의 눈은 확신에 차 있었다. 잠시 그의 얼굴을 바라보다 다레이네는 부드럽게 웃었다. 깊게 쌓인 눈이라도 단숨에 녹일 듯이 따뜻한 웃음이었다.

"그렇게만 된다면⋯ 제 모든 것을 포기할 수도 있어요."

"모든 것을?"

이레니엘은 그녀의 말을 되씹듯이 물어보았다. 다레이네는 힘주어 고개를 끄덕였다.

"예. 모든 것을요."

"나이트 쥬벨린의 작위와, 뮤젠 페드라스 가의 배경까지도?"

"예?"

이레니엘의 말이 한순간 이해되지 않았는지 다레이네는 눈을 동그랗게 뜨고는 잠시 이레니엘의 얼굴을 빤히 바라보았다. 그러나 곧 그녀는 확신에 찬 표정으로 다시금 고개를 끄덕여 보였다.

"다레이네는 강해요. 알고 계시잖아요?"

알고 있지. 알다 마다. 이레니엘은 그녀를 보며 고개를 끄덕였다.

"알겠어."

그녀의 눈을 바라보며 그가 다시 작은 목소리로 말했다.

"이틀 후 밤에 이곳에서 다시 만나. 하지만 정말 모든 것을 포기할 수 있다는 확신이 들 때만 이곳으로 와. 그렇지 않다면 나오지 말았으면 해. 난 다레이네의 모든 행복을 빼앗을 정도로 잔인하지는 못해."

다레이네는 고개를 저었다.

"무슨 생각을 하고 계시는지는 모르겠지만, 제 행복은 무엇 때문에 존재하는지 저 스스로가 가장 잘 알고 있어요. 만약 제가 선택할 수 있다면 선택하겠어요. 선택받는 인생을 살아야 한다면 차라리 산다는 것 자체를 포기할 거예요."

만족스러운 표정이 이레니엘의 얼굴에 나타났다.

넌 정말 강해, 다레이네. 그의 눈은 그렇게 말하고 있었다.

"고마워."

다레이네가 돌아가야 할 시간이었다. 짧은 만남이 아쉬웠지만 이레니엘은 그녀에게 작별 인사를 한 다음 빠른 속도로 그곳에서 멀어져 갔다. 다레이네는 잠시 그의 뒷모습을 바라보다가 집으로 걸음을 옮겼다.

'포기할 수 있다. 아무도 상처받지 않고 그를 선택할 수 있다면. 나의 모든 것을 버려야 한다고 할지라도.'

집 안으로 들어서기 전 잠시 돌아본 거리에는, 누군가의 눈에 띌새라 황급히 걸음을 옮기는 큰 몸집의 기사가 있었다.

가이샤가 사타루스의 대지로 들어섰을 때, 선배 기사들은 모두 그를 기다렸다는 듯한 표정으로 그를 반겼다. 어떤 이는 반가움으로, 어떤 이는 두려움으로, 그리고 어떤 이는 걱정스러운 모습으로 각각 그를 맞이했다.

가이샤는 예를 취한 다음 선배 파아렐 나이트들 쪽으로 걸어갔다.

"무슨 일이 있나요? 왜들 그러세요?"

"렉카아드다."

한 명의 기사가 말하자 잠시 무슨 말인가 생각하던 가이샤는 깜짝 놀란 표정을 짓고 말았다.

"뭐라구요?"

"방금 나이트 쥬벨린이 다녀갔다. 사흘 후, 나이트 아켈로르에게 이곳 사타루스의 대지에서 렉카아드를 신청한다더군. 우리는 그 말을 너에게 확실히 전해 주겠다고 이야기했다."

"무… 무슨?"

가이샤는 눈앞이 캄캄해지는 것 같았다. 다른 선배 기사가 말했다.

"이길 수 있겠니, 나이트 아켈로르? 나이트 쥬벨린은 중앙 기사단에서도 손꼽히는 기사야. 아마 힘만으로 대적한다고 하면 이나바뉴 전체를 뒤져도 그와 맞설 수 있는 사람은 없을 거다."

'무슨 말도 안 되는 짓을, 이레니엘!'

가이샤는 마음속으로 비명을 질렀다. 그러나 그의 심정을 모르는 선배 기사들은 하나 둘씩 자신의 의견을 꺼내 놓기 시작했다.

"이길 수 있어요. 나이트 아켈로르의 하야덴이 얼마나 빠른지 직접 못 보셔서 그래요. 아켈로르를 이길 수 있는 사람은 아마 지금 이나바뉴에는 아무도 없을걸요."

"그렇지. 나이트 아켈로르와 비견될 수 있는 기사는 나이트 쥬벨린과 나이트 슈펜다르켄 정도뿐일 거야. 선배 기사님들께는 죄송하지만, 아마도 선배 기사님들 중에도 없을걸?"

"나이트 아켈로르, 긴장하지 않는 것이 가장 중요해. 나이트 쥬벨린이 먼저 렉카아드를 신청한 것을 보면 네 기세를 꺾으려는 것이 틀림없어. 우선 긴장하지 말고 상대방의 눈을 충분히 바라본 다음에……."

"좀 더 두꺼운 하야덴을 쓰는 것이 좋지 않겠어? 나이트 쥬벨린의 엄청난 힘에 맞부딪친다면 웬만한 하야덴은 박살이 나 버릴 테니. 그래, 그래. 중앙기사단에 있는 친구에게 그런 하야덴이 있었어. 너도 들어 봤을 거야……."

선배 기사들은 각자 한두 마디씩의 충고를 가이샤에게 던졌다. 그러나 가이샤의 귀에는 어떠한 소리도 들어오지 않았다.

'렉카아드다!'

자신과 가장 친한 친구를 향해 하야덴을 들어야 하는 것이다. 왜 그랬을까. 이 어처구니없는 친구는 왜 이런 일을 벌인 것일까. 나를 위해? 그 자신을 위해? 아니면 아름다운 다레이네를 위해?

가이샤가 그 정확한 이유를 알기까지는 오랜 시간이 걸리지 않았다. 사흘 후, 사타루스의 대지에 이레니엘이 나타나지 않았을 때, 그는 금방 그 이유를 깨달을 수 있었다.

"다레이네!"

다레이네는 자신을 부르는 목소리에 뒤를 돌아보았다. 주위가 어두워서 사물이 잘 보이지 않았지만 아마도 이레니엘은 말을 타고 있는 것 같았다. 그가 말을 타고 이곳에 나온 적은 한 번도 없었다.

"말을 한 마리 더 가져왔어. 하지만 우선 퓨론사즈를 나가기 전까지는 나와 같은 말을 타는 것이 좋겠어. 성을 나가게 되면 이 말에 옮겨 타도록 하고."

이레니엘의 말에 다레이네는 그와, 그가 몰고 온 다른 한 마리의 말을 번갈아 바라보았다.

"퓨론사즈를 떠난다니요?"

이레니엘은 얼굴에 커다란 웃음을 띠었다.

"떠나는 거야. 바람과 함께. 아무도 우리를 알아보지 못하는 곳으로."

그제야 다레이네는 그가 무슨 말을 하고 있는지 깨달았다. 다레이네는 망설임 없이 말에 올라탔다.

"가요!"

다레이네가 제법 큰 소리로 말했다. 그녀의 마음도 벅차오르는 것 같았다.

"아무 걱정도 없는 곳으로 가요. 앞장서지 않을 거예요, 오빠? 그럼 제가 먼저 가버릴 거예요!"

이레니엘이 말했다.

"인사드리지 않아도 되겠어? 이젠 영원히 뵙지 못할지도 몰라."

이레니엘의 말에 다레이네는 잠시 멈칫하다가 말에서 내려 공손히 집을 향해 예를 올렸다. 그리고 마지막으로 한 번 더 집을 올려다보고는 미련 없이 돌아서서 다시 말에 올라탔다.

"이제 됐어요. 이별은 짧을수록 좋은 거예요."

이레니엘은 웃었다. 이 순간이 아마 평생 중에서 가장 행복한 순간일 것이라고 그는 생각했다.

"가자!"

두 필의 말이 쏜살같이 퓨론사즈 정문을 향해 달려가기 시작했다. 겨울 밤의 추위는 대단했지만 다레이네는 조금도 추위가 느껴지지 않았다. 오히려 자신의 등 뒤에 그녀의 '바람'

이 그녀를 지켜 주고 있다는 행복감에 주체할 수 없이 가슴이
벅차오르고 있었다.

　나이트 쥬벨린이 스스로 신청했던 렉카아드를 포기하고 도
망쳤다는 이야기는 곧 모든 이나바뉴 기사들의 귀에 들어가게
되었다. 더군다나 파아렐 나이트를 향한 렉카아드였기 때문에
원로원은 즉시 회의를 열어 이나바뉴의 기사도를 크게 실추시
킨 그를 기사단에서 영구 제명해 버렸다. 이나바뉴 첫 번째 영
구제명의 형이 결정된 것이었다.
　한편 본래는 자신이 나이트 쥬벨린에게 패배를 시인하고 기
사단에서 제명당할 각오를 하고 있던 나이트 아켈로르는, 오
히려 나이트 쥬벨린이 렉카아드를 피해 버린 덕분에 더 높은
명성을 얻게 되었다. 후에 기사대장의 자리에 오르기까지 '누
구도 그와 렉카아드를 원하지 않는다' 라는 설이 돈 것은 그
때문이었다.

　기사대장 나이트 아켈로르가 평생 결혼을 하지 않은 이유
도, 피엔젤 공주와의 관계에서 고민하던 나이트 레이피엘에게
긴 여행을 허락한 이유도 이런 사연 때문이었으리라.
　한편, 바람의 기사 나이트 쥬벨린과 그의 아내 다레이네의
행복은 어렵게 시작했음에도 오래가지는 못했다. 아슈벨의 늪
을 건너 국경을 넘은 그들은 로젠다로의 어느 작은 마을에 정
착했다. 둘은 힘들지만 어렵게 행복을 일구어 갔고, 이레니엘

을 쏙 빼닮은 아들도 얻게 되었다. 하지만 그는 아들이 다섯 살이 되었을 때 이레니엘은 그의 어린 아들에게 '아무것도 선택할 수 없더라도 기사는 되지 말아라' 라는 유언을 남기고 병으로 세상을 떠나고 만 것이다.

남편을 잃은 후, 오직 아들을 향한 사랑만을 행복으로 여기며 살아가던 다레이네는, 자신이 정착한 로젠다로의 작은 마을을 습격한 마적이 그녀의 아들에게 페치를 들이대자 아들의 생명을 구하려고 앞을 가로막다가 그 마적의 페치에 생을 마감하였다.

그러나 그녀는 언제나 행복해했고, 죽는 순간까지 자신의 삶을 후회하지 않았다. 아마도 그녀 스스로가 선택한 삶이었기 때문에 그랬을 것이다. 그녀는 누구보다도 강한 여자였고, 누구보다 따뜻한 어머니였다.

그런 지혜롭고 자애로운 어머니의 사랑을 담뿍 받고 자란 쥬벨린의 아들은 그러나 아버지의 유언과는 달리 로젠다로의 기사가 되었다. 이나바뉴와의 제4차 천신전쟁 중 가장 치열했다는 체렌 평원의 전투에서 단신으로 이나바뉴 기사단을 누비는 또 한 명의 '바람의 기사' 는 그렇게 탄생한 것이다. 그는 오래도록 이나바뉴 기사들의 기억 속에 잊히지 않고 깊이 각인되었다.

8

　나이트 라시드는 결국 이나바뉴 기사단의 포위망을 뚫고 로젠다로 진영에 도착할 수 있었다. 그러나 그때에는 이미 많은 피를 흘렸고, 또한 체력도 고갈 상태에 이르러 있었다.

　그가 그곳에 도착하여 맨 처음 볼 수 있었던 것은 아아젠과, 기사를 수행해 온 하녀 등 전투 능력이 없는 사람들을 가운데에 두고 몇 겹으로 둘러싼 채 이나바뉴 기사단을 향해 하야덴을 세우고 있는 로젠다로의 기사들이었다.

　그들은 라시드를 발견하자마자 환호성을 질렀다. 그러나 정작 라시드는 쓴웃음을 머금을 수밖에 없었다. 여기까지 왔다고 하더라도 그에겐 이미 그들을 데리고 다시 이나바뉴 기사단을 돌파할 힘이 없다는 것을 잘 알고 있었기 때문이었다.

　"모두 힘을 내라! 힘을 내서 포위망을 뚫고 탈출하자!"

　그러나 라시드는 이렇게 기사단을 독려할 수밖에 없었다. 모두의 눈이 그를 향해 있었고, 그 눈들은 모두 라시드가 그들을 메이데어 평원까지 인도할 것이라는 믿음과 신뢰로 가득했기 때문이었다. 그래도 그렇게 큰 소리로 외치자 어쩐지 새로운 용기가 다시 솟아나는 것 같았다.

　"가자! 싸울 수 없는 사람들을 가운데에서 호위하라! 내가 최전방에 서겠다!"

그렇게 외치고는 라시드는 힘있게 하야덴을 쥐었다.

이나바뉴 기사단은 지금까지 그의 놀라운 돌파력과 체력, 그리고 상식 밖의 파괴력을 가진 하야덴을 보아 왔고, 또한 그가 합류하자 로젠다로 기사단의 사기가 급격히 올라가는 것을 느끼고 조금 주춤거렸다. 그 모습을 보자 라시드는 희미하게 희망의 빛이 보이는 것 같았다.

'… 할 수 있을지도.'

라시드는 눈을 부릅뜨고 하야덴을 들어 앞에 서 있던 이나바뉴의 기사를 향해 하야덴을 내리쳤다. 그 기사는 하야덴과 페가드를 모두 들어 막았으나 그 힘을 견뎌 내지 못하고 저만큼 나가떨어졌다. 그러나 라시드의 힘이 많이 떨어진 탓인지 하야덴도, 페가드도 부서지지는 않았다.

잠시 정적이 흘렀다. 라시드는 아차 하는 느낌이 들었다. 이나바뉴의 기사들이 자신의 체력이 바닥난 것을 눈치 챈 것 같았기 때문이다.

아니나다를까 곧 이나바뉴의 기사 세 명이 동시에 라시드를 향해 하야덴을 뻗어 왔다. 라시드는 큰 소리로 외쳤다.

"이놈들!"

기사의 입에서 나올 법한 말은 아니었으나, 온몸이 피로 범벅된 라시드가 절규하듯 포효하자 이나바뉴의 기사들이 모두 주춤했다. 아무리 체력이 고갈된 상태라 해도 라시드의 존재감은 놀라운 것이었기 때문이다.

그 기세 그대로 라시드는 하야덴을 휘둘러 계속 이나바뉴 기사단을 찔러 갔다. 금세 그의 앞을 가로막고 있던 이나바뉴 기사 한 명의 가슴이 뚫리며 그대로 뒤로 넘어가 버렸다. 그리고 다시 한 번. 이런 식으로 얼마 정도는 전진해 나갈 수 있었다. 오직 라시드 한 명만을 의지해 로젠다로 기사들은 호위의 대열을 지키며 탈출을 시도하기 시작했다.

그때, 왼쪽에서 함성이 들렸다. 라시드가 놀라 바라본 그곳에는 한 떼의 이나바뉴 기사단이 지원을 위해 달려오고 있었다.

"아!"

라시드는 탄식의 한숨을 내뱉었다. 지금 이 상황에 또다시 1천여 기 기사단이 앞을 가로막는다면 탈출은 절망적이었다. 더군다나 그 기사단의 선두에는 화려한 순백색 전투복을 입고 긴 백색 펜플을 휘날리는 기사가 달리고 있었다. 옐리어스 나이트 라벨. 바로 그의 모습이었다.

다시 몇 명을 더 쓰러뜨리고 나자 이제는 견딜 수 없는 극심한 피로가 라시드를 엄습했다. 들고 있는 하야덴이 마치 그가 제르세즈에서 메던, 자신의 키보다 큰 나뭇짐보다도 무섭게 그의 어깨를 짓눌러 오고 있었다.

"와하하핫!"

그는 갑자기 하늘을 향해 큰 소리로 웃어 젖혔다. 절망의 웃음이었다. 그다음 순간, 라시드는 들고 있었던 페가드를 어느 이나바뉴의 기사에게 집어던져 버리고 두 손으로 하야덴을 잡았다. 방어는 필요 없었다. 그는 이제 후방 보급대와 함께 죽을 각오를 한 것이었다. 그가 벼락처럼 하야덴을 내리치자 다시 한 명의 기사가 오른쪽 어깨에서부터 왼쪽 옆구리까지 대각선으로 잘린 채 피를 뿌리고 쓰러졌다.

"라시드 님!"

누군가가 다급하게 외쳤다. 라시드는 뒤를 돌아보지 않았다. 연륜이 쌓인 기사라면 이제 라시드가 체력의 한계를 넘어서고 있다는 것, 이미 죽음을 각오했다는 것을 눈치 챌 수 있었으리라. 그리고 그것은 이나바뉴의 기사들도 마찬가지리라.

아.

라시드는 하야덴을 두 손에 쥔 채 가만히 서 있었다.

아아젠이 있었다. 그 목소리가 들리자마자 다른 기사들의 외침도 귀에 들어왔다.

"아아젠 님과 함께 탈출하십시오!"

"라시드 님이라면 아아젠 님과의 탈출이 가능할 것입니다."

"저희의 바스엘드님을 카발리에로로 두신 분입니다! 제발 그분만은 지켜 주십시오!"

라시드는 뒤를 돌아보았다. 이나바뉴 기사단의 접근을 막기 위해 등을 돌린 채 방어 자세를 취하고 있는 몇몇 기사를 제외한 모든 사람의 눈이 자신을 향하고 있었다. 그들은 모두 간절한 표정으로 아아젠을 탈출시켜 달라고 하고 있었다.

라시드는 곧 그들의 한가운데에서 보호받으며 서 있는 아아젠을 발견할 수 있었다. 그녀는 의외로 평온한 표정이었다. 그녀는 라시드와 눈이 마주치자 천천히 고개를 저었다.

'이 사람들을 버리실 수 없다는 뜻입니까?'

'퀴트린 님의 이름에 짐이 되고 싶지는 않아요.'

목소리가 닿지 않는 거리에 있었지만 라시드는 아아젠과 눈빛으로 그 뜻을 교환할 수 있었다.

'당신은 저희 어머니만큼이나 강한 분이군요.'

라시드는 문득 평온한 표정을 짓는 그녀의 얼굴에서 따뜻하고 상냥했지만 놀라우리만큼 강했던 어머니의 모습을 볼 수 있었다. 그러나 그는 모르고 있었다. 아아젠은 본래 그녀의 어머니만큼 강한 성품을 가지고 있었기 때문에 그런 초연함을 보일 수 있었던 것이 아니라, 무엇인가를 향한 강한 신뢰와 믿음을 가지고 있었기 때문에 그럴 수 있었다는 것을.

그녀가 조그맣게 입을 열었다.

"예?"

라시드가 그녀의 입 모양을 바라보고 무슨 말인지 알아듣지 못했다는 듯이 고개를 흔들자, 그녀는 다시 짧은 단어를 반복해 입술을 움직였다.

'퀴. 트. 린. 님. 이. 오. 실. 거. 예. 요.'

그녀는 그렇게 말하고 있었다. 그제야 라시드는 이런 극한 상황 속에서 그녀가 강할 수 있는 것은 카발리에로에 대한 절대적인 신뢰에서 기인한 것이라는 사실을 깨달을 수 있었다. 그도 크게 끄덕이며 힘이 빠진 손에 불끈 힘을 주었다.

'지켜 드리겠습니다. 언제인지는 모르겠지만 퀴트린 님이 오실 때까지.'

라시드는 휙 고개를 돌려 다시 앞을 가로막고 있는 이나바뉴의 기사단을 응시했다. 그의 몸에서는 다시 엄청난 양의 투기가 솟아오르기 시작했다. 마치 마지막으로 타오르는 불꽃처럼.

그때 자신을 향해 달려오던 1천여 기의 이나바뉴 기사단이 갑자기 전진 방향을 바꾸는 것이 눈에 들어왔다. 뿐만 아니라, 곧 왔던 길로 다시 되밀리기 시작하고 있었다. 믿을 수 없는 일이었다. 하지만 그 짧은 시간 안에 대부분 괴멸되고 있었다.

"세상에!"

라시드는 입을 딱 벌렸다. 놀란 것은 그만이 아니었다. 그의 뒤에 있던 로젠다로의 기사들, 그리고 하야덴을 마주하고 있던 이나바뉴의 기사들 역시 그 광경에 입을 다물 줄 몰랐다.

누구인가? 저렇게 엄청난, 죽음과도 같은 돌격을 할 수 있는 사람은. 그것도 옐리어스 나이트 라벨의 기사단을 향해서.

마침내 뿌연 아침 안개를 뚫고 자주색 빛이 어른거리는 것이 느껴졌다.

자주색 빛.

"로젠다로 기사단의 지원군이다!"

라시드는 기쁨에 찬 소리를 질렀다.

"로젠다로 기사단이 왔다! 모두 힘을 내라!"

라시드의 외침에 거의 자포자기하고 있던 보급대와 기사들이 모두 큰 목소리로 함성을 질러 댔다.

"나이트 라시드, 거기에 있는가?"

낯익은 목소리였다. 제르세즈의 오두막에서부터 들어왔었

던 그 목소리. 퀴트린이었다.

라시드는 하늘을 향해 포효하듯 외쳤다.

"나이트 라시드, 여기에 있습니다!"

"기다려라! 내가 가겠다! 나이트 파스크란이 이나바뉴의 지원군을 막고 있는 사이 전장을 이탈한다!"

라벨의 1천 기 레페리온을 무너뜨리고 있는 기사는 역시 나이트 파스크란이었다. 세상에 오직 한 명뿐일 것이다. 그런 절망적인 돌파를 시도하여 성공할 수 있는 기사는.

라시드는 다음 순간 포위망 한쪽이 쐐기 모양으로 부서져나가며 쇄도해 들어오는 로젠다로 기사단을 볼 수 있었다.

아아젠의 말은 틀리지 않았다. 그 가장 앞쪽에는 온몸에 피칠을 한 퀴트린이 눈부시게 하야덴을 뿌리며 라시드를 향해 달려오고 있었던 것이다.

후방 보급대는 탈환했지만, 제4차 천신전쟁의 가장 치열했던 전투 중 하나로 꼽히는 체렌 평원 전투에서 로젠다로 기사단은 결과적으로 완전히 대패하여 패주하고 말았다.

중앙기사단의 대부분의 병력이었던 라즈파샤 이하의 로젠다로 기사단은 절반 가량이 전사하거나 중상의 상처를 입어 전투 불능의 상태가 되었다. 그나마 남은 병력이 무사히 메이데어 평원에 주둔하고 있던 나이트 일린스크와 나이트 레케엘등이 이끄는 중앙기사단 2차 원정대와 합류할 수 있었다는 것이 다행이라면 다행이었다.

압도적인 수적 우세와 백전불패의 용장 나이트 슈펜다르켄의 뛰어난 전술에 힘입어 대승을 거둔 이나바뉴 기사단은, 기사단을 다시 둘로 나누어 로젠다로 전역을 습격하기로 결정하였다. 한쪽은 메이데어 평원으로 향하고, 다른 한쪽은 서쪽에 있는 로젠다로의 제3도시 류가 쪽으로 우회해 로젠다로의 서부와 남부를 점령하고 포프슨에서 두 기사단이 다시 조우하기로 했다. 포프슨을 고립시키려는 슈펜다르켄의 생각이었다.

'이제 협상의 여지는 남아 있지 않았다. 로젠다로 본토 전역을 완전히 점령하라.'

이나바뉴 원로원의 결정과 명령은 단호한 것이었고, 슈펜다르켄은 기사로서 그 명령을 충실히 수행하고 있었다.

메이데어 평원의 건너에는 허슬록 평원이 있었고, 그 남쪽 얼마 떨어지지 않는 곳에 포프슨이 있었다. 전쟁의 사활이 걸렸던 체렌 평원 전투에서 대패한 로젠다로는, 그 대가로 수도 포프슨의 바로 눈앞에 이나바뉴 기사단의 주력을 두게 되는 위태한 상황을 맞이하게 되었다. 이 전투에서 패한 로젠다로의 여왕 엘쥬르 7세는 그 상황에서 최선의 선택으로 슈리온으로의 천도를 결심했다.

체렌 평원 전투는 이나바뉴와 로젠다로의 제4차 천신전쟁을 통해 양쪽 기사단 최대의 병력이 정면으로 맞붙은 전투였고, 전쟁의 승패를 이나바뉴 쪽으로 기울게 한 전투였다.

어쩌면 이 체렌 평원의 전투가 끝난 시점에서, 이미 제4차 천신전쟁의 승자는 결정되었는지도 모른다.

16

로젠다로의 하늘

농민군을 이야기 할 때 흔히 등장하는 것이 나이트 엑시렌의 예이다.

농민군이 처음 전장에 나타났던 것은 바로 아펠르력 646년 제4차 천신전쟁 때의 일이었고, 물론 그 당시 기사로서 훈련을 받지 않은 그들의 능력은 매우 보잘것없는 것이었다. 그러나 723년 발발하였던 로젠다로 독립전쟁의 농민군은 그들과 달랐다. 나이트 엑시렌은 이나바뉴 남부 세르시아 출신의 기사였음에도 루우젤에 대해 관심이 많았고, 그래서 다른 기사들이 모두 루우젤의 반란을 대단치 않게 생각했음에도 그만은 이나바뉴 기사단의 총력을 기울여야 그들을 저지할 수 있다고 주장했다고 한다. 어쩌면 루우젤의 전통무예인 칼리렉스와 라이렉스를 익혀 알고 있던 그였기에 루우젤 농민군의 위력을 더 잘 알고 있었던 것은 아닐까.

지금에 와서 6백 년대 로젠다로의 농민군과 루우젤 독립전쟁 당시의 루우젤 기사단을 비교하는 이는 없을 것이다. 하지만 그때만 하더라도 '기사 1명이 전사 1백 명을, 전사 1명은 농민군 1백 명을' 상대할 수 있다는 격언이 당연시되었다. 로젠다로 농민군이 무참히 살육되었던 것은 그들은 기사로서 훈련을 받은 적은 없으나, 페치를 잡는 것을 어렵지 않게 생각하는 루우젤, 혹은 네프슈네 나이트와 달랐기 때문이다. 이 점을 나이트 엑시렌은 정확히 알고 있었다.

이나바뉴의 역사학자 베이로도의 십이 기사 평전
제11장 나이트 엑시렌 편에서 발췌
아펠르 력 812년 발행

로젠다로의 하늘

목숨으로 지키려 했던 로젠다로의 하늘이
지금 라즈파샤의 눈에 마지막으로 비치고 있었다.
로젠다로는 하늘이 아름다운 나라였다.

기사대장 나이트 라즈파샤의 막사에서 작전 회의가 열린다
는 전달을 받고 그곳으로 향하던 퀴트린은 문득 다른 막사 앞
에 낯익은 복장을 한 소녀가 무릎에 얼굴을 파묻고 앉아 있는
것을 발견했다. 그는 그녀에게 다가가 허리를 굽히고 조용한
목소리로 그녀를 불렀다.

"이사드 리엘."

퀴트린의 목소리에 리엘은 깜짝 놀라 고개를 들어 그를 올
려다보았다. 퀴트린은 빙긋이 웃었다.

"괜찮아요?"

"예… 물론이죠."

그녀가 희미하게나마 웃음을 지어 보이자 퀴트린도 안심이라는 듯 그녀의 어깨를 토닥여 주었다.

"라시드는 어때요?"

이미 라시드의 치료에 대해 보고를 들은 후였지만, 퀴트린은 부드러운 목소리로 리엘에게 물었다.

"이제 괜찮을 거예요. 왕영 마법사님들이 마지막으로 수면 마법을 시법해 놓았어요. 왕영 마법사님들과 의술사님들이 몇 번이고 회복마법을 시법하시는데… 끝도 없이 그 마법들을 받아들이는 모양이에요. 모두 마법력이 다해 오늘은 회복마법을 시법할 수 있는 마법사가 아무도 없어요. 최선을 다했으니 그의 자연 치유력을 믿을 수밖에요."

퀴트린은 빙긋 웃음을 지었다.

"그의 체력은 저도 보아서 알고 있습니다만 믿을 수 없을 정도죠."

리엘은 말없이 고개를 끄덕여 보였다. 그저 고개만 끄덕이는 그녀의 모습이 측은해 보였는지 퀴트린은 조금 힘주어 다음 말을 이었다.

"차라도 한잔하는 건 어때요? 아아젠의 막사에 괜찮은 차가 있을 거예요. 물론 제르세즈에서 마신 차 맛에 비할 수야 없겠지만."

제르세즈의 통나무집에서, 그들은 식사 후에 리엘이 마을에서 구해 온 차를 함께 마시곤 했다. 물론 그 차와 지금 퀴트린이 대접할 수 있는 차를 비교할 수야 없겠지만, 퀴트린은 옛 추억을 되살려 그녀에게 힘을 불어넣어 주고 싶었던 것이다.

"예, 그러는 게 좋겠어요. 그녀도 보고 싶지만, 최소한 지금은 시약 냄새로 가득한 왕영 마법사들의 막사엔 가고 싶지 않거든요."

리엘의 말에 퀴트린은 가볍게 웃었다. 그가 손을 들자, 주위에 있던 근위기사들 몇 명이 다가왔다. 아마도 나이트 레케엘이나 나이트 라즈파샤의 개인 기사단에 소속되어 있는 근위기사들일 터였다. 그들은 급히 말에서 내려 퀴트린에게 예를 취했다.

"근위기사 케이스입니다. 레케엘 님의 근위기사단 소속입니다."

퀴트린은 가볍게 그의 예를 받고 리엘을 인도하며 말했다.

"이사드 리엘 님을 보급대에 있는 아아젠 님의 막사로 모셔 드려라."

"알겠습니다."

케이스라는 젊은 근위기사는 절도 있게 대답한 다음, 리엘에게 자신이 탄 말에 오르도록 권했다. 약간 사양을 하는 몸짓을 하다가 못 이기는 척 그녀는 말에 올랐다.

"네라이젤 님도 아아젠을 자주 만나지는 못하죠?"

퀴트린은 잠시 말 위에 올라탄 그녀를 마주보다가 가볍게 고개를 끄덕였다.

"전하고 싶으신 말 없어요?"

리엘이 약간 장난기 있는 말투로 물었다. 퀴트린은 환하게 웃었다.

"글쎄요… 그럼, 자주 보지는 못하지만 건강하라고. 그리고 믿어 줘서 고맙다고 전해 주시겠어요?"

"믿어 줘서 고맙다구요?"

리엘이 고개를 갸웃하자 퀴트린은 가볍게 웃었다.

"그렇게만 전해 주세요. 이틀에 한 번 정도는 만나니까 그 정도면 될 거예요."

리엘은 순순히 알았다고 대답했다. 이야기가 끝났다는 느낌이 들자, 케이스라는 젊은 근위기사는 퀴트린에게 정중하게 예를 취하고 리엘이 타고 있는 말고삐를 잡았다.

보급대 쪽으로 멀어져 가는 리엘의 뒷모습을 바라보며 퀴트린은 마음속으로 중얼거렸다.

'미안해요, 리엘.'

전투가 끝나고 나서야 그는 리엘에 대한 이야기를 들을 수 있었다. 그는 마법에 대해 깊은 조예가 있는 것은 아니었기 때문에 그녀가 쓴 마법이 엔버렌이라는 마법의 성자가 만든 것이었다는 것도, 또한 그 마법 때문에 파스크란이 자신을 공격했던 그 파아렐 나이트를 이길 수 있었다는 사실도 알지 못했다. 하지만 그도 마법에 대한 얕은 지식으로 하나만은 알고 있었다.

그 마법을 쓴 리엘은 에베라네즈에 빠졌고 그 한 번의 마법으로 리엘은 자신이 가지고 있던 모든 것을 잃어버렸다는 것을. 꿈도, 마법도, 영력도.

퀴트린은 리엘에게 미안함을 느끼며 몸을 돌려 다시 라즈파샤의 막사 쪽으로 발걸음을 옮기기 시작했다.

아펠르 력 646년, 가을이 오고 있는 로젠다로의 메이데어 평원에는, 아직 전쟁의 그림자가 드리워지지 않은 듯 평온하고 조용한 공기가 머물고 있었다.

"이나바뉴 기사단은 다시 둘로 나누어진 것 같습니다."

우선 가장 중요한 체렌 평원 전투의 결과와 기사단 손실에 대한 보고가 끝난 후, 나이트 일린스크가 이나바뉴 기사단의 움직임에 대한 보고를 시작했다.

"정확한 병력은 파악되지 않고 있으나, 아마도 양쪽이 거의 비슷한 비중으로 나뉜 것 같습니다. 소속 기사들에 대해서는 아직 정확한 정보가 전달되지 않고 있습니다만, 다음 보고 때까지는 그들의 바스엘드가 어떻게 나뉘었는지 보고하겠습니다."

일린스크는 간단명료하고 정확하게 보고를 해나갔다. 라즈파샤가 고개를 끄덕이는 것을 확인하고, 일린스크는 계속 상황을 설명했다.

"이나바뉴 기사단의 한쪽은 아주 느린 속도로 이곳 메이데어 평원을 향해 전진해 오고 있습니다. 그것은……."

"우리도 본대와 합류했다는 것을 알게 되었기 때문이겠지."

라즈파샤는 조용하지만 조금은 신랄한 말투로 말했다. 라즈파샤의 말대로였다. 그것은 로젠다로 중앙기사단 본진의 움직임이 이나바뉴 측에 파악되었다는 뜻과 같았다. 일린스크가 계속 말을 이었다.

"예, 그렇습니다. 그리고 나머지 한쪽의 기사단은 체렌 평원의 서쪽을 통과하여 서남쪽으로 진군하고 있습니다. 아마도 류가로 향하고 있는 듯합니다."

"류가를?"

잠시 고개를 갸웃거린 나이트 라즈파샤가 퀴트린을 바라보았다. 그의 의견을 기대하는 모양이었다. 그러나 대답은 엉뚱한 쪽에서 먼저 나왔다.

"자신에 차 있는 것입니다. 포프슨을 함락시키는 최후의 수단을 쓰지 않고서도 서서히 로젠다로에 압박을 가하겠다는 뜻이겠죠."

지금껏 아무 말도 하지 않고 있었던 한 사람이 낮고 차가운 어조로 입을 열었다. 그 막사 안에서 유일하게 검은색 갑옷을 입고 있던 나이트 파스크란이었다.

"강자의 여유라는 것입니다."

파스크란은 아무렇지도 않게 말했다. 일린스크는 눈살을 찌푸렸지만, 이제 파스크란은 로젠다로의, 그것도 일린스크보다도 훨씬 높은 바스크의 기사였기 때문에 입을 다물어야 했다.

파스크란의 말이 틀린 것은 아니리라. 슈펜다르켄이라는, 전장에서 기사로서 한평생을 보낸 이나바뉴의 기사는 한때는 우방이었던 로젠다로의 수도를 직접적으로 공격하지 않고 전역을 돌며 로젠다로 기사단의 사기만을 꺾어야겠다고 생각할 만큼 여유와 자신감을 가진 사람인 것이다.

하지만 라즈파샤는 굳이 퀴트린의 의견을 듣고 싶어했다.

"어떤 뜻이라고 생각하지, 나이트 네라이젤?"

라즈파샤의 물음에 턱을 괴고 있던 퀴트린이 신중한 모습으로 대답했다.

"슈리온이 위험할지도 모릅니다."

퀴트린의 대답은 의외였다. 막사 안에 있던 열 명 가까운 기사들의 시선이 모두 퀴트린에게 모였다. 로젠다로의 제2도시 슈리온의 위치는 포프슨의 동쪽. 아직 이나바뉴 기사단이 향하지 않은 방향이었고, 그래서 퀴트린의 말은 의외일 수밖에 없었다.

"파스크란과 같은 의견입니다. 한쪽이 류가를 경유해 포프슨으로 진군한다면, 다른 한쪽은 슈리온으로 향할 수도 있습니다. 체렌 평원에서의 패전, 그것은 로젠다로에게 있어서는 전력상의 손실 이상의 의미였습니다."

라즈파샤가 너털웃음을 지었다.

"나이트 파스크란과 친하게 지내는가 싶더니, 이젠 말투까지 비슷해져 가는군, 나이트 네라이젤. 그래 그것도 정확한 지적이지. 체렌 평원에서의 패배는, 이제 전장에 대한 선택권은 이나바뉴에 있다는 것을 인정하게 만들었어."

라즈파샤는 솔직하게 대답하고 있었다. 체렌 평원을 손에 넣은 슈펜다르켄은, 이제 더 이상 로젠다로 기사단이 주둔하고 있는 메이데어 평원을 정면으로 돌격할 필요가 없어진 것이다.

"하지만 역시 메이데어 평원으로 나오지 않으리라는 보장도 없지. 슈리온에는 또한 슈리온 파견대가 있지 않은가. 우리가 잠시 류가를 포기하고 슈리온으로 향하게 된다면, 슈리온 평원에서 이나바뉴 기사단은 협공을 받을 각오를 해야 할 거야."

라즈파샤는 그렇게 말하고 이번에는 레케엘 쪽으로 고개를 돌렸다.

"제 생각엔 포프슨에서 합류하겠다는 움직임인 것 같습니다. 류가를 공격할지 안 할지는 알 수 없으나, 결국 최종적으로는 포프슨을 향하고 있는 것이 아닐까요?"

퀴트린, 파스크란, 그리고 라즈파샤. 로젠다로 최고의 기사 세 명이 모여 있는 자리였기 때문인지, 레케엘의 목소리는 평소보다 훨씬 작아져 있었다.

잠시 생각하는 표정이던 라즈파샤가 입을 열었다.

"나이트 네라이젤과 나이트 레케엘의 의견 모두 일리가 있다. 어쩌면 류가로 향하는 건 우리가 생각하지 못하고 있던 슈리온을 공격하겠다는 속셈일지도 모르지. 하지만 지금 당장 이나바뉴에 돌아가는 이득을 생각해 보면 당연히 포프슨을 협공하겠다는 의미가 클 것이다."

라즈파샤의 말은 조리 있고 이치에 합당한 것이었다. 막사 안에 있던 모든 기사들이 고개를 끄덕였다.

그때 일린스크와 함께 기사단을 이끌고 온 로젠다로 바스크 19 나이트 베카야드가 말했다.

"슈리온도 공격할 만한 충분한 이유가 있습니다. 슈리온이 함락당한다면 로젠다로는 그 투지가 크게 꺾일 것입니다."

베카야드는 나이가 오십이 넘은 원로 기사였다. 그의 연륜에서 오는 판단력과, 무엇보다 오랜 세월 동안 기사로 지내면서 몸에 밴 기사로서의 전투 본능은 결코 무시할 수 없는 것이었다.

퀴트린은 그를 한 번 쳐다보고 천천히 고개를 끄덕였다. 퀴트린과 베카야드는 같은 생각을 한 것이리라.

"맞는 말이야. 슈리온에는 큰 의미가 있지. 단지⋯⋯."

라즈파샤는 시선을 먼 바닥에 둔 채 중얼거리듯 말했다.

"지금의 우리는, 당장 눈앞에 닥친 상황밖에는 대처할 만한 여력이 없다는 게 문제지. 상대가 행할만한 행동까지 모두 예상하여 대비할 만한 여유가 없다는 것, 그게 아쉬울 뿐이지."

라즈파샤의 말에 모두가 동의했다. 그러나 퀴트린이 내쉰 작은 한숨은 아무도 눈치 채지 못했다.

회의는 꽤 오랜 시간 동안 진행되었다. 결국 전체 병력의 대부분이 파견된 로젠다로 기사단은 최선을 다해 이 메이데어 평원에서 이나바뉴 기사단을 맞아 싸운 후, 다시 둘로 나뉘어져 류가를 경유하여 우회해 오는 이나바뉴 기사단을 격파하기로 하였다. 그것이 아마도 그 상황에서 로젠다로 기사단이 취할 수 있는 가장 합리적이면서 최적의 결정이었을 것이다.

"라즈파샤 님."

모든 기사들이 떠난 후, 텅 빈 자신의 막사에 혼자 앉아 무엇인가를 골똘히 생각하던 나이트 라즈파샤는 자신을 부르는 목소리에 천천히 고개를 들었다. 자신이 가장 총애하는 에우로페 나이트가 그의 옆에 조심스러운 표정을 지으며 서 있었다.

"나이트 일린스크?"

일린스크는 잠시 머뭇거리다가 전투복 안쪽에서 작은 물건을 하나 꺼냈다. 방 안에는 라즈파샤와 일린스크만 있을 뿐, 아무도 없었다.

"전장에서는 기사대장님과 휘하 기사일 뿐이라고 그렇게 얘기했는데도……."

일린스크가 조금 머뭇거리자 라즈파샤는 빙긋 웃음을 지었다.

"마음씨 고운 네 누님이 무슨 말을 한 모양이구나, 나이트 일린스크."

"예."

짧게 대답한 일린스크는 손에 든 물건을 공손하게 라즈파샤의 앞에 내밀었다. 그것은 작은 손거울이었다.

그것을 본 라즈파샤는 가볍게 웃으며 말했다.

"카발리에로도 아닌데, 첼샤는 정말 세심한 데가 있는 것 같군."

"말씀드리기 송구스럽습니다만 제 누님이 좀……."

"블렌, 둘만 있을 때엔 굳이 그렇게 격식을 차리지 않아도 돼."

블렌은 일린스크의 이름이었다. 첼샤를 만나기 위해 라즈파샤가 일린스크의 집에 갔을 때, 격의 없이 일린스크를 부를 때의 호칭이기도 했다.

일린스크는 약간 당황한 듯이 보였다.

"어쨌든 받아 주십시오. 예는 취하지 않았지만 제 누이는 주제넘게도 기사대장님을 카발리에로로 생각하는 모양입니다. 제게 꼭 이 물건을 전해 달라고 하셨습니다."

본래 카발리에로를 둔 귀부인이 자신의 카발리에로를 전장에 떠나 보낼 때엔 자신이 지니고 있는 물건 중 하나를 선물하는 게 일반적인 일이었다.

카발리에로는 아니나, 세심한 첼샤는 출정 전에 만나지 못했던 연인에게 동생을 통해 자신의 손거울을 전달하고 싶었던 것이리라.

나이트 라즈파샤는 가볍게 그 손거울을 받아 들었다.

"어, 이것 봐. 뒤편에 뭐가 써 있군. 거울은 생의 아름다움과 슬픔을 거짓 없이 비춥니다. 냉혹한 전장 속에서도 언제나 자신을… 엇!"

쨍강.

손이 미끄러웠는지 라즈파샤는 그만 손에 들고 있던 그 작은 거울을 놓치고 말았다. 거울은 그의 손을 빠져나가 바닥에 떨어지며 여러 조각으로 깨져 버렸다. 순간 일린스크의 얼굴색이 창백하게 변했다.

잠시 바닥에 떨어진 거울을 바라보던 라즈파샤는 호쾌하게 웃었다.

"괜찮아. 너무 자세히 읽다가 거울을 떨어뜨리고 말았군. 다음에 누님을 만나면 미안하다고 꼭 좀 전해 주도록 해."

라즈파샤의 표정이 너무나 자연스러웠기 때문에 일린스크는 잠시 그를 바라보다 그러겠노라고 대답할 수밖에 없었다.

"알겠습니다."

잠시 후 라즈파샤가 말했다.

"자, 그럼 조금 쉬어 두도록 하지. 아마도 며칠 안에 다시 한 번 이나바뉴 기사단과 맞부딪쳐야 될 테니까 말이야."

"예, 그럼."

일린스크는 깊게 예를 취하고 막사를 나왔다.

아무리 카발리에로는 아니라지만, 연인이 전장에 나가는 기사에게 선물한 것이 깨지다니. 일린스크는 불안한 마음을 감추지 못하고 힐끗 막사 안을 돌아보았다. 일린스크의 앞에서는 아무렇지도 않은 듯이 행동했지만, 아마도 라즈파샤의 마음도 적잖이 불안한 듯했다. 일린스크가 막사 안을 돌아보았을 때 라즈파샤는 바닥에 무릎을 꿇고 깨어져 나뒹굴고 있는 거울 조각들을 급하게 주워모으고 있었던 것이다.

일린스크는 문득 원망스러운 시선으로 포프슨이 있는 남쪽을 바라보았다.

'바보 같은 누님. 왜 하필이면 거울을 선물한 거야!'

바람이 조금 불었다. 저녁 어스름이 메이데어 평원에 소리 없이 내리기 시작했다.

2

"정말 그렇게만 믿고 있었던 거예요?"

리엘이 눈을 동그랗게 떴다. 아아젠은 조금은 수줍은 듯이 고개를 끄덕였다.

"… 그래요."

리엘은 손바닥으로 가볍게 무릎을 쳤다. 사흘 동안이나 졸라서 열게 한 아아젠의 입에서 나온 말은 생각외로 간단했다. 그저, 퀴트린이 와줄 것으로 믿고 있었을 뿐. 아아젠은 진심으로 자신의 카발리에로를 신뢰하고 있었던 것이다.

'하긴, 다른 사람도 아니고 퀴트린이니까.'

전에 제르세즈에서 함께 지낸 기억 때문에 리엘은 아직도 퀴트린에게 존칭을 사용하는 것이 어색했다. 그것은 라시드에게도 마찬가지였다.

리엘은 차를 한 모금 더 마시고 헛기침을 했다.

"지난 전투 때문에 퀴트린이 의기소침해하지는 않던가요?"

아아젠은 입가에 옅은 웃음을 띠며 대답했다.

"아뇨, 속으로는 그렇더라도 퀴트린 님은 제게 힘든 표정을 보이지 않아요. 전 그저 그분 곁에 있을 뿐이죠."

리엘은 그녀의 말에 고개를 몇 번 끄덕일 뿐이었다. 눈에 보이지는 않지만 둘은 강한 신뢰로 맺어져 있었다.

맨 처음엔 왕영 의술사들을 위한 막사로 돌아가기가 싫었을 뿐이었는데, 그 다음엔 아아젠과 이야기를 나누는 것이 너무나 즐거워졌다. 리엘은 벌써 사흘째 아아젠의 막사에서 그녀와 이야기를 나누고 있었다. 아아젠 역시 가끔씩 시간이 날 때 찾아오는 퀴트린 외에는 딱히 이야기를 나눌 상대가 없었기 때문에 리엘과 이야기 나누는 것을 즐거워했다. 이야기를 나눈다고는 해도 말하는 쪽은 항상 리엘이었지만.

"하지만 역시 제르세즈에 있었을 때가 더 행복하지 않았어요?"

문득 리엘이 묻자 아아젠은 무슨 뜻이냐는 듯이 그녀의 얼굴을 빤히 바라보았다. 리엘은 웃으며 몇 마디 말을 덧붙였다.

"제르세즈에 있었을 때에는 퀴트린과 항상 함께 있을 수 있었잖아요. 그런데 지금은 잘해야 일주일에 몇 번, 그것도 잠깐씩밖에 못 만나는 것 같으니… 그런 모습을 보니까 그때가 더 좋지 않았을까… 하는 생각이 들었어요."

아아젠이 대답했다.

"리엘 말이 맞아요. 하지만 모든 것을 얻을 수는 없대요. 제가 음유시인이었을 때 어느 친구에게서 들은 말이에요. 잘은 모르지만 그 말만은 정말 옳은 말인 것 같아요. 대신 저는 다시 예전의 퀴트린 님의 모습을 얻게 되었잖아요… 그리고 무엇보다……."

아아젠은 잠시 말을 멈추었다.

"그분이 다시 기사가 되신 것은……."

'당신을 위해서니까요.'

리엘은 천천히 고개를 끄덕였고, 아아젠은 말을 맺지 않고 고개를 돌려 장막 밖으로 펼쳐져 있는 메이데어 평원의 풍경을 바라보았다.

참 어려운 사랑을 하고 있었다. 한 사람은 사랑을 위해 모든 것을 버리고… 또다시 연인을 위해 하야덴을 잡고 또 한 사람은 죽음과 이별까지 감수하며 그 연인을 전장으로 떠나 보내고…….

리엘은 그 모든 것을 이해할 수는 없었지만 어렴풋이 그 둘의 감정을 보듬어 안고 싶다는 생각을 했다.

"이제 리엘은 어떻게 할 건가요?"

"네?"

리엘이 문득 고개를 들자 아아젠은 무엇인지 주저하며 리엘의 대답을 기다리고 있었다.

"아, 예……."

이제 마법을 쓸 수 없다면서요. 이젠 리엘은 어떻게 할 거죠… 아아젠의 눈은 그렇게 묻고 있었다. 리엘은 살포시 웃음을 지어 보였다.

"상관없어요, 아아젠. 제 꿈은 엔버렌의 마법을 되찾는 것. 이제 엔버렌의 마법이 있다는 것을 확신할 수 있으니까, 고대서를 공부하며 엔버렌의 마법을 정리할 거예요. 하지만 당분간은… 이렇게 아아젠과 이야기를 하면서 쉬었으면 해요."

아아젠은 안타까운 듯이 리엘을 바라보았지만, 그녀는 가볍게 고개를 저었다.

"조금… 피곤할 뿐이에요."

리엘은 그렇게 이야기했다. 어색한 침묵이 그들 주위로 내려앉았다.

메이데어 평원에 주둔한 로젠다로 기사단에게 국왕의 천도 소식이 급보로 전해진 것은 바로 그날 저녁의 일이었다.

"동요하는 모습을 보여서는 안 됩니다."

급히 열린 회의에서 맨 처음 입을 연 사람은 역시 나이트 베카야드였다. 연륜이 있는 기사인 만큼 그는 신중함을 중요하게 생각하는 것 같았다.

"내 생각도 그렇다. 하지만 일단 기사단을 나누어 일부는 허슬록 평원으로 가야 한다. 지금 포프슨에 주둔하고 있는 로젠다로 기사단은 얼마 되지 않는다."

그럴 확률은 극히 드물었지만 혹시 엘쥬르 7세가 천도 중에 이나바뉴 기사단과 마주치게 된다면 그것이야말로 큰일이 아닐 수 없었다. 일단 메이데어 평원을 방어하는 상태에서 일부만 포프슨에서 슈리온으로 엘쥬르 7세를 호위하기 위해 떠나야 하는 것이다. 그러나 섣불리 움직였다가는 오히려 이나바뉴 기사단에게 허점을 보이거나 눈치를 채게 할 수도 있었다.

"우선 슈리온 평야까지 무사히 국왕 폐하를 수행하는 것이 중요합니다. 슈리온 평야까지 도착할 수 있다면 그때엔 슈리온 파견대에 국왕 폐하의 신변을 인계할 수 있습니다."

엘쥬르 7세는 기사단이 메이데어 평원에 주둔하고 있는 사이, 그 등뒤에 있는 허슬록 평원을 가로질러 슈리온으로 향할 생각이었다.

"내가 직접 국왕 폐하를 수행하겠다."

드디어 나이트 라즈파샤가 기사단을 나누어 역할을 명하기 시작했다.

"나이트 레케엘, 나이트 베카야드. 나와 함께 허슬록으로 가자."

"옛."

로젠다로 바스크 61 에우로페 나이트 레케엘과 로젠다로 바스크 19 에우로페 나이트 베카야드가 대답했다. 라즈파샤는 이어서 퀴트린을 돌아보았다.

"나이트 네라이젤, 나이트 파스크란, 나이트 라시드, 나이트 일린스크, 나이트 이멜젠 등은 이곳에 남아서 메이데어 평원을 지켜라. 나는 4천 기의 기사단을 이끌고 가겠다."

그렇다면 이제 메이데어 평원에는 1만 기 정도의 기사단만이 남는 셈이었다. 라즈파샤는 한 마디 말을 덧붙였다.

"이곳 메이데어 평원에 주둔하고 있는 중앙기사단의 통솔은 나이트 네라이젤에게 맡기겠다."

"알겠습니다."

조용한 목소리로 퀴트린이 대답했다.

'어떤 일이 있더라도 물러서지 않겠습니다.'

퀴트린의 눈짓에 파스크란도 고개를 끄덕였다. 나이트 네라 이젤과 나이트 파스크란. 최강의 기사 두 명이 이끄는 로젠다로 기사단 1만 기는 이제 메이데어 평원에서 이나바뉴 기사단의 주력을 저지시켜야만 했다.

로젠다로 기사단에 더 이상의 증원은 기대할 수가 없었다. 사실상 로젠다로의 전 병력이 집결해 있는 메이데어 평원의 지휘권과 로젠다로의 수도 포프슨의 운명은 이제 퀴트린의 어깨에 지워진 것이다.

"보여요?"

"… 아뇨."

명상은 본래 혼자 있는 곳에서 조용히 이루어져야 하는 것이지만 아아젠이 말없이 눈을 감고 있는 모습을 보면서 리엘은 조바심이 나 참을 수가 없었다. 아아젠이 눈을 뜨려 하자 리엘은 급히 그녀를 만류했다.

"안 돼요, 오래 기다려야 해요. 오랫동안 마음을 가라앉히고 정신을 한 곳으로 모아 봐요."

"네에."

또 그렇게 잠시의 시간이 지났지만 아아젠은 여전히 아무것도 느낄 수가 없었다. 그녀는 눈을 감은 채 조용히 고개를 저었다.

"하지만 정말 아무것도 보이지 않아요."

"그래요. 이제 눈을 뜨세요."

리엘이 말하자 아아젠이 눈을 떴다.

"원래 마법이라는 건 누구나 할 수 있는 거예요. 마법사로서의 영력과 기사로서의 투기는 서로 상극이어서, 기사 수업을 받은 사람은 영력을 발휘해 내기가 조금 어렵지만, 그렇더라도 누구든 마법사가 될 수 있어요."

리엘은 지금 아아젠에게 기본적인 명상법을 가르치고 있는 중이었다. 아아젠이 웃으며 말했다.

"하지만 마음은 편해진 것 같아요."

명상은 정신을 집중하여 마법력을 끌어내는 것으로, 마음이 편안해지는 것과는 거리가 멀었다. 아마도 그녀는 리엘의 노력이 헛수고가 아니었다고 이야기해 주고 싶었으리라.

아아젠이 말을 이었다.

"기사로서의 수업을 받은 것은 아니지만, 퀴트린 님께 페치 쓰는 걸 조금 배운 적이 있어요."

"그래요? 그게 언제죠?"

리엘은 의외라는 듯이 물어보았다.

"여행을 다닐 때였죠. 혼자 있을 때엔 위험할지도 모른다며 호신용으로……."

"어디 한번 보여 주세요."

리엘이 다급하게 조르자 아아젠이 가볍게 웃었다.

"보여 드릴 정도는 아니에요. 우스꽝스러울 거예요."

리엘이 조금 아쉽다는 표정을 짓자 아아젠은 품속에서 무엇인가를 꺼냈다.

"이게 퀴트린 님께서 제게 주신 페치예요. 작긴 하지만 아주 날카롭답니다."

"라비루네요? 멋진 문양이 붙어 있는데요?"

리엘은 아아젠이 보여 준 짧은 페치를 손에 쥐어 보았다. 서늘한 감촉이 느껴지는 것이, 비싸지는 않아도 꽤 훌륭한 물건인 것 같았다.

"퀴트린 님이 구해 주신 거예요··· 제르세즈로 오기 전에."

"그렇군요."

리엘은 라비루를 자세히 들여다보고는 다시 아아젠에게 돌려주었다. 그리고는 장난스러운 표정이 되어 아아젠에게 말했다.

"자, 이제 아아젠이 제게 노래를 가르쳐 줄 차례예요."

아아젠은 손으로 입을 가리고 웃었다.

"정말 배울 생각이었어요? 음유시인들의 노래인데······."

"상관없잖아요. 전 아직 아아젠이 노래부르는 걸 제대로 들어 본 적이 없어요."

"··· 그래요. 그렇다면."

아아젠은 잠시 머뭇거리다가 천천히 자리에서 일어서서 자신의 침상 한구석에 놓여 있던 파야스를 꺼내 왔다. 투박한 모양이었지만 정성스럽게 잘 다듬어진 파야스였다.

"전에 제가 짐승 가죽을 구해 달라고 부탁했던 것 기억해요? 제르세즈에서 말이에요."

"물론이죠."

"그걸로 만든 파야스예요. 한 쌍을 만들어서 지금 하나는······."

아아젠은 거기까지 말하다 말고 얼굴을 붉혔다. 리엘은 그런 아아젠을 보며 빙긋 웃었다.

'아마 다른 하나는 퀴트린이 가지고 있겠지.'

아아젠이 말을 멈춘 것만으로도 나머지 한쪽의 행방은 충분히 짐작할 수 있었기 때문에 리엘은 더이상 묻지 않았다.

"그래요. 이제 노래를 가르쳐 줘요."

"어떤 노래를 원해요, 리엘?"

"아무 노래나, 제가 따라 부를 수 있을 정도로 쉬운 노래로요."

"따라 부르기 쉬운 노래요?"

리엘은 고개를 끄덕였다.

아아젠은 잠시 생각을 하더니 낮은 목소리로 노래를 부르기 시작했다. 아름다운 곡이었다. 파야스 하나로만 이루어지는 반주였지만, 리엘은 아아젠의 목소리가 곧 악기인 것 같다는 생각이 들었다.

> 눈을 노래하지 않았지, 내 노래 속에 눈이 내리면
> 그 겨울이 다시 올지도 모른다는 생각에
> 부질없는 믿음인 줄 처음부터 알고 있었지만
> 오, 서러운 겨울아 이제 오지 마렴
> 불안한 영혼이 잠들 수 있도록

낙엽 쌓인 자리엔 창백한 빛만이 남아 있네
이제 겨울이 다시 오겠지
내 님이 돌아오지 않을 그 겨울이라면
오, 서러운 겨울아 이제 오지 마렴
꿈속에서라도 우리 다시 만날 수 있도록

새벽 하늘에 루운이 예쁘게도 걸렸건만
저쪽에 한 장 구름이 눈을 몰아 오네
오, 서러운 겨울아 이제 오지 마렴
내 노래가 내 님의 언덕을 오르는 동안은

'이렇게 목소리가 아름답다니.'

노래를 부르고 있는 아아젠의 모습이 너무나 경건하고 아름다워 리엘은 잠시 그녀의 노랫소리에 빨려 들어가는 듯한 착각이 들었다. 그도 그럴 것이, 아주 어린 시절부터 로젠다로 왕영 마법학교에서 자란 그녀는 음악이라는 것을 접할 기회가 거의 없었던 것이다.

"너무 슬픈 곡이에요. 어떤 내용이죠?"

노래에 푹 빠져 음미하고 있던 리엘이 궁금한 듯 물었다.

아아젠은 파야스 줄을 한 번 퉁겼다. 노래에 이야기를 곁들일 때 음유시인들이 주위를 끌기 위해 자주 하는 행동이었는데, 품에 파야스가 안겨 있어서 자연스럽게 옛 습관이 나온 것이었다.

"노래 그대로예요. 언제인지 연도는 정확히 모르겠지만 루우젤 통합전쟁을 이야기한 노래랍니다. 그 전쟁이 일어난 때가 겨울이었대요. 그래서 그 겨울이 오지 말라고 노래하는 것이죠."

"또 루우젤이에요?"

리엘이 묻자 아아젠은 고개를 끄덕였다.

"음유시인들의 노래에는 루우젤 노래가 많아요. 가장 슬프고… 가장 아름답거든요."

리엘은 천천히 고개를 끄덕인 다음 마음이 가라앉은 듯 아무 말도 하지 않았다. 에베라네즈로 인한 쓸쓸한 심사 탓일까. 거기에 아아젠의 노래가 착잡함을 더했을지도 몰랐다.

분위기가 조금 무거워지자 아아젠은 가볍게 웃으며 분위기를 털어 내려 했다.

"왜 하필 이런 때 이렇게 슬픈 노래를 불렀을까요? 리엘, 기다려 봐요. 훨씬 신나고 좋은 노래를 불러 드릴게요."

리엘은 그저 입을 다물고 있었을 뿐인데 아아젠은 과장된 표정으로 다음 노래를 시작했다. 리엘의 기분을 생각한 것이리라.

'왜 이나바뉴의 옐리어스 나이트가 이 조용하고 수줍음 잘타는 음유시인을 마음속에 품었는지 어렴풋이 알 것도 같군.'

리엘은 그렇게 생각했다.

밤, 메이데어 평원의 막사 안에서는 아름다운 노랫소리가 나지막하게 흘러나오고 있었다.

3

"대단한 위용입니다."

이나바뉴 바스크 24 파아렐 나이트 사야카는 감탄했다는 듯한 말투로 말했다.

"로젠다로 기사단의 주력입니다. 저 정도는 되어야 하지 않겠습니까."

이나바뉴 바스크 152 나이트 벨레즈가 사야카의 말을 받았다. 지난번 전투에서 로젠다로의 나이트 라시드에게 일격을 받아 팔이 부러지는 부상을 입었지만, 그는 주위의 만류를 뿌리치고 기어코 전장에 나서고 말았다.

그의 말에 사야카는 고개를 끄덕이며 평원 저편을 바라보았다. 체렌 평원처럼 탁 트인 느낌은 아니었지만 메이데어 평원도 매우 광활한 편이었다. 로젠다로의 국토는 대부분 이러한 평원으로 이루어져 있었다. 산악과 협곡이 있는 곳은 중앙의 수도 포프슨 부근과 크실과의 접경 지역을 잇는 페레다스 산맥 부근뿐이었다.

로젠다로 진영은 아주 튼튼한 수세를 취하고 있었다. 공격만 해 온다면 곧바로 반격하겠다는 태세였다. 그러나 나이트 슈펜다르켄은 고개를 갸웃했다.

"글쎄……."

진영을 계속 바라보던 슈펜다르켄은 옆에 서 있던 하이파나에게 물었다.

"나이트 하이파나, 그대도 그렇게 생각하나?"

"지나친 수세라고도 생각됩니다. 그리고 생각보다 규모도 크지 않구요."

이나바뉴 바스크 16 옐리어스 나이트 하이파나는 침착하고 조심스럽게 나이트 슈펜다르켄의 질문에 대답했다. 지금은 옐리어스 나이트의 기사단장의 자리를 떠났지만, 슈펜다르켄이 옐리어스 나이트의 바스엘드를 수행할 때 수년간 옐리어스 나이트의 제2인자로서 슈펜다르켄을 보좌하던 나이트 하이파나였다.

하이파나 역시 많은 전투를 치러 다양한 경험을 쌓고 있었다. 기사로서의 예법에 충실하고 누구보다도 침착하고 겸손한 기사였지만, 그도 내심으로는 자신의 능력에 어느 정도의 확신을 가지고 있었던 것도 사실이었다. 이나바뉴의 유명한 기사 가문 하이파나 가 출신이라는 것도 그렇지만, 젊은 나이에 옐리어스 나이트가 되어 서른 살이 조금 넘었을 때에 17의 바스크를 받게 된 것 역시 그의 자부심을 강하게 만들었다.

그러나 지난 제3차 천신전쟁 때, 하라데스 평원에서 크실 기사단에게 대패하여 기사단의 태반을 잃고 그 자신의 생명까지 위태로울 지경까지 경험했던 그는, 그 뼈아픈 경험으로 인해 서른여덟 살이 된 지금까지 티끌만큼도 교만한 마음을 가지지 않는 기사가 되어 있었다.

나이트 하이파나의 말에 슈펜다르켄도 천천히 고개를 끄덕였다. 제자처럼 키웠던 총애하는 기사의 안목에 감탄한 것일까? 하이파나가 한 말이 슈펜다르켄이 느낀 것과 일치했는지 그는 만족스럽다는 듯이 말갈기를 쓰다듬었다.

"그렇지. 정상적이라면 지난번 전투로 인해 떨어진 기사단의 사기 때문이라도 저런 완전한 수세는 취하지 않았을 거야. 나이트 네이서스가 있었다면 물어보았을 텐데……."

슈펜다르켄은 문득 나이트 라벨 등과 함께 류가 쪽으로 우회해 간 나이트 네이서스를 떠올렸다. 오랫동안 기사대장 아켈로르와 함께 싸운 지략가. 아마도 그였다면 시원한 대답을 해줄 수 있었으리라.

"더군다나 로젠다로의 주력이, 아니 중앙기사단 전체의 병력이 겨우 1만 기란 말인가. 우스운 일이로군. 게다가 레페리온은 1천 기 남짓밖에 없단 말이야."

슈펜다르켄이 말하자 사야카는 다시 한 번 로젠다로 기사단을 훑어보았다. 두꺼운 수세를 펼치고 있어 언뜻 보기에는 많은 인원인 듯했지만, 자세히 보니 기사단은 겨우 1만여 기에 불과한 것 같았다. 그제야 사야카도 슈펜다르켄의 말에 동의했다.

"그렇습니다. 그들에게는 확실히 뭔가 숨기고 있는 것이 있습니다. 우리가 눈치를 채지 못하도록 기도하고 있을지도 모르지요."

잠시 생각하다가 슈펜다르켄이 하이파나에게 시선을 돌렸다.

"나이트 하이파나, 그대가 바스엘드라면 이 상황에서 어떻게 하고 싶은가?"

얼굴에 부드러운 미소까지 띠며 묻는 슈펜다르켄에게 하이파나는 공손한 태도로 대답했다.

"저라면 우선 탐색전부터 시작하겠습니다. 1천 기 정도의 기사단을 내보내 우선 로젠다로 기사단이 어떻게 나오는지 보고 싶습니다."

전법의 기본을 아는 대답이었다. 슈펜다르켄은 빙그레 웃었다.

"그것도 좋은 방법이군. 하지만 나라면 그렇게 하지 않겠네. 생각이 많은 건 전장에서는 좋지 않을 때도 있거든."

"예?"

하이파나가 약간 의외라는 듯이 슈펜다르켄을 쳐다보았다. 생각이 많은 것이 좋지 않다는 건 어떤 의미일까 하는 의문이 그의 표정에 나타나 있었다. 그 뜻을 읽기라도 한 듯이 슈펜다르켄이 짧은 설명을 덧붙였다.

"탐색에서 그치면 상대가 원하는 대로 해주는 것이 될 수도 있다는 뜻이지."

"상대가 원하는 대로? 그렇다면……."

그러나 슈펜다르켄은 하이파나의 말에 대답하는 대신 그 옆에 서서 로젠다로 기사단을 응시하고 있는 파아렐 나이트를 호명했다.

"나이트 사야카."

"옛."

사야카가 한 발 앞으로 나섰다.

"정중앙으로 돌격한다."

'중앙으로?'

하이파나는 눈을 크게 떴지만, 정작 명령을 받은 사야카는 깍듯이 예를 올리며 명령을 받았다.

"알겠습니다."

"나이트 하이파나."

"예."

슈펜다르켄은 손을 들어 왼쪽에서 오른쪽으로 천천히 곡선을 그려 보였다.

"왼쪽으로 협공한다. 나는 나머지 기사단을 이끌고 오른쪽을 치겠다."

"섬멸전을 펼치시겠다는 말씀입니까?"

"그렇다."

슈펜다르켄은 여유 있게 웃음까지 지어 보이며 말했다.

생각이 많은 게 좋지 않을 수도 있다는 말을 하이파나는 그제야 이해할 수 있었다. 슈펜다르켄은 기사단의 전 병력을 돌격시킬 생각이었다. 그렇게 한다면 로젠다로 기사단은 당황할 것이 당연했고 그들의 속뜻도 자연스럽게 드러날 것이다.

슈펜다르켄은 빙긋 웃었다.

"상대를 당황시키는 방법도 상대의 의도를 읽어 내는 방법의 하나지. 자, 가볼까."

"옛."

"휴리어벨 돌격 준비! 레페리온 정렬!"

나머지 기사들이 일제히 대답하는 것과 동시에 이나바뉴 기사단의 바세론들은 즉시 그들의 명령을 전파해 가기 시작했다. 부상을 입어 후방을 맡을 나이트 벨레즈를 제외하고는 모두가 자신의 기사단에게 돌격 태세를 갖추라는 명령을 하달한 것이다.

메이데어 평원에서 이나바뉴와 로젠다로 양쪽의 기사단은 또 한 번의 대격돌을 앞두고 있었다.

"정면 돌격?"

퀴트린은 아차 싶었다. 그것은 전혀 예상치 못한 일이었다. 시간상 아직 라즈파샤가 이끄는 기사단이 허슬록에서 엘쥬르 7세의 행렬을 만나지 못했을 텐데… 이나바뉴 기사단을 패퇴시키기보다는 '패배하지 않는' 전술을 구사하며 되도록 많은 시간을 벌려 했던 퀴트린은, 자신의 심중을 읽기라도 한 듯 그 허를 찔러 세 방향으로 총공세를 펼쳐오는 이나바뉴 기사단을 바라보며 망연한 표정이 되었다.

로젠다로의 기사들은 사색이 되었다. 지금 정면으로 충돌한다면 승부를 떠나 기사대장 라즈사파가 허슬록으로 가는 데 걸리는 시간을 벌어 주지 못할 것이기 때문이었다.

"나이트 파스크란!"

짧은 시간, 이나바뉴 기사단의 돌격 태세를 바라보고 있던 퀴트린은 무엇인지 결정을 내리고 급히 파스크란을 찾았다. 그러나 그에게 돌아온 것은 돌격 태세를 갖춘 로젠다로 기사단의 함성이었다.

"가자!"

온몸을 칠흑같이 어두운 갑옷으로 감싼 기사의 손이 하야덴을 쥔 채 하늘을 향하자, 커다란 함성과 함께 오른편의 휴리어벨이 돌격해 오는 이나바뉴 기사단을 향해 마주 돌진해 가기 시작했다.

'과연.'

일단 완전 수세를 취한 로젠다로 기사단이 동요하는 것을 막기 위해서는 돌파력이 뛰어난 나이트 파스크란이 필요했다. 퀴트린은 그에게 이나바뉴 기사단과 맞서 달라고 이야기를 할 참이었다. 그러나 파스크란은 본능적인 전쟁의 감각으로 벌써 자신의 기사단을 이끌고 돌격해 오는 이나바뉴 기사단을 향해 마주 돌격해 간 것이었다.

이길 수 없을지도 모르지만, 이나바뉴 기사단의 공세를 한 풀 꺾게 하는 데는 충분했다. 이제 파스크란이 벌어 준 시간으로 퀴트린이 기사단을 정비할 차례였다.

"레페리온 전원 공세로, 휴리어벨은 돌격을 준비하라! 나이트 일린스크, 후방을 맡긴다!"

퀴트린의 명령은 빠른 속도로 기사단 전체에 전파되었다.

기사단은 즉시 완전한 수세를 공세로 바꾸며 이나바뉴 기사단과의 정면충돌을 준비하기 시작했다. 본래에는 수세로 시간을 끌 생각이었지만 일단 이나바뉴 기사단의 총공격에 맞서기 위해서는 차라리 그들의 공격을 맞받아치는 편이 나았다.

물러설 수는 없었다. 메이데어 평원 바로 뒤편인 허슬록 평원에서는 지금쯤 슈리온으로 천도하는 엘쥬르 7세의 행렬이 이어지고 있을 것이었다.

4

"멋진 기사로군. 지난번의 그 기사인가?"

로젠다로 기사단을 우회하여 포위하려 했던 슈펜다르켄은, 중앙으로 돌격하던 사야카의 기사단의 전진이 둔해지자 손을 들어 공격의 속도를 늦췄다. 아마도 반대편에 있는 하이파나 역시 로젠다로의 반격을 보고는 포위 공격을 미뤘을 것이다. 이대로 포위를 시도한다면 오히려 이나바뉴 기사단이 종단되어 버릴 것이었다.

언뜻 보니 중앙에서 맞부딪친 이나바뉴 기사단은 충돌 직후 오히려 열세에 몰린 듯했다. 그러나 사야카 역시 뛰어난 기사였기에 다시 재반격에 나서 팽팽한 국면을 만들고 있었다.

"흠."

슈펜다르켄은 헛기침을 하며 눈을 가늘게 뜨고 로젠다로 기사단의 공세를 살펴보았다.

"나이트 사야카와 대등하게 싸울 수 있다니… 게다가 저 돌격력은 놀라운 것이로군."

슈펜다르켄의 명령에 의해 로젠다로 기사단의 우측을 엄습하던 이나바뉴 기사단의 휴리어벨은 일단 수세를 갖추며 힘겨루기에 들어갔다. 사야카가 맡고 있는 정면은 일진일퇴를 거듭하고 있었고, 슈펜다르켄 자신이 맡고 있는 우측 역시 그러했다. 그곳에서는 보이지 않았지만, 하이나파 역시 마찬가지일 것이라고 슈펜다르켄은 생각했다.

'제법 강하군… 하지만 무엇 때문이냐?'

슈펜다르켄은 빠르게 전장을 훑어보았다. 수적으로 열세인, 게다가 바스엘드들의 역량도 이나바뉴의 기사들보다 나을 리 없는 로젠다로 기사단이 이렇게 버티고 있는 것에는 분명 버팀목이 있을 것이라고 생각한 것이다.

'뒤쪽인가?'

홍수와 같은 전장의 흐름 속에서도 로젠다로 기사단의 중군은 처음과 마찬가지로 결코 흔들리지 않고 굳건한 수세를 갖추고 있었다. 그들은 마치 예비대와 같이 움직이며 좌우, 그리고 중앙의 기사단을 보호하거나 견제해 주고 있었다.

"바스엘드로서도 뛰어나군……."

슈펜다르켄은 부드럽게 미소를 지었다.

"… 나이트 레이피엘."

로젠다로 중군의 움직임은 라즈파샤의 그것이 아니었다. 하야덴의 첨예한 끝도 찔러 들어가지 못할 것 같은 완벽함. 효과적인 바세론들의 통제에 의한 빠른 움직임. 바로 엘리어스 나이트 레이피엘, 아니 로젠다로의 기사 나이트 네라이젤이 이끄는 기사단이었다.

"그렇다면… 그 파탄은 거기에 있지 않겠군."

슈펜다르켄은 고개를 끄덕이며 하야덴을 들었다. 만약 슈펜다르켄이 평범한 기사였다면, 수적인 우세만을 믿고 하야덴을 곧게 세워 돌격을 명하거나, 우회하여 본진을 공격하는 방법을 택했을 것이다. 그러나 슈펜다르켄은 로젠다로 기사단이 열세에 처해 있으면서도 결코 물러서지 않는 이 전투의 흐름이 어떻게 만들어지고 있는가를 정확히 꿰뚫어보고 있었다.

"목표는 전방의 휴리어벨이다! 레페리온 공세 전환!"

슈펜다르켄은 하야덴을 들어 기사단의 방향을 바꾸었다. 본대로의 직접 공격이 아닌, 선두의 첨단을 향한 부분 포위 공격. 그 명령은 정말 로젠다로의 기사들의 예상을 뛰어넘는 것이었다. 그가 향한 방향은 중앙, 즉 사야카와 맞서고 있는 기사의 측면을 향한 공격이었다.

오직 슈펜다르켄만이 그 전투의 흐름을 주도하고 있는 기사가 다름 아닌 나이트 파스크란이라는 것을 깨달은 것이다.

파스크란은 이나바뉴 기사단에게 있어서 그 존재 자체가 악몽이었다. 사야카는 거침없이 이나바뉴 기사단을 베어 내며 중앙을 돌파해 오는 검은색 갑옷의 기사를 노려 보았다.

'검은색 갑옷?'

조금은 두려운 마음이 없지 않아 있었지만, 사야카는 하야덴을 힘주어 잡았다. 불끈 용기가 솟아나는 것 같았다.

'한번쯤 정식으로 겨루어 보고 싶었다, 나이트 파스크란.'

다음 순간, 사야카는 말을 달려 파스크란을 향해 전속력으로 달려갔다. 파스크란도 그의 투기를 느꼈는지 말을 멈추고 사야카를 응시했다. 머리에까지 검은색 투구를 쓰고 있었기 때문에 그의 표정을 볼 수는 없었지만, 사야카는 순간 자신과 파스크란의 눈이 마주쳤다는 착각이 들었다.

전율.

"나이트 파스크란이냐."

사야카의 말에 잠시 그를 응시하던 검은 갑옷의 기사는 천천히 하야덴을 들었다. 보통의 하야덴보다 한 배 반은 더 긴 하야덴이 자신을 향하자 사야카는 잠시 몸을 움찔했다. 상상할 수 없을 거대한 중압감이 사야카를 짓눌러 온 것이다.

파스크란이 천천히 입을 열었다.

"그렇다."

사야카는 그 중압감에서 벗어나려고 큰 목소리로 외쳤다. 사야카의 목소리가 전장을 울렸다.

"이나바뉴 바스크 24 파아렐 나이트 사야카다. 내 얼굴을 기억하고 있느냐?"

사야카와 파스크란은 이미 맞부딪친 적이 있었다. 3년 전 로젠다로의 수도 포프슨 탈환 전투 때, 이나바뉴의 승전을 축하하는 어느 막사 뒤편에서 우연히 마주쳐 창졸간에 하야덴을 교환했던 적이 있는 것이다. 그러나 이렇게 전장에서 기사단을 이끌고 대적하기는 처음이었다.

파스크란은 잠시 사야카를 응시하더니 하야덴을 좌우로 한 번 흔들었다.

"오랜만이로군, 파아렐 나이트. 내가 피를 흘린 건 정말 오랜만의 일이었다."

투구 속에서 파스크란은 그를 조롱하듯 희미하게 웃고 있었다. 사야카는 코웃음을 쳤다.

"언젠가 너와 전장에서 승부를 가를 수 있을 것을 알고 있었다. 어서 덤벼라."

"죽고 싶다는 말이로구나."

파스크란의 말을 들었는지 못 들었는지, 사야카는 즉시 하야덴을 수평으로 들고 말을 달려 파스크란에게 부딪쳐 갔다. 존재감에서 자신보다 상위에 있는 기사에게는 일단 선공하여 승기를 잡는 것이 중요하다고 판단한 것이다. 파스크란도 거침없이 하야덴을 들어 사야카를 향해 마주 찔러 갔다.

굉장한 파열음이 울리고, 파스크란과 사야카가 각기 한 발자국씩 뒤로 물러섰다. 단 한 번의 공격을 교환했을 뿐이었지만, 서로가 그들 자신이 싸우고 있는 상대에 대한 경외심을 느끼기에는 충분했다.

사야카는 엄청난 훈련으로 단련된 자신의 몸이 팔꿈치에서부터 가슴까지 저려 오는 것을 느꼈다. 순간 그는 자신의 하야덴이 부서지지 않은 것만도 다행이라는 생각까지 들고 말았다.

상대에게 감탄한 것은 파스크란도 마찬가지였다. 나이트 사야카는 자신의 힘에 직접 맞서지 않고 하야덴을 비스듬히 눕혀 파스크란의 공격에 의한 충격을 최소화해서 하야덴을 교환하고 즉시 이탈했다. 간결하고 꾸밈없는 하야덴이었지만, 사야카의 공격은 매우 효과적이었고 정확했다.

두 사람은 잠시 숨을 가다듬고 서로 바라보았다. 지금, 메이데어 평원 한가운데에는 이나바뉴와 로젠다로 양국 최고의 기사가 맞붙어 있는 것이다. 그것은 마치 전설과도 같은 일이었다.

파스크란이 나지막하게 말을 내뱉었다.

"이나바뉴에는 뛰어난 기사가 많구나."

말이 끝나자마자 파스크란의 공격이 펼쳐져 들어왔다. 파스크란의 하야덴은 거침없이 한가운데로 사야카의 가슴을 노리고 찔러 들어왔고, 그 파괴적인 공격에 사야카는 몸을 돌려 피할 새도 없이 하야덴을 비스듬히 눕혀 그의 공격을 옆으로 흘려보내는 수밖에 없었다.

보통의 기사라면 도중에 하야덴의 방향을 바꾸어 상대의 오른쪽 어깨나 머리를 노렸을 것이지만, 파스크란은 그렇게 하지 않았다. 직선으로 뻗는 공격, 그것이 파스크란이 펼칠 수 있는 최고의 기술이었다. 이 공격을 막으려 하는 기사는 페가드와 갑옷이 동시에 뚫린 채 말 위에서 떨어져 내리곤 했다.

그러나 역시 사야카는 달랐다. 그 공격을 튕겨 낸 사야카는, 무섭게 연이어 들어온 파스크란의 두 번째 공격마저 하야덴의 측면으로 받아넘겨 버렸다. 힘과 맞설 수 있는 것은 속도, 혹은 그를 능가하는 힘이라는 것은 상식이었으나, 사야카에게는 그 상식을 뛰어넘는 빠른 눈과 판단력이 있었다.

두 번의 공격이 수포로 돌아간 파스크란의 하야덴이 순간 공중에서 휘청거렸다. 균형이 잠시 흐트러졌던 것이다. 이 짧은 시간의 허점을 놓치지 않고 사야카의 반격이 들어왔다. 그의 하야덴은 간결하게, 그러나 정확하게 파스크란의 어깨를 노리고 있었다. 파스크란은 몸을 움찔했다.

그러나 사야카의 공격은 파스크란의 왼팔에 얕은 창상만을 남기는 데 그치고 말았다. 파스크란만큼은 아니지만 사야카 역시 파스크란의 그 굉장한 공격을 피해 내기 위해 균형이 무너져 있었던 것이다. 파스크란의 입장에서는 정말 다행한 일이 아닐 수 없었다.

'운이 나빴다면 왼팔이 날아갔을지도 모르겠군.'

파스크란은 자세를 고치며 그렇게 생각했다. 미세한 차이지만, 파스크란은 그의 하야덴이 자신보다 한 단계 우위에 서 있다는 사실을 불현듯 느낄 수 있었다.

사야카 역시 물러서서 파스크란을 응시하고 있었다. 사야카도 마찬가지였다. 만약 두 번째 공격을 흘리지 않고 맞섰다면 아마도 지금쯤 파스크란의 긴 하야덴에 자신의 가슴이 꿰어져 있을 것이라는 걸 사야카도 느끼고 있었던 것이다.

"흥."

그러나 사야카는 코웃음을 쳤다.

"겨우 그게 나이트 쥬와 카사드렛 님의 생명을 빼앗았다는 검은 갑옷의 기사의 솜씨냐."

파스크란은 대답하지 않았다.

사야카는 다시 하야덴을 불끈 쥐었다. 직접 맞부딪쳐 보니 막연한 공포심을 가지고 있던 파스크란도 '전설'로 남을 만한 능력을 갖춘 것은 아니라는 것을 깨닫게 된 것이다. 몇 번 하야덴을 교환하는 사이 사야카는 천천히 냉정을 되찾고 있었다. 이제부터 일 대 일의 격투가 계속된다면, 승기는 자신이 잡을 수 있을 것 같았다.

"난 똑똑히 기억하고 있지. 그날 밤에 네가 이나바뉴의 막사로 찾아왔던 때를. 그때 네 눈빛은 지금처럼 흐리멍텅하지 않았다."

파스크란은 하야덴을 곧게 세워 들었다.

"말이 너무 많군, 파아렐 나이트."

그러나 사야카는 파스크란의 말을 무시하려는 듯 어깨를 으쓱해 보였다.

"글쎄. 내가 그때의 나이트 레이피엘만 못하다는 건가? 아니면 로젠다로 기사단의 갑주가 몸에 익숙하지 않다는 건가?"

파스크란은 짧게 빈정거렸다. 그러나 사실 사야카의 말은 정곡을 찌르고 있었다.

네겐 그때의 굶주린 —그래, 피에 굶주리고 승부에 굶주린 — 아슈벨의 눈빛이 없어. 사야카는 빙글거리는 웃음으로 그렇게 말하고 있었다.

파스크란의 그 엄청난 위압감. 그것은 항상 전장에서 갈구하던 상대가 있었기에 가능한 것이었다. 자신을 위하지 않고 친구와 우정을 위해 싸우는 파스크란은 이미 제3차 천신전쟁 때의 검은 갑옷의 기사가 아니었다.

"대세가 이미 기운 것 같군, 나이트 파스크란."

"뭐라고 지껄이는 거냐."

파스크란은 스스로에게 부인을 하려는 듯이 거칠게 대답을 내뱉었다. 순간 파스크란의 하야덴이 폭포처럼 엄청난 힘으로 사야카에게 쇄도해 갔다.

'아니?'

파스크란의 기사단의 왼편이 무너져 내리기 시작한 것은 바로 그때였다. 깜짝 놀란 파스크란이 돌아보자, 방금 전까지 로젠다로 기사단의 본대를 향해 공격해 가던 이나바뉴 기사단이 어느새 방향을 바꾸어 돌출되어 있던 자신의 기사단을 향해 돌격해 오는 것이 보였다. 파스크란은 앞과 옆에서 협공을 당하는 형상이 되고 말았다.

아무리 파스크란이 이끄는 기사단이라고 할지라도 당대 최고의 기사, 나이트 사야카와 나이트 슈펜다르켄의 협공을 버텨 낼 수는 없었다.

파스크란은 적잖게 놀랐다.

'누구냐. 이렇게 허를 찌르는 전술을 사용하는 인물은.'

파스크란은 급히 뒤를 돌아보았다. 예상대로 퀴트린이 이끄는 후방 예비대가 파스크란의 선두를 지원하기 위해 달려오고 있었다. 파스크란은 일단 후퇴를 결정해야 했다.

"다음에 만나자."

파스크란은 마지막으로 한 번 사야카를 바라본 후, 말을 돌렸다.

"죽고 싶다는 말이냐?"

파스크란의 등 뒤에서 사야카의 비웃음이 터져 나왔지만,

파스크란은 개의치 않고 하야덴을 들어올렸다. 그의 입에서 퇴각 명령이 떨어졌다.

"반전!"

그의 명령에 따라 혼전 상태에 있던 로젠다로 기사단은 반전하여 다시 퀴트린의 본대에 합류하기 위해 후퇴하기 시작했다. 전투는 아직까지는 막상막하였다.

이나바뉴의 기사들이 모두 어떻게 이 전투에서 이길 수 있을 것이냐 하는 생각을 하고 있을 때 단 한 사람만은 그 스스로에게 다른 질문을 끊임없이 되풀이해서 하고 있었다.

'로젠다로 기사단의 반격은 강력하다. 그러나 아무래도 이상하다. 이 메이데어 평원의 기사단은 분명 강한 최정예의 주력이기는 하지만 완전한 병력은 아닌 게 확실하다. 내 눈은 속일 수가 없지… 그렇다면 나머지 기사단은 어디에 있는가? 왜 돌출된 기사단에게 후퇴 명령을 내려 퇴각하지 않고, 후퇴했다가 오히려 다시 반격에 나서 스스로 협공을 당하려 하는가? 그렇게까지 메이데어 평원이 지킬 값어치가 있는 곳인가?'

그는 한편으로 기사단을 지휘하며 한편으로는 질문을 계속하고 있었다. 기사적인 육감이 분명 무엇인가 숨겨진 것이 있다고 계속해서 그에게 말하고 있었다.

'마치… 상처입은 어미 벤더가 자식을 숨기는 것처럼……'

끊임없이 이런 질문을 자신에게 던지고 있는 이는 다름 아닌 이나바뉴 기사단 2차 원정대의 바스엘드인 이나바뉴 바스크 2 나이트 슈펜다르켄이었다.

예상치 않았던 혼전이 계속되었다. 이나바뉴 쪽에서 생각해도 의외였고, 그것은 로젠다로 기사단의 입장에서도 마찬가지였다. 어쨌든 전술적으로 서로 상대방의 허를 찔렀던 두 기사단의 격돌은 결국 혼전의 양상을 띠게 될 수밖에 없었다.

이나바뉴 기사단에는 나이트 슈펜다르켄, 나이트 사야카, 나이트 하이파나 등 이나바뉴의 수뇌급의 기사들이 포진해 있었고, 그것은 퀴트린, 나이트 파스크란, 나이트 라시드, 나이트 일린스크, 나이트 이멜젠 등이 필사적으로 메이데어 평원을 지키는 로젠다로 기사단 쪽도 마찬가지였다. 양쪽 모두 상대방을 쓰러뜨리기 위한 전술을 펼치지 않고 정면충돌로 전투의 양상이 전개되는 이상, 비록 산술적으로는 이나바뉴 기사단이 약간의 우위에 서기는 했지만 있었지만 이른 시간 안에 전투가 결판날 것 같지는 않았다. 오후에 시작된 전투는 어느덧 저녁까지 계속되고 있었다.

"나이트 하이파나!"

이나바뉴 바스크 16 옐리어스 나이트 하이파나는 전장의 외침과 함성, 그리고 하야덴과 페가드가 서로 부딪치는 소음 속에서 자신을 부르는 나이트 슈펜다르켄의 목소리를 분별해 낼 수 있었다. 그는 잠시 하야덴을 멈추고 슈펜다르켄을 찾았다.

"우회해라. 기사단을 이끌고 이탈하여 남쪽 허슬록 평원으로 향해라!"

아마도 혼전 한가운데 슈펜다르켄이 있는 모양이었다. 하이파나는 슈펜다르켄의 목소리는 들을 수 있었지만 그 위치는 파악할 수가 없었다.

"우회?"

하이파나는 자신의 귀를 의심할 수밖에 없었다.

우회라니… 비록 로젠다로 기사단의 반격이 예상외로 강경하고 필사적이긴 했으나 양상은 팽팽한 혼전이었고, 더군다나 혼전 속에서 전장을 이탈하는 것은 매우 위험한 일이었다. 만약 퇴각이라면 북쪽 체렌 평원으로 가야 하는 것이 당연했고, 이 시점에서 허슬록 평원으로 간다는 것은 더욱이 어려운 일이었다.

하이파나가 머뭇거리자 다시 한 번 슈펜다르켄의 목소리가 들렸다. 그의 목소리는 단호했다.

"나이트 하이파나, 허슬록 평원이다!"

그제야 하이파나는 슈펜다르켄을 발견할 수 있었다. 그는 직접 하야덴을 뽑아 들고 로젠다로의 기사들과 맞서며 하이파나와 멀지 않은 곳에 있었다.

'허슬록이라니……'

하이파나는 손을 멈추고 슈펜다르켄의 표정을 살폈다. 그의 얼굴에는 어떤 확신이 어려 있었다. 하이파나는 그의 말에 분

명 무슨 중요한 뜻이 담겨 있을 것이라고 판단했다. 그는 소리
내어 대답을 하는 대신 즉시 애프러더를 들어 남쪽 하늘을 향
해 벨폰을 하나 쏘아 올렸다. 황금색 긴 호를 그리며 아카르드
가 날아올랐다.

문득 바라보니 슈펜다르켄은 만족했다는 표정을 짓고 있었
다. 하이파나는 아카르드로 존명의 뜻을 받들겠다고 답한 것
이었다.

조금씩, 하이파나의 기사단은 전장을 이탈하기 시작했다.
아무도 눈치 채지 못하도록. 아니, 되도록 로젠다로의 기사들
이 늦게 눈치 채도록 노력하며.

나이트 라시드는 자신이 맡고 있던 로젠다로 기사단의 오른
쪽 옆구리가 어쩐지 가벼워지는 듯한 느낌을 받았다. 그는 회
심의 미소를 지었다.

기사들끼리의 렉카아드와 기사단끼리의 대결이 갖는 공통
점 중 하나는 상대의 압력이 느슨해지면 그것은 곧 상대가 사
기를 잃어 가고 있다는 증거가 될 수 있다는 점이다.

"자, 힘을 내라! 이나바뉴 기사단이 후퇴하기 시작한다!"

라시드는 목소리에 힘을 주어 기사단을 독려했다. 그 자신
도 더욱 용기가 솟아오르는 것 같았다.

다시 이나바뉴의 기사 한 명의 팔을 페가드째 베어 내고 나
서 고개를 드니 이나바뉴 기사단의 공세는 더욱 약해져 가고
있었다. 라시드는 천천히 고개를 돌려 자신의 기사단이 맞붙

어 싸우고 있던 이나바뉴 기사단의 바스엘드를 찾았다. 만약 가능하다면 반격에 쐐기를 박아 볼 심산이었던 것이다.

그러나 언뜻 보았던 하얀색 전투복의 옐리어스 나이트는 더이상 보이지 않았다. 라시드는 더욱 신이 났다. 이나바뉴 기사단의 우측은 우선 퇴각의 움직임을 보이고 있었고, 바스엘드가 눈에 띄지 않는 것은 더욱 그 확신을 굳건하게 해주는 것이었다.

"나이트 라시드!"

퀴트린의 목소리였다. 라시드는 하야덴을 세워 하늘을 향하게 했다.

"여기에 있습니다!"

라시드는 밝고 높은 목소리로 대답했다. 곧 기사단이 갈라지면서 퀴트린이 모습을 드러냈다.

"어떻게 된 건가? 오른편의 공세가 엷어진 느낌이다."

"이나바뉴 기사단이 퇴각하는 모양입니다."

라시드는 자신 있는 표정으로 말했다. 라시드의 기사단이 앞으로 나서면서 전세는 다소 로젠다로 쪽이 유리한 국면으로 접어들고 있었다.

그러나 퀴트린의 목소리는 날카로웠다.

"이나바뉴의 바스엘드는?"

"조금 전까지 저와 멀지 않은 거리에 있었으나, 지금은 보이지 않습니다. 퇴각한 것이 아닐까요? 아마도 추격을 당하지 않기 위해 조용히 이탈한 모양입니다. 우리가 눈치를 채지 못하게 말입니다."

퀴트린의 표정이 약간 창백해지는 것 같았다.

"퇴각이라구? 맙소사."

"뭐가 잘못되었습니까?"

퀴트린은 낮은 목소리로 대답했다.

"허슬록 평원으로 향했을지도 모른다. 나이트 라시드, 기사단을 이끌고 즉시 허슬록 평원으로 이동해라."

"예에?"

라시드는 의아한 표정을 지었지만 퀴트린의 표정은 엄숙했다.

"아직도 모르겠나. 이나바뉴 기사단은 퇴각하는 척하며 허슬록 평원으로 우회했을지도 모른다는 뜻이다. 어서 가라!"

"설마."

라시드도 그제야 사태가 심각함을 느낄 수 있었다. 퀴트린의 눈은 날카롭게 전장을 훑어가고 있었다. 역시 이나바뉴 기사단의 왼쪽 날개를 지휘하던 옐리어스 나이트의 모습이 보이지 않았다.

"이미 늦었을지도 모른다. 최대한 빨리 가도록 해라."

"알겠습니다."

퀴트린은 명령을 내리고 즉시 돌아섰다. 어쨌든 슈펜다르켄과 사야카 등이 이끄는 이나바뉴 기사단과 대적하는 것도 급선무였다.

슈펜다르켄은 미소를 지었다. 그가 수십 년간 전장에서 쌓아 왔던 기사의 육감이 적중했음을 알고 짓는 미소였다.

로젠다로 기사단은 강했다. 그러나 슈펜다르켄의 눈에는 그들이 너무나 강경하게 메이데어 평원을 사수하려 하는 것으로 보이고 있었고, 그래서 그들이 무엇인가 등 뒤에 숨기고 있다는 것을 눈치 챌 수 있었다. 그리고 그 생각은 나이트 하이파나를 허슬록 평원으로 보낸 후, 로젠다로 기사단 오른편이 급히 전장을 이탈하여 후방에 있는 허슬록 평원으로 향하는 것을 보고 확신의 단계로 이어졌다.

'너무 융통성이 없었네, 로젠다로의 바스엘드여.'

슈펜다르켄은 즉시 수하 기사들을 호출했다. 연락병의 복장을 한 레페린 세 명이 전장을 헤집고 슈펜다르켄에게 다가왔다.

"급히 나이트 사야카에게 알려라. 전장을 이탈하여 동시에 퇴각한다고. 최대한 빠른 속도로 체렌 평원으로 돌아간다."

"옛!"

연락병은 즉시 예를 취하고 사야카의 기사단 쪽으로 달려갔다. 기사단은 여전히 혼전 중이었고, 주위는 병기 부딪치는 소리와 비명 소리로 가득했다.

슈펜다르켄은 하야덴을 든 채 하늘을 올려다보았다.

"… 로젠다로라."

슈펜다르켄의 눈은 허공을 날고 있었다. 허공에는 전장의 함성이 계속해서 울려 퍼지고 있었다.

"이나바뉴 기사단이 후퇴하고 있습니다!"

보고를 받기 전부터 퀴트린은 이미 그 사실을 알고 있었다.

파스크란이 움직여 주겠지… 지금 로젠다로 기사단의 바스엘드는 퀴트린 자신이었지만, 파스크란은 퀴트린의 명령을 거의 받지 않고 단독으로 판단하고 행동하고 있었다. 그러나 지금까지 파스크란의 움직임은 한 번도 빗나간 적도, 실패한 적도 없었다. 어떻게 할 것인가. 추격을 계속할 것인가. 퀴트린은 힐끔 좌편을 막고 있는 파스크란의 기사단의 움직임을 바라보았다. 그것은 파스크란에 대한 그의 신뢰였다.

그러나 파스크란 역시 모호한 자세를 취하며 그 자리에 멈추어 서 있었다. 그 역시 이 상황에 대응할 최선의 방책을 찾지 못한 모양이었다. 로젠다로 기사단은 서서히 승리의 기쁨에 도취되기 시작하고 있었지만, 그 기사단의 수뇌들, 퀴트린과 파스크란, 그리고 일린스크 등의 기사들의 머릿속은 온통 엉망으로 헝클어져 있었다. 이나바뉴 기사단의 일부는 허슬록 평원으로 벌써 향했을지도 모르는 일이고, 지금 눈앞의 이나바뉴 기사단은 후퇴하고 있었다. 참으로 대처하기 어려운 상황이었던 것이다.

잠시 전장을 바라보던 퀴트린은 다시 파스크란을 돌아보았다. 파스크란은 그저 말 위에서 퀴트린을 바라보고 있었다. 바스엘드로서의 퀴트린의 명령을 기다리는 것일까. 그러나 퀴트린의 명령에는 선택의 여지가 없었다.

"반전!"

퀴트린의 명령이 의외였는지, 그의 명령이 떨어지자 로젠다로의 기사들은 다시 한 번 퀴트린을 바라보았다. 그의 하야덴이 비스듬히 후방을 향하고 있고, 퀴트린 스스로도 몸을 반전시키는 것을 보고 나서야 모두 반전 명령이 확실함을 알아차렸다. 그제야 로젠다로 기사단은 대오를 정렬하여 퇴각세를 취하기 시작했다.

퀴트린은 잠시 뒤를 돌아 퇴각해 가는 이나바뉴 기사단의 뒷모습을 바라보았다.

이나바뉴 기사단은 정말 강했다. 수적으로, 기술적으로, 전술적으로. 로젠다로 기사단은 체렌 평원에 이어 두 번째 패배를 경험한 것이라고 퀴트린은 생각했다. 물론 다른 로젠다로 기사들의 머릿속에는 당분간 이 전투가 승전으로 기억될 것이지만.

이나바뉴 바스크 24 파아렐 나이트 사야카는 이나바뉴 기사단을 추격해 오지 않는 로젠다로 기사단을 바라보며 후퇴하고 있었다.

기사적인 능력과 통솔력 등 모든 면에서 지금 이나바뉴 기사단에서 가장 뛰어난 사람은 당연히 바스엘드인 이나바뉴 바스크 2 나이트 슈펜다르켄이겠지만 그는 나이를 많이 먹었고 또한 직접 하야덴을 들기보다는 전투를 포괄적으로 지휘하는 기사단의 바스엘드였다. 때문에 실질적으로 전투 능력 면에서 최강이라고 생각되는 기사단은 바로 나이트 사야카가 지휘하는 그의 근위기사단과 2천 기 레페리온이었다. 그래서 그는 가장 후미에서 기사단의 퇴각을 엄호하고 있었다.

'역시 추격해 오지 않을 모양이군.'

그의 눈에는 증오와 슬픔이 반반씩 섞인 묘한 감정이 나타나 있었다.

'… 이것으로 최악의 패전은 면한 셈이군, 나이트 레이피엘.'

로젠다로 기사단을 한 번 더 돌아본 사야카는 연락병을 불렀다.

"로젠다로 기사단은 더 이상 추격해 오지 않는다고 슈펜다르켄 님께 보고드려라."

"옛."

사야카가 보낸 연락병은 쏜살같이 말을 달려 중앙에 있는 슈펜다르켄 쪽으로 향했다.

전투는 끝났다. 이제 로젠다로 기사단과 다시 만날 곳에서 아마도 이 전쟁이 끝날 것 같다고 사야카는 생각하고 있었다.

6

"기사단을 나눈다."

상황이 급박했기 때문에 막사를 설치하고 회의를 열 시간이 없었다. 퀴트린은 이동 중에 기사들을 소집하여 마상에서 회의를 진행하고 있었다.

"분명히 이나바뉴 기사단의 일부는 허슬록 평원으로 향했을 것이다. 그리고 우리가 후퇴함으로써 그들은 우리가 필사적으로 허슬록 평원을 방어한 사실을 눈치 챘을 것이다."

"국왕 폐하가 위험합니다."

나이트 일린스크가 무거운 말투로 말했다.

"이미 라즈파샤 님이 세웠던 연속적인 격파 작전은 고려의 대상이 되지 않는군요."

로젠다로 바스크 91 나이트 란슈트였다. 그의 몸 역시 온통 피칠이 되어 있었고, 구레나룻은 피로 엉겨붙어 흉측한 형상이었다. 란슈트의 말에 퀴트린은 고개를 끄덕였다.

라즈파샤의 계획은, 우선 둘로 나누어져 힘이 약해진 이나바뉴 기사단의 본대를 메이데어 평원에서 맞아 싸워 격파한 다음, 다시 포프슨으로 가 나머지 한 편의 공격을 방어하겠다는 것이었다. 그러나 지금은 허슬록에 있는 엘쥬르 7세의 신변조차 안심할 수 없는 순간. 라즈파샤가 세웠던 작전은 이미 무너져 버린 후였다.

"지금 나이트 라시드가 이미 허슬록으로 향하고 있을 것이다. 나이트 란슈트, 기사단을 이끌고 허슬록 평원을 지원하러 떠나라. 3천 기와 레페리온의 지휘를 맡기겠다."

'늦지 않기를 바랄 뿐이다.'

퀴트린은 마음속으로 그렇게 말하고 있었다.

"알겠습니다."

"나이트 파스크란, 나이트 일린스크와 나는 포프슨으로 가겠다. 국왕 폐하께서 이나바뉴 기사단에게 쫓기어 다시 포프슨으로 가셨을지도 모르는 일이고… 무엇보다 지금 헤어진 이나바뉴 기사단은 결국 다시 포프슨으로 향했을 것이다."

파스크란이 쓴웃음을 지었다.

"그럼, 겨우 5천 기 남짓한, 그것도 휴리어벨만으로 구성된 기사단으로 1만 기도 넘는 이나바뉴 기사단과 대적하겠다는 건가, 나이트 네라이젤? 우리 둘이 말인가?"

"다른 방법이 없지. 우리는 어느 쪽도 포기할 수 없어."

국왕이 있지 않다고 하더라도 포프슨은 로젠다로의 수도였다. 포프슨의 함락은 결국 로젠다로의 패망을 의미하는 것이었다. 지난 제3차 천신전쟁 때에도 국왕은 에우로페 나이트들과 함께 이나바뉴로 피신했으나 포프슨이 무너진 것만으로도 로젠다로의 패망을 상징하는 것임이 분명했다.

별안간 파스크란이 큰소리로 웃었다. 파스크란이 웃는 표정을 짓는 것은 매우 드문 일이었기 때문에 기사들 모두가 파스크란의 얼굴을 바라보았다.

"좋다, 나이트 네라이젤. 네게 맡긴 목숨, 끝까지 맡겨 보겠다."

파스크란의 말에 퀴트린은 무거운 표정으로 웃음을 지어 보였다. 파스크란은 진심으로 퀴트린을 믿고 진정한 친구로 대하고 있었다. 파스크란이 믿음직스러운 것은 사실이었지만, 그럼에도 퀴트린의 마음속에는 불안감이 가시지 않았다.

나이트 슈펜다르켄, 나이트 사야카, 나이트 라벨. 이 뛰어난 이나바뉴의 기사들이 이끌고 있는 이나바뉴 기사단을 맞아 과연 이길 수 있을까 하는 의문이 여전히 머릿속에 남아 있었기 때문이었다.

'한때는 내가 목표로 삼았던 그분들을……'

퀴트린이 지그시 입술을 깨무는 것을 파스크란은 짐짓 미소를 지으며 바라보고 있었다.

파스크란은 퀴트린의 마음속을 간파하고 있었을까, 아니면 단지 두 배가 넘는 기사단을 맞아 싸울 자신이 있었던 것일까?

둘로 나뉜 이나바뉴 기사단 모두 포프슨으로 향한 것은 퀴트린과 파스크란은 물론 로젠다로의 기사 모두가 알고 있었지만, 중요한 것은 이나바뉴 바스크 6 엘리어스 나이트 기사단장 나이트 섀럿, 나이트 멜더가 이끄는 이나바뉴 기사단 3차 원정대 역시 쥬렌다스를 경유해 포프슨으로 향하고 있다는 것만은 그들 모두 전혀 생각조차 못하고 있었다는 사실이다.

7

'엘쥬르 7세의 생포에는 아마도 어마어마한 포상이 걸려 있 겠지.'

로젠다로 바스크 2 기사대장 나이트 라즈파샤는 이를 악물 었다. 로젠다로 기사단도 필사적이었지만 국왕 엘쥬르 7세가 있다는 사실을 알아차린 이나바뉴 기사단의 공세 역시 그에 못지않게 필사적이었다. 이나바뉴의 입장에서는 국왕을 생포 할 수만 있다면 이 전쟁을 그 순간 종결지을 수 있을 것이기 때문이다.

"나이트 베카야드!"

라즈파샤는 큰 소리로 나이트 베카야드를 찾았다. 머리에서 흐른 피로 눈이 가려져 눈을 한쪽밖에 뜰 수 없었다. 그나마 남은 한쪽 눈도 흐릿해져 왔다. 손을 들어 피를 닦아 내면 되 겠지만 지금 라즈파샤에게는 그럴 만한 여유도 없었던 것이 다.

한 손에는 기사대장의 하야덴을 들고, 한 손에는 어디에선 가 빼앗아 든 이나바뉴 기사단의 페가드를 쥔 라즈파샤는 다 시 한 번 악을 쓰며 베카야드를 불렀다.

"나이트 베카야드! 어디에 있나!"

로젠다로 기사단의 왼쪽 수세가 무너져 내리고 있었다. 나이트 베카야드가 막고 있던 쪽이었다. 이미 그의 전사를 알아채고는 있었지만 그래도 라즈파샤는 다시 한 번 그의 이름을 불렀다. 그의 죽음을 인정하기 싫었기 때문이다.

"나이트 베카야드!"

베카야드의 죽음보다도 더 큰 절망의 기운이 라즈파샤를 짓누르고 있었다.

이나바뉴 바스크 16 엘리어스 나이트 하이파나가 이끄는 이나바뉴 기사단의 공격은 아주 위력적이었다. 나이트 파스크란이 이끄는 기사단의 놀라운 돌파력이나, 나이트 네라이젤이 지휘하는 기사단의 다양하고 화려한 전술이나, 나이트 라시드가 통솔하는 기사단의 전율적인 파괴력은 없었지만 하이파나의 기사단은 때로는 부드럽게, 때로는 폭풍처럼 공격의 완급을 조절하며 효율적으로 로젠다로 기사단을 무력화하고 있었다. 이제 로젠다로 기사단은 완전한 수세에 몰려 오로지 필사적으로 버텨 내며 헐거운 대열을 유지하고 있을 뿐이었다.

'이대로 얼마나 버틸 수 있을까.'

라즈파샤는 자신의 생명이나 기사단의 생존은 그다음의 것이었고, 지금은 가능한 한 앞서 탈출한 에우로페 나이트 레케엘이 엘쥬르 7세의 행렬을 되도록 슈리온에 가까이 호위해 갔기를 바랄 뿐이었다.

베카야드가 전사했다는 확신이 들자 라즈파샤는 다시 명령을 하달해 진형을 바꾸었다. 이제 넓은 간격으로 버티고 서 이나바뉴 기사단의 전진을 막기에는 역부족이었다. 기사단을 지휘하는 바스엘드는 오직 한 명. 자신 혼자만의 힘으로 이 긴 대오를 지휘하는 것은 거의 불가능한 일이었던 것이다.

"돌격 태세라."

일단 한차례의 폭풍의 시간이 지나고 이나바뉴 기사단의 전열을 다시 정비한 나이트 하이파나는, 조금 전과 비슷한 모습으로 늘어서 있기는 했지만 중앙이 돌출되어 나온 새로운 진형으로 바뀌는 로젠다로 기사단을 보며 중얼거렸다.

"좋은 판단입니다, 라즈파샤 님."

하이파나는 전에 라즈파샤와 같은 편에 서서 크실의 서방원정대장 나이트 퀴어즈가 점령하고 있던 포프슨을 탈환한 적이 있었다. 비록 그전에 큰 상처를 입고 기력이 완전히 소진되어 직접 전투에 참가하지는 못했지만, 그도 라즈파샤의 용맹과 의지는 다른 동료를 통해 충분히 들어 알고 있었다. 포프슨 성 앞, 결전을 앞둔 밤에 퀴트린은 라즈파샤를 이야기하며 이렇게 말했었다.

"끝까지 싸울 기사입니다. 마지막 순간까지… 불꽃을 닮았다고 할까요."

'과연.'

하이파나는 그 기억을 떠올리며 자신도 모르게 고개를 끄덕거렸다. 완전히 사그라들 때까지 자신의 몸을 태우는 불꽃의 모습이 라즈파샤를 말할 때 가장 적절한 표현일 것 같다는 동감이 든 것이다. 하이파나는 입가에 엷게, 그러나 어두운 고소를 머금었다.

'갑니다… 라즈파샤 님. 저도 최선을 다하겠습니다.'

하이파나는 말 머리에 하야덴을 고정하고, 등 뒤에 매어져 있던 커다란 애프러더를 뽑아 들었다. 그와 동시에 다른 한 손으로는 하야덴의 반대편에 끼여 있는 긴 원통형 주머니의 뚜껑을 젖혔다. 눈부신 황금색 빛이 그 안에서 퍼져 나왔다.

아카르드였다. 살아 있는 하야덴이라 불리는 환상의 벨폰 아카르드. 하이파나 역시 자신의 모든 기술을 동원해 라즈파샤를 상대할 생각이었던 것이다.

"아셀."

"옛."

하이파나를 옆에서 호위하던 근위기사 아셀이 대답했다.

"샤란드."

"예."

샤란드. 하이파나와 같은 나이, 하이파나의 가장 큰 신뢰를 받는 근위기사였다. 그의 시선이 천천히 옆으로 옮겨 가며 또 다른 근위기사를 향했다.

"미녠셀."

"여기에 있습니다, 바스엘드님."

하이파나는 천천히 고개를 끄덕였다.

"잘 보아 두어라. 로젠다로의 마지막 불꽃이 어떻게 꺼지는지. 그의 마지막 전투는 이토록 위대했음을 너희는 기억해야 한다. 저분의 희생이 후세에도 영광된 이름으로 전해지도록."

아셀은 근위기사 중 가장 어린 나이였다. 그가 입술을 깨무는 것을 보며 하이파나는 천천히 손을 들어올렸다.

"준비는 됐나, 아셀?"

"물론입니다!"

하이파나는 제법 쾌활한 웃음을 지어 보였다. 한땐 운명을 함께 했던 타국의 기사. 그러나 전장에서 마주서게 되면 누군가는 쓰러져야 하는 것이었다.

"레페리온 돌격! 로젠다로 기사단을 섬멸하라!"

하이파나의 명령이 떨어졌다. 이나바뉴 기사단은 커다란 함성과 함께 그대로 로젠다로 기사단을 향해 돌격하기 시작했다.

양쪽 모두 수세는 전혀 취하지 않고 있었다. 한쪽이 완전히 무너져야만 하는 상호 돌격 태세. 양쪽 기사단이 마주 돌격하는 함성이 허슬록 평원에 다시 울리기 시작했다.

눈에 보이는 것은 평원을 덮고 있는 검붉은 핏빛 죽음이었다.

기사들의 시체 외에도 부서져 옆으로 쓰러져 있는 마차, 하녀들의 복장과 물건들, 국왕 근위기사들이나 견습기사들의 전투복 조각들도 부러진 병기들과 죽은 말들 사이에 널브러져 있었다. 그 죽음의 행렬은 길게 동쪽으로 뻗어 있었기 때문에 라시드는 로젠다로 기사단이 최대한 멀리 국왕을 보내기 위해 불리한 위치에서 후퇴하며 전투를 벌였음을 알 수 있었다.

"… 이럴 수가."

아직 목숨이 완전히 끊어지지 않아 신음하는 로젠다로의 기사들도 눈에 보였지만 라시드는 그들을 돌볼 시간이 없었다. 지금 보이지 않는 평원 저편에는 아마도 로젠다로 기사단이 이나바뉴 기사단을 맞아 물러설 수 없는 사투를 벌이고 있을 것이기 때문이었다. 거기에는 또한 로젠다로 국왕 엘쥬르 7세의 안위도 걸려 있었다.

라시드는 문득 자신이 이끌고 온 기사단을 돌아보았다. 로젠다로의 기사들 모두 아무 말도 하지 않고 있었지만 그들 역시 이 참혹한 광경을 넋을 잃고 바라보고 있었다. 모두 공포와 분노를 한꺼번에 가슴에 안고 무너지려는 몸을 간신히 가누고 있으리라.

라시드는 입을 꾹 다물었다.

'하지만 라즈파샤 님이 저기에 계시다.'

라시드는 불안한 마음을 억눌렀다. 엘쥬르 7세를 호위하는 기사는 다름 아닌 로젠다로의 기사대장 나이트 라즈파샤. 그 외에도 젊고 총명한 나이트 레케엘과 경험 많은 나이트 베카야드가 그를 따르고 있을 것이다. 아마 그렇게 쉽게 전투에 패하지는 않았으리라 생각하며 라시드는 애써 마음속에 솟아나는 불안함을 잊으려 노력했다.

라시드는 하야덴을 들어 앞을 향했다.

"지체할 시간이 없다는 것은 모두가 느꼈을 줄 안다."

라시드의 목소리는 크지 않았지만 주위가 워낙 고요했기 때문에 거의 모든 기사들의 귓속에까지 전달될 수 있었다. 라시드 외에는 그 자리의 어느 누구도 입을 열지 않고 있었다.

"가야 한다. 한 걸음이라도 먼저 도착해야 한 명의 기사라도 더 살릴 수 있다."

라시드는 하야덴을 앞으로 뻗은 채 고삐를 고쳐 다른 손에 감아 쥐었다.

"평원 건너편까지 단숨에 건너간다! 레페리온, 휴리어벨 전원 돌격 준비!"

라시드의 외침과 함께 또 한 무리의 로젠다로 기사단이 허슬록 평원을 가로질러 달리기 시작했다.

신은 누구의 편인가? 라시드가 이끄는 증원군의 도착이 먼저인가, 아니면 하이파나가 이끄는 이나바뉴 기사단의 승리가 먼저인가. 지금 라시드는 거의 생각해 본 적이 없는 로젠다로의 창조신 쥬르의 이름을 마음 속으로 애타게 부르고 있었다.

삼십 명쯤은 베어 냈을까.

문득 정신이 든 라즈파샤는 자신이 이나바뉴의 기사 열댓 명에게 포위당해 있다는 사실을 깨달았다. 얼마 떨어지지 않은 곳에는 자신의 애마가 입과 몸에서 피를 뿜어 낸 상태로 절명해 있었다.

'그렇지… 말이 넘어져서 떨어졌던 모양이다.'

얼마나 오랫동안 싸웠는지 기억도 없었다. 확실한 것은 로젠다로 기사단은 패했으며, 그럼에도 나이트 라즈파샤 이하 로젠다로 기사단 전원은 누구 하나 후퇴하지 않고 혼신의 힘을 기울여 이나바뉴 기사단에 대항하고 있다는 것이었다.

라즈파샤는 주위를 둘러보며 희미하게 웃었다. 그의 근위기사 두 명이 등을 맞댄 채 이나바뉴의 기사들을 향해 하야덴을 들이대고 있었다.

"라인, 라미스. 너희들이냐?"

"그렇습니다, 바스엘드님."

장발의 근위기사 라인의 목소리였다. 라즈파샤는 힘없이 웃었다.

"내년쯤엔 기사가 될 수 있었을 텐데… 아쉽구나, 라인."

라인은 대답하지 않았다. 대신 얇고 가는 라미스의 대답이 들려왔다.

"아무도 후회하지 않습니다."

"그래……."

라즈파샤는 잠시 허공을 바라보다 하야덴을 고쳐 쥐었다. 하야덴은 피로 미끄러웠고, 그 무게로 어깨가 아파 왔다.

'서른 살, 그리 긴 삶은 아니었지만 기사로서의 삶은 헛되지 않았군. 나를 믿고, 로젠다로를 믿고, 나와 함께 전장에서 생을 다할 기사들이 이렇게 많으니 말이야.'

문득 나이트 레케엘이 생각났다.

'나이트 레케엘은 어디쯤에 있을까. 지금쯤이면 슈리온 파견대에게 엘쥬르 7세 님의 호위를 인계했을까.'

"라미스?"

"헉."

파공성에 고개를 돌린 순간 라즈파샤의 눈에 들어온 것은, 가슴 한복판에 하야덴을 안고 입에서 선혈을 뱉어 내는 그의 근위기사의 모습이었다.

"… 피할 힘이 없었습니다."

라미스는 웃음까지 지어 보이며 쓰러졌다. 그것이 신호였다. 그들 셋을 포위하고 있던 이나바뉴 기사단의 휴리어벨의 하야덴과 페치, 마텐이 일제히 그들을 향해 찔러 왔다.

라즈파샤의 눈앞으로도 이나바뉴 기사 중 한 명의 하야덴이 다가왔다. 라즈파샤는 휘청하며 하야덴을 피해 내려 했지만 그리 빠르지 않은 하야덴은 정확하게 그의 어깨를 훑고 지나갔다.

선혈이 튀며 어깨에 통증이 느껴졌다. 그러나 그렇게 고통스럽지는 않았다. 지금 라즈파샤는 이미 자신이 쓸 수 있는 체력의 한계를 넘어 완전히 힘이 고갈된 몸을 정신력만으로 지탱하고 있었던 것이다.

갑자기 라즈파샤의 눈이 빛을 발했다.

고함과 함께 라즈파샤가 하야덴을 뿌리자 순식간에 눈앞에서 있던 기사가 비명을 지르며 뒤로 뒹굴었다. 그러나 그것은 그저 눈앞에 있던 거북한 모습 하나가 사라진 것에 불과했다. 시선을 아래로 내려 자신이 쓰러뜨린 상대를 확인할 틈도 없었다. 다시 한 명의 하야덴이 그의 가슴으로 파고들었다.

보통 때였다면 왼손에 들고 있을 페가드를 들어 가볍게 공격을 막아 낸 다음, 중심을 잃은 상대의 복부를 향해 하야덴을 찔렀으리라. 하지만 그때 라즈파샤는 언제부터인지 자신이 왼손에 페가드를 들고 있지 않았다는 것을 깨달았다.

팍.

이나바뉴 기사의 하야덴이 라즈파샤의 왼쪽 팔을 긋고 있었다. 그다음 순간 그 하야덴은 주인을 잃고 힘없이 허공으로 떨어져 내렸고 동시에 라즈파샤의 팔 역시 어디론가 사라지고 없었다. 방금의 공격으로 라즈파샤의 왼쪽 팔꿈치 아랫부분이 잘려 나가 버린 것이었다.

"윽."

"바스엘드님!"

라인이 비명을 질렀다. 그와 동시에 라인의 등 뒤에도 마텐이 꽂혔다.

"커억."

라인의 몸도 동료 근위기사의 시체 위로 무너져 내렸다. 라즈파샤는 그를 힐끔 내려다보고는 천천히 고개를 돌렸다.

이별의 말은 필요 없었다. 이제 곧 다시 만나게 될 것이라는 걸 라즈파샤는 알고 있었기에…….

천천히 고개를 돌린 라즈파샤는 페가드가 없다는 걸 또다시 잊고 상대의 공격을 막아 내려 했었다는 것을 그제서야 깨달을 수 있었다. 라즈파샤는 빙긋 웃었다.

"… 몸이 가벼워졌겠는걸."

라즈파샤의 하야덴이 다시 빛을 발했고, 방금 그를 공격한 이나바뉴의 기사는 가슴에 하야덴이 꽂힌 채 그 자리에 주저

앉고 말았다. 그러나 라즈파샤 역시 힘이 부족하여 무너지는 기사의 몸에서 하야덴을 회수하지 못하고 그대로 함께 무릎을 꿇어야 했다.

그 순간 근처에 서 있던 기사 두 명의 하야덴이 라즈파샤를 찔러왔다. 라즈파샤는 대항할 힘도, 체력도 남아 있지 않아 두 개의 하야덴을 하나는 옆구리에, 하나는 반대쪽 어깨에 깊숙이 찔리고 말았다. 그 하야덴 두 개가 회수됨과 동시에 이제 몇 방울 남지도 않았을 듯한 피가 그의 몸에서 솟아올라 더 젖을 곳이 없는 그의 전투복을 물들이기 시작했다.

'그래도 옆구리에 맞은 하야덴은 제법 고통이 전해지는군.'

라즈파샤는 쓴웃음을 지었다. 그리고는 남은 오른팔 하나로 땅을 짚고 자리에서 일어나려 했다. 적의 손에 죽더라도 무릎을 꿇은 채 죽고 싶지는 않았던 것이다. 그는 영광스러운 로젠다로의 기사대장이었다.

그러나 그의 무릎은 그의 의지대로 움직여 주지 않았다. 반쯤 일어섰다가 다시 라즈파샤는 휘청하며 그 자리에 넘어지고 말았다. 공교롭게도 그때 다시 라즈파샤의 가슴을 노리고 찔러 들어온 하야덴이 허공을 가르고 라즈파샤의 뺨에 길고 붉은 선을 그었다.

'피를 너무 흘렸군. 이제 다시 일어서기는 힘들겠어.'

이미 라즈파샤의 자주색 갑옷은 그 빛을 잃고 주인이 흘린 피로 온통 붉은색이 되어 있었다. 정신이 몽롱해져 오는 것을 느끼며 라즈파샤는 마지막 힘을 짜내 자리에서 일어났다. 그의 앞에 서 있던 이나바뉴 기사의 눈에 경탄과 경외의 빛이 스쳐 지나갔다. 라즈파샤는 그의 눈을 똑바로 마주보았다.

"그대의 이름은?"

"하이파나 님의 근위기사단 소속, 근위기사 아셀입니다."

그때였다. 주위의 기사들이 서서히 갈라지고 아셀마저 옆으로 비켜서자, 라즈파샤의 앞에는 순백색 갑옷을 입은 기사가 말을 탄 채 나타났다. 라즈파샤는 흐릿해져 오는 눈으로 그를 바라보았다.

"나이트 하이파나……."

라즈파샤는 그의 이름을 중얼거렸지만 목소리가 밖으로 나오지는 않았다. 그 대신 알아듣기 힘든 신음이 입 밖으로 새어 나오고 있었다.

그는 한 발을 뒤편으로 디뎌 넘어지지 않으려고 기를 써보았다. 잘린 왼팔과 온몸의 상처에서는 쉴 새 없이 피가 흘러나오고 있었다. 나이트 하이파나의 손이 서서히 그를 향하고 있었다. 그의 손끝에서는 무엇인지 저녁 햇살을 받아 금빛으로 반짝거리는 것이 보였다.

'… 아카르드로군요.'

포프슨 성을 탈환할 때 단 한 번 볼 수 있었던 아카르드. 사타루스의 벼락, 살아 있는 하야덴이라고 불리는 옐리어스 나이트 하이파나의 황금색 벨폰. 그 아카르드가 지금 애프러더에 끼워진 채 자신을 겨냥하고 있었던 것이다.

'고맙군요, 나이트 하이파나. 그래도 당신 손에 죽는다면

명예스럽게 죽을 수 있겠군요.'

　일국의 기사대장이 기사 작위도 없는 근위기사들에게 둘러싸여 전사한다면 그것은 그 자신뿐만이 아니라 로젠다로 전체의 치욕이 될 것이었다. 하이파나는 그를 배려하여 자신의 손으로 라즈파샤의 생명을 끊어 주려 하고 있었다. 이제 라즈파샤가 바라는 것은 그 아카르드가 자신의 몸을 꿰뚫을 때까지 자신의 두 다리가 몸을 지탱해 주는 것뿐이었다.

　팍.

　날카로운 충격이 목 언저리에 느껴지고, 그와 동시에 둔탁한 충격이 라즈파샤의 뒷머리와 등을 때렸다.

　하늘이 보였다. 하늘은 생각보다 밝은 색이었다. 로젠다로는 하늘이 아름다운 나라였다.

　로젠다로의 하늘… 그것은 라즈파샤가 목숨으로 지키려 했던 자신의 나라의 하늘이었다. 마지막 순간까지 사랑했던 로젠다로의 마지막 하늘이 지금 로젠다로의 기사대장 나이트 라즈파샤의 눈에 비치고 있었다.

　"로젠다로 기사단의 증원군입니다!"

　근위기사 샤란드의 목소리가 들리기 전에 이미 나이트 하이파나는 로젠다로 기사단이 전속력으로 허슬록 평원을 달려오고 있다는 것을 알고 있었다.

　하이파나는 잠시 고개를 돌려 슈리온 쪽을 바라보고 다시 고개를 돌렸다. 이제 슈리온으로 추격해 가기에는 너무 늦어 있었다. 로젠다로 기사대장 나이트 라즈파샤는 물론이고 나머지 로젠다로 기사단의 마지막 한 명까지도 허슬록 평원에 피를 뿌릴 때까지 결사적으로 저항했기 때문이었다.

허슬록 평원에서 항전하던 나이트 라즈파샤 이하 로젠다로 기사단은 그곳에서 완전히 전멸했다. 주위는 수천 기 로젠다로 기사들의 피비린내로 가득했다.

하이파나 역시 최선을 다했기에 그 이상의 미련은 없었다. 그는 아카르드를 집어넣고 천천히 하야덴을 빼어 들었다.

"후퇴한다. 허슬록 평원을 우회하여 다시 메이데어 평원으로 돌아가자."

하이파나의 말에 이나바뉴 기사단은 전열을 다시 갖추고 빠른 속도로 후퇴해 가기 시작했다.

라즈파샤가 이끄는 로젠다로 기사단은 바스엘드와 함께 전멸했지만, 결국 이렇게 이나바뉴 기사단이 엘쥬르 7세의 행렬을 공격하는 것만은 막아 낼 수 있었다.

"아!"

"… 아가씨?"

일린스크 가의 하녀장은 둔탁한 소리가 나서 뒤를 돌아보다가 바닥에 찻잔이 떨어져 깨진 것을 보고는 놀란 표정으로 첼샤의 얼굴을 살폈다. 예법에 뛰어난 첼샤가 찻잔을 떨어뜨리는 일은 흔한 일이 아니었던 것이다.

"아무것도 아니에요. 잠시 생각에 빠져 있다가 실수를 한 거예요."

"조심하셔야지요."

하녀장은 저녁 식사에 올릴 술을 가지러 가던 중이었지만 즉시 첼샤에게 다가와 깨진 찻잔 조각을 줍기 시작했다. 그녀가 무안해 할까 봐 하녀장은 조심스러운 말투로 그녀에게 물었다.

"무슨 생각을 하고 계셨어요? 블렌 님의 일이었나요?"

첼샤는 조용히 웃으며 고개를 흔들었다.

"블렌은 엉뚱한 것 같지만 막상 해야 할 일은 잘 해내는 아이예요. 그애 걱정은 하지 않아요."

"그럼 라즈파샤 님 생각이었겠군요."

조금은 짓궂은 하녀장의 질문에 첼샤는 한 손으로 입을 가리고 작게 웃었다.

"옛날 생각이었나요?"

"아, 옛날… 그래요. 옛날 생각이었어요."

첼샤가 대답했다.

언제쯤이었을까? 율라린 라즈파샤가 기사가 아니라 연인으로서 그녀의 가슴에 들어온 날은. 온통 로젠다로의 생각으로 가득 차 그녀가 앉을 작은 자리 한 구석도 보이지 않던 그의 마음에 그녀의 이름이 새겨진 날은. 라즈파샤가 가지고 있던 꿈과 이상이, 그녀에게도 희망과 삶의 이유가 되어 버린 그날은.

첼샤의 일기(잃어버린 꿈) — 나이트 라즈파샤 편

641년 여섯 번째 달 스물세 번째 날[1]

블렌이 기사가 되었다. 언제까지나 어린 개구쟁이로만 알았던 블렌이 드디어 오늘 페치를 받고 정식으로 로젠다로의 기사가 된 것이다. 기사학교에서는 항상 그가 페가드를 들지 않고 양손에 페치를 쥐는 것에 대해 못마땅해하긴 했지만 이번 기사 작위 시험에 참관한 어느 젊은 기사님은 오히려 그 모습이 씩씩해 보인다고 했단다. 블렌은 자신의 실력을 알아주는 기사가 있었다며 기뻐했다.

작위 수여식은 며칠 후에 있다. 이제는 제발 그 어리광을 벗고 의젓한 모습을 보여 주었으면 좋으련만. 블렌의 어리광이 나이를 먹어도 줄지 않는 이유는 내게 있다며 하녀장이 핀잔을 주었다. 내 생각도 그렇다. 항상 조용하게 안아 주는 누이의 역할만 해왔으니… 블렌이 기사가 되기 위해서는 나도 변해야 하는 것일까.

나도 이제 한 기사의 누이가 되었으니 그만큼 강해져야 하겠지. 아직도 내겐 햇살 가득한 정원 의자에 앉아 향기 짙은 차를 마시며 책을 읽는 게 좋은데.

다음 주에 있을 블렌의 작위 수여식에 따라가기로 했다. 오랜만의 외출이다. 어떤 옷을 입어야 할지 하녀장에게 상의해 봐야겠다.

641년 여섯 번째 달 마지막 날

늦은 시간이다. 늦은 시간까지 집 안은 온통 축제 분위기다. 블렌은 기사 작위를 받은 정도가 아니라 영광스러운 에우로페 나이트의 한 명이 되었다. 누구보다도 블렌을 축하해 줘야 하는 사람은 나인데도 이상하게 블렌의 어깨를 잡고서는 눈물이 나왔다. 오늘은 블렌이 세상에서 가장 멋진 기사처럼 보였다.

에우로페 나이트 일린스크. 이제 블렌은 이 이름으로 불리게 될 것이다. 지기 싫어하는 성격을 가진 블렌이 그래도 격식을 가장 중요시하는 에우로페 나이트의 한 사람이 되어 그 능력을 인정받기 위해서는 남다른 노력이 더 필요할 것이다.

하지만 난 그 애를 믿는다. 그 애의 누이가 아니라, 그 애를 십몇 년 동안 가장 가까운 곳에서 지켜보았던 사람으로서.

641년 여섯 번째 달 열네 번째 날

에우로페 나이트들의 모임이 우리 집에서 있었다. 나는 물론이고 부모님과, 하녀장 이하 모든 사람들이 긴장한 건 당연하다. 로젠다로 최고의 기사들이라는 에우로페 나이트들이 모두 모이는 자리를 준비해야 했으니까.

나는 방에서 조용히 독서나 할 생각이었지만 블렌이 굳이

1) 1년은 열여덟 달로 이루어진다. 많은 사람들이 샤아, 피로네사 등 각 달에 붙여진 이름이 있음에도 불구하고 몇 번째 달, 몇 번째 날 등으로 날짜를 표시하곤 한다.

청하는 바람에 그들 앞에 잠깐 나섰다. 모두가 블렌을 칭찬하는 분위기여서 기분은 좋았지만 그 자리가 부담스러웠던 것이 사실이다. 그들은 화려한 예식복을 입고 시종 정중하고 예의 바른 모습으로 이야기를 나누었다.

블렌은 특별히 내게 두 분의 기사님을 소개해 주었다. 레케엘 님은 블렌이 에우로페 나이트가 되기 전까지 에우로페 나이트 중에서 가장 어린 나이셨던 모양이다. 나이도 블렌과 별로 차이가 나지 않아 블렌이 특별히 따르는 기사님인 듯했다. 그분은 무척 차분하고 성실해 보이는 인상이었다. 블렌이 그분에게서 많은 것을 배웠으면 좋겠는데.

다른 한 분은 라즈파샤 님이라는 분이셨다. 라즈파샤 님의 이름은 들어 본 적이 있었다. 바스크 3 에우로페 나이트 기사단장직을 수행하고 있는 젊은 기사였다. 에우로페 나이트 기사단장이라면, 기사대장님을 제외하고는 로젠다로 기사단에서 가장 강한 기사라는 뜻이다. 난 기사단에 대해 많은 것을 알고 있지는 못하지만 그분이 대단하게 보인 건 당연한 일이다.

모두가 돌아간 후에 블렌에게 혹시 라즈파샤 님이 카발리에로이거나 연인이 있는지를 물어보았다. 아무런 뜻 없이 물어본 말이었는데 블렌은 한참을 웃었다. 아무래도 내 질문을 엉뚱하게 해석한 모양이다.

641년 일곱 번째 달 세 번째 날
라즈파샤 님이 우리 집을 방문했다. 블렌과 함께 셋이서 식사를 하고 차를 나누었다. 이상한 느낌이다. 그분의 눈에 한없이 빠져 드는 듯한 느낌은 왜일까. 난 정말 한심한 생각을 하고 있는 건 아닐까?

오늘은 책도 읽히지 않는다.

641년 여덟 번째 달 첫째 날. 월성식이 있음

라즈파샤 님이 블렌 편에 꽃과 향이 짙은 차를 보내 오셨다. 가슴이 터질 것 같다. 혹시 그분도 나를 바라보고 계신 건 아닐까. 이런 감정을 도저히 블렌에게 이야기할 수가 없다. 그 애가 부담을 느낄지도 모르기 때문에…….

641년 열다섯 번째 달 스물한 번째 날

라즈파샤 님과 오랜 시간 동안 이야기를 나누었다. 난 책 이야기를 했고, 그분은 로젠다로의 미래에 대한 이야기를 했다. 생각이 깊으실 뿐 아니라 높은 이상을 가슴에 간직한 분이다.

라즈파샤 님은 로젠다로가 작지만 강한 나라라고, 평온하지만 의지가 있는 나라라고 하셨다. 아무도 로젠다로를 지키겠다고 나서서 말하는 사람은 없지만 모두가 로젠다로를 지킬 것이라고 하셨다.

나는 로젠다로의 미래에 대해서 솔직히 그렇게 많은 생각을 해본 적도 없었고, 라즈파샤 님이 말씀하신 사회 구조에 대해 고민해 본 적도 없었기에 모두 이해할 수는 없었다. 하지만 그분의 말씀이 옳다는 것은 충분히 알 수 있었다.

내가 그분이 가진 꿈에 대해 묻자 그분은 웃기만 할 뿐 이야기를 하시진 않으셨다. 무엇일까. 라즈파샤 님의 꿈은.

642년 첫째 달 두 번째 날

라즈파샤 님의 초대로 왕궁 무도회에 참석했다. 아주 어릴 적에 부모님을 따라가 본 이후 처음으로 들어가 본 왕성이었다.

블렌에게 말로만 전해 들었던 기사대장 퓨네스 님을 뵈었다. 많은 연륜과 경험을 가진, 그러면서도 여유 있는 웃음과 따뜻한 말투를 가진 멋진 분이셨다. 라즈파샤 님이 세상에서 가장 존경하신다는 분. 퓨네스 님은 분명 그분의 존경을 받을 만한 분이셨다.

어리광쟁이 블렌은 언제쯤 이런 멋진 기사분들과 어깨를 함께 할 수 있을까. 그 애에게 이런 말을 직접 한다면 아마도 화를 내겠지. 어쨌든 블렌도 그 나름대로 충분한 노력을 기울이고 있다는 것은 나도 알고 있다. 라즈파샤 님이 감탄하실 정도니까.

『빛과 어둠과』라는 책을 읽기 시작했다. 이나바뉴의 학자가 쓴 책인데, 역사 이전의 신화에 대한 이야기가 제법 심도 있게 적혀 있다. 하지만 이나바뉴의 냄새는 그다지 좋지 않다. 세상은 과연 강자의 것일까. 이나바뉴의 논리는 로젠다로에서도 논리가 된다.

643년 아홉 번째 달 열셋째 날

길게 쓸 수가 없다. 크실의 기사들이 포프슨을 노리고 직접 이리로 공격해 오고 있다는 이야기를 들었다. 블렌이 잠시 집에 들러 소식을 전한 다음 다시 전장으로 향했다. 슈리온으로 거처를 옮겨야 한다고 했다. 피해야 한다고.

설마 포프슨이 함락되는 걸까. 크실의 기사들이 아무리 강하다고 해도 퓨네스 님과 라즈파샤 님이 이끄는 로젠다로 기사단보다 강할 수 있을까.

그분들과 블렌이 걱정이 되는 것은 사실이다. 그러나 나조차 그분들을 믿지 않으면 누가 믿으려고 할까.

643년 아홉 번째 달 스무째 날

포프슨이 함락되었다는 소식을 들었다. 에우로페 나이트들은 국왕 폐하를 호위하여 포프슨을 탈출했다고 했다. 라즈파샤 님은… 블렌은 무사할까? 오늘은 너무 많이 울었다.

퓨네스 님과 라즈파샤 님을 이겨 낸 그 크실의 기사들은 과연 얼마나 강할까? 하녀장의 말로는 악마의 형상을 했다는 소문이 있다고 한다. 온몸을 검은색 갑옷으로 두른 기사라는데 어둠의 신 케켄의 현신이라고도 한다. 정말 그럴까. 라즈파샤 님이 혹시 다치시지는 않았을까.

슈리온의 하늘은 어둡다. 어서 포프슨으로 돌아갈 수 있었으면. 오늘도 쥬르 신께 로젠다로 기사단의 승리를 빌었다.

643년 열한 번째 달 스물한 번째 날

슈리온에서 두 달이 지났다. 로젠다로 기사단의 소식은 소문만 무성하다. 퓨네스 님이 전사하셨다는 소문도 있다. 설마 그분이 전사하셨을 거라고 생각하지 않지만 로젠다로의 기사들이 많이 다쳤다는 것은 사실인 듯하다. 오죽하면 기사대장 님이 전사하셨다는 소문까지 있을까.

라즈파샤 님을 뵌 지도 한참이 지났다.

643년 열여덟 번째 달 셋째 날

포프슨으로 돌아왔다. 몇 달 만에 보는 포프슨은 너무나 많이 변해 있었다. 왕성은 불에 타 잿더미가 되어 있었다. 국왕 폐하의 넷째 왕녀님이 크실 기사단의 손에 목숨을 잃었다는 소식도 들었다.

이기적인 생각이지만, 블렌과 라즈파샤 님은 무사하다는 소식을 듣고 너무 기뻐 다른 사람들의 소식은 거의 귀에 들어오지도 않았다. 언제부터 이렇게 나만 생각하는 사람이 된 걸까.

혼란스럽다. 포프슨이 재건될 때까지는 또 얼마나 많은 시간이 걸릴 것인지…….

644년 셋째 달 아홉 번째 날

라즈파샤 님의 꿈에 대한 이야기를 다시 듣게 되었다. 나는 상상도 해보지 못한 일이었는데 라즈파샤 님은 로젠다로의 계급 제도를 없애 모든 사람들이 평등하게 되는 사회를 만들겠다는 꿈을 가지고 계셨다.

그분의 꿈이 이루어질 수 있을까? 이루어질 수 있을 것이다. 꼭.

644년 다섯 번째 달 스물아홉 번째 날

라즈퍄샤 님이 로젠다로 평의회 의원이 되셨다. 자신의 꿈을 이루기 위한 첫 번째 발을 내디디신 것이다. 요즘엔 라즈파샤 님이 너무나 바쁘셔서 자주 뵐 수가 없다.

포프슨의 새봄은 향기롭다. 봄 향기에 변혁의 바람이 묻어 있는 것 같다.

644년 열일곱 번째 달 네 번째 날

로젠다로에 내전이 시작되었다. 남쪽 도시의 성주가 로젠다로 행정부를 향해 반기를 든 것 같다. 그러나 포프슨의 거리 표정은 언제나처럼 변화가 없다. 라즈파샤 님을 믿기 때문이겠지.

블렌이 집에 돌아왔다. 그리고 정말 놀라운 소식을 함께 가지고 왔다. 이번 전투에 나이트 일린스크의 이름으로 라즈파샤 님과 함께 참전하게 된다는 것이다. 블렌이 해낼 수 있을까. 최소한 그분의 짐은 되지 말아야 할 텐데.

645년 세 번째 달 마지막 날

라즈퍄샤 님이 저녁때쯤에 잠시 오셨다. 그저 차를 한 잔 마셨을 뿐이었다. 저녁 식사를 함께 하자고 얘기했지만 저녁때 평의회의 베일 경을 만나기로 했다며 먼저 일어나셨다.

내가 조금은 힘이 되어 드린 것 같아 기쁘다. 그분이 추진하시고 계시는 정책에 대해 그동안 남모르게 공부한 게 도움이 되었다. 오늘은 보잘것없지만 내 소견을 그분께 충분히 말한 듯하다. 라즈파샤 님 역시 만족한 표정이었다.

그분의 말씀대로 쥬르 신께서는 로젠다로의 계급 제도를 만들지 않으셨다.

문득 그분이 슈렐린 차라는 차에 대한 이야기를 꺼내셨다. 어떤 차인지는 모른다. 이나바뉴의 북쪽 휴우젠 산에서 자라는 차라나. 언젠가 한번 라즈파샤 님과 그 차를 나눌 기회가 있을까.

645년 열 번째 달 열 번째 날

로젠다로의 계급 제도가 철폐되었다. 아직 시행이 된 것은 아니지만 벌써 거리의 분위기는 전과는 사뭇 다르다.

이렇게 라즈파샤 님의 꿈은 이루어진 것일까? 바쁘셔서 얼굴을 자주 보지는 못하지만 지금쯤 라즈퍄사 님은 술을 참 좋아하시는 베일 경과 어디선가 술을 나누며 값진 노력의 대가를 음미하고 계실지도 모른다.

646년 열 번째 달 스물두 번째 날

이나바뉴와의 전쟁 역시 전면전이 될 모양이다. 라즈파샤 님을 뵙지 못했기 때문에 블렌 편에 거울을 하나 보냈다. 무엇을 보낼까 고민을 많이 했는데 그것을 보고 라즈파샤 님이 이 나바뉴 기사단을 향해서도 자비의 여유를 가지시길 바라는 마음이다.

　어서 전쟁이 끝났으면. 라즈파샤 님과 여유 있게 차를 마실 수 있으면 좋으련만.

　〈… 첼샤의 일기는 646년 가을, 슈리온으로 천도를 한다는 일기를 마지막으로 끝이 나 있다.〉

17

하얀 로냐프강

먼저 졸저 <십이 기사 평전>을 읽어 이곳까지 오게 된 독자들에게 감사의 말씀을 드린다. 몇 년 동안의 작업이었는지는 잊어버린 지 오래되었다. 비록 여전히 크게 모자란 글임에도 필자에게는 감히 평생을 바쳐 이뤄야겠다고 생각했던 숙원이 이루어진 것 같은 기분이 든다.

기사도를 세운 나이트 데로스, 체렌 평원의 불꽃 나이트 져런스타르. 3차 천신전쟁의 영웅 나이트 아켈로르. 이나바뉴의 절망, 검은 갑옷의 기사 나이트 파스크란. 베락스의 기사, 역대 최연소 기사대장 나이트 라벨과 그의 아들이자 크실 통합전쟁의 꿈을 이룬 또 한 명의 나이트 라벨. 헤라인드 평원을 누비던 네프슈네 나이트의 바스엘드 나이트 엘리미언. 루우젤의 새로운 신화 나이트 수우판. 그리고 이나바뉴의 마지막 자존심 나이트 루델과 나이트 엑시렌. 형체가 없는 전설의 기사 나이트 메일룬.

지금까지 열두 명이나 되는 많은 기사를 이야기하면서 부족한 점도 많았고, 쓰고자 했음에도 쓰지 못한 부분도 많았다. 그러나 책을 쓴다는 것은 항상 다시 펼치면 아쉬운 법이기 때문에 필자도 솟아오르는 개작의 욕구를 누르고 이 정도에서 책을 덮으려 한다.

이제 좀 편히 쉴 수 있을 것 같다. 조잡한 종이 위를 달려가던 내 모필과 늙은 내 몸을 지탱해 주던 낡은 의자와 책상에게도 안식을 주어야 하겠다. 정말…
정말 긴 작업이었다.

이나바뉴의 역사학자 베이로도의 십이 기사 평전

최종장 작가후기에서 발췌

아삘르 력 812년 발행

이나바뉴의 역사학자 켄멜 베이로도는 그의 마지막 저서 <십이 기사 평전>을 탈고한 후 818년에 사망하였다.

하얀 로냐프강

좋아, 그렇다면 루우젤까지 달리지.
세상에서 제일 아름다운 강을 자네에게 소개하겠네.
하얀 로냐프 강, 그곳에 내 모든 것이 있었지.

메이데어에서 포프슨으로 후퇴하던 퀴트린과 파스크란은 추격해 오는 이나바뉴 기사단을 맞아 다시 한 차례 전투를 치러야 했다. 가벼운 접전으로 전투는 끝났지만 로젠다로 기사단은 또 한 번 사기에 타격을 입었다. 시간이 많지 않아 퀴트린이 전투 중 급히 퇴각 명령을 내렸기 때문이다.

포프슨까지는 이제 멀지 않았다. 퀴트린은 며칠 전에 이미 류가 쪽으로 레페린을 띄웠다. 체렌 평원에서 류가 쪽으로 우회하는 기사단의 움직임을 관찰해야 했기 때문이다.

로젠다로 기사단으로서는 이미 류가를 포기한 것이나 다름없었다. 메이데어에서 이나바뉴 기사단을 맞아 싸울 때 라벨은 그곳에 없었고, 그것은 옐리어스 나이트 라벨이 바로 류가를 공격하는 이나바뉴 기사단의 선봉이라는 뜻이었다. 나이트 라벨과 나이트 네이서스. 두 명의 기사가 이끄는 이나바뉴 기사단을 막아 낼 수 있을 만한 힘이 류가 파견대에 있을 것이라고는 생각하기 어려웠다.

그러나 류가 쪽의 연락병이 도착한 다음, 퀴트린의 막사 안은 무엇인지 짐작하지 못할 팽팽한 긴장감으로 가득 채워져 있었다. 류가 쪽으로 급히 파견되었던 레페린들은 그들이 류가를 함락시키지 않고 어디론지 사라져 버렸다는 보고를 올렸다. 그러나 그들이 어디로 갔는가 하는 것은 중요하지 않았다. 그것보다 훨씬 엄청난 소식이 류가 함락 소식과 함께 전해져 왔기 때문에.

먼저 입을 연 사람은 파스크란이었다. 언제나처럼 그의 목소리는 차가웠고, 냉소적이었다.

"무엇을 망설이는 거지, 나이트 네라이젤?"

퀴트린은 뒤로 기대앉은 채 시선을 떨구고 있었다.

3차 원정대가 있을 줄이야. 만약 류가 쪽에 연락병을 띄우지 않았다면 퀴트린은 류가를 함락시킨 것이 라벨의 기사단이 아니라, 이나바뉴 기사단의 3차 원정대였다는 사실조차 모를 뻔한 것이다.

'이나바뉴 3차 원정대의 바스엘드. 누굴까? 이셀란 님? 피렌샤 님?'

퀴트린이 그런 생각에 골몰하고 있을 때 또다시 파스크란의 목소리가 들렸다.

"1만 기나 2만 기, 아니면 2만 5천 기나 수적으로 우리가 열세에 처했다는 것은 변함이 없는데, 난 자네가 무엇을 망설이는지 모르겠군."

두려움이 없는 것일까? 아니면 무모할 정도로 용맹스러운 것일까. 그것도 아니면 설마 그 엄청난 숫자의 기사단을 맞아 싸울 자신이 있다는 뜻일까.

퀴트린은 조금은 놀란 눈빛으로 파스크란을 바라보았다.

"착각하지 말게, 나이트 네라이젤. 자네는 로젠다로 그 자체가 아니야. 로젠다로를 지키다 전장에서 쓰러지면 그것으로 기사로서의 나이트 네라이젤의 역할은 끝이란 말이지."

마치 궤변 같았지만 파스크란의 지적은 진실을 담고 있었다.

"그렇군. 무슨 뜻인지 알겠네. 우리는 어쨌든 싸우면 된다는 것이로군……."

파스크란은 기사란 국왕에 충성하고 전장에 나서면 최선을 다해 싸우는 의무만을 가지고 있다고 말하는 것이다.

'싸우는 것뿐이야.'

파스크란은 그렇게 말하고 있었다. 퀴트린은 묵묵히 고개를 끄덕였다.

그러나 로젠다로 최강의 기사, 퀴트린과 파스크란이 이끄는 기사단은 이제 포프슨에서 이나바뉴 기사단의 1, 2, 3차 원정대의 전 병력의 주력과 맞부딪치게 된 것이다. 그런데도 역시 파스크란의 표정에는 동요가 없었다. 죽을 때가 되면 죽는 것이다. 파스크란은 그렇게 생각하고 있는 것 같았다.

"그렇다면 나이트 라벨의 기사단은 어디로 간 거지?"

퀴트린이 물었지만, 파스크란은 어깨를 으쓱해 보였다.

"그렇게 말을 했는데도 아직도 그런 소리를 하는군. 이것 봐, 나이트 네라이젤. 지금 우리의 눈앞에 닥친 적은 나이트 라벨이 이끄는 기사단이 아니라 다른 옐리어스 나이트가 이끄는 이나바뉴 기사단 3차 원정대야."

"맞는 말이긴 하지만……."

"우리야 알 수 없는 일이지. 남쪽 항구 도시를 구경이라도 간 것이 아니겠는가? 경치가 좋은 곳이라니 말이야."

파스크란의 드문 농담에 퀴트린은 미소를 지어 보였다.

"좋아."

퀴트린이 자리에서 일어났다.

"우선 하루라도 빨리 포프슨 평원으로 물러서도록 하지. 라엘만 협곡에 닿으면 무엇인지 좋은 생각이 날 것 같은 기분이군."

마음이 가벼워진 듯했다. 회의를 끝내고 퀴트린은 혼자 막사에 앉았다.

'좋은 친구가 될 수 있을 텐데. 이번 전쟁에서 살아남기만 한다면.'

그렇게 생각하고는 퀴트린은 입가에 쓴웃음을 머금었다. 자신의 약점을 잘 알고 있는 파스크란. 아마도 그 점이 퀴트린에게 더욱 큰 안정감을 주는 것 같았다.

그때쯤, 국왕의 천도 소식은 포프슨 시민들뿐만이 아니라 로젠다로 전역에 있는 로젠다로의 모든 국민에게 전해지게 되었다. 비록 정치에 관심이 많은 이들은 아니었으나 로젠다로의 평민들 역시 로젠다로의 계급 제도 철폐 때문에 이나바뉴가 로젠다로로 기사단을 파견했다는 것 정도는 알고 있었다.

곳곳에서 로젠다로 농민들의 봉기가 일어난 것은 이나바뉴 기사단으로서는 계산 밖의 일이었다. 게다가 그 규모는 결코 작지 않았으며, 특히 전장에서 가까운 류가와 포프슨 부근에서는 무려 1만여 명에 달하는 농민군이 자체적으로 결성되었다. 그들도 나름대로 그들의 힘으로 정의를 지키려는 각오를 하고 있었다.

이나바뉴 바스크 6 나이트 섀럿은 말 위에서 가까워져 오는 메이데어 평원을 바라보고 있었다. 이미 나이트 슈펜다르켄에게 연락을 받은 후였다.

'포프슨을 공략하라.'

그것이 3차 원정대장 나이트 섀럿에게 내려진 지령이었다. 예정대로라면 이번 원정의 총 지휘관인 나이트 슈펜다르켄이 직접 포프슨을 함락시키는 것이 당연한 일이었으나, 그는 엘쥬르 7세의 천도를 알아내고 기사단을 몰아 슈리온 평원으로 향하고 있었다. 로젠다로의 서부와 중부 점령은 섀럿의 몫으로 남겨진 것이다.

"로젠다로 남부로 우회한 나이트 라벨의 기사단과는 언제 조우하기로 했었지?"

샤럿이 감정이 들어 있지 않은 말투로 물었다. 옆에 서 있던 멜더는 조용히 그의 바스엘드의 질문에 대답했다.

"얼마 남지 않았습니다. 저희가 메이데어 평원이나 혹은 허슬록 평원에서 몇 번 전투를 거칠 것을 감안하면 오히려 나이트 라벨의 기사단이 포프슨에 도착하는 것이 더 빠를 것입니다."

샤럿은 천천히 고개를 끄덕였다.

"나이트 라벨과 나이트 네이서스. 그들에게 로젠다로 남부 점령 정도야 쉬운 일이겠지."

"예."

멜더는 정중하게 대답했다. 샤럿은 눈살을 찌푸렸다.

"그렇다면 더욱 저들에게 내려 줄 자비 따위는 없는 것이겠군."

마치 혼잣말 같았다. 샤럿이 바라보는 평원 건너편에는 뿌옇게 흙먼지를 일으키며 한 떼의 농민군이 달려오고 있었다. 제대로 된 무기나 갑주도 갖추고 있지 않았지만, 그들은 제법 큰 함성까지 내지르며 이나바뉴 기사단을 향해 육박해 오고 있었다.

"적어도 한 6, 7천 명은 되겠군요."

멜더의 말에 샤럿도 고개를 끄덕여 그의 말에 동의했다.

"저렇게 무모한 짓까지 하면서 지켜야 하는 것일까?"

"예?"

"아니… 아니다."

멜더는 곁눈으로 새럿을 훔쳐보았다. 언제나 냉철하고 차가운 느낌의 옐리어스 나이트의 기사대장. 문득 그의 말투에 그들을 향한 연민이 스쳐 간 것이다.

"이미 로젠다로 곳곳에서 봉기가 일어나고 있다고 합니다. 슈펜다르켄 님께서는 레페린을 통해 전언을 주시면서, 농민군을 조심하라고까지 지시하셨습니다."

"바보 같은 일이야……."

이제 로젠다로의 농민군은 이나바뉴 기사단의 바로 앞까지 다가와 있었다. 류가에 주둔한 병력을 제외하면 이제 이나바뉴 기사단 3차 원정대의 규모는 4천 기 남짓. 규모만으로 따지면 농민군은 그들의 거의 두 배가 되는 병력이었다.

"아무리 전쟁을 한다고 하더라도 기사가 아닌 이들을 해쳐야 하다니. 솔직한 마음으로는 그들과 싸우고 싶지 않군."

적국의 성을 점령하더라도 그 성을 약탈하거나 방화 등을 하는 일이 없는 것은 바로 데로스 이전부터 존재했던 기사도 때문이었다. 기사단과 마적 떼의 다른 점이 있다면 바로 그런 것이 아닐까 하며 새럿은 자조 섞인 웃음을 터뜨렸다.

'데로스여, 용서하소서.'

새럿이 속으로 말했다. 이제 지령을 내릴 차례였다.

"나이트 멜더."

"예."

"레페리온 1천 기를 이끌고 로젠다로 농민군을 섬멸하라."

"알겠습니다."

멜더는 조용히 예를 취했다. 아무리 전쟁이라고 하지만 그도 평민들을 해하는 것이 명예롭게 느껴지지는 않는 모양이었다.

"완전 섬멸보다는 그들 스스로 전의를 잃게 하는 것이 좋다. 단 그들에게 공포를 심어 주기 위해서는 단 1기의 손실도 있어서는 안 된다. 레페리온 운용에 각별히 신경을 쓰도록."

"잘 알겠습니다."

멜더는 명을 받고 말 머리를 돌렸다.

"레페리온 선두로! 돌격을 준비하라!"

멜더의 명령이 하달되었다. 로젠다로의 농민들은 무작정 이나바뉴 기사단을 향해 돌격하고 있었고, 그들의 충돌에 대비해 긴 마텐을 뉘어 쥐고 있었던 체샤스는 멜더의 명령에 의해 무기를 거두고 뒤로 물러섰다. 대신 이나바뉴 기사단의 주력 레페리온이 전열을 가다듬고 기사단의 선두로 나서기 시작했다.

"일격에 섬멸한다. 전원 리첼반 장비!"

멜더가 전장으로 향하는 것을 확인하고 섀럿은 돌아서서 남은 휴리어벨을 수습하여 전장에서 이탈했다.

맑은 날씨였다. 대오도 갖추지 못하고 그저 그들의 나라와 그들의 세상을 지키겠다는 일념으로 무장한 로젠다로의 농민들을 향해 이나바뉴 기사단 레페리온이 일제히 리첼반을 세워 든 채 돌격해 들어갔다.

"나이트 멜더인가?"

"그렇습니다."

장막 밖에서 멜더의 목소리가 들렸다. 나이트 섀럿은 막사 안 의자에 앉아 눈을 감고 있었다. 훈련되지 않은 로젠다로 평민들의 함성이 잦아드는 것으로 보아 전투가 끝나가는 모양이라고 생각한 지 얼마 되지 않아서였다.

"어떻게 되었나?"

섀럿이 막사 안으로 들어오라는 말을 하지 않았기 때문에 멜더는 장막 밖에서 간략하게 전투 경과에 대한 보고를 했다.

"3천 명 정도는 생명을 취했고, 1천 명 정도는 포획하였습니다. 나머지는 겁에 질려 뿔뿔이 흩어졌습니다."

"그랬군."

섀럿은 고개를 끄덕였다.

'낮은 바스크에 비해 기사단을 다룰 줄 아는 기사로군. 아무리 농민군이라고는 하지만 그 짧은 시간에 3천 명을 죽이고, 더군다나 1천 명을 포획하다니.'

섀럿은 그렇게 생각하고 있었다.

'과연 나이트 카사드렛이 아끼던 기사답군.'

잠시 아무 말도 하지 않던 섀럿이 눈을 떴다.

"이나바뉴 기사단의 손실은?"

장막 밖에서 대답하는 목소리는 여전히 공손했다.

"말 네 마리를 잃었고, 병력 손실은 수십 기 정도의 경상뿐입니다. 모두 다음 전투에 참전할 수 있습니다."

"알겠다. 물러가라."

섀럿은 다시 눈을 감았다.

"예. 그럼 편히 쉬십시오."

기사도에 비추어 자랑스러운 일은 아니지만, 썩 괜찮은 성과였다. 이제는 농민군 따위가 이나바뉴 기사단을 상대하러 나서는 일은 없겠지 하고 생각하며 섀럿은 작게 한숨을 내쉬었다.

메이데어 평원에도 저녁이 찾아왔다. 나이트 섀럿이 메이데어 평원 전투를 끝내고 허슬록 평원을 건너 포프슨으로 후퇴하는 퀴트린의 기사단을 쫓고 있을 때쯤, 슈리온 성 앞에서는 왕성 안으로 진입하려는 로젠다로 기사단과, 결집을 막으려는 이나바뉴 기사단 사이에 처절한 사투가 벌어지고 있었다.

2

"성문을, 어서 성문을!"

로젠다로 바스크 8 슈리온 파견대장 나이트 헤레온은 그 하얗고 긴 수염이 피에 흠뻑 젖어 더할 수 없이 험악한 형상을 하고 있었다. 그는 최전방에 서서 기사들을 독전하며 결사적으로 성 안으로 밀려 들어오는 이나바뉴의 기사들을 막고 있었다.

'너무 늦은 건가.'

엘쥬르 7세를 호위해 온 에우로페 나이트 레케엘의 뒤를 따라 증원군을 이끌고 온 나이트 라시드의 기사단은 나이트 하이파나가 이끄는 이나바뉴 기사단에 가로막혀 안으로 들어오지 못하고 말았던 것이다. 급하게 증원군을 이끌고 오느라 보급대를 확보하지 못했던 라시드의 기사단은 오랫동안 슈리온 평원에 머물 수 없었기에 바로 그날 저녁, 슈리온 성으로의 돌입을 감행할 수밖에 없었다.

그러나 그것을 계산에 넣지 못할 하이파나가 아니었다. 이미 라시드의 기사단이 처한 상황을 알아차린 하이파나는 성문이 열리기를 기다려 로젠다로 기사단의 뒤를 쫓아 바로 슈리온 성으로의 진입을 시도한 것이었다.

'슈리온 성 안으로 이나바뉴 기사단이 진입하면 그것으로 모든 게 끝이다!'

로젠다로 바스크 27 에우로페 나이트 세이르본도 슈리온 파견대장 나이트 헤레온과 같은 생각을 하고 있었다.

그도 파견대장과 함께 최전방에서 이나바뉴 기사단의 슈리온 성 돌입을 저지하고 있었다. 슈리온은 포프슨과는 달리 평원에 지어진 성이었기 때문에 협곡 등의 자연 장애물이 없어 오직 성문과 성벽에 의지하여 수세를 지킬 수밖에 없었다.

다행히 로젠다로 기사단은 모두 성 쪽으로 퇴각하는데 성공했으나 성문 앞에서 양쪽의 기사단은 다시 힘겨루기를 하고 있었다.

"위쪽이 위험하다!"

"애프랜은 뭘 하고 있는 건가! 어서 벨폰으로 이나바뉴 기사단의 월성을 저지하라!"

세이르본은 성벽 위를 쳐다보며 큰 소리로 외쳤다. 하이파나는 레페린을 동원하여 강하게 성문으로 쇄도하고 있었을 뿐 아니라, 휴리어벨을 이용하여 성벽을 넘는 공격 또한 시도하고 있었다. 성 위에서 성 아래를 공격하는 방법이 유리한 것이 보통이었지만, 하이파나의 애프랜은 아카르드 나이트라는 별 칭답게 엄청난 효력을 발휘하고 있었기 때문에 고전을 면치 못하고 있는 쪽은 오히려 성 위에 있던 로젠다로 기사단의 애프랜이었다.

"빌어먹을, 내가 그쪽으로 가겠다!"

슈리온 파견대는 많지 않은 병력을 둘로 나누어 성문과 성벽을 동시에 방어하고 있었다. 세이르본은 성문을 나이트 헤레온에게 맡기고 성벽 위로 올라갈 마음을 먹었다. 그때였다.

"비켜 주십시오!"

세이르본이 문득 고개를 돌리자 그의 뒤에 머리카락과 온몸의 갑주에 온통 피칠을 한 기사가 고리눈을 치켜뜨고 서 있었다. 그가 입은 짙은 자주색 로젠다로 기사단의 갑옷은 핏물과 흙먼지로 얼룩져 본래의 색깔을 알아보기가 힘들 정도였다.

'처음 보는 얼굴인데?'

슈리온으로 파견되어 나와 있던 세이르본으로서는 처음 만나는 기사였다. 세이르본이 잠시 몸을 틀어 공간을 비워 주자 그는 상처투성이의 몸을 움직여 급히 앞으로 나섰다. 아마도 방금 슈리온으로 진입한 증원군에 소속된 기사일 거라고 세이르본은 생각했다.

"그렇게 상처입은 몸으로는 무리다!"

저렇게 많은 상처를 입었다면 아마도 대부분의 체력을 소모했을 것이다. 그렇게 판단한 세이르본이 큰 소리로 외쳐 그를 만류했지만 그 엄청난 거구의 기사는 마치 세이르본의 목소리가 들리지 않는다는 듯이 성큼성큼 성문 쪽으로 나서고 있었다.

"비켜라!"

그 기사의 호통이 터지자 두어 명의 이나바뉴의 기사들이 공중으로 떠올랐다가 저만큼 떠밀려 쓰러졌다.

"아니……."

세이르본은 입을 딱 벌렸다.

다음 순간 그 기사의 하야뎬이 눈부시게 빛났고, 그 섬광이 지나간 자리에는 또다시 서너 명의 기사들이 마치 폭풍에라도 날리듯 바닥으로 나가떨어지고 말았다.

'저, 저렇게 엄청난 힘이라니?'

세이르본은 벌린 입을 다물지 못했다. 괴성을 지르며 전력을 다해 하야뎬을 휘둘러 이나바뉴의 기사들을 성문 밖으로 몰아붙이는 그의 모습에는 광기마저 어려 있었다.

"라즈파샤 님이 생명으로 막아 낸 슈리온을 그렇게 쉽게 넘겨줄 것 같으냐!"

그의 목소리는 기사들의 함성과 하야뎬이 부딪치는 소리 속에서도 그 주위를 쩌렁쩌렁하게 울렸다. 다시 서너 명의 기사를 베어 내고 성문 앞에까지 다가간 그 기사는 하야뎬을 던지고 두 손으로 성문을 잡았다.

"이야앗!"

포효하는 듯한 외침과 함께 성문이 앞쪽으로 주루룩 밀려 갔다. 그제서야 세이르본은 정신이 들었다.

"모두 성문을 밀어라! 더 이상 이나바뉴 기사단이 슈리온으로 진입하지 못하게 하라!"

그 기사의 괴력에 압도된 이나바뉴 기사단은 공세가 주춤했고, 반대로 다시 사기를 얻은 로젠다로의 기사들은 성문에 달라붙어 모두 힘껏 성문을 밀기 시작했다. 그들을 본 나이트 헤레온 휘하의 기사들 역시 다시 대오를 정리해 이미 진입한 이나바뉴의 기사들과 혼전을 벌이기 시작했다.

마침내 성문이 닫혔다. 급히 성문의 빗장을 건 로젠다로의 기사들은 다시 합세해 이미 진입해 있던 이나바뉴 기사들을 포위했다. 일단은 성공적으로 성문을 방어한 것이었다.

"나이트 세이르본, 성벽 쪽이다! 성 위로 올라라!"

파견대장 나이트 헤레온의 목소리가 들렸다. 그제야 정신이 든 세이르본은 하야덴을 들어올리며 기사단에 명령을 내렸다.

"최소한의 병력을 남기고 성벽으로 올라간다!"

지시에 따라 기사들이 급히 움직이는 것을 보며 세이르본은 성문 쪽에 있던 기사들을 훑어보았다. 방금 전에 믿을 수 없는 괴력을 뿜어 내던 그 기사를 찾으려 한 것이었다.

워낙 거구였기 때문에 그를 찾는 것은 어렵지 않았다. 그는 여전히 성문을 부여잡고 움직이지 않고 있었다. 그를 향해 말을 돌리려는 순간, 세이르본은 측면에서 다른 한 명의 기사가 그를 향해 달려가는 것을 보았다. 위에서 성벽을 지키고 있던 에우로페 나이트 레케엘이었다.

"나이트 라시드!"

레케엘이 큰 소리로 그렇게 외쳤다. 그제야 세이르본은 그 기사의 이름을 알게 되었다. 혼신의 힘을 다해 기사단을 슈리온 성 안으로 후퇴시킨 후 닫힌 성문을 붙잡고 실신한 그는, 증원군을 이끌고 나이트 하이파나가 지키는 슈리온 평원을 건넜던 그 기사단의 바스엘드, 나이트 라시드였다.

옐리어스 나이트 하이파나의 명령에 따라 이나바뉴 기사단은 단숨에 슈리온 성을 점령하는 것을 포기하고 슈리온 평원 쪽으로 한 걸음 물러서서 진영을 쌓았다. 슈펜다르켄이나, 혹은 그가 파견할 증원군을 기다리기 위해서였다.

나이트 라시드에 의해 기사대장의 죽음을 듣게 된 슈리온 파견대장 나이트 헤레온과 에우로페 나이트 세이르본은 눈물을 흘렸다. 자신을 무척이나 아껴 주던 라즈파샤였기에 나이트 레케엘의 슬픔은 더욱 컸다. 더군다나 라즈파샤의 죽음은 자신과 엘쥬르 7세의 퇴로를 확보하기 위한 것이었음을 알고 나자 레케엘은 한동안 목놓아 통곡할 수밖에 없었다.

한편, 일단 이나바뉴 기사단의 진입을 막을 수 있었다고 하더라도 결과적으로 국왕 엘쥬르 7세와 로젠다로 기사단 슈리온 파견대는 슈리온 안에 갇힌 꼴이 되고 말았다. 메이데어 평원에 있던 이나바뉴의 증원 병력은 슈리온으로 다가오고 있는 반면, 퀴트린이 이끄는 나머지 로젠다로 중앙기사단의 병력은 슈리온을 지원하기 위해 달려올 수 없다는 점도 그들은 생각해야만 했다.

아펠르 력 646년 가을의 일이었다.

3

로젠다로 기사단은 다시 행군을 시작했다. 류가는 이나바뉴 기사단 3차 원정대에 의해 함락되었다. 그렇다면 체렌 평원에서 류가 쪽으로 우회했던 이나바뉴 기사단이 어디에 있는지는 알 수 없는 일이었다. 어쩌면 그들은 포프슨에 아주 근접해, 로젠다로 기사단의 주둔지와는 다른 방향에서 포프슨을 향하고 있을지도 몰랐다.

퀴트린의 마음은 조급했다. 퀴트린과 파스크란이 로젠다로 기사단의 최고의 기사들이고, 나이트 이멜젠 등의 뛰어난 기사들이 함께 있다고 할지라도 그들이 이끌고 있는 기사단 중 이제 전투가 가능한 병력은 고작 5천 기. 그나마 레페리온 1천 기를 제외하면 모두 휘리어벨이었다. 절대 다수의 이나바뉴 기사단을 맞아 어떻게 싸울 것인가 하는 것도 문제였지만 또한 어떻게 이나바뉴 기사단보다 빨리 포프슨에 닿느냐 하는 것도 문제였다.

"죄송합니다."

문득 고개를 든 퀴트린이 그렇게 사과했다. 아아젠은 웃음으로 답했다.

"전 아무 말도 하지 않았는걸요."

"예……."

퀴트린은 나흘 만에 아아젠을 만나러 왔었다. 하지만 그녀를 앞에 두고도 시종 아무런 말도 하지 않고 전황에 대한 생각만을 하다 문득 아아젠이 자신의 얼굴을 빤히 들여다보고 있다는 것을 알아차리고 그는 황급히 고개를 들었다.

"힘드시죠?"

"제가 뭐 힘들 것이 있겠습니까. 아아젠 님이야말로 포프슨에 남아 있는 것이 좋지 않았을까 싶군요. 매일 보급대를 따라 행군을 하고 있으니… 게다가 말동무도 거의 없을 텐데. 자주 찾아 뵈어야 하는데 그렇게 하지 못하는군요."

아아젠은 천천히 고개를 저었다.

"리엘과 자주 만나요. 리엘의 얘기는 굉장히 재밌어요. 가끔은 마법사가 되기 위한 수련도 가르쳐 주구요. 심심하지는 않아요."

"그렇군요. 이사드 리엘이 자주 이곳에 오는군요. 사실 리엘에게 제대로 고맙다는 인사조차 하지 못했는데……."

낮은 목소리로 그렇게 말하던 퀴트린은 문득 장막 밖을 돌아보았다.

"밖에 누가 있나?"

"근위기사 카르트입니다."

막사 밖에서 경계를 서고 있던 근위기사의 목소리가 들렸다.

"나이트 일린스크가 기사단을 움직이고 있는가?"

그날 밤, 경계는 일린스크의 기사단이 맡고 있었다. 잠시 주위를 살펴보는지, 대답은 한참 만에 돌아왔다.

"아닙니다."

퀴트린은 고개를 끄덕였다.

"가봐야겠군요, 아아젠. 오늘은 길게 있지 못할 것 같습니다."

　이제 아아젠도 퀴트린이 어떻게 전투의 느낌을 읽는지 정도는 알고 있었다. 그녀는 조용히 일어서서 막사 바깥까지 그를 배웅했다.

"하지만 약속해 주세요, 퀴트린 님."

"예?"

　아아젠은 고개를 약간 숙이며 미소를 지어 보였다.

"혼자 있게 하지는 않으시겠다구요."

"물론입니다. 약속하죠."

　퀴트린이 약속을 다짐하자 그녀는 눈짓으로 그에게 작별한 다음 막사 안으로 들어갔다. 퀴트린은 즉시 주위에 있는 근위기사와 견습기사들을 불러 세웠다.

"로젠다로 기사단 전원에게 대기 명령을 내린다. 나이트 일린스크에게는 체샤스를 정면에 대기시키라고 전달하라."

"알겠습니다!"

　영문은 알 수 없었지만 바스엘드의 지령인지라 그곳에 있던 근위기사들은 제각기 지령을 받고 움직이기 시작했다. 그때, 한 기의 레페린이 급히 말을 몰아 그곳으로 달려오기 시작했다.

"파스크란 님의 전언입니다! '이나바뉴 기사단 습격 예감, 내가 요격한다' 라고 전하셨습니다."

그의 말과 동시에 로젠다로 기사단 정면에서 우하는 함성이 울렸다. 한 떼의 기사단이 출전을 준비하고 있었던 것이다. 퀴트린은 빙긋 웃었다.

'나이트 파스크란과 다른 편이 아니라는 것이 정말 얼마나 다행스런 일인가.'

퀴트린은 즉시 손을 들어 그 레페린을 다시 파스크란의 기사단으로 돌려보냈다. 이제 로젠다로 기사단의 바스엘드도 출전을 해야 할 때였다. 이나바뉴 기사단 3차 원정대와 로젠다로 기사단 중군의 전투였다.

"이나바뉴 기사단이 반전합니다!"

파스크란은 망설이지 않았다.

"추격하라!"

그의 명령이 떨어지자 로젠다로 기사단은 환호성을 질렀다. 참으로 오랜만의 추격전이었다. 체렌 평원 전투에서 패배한 이후 계속 사기가 떨어져 가고 있던 로젠다로 기사단은 파스크란의 명령 한 마디에 다시 힘을 얻었다.

"휴리어벨은 후방과의 연계에 신경을 쓰며 좌우를 방어하라! 레페리온 돌격!"

본래 중장을 한 젠타리온을 레페리온처럼 사용하여 이나바뉴 기사단을 휘젓던 파스크란이었다. 그 압도적인 존재감에 로젠다로 기사단의 레페리온은 마치 그들의 바스엘드에게 끌려가듯 적진을 향해 돌격해 들어갔다.

그런데 이나바뉴 기사단은 어둠 깊숙이 후퇴하더니 천천히 걸음을 멈추기 시작했다. 속도가 눈에 띄게 늦어진 것을 보며 파스크란은 회심의 미소를 지었다.

"흥, 겨우 그 정도냐."

파스크란의 예상대로였다. 좌우에서 함성이 들리며 이나바뉴 기사단의 휴리어벨이 나타나기 시작했다. 어둠을 이용한 유도와 협공. 그러나 로젠다로 기사단의 레페리온을 지휘하는 기사는 검은 갑옷의 기사 나이트 파스크란이었다.

"신경 쓰지 마라! 목표는 전방의 레페리온이다!"

처음부터 파스크란은 그들의 함정에 빠져 줄 생각이었다. 어떤 기사라도 벨 수 있다는 확신, 바스엘드를 베어 버리고 포위하고 있는 기사단을 오히려 종단시키겠다는 작전, 오직 파스크란만이 생각해 내고 실행에 옮길 수 있는 작전이었다.

"반전을 하지 않는다?"

섀럿은 고개를 갸웃했다. 이미 로젠다로 기사단은 섀럿이 이끌고 오는 기사단의 움직임을 간파했을 것이다. 반전한 기사단의 후미로 향하던 옐리어스 나이트의 바스엘드 나이트 섀럿은 쓴웃음을 지을 수밖에 없었다. 첫 만남이었기에 그들의 역량이 얼마나 되는지 가늠해 보고 싶었고, 그랬기에 그는 가장 기본적인 전술을 사용해 본 것이었다.

'너무 쉽게 빠져 주는가 싶더니……..'

이미 나이트 멜더가 지휘하는 기사단은 좌우에서 로젠다로 기사단을 협공하기 시작했다. 그러나 로젠다로 레페리온의 뒤로 돌입해 들어오는 휴리어벨이 교전 지역을 확대해 갔기 때문에, 생각처럼 쉽게 로젠다로 기사단이 무너지지는 않았다.

"로젠다로 기사단은 포위되었다! 모두 힘을 내라!"

그러나 나이트 섀럿도 바스크 6의 기사, 게다가 옐리어스 나이트 기사단장의 작위를 받을 정도로 그 역량을 높게 평가받은 기사였다. 명문 섀럿 가 출신의 그는 지나치게 냉정하다는 점만 빼면 기사대장의 자리에도 오를 수 있는 인물이라는 평가까지 받고 있었다. 그런 섀럿이 로젠다로 기사단이 전진을 멈추지 않고 그대로 돌격해 들어올 경우를 계산하지 못했을 리 없었다.

'그러나 이제는 어떻게 할 것인가, 로젠다로의 기사여.'

섀럿은 이미 후퇴를 하며 속도가 빠른 레페리온을 후방에서 전방으로 배치하고, 다시 휴리어벨에 이어 체샤스를 후미에 두었었다. 따라서 반전을 하게 되면 체샤스의 마텐과 리첼반이 바로 로젠다로 기사단의 정면을 향하게 되는 것이었다.

그러나 입가에 미소까지 띠며 전장을 바라보던 섀럿의 입은 곧 굳게 다물어지고 말았다.

'어떻게 레페리온이 저렇게?'

놀라운 일이었다. 쐐기모양으로 이나바뉴 기사단의 체샤스를 향해 쇄도해 들어오던 로젠다로 기사단은 별 저항도 느끼

지 않는 듯 눈앞의 체샤스를 베어 버리기 시작한 것이다. 모래
밭으로 밀물이 밀려오듯 로젠다로 기사단은 섀럿이 쌓은 체샤
스의 장벽을 밀어 버리고 있었다.

"휴리어벨, 전원 충돌에 대비하라!"

체샤스가 무너져 내리면 바로 그다음에 나타나는 것은 휴리
어벨이었다. 후퇴 때 선두에 있던 레페리온은 반전한 후 최후
방이 되어 버렸기 때문에 대기시킬 시간이 없었다. 섀럿은 즉
시 말을 몰아 기사단의 선두로 나섰다.

그동안에도 로젠다로 기사단의 레페리온의 진격은 계속되
었다. 그 레페리온은 순식간에 체샤스의 방어벽을 깨뜨리고
휴리어벨을 엄습했다.

빛이 없는 허슬록 평원의 어둠, 그 짙은 적막을 닮은 기사가
그 선두에 서 있었다. 섀럿은 고개를 끄덕이며 낮은 목소리로
말했다.

'과연, 바로 그대로군.'

눈 깜짝할 사이에 로젠다로 기사단의 선두는 섀럿의 코앞까
지 전진해 있었다. 섀럿이 천천히 하야덴을 뽑아 들자 로젠다
로 기사단은 돌격을 멈추었고, 양쪽의 진영은 각각 혼전에 들
어갔다.

함성 속의 고요, 그 한가운데 그 둘이 마주 서 있었다.

"이나바뉴 기사단 3차 원정대장, 바스크 6 나이트 섀럿이
다."

파스크란은 잠시 그를 마주 보다가 천천히 입을 열었다.

"또 엘리어스 나이트로군. 그 얼굴을 보니 내가 누군지는 알고 있는 모양이군."

"물론이다. 일단 그 경이로운 레페리온의 운용에는 찬사를 보내주겠다."

입 밖으로 나온 말은 상대방을 향한 경하의 뜻이 담겨 있었지만, 섀럿의 표정은 얼음장처럼 차가웠다. 이제 곧 멜더의 공세가 절정에 이르면 천하의 파스크란이라 할지라도 포위 공격을 받을 터였다.

아무리 바스엘드가 강하다고는 하지만 그 기사단은 크실 최정예의 젠타리온이 아니라 로젠다로 중앙기사단 1천2백 기일 뿐이었다. 그러나 파스크란은 냉소를 날렸다.

"난 내가 인정하지 않는 그 누구의 찬사도 받지 않는다."

곧바로 파스크란의 공격이 날아왔다.

쩡.

그러나 섀럿의 하야덴 역시 놀라울 정도로 빨랐기에 파스크란의 공격은 공중에서 무산되어 버렸다. 목표를 잃은 하야덴은 즉시 주인의 품 안으로 돌아갔다. 파스크란은 고개를 끄덕였다.

두 번째 파스크란의 하야덴은 섀럿의 페가드를 향했다. 그러나 섀럿은 페가드를 굳게 방어한 채 오른손의 하야덴을 내찔렀다. 파스크란은 하야덴을 사용하지 않았고, 그렇다면 페가드로 충격을 완화한 짧은 순간에 그의 생명을 노릴 수 있다는 것이 섀럿의 계산이었다.

굉장한 파열음이 울리고 다음 순간 섀럿의 페가드는 그의 손을 떠나 버렸다. 그 충격으로 섀럿의 공격은 곡선으로 휘어져 버렸고, 파스크란은 바샤켄 하나를 잃었을 뿐이었다. 파스크란의 하야덴이 즉시 다시 한 번 섀럿의 가슴 한복판으로 치고 들어갔다.

육중한 파공성에 이어 맹렬한 파열음이 귀를 찢을 정도로 날카롭게 주위에 퍼졌다. 파스크란의 공격은 뻗은 하야덴을 회수하던 섀럿의 하야덴을 맞고 튕겨 버렸다.

섀럿은 파스크란을 피하지 않았다. 그는 속도와 힘, 양쪽 모두에서 그와 대등하게 싸울 수 있다고 자부했다. 실제로 그 양쪽 모두에서 파스크란을 능가하지는 않았지만, 섀럿은 하야덴의 화려함으로 파스크란보다 모자란 점을 채워 내고 있었다.

옐리어스 나이트의 바스엘드란 웬만한 실력을 갖춘 기사에게 주어지는 작위가 아니었다.

'이 기사 역시 대단한 기사로군.'

그다음으로 하야덴을 뿌린 것은 섀럿이 먼저였다. 그의 하야덴은 좌우로 춤추듯 흔들리며 파스크란을 베어 왔다. 정말 아름다운 하야덴이었지만, 파스크란의 눈에 보이지 않을 정도의 빠르기는 아니었다.

콰창.

다시 한 번 두 하야덴이 허공에서 불꽃을 튀겼고, 두 명의 기사는 서로 상대를 마주보며 한 걸음씩 물러섰다. 파스크란은 그 강인함에 놀라면서도 짐짓 코웃음을 쳤다.

"그게 전부냐?"

샤렷도 씩 웃음을 지어 보였다.

"그럼 이런 건 어떤가?"

말이 떨어지자마자 파스크란은 몸을 움찔했다. 마주보고 선 나이 든 옐리어스 나이트의 몸에서 폭발하듯 거대한 투기가 솟아오르기 시작한 것이다. 파스크란은 본능적으로 하야덴을 고쳐 쥐었다. 다음 공격, 그것에는 저 옐리어스 나이트의 혼이 담겨 있을 것이라는 느낌이 엄습해왔다.

"… 십 년 만에 써보는군."

생각한 대로였다. 그다음에 펼쳐진 하야덴은 눈부시게 빛나며 공중에서 원을 그렸다. 그 거대한 곡선 안에서는 창쾌한 섬광이 쏟아져 나오기 시작했다. 파스크란은 검은색 투구 속에서 눈을 크게 떴다.

언젠가 본 적이 있는 기술이었다. 눈부신 광채 속에서 세 줄기의 빛이 그의 양 어깨와 가슴을 노리고 쏘아져 들어왔다. 파스크란은 즉시 하야덴을 들어 빛의 한가운데로 하야덴을 찔러 넣었다. 그때에도 그랬다. 그 기술을 파해하는 방법은 오직 하나뿐이라는 것을 파스크란의 육감이 가르쳐 주고 있었다.

벨라로메!

굉장한 충격음이 들리며 파스크란과 샤렷의 몸이 동시에 흔들렸다. 섬광이 걷히자 두 기사는 말 위에 올라탄 채 열 걸음 정도를 사이에 두고 서로 마주보고 있었다.

"너는……."

파스크란이 차가운 냉소를 내뱉었다.

"어디에선가 본 듯한 것이군."

그러나 파스크란의 목소리는 주위의 함성 속에 묻혀 버렸다.

"로젠다로 기사단의 증원군입니다!"

문득 섀럿이 고개를 돌리니 이나바뉴 기사단의 두터운 포위망 오른편이 무너져 내리고 있었다. 파스크란이 펼친 돌격에 필적할 정도로 강한 육박이었다. 아마도 그곳에는 퀴트린이 있으리라. 섀럿은 그쪽에서 일어나고 있는 교전을 바라본 뒤 천천히 하야덴을 들어올렸다.

"퇴각한다!"

바스엘드의 명령은 곧 바세론들에 의해 전파되었고, 잠시 후 이나바뉴 기사단은 공격해 오던 진형을 유지하면서 물러서기 시작했다. 기습과 정면충돌, 그리고 바스엘드끼리의 전투 모두가 실패했으므로 더 이상의 혼전은 쌍방에게 모두 의미 없는 손실만을 가져올 뿐이었다. 전투를 계속할 이유를 잃은 파스크란도 하야덴을 들어 기사단을 반전시켰다.

허슬록 평원 전투는 승패를 가르지 못한 채 끝나 가고 있었다.

"자네 이름이 퀴트린 섀럿이었나?"

뜬금없는 파스크란의 질문에 퀴트린은 그를 돌아보며 고개를 끄덕였다. 그들은 기사단을 정렬한 다음, 허슬록 평원에 진영을 구축하고 있었다. 이나바뉴 기사단의 움직임을 지켜본후, 허슬록에서 버틸 것인지 포프슨 평원으로 후퇴하여 국왕이 떠난 수도를 수비할 것인지를 결정하려 한 것이다.

"그랬군."

파스크란은 아무렇지도 않다는 듯이 말했다. 퀴트린은 파스크란이 투구를 벗는 것을 물끄러미 바라보았다. 갑옷만큼이나 짙은 흑발이 길게 그의 어깨를 감싸고 흘러내렸다.

"왜 그러지? 새삼스럽게."

"별것 아냐."

파스크란은 입을 열지 않기로 하면 결코 대답하지 않는다는 것을 알고 있었기 때문에 퀴트린은 잠자코 입을 다물었다. 퀴트린은 손을 들어 주위에 있는 근위기사들을 불러 모았다. 기사단 손실의 보고를 들어야 했기 때문이었다.

"아까 전장에서 이나바뉴의 기사를 한 명 만났네. 옐리어스 나이트더군."

"옐리어스 나이트?"

퀴트린이 파스크란을 돌아보자 파스크란의 입에서 여전히 감정 없는 목소리가 흘러 나왔다.

"아까 승부를 가르지 못했다는 기사가 옐리어스 나이트였나?"

"그렇지. 그런데 그는……."

파스크란은 말을 끊고 가벼운 몸짓으로 말에서 뛰어내렸다.

"벨라로메 하야덴을 쓰더군."

퀴트린은 말 위에서 파스크란을 내려다보며 눈을 깜박였다. 선뜻 파스크란의 말뜻이 이해가 되지 않은 것이었다.

"벨라로메말이야."

파스크란이 다시 한 번 말하자 그제서야 퀴트린의 눈이 크게 떠졌다. 그러나 파스크란은 퀴트린이 뭐라고 말할 새도 없이 빠른 걸음으로 그에게서 멀어져 갔다. 주위에 있던 근위기사들이 바스엘드의 부름을 받고 황급히 다가왔기 때문에 퀴트린은 그를 붙잡을 수도 없었다.

허슬록 평원 전투는 끝났다. 그리고 겟쉔, 피넬린 등 로젠다로의 남부를 평정한 라벨과 네이서스의 기사단이 3차 원정대와 만나기 위해 포프슨 평원을 향해 진군해 오고 있다는 사실을 전해 들은 퀴트린은 포프슨 퇴각을 결정했다. 아직 허슬록 평원의 피비린내가 채 가시지 않았을 때였다.

내겐 아버지라는 빛이 있었다 — 나이트 레이피엘 편

퀴트린이 출정에 대한 이야기를 마치자, 그의 어머니 다엘 새럿은 엉뚱한 이야기를 꺼냈다.

"네 엄마는 평생 네 아버지가 웃으시는 걸 꼭 네 번 보았단 다."

퀴트린은 무슨 영문인지 몰라 어머니의 눈을 물끄러미 바라 보았다.

"알다시피 엄마가 살았던 저택과 이곳 이니아의 언덕은 아 주 가까이에 있지. 덕분에 엄마와 네 아버지는 만날 기회가 꽤 자주 있었단다. 가까운 집안끼리의 연회나 무도회에서도 자주 마주칠 수밖에 없었지."

다엘은 마흔 살이 넘었지만 젊은 시절의 아름다움을 잃지 않았다. 더군다나 항상 여유 있는 웃음과 기품 있는 모습으로 기사 가문이라는 분위기 때문에 무겁게 가라앉게 마련인 새럿 가의 저택을 한결 부드럽게 해주는 안주인이기도 했다.

"첫 번째 웃음은, 너도 알고 있는지 모르겠다, 페드라스 가 라고 알겠지? 너보다 몇 살 많은 나이트 페드라스가 그곳 출 신이지. 엄만 기사들의 이야기는 익숙지 않아서 바스크는 모 르겠다만, 중앙기사단 소속이라고 들었다."

"바스크 89입니다, 어머니. 페드라스 님은 지금 레놀 파견 대에 가 계십니다. 안도칸과의 분쟁이 끊이지 않는 곳이지요."

퀴트린이 대답하자 다엘은 고개를 끄덕였다.

"그렇구나. 어쨌든 그 나이트 페드라스에겐 누이가 있었단다. 엄마보다 다섯 살 많았지. 젊은 나이에 세상을 떠났지만, 다레이네—그 누이의 이름이란다—와 엄마는 많이 친했었단다. 다레이네는 무척 명랑하고 밝고, 그래 무엇보다 춤을 잘추었어. 무도회에서 기사들과 우아한 춤을 추는 언니를 엄마는 무척이나 부러워했지. 지금은 기사대장이 되어 계시지만, 나이트 아켈로르와 춤을 추는 것도 보았단다. 그땐 기사대장이 아니라 파아렐 나이트였을 뿐이었지만. 암튼 엄만 부러워서 무작정 언니에게 춤을 가르쳐 달라고 했단다."

퀴트린은 웃음을 지었다.

"어머니도 춤 솜씨가 대단하셨다면서요. 아버지께서는 한번도 말씀하시지 않으셨지만 가끔 하녀장이 어머니 얘길 할때는 무도회 얘기가 빠지지 않아요."

"글쎄… 춤을 배우기는 했지만, 그땐 무척 서툴렀었어. 그래도 정작 무도회에 가면 그 서툰 솜씨나마 남에게 보여 주고 싶지 않았겠니? 그런데 아무도 춤을 신청하지 않는 거야. 너도 어릴 때 밤새 페치를 연습한 다음날이면 아버지께서 실력이 늘었는지 보자고 하시기를 그렇게 기다렸잖니."

퀴트린은 큰 소리로 웃음을 터뜨렸다.

"그랬었죠. 아버지께서 아무 말 없이 식사를 마치고 기사단으로 가버리시면 괜히 하녀장과 하인들에게 투정을 부렸었죠. 에리엔을 때려 주기도 하구요."

퀴트린은 문득 어린 시절엔 같은 또래라 친구처럼 어울리기도 했었던 새럿 가의 근위기사 에리엔을 떠올렸다.

"그래서 그날은 꽤 시무룩해 있었단다. 엄마 딴에는 그렇게 예쁘게 옷을 차려 입고 무도회에 갔었는데 말이야."

"아니, 무도회에 있었던 남자들이 어머니한테 아무도 춤을 청하지 않았다는 말이에요?"

다엘은 손으로 입을 가리고 웃었다.

"그때 엄마는 겨우 열두 살이었거든."

퀴트린은 폭소했다. 문득 옷을 곱게 차려 입고 의자에 앉아 언니 오빠들이 춤추는 모습을 우두커니 바라보고 있었을 열두 살의 어머니가 머릿속에 그려진 것이다.

"그런데 그때 누군가가 다가왔어. 그때의 느낌을 엄만 아직도 똑똑히 기억하지… 엄마가 다레이네 언니가 아닌 다른 사람과 처음 춤을 춘 것이었으니까. 누군가가 다가온다는 것을 알고는 오히려 얼굴이 빨개져서는 바닥만 내려다보고 있었단다. 그 발소리가 눈앞에서 멈추었고, 그다음에 그 사람이 입을 열었지. '저와 춤을 춰 주시겠어요?' 라고 말했단다. 분명하고 똑똑한 목소리로."

말을 마치고 다엘은 한참이나 웃었다. 퀴트린은 어머니의 이야기 속으로 빨려들어가 전쟁 따위는 차츰 잊어 가고 있었다.

"그런데, 그게 뭐가 그렇게 우스운 거죠 어머니?"

다엘의 웃음소리가 잦아들기를 기다려 퀴트린은 조심스럽게 물었다.

그의 인자한 어머니는 두 손을 무릎 위에 포갠 다음 이야기를 이어 갔다.

"상상해 보거라, 레이피엘.[1] 그 목소리는 그때의 엄마만큼이나 어린 남자 아이의 것이었거든."

퀴트린도 웃음을 터뜨렸다. 잠시 두 모자는 서로 얼굴을 마주보며 웃을 수밖에 없었다.

"그게 네 아버지가 웃는 모습을 처음 본 때란다. 그날 무도회의 주인공은 우리 둘이었거든. 열네 살의 꼬마 기사와 열두 살 꼬마 아가씨가 무도회장에서 춤추는 모습을 상상해 보거라. 둘 다 얼마나 서툴렀겠니."

서툰 것보다는 그 귀여움에 사람들은 모두 환호를 했으리라. 아직 사람들의 시선을 받는 것에 익숙하지 않았을 그들이 얼마나 당황했을지 상상하며 퀴트린은 미소를 지었다.

"그랬군요. 제겐 굉장히 의외인데요. 아버지가 어머니께 먼저 춤을 청하셨다니요. 아버지는 그런 얘긴 한 번도 안 하셨어요."

"그랬겠지. 그러니까 네 아버지 아니겠니."

퀴트린은 그다음 얘기가 궁금해졌다.

"두 번째는 언제였는데요?"

다엘은 탁자 위에 놓여 있던 찻잔을 들어 차를 한 모금 마셨다. 방 안에는 이미 한참 전부터 은은한 슈렐린 향기가 가득 차 있었다.

　"두 번째는 바로 그 무도회가 끝나고 얼마 지나지 않아서야. 엄마는 꽤 조숙한 편이었고, 이미 그때 네 아버지를 좋아하기로 마음먹었단다. 그래서 얼마 후에 다시 만날 기회가 있었을 때 기사가 되면 엄마의 카발리에로가 되어 달라고 이야기했지. 그랬더니 그만 네 아버지는 귀밑까지 빨개지더구나. 웃음이 나오려는 걸 억지로 참는지 입술은 온통 일그러지고 말이야."

　퀴트린도 어머니를 따라서 찻잔을 들어올렸다. 엘리어스 나이트의 예복에 찻물이 떨어지지 않도록 주의하며 퀴트린은 슈렐린 차를 입으로 가져갔다.

　"그땐 아버지도 꽤 잘 웃으시는 편이었나 보네요? 아버지가 웃지 않으시는 것은 기사단에서도 유명하거든요. 가끔 제가 큰 소리로 웃을 때라도 있으면 슈펜다르켄 님—저희 엘리어스 나이트의 기사단장님말이에요—께서는 네가 정말 나이트 새럿의 아들이 맞냐고 눈을 휘둥그렇게 뜨기도 하시죠."

　퀴트린의 말에 다엘은 부드럽게 웃으며 고개를 끄덕거렸다.

　"그때에도 잘 웃지 않았지. 아니, 웃지 않았다기보다는 웃음을 참으려 하셨다는 게 맞는 표현일 것 같구나. 돌아가신 네 조부께서 네 아버지가 웃는 것을 좋게 생각하시지 않았어. 하

---

1) 레이피엘: 퀴트린의 아명. 퀴트린은 이미 장성하여 퀴트린이라는 본명을 사용하고 있지만, 그의 어머니는 그를 다정하게 부르며 아명으로 호칭하고 있다.

녀장에게 듣자 하니 그보다 더 어렸을 때엔 오히려 감정이 풍부하고 잘 웃는 편이셨다고 하더구나. 너무 웃음이 헤프니까 오히려 네 조부께서 웃는 것을 금하셨던 모양이야."

"그랬군요. 그렇게 자라셔서 이제는 정말 웃지 않는 데 익숙해 지신 거로군요. 지금도 그러실지도 모르겠네요. 워낙 감정 표현을 안 하시는 분이지만 마음속은 누구보다 따뜻하시잖아요."

퀴트린은 어깨를 으쓱해 보였다.

'하지만 그렇게 냉정하고 차가운 표정의 아버지이기에, 제가 더 닮고 싶은 건지도 몰라요. 전장에 나선 기사에게 감정이란 불필요한 것이라고 아버지께서 그러셨죠.'

퀴트린은 마음속으로 중얼거렸다.

"그럴 거라고 엄마는 믿는단다. 분명히 그럴 거야. 겉으로 표현을 하지 않으실 뿐… 아니, 표현하는 방법에 익숙하시지 않은 것일 뿐이겠지."

두 번째 이야기가 끝나자 퀴트린은 세 번째 이야기가 궁금해졌다. 그는 어린 시절로 돌아간 듯 어머니의 다음 말을 보채고 있었다.

"그래서요? 그래서 세 번째는 언제죠?"

"세 번째는 너도 알 것 같구나. 네 아버지가 세 번째 웃으셨을 때는 바로 세상에서 가장 소중한 것을 얻으셨을 때란다."

"가장 소중한 것? 기사 작위 말씀인가요?"

다엘은 고개를 가볍게 저었다.

"아, 그렇다면 어머니로군요? 카발리에로 의식 때인가요, 아니면 결혼식?"

여전히 다엘은 고개를 젓고 있었다. 퀴트린은 궁금한지 어머니 쪽으로 의자를 끌어다 앉았다.

"그럼 언제죠? 아버지의 가장 소중한 것이란 뭐예요?"

다엘은 두 손에 감싸 쥐고 있던 찻잔을 탁자에 내려놓은 다음, 퀴트린의 한 손을 부드럽게 감싸 쥐었다.

"널 얻으셨을 때란다. 바로 널."

"저요?"

퀴트린이 눈을 동그랗게 뜨자 다엘은 입가에 자애로운 미소를 띠며 고개를 끄덕거려 그의 반문에 대답해 주었다.

"솔직히 그때 네 아버진 큰 소리를 내어 웃진 않으셨지. 하지만 눈빛은 기쁨으로 가득 차 있었단다. 웃음을 참는 표정이 역력했어. 그때 네 아버지께서 뭐라고 말씀하셨는지 아니? 네가 남자아이라는 것을 알고 나서서 말이야."

"글쎄요? 수고했다고 말씀하시지 않았을까요? 아니면 고맙다고?"

그렇게 말하면서도 퀴트린은 어쩐지 아내에게라도 고맙다는 말을 하는 아버지는 상상하기 어렵다고 생각했다. 그 정도로 자신의 감정 표현에 인색한 섀럿 경이었기 때문이다.

"단지 '기사로 키울 수 있겠군'이라고 하셨단다."

"뭐라구요?"

어처구니가 없었는지 퀴트린은 허탈한 웃음을 터뜨렸다. 다엘은 여전히 퀴트린의 손을 잡은 채 다음 말을 이었다.

"그래도 엄마는 알 수 있었지. 다른 사람들은 너무 차가운 사람이라고 할지 모르지만 엄마는 알고 있었단다. 그때 네 아버지가 사실은 얼마나 기뻐하셨는지. 네 번째 웃으셨을 때를 생각하면, 틀림없이 그때 속으로는 누구보다 큰 소리로 웃고 싶어하셨을 거라고 엄마는 믿는다."

"네 번째는 언제였는데요?"

"네 열 번째 생일날이었지."

"열 번째 생일이요? 그때… 흠."

다엘은 비로소 퀴트린의 손을 놓고 다시 의자에 몸을 기댔다. 퀴트린은 열 번째 생일에 어떤 일이 있었는지 곰곰이 생각해 보았다. 하지만 십 년이나 된 일이라 그 기억을 찾기 위해서는 꽤 오랜 시간을 고민해야 했다.

"아, 생각났어요."

퀴트린이 손바닥을 마주쳤다. 그러나 다음 순간 그는 입가로 어색하게 웃음을 흘렸다.

"그런데 그게 열 번째 생일이 맞나요? 제 기억엔… 아마도 몇 달 전부터 연습해 왔던 벨라로메 하야덴을 아버지 앞에서 펼쳐 보이고, 그것밖에 하지 못하냐고 호되게 꾸지람을 들은 것뿐이었는데. 그리고 속이 상해서 왕성엘 갔죠. 거기에서 왕녀님이 그분 손가락에 끼워져 있던 보석 박힌 반지를 빼어 생일 선물로 주셨구요. 제 손가락에 맞지도 않았는데 말이에요. 좋은 기억은 없는데요? 단지 생일에도 따뜻한 축하의 말 한마디 해주시지 않는 아버지가 야속하게 생각되었을 뿐. 그런데 그날이 맞나요?"

다엘은 얼굴 가득 웃음을 머금고는 크게 고개를 끄덕거렸다.

"맞지. 바로 그날이란다. 네가 화가 났는지 아침도 먹지 않고 왕성에 간 그때. 네가 문을 닫고 나서 아버지는 정말 큰 소리로 웃으셨단다."

"네?"

퀴트린은 놀랐는지 큰 소리로 어머니의 말에 반문했다.

"아버지가 웃으셨다구요, 제가 왕성에 간 다음에?"

"그래, 그것도 아주 많이. 아버지는 네가 기사가 되셨을 때에도, 아니 엘리어스 나이트가 되셨을 때에도 그렇게 웃지 않으셨어. 하지만 그날은 정말 실컷 웃으셨단다. 그리고 '여보 다엘, 저 녀석이 열 살에 벨라로메 하야덴을 정확하게 휘둘렀다오. 정말 깜짝 놀랄 정도였소. 해를 등지고 있었기에 망정이지, 해를 바라보는 쪽에라도 있었다면 내가 저 녀석의 하야덴을 견디지 못할 뻔했소. 이제 저 녀석은 겨우 열 살인데 말이오. 나는 열네 살이 되어서야 부릴 수 있었던 그 벨라로메의 날개가 지금 열 살밖에 안 된 레이피엘의 어깨 위에 앉아 있구료!'라고 말씀하셨었지. 그렇게 기뻐하시는 모습은 처음이었단다."

퀴트린은 웃지 않았다. 그는 묵묵히 어머니의 말을 들으며 찻잔을 집어 들었을 뿐이었다. 갑자기 가슴이 울컥하며 코끝이 찡해 오는 것 같았다.

"사랑하는 레이피엘,"

"예, 어머니."

"아버지께서 다섯 번째로 웃는 모습을 엄마에게 보여 주겠니?"

"예?"

퀴트린이 찻잔을 들다 말고 시선을 들어 그녀를 바라보자 그녀는 고개를 살짝 돌려 방 안에 걸려 있던 퀴트린 조부의 초상화를 바라보았다.

"카아르라는 마적떼가 상대하기 만만치 않다는 것은 그쪽에 귀가 어두운 엄마도 익히 들어 알고 있단다. 그래서 중앙기사단이 원정에 나가는 것이고. 하지만 네게 부탁해도 되겠지? 엄마에게 꼭 아버지가 다시 웃으시는 모습을 보여 주렴."

"아!"

그제야 퀴트린은 지금까지 어머니가 왜 이렇게 긴 이야기를 했는지 알 수 있었다. 그녀는 그것을 바라고 있었던 것이다. 나이트 섀럿의 외아들 나이트 레이피엘의 승전. 아버지 자신보다 아들의 늠름함을 더 바라시는 그의 아버지에게 그가 승전을 선물하기를.

퀴트린은 하야덴을 뽑아 들며 두어 걸음 뒤로 물러섰다. 하야덴은 하야필 사이를 빠져나오며 창쾌한 금속음을 냈다.

"바스크 104 나이트 레이피엘은,"

퀴트린은 엄숙한 목소리로, 그러나 어머니가 놀라지 않도록 조용히 맹세의 예를 시작했다.

"단 한 번도 패배하지 않고, 옐리어스 나이트의 전투복 단한 군데에도 핏방울을 묻히지 않은 채 카아르를 소탕하고 퓨론사즈로 복귀할 것을 맹세합니다."

다엘은 퀴트린의 맹세를 끝까지 지켜보았다. 예를 마친 퀴트린은 어머니의 앞에 한쪽 무릎을 꿇고 앉았다.

"걱정 마세요, 어머니. 어머니의 아들은 옐리어스 나이트입니다."

"건강하거라, 레이피엘."

641년 봉기한 카아르는 이나바뉴 기사단 로르벤스 파견대와 햐드 파견대의 노력에도 그들의 입지를 더욱 확고히 하며세력을 확장하고 있었다. 결국 이나바뉴 원로원은 1, 2차 중앙기사단의 파견을 결정하였지만, 643년까지 카아르의 세력을 소탕하는 데에는 끝끝내 실패하고 말았다. 3차 원정대의바스엘드로 옐리어스 나이트까지 지목한 것을 보면, 원로원과이나바뉴 행정부가 카아르 소탕에 얼마나 큰 신경을 썼는지짐작할 수 있다.

이나바뉴 바스크 104 나이트 레이피엘은 하야덴에 두고 맹세한 대로 단 한 번의 패전도 기록하지 않고 단 수백 명 정도의 피해만을 입은 채 햐드의 카아르 심장부를 완전히 제압했고, 원정 복귀 예정일자를 하루도 어기지 않은 바로 그날 승전을 알리는 레페린을 앞세우고 당당히 퓨론사즈로 개선했다.아펠르 력 643년, 어느 늦은 봄날의 일이었다.

4

　로젠다로 기사단이 행군을 멈춘 것은 라엘만 협곡 건너편에 로젠다로의 수도가 보이는 포프슨 평원에서였다. 선두로 달리던 나이트 일린스크가 이끄는 기사단의 근위기사 한 명이 멀리에서 이나바뉴 기사단의 움직임을 발견했다는 일린스크의 전언을 전해 왔기 때문이었다.

　"포프슨은 완전히 비어 있을 거야."

　퀴트린이 말하자 파스크란은 눈짓만으로 그럴 것이라며 동감임을 표시했다. 그는 의자에 앉은 채 하야덴을 바닥에 꽂아 두 손으로 지탱하고 있었다. 다른 기사들이 사용하는 하야덴보다 한 배 반 정도 길이의 긴 하야덴. 그것은 검은 갑옷과 함께 파스크란의 상징이었다.

　"라엘만 협곡 안쪽으로 들어가는 것이 좋을까?"

　수적 열세는 확연한 것이었기 때문에 퀴트린은 막연하게나마 지리적인 유리함이라도 생각해 보고 있었다. 라벨의 기사단과 합세한다면 이나바뉴 기사단의 병력은 무려 1만 기나 되었다. 라엘만 협곡에서 전투를 벌인다고 해서 확실한 우위를 점할 수 있는 계략을 생각해 낸 것은 아니었지만, 정면충돌만은 피하고 싶었기에 퀴트린은 그렇게 말하고 있었다. 하지만 파스크란은 가볍게 고개를 저었다.

"요컨대 문제는 사기야. 계속되는 후퇴로 우리 쪽의 사기는 바닥에 떨어져 있어. 더 이상의 후퇴는 확실한 패전을 의미할 뿐이야."

맞는 말이었다. 기사단의 사기는 수적 열세를 어느 정도 극복할 수 있는 전투의 중요한 변수였다. 그러나 기사대장 라즈파샤와 국왕 엘쥬르 7세의 안위도 확인이 되지 않은 지금, 기사단의 사기를 회복시키는 것은 쉽지 않은 일이었다. 로젠다로의 수호신 쥬르의 모습이라도 보인다면 모를까.

"쉽지 않군. 우리가 해야 할 일은 이나바뉴 기사단과 싸우는 일뿐만이 아니야. 맥이 빠진 로젠다로 기사들도 일으켜 세워야 하니."

퀴트린과 파스크란, 그리고 이멜젠은 나름대로 최선을 다해 이나바뉴 기사단을 맞아 싸울 계획을 생각해 내고 있었다. 그러나 밤새 계속한 회의에서도 특별한 방책이 나오지는 않았다.

"자네가 바스엘드라면 어떻게 하겠나?"

퀴트린의 말에 파스크란은 문득 고개를 들었다.

"크실 기사단의 바스엘드였을 때, 절대다수의 이나바뉴 기사단을 맞아 싸워야 하면 어떻게 했었나?"

농담 섞인 퀴트린의 말에 파스크란은 잠시 그의 눈을 바라보다 조용한 목소리로 입을 뗐다.

"내가 어떻게 했었는지 전혀 듣지 못했나?"

말이 끝나자 파스크란은 바닥에 꽂았던 하야덴을 들어 천천히 수평으로 올렸다. 그의 긴 하야덴은 직선으로 장막의 끝을 가리키고 있었다.

정면충돌!

"그랬군. 그게 절망의 하야덴답군."

퀴트린의 말에 파스크란은 가만히 웃음을 지어 보였다.

그것이 파스크란의 전술이었다. 전율이 느껴지는 돌파력과 파괴력. 수적 열세쯤은 전세와는 전혀 관계없다는 듯한 자신에 찬 젠타리온의 돌격. 그것이 이나바뉴 기사단에게 죽음의 상징처럼 생각되었던 크실의 기사대장 파스크란의 유일한 전술이었다.

"듣지 못했을 리가 있나."

퀴트린도 부드럽게 웃으며 파스크란을 바라보았다. 하지만 지금 그것이 가능할까. 기사단의 사기가 이렇게 떨어져 있는 지금, 바스엘드의 통솔력이 아무리 강력하다 하더라도 정면으로 부딪쳐 두 배가 넘는 전력의 이나바뉴 기사단을 공격하는 것이 성공할 수 있을까. 더군다나 이나바뉴 기사단에는 빠른 하야덴으로 유명한 정열의 베락스의 기사 옐리어스 나이트 라벨과, 포프슨 성을 무너뜨렸던 전략가 나이트 네이서스, 그리고 퀴트린에게 하야덴과 용병을 직접 가르쳤던 나이트 섀럿이 있었다.

"그래. 그렇게 해보도록 하지. 나이트 파스크란을 보유한 기사단이 먼저 꼬리를 내려서야 말이 되는가."

"나이트 네라이젤과 맞부딪칠 때나 파스크란의 기사단이 먼저 꼬리를 내리는 거지."

이제는 파스크란도 퀴트린의 농담을 제법 받아 내고 있었다. 두 기사는 서로 마주보며 큰 소리로 웃음을 터뜨렸다.

"로젠다로 기사단이 후퇴를 멈췄다는 소식입니다."

이나바뉴 바스크 279 나이트 멜더는 깍듯한 태도로 기사단의 바스엘드에게 상황을 보고했다. 그러나 희끗희끗한 머리카락에 날카로운 눈매를 가진 옐리어스 나이트 기사단장 나이트 섀럿은 눈빛 하나 변하지 않았다.

"결전지가 결정된 것 같습니다."

이나바뉴 바스크 104 나이트 라벨이 말했다. 섀럿은 고개를 끄덕였다.

"진형은?"

섀럿의 말에 나이트 멜더가 다시 대답했다. 여전히 정중하고 또렷한 말투였다.

"전형적 수세입니다. 로젠다로 기사단의 사기는 눈에 띄게 저하되어 있습니다. 이대로라면 전투를 시작하기도 전에 붕괴될 정도로까지 보입니다."

"기회로군."

섀럿은 혼잣말처럼 중얼거렸다.

이나바뉴 바스크 6 나이트 섀럿. 그는 퀴트린의 아버지이면서 퀴트린에게 하야덴과 애프러더, 전장에서의 기사단의 운용

등 기사가 갖추어야 할 소양들을 직접 전수한 기사였다. 또한 그는 완전한 모습의 기사를 추구하는 사람으로, '전장에 나가서는 이겨야 한다' 라는 기사의 원칙을 중시하는 냉정한 기사이기도 했다. 슈펜다르켄이 가지고 있는 여유로운 모습은 그에게서는 찾아볼 수 없었다.

'사타루스의 하늘에서나, 이곳에서나 섀럿 님은 한결같으시군.'

라벨은 속으로 그렇게 생각했다.

나이트 섀럿은 조금은 지나치다 싶을 정도의 냉엄함과 절제된 모습을 하고 있었던 것이다. 이나바뉴 기사단을 떠나기 전에 보아 왔던 퀴트린의 냉정함도 그의 아버지에 의해 만들어진 것이 아니었을까 하고 라벨은 오래된 질문을 해보고 있었다.

"밤이나 새벽의 안개를 이용할 필요는 없다. 로젠다로 기사단에게 이나바뉴의 모습을 그대로 보여 줄 수 있을 때 공격한다. 나이트 라벨."

"옛."

라벨이 힘있는 목소리로 대답했다.

"내일 오후, 기사단을 이끌고 정면을 친다. 나이트 루델과 함께 가라. 나이트 멜더."

"옛."

보고를 하던 자세 그대로 나이트 멜더가 대답했다. 지난번 전투로 멜더는 이미 섀럿에게 신임을 얻고 있었다.

"측면을 우회하여 공격한다. 나는 직접 퇴로를 봉쇄하겠다."

섀럿의 입에서는 단숨에 로젠다로 기사단 5천 기를 섬멸하는 작전이 표정 한 번 바뀌지 않고 나오고 있었다.

포프슨 성으로 들어가 공성전을 벌일 여유조차 주지 않겠다는 것인가. 라벨은 마음속으로 섀럿의 지령을 약간은 놀라운 마음으로 받아들이고 있었다.

"실수는 용납하지 않겠다. 이 포프슨 평원에서 로젠다로 기사단은 완전히 소멸되는 것이다."

'아들이 아니라, 이제는 완전한 적이로군요.'

퀴트린에 대한 감상적인 생각은 나이트 가이사로의 죽음과 함께 완전히 묻어 버린 라벨이었지만, 더할 수 없이 냉정한 섀럿의 말에는 그도 몸을 떨지 않을 수 없었다.

섀럿의 말에는 차라리 분노가 담겨 있었다. 한 번도 겉으로 나타내지는 않았지만 퀴트린이 이나바뉴를 떠났을 때부터 그가 얼마나 아들에 대해 실망하고 분노했을지 라벨은 어렴풋이 짐작할 수 있었다.

"알겠습니다."

짤막하게 대답한 라벨은 무엇인지 섬뜩한 느낌에 놀라며 고개를 들었다.

살기였다. 투기를 넘어선 살기. 전황 보고를 하던 멜더의 눈이 미세하게 떨리는 것을 느끼며, 라벨은 그의 눈에서 누군가를 향한 끝없는 증오와 살기를 읽어 낼 수 있었다.

'누구를 저토록 증오한단 말인가.'

라벨은 깜짝 놀란 표정으로 섀럿을 향했지만, 나이트 섀럿의 얼굴에는 조금의 동요도 나타나 있지 않았다.

멜더를 잠시 바라보던 섀럿은 회의의 해산을 명했다.

"회의를 해산한다. 나이트 멜더, 잠시 나를 보고 가도록."

"옛."

몇몇 기사들이 자리에서 일어나 예를 취하고 막사 바깥으로 나갔다. 밖에서는 벌써 근위기사단의 정비를 명하는 바스엘드들의 외침이 들려 오고 있었다.

나이트 섀럿은 조용한 목소리로 말했다.

"기사 양성소에서 연병관을 하기 전에 쥬렌다스에 있었다고 했나?"

섀럿의 물음에 멜더는 짧게 대답했다. 이미 그의 몸을 감쌌던 투기는 사라져 있었다.

"예."

"나이트 카사드렛의 예하에 있었다고 했었지."

쥬렌다스 파견대장 나이트 카사드렛은 제3차 천신전쟁이 시작될 당시 쥬렌다스를 습격한 크실 기사단 검은 갑옷의 기사에게 전사당했다.

"제겐 아버지나 다름없는 분이셨습니다."

"아버지라."

섀럿은 잠시 그의 얼굴을 바라보다 천천히 고개를 끄덕였다.

"지난번 전투에서 자네의 실력은 충분히 증명되었다. 알겠다. 자네가 원하는 기회는 충분히 주겠다, 나이트 멜더."

　샤럿의 말은 조용했다.

　"물러가라. 내일 그 꿈을 이루길 바란다."

　"고맙습니다, 바스엘드님. 배려에 감사드립니다."

　멜더가 힘있게 대답하자 샤럿은 곧 손짓해 해산을 명했다. 멜더는 정중하게 예를 취한 후 막사 바깥으로 나갔다.

　'아버지… 라.'

　샤럿은 가만히 멜더의 말을 곱씹어 보았다. 냉엄한 표정 외에는 좀처럼 짓지 않는 그의 얼굴에 쓴웃음이 한 줄기 스쳐 갔다. 눈을 감자, 샤럿의 눈앞에는 조심스러운 말투로 원로원의 결정을 이야기하던 슈펜다르켄의 얼굴이 떠올랐다.

　"내가 힘을 써보기는 했다만……."

　"괜찮습니다."

　언제나 감정을 잘 드러내지 않는 샤럿이었지만 아들에 대한 원로원의 영구제명 형의 결정은 역시 충격적인 모양이었다. 그의 손이 미세하게 떨리고 있다는 것을 슈펜다르켄은 느낄 수 있었다.

　"미안하구나, 엘빈.[1]"

　"개의치 마십시오. 당연한 결정입니다. 기사단을 무단으로 이탈한 기사가 영구제명을 당하는 것은 기사단의 불문율입니

1) 엘빈: 나이트 샤럿의 이름.

다. 제 아들놈이 옐리어스 나이트의 높은 이름을 더럽힌 것이 송구스러울 따름입니다."

샤럿이 대답하자 슈펜다르켄은 입을 다물었다.

'엘빈이 강하다는 것쯤은 본래부터 알고 있었지만, 아들에게 영구제명의 형이 떨어졌는데도 이렇게 조용히 말할 수 있다니……'

그리고 샤럿의 그다음 말은 슈펜다르켄에게 그를 한 번 더 돌아보게 하기에 충분했다.

"발견한다면 제 손으로 그 애의 목숨을 끊겠습니다."

기사로서 받을 수 있는 최대의 형벌인 '영구제명'은 이나바뉴 기사단 소속의 어느 기사에게 발견되던지 잡히면 그 자리에서 사형에 처한다는 뜻이기도 했다.

슈펜다르켄은 쓴웃음을 지었다.

'네 손으로… 그래. 차라리 그게 나을지도 모르겠다. 네 동료와 후배 기사들의 손에 생을 끝내는 레이피엘의 모습을 보는 것보다는 차라리.'

샤럿만큼은 아니었지만, 슈펜다르켄에게도 나이트 레이피엘은 소중한 기사였다.

'세상 끝, 찾을 수 없는 곳으로 도망치거라, 나이트 레이피엘.'

슈펜다르켄은 마음속으로 그렇게 외치고 있었다.

"레이피엘."

마치 바로 눈앞에 자신의 아들이 있는 것처럼 부드러운 목소리로 섀럿이 입을 열었다.

"난 내 선택을 후회하지 않는다. 너 역시 아버지이기보다는 기사인 나를 원하고 있을 것이라고 믿는다."

말을 마치고 조용히 눈을 뜬 섀럿은 허리에 찬 하야뎬을 꺼내 들었다.

"걱정하지 말거라. 저세상으로 가는 길은 그리 외롭지 않을 테니까… 이 아버지와 함께 가자꾸나. 내가 너와 싸우지 않아도 되는 곳으로."

저녁이 다가오고 있었다. 노을이 반쯤 들어온 야트막한 막사에 섀럿은 하야뎬을 바닥에 꽂은 채 조용히 앉아 있었다. 그 무엇인가를 기다리듯.

무엇인가 일린스크의 의견에 퀴트린이 어깨를 으쓱했을 때였다. 연락병 차림을 한 휴리안 한 명이 막사 장막을 걷었다.

"말씀 중에 죄송합니다. 이나바뉴 기사단입니다. 선봉 2천여 기가 이쪽으로 돌격해 오고 있습니다."

"이나바뉴의 바스엘드는?"

퀴트린이 묻자 그 휴리안은 즉시 대답했다.

"하얀색 전투복, 누군지 파악은 되지 않지만 확실히 엘리어스 나이트입니다."

"나이트 라벨이로군."

퀴트린은 하야덴을 챙겼다. 2천여 기의 공격으로 이나바뉴 기사단의 공격이 그치지 않을 것은 뻔했다. 그는 파스크란에게 간단하게 명령을 전했다.

"나도 2천 기로 맞서겠다. 파스크란, 후방을 부탁한다."

파스크란도 옆에 놓여 있던 투구를 집어 들며 약간의 조소를 담은 웃음으로 답했다.

"살아서 만나길 바라네, 나이트 네라이젤. 이렇게까지 해서 진다면 용서하지 않겠어."

"물론이지. 이대로 끝내고 싶진 않아."

그렇게 말한 퀴트린은 급히 자리에서 일어나며 일린스크를 불렀다.

"나이트 일린스크."

"예."

한쪽에 시립해 있던 일린스크가 한 발자국 앞으로 나섰다.

"작전을 시행해라."

"알겠습니다."

일린스크는 기다렸다는 듯이 만면에 회심의 미소를 띠었다. 계획된 로젠다로 기사단의 대반격이 시작되려 하고 있었다.

로젠다로 기사단 5천 기가 동시에 함성을 지르며 하야덴과 리첼반, 페치와 마텐을 치켜세우자 정면 돌격 태세였던 이나바뉴 기사단은 주춤할 수밖에 없었다.

"라벨 님?"

의아한 표정의 이나바뉴 바스크 351 나이트 루델은 문득 옆에서 함께 말을 달리고 있던 라벨을 힐끗 돌아보았다. 라벨 역시 믿기지 않는 듯한 얼굴이었다.

"어떻게 된 걸까요?"

"글쎄."

이나바뉴 바스크 104 옐리어스 나이트 라벨은 잠시 손을 들어 기사단의 돌격을 멈추었다.

사기가 땅에 떨어진 로젠다로 기사단에게 압도적인 이나바뉴 기사단의 위용을 숨김없이 보여 주어 더욱 위축시키고 정면과 측면은 물론 퇴로까지 차단하여 로젠다로 기사단을 단숨에 섬멸하겠다는 섀럿의 작전은 일단 재고해 볼 필요가 있었다. 보고와는 달리 로젠다로 기사단의 사기는 더할 수 없이 높았기 때문이다.

"일단 여기에서 진형을 갖추고 전진을 멈춘다. 나이트 루델, 뒤따라오는 나이트 멜더의 기사단에게도 멈출 것을 명하고, 섀럿 님의 진영으로 가서 다음 명령을 하달받도록 해라. 에이레네와 함께 가라."

"예."

루델은 명령을 받고 라벨의 근위기사 에이레네에게 손짓을 했다. 그 외에 수행할 견습기사를 몇 명 더 지목한 루델은 즉시 말을 돌려 후미에 바싹 붙은 나이트 멜더의 기사단 쪽으로 달려가기 시작했다.

라벨은 조용히 말 위에서 로젠다로 기사단을 바라보았다. 허세로서 저런 사기를 보인다는 건 불가능할 것이다. 더욱이 놀라울 정도의 투기가 로젠다로의 기사들 한명 한명의 몸에서 뿜어져 나오는 것이 느껴지지 않는가. 흡사 그 모습은 평야를 덮은 투기의 덩어리처럼 보였다.

'저들의 사기는 승전을 거듭한 이나바뉴 기사단과 맞먹을 정도다. 그들의 바스엘드가 그렇게 대단하다는 말인가? 마치……'

라벨은 마른침을 삼켰다. 크실 기사단, 그 공포의 젠타리온이 내뿜던 투기와 똑같다고 생각하고 싶지는 않았다.

라벨은 가만히 생각하다가 급히 하야덴을 뽑아 들었다. 로젠다로 기사단의 중앙 부분이 부풀어오르기 시작한 것이다. 돌격 태세로 바뀔 때 나타나는 진형의 변화였다.

'수세가 아니라 오히려 공세로?'

가면 갈수록 로젠다로 기사단은 더욱 상식적인 모습에서 멀어지고 있었다. 상대 기사단에 절반도 되지 않는 병력이라면 철저하게 수세를 구축하여 버텨 내는 것이 당연했다. 그럼에도 로젠다로 기사단은 여유라도 부리듯 천천히 공세로 진형을 전환하고 있었다.

"어떻게 된 겁니까, 라벨 님?"

"나이트 멜더? 자네의 기사단은?"

나이트 멜더 역시 로젠다로 기사단의 측면을 공격하기 위해 기사단의 일부를 맡고 있었다. 어째서 기사단을 이탈했느냐는 질문이 라벨의 입에서 나오기 전에 멜더는 먼저 그 질문에 대답했다.

"섀럿 님께서도 로젠다로 기사단의 변화를 알고 계십니다. 우선 제가 맡았던 2천 기 휴리어벨은 섀럿 님의 본대로 돌려 놓았습니다."

라벨은 고개를 끄덕였다. 이제 로젠다로 기사단은 완전히 쐐기 모양의 돌격 진형을 갖추고 바스엘드의 돌격 명령 하달만을 기다리고 있었다.

"이해할 수 없는 진형이야… 저 대단한 투기라니. 저렇게 사기가 높은 기사단은 본 적이 없는 것 같아. 아니 꼭 한 번은······."

라벨은 그렇게 말하고는 베락스를 들어 반원을 그렸다. 수
세로 전환하라는 신호였다.

그의 명령에 따라 이나바뉴 기사단은 신속하게 돌격 진형을
수세로 바꾸기 시작했다. 고개를 돌려 기사단의 진형을 펼침
에 지형적 문제가 없는지 살펴본 라벨은 다시 정면을 바라보
다가 흠칫하고 놀라고 말았다.

"나이트 멜더?"

라벨은 바로 옆에 서 있는 멜더의 표정이 기묘하게 바뀐 것
을 보고는 그의 이름을 불렀다. 멜더의 얼굴빛은 경악에서 공
포로, 그리고 다시 분노로 바뀌어 가고 있었다.

"본 적이 있습니다."

"뭐라구?"

라벨의 말에 멜더는 떨리는 음성으로 대답했다.

"저 투기, 저 돌격 태세, 저 자신감······."

멜더의 목에서는 쉰 듯한 소리가 흘러나오고 있었다.

"바로 그놈입니다."

라벨이 너무 흥분하지 말라고 말하려는 순간, 멜더는 돌연
절규하듯 커다란 목소리로 외쳤다.

"바로 그놈입니다! 검은 갑옷의 기사!"

드디어 로젠다로 기사단에 돌격 명령이 하달되었다. 로젠다
로 기사단의 중앙 부분이 본대에서 떨어져 나와 놀라운 속도
로 이나바뉴 기사단을 향해 돌격해 들어왔다. 지금까지의 로

젠다로 기사단과는 확연히 다른 느낌이었다. 그리고 선두, 자주색 물결 사이에 검은 갑옷은 보이지 않았다.

로젠다로 바스크 9 나이트 파스크란은 자줏빛 투구 속에서 씁쓸한 미소를 띠며 말을 달리고 있었다.

기사단의 힘은 바스엘드에 대한 절대적 신뢰와 경외심에서 비롯된다. 로젠다로 기사단에게는 파스크란의 힘에 대한 경외심은 있을지언정 같은 하늘을 사랑하리라는 믿음은 없었다. 목숨까지 바꿔 지켜 주리라는 신뢰는 없었다. 그것이 검은 갑옷을 입고 있던 파스크란이 완전한 로젠다로의 바스엘드가 되지 못한 이유였다.

'파스크란이라는 이름은 이 정도였던 것이로군.'

그래서 나이트 파스크란은 로젠다로의 기사가 되었다. 자줏빛 로젠다로 기사단의 첨단에 선, 이젠 다른 하야덴보다 훨씬 긴 하야덴을 갖고 있을 뿐, 다른 로젠다로의 기사들과 다르지 않은 모습으로.

"가자!"

파스크란의 독려에 로젠다로 기사단의 사기는 더욱 높아졌다. 이제는 그들도 믿고 있었다. 한때 불패의 신화를 가졌던, 그들의 신앙이자 목표였던 나이트 퓨네스를 베어 버린 기사, 그러나 그러한 그가 로젠다로의 기사가 되어 그들의 바스엘드로서 함께 있음을 이제는 기사들 모두가 진심으로 믿고 있었다.

파스크란은 말을 달리며 혀를 내두를 수밖에 없었다. 자신의 의지대로 자유롭게 움직이는 기사단. 자신이 크실의 기사 대장으로서 이끌던 크실 최정예 기사단의 움직임과 다를 바 없는 놀라운 기동력을 지금 자신이 지휘하는 로젠다로 기사단이 보이고 있었다. 파스크란의 역량을 전부 소화시킬 수 있는 기사단이었다. 사실 처음부터 로젠다로 기사단은 결코 약하지 않았다.

오랜만에 경험하는 승리감이었다. 파스크란의 기사적 육감이 승리를 확신하고 있었다. 이대로라면 이길 수 있다는 자신감이 또한 그의 가슴을 가득 채우고 있었다.

'그토록 대단해 보였던 이나바뉴 기사단이 이렇게 초라하게 보이다니.'

단 2천 기의 기사단으로 5천여 기의 이나바뉴 기사단을 향해 돌격해 가면서도 파스크란은 조금의 두려움도 느껴지지 않았다. 마치 연승을 거듭하던 크실 기사단을 이끌 때로 돌아간 듯한 착각이 들었다.

일단 기세가 펴진 로젠다로 기사단의 공세는 점점 가속을 더해 갔다. 나이트 파스크란의 로젠다로 기사단 휘리어벨은 단숨에 두꺼운 이나바뉴 기사단의 수세를 돌파해 버렸다. 파스크란이 지나간 자리에는 이나바뉴 기사들의 시체가 넓게 깔려 있었다.

눈 깜짝할 새에 보통의 하야덴에 비해 한 배 반이나 되는 파스크란의 하야덴이 벌써 수십 명째 이나바뉴 기사의 몸을 꿰뚫고 있었다.

다시 한 명, 이나바뉴 중앙기사단의 복장을 한 기사가 피를 뿜으며 흙먼지 속으로 쓰러졌다.

문득 파스크란은 뒤를 돌아보았다. 퀴트린이 이끄는 본대는 이제 지원을 준비하고 있었다. 이 공세 그대로 이나바뉴 기사단의 본대로 돌격할 것인지, 아니면 퀴트린의 본대와 재합류하여 다시 공격에 나설 것인지 파스크란은 순간 망설일 수밖에 없었다. 로젠다로 기사단의 파괴력은 파스크란의 예상도 앞질렀던 것이다.

"나이트 파스크란!"

분노의 목소리가 들렸다. 파스크란이 몸을 휙 돌려 그쪽을 향하자 이나바뉴 중앙기사단의 갑옷을 입은 기사가 그를 향해 하야덴을 겨누고 있었다.

"드디어 만났구나. 널 죽이고야 말겠다!"

놀라운 속도로 그 기사의 하야덴이 파스크란의 가슴으로 찔러 들어갔다. 다른 기사의 눈에는 놀라울 정도로 빠른 하야덴이었겠지만 파스크란에게는 그다지 대단하게 보이지 않았다.

파찰음이 들리고, 튕겨진 하야덴에 중심을 잃은 그 기사의 몸이 말 위에서 휘청거렸다.

"날 죽이겠다고 했나?"

파스크란은 차갑게 말했다. 고작 그 정도 하야덴으로 내 목숨을 빼앗겠다니, 하는 경멸의 뜻이 그 목소리에 담겨 있었다.

"나는 나이트 멜더, 네가 쥬렌다스에서 죽인 카사드렛 님 휘하의 기사다."

'카사드렛이라…….'

파스크란은 쓰디쓴 웃음을 지었다. 내가 그렇게 많은 기사를 죽였던가. 카사드렛이라는 이름조차 파스크란은 기억이 나지 않았던 것이다.

파스크란이 하야덴을 좌우로 한 번 흔들어 보이자 다시 멜더의 공격이 펼쳐졌다. 멜더의 하야덴은 왼쪽에서 오른쪽으로, 그리고 위에서 아래로 변화하며 현란하게 파스크란을 향해 찔러 들어왔다. 파스크란은 가볍게 멜더의 공격을 받아 내고는 쓴웃음을 지었다.

"반전! 이나바뉴 기사단은 퇴각하라!"

라벨의 맑고 높은 목소리가 파스크란과 멜더에게 들렸다. 쳇, 하고 혀를 차고는 멜더는 다시 파스크란을 향해 빠른 속도로 대여섯 번 더 하야덴을 찌르고는 말 머리를 돌렸다.

"운이 좋구나. 다음번에 만나면 반드시 네 목숨을 가져가겠다."

내뱉듯이 말하고는 나이트 멜더는 휙 말을 돌려 기사단 사이로 사라져 갔다.

파스크란은 어깨를 으쓱했다. 공격을 펼쳐 그의 목숨을 앗을 수도 있었다. 그러나 그는 그렇게 하지 않았다. 오로지 상대를 죽이기 위해 살아왔다는 듯이 분노와 투지로 불타오르던 눈, 어쩐지 남의 것이라고 생각하기엔 너무나 익숙한 그 눈빛 때문이었다.

'어떻게 된 건가… 변한 건가.'

아버지 나이트 펠파인의 죽음 후에, 오로지 자신보다 강한 상대를 쓰러뜨리기 위해서만 살아왔던 자신이었기 때문에 파스크란은 그 눈빛이 어떤 의미를 담고 있는지 알 수 있었다. 그 눈은 멜더의 것뿐만이 아니라 파스크란 자신의 것이기도 했다.

'지금 난 무엇 때문에 망설인 건가.'

파스크란은 하야덴을 들어 기사단을 정렬해 갔다. 퀴트린이 이끄는 기사단이 추격에 나설 경우 그에 합류하기 위해서였다.

6

"본진이 공격당하고 있습니다!"

루델의 외침이 들렸다. 라벨도 그 사실을 알고 있었다. 로젠
다로 기사단의 본대가 엄청나게 빠른 속도로 두 배가 넘는 병
력의 이나바뉴 기사단에게 부딪쳐 온 것이다. 루델의 말이 채
끝나기도 전에 또 다른 연락병의 목소리가 들렸다.

"돌파를 시도하고 있습니다! 이대로 간다면 기사단이 양단
됩니다!"

라벨이 이끄는 기사단의 후미에는 파스크란이 계속 추격하
고 있었다. 라벨은 후미의 방어를 명령하고 본대의 지원을 명
하는 한편, 로젠다로의 기사들을 떨치는 등 최대의 노력을 기
울이고 있었다. 그러나 파스크란의 힘에 압도된 이나바뉴 기
사단은, 필사적으로 추격을 계속하는 로젠다로의 공세를 당해
낼 수가 없었다.

'이대로라면 큰일이다.'

라벨이 안간힘을 썼음에도 전세는 점점 로젠다로의 쪽으로
기울고 있었다. 나이트 섀럿의 본대 또한 한 떼의 로젠다로 기
사단과 맞서 싸우며 대열을 유지하려 노력하고 있었다.

'탈출해야 한다. 더 이상 억지로 맞서려 했다가는 섀럿 님

의 본대마저도 위험하다.'

미련을 가질수록 더욱 큰 피해를 입을 뿐이었다. 라벨은 로젠다로 기사단의 측면, 바스엘드가 먼 거리에 있어 비교적 약한 공세를 취하고 있는 기사단을 향해 하야덴을 들었다. 피를 머금은 정열의 베락스는 흙먼지 속에서도 한광을 뿜었다.

"전장을 이탈한다! 이나바뉴 기사단은 대열을 갖추고 포위망을 돌파해라!"

옐리어스 나이트 라벨을 선두로 이나바뉴 기사단은 필사의 탈출을 시도하기 시작했다. 그러나 이번에는 왼쪽이 무너져 내리기 시작했다.

"저럴 수가. 포위에 그치지 않고 포위망 안쪽으로 또다시 종단 공격을?"

완전한 섬멸전이 라벨의 눈앞에서 펼쳐지고 있었다. 왼쪽은 루델이 막고 있었기 때문에 그나마 튼튼했는데도, 로젠다로 기사단은 거침없이 그 옆구리를 붕괴시키며 돌파해 들어오고 있었다. 루델로서도 속수무책이었던 모양이었다.

철저한 부분 섬멸전이었다. 일린스크와 헤레온은 휘리어벨을 수세로 굳혀 이나바뉴 기사단 본대의 접근을 저지하고, 파스크란과 퀴트린은 돌출되어 있던 이나바뉴 기사단의 선봉 레페리온을 포위 공격하고 있는 것이다. 전체 병력에서는 열세에 있지만 전투가 일어나는 부근만큼은 수적으로 우위를 점하는 것. 그것이 퀴트린이 이나바뉴 기사단을 맞아 싸우기 위해 세운 전술이었다.

온몸을 조이는 극한의 중압감을 느끼며 라벨이 뒤를 돌아보았을 때는, 그가 베락스를 휘둘러 탈출로를 열고 있었을 때였다.

"여기다."

라벨의 시선은 당연하다는 듯이 녹색의 이나바뉴 기사단 갑옷과 자줏빛 로젠다로 기사단 갑옷 사이에서 검은색 갑옷을 찾고 있었다. 직접 마주치지는 않았지만 라벨도 이 무거운 투기가 파스크란의 것이라고 직감적으로 알 수 있었기 때문이다. 그러나 목소리가 들린 쪽에 서 있는 사람은 여린 선의 얼굴에 짙푸른 눈을 가지고 있는 자주색 로젠다로 중앙기사단의 복장을 한 기사였다.

'설마……'

"날 찾지 않았나?"

파스크란이 입가에 차가운 냉소를 날리며 하야덴을 꿈틀하고 움직였다. 싸늘한 얼굴과는 대조적으로 그의 하야덴은 마치 타오르는 불꽃처럼 투기를 널름대고 있었다.

"당신이 그 나이트 파스크란?"

파스크란은 대답하지 않았다. 항상 검은색 투구 속의 섬뜩한 한광을 발하는 눈만을 보였을 뿐, 파스크란이 이나바뉴 기사에게 얼굴을 보인 것은 그때가 처음이었다.

"방금 만났던 다른 기사는 별로 놀라는 표정을 짓지 않던데, 꽤 놀란 모양이로군."

철컥하는 소리와 함께 파스크란이 말을 움직여 한 발 앞으로 다가왔다. 그러나 파스크란도 섣불리 라벨을 향해 하야덴을 뿌리지는 않았다. 그 역시 라벨이 결코 만만한 상대가 아니라는 것을 느끼고 있었던 것이다.

"로젠다로 기사단의 사기, 바로 당신 때문이었군요. 검은 갑옷을 벗고 로젠다로의 기사가 되어서……."

"난 친구를 위해 갑옷을 버렸을 뿐이다. 이 전투는 우리가 이겼다, 옐리어스 나이트."

함성이 들려 왔다. 이대로라면 라벨과 루델이 이끌고 있는 기사단은 괴멸할 수밖에 없었다.

'친구?'

병기가 부딪치는 소리와 기사들의 비명 소리는 잦아들지 않고 있었다. 그때마다 점점 줄어가는 것은 이나바뉴 기사단이었다.

"라벨 님! 혈로입니다! 어서 탈출하십시오!"

루델의 목소리였다. 오른쪽에서 탁한 금속음처럼 잔뜩 쉰 루델의 외침이 들려 왔다. 라벨은 파스크란을 노려보았다.

"다음에 또 만날 기회가 있었으면 좋겠군요, 나이트 파스크란. 그런데 그 친구는……."

"가장 소중한 것을 위해 그가 가진 모든 것을 버린 친구지."

'아아, 퀴트린 형을 위해…….'

라벨은 말없이 고개를 끄덕여 보이고 말 머리를 돌려 루델의 목소리가 들려 온 쪽으로 급히 말을 몰아 갔다.

전투는 막바지로 접어들고 있었다. 그러나 아무래도 이멜젠과 일린스크로는 섀럿이 이끄는 본대의 거센 반격을 막아 내기는 역부족이었는지, 섀럿과 네이서스의 기사단이 전방으로 나오는 동안 로젠다로 기사단은 주춤거리고 있었다. 이만하면 충분한 타격을 입혔다고 생각했는지, 로젠다로 기사단 바스엘드의 입에서도 퇴각 명령이 내려지고 있었다.

"포프슨 평원으로 귀환한다!"

나이트 네라이젤의 목소리였다.

아펠르 력 646년 가을, 포프슨 평원의 전투는 놀랍게도 로젠다로 기사단의 대승으로 끝났다. 절대 열세의 병력으로 완승을 거둔 로젠다로 기사단은 다시 포프슨 평원으로 돌아가 이나바뉴 기사단의 다음 공격을 대비해야 했고, 이나바뉴 기사단 역시 전열을 가다듬고 반격을 준비하기 시작했다. 인원만으로는 포프슨 평원을 마지막 방어선 삼아 완강히 버티고 있는 로젠다로 기사단의 두 배의 병력을 가지고 있는 이나바뉴 기사단이었다.

그곳에서 멀리 떨어진 안개 낀 슈리온 평원에서는 나이트 슈펜다르켄과 나이트 하이파나가 이끄는 이나바뉴 기사단의 슈리온 대공습이 시작되고 있었다.

7

"로젠다로 바스크 61 에우로페 나이트 레케엘이 국왕 폐하를 뵙습니다."

나이트 레케엘은 한쪽 무릎을 꿇은 채 조심스럽게 앉으며 고개를 숙여 정중한 예를 표했다. 로젠다로의 여왕 엘쥬르 7세는 조용한 목소리로 입을 열었다.

"전황을 보고해 주세요, 나이트 레케엘."

여왕의 목소리는 부드러웠지만 더할 수 없이 준엄한 것이었다. 레케엘은 조금 머뭇거리다 낮은 목소리로 여왕의 말에 대답했다.

"좋지는 않습니다. 이나바뉴 기사단은 셋으로 나뉘어 하나는 이곳 슈리온으로, 나머지 하나는 로젠다로 남부로 향하고 있는 듯합니다. 그리고 마지막 하나는 중군으로, 병력이 둘로 나뉘어 포프슨과 슈리온 양쪽을 지원하고 있습니다."

레케엘은 다음 말을 잇기 위해 마른침을 삼켜야 했다.

"포프슨의 전황은 잘 알 수 없으나, 네라이젤 님과 파스크란 님이 계시기 때문에 충분히 버틸 수 있을 것입니다. 이곳 슈리온 평원에 주둔하고 있는 이나바뉴 기사단은 그 규모가 크지 않고, 게다가 겨울이 가까워 오기 때문에 점점 사기를 잃어 가고 있습니다. 파견대장 헤레온 님과 세이르본 님, 그리고 저는 때를 기다려 그들의 허점을 찌르는 작전을 구상 중입니다. 부족하나마 개인적인 소견을 말씀드리자면, 로젠다로 기사단의 사기가 하늘을 찌를 듯이 높기 때문에 어렵지 않게 작전은 성공하리라고 믿고 있습니다."

엘쥬르 7세는 아무 말도 하지 않았다. 레케엘은 순간 등줄기가 서늘해지는 듯한 느낌이 들었다. 감히 여왕 앞에서 거짓말을 하다니. 짧은 침묵이 이어졌고, 적막 끝에 다시 엘쥬르 7세가 입을 열었다. 그녀는 온 얼굴에 자애롭고 부드러운 웃음을 머금고 있었다.

"나이트 레케엘을 따로 부른 데는 이유가 있어요. 전사한 기사대장 나이트 라즈파샤가 가장 아끼던 기사였음을 알고 부른 것이랍니다. 나이트 라즈파샤는 부족한 왕녀에게 언제나 그의 마음속 깊은 곳까지 비춰 주었답니다. 그게 바로 제가 나이트 라즈파샤를 신뢰했던 이유였지요."

레케엘은 고개를 들어 국왕을 바라보았다. 며칠 새 많이도 야윈 모습. 30대의 모습이라고 생각하기 힘들 정도로 엘쥬르 7세의 모습은 초췌해져 있었다.

"솔직하게 말해 주세요, 나이트 레케엘."

"예⋯⋯."

레케엘은 고개를 숙였다. 솔직하게 말하자니 차마 국왕의 얼굴을 정면으로 바라볼 수 없었기 때문이다.

"괜찮아요. 저도 전황을 정확히 알아야 할 필요가 있어요.

저 또한 로젠다로 바스크 1의 기사랍니다."

레케엘은 고개를 푹 숙였다. 따뜻하고 부드러운 엘쥬르 7세의 목소리와는 대조적으로 무릎을 꿇은 에우로페 나이트의 입에서는 침통하고 낮은 어조의 말이 새어 나왔다.

"이곳 슈리온은 이나바뉴 기사단에 의해 완전히 포위되어 있습니다. 현재까지는 간신히 버틸 수 있었습니다만, 바로 어젯밤 이나바뉴 기사단의 증원군이 포프슨 평원으로 도착해 옐리어스 나이트 하이파나가 이끄는 기사단과 조우하는 것이 목격되었습니다. 결집된 이나바뉴 기사단의 규모는 이제 거의 1만 기입니다. 총공세를 펼치려는지 레페리온을 좌우측에 세워 성문을 열고 나오는 로젠다로 기사단을 요격하고, 휴리어벨로 월성을 시도하려고 하는 듯합니다. 나이트 하이파나의 애프랜은 매우 위력적이기 때문에 공성전은 성 위에 있음에도 오히려 우리 쪽이 불리합니다. 때문에 차라리 평원으로 나아가 싸우는 것이 낫지 않느냐는 쪽으로 의견이 모이고 있습니다."

"역시 그랬군요."

"포프슨과 류가 쪽을 중심으로 농민들의 자체적인 봉기가 일어나고 있다고 합니다. 규모는 1만 명 정도라고 보고되고 있습니다. 그러나 그들은 전혀 기사로서 훈련을 받지 않은 이들이라……."

쓸데없는 희생만 하는 셈입니다, 라고 레케엘은 말하지 못했다. 국왕과 기사단도 지키지 못한 나라를 국민 스스로가 지키기 위해 전장에 나서서 생명을 잃어 간다니. 그 이상으로 국왕을 비참하게 하는 말은 없을 것이기 때문이었다. 레케엘은 곧바로 포프슨으로부터의 전언을 전달하였다.

"포프슨과의 연락은 바로 얼마 전에 취해졌습니다. 네라이젤 님은 밤에는 포프슨 성에 주둔하고, 낮에는 성문을 열고 평원에서 이나바뉴 기사단을 맞아 싸우고 있는 듯합니다. 현재까지는 일진일퇴를 거듭하고 있다고 합니다만, 나이트 섀럿이 이끄는 로젠다로 3차 원정대가 도착한 다음에는 병력상 절대 열세에 처해 있는 듯합니다."

레케엘은 말을 잠시 끊었고, 로젠다로의 국왕은 조용히 그의 다음 말을 기다렸다.

"그리고 이것은 저희 쪽의 분석입니다만, 메이데어 평원에서 접전했던 이나바뉴 기사단 중군의 나머지 한 갈래도 곧 포프슨에 도착할 것이라고 예상이 됩니다. 파아렐 나이트 사야카가 이끄는 기사단입니다. 아마도 네라이젤 님과 파스크란 님, 그리고 이멜젠 님의 기사단은 지금쯤 고전을 면치 못하고 있을 것입니다."

얼마간 침묵이 이어진 후, 천천히 엘쥬르 7세가 입을 열었다. 각오는 하고 있었겠지만 일국의 국왕에게 기사단 전체가 열세에 처해 있다는 소식은 견디기 어려운 것이었으리라.

"어떻게 포프슨과 연락이 닿았죠? 이곳 슈리온은 포위되어 있다면서요."

"네라이젤 님이 파견한 레페린이 어둠을 틈타 성 바깥에서 벨폰으로 전언을 전해 왔습니다."

엘쥬르 7세는 이해했다는 듯이 고개를 끄덕였다. 그러나 부드럽던 그녀의 눈에는 그때 잠시 공허가 나타났다.

레케엘은 말하지 않았지만, 아마도 그 연락병은 이나바뉴 기사단에게 둘러싸여 하야덴과 마텐으로 난도질을 당하면서 벨폰을 날렸을 것이다. 그것이 그의 사명이었기 때문에… 이 전쟁을 시작하고 나서, 이런 식으로 얼마나 많은 생명이 전장의 흙으로 사라졌을까. 엘쥬르 7세는 마음속으로 그러한 생각을 했던 것이리라.

"전언은 포프슨 성 바깥에서 수적으로 절대 우세한 이나바뉴 기사단과 정면으로 대치하고 있고, 곧 포프슨 성벽 안으로 후퇴한다는 것이었습니다. 그리고……."

"그리고?"

레케엘은 고개를 저었다.

"폐하와 라즈파샤 님의 안부를 묻는 말도 있었습니다."

엘쥬르 7세는 희미하게 미소를 지었다.

"아직 여유가 있군요. 과연 나이트 라즈파샤가 천거한 기사. 그가 떠난 지금 꽤 의지가 되는군요."

레케엘은 입을 다물었다. 그녀의 입에서는 혼잣말인 듯한 탄식이 새어 나왔다.

"전쟁이 끝나면 기사대장의 작위를 내려도 모자라지 않을 기사인데."

레케엘은 헛기침을 했다. 국왕의 말을 못 들은 척하기 위해서였다. 그는 제법 큰 목소리로 다음 말을 이었다.

"하지만 포프슨의 상황도 이곳과 비슷할 것으로 예상됩니다."

엘쥬르 7세의 입장에서는 마지막으로 믿고 있던 라즈파샤라는 기둥마저 무너져 버려 더 버틸 힘이 없어진 것이나 다름없었다. 그녀를 지금 지탱하고 있는 것은 오직 하나, 그녀의 아버지 페나마 2세의 유언뿐이었다.

"나이트 레케엘."

"예."

조용한 목소리로 엘쥬르 7세가 입을 열었다.

"돌아가신 아버지께 약속했던 것이 있어요."

레케엘은 조용히 국왕의 다음 말을 기다렸다.

"지키겠다고 했지요… 로젠다로를. 그 평화를."

방 안은 고요했다. 레케엘은 마음속으로 울고 있었다.

'저도 알고 있습니다. 아니, 온 로젠다로의 국민 모두 알고 있을 것입니다… 국왕님께서 이 로젠다로를 얼마나 지키고 싶어하시는지. 얼마나 사랑하시는지를.'

8

"제법 튼튼한 성이로구나."

"신앙에 있어서는 로젠다로의 수도와 같은 곳이니 허술할 리가 없겠지요."

이나바뉴 바스크 2 나이트 슈펜다르켄은 나이트 하이파나 의 말에 동의한다는 듯이 고개를 끄덕였다.

"공격을 해보았나, 나이트 하이파나?"

"예. 두 번 정도 침투를 시도했지만 로젠다로 기사단은 성을 의지해 철저히 방어만을 할 뿐이라 함락은 쉽지 않았습니다."

지금 슈펜다르켄은 먼저 슈리온으로 진격한 하이파나의 뒤 를 따라 본대를 이끌고 도착해 그들과 합류한 후, 하이파나로 부터 전황을 보고받는 중이었다.

슈펜다르켄은 눈을 가늘게 뜨고 슈리온 성을 바라보았다. 그가 석양을 등지고 있었기 때문에 저녁 노을을 받은 슈리온 성의 성곽은 붉게 물들어 있었다. 저 모습이 로젠다로 기사단 의 전의가 아니었으면 좋겠군하고 슈펜다르켄은 생각했다.

"평원이라서 바람이 머물지 않는 모양이야."

갑옷을 벗고 가벼운 전투복 차림으로 그동안의 피로를 삭히 고 있었던 슈펜다르켄은 문득 살갗에 닿는 바람이 서늘하다고 느꼈다.

"나이가 들어서 그런가 보군."

그는 싱긋 웃으며 하이파나를 돌아보았다. 하이파나는 여전히 갑옷 위에 정결한 옐리어스 나이트의 전투복을 입고 있었다.

"겨울이 오기 때문일 겁니다."

하이파나는 짧게 말했다.

"겨울이라……."

슈펜다르켄은 하이파나의 말을 조그맣게 되뇌었다. 어느새 그가 기사단을 이끌고 출병한 지 반 년이 가까워 오고 있었다.

"슈리온 성 안에도 겨울은 올 텐데……."

하이파나도 슈펜다르켄이 한 말의 의미를 눈치 챘다. 그 역시 그와 같은 생각을 하고 있었다.

"본래 로젠다로 기사단 슈리온 파견대에는 물자가 많지 않습니다. 중앙기사단의 일부까지 합류한 상태로 성 안의 식량과 물품이 오래 버틸 수가 없을 겁니다."

"그렇겠지. 길어야 반 년일 거야."

이제 로젠다로는 역사의 끝에 서게 된 것일까. 슈펜다르켄은 이유 모를 노곤함을 느꼈다.

"경비 병력만을 남기고 휴식을 지시하도록. 내가 이끌고 온 중군에는 보급대도 포함되어 있으니 지금까지처럼 기사들의 식사가 부실하지 않아도 될 것이다."

"예."

이제 로젠다로의 선택은 둘밖에는 남지 않았다. 하나는 일 방적인 항복을 선언하는 것, 다른 하나는 마지막으로 전력을 다해 이나바뉴 기사단에 부딪쳐 보는 것. 첫 번째 방법이 바로 슈펜다르켄이 바라는 것이었지만 그렇게 될지는 알 수 없는 일이었다.

로젠다로가 갈구하는 것은 바로 자유였기 때문에.

승전 소식이 전해지자 이나바뉴 행정부는 바쁘게 돌아갔다. 급히 소집된 행정부 수뇌 회의에서 대행정관 세렌다이크 사야카 경과 기사대장 나이트 아켈로르는 행정부와 귀족회의 대표들의 집중적인 질문의 표적이 되었다. 아켈로르는 기사단의 운용을 그리고 사야카 경은 기사단 외적인 요소를 각자 담당하여 이 전쟁을 이끌어 가고 있었기 때문이다.

"그러니까 도대체 출병한 이나바뉴 기사단의 규모가 얼마나 되는 겁니까? 3차 원정대까지 파견하다니요. 크실과 안도칸, 그리고 루우젤. 이나바뉴가 상대해야 하는 적이 얼마나 많은데, 너무 안일한 태도로 방위에 임하고 있는 거 아니요, 기사대장?"

귀족회의의 수석의원 중 한 사람, 뮤젠 헤일라 경이었다. 아켈로르는 어깨를 으쓱해 보였다.

"이번에 파견된 3차 원정대를 포함하여 총병력은 대략 2만기 정도입니다. 중앙기사단 전체 병력과, 동방원정대 일부 병력을 차출한 것이지요. 동방원정대 차출은 쥬렌다스에서 1천

기, 그리고 헤라인드에서 3천 기입니다."

당장 헤일라 경의 반문이 들어왔다.

"바로 내가 묻고 싶었던 것이 그거요. 크실이 일으켰던 전쟁을 하라데스에서 간신히 막아 낸 것이 도대체 언제요? 바로 3년 전 일 아니오? 그런데 동방원정대를 증강시키지는 못할망정 그 인원을 차출하다니? 당신 기사대장 자격이 있는 거요?"

'하여튼, 귀족회의란……'

아켈로르는 한숨을 내쉬었다. 기사적인 능력이나 정치 경제적인 지식 어느 면에서도 터무니없이 부족함에도 그저 높은 귀족 출신이라는 이유만으로 그 일원이 될 수 있는 귀족회의. 그들을 납득시키는 방법은 이론이나 설득이 아니라 금화라는 비아냥거림이 있을 정도로 그들은 대부분 무능했다. 그들에게 있는 것은 높은 계급의 귀족이라는 알량한 자부심과 높은 목소리뿐이었다. 그것이 이나바뉴 귀족회의와 로젠다로 평의회, 총의회와의 차이점이었다.

그 질문에 대응해 낸 것은 역시 사야카 경이었다.

"크실의 움직임은 충분히 주시하고 있습니다. 행정부는 온 신경을 크실의 동태 파악에 기울이고 있으며, 동방원정대는 전원 출정 대기 상태입니다. 루우젤 파견대에도 대기 명령이 하달되어 있습니다. 게다가 헤라인드에서 차출한 3천 기 기사단은 본래 예비대였으니, 크실이 허튼 생각을 하더라도 하라데스와 쥬렌다스, 그리고 벨메르에서 그들을 요격할 수 있을 것입니다."

그렇게 말한 사야카 경은 부드러운 표정을 짓고 있었으나 마지막으로 현장 경험도, 감각도 없이 머릿속으로만 생각하고 함부로 말을 내뱉는 귀족회의 수석위원에게 일침을 가하는 것은 잊지 않았다.

"그리고 귀족회의의 권한은 조언일 뿐이라는 점도 잊지 말아 주셨으면 좋겠습니다. 나이트 아켈로르에게 기사대장의 자격이 있는가 없는가 하는 것을 판단하는 것은 원로원입니다. 월권을 행하실 생각이시라면 기사단이 피를 흘리고 있는 포프슨이나 슈리온에라도 가보시는 건 어떨까요."

사야카 경은 여전히 부드러운 표정을 짓고 있었다. 키 작은 대행정관의 말이 끝나자 헤일라 경은 입을 다물었다. 논쟁으로 사야카 경을 이겨 낼 역량은 없는 그였다.

"헤일라 수석위원이 조금 흥분했던 것 같군요. 전시라 귀족회의 의원들도 모두 신경이 날카로워져 있어 무의식중에 결례를 범했나 보오, 사야카 경. 하지만 역시 귀족회의는 그 점은 묻지 않을 수 없구려. 복귀는 언제쯤 이루어질 것 같습니까, 사야카 경?"

점잖은 태도로 질문을 던진 사람은 검은 얼굴에 희끗희끗한 머리칼을 가진 중년의 남자였다. 세렌다이크 제이파넨, 귀족회의의 부의장이었다.

"그건 제가 답변드리겠습니다."

아켈로르가 앞으로 나섰다.

"포프슨을 꼭 함락시킬 필요는 없습니다. 이미 체렌 평원으로 나이트 슈펜다르켄이 출정할 때 그렇게 지시를 해놓았습니다. 저희에게 필요한 것은 로젠다로의 항복이지, 황무지로 변한 로젠다로의 땅이나 이나바뉴 행정부와 기사단에 적의를 드러내는 로젠다로의 백성이 아니니까요. 그렇기 때문에 기사단은 슈리온이 함락되는 즉시 복귀할 것입니다."

'슈리온은 아마도 반년을 넘지 못할 것입니다. 그러나 오랫동안 이나바뉴의 기사들이 슈리온의 숨통을 조이고 있다면, 이나바뉴에 대한 로젠다로 국민의 적의는 높아 갈 것입니다. 조금 희생을 치르더라도 기회를 보아 함락전을 펼치겠습니다.'

슈펜다르켄은 그런 전언을 보내 왔었다.

"슈리온은 한 달 안으로 함락될 것입니다. 나이트 슈펜다르켄과 이나바뉴 기사단을 믿으십시오."

이나바뉴의 늙은 기사대장은 여유 있는 몸짓으로 그렇게 대답했다.

"한 마디만 더 합시다."

헤일라 수석위원이 다시 손을 들었다. 제이파녠이 눈짓을 보냈으나, 그는 방금 실추된 명예를 회복이라도 하겠다는 듯이 큰 소리로 외쳤다.

"내가 아량을 보여 그냥 넘어가려 했었소. 좋소. 하지만 원로원의 무책임한 기사단 운용에 대해서는 그 저의를 묻지 않을 수가 없군요. 3차 원정대장이 나이트 섀럿이라고 하지 않았소?"

"그렇습니다. 바스크 6의 옐리어스 나이트 기사단장[1]이지요."

헤일라 경은 아켈로르의 약점이라도 잡았다는 듯이 득의양양한 얼굴이었다.

"그는 바로 3년 전에 영구제명된 나이트 레이피엘 그 망나니 옐리어스 나이트의 아버지가 아니오?"

아켈로르의 눈썹이 꿈틀하고 움직였다. 그러나 그 표정의 변화를 눈치 채지 못했는지 헤일라 경은 더욱 큰소리로 외쳤다. 그는 손가락을 들어 아켈로르에게 손가락질까지 하고 있었다.

"그런 사람을 원정대장에 세우다니, 그건 정말 무책임한 것 아니오? 아무리 원로원의 결정이라도 그렇지, 그런 사안에 대해서는 신중해야 하고 당연히 원로원에 재고를 건의해야 하는 것이 기사대장의 역할이 아니겠소? 대답해 보시……."

"기사의 렉카아드를 받으신다면, 귀족이라고 하더라도 하야덴을 드셔야 합니다. 헤일라 경."

순간 방 안에는 정적이 감돌았다. 아켈로르의 표정에는 동요가 없었으나, 방 안에는 순간적이나마 이나바뉴 기사단의 기사대장이 방출한 살기로 가득 찼다.

"무슨?"

1) 이나바뉴는 전통적으로 바스크 2를 옐리어스 나이트의 기사단장이 가지나, 슈펜타르 켄이 은퇴하지 않았기 때문에 나이트 새럿은 6의 바스크에 머물러 있다.

"기사는 자신의 정의를 위해 명예와 생명을 겁니다. 만약 그 이야기가 나이트 섀럿의 귀에 들어갔다면, 섀럿은 데로스 기사대장이 세운 기사도의 의무에 따라 본의가 아니라 하더라도 그 자리에서 하야덴을 뽑았을 것입니다. 말을 조심해 주십시오, 헤일라 경."

너 따위 배불뚝이 백 명이 있다고 하더라도 옐리어스 나이트 기사단장이 휘두르는 한 번의 하야덴을 견딜 수 있을 것 같으냐? 아마도 그가 성미 급한 기사였다면 그렇게 대답했을 것이다. 그러나 아켈로르는 침착함과 이성을 잃지 않은 채 조용하고 경건한 말로 그렇게 충고했을 뿐이다. 매우 공격적인 말을 기사도의 핑계를 대어 적당히 돌려 말하여 그의 체면을 살리면서도 효과적으로 따끔한 훈계를 준 셈이다.

헤일라 경은 조그맣게 무례한이라고 말했으나, 곧 입을 다물어 버렸다. 정말 섀럿이 자신의 앞에서 하야덴을 뽑아 들지 않을 것이라고 장담할 수는 없었기 때문이다.

"어쨌든 답변드리겠습니다. 나이트 섀럿은 본래 중앙기사단 소속이었으나, 전출된 옐리어스 나이트 기사단장 슈펜다르켄의 후임으로 결정돼 644년에 그 바스엘드 작위를 받았습니다. 전장에서는 승리 외에는 생각하지 않는 철저한 기사이며, 스스로에게 철저하고 엄격한 것으로 이름난 기사입니다. 가장 확실한 승리를 위해 그의 파견을 건의한 것은 바로 나이트 슈펜다르켄이었습니다."

사실은 섀럿 그 자신이 3차 원정대에 소속되겠다고 요청했었고, 그것을 다시 건의한 것이 슈펜다르켄이었다. 그러나 그런 사실까지 귀족회의 앞에서 밝혀야 할 이유는 없었다.

"그리고 나이트 섀럿은 충실히 그 의무를 수행하고 있습니다. 틀림없이 포프슨에서 승전 소식을 가져올 테니 기다려 주십시오."

아켈로르는 말을 마치고 주위를 한 번 둘러보았다. 단 한 사람 헤일라 경을 제외하고는 모두 이나바뉴의 기사대장에게 신뢰가 가득 담긴 시선을 보내고 있었다.

'엘빈, 이 사람아.'

아켈로르는 마음속으로 섀럿의 이름을 불러 보았다.

'자네의 잘못이 아니라네. 자네에게도, 자네의 아들에게도 각자의 정의가 있는 것이 아니겠나.'

질문은 계속되었다. 아켈로르가 문득 고개를 돌려 바라보니, 이번에는 행정부의 의원들이 기사단 원정에 따른 국고 손실과 보충 방안에 대한 질문을 던지고 있었다.

9

"나이트 파스크란!"

혼전 속에서 퀴트린은 안타깝게 파스크란의 이름을 불렀다. 하지만 파스크란의 모습은 보이지 않았다. 어서 퇴각 명령을 내려야 했다.

퀴트린은 전방을 간신히 버티며 서서히 열세의 로젠다로 기사단을 포위해 오는 이나바뉴의 기사들을 보고 있었다. 이대로 시간이 더 지난다면 로젠다로 기사단은 완전히 포위당하게 될 것이었다.

'이나바뉴 기사단의 중군은 후방에서 언제든 투입될 수 있도록 사태를 주시하고 있다. 버틴다는 것은 의미가 없다.'

지난번 전투가 끝난 다음날, 이나바뉴 기사단은 놀랍게도 1만 기에 달하는 전군을 몰아 포프슨 평원에 주둔하고 있던 로젠다로 기사단 진영에 정면으로 돌격해 왔다.

'깊게 생각할 것도, 전술을 짜내느라 행보가 느려질 이유도 없다. 역력한 힘의 차이를 있는 그대로 보여 주겠다.'

그것이 섀럿의 생각이었다. 나이트 섀럿이 이끄는 이나바뉴 기사단의 본진은 지금 한 발자국 뒤로 물러서서 로젠다로 기사단에게 붕괴의 조짐이 보일 때를 기다려 일제히 공격하여 상대를 완전히 섬멸할 채비를 갖추고 있었다.

'파스크란도 알고 있을까.'

퀴트린은 계속 하야덴을 휘둘러 포위망이 좁아지는 것을 막아 보려 했다. 그때, 날카로운 파공성이 퀴트린의 귀에 들어왔다. 아주 빠른 속도로 하야덴을 휘둘렀을 때 들리는 날카롭고 높은, 그런 바람소리였다. 어딘지 모르게 그리운, 그런 소리이기도 했다.

퀴트린이 고개를 돌린 곳에는 순백색 옐리어스 나이트의 전투복을 입고 늠름하게 말 위에 앉아 있는 라벨이 있었다. 적군으로서 전투를 치른 적은 있었지만, 전장에서 직접 마주친 적은 없었기 때문에 이 만남은 거의 3년 만에 이루어진 만남이었다.

"많이 자랐구나, 라벨."

라벨도 이제 스무 살. 앳된 표정이 얼굴에서 완전히 사라진 것은 아니었지만 이제 라벨은 이제 몇 년 전의 '꼬마 기사님'이 아니었다. 퀴트린은 이제 자신과 눈높이가 같을 정도로 커버린 라벨을 바라보며 얼굴에 희미한 미소를 띠었다.

"여위셨군요."

라벨이 처음 던진 말이었다. 온몸에 피칠을 하고 있는 자신의 형상에 비해 라벨의 모습은 너무나 여유가 있었고 패기만만했다. 하야덴은? 퀴트린은 라벨의 하야덴을 옛날처럼 쉽게 막아 낼 수는 없을 것 같았다.

"그래."

라벨이 천천히 하야덴을 들어 가슴 앞에 세웠다. 정열의 베락스. 자신이 이름을 붙여준 라벨의 하야덴이 이제는 자신을 향하고 있었다. 언젠가 그의 하야덴이 퀴트린의 어깨를 꿰뚫는 사고가 있었던 다음, 다시는 그를 향하지 않았던 라벨의 하야덴이었다.

"고맙다."

퀴트린이 하야덴을 마주 들었다. 이미 싸울 태세는 끝나 있었다.

"한 가지만 가르쳐 주세요."

라벨이 문득 입을 열었다.

퀴트린은 하야덴을 쥔 손에 힘을 빼지 않은 채 고개를 끄덕이며 눈빛으로 말했다.

"세상을 버리면서까지 지켜야 할 것이었나요?"

'세상을 버리면서······.'

퀴트린은 라벨의 말을 입 안에서 반복해 보며 옅은 미소를 지었다. 아아젠을 선택하기 위해 퀴트린은 모든 것을 포기했고, 사랑했던 모든 사람을 적으로 돌려야 했다. 그렇게까지 해야 할 가치가 있었던 일인지, 그것을 라벨은 묻고 있는 것이었다.

"다시 선택을 해야만 한다면,"

퀴트린은 마지막으로 라벨을 향해 형으로서의 따뜻한 웃음을 지어 보였다.

"난 주저 없이 한 번 더 세상을 버릴 거다, 라벨."

라벨은 고개를 끄덕였다.

퀴트린이 허탈한 표정으로 웃음을 날렸다.

"이젠 더 버릴 것이 없는 것이 안타깝다만."

라벨은 작게 한숨을 내쉬었다. 영구제명. 발견 즉시 사형의 명령이 내려진 퀴트린에게 라벨이 해줄 수 있는 것은 오직 기사로서 싸워 주는 일뿐이었다. 라벨은 베락스를 좌우로 한 번 흔들어 보였다.

"짧은 시간이었지만, 다시 만나게 돼서 정말 반가웠어요. 형."

퀴트린은 웃으며 고개를 끄덕였다. 라벨이 한 말이 어떤 의미인지 잘 알고 있었기 때문이다. 라벨의 목소리가 바뀌며 그의 외침이 전장을 낭랑하게 울렸다.

"이나바뉴 바스크 104 엘리어스 나이트 라벨이다. 나와 싸우게 될 기사의 이름도 알고 싶다."

순간 라벨의 몸에서 짙은 투기가 솟아오르기 시작했다. 라벨은 전력을 다해 싸울 것이다. 퀴트린은 하야덴을 고쳐 잡았다.

"로젠다로 바스크 9 나이트 네라이젤. 로젠다로 기사단의 바스엘드다."

퀴트린의 목소리는 조용했다.

'라벨이 전력을 다해 공격해 온다면, 나도 내가 가진 모든 기술을 보여 주어야 하겠지. 그런데 바스크 104라……'

허공을 찢는 날카로운 파공성이 들리고 베락스가 퀴트린의 가슴으로 날아들었다. 퀴트린은 급히 몸을 비틀어 라벨의 공격을 피해 냈다. 하지만 바로 그 순간에 베락스는 공격 방향을 급선회하여 다시 퀴트린의 옆구리를 파고들어 왔다.

챙강.

퀴트린의 하야덴과 라벨의 하야덴이 공중에서 부딪쳤고, 차가운 냉기가 퀴트린의 얼굴에 확 느껴졌다. 베락스의 힘이었다.

'대단하군.'

몇 년 만에 나눈 하야덴이었지만 퀴트린은 라벨의 실력이 그동안 급성장했음을 알 수 있었다. 몇 년 더 성장한다면 이나바뉴 최고의 기사가 되겠구나 하고 퀴트린은 그의 성장에 진심으로 탄복했다. 이제 나이트 라벨은 더 이상 나이트 레이피엘의 그림자를 쫓지 않았다.

"겨우 그거냐? 옐리어스 나이트에게 보여 줄 실력이 고작 그것밖에 되지 않는가?"

그 말이 끝나자마자 베락스가 다시 퀴트린을 엄습했고, 퀴트린은 급히 하야덴을 움직여 라벨의 공격을 피했다. 찰나의 차이로 베락스는 퀴트린의 전투복을 훑고 지나갔다. 전투복 조각이 베락스가 만들어 낸 바람에 날려 갔다.

베락스는 본래 얇고 가벼운 하야덴이었기 때문에 충돌 때의 탄력으로 다시 라벨의 품으로 돌아갔다. 위기였으나, 이번에는 일단 위기를 넘긴 퀴트린에게 역습의 기회가 왔다. 퀴트린은 하야덴을 흔들어 원을 그리며 라벨의 어깨를 노리며 날아갔다. 하야덴이 지나간 곳에는 길고 아름다운 은빛 호선이 그려졌다.

콰차창.

엄청난 파열음이 들리며 베락스와 퀴트린의 하야덴이 공중에서 세 번 불꽃을 튀겼다. 라벨이 여유 있게 퀴트린의 기술을 파해해 버린 것이었다.

"그와 비슷한 기술은 전에도 많이 보았다."

라벨은 웃으며 그렇게 대답했다. 퀴트린이 가지고 있던 최고의 기술, 벨라로메는 이미 파해된 것이다. 그러나 퀴트린은 동요 없이 두 번째 공격을 준비했다.

'이젠 제 눈에도 그 기술이 보이는군요, 퀴트린 형.'

라벨은 쓴웃음을 지었다.

쨍.

퀴트린의 두 번째 공격도 베락스에 부딪쳐 요란한 소리를 내며 사라져 버렸다. 그러나 다음 순간, 퀴트린의 하야덴은 다시 서늘한 빛을 더하며 라벨의 어깨를 내리찍었다. 추호도 반격할 시간을 주지 않은 유연한 공격이었다. 웃고 있던 라벨의 얼굴빛이 순식간에 굳어졌다.

라벨이 몸을 비틀어 공격을 회피했으나 퀴트린의 하야덴은 백색 옐리어스 나이트의 펜플을 길게 찢어 내렸다. 다음 순간 퀴트린의 하야덴은 공격을 멈추고 주인의 손으로 다시 돌아갔다. 라벨은 급히 베락스를 좌우로 흔들어 몸을 보호하면서 퀴트린을 바라보았다.

상대는 퀴트린 섀럿. 라벨 자신이 지금껏 우상처럼 여기며 우러러보았던 이나바뉴 제1기사였다. 비록 벨라로메가 파해될 만큼 이제 그 둘의 실력 차이는 미미하다고 하더라도 퀴트린의 실력은 아직도 라벨의 위에 서 있었다.

그 완벽함, 문득 그에게서 옛날 퀴트린의 향기를 느끼자 라벨은 무의식중에 존칭을 사용하고 말았다.

"변하지 않았군요."

"많이 늘었구나, 라벨."

두 기사의 입에서 겸양의 말이 튀어나온 것은 거의 동시였다. 그리고 바로 그때, 퀴트린의 등 뒤에 있던 로젠다로의 기사들이 돌아서기 시작했다. 퀴트린은 잠시 뒤를 돌아보고서야 최후방에서부터 이나바뉴 기사단의 포위망을 뚫고 로젠다로 기사단이 탈출을 시작했다는 것을 알 수 있었다. 그 선두에는 아마도 파스크란이 서 있으리라.

"이만 헤어져야겠다, 라벨."

라벨은 고개를 끄덕였다. 그도 미련 없이 베락스를 든 채 오른 팔을 수평으로 들어 가벼운 예를 취했다.

퀴트린은 다시 한 번 라벨을 돌아보고는 말 머리를 돌려 퇴각에 나서기 시작했다. 곧 이나바뉴 기사단의 본대가 전투에 투입될 것이다. 퀴트린은 최후방을 보호하며 로젠다로 기사단을 무사히 전장에서 이탈시켜야 했다.

포프슨, 로젠다로 기사단은 이제 더 물러설 수 없는 마지막 장소까지 갈 수밖에 없게 된 것이다.

10

한편, 메이데어 평원에서 슈펜다르켄과 헤어져 둘로 갈라진 한 편의 기사단을 이끌고 남하하던 나이트 사야카는 예정대로 체렌 평원에서 류가 쪽으로 우회해 겟쉔, 피넬린 등 남부 도시들을 함락시킨 나이트 라벨과, 류가를 점령한 후 직접 쥬렌다스를 경유해 포프슨으로 향했던 나이트 섀럿의 기사단과 조우했다. 이제 이나바뉴 기사단의 모든 병력은 포프슨과 슈리온에 각각 모여 성 안에 갇힌 로젠다로의 기사단과 마주하고 있었다.

"4백 기가 조금 안 되는 로젠다로의 기사들을 포획해 왔습니다."

"그것 때문에 조금 늦은 모양이군."

나이트 섀럿은 여유 있는 모습으로 사야카를 맞이했다.

사야카는 급하게 오지 않고, 행군 도중 마주친 로젠다로 기사단의 패잔병들을 모아 포로로 끌고 온 것이다. 그러나 그들은 포로라기보다는 오히려 손님과도 같은 융숭한 대접을 받았다. 이제 곧 전쟁은 끝이 날 것이다. 로젠다로가 이나바뉴에 병합될 때를 위해 로젠다로의 평민들과 기사들에게 대국 이나바뉴의 여유와 좋은 인상을 보여 줄 필요가 있었다. 나이트 사야카는 기사로서의 자질뿐만이 아니라, 귀족 제1계급 세렌다이크 출신으로, 또 이나바뉴의 대행정관 사야카 경의 아들로 뛰어난 행정가와 정치가로서의 자질 또한 가지고 있었던 것이다. 지금은 기사의 길을 걷고 있지만 언젠가는 다시 행정부로 돌아가야 하는 나이트 사야카였다.

"돌아가서 쉬어라, 나이트 사야카. 수고가 많았다."

"예."

간단한 보고를 끝낸 사야카는 섀럿의 막사를 나왔다. 꽤 늦은 시간이었다. 하늘을 올려다보고는 작게 한숨을 내쉰 사야카는 문득 막사 앞에 누군가가 자신을 기다리고 있다는 것을 깨달았다.

"나이트 라벨?"

옐리어스 나이트의 전투복 차림의 라벨이 사야카의 앞에 서 있었다. 라벨은 빙긋 웃었다.

"오시느라 수고 많으셨어요. 헤어진 지 얼마 되지 않는데, 몇 년 만에 뵙는 것 같군요, 사야카 님."

사야카는 가볍게 라벨의 어깨를 몇 번 두드렸다.

"섀럿 님을 수행하느라 힘들었겠구나. 너도 수고 많았다."

"뭘요."

라벨은 가벼운 목소리로 대답했다.

"섀럿 님은 여전하시죠?"

문득 라벨이 묻자 사야카는 엷게 미소를 지었다. 사야카도 라벨도 나이트 섀럿을 어린 시절부터 알고 있었다. 어린 시절 그들이 바라보았던 새럿 경은, 그들이 알고 있는 사람들 중에서 가장 무서운 사람이었다. 그들에게 호통을 친 것은 아니지만 항상 엄숙하며 결코 웃지 않는 그의 모습은 어린아이들에게는 두려울 수밖에 없었고, 그래서 가끔 그들은 새럿 경의 엄한 교육을 받는 퀴트린을 불쌍하게 생각한 적도 있었다.

"여전히 딱딱하시지… 바로 눈앞에 아들을 적으로 두고 계시면서 저렇게 태연하시다는 점도 정말 놀라워."

"네."

라벨이 짧게 대답했다.

"밤이 늦었지만 제 막사에서 차라도 한 잔 하시겠어요? 그동안의 피로를 푸는 데 좋을 거예요."

사야카는 좋은 생각이라며 라벨의 말에 동의했다. 둘은 어깨를 나란히 하고 라벨의 막사를 향해 걷기 시작했다.

"나이트 레이피엘을 만났어요."

"나이트 레이피엘을……."

사야카는 마음속으로 조금 놀랐다. 라벨은 그를 가리켜 퀴트린이라고 칭하지 않고 나이트 레이피엘이라고 말하고 있었다. 마치 어느 크실의 기사의 이름을 말하듯이. 그러나 사야카는 짐짓 아무렇지도 않게 대답했다.

"그래… 어떻더냐, 로젠다로 기사단의 바스엘드는?"

"강했어요. 더 부딪쳤다면 제가 졌을지도 모를 정도로."

사야카는 너털웃음을 터뜨렸다.

"나이트 라벨이 진다고? 이거야 원. 이나바뉴에는 그를 당할 사람이 없다는 말처럼 들리는데."

"그럴 리가 있나요."

라벨을 이나바뉴의 최고의 기사로 추켜 세우는 사야카의 가벼운 농담에 그들은 잠시 마주보며 웃었다. 그들은 다시 라벨의 막사를 향해 말없이 걷기 시작했다.

'왕녀님.'

사야카의 눈앞에 잠시 피엔젤 왕녀의 얼굴이 스쳐 갔다. 사야카는 퀴트린이 기사단을 이탈한 영구제명의 형을 받은 기사라는 점 외에도 피엔젤 왕녀에게 아픔을 주었다는 것만으로도 충분히 미워하고 있었다.

'이제 맹세를 시행할 때가 왔습니다.'

"만난다면, 나도 질 것이라고 생각하나?"

본래 사야카와 퀴트린은 어린 시절부터 우열을 가릴 수 없는 실력을 가지고 있었지만, 라벨은 이제 한 단계 더 성장한 사야카의 실력을 잘 알고 있었다. 지금 현재 사야카는 이나바뉴의 모든 기사들이 인정하는 이나바뉴 최고의 기사였다. 기사대장 나이트 아켈로르가 그의 위에 설 수 있을지는 모르지만, 사야카는 젊기 때문에 렉카아드를 오랜 시간 동안 끌 수만 있다면 아켈로르조차도 그를 당해 내지 못할 지도 모르는 일이었다.

"아뇨."

라벨은 담담하게 말했다.

"하야덴을 스무 번도 채 휘두르기 전에 렉카아드는 끝날 거예요."

그러나 그의 표정은 진지했다. 사야카는 길게 웃음을 터뜨렸다.

"과찬이구나, 나이트 라벨. 상대는 로젠다로 기사단의 바스 엘드야."

사야카의 말에 라벨은 대답하지 않았다. 경계를 서고 있던 견습기사들의 예를 받으러 라벨과 사야카는 막사로 들어섰다.

겨울이 오는 만큼 밤이 길어지고 있었다. 예정대로라면, 이제 역사에 마지막으로 기록될 로젠다로의 겨울 밤이.

11

저녁부터 시작된 공성전은 새벽까지 이어지고 있었다. 성벽 위 이나바뉴의 애프랜들의 벨폰을 맞고 쓰러진 로젠다로 기사단의 시체로 덮여 있었다. 붉은 빛, 평원의 뒤편으로 떠오르는 여명이 유난히 붉은빛을 띠고 있다고 나이트 레케엘은 생각했다.

"레케엘 님!"

사방에서 들리는 비명 소리와 함성 때문에 레케엘은 귀가 터질 것 같았지만, 자신의 이름을 부르는 기사의 다급한 목소리는 알아들을 수 있었다. 그 목소리가 온몸이 피에 젖은 그 기사의 형상만큼이나 절박했기 때문이었다.

"레케엘 님!"

그가 다시 레케엘을 불렀다. 낯익은 얼굴이었다. 분명 자신이 이끌고 있는 근위기사단 소속의 견습기사였다. 하지만 레케엘은 지금 그의 이름조차 기억이 나지 않았다.

"무슨 일이냐!"

레케엘은 그렇게 대답하면서도 절망감에 휩싸였다. 말하지 않아도 피와 눈물로 범벅된, 절망과 공포로 떨고 있는 그의 얼굴이 그가 전하고자 하는 말을 짐작하게 해주고 있었다.

"성문이… 성문이 열렸습니다!"

"… 뭐라고?"

레케엘은 그의 얼굴을 바라보고 망연자실한 표정을 지었다. 로젠다로 기사단 모두가 목숨을 걸고 막고 있던 성문이 붕괴된 것이다. 레케엘이 서 있는 이 성벽의 바로 아래에는 이제 성문이 만들어 주는 장애물도 없이 로젠다로와 이나바뉴 양쪽의 기사단이 사투를 벌이고 있을 것이다. 그는 즉시 손에 들고 있는 애프러더를 팽개치고 하야덴을 뽑아 들었다.

"성벽을 포기한다! 모두 내성 안으로 퇴각하라!"

나이트 레케엘의 퇴각 명령이 떨어졌다.

'나이트 라시드… 제발 조금만 더 버텨 다오. 조금만 더……'

레케엘은 자신의 기사단을 이끌고 성벽 아래로 뛰어내려 가기 시작했다. 성벽 밑, 성문은 슈리온 파견대장 나이트 헤레온과 에우로페 나이트 세이르본이 지키고 있었고, 내성 앞에는 나이트 라시드의 기사단이 있었다.

'오, 쥬르여, 왜 로젠다로를 지켜 주시지 않는 겁니까!'

나이트 레케엘은 분노로 울부짖었다.

"성문이 열린 것 같습니다."

이나바뉴 바스크 152 나이트 벨레즈의 담담한 목소리에 슈펜다르켄은 조용히 미소를 지었다.

'여기까지가 로젠다로 기사단의 한계로군.'

얼마나 적은 피해를 입고 슈리온을 함락시킬 수 있을 것이냐 하는 것만이 이제 이나바뉴 기사단의 유일한 관심거리였다. 승패는 정해진 것이나 다름이 없었다.

"하이파나 님의 애프랜의 공격력은 정말 경이롭습니다. 특히 하이파나 님께서 직접 훈련시킨 근위기사단 소속의 애프랜들은… 애프러더와 애필만을 이야기한다면 그들의 능력은 정말 기사들에 비해서도 떨어지지 않습니다."

나이트 벨레즈의 말에 슈펜다르켄은 낮은 목소리로 대답했다.

"그건 또 나이트 하이파나의 근위기사들이 그만큼 뛰어나다는 얘기가 될 거야. 옐리어스 나이트 기사단장으로 있을 때에는 가끔 그들을 만난 적도 있었지. 아셀, 샤란드, 미넨셀 그들 하나하나가 모두 근위기사로서는 최고이지. 특히 샤란드의 실력은 전에 나이트 라벨의 근위기사였던 나이트 루델에 비해서도 떨어지지 않네."

슈펜다르켄은 잠시 말을 끊었다.

'하라데스 전투에서 나이트 파스크란에게 근위기사단의 태반을 잃은 다음, 그들과 함께 얼마나 근위기사단 조련에 노력을 기울였을지 상상이 되는군, 나이트 하이파나.'

이 시대의 전쟁에서 애프랜이 차지하는 부분은 크지 않았다. 대부분의 기사는 자신을 향해 날아오는 벨폰을 하야덴으로 쳐서 떨어뜨릴 정도의 능력은 갖추고 있었기 때문이었다. 그래서 애프랜은 공성전에서도 우위를 점하기 위한 지원 수단 정도로만 활용되고 있었다.

하지만 하이파나의 근위기사단 아카르드 나이트는 달랐다. 하이파나는 자신이 최고의 애프랜이었기 때문에 그의 근위기사단 역시 최고의 애프랜으로 만들어 놓았고, 그 결과는 지금 이 슈리온 공성전의 우세로 이어지고 있었다.

'나이트 섀럿이 물러난다면, 당연히 나이트 하이파나가 옐리어스 나이트 기사단장을 맡게 되겠지?'

슈펜다르켄은 여유 있는 모습으로 하야덴을 손에 쥐었다.

"나이트 벨레즈, 공격 명령을 하달해라. 내가 직접 정면으로 돌격해 가겠다. 남아서 전투를 관전하며 부족한 부분에 예비대를 투입하도록."

"바스엘드님께서… 직접 말입니까?"

슈펜다르켄은 빙긋 웃었다.

"왜, 내 하야덴은 견습기사 하나 베지 못할 것 같은가?"

"그, 그럴 리가 있습니까. 단지 바스엘드님께서 직접 레페리온을 거느리신다니……."

"로젠다로 국왕과, 로젠다로 기사단, 아니 로젠다로의 최후에 경의를 표하기 위한 늙은이의 노망이라고 생각해 주게."

벨레즈는 웃을 수도, 웃지 않을 수도 없게 되었다. 그가 어색한 표정을 짓고 있는 새, 슈펜다르켄은 하야덴을 두 번 흔들어 돌격을 준비하고 있던 예비대의 레페리온을 선두로 내몰았다.

'로젠다로에게 추호도 반격의 여지를 남겨 주지 않겠다는 뜻이시겠지.'

나이트 벨레즈는 그렇게 생각하며 마음속으로 슈펜다르켄의 안전을 기원했다.

　곧 공격 명령이 떨어졌다. 하이파나의 선두가 뚫은 공격로를 따라 슈펜다르켄의 기사단이 돌격을 시작했을때, 나이트 하이파나는 이미 슈리온 성 안에서 필사적으로 저항하는 로젠다로 기사단을 섬멸해 가고 있었다.

　슈리온 성은 로젠다로의 수도 포프슨과는 달리 평원 위에 지어진 성이었다. 성은 외성과 내성으로 나뉘어 이중의 방어벽을 갖추고 있었다. 외성과 내성은 외성의 정면에 있는 성문 반대편에서 서로 만나게 되어 있는데, 그곳에 후문이 있었다. 유사시에는 외성을 거치지 않고 내성에서 직접 성 외부로 탈출하게 되어 있는 구조였다.

　나이트 라시드는 양손으로 하야덴을 쥔 채 내성 문 앞에서 이나바뉴 기사단의 진입을 막고 있었다. 내성을 수비하고 있는 로젠다로 기사단의 숫자는 많지 않았지만 일단 이곳이 국왕 엘쥬르 7세를 수비하는 마지막 장소라는 것을 그들 모두가 알고 있었기 때문에 저항은 결사적이었다.

　이나바뉴 기사단의 후방에 일렁임이 생겼다. 후방에 다시 로젠다로 기사단이 나타난 모양이었다. 선두에는 피로 얼룩져 잘 알아볼 수 없었지만 아마도 에우로페 나이트의 전투복을 입은 듯한 기사가 활로를 열고 있었다. 나이트 레케엘이었다.

　"나이트 라시드!"

"여기 있습니다!"

레케엘은 빠르게 라시드를 향해 다가올 수 있었다. 그는 성벽에서 내려온 후, 성문 수비대가 전멸당한 것을 보고 직접 이곳으로 달려온 것이었다.

전멸.

레케엘은 산처럼 쌓인 이나바뉴와 로젠다로 양쪽 기사단의 시체 속에서 성문을 수비하고 있던 슈리온 파견대장 나이트 헤레온의 시체도 발견할 수 있었다.

"내성을 부탁한다! 나는 국왕 폐하를 모시러 가겠다!"

"서두르십시오!"

라시드는 즉시 몸을 비켜 레케엘이 내성 안으로 들어갈 수 있도록 해주었다. 그 틈을 타 이나바뉴의 기사 한 명이 몸을 날려 왔지만, 즉시 라시드의 하야덴에 의해 몸이 베이고 말았다.

"어서 가십시오!"

순간 레케엘과 라시드의 눈이 공중에서 마주쳤다. 라시드는 미소를 짓고 있었다.

"미안하다, 나이트 라시드."

말을 마치고 레케엘은 급히 내성 안으로 사라졌다.

'라즈파샤 님께서 생명으로 지키셨던 국왕 폐하입니다. 부탁합니다, 레케엘 님.'

아주 짧은 시간 그의 뒷모습을 바라보던 라시드는 다시 고개를 돌려 이나바뉴 기사단을 향했다.

"자, 오너라!"

레케엘은 국왕 폐하를 모시고 탈출을 감행할 것이다. 라시드가 할 수 있는 일은 이제 시간을 버는 일뿐이었다. 라시드는 눈을 부릅뜬 채 이를 악물고 하야덴을 휘두르고 있었다. 체력이 바닥날 때까지, 라시드는 끝까지 버티고 서 있을 각오였다.

"내성으로의 진입이 되지 않습니다!"

외성이 무너진 것에 비해 내성을 공략하는 것이 너무 어렵다는 것은 하이파나도 느끼고 있었다. 당연히 외성의 수비는 내성의 수비보다 두터울 것이고, 외성을 부수었다면 그 기세를 타고 내성으로 진입하는 것은 어렵지 않으리라는 계산을 하고 있던 하이파나는 고개를 갸웃할 수밖에 없었다.

잠시 내성의 수비를 살펴보던 하이파나의 눈이 내성 문의 중앙에 버티고 서서 이나바뉴의 기사들과 맞서 싸우고 있는 기사에게 멈추었다. 보통 사람의 두 배는 될 듯한 그 거구의 기사는 마치 나뭇가지를 휘두르듯 하야덴을 휘두르고 있었다. 이미 그 주위에는 수십 구의 시체가 뒹굴고 있었다. 모두 이나바뉴의 기사들이었다.

"대단하군."

그 믿을 수 없는 힘과 용맹에 하이파나는 혀를 내둘렀다. 아무리 이나바뉴 기사단의 숫자가 많다고 하더라도 열린 성문을 등지고 입구에 서 있으면 한 번에 세 명 이상의 기사가 공격을 할 수는 없었다. 지금 그 기사는 그렇게 세 명씩 공격해 들어

오는 기사들을 상대하고 있었던 것이다.

　잠시 그 모습을 지켜보던 하이파나는 왼손을 펴서 가볍게 들었다. 자신의 근위기사단 아카르드 나이트와 애프랜을 정렬시키는 신호였다.

　"감탄스러운 용맹이로군요."

　하이파나는 펴고 있던 손에 주먹을 쥐었다. 그와 동시에 그의 등 뒤에 있던 애프랜이 일제히 애프러더에 벨폰을 장착했다.

　"가능하다면, 그대의 체력이 모두 떨어질 때까지 그대의 모습을 지켜보고 싶지만… 지금은 우리에게도 시간이 부족합니다. 미안합니다, 로젠다로의 기사여."

　하이파나는 그에게서 눈을 떼지 않은 채 천천히 왼손을 내렸다. 그와 동시에 하이파나의 뒤에 서 있던 2백여 명 애프랜의 벨폰이 모두 그들의 애프러더와 애필을 떠나며 2백여 개의 호를 그렸다.

　그리고 맨 마지막으로 하이파나의 벨폰, 황금의 아카르드가 그 벨폰 무더기의 뒤를 따랐다.

　… 처음, 그를 보았을 때부터, 그가 평범하지 않다는 것은 알고 있었어요. 풀밭에 혼자 앉아서 레틀들을 바라보고 있는 모습, 결코 농민의 그것이 아니었거든요. 그의 손을 잡아 보니까 그 손은 굵게 심이 박힌 단련된 손이었지만, 역시 땀과 흙에 절은 농민의 손은 아니었어요…….

그래도 그땐 최소한 귀족이나 기사는 아닐 거라고 생각했었죠. 왜냐구요? 내가 집에서 어머니 몰래 가져온 레틀 젖으로 담근 술을 제법 맛있게 받아 마셨거든요. 하하핫, 어머니. 설마 아직도 그것을 탓하고 계시지는 않겠지요?

제가 술을 좋아하는 건 아마도 아버지 때문인 것 같아요. 어머니는 술을 잘 하시지도 않고, 몸도 작으신데 전 이렇게 거구에다가 술을 좋아하니까 말이에요.

어쨌든, 그 사람은 이나바뉴의 옐리어스 나이트였대요. 어머니도 짐작 못 하셨죠? 뭐, 그때까지는 저도 옐리어스 나이트가 뭔지도 몰랐지만.

어머니는 모르시겠죠? 옐리어스 나이트는 이나바뉴에서 가장 유능한 기사들이에요. 어머니는 이나바뉴에 가보신 적이 없으실 테니 모르시겠죠.

어쩌면 전 엄청난 수련을 받은 걸지도 몰라요. 한때 이나바뉴 최고의 기사였다는 사람에게 몇 년 동안 매일매일 하야덴을 배웠으니까요. 짧은 시간 안에 제가 기사가 될 수 있었던 건 바로 그 사람, 퀴트린 님 때문이었겠죠.

퀴트린 님께는 약혼자가 있어요. 어머니도 보신 적이 있는 아아젠 님이라는 마음씨 착하고 아름다우신 분이죠. 어머니께서도 마음에 들어하시는 것 같던데… 왜, 전에 퀴트린 님과 함께 아아젠 님이 저희 집에 온 날 있었잖아요. 그날 저녁에 어머니가 참 착한 아가씨라고 하셨죠.

그래요. 어머니께만은 말씀드릴 수 있겠군요. 제가 주제넘게도 그분을 좋아했어요. 저도 아내로 삼으면 좋겠다는, 그런 생각을 잠깐 했던 거예요. 어머니 말상대로도 참 좋을 것 같아서요. 그분이야 뭐 퀴트린 님같이 멋진 기사가 곁에 있으니 저 같은 사람이 눈에 보일 리야 없겠지만, 사람을 좋아하는 것도 용기가 필요하다고 어머니께서 그러셨잖아요? 아버지도 용기가 없었다면 어머니와 결혼할 수 없었을 거라고 하셨던 걸 기억해요. 평생 그분에게 제 마음을 보여 드릴 수는 없겠지만……

그리고 보니 어머니를 뵌 지도 한참이 지났네요. 잘 계시는지 모르겠어요. 그곳은 어떤 곳인가요? 저도 어서 그곳으로 가고 싶어요. 어머니와 함께, 옛날 제르세즈에서 그랬듯이 둘이서 행복하게 살고 싶어요. 그땐 정말 행복했는데… 둘밖에 없었지만 그렇게 하루하루가 행복할 수 없었는데… 어머니와 다시 살 수 있다면 전 이제 술도 끊을 수 있을 것 같아요.

웃지 마세요. 정말이라구요. 어머니는 어머니가 낳은 아들을 그렇게 못 믿으세요?

어머니. 기다려 주세요. 어머니의 아들도, 어머니께서 그러셨듯이 부끄럽지 않은 삶을 살고 만족한 표정으로 어머니 곁으로 갈 테니까요… 그때가 되면, 어느 작은 산 아래 마을을 찾아서 작은 집을 짓고 같이 살아요.

옛날처럼, 그때처럼 행복하게 말이에요.

백여 개의 벨폰이 나이트 라시드의 몸을 꿰뚫었다. 라시드의 입에서는 한 움큼의 붉은 피가 터져 나왔다. 온몸에 벨폰이 박힌 라시드는 잠시 눈을 부릅뜨고 자신의 앞에 서 있는 이나바뉴의 기사들을 노려보았고, 그 시퍼런 서슬에 질린 이나바뉴의 기사들은 잠시 모두 움찔하며 움직이지 못했다.

"이제 갑니다, 어머니."

가슴이 터질 것 같은 긴 포효를 내뱉고, 거대한 산이 무너지듯 라시드의 몸이 천천히 앞으로 기울기 시작했다.

로젠다로 바스크 79 에우로페 나이트 일린스크는 침상을
빠져나와 가벼운 방어구를 몸에 걸쳤다. 어쩐지 잠이 오지 않
는 밤이었다. 포프슨까지 후퇴했기 때문은 아닐 거라고 일린
스크는 스스로에게 다짐하고 있었다. 패배를 스스로 인정하기
에는 일린스크는 너무 젊었고, 자존심도 강했던 것이다.

포프슨을 지키는 기사는 이제 퀴트린과 파스크란, 이멜젠,
그리고 일린스크 자신뿐이었다. 몇천 기도 되지 않는 적은 병
력으로 수도인 포프슨을 지켜야 할 입장에 처하게 된 것이다.
지난번의 패전 이후 로젠다로 기사단은 포프슨 성곽을 의지하
여 수세를 펼칠 뿐이었다.

이틀 동안 이나바뉴 기사단은 라엘만 협곡 건너편에 진을
치고 상황을 주시하고 있었다. 더 이상의 접전은 없었지만 계
속된 패전으로 로젠다로 기사단의 사기는 그야말로 땅에 떨어
져 있었다. 이나바뉴는 기회를 노리고 있을 것이다.

전의를 불태우고 있는 것은 일린스크 자신뿐인 것 같았다.
답답한 성 안의 공기를 피해 일린스크는 망루로 올라갔다.

"후."

일린스크는 한숨을 크게 내쉬어 보았다. 속이 조금 나아진

걸까. 차가운 겨울 밤 공기를 얼굴에 맞으며 그대로 잠시 서 있던 그는, 문득 망루에 자신 외에 다른 사람의 그림자가 서 있다는 것을 알게 되었다.

"일린스크 님이시군요."

"아."

몇 발자국 그쪽으로 다가가던 일린스크는 급히 오른손을 들어 예를 취했다. 아아젠이 손에 무엇인가를 들고서 자기 쪽을 물끄러미 바라보고 서 있었다.

"깊은 밤입니다. 왜 이런 곳에……."

"글쎄요. 일린스크 님과 비슷한 이유 아니었을까요?"

아아젠은 살포시 웃음을 머금었다.

"그런데, 손에 든 그것은……."

일린스크는 아아젠의 손에 들린 짧은 페치가 별빛을 받아 반짝거리는 것을 보았다. 라비루였다.

"예전에 퀴트린 님이 제게 주신 짧은 페치예요. 항상 가지고 다니죠."

'네라이젤 님을 생각하고 계셨던 모양이군요…….'

아아젠이 희미하게 웃음을 지어 보였다. 일린스크가 잠시 머뭇거렸다.

"방해가 된다면 내려가겠습니다."

"아니에요. 실은 이야기를 할 사람이 필요했어요."

아아젠이 손을 내저으며 만류했다.

일린스크는 아아젠이 처음 보았을 때보다는 훨씬 교양과 예법에 익숙해졌다는 생각을 했다.

"그렇게 말씀하신다면."

일린스크는 정중한 말투로 대답했다.

"물어보고 싶은 게 있는데… 물어봐도 될까요?"

"물론입니다."

일린스크가 무슨 질문인지 어서 해보라는 듯 아아젠을 빤히 바라보며 대답했다.

아아젠은 난간에 두 손을 얹은 채 멀리 하늘을 바라보고 있었다. 그녀는 하늘을 읽을 줄 아는 음유시인이었다.

"전쟁에서 지게 되나요?"

의외의 질문이었던 듯, 일린스크는 조금 당황한 표정을 지었다.

"아니, 그 그것은……."

일린스크가 더듬거리며 할 말을 찾으려 하는 것을 보며 아아젠이 웃으며 말했다.

"괜찮아요, 대답하지 않아도. 퀴트린 님과 똑같군요."

같은 질문을 네라이젤 님께 하셨을까… 네라이젤 님의 입장에서는 무척이나 고통스러운 질문이었겠군… 하고 일린스크는 생각했다.

"그렇게 미안한 표정 짓지 마세요. 정말 괜찮다니까요. 어차피 전 전쟁 같은 건 잘 모르니까요."

"죄송합니다."

일린스크는 낮은 목소리로 대답했다. 이길 수 있다고 대답했어야 옳았을까? 일린스크는 아아젠이 입을 다물자 잠시 동안 진한 공허함을 느꼈다.

"하지만 제가 전쟁을 잘 알지 못하기 때문에 이것만은 꼭 알고 싶어요."

"말씀하십시오."

아아젠은 하늘을 바라보던 시선을 내려 자신의 손끝을 향했다.

"만약 지게 된다면, 퀴트린 님은 어떻게 되죠? 그래도 로젠다로의 기사로 남게 되나요?"

"……"

당연히 이나바뉴에서는 네라이젤 님의 목숨을 요구하실 겁니다… 이나바뉴의 입장에서는 영구제명의 형을 받은 기사로, 이나바뉴를 향해 하야덴을 든 반역의 기사이니까요, 라고 사실 그대로 일린스크는 말할 수 없었다.

"… 아무 일도 없으실 겁니다."

그렇게 대답하면서 일린스크는 자신의 말꼬리가 흐려지는 것을 알았다. 자신의 말이 거짓임을 아아젠이 눈치채지 못했기를 바라면서 일린스크는 망루의 레쥰드 바닥을 향해 시선을 떨어뜨렸다.

"잘 알았어요."

일린스크가 아아젠의 말에 고개를 들었을 때, 아아젠은 일린스크를 향해 상냥하게 미소를 지어 보이고 있었다. 그 미소가 눈부셔서 일린스크는 급히 고개를 옆으로 돌려 그녀를 외면해야 했다.

"고마워요, 일린스크 님."

"예."

일린스크는 가볍게 예를 취하고 다시 입을 열었다.

"그만 내려가 보겠습니다. 아아젠 님도 내려가시는 것이 좋겠습니다. 밤이 깊었으니까요."

"그렇게 하도록 하죠. 신경 써주셔서 고마워요."

"그럼 전 이만 가보도록 하겠습니다."

일린스크는 급히 허리를 굽혀 예를 올리고 빠른 걸음으로 망루를 내려가기 시작했다.

'진실을 말해 주는 편이 나았을까. 아니면 얼마 동안이라도 그 진실을 모르고 계시는 편이 나았을까.'

하지만 망루에서 몇 발자국 떼지 않았을 때 그는 벌써 그 질문이 의미가 없었다는 것을 알아차릴 수 있었다. 기사로서 충분히 훈련된 그의 귀에 누군가가 숨죽여 흐느껴 우는 소리가 들려 왔기 때문이다.

13

"1만 기도 훨씬 넘어 보이는군."

퀴트린의 말에 파스크란은 어깨를 으쓱해 보였다. 1만 기는 충분히 넘는 숫자였다. 이나바뉴 기사단은 아직 전투를 시작하지는 않으려는 듯 진영을 견고히 쌓고 정렬해 있었다. 경계 병력을 제외한 기사들은 휴식을 취하고 있는 것 같았다.

"또 증원되었군. 메이데어 평원에서 나뉜 기사단이 합류한 모양이야."

"단 한 번의 승부를 바라고 있는 거겠지."

퀴트린의 말에 파스크란은 대답하지 않았다. 그러나 그도 가늘게 뜬 눈으로 이나바뉴 기사단을 응시하며 그와 같은 생각을 하고 있었다. 겨울, 라엘만 협곡이라는 지형이 만들어 내는 마법의 페가드, 포프슨 성이라 할지라도 부족한 식량으로 오랜 시간을 버틴다는 것은 어려운 일이었다. 버티면 버틸수록 불리해지는 쪽은 분명히 로젠다로 기사단일 뿐이었다.

보급로를 확보하고 있는 이나바뉴 기사단은 계속해서 수송대의 공급을 받을 수 있는 반면에, 로젠다로 기사단은 포위된 데다 지금 당장은 지원 병력을 바랄 수도 없는 입장이었기 때문이다. 지금 퀴트린과 파스크란이 바라는 것은 라즈파샤가 이끄는 로젠다로 기사단과 슈리온 파견대가 이나바뉴 기사단을 물리친 후 이곳으로 달려와 주는 것뿐이었다. 그러나 아직도 라즈파샤와의 연락은 취해지지 않고 있었다.

"어떻게 확신하지?"

"저 기사단의 바스엘드는,"

퀴트린이 희미하게 미소를 지었다.

"내 아버지시니까."

파스크란이 퀴트린을 돌아보았다.

"아버지라."

파스크란은 그 말을 한숨을 내쉬듯 천천히 입속으로 되뇌었다. 퀴트린도 파스크란을 마주보았다. 둘은 망루에 기대어 편한 자세로 이야기를 나누고 있었다.

"그러고 보니 자네 아버지는 어떤 분이셨나? 지금껏 그런 얘긴 한 번도 듣지 못했군."

"내 아버지말인가."

파스크란은 빙긋 웃음을 지었다. 로젠다로의 갑옷을 입은 파스크란은 그전보다 훨씬 부드러워져 있었다.

"자네가 이나바뉴의 기사였다면 내 아버지의 이름을 들어 보았을 거야."

"글쎄, 난 파스크란이라는 이름도 한 번도 들어 보지 못했을 정돈데."

허리에 고정해 놓았던 하야덴이 불편했는지, 퀴트린은 허리에서 하야덴을 벗겨 내 성벽에 기대 놓았다.

"나이트 펠파인. 크실에서도 이름난 기사셨지."

"나이트 펠파인이라고?"

파스크란은 웃음을 터뜨렸다.

"들어 본 적이 있는 이름인가?"

"나이트 펠파인이라면 나이트 젝크론과 함께 용맹을 떨쳤던 크실의 기사가 아닌가. 자네가 그 나이트 펠파인의 아들이란 말이야?"

"그래. 파스크란이라는 성은 어머니의 것이야. 그 이상은 묻지 말아 주게. 별로 추억하고 싶지 않은 과거이고… 지금의 나는 펠파인이든 파스크란이든 이름 따위는 신경 쓰고 싶지 않으니까."

파스크란에게 이제 가장 중요한 것은 퀴트린, 그의 친구뿐이었다. 퀴트린은 더 묻고 싶은 것이 많았지만 그가 그렇게까지 이야기하자 입을 다물었다. 잠시 침묵을 사이에 두고 먼저 입을 연 사람은 파스크란이었다.

"나이트 멜더라는 기사를 아나?"

"나이트 멜더?"

퀴트린이 되묻자 파스크란이 고개를 끄덕였다.

"쥬렌다스 파견대의 나이트 멜더를 말하는 모양이군."

이나바뉴의 기사는 3백여 명. 게다가 이나바뉴의 넓은 영토 전 지역에 파견되어 있기 때문에 모두를 자세히 알기는 힘들었다. 퀴트린은 멜더의 이름을 몇 번 들어 보기만 한 정도였다.

"그런데 무슨 일이지? 전장에서 마주쳤나?"

퀴트린이 물었다. 파스크란은 잠시 말없이 있다가 손에 들고 있던 하야뎬을 달칵 흔들어 보였다.

"아무것도 아니야."

파스크란이 입을 다물자 퀴트린도 더 묻지는 않았다. 파스크란은 중얼거리듯이 말했다.

"어쨌든 우리 둘 다 저 건너에 숙명의 상대를 마주하고 있는 것 같군."

겨울바람은 차가웠다. 전장이라고 생각하기 힘들 정도로 포프슨 성 안은 차갑게 가라앉아 있었다.

"저를 세워 주십시오."

작전 설명을 하던 나이트 섀럿은 누군가의 목소리에 소리나는 쪽으로 고개를 돌렸다. 바스엘드가 작전을 지시하는 중간에 그 말을 자르고 끼어들다니. 막사 안의 모든 눈들이 그 기사에게 가 꽂혔다. 이나바뉴 바스크 279 나이트 멜더였다.

"무슨 말인가?"

"측면에 파스크란이 나올 것이 예상된다고 말씀하시지 않으셨습니까. 제게 파스크란을 맡겨 주십시오."

"나이트 멜더,"

작은 목소리지만, 위엄이 서린 목소리가 들렸다. 이나바뉴 바스크 104 나이트 라벨이었다.

"너무 흥분한 것 같구나."

그제야 멜더도 자신이 실수를 했다는 것을 알고 정중히 사과했다. 섀럿은 아무렇지도 않은 듯이 계속해서 작전을 설명했다.

"작전은 내일 밤 시작한다. 서쪽과 남쪽의 다리를 동시에 건너는 것이 가장 중요하다는 것은 잊지 마라. 나이트 라벨, 나이트 사야카."

"예."

"나이트 라벨은 3년 전에도 그곳에서 작전을 수행한 적이 있으니 누구보다도 정확하고 적절하게 행동할 수 있으리라고 믿는다. 그래서 나이트 라벨에게 서쪽을, 나이트 사야카에게 정문을 맡긴다."

"알겠습니다."

두 명의 기사가 동시에 대답했다. 양동 작전. 어린 시절부터 함께 하야덴과 전술을 공부한 사야카와 라벨이었기에 이 작전은 충분히 성공할 수 있다고 나이트 섀럿은 확신하고 있었다.

"나이트 멜더."

"예."

"나이트 파스크란과의 일전을 원한다고 했나?"

"예. 그렇습니다."

섀럿의 그 한 마디에 멜더는 또다시 흥분을 감추지 못했다. 섀럿은 엷은 미소를 떠올렸다.

"나이트 파스크란의 돌파력은 놀라운 것이다. 따라서 로젠다로 기사단은 그 탈출로를 파스크란에게 맡길 것이다. 만약 혈로를 내준다면 다시 한 번 로젠다로 기사단과의 일전을 준비해야 한다. 실수는 철저히 문책당할 것이다."

"알고 있습니다."

멜더는 단호한 목소리로 말했다. 경험에서도, 실력에서도 멜더는 나이트 파스크란의 상대가 되지 못할 것이다. 그러나 섀럿은 그런 상대를 향해 투지를 불태우는 멜더에게 기회를 주고 싶다는 생각이 들었다.

"퇴로는 나이트 멜더가 차단한다."

멜더가 기쁜 표정을 짓는 것을 보고 섀럿은 마지막 한 마디 말을 덧붙였다.

"성 안으로는 내가 직접 진입할 것이다. 정문을 맡은 나이트 사야카는 상대 기사단의 바스엘드의 위치를 파악하도록."

'상대 기사단의 바스엘드를… 역시 섀럿은 당신의 손으로 나이트 레이피엘을 보내고 싶어하는 것일까?'

사야카는 잠시 섀럿을 마주보고 정중한 목소리로 대답했다.

"잘 알겠습니다."

섀럿의 결정이 떨어졌다. 마지막을 고하게 될지도 모르는 이나바뉴와 로젠다로의 전투 준비가 시작되고 있었다.

그러나 양 기사단 간의 충돌은 실제로 일어나지는 않았다. 바로 그때, 엘쥬르 7세가 직접 조인한 항복 문서가 이나바뉴와 로젠다로의 연락병에 의해 포프슨으로 오고 있었기 때문이다.

14

"그게 정말이냐?"

"예, 틀림없습니다. 로젠다로의 연락병이 이나바뉴 기사단의 호위를 받고 있었습니다."

망루 경계병은 침통한 목소리로 말했다. 파스크란, 일린스크와 함께 회의를 하고 있던 퀴트린의 표정이 딱딱하게 굳었다. 그 연락병은 푸른색의 깃발을 들고 있었다고 했다.

패전.

'아. 로젠다로를 포기하셨단 말인가?'

"파스크란."

문득 돌아보니 파스크란은 쓸쓸한 미소를 머금고 있었다. 잠시 경계병을 바라보던 파스크란은 혼잣말처럼 중얼거렸다.

"마지막 희망이 사라지는 순간이군."

로젠다로의 패전. 이제 그들 앞에는 그 냉혹한 결론이 내려져 있었다. 이제는 포프슨에서의 항쟁도 그 의미를 잃게 되었다.

한참 동안이나 방 안은 침묵에 휩싸였다. 실감이 나지 않았던 것일까? 아무도 입을 열지 않았다. 퀴트린은 천천히 창가로 다가가 성 밖 풍경을 바라보았다.

퀴트린이 다시 입을 뗀 것은 한참 만의 일이었다.

"나이트 일린스크."

"예."

옆에 서 있던 나이트 일린스크가 대답했다. 이제 서서히 전의를 잃어 가고 있는지, 그의 눈빛도 초점을 잃고 텅 빈 공간을 헤매고 있었다.

"성문을 열어라. 그리고 로젠다로의 연락병을 받아들여라."

"알겠습니다."

일린스크가 바스엘드의 명을 받고 명령을 전달하러 방을 나섰다. 퀴트린이 손짓을 하여 망루 경계병을 내보내자 방 안에는 퀴트린, 파스크란 그 둘과 차가운 공기만이 남아 있었다.

"깨끗이 졌군."

파스크란이 천천히 입을 열었다. 그러나 그의 목소리는 안으로 감겨 들지는 않았다.

"음."

퀴트린은 짤막하게 그 말에 동의를 표했다.

"후회없이 싸웠어. 절대 열세였는데도 말이야. 단지 나이트 파스크란도 이젠 더 이상 전설로 남지 않을 것이라는 건 좀 아쉽군."

파스크란이 농담을 던졌다. 퀴트린은 희미하게 웃음으로 답했다.

"자네와 나는 이나바뉴 기사단에 넘겨지겠지."

파스크란이 누구를 향하는지 모르게 비웃는 듯한 목소리로 말했다.

"한 명은 기사단에서 영구제명되어 다시 국가를 향해 하야 덴을 든 대 반역죄로, 또 한 명은 적국의 기사로서 많은 이나 바뉴의 기사들을 벤 죄로."

퀴트린은 피식 힘없는 웃음을 웃을 뿐이었다. 파스크란은 털썩 의자에 주저앉았다.

"… 그래도,"

파스크란이 말을 이었다.

"제법 즐겁지 않았나, 나이트 레이피엘?"

퀴트린은 힐끗 그의 친구를 돌아보고는 그를 따라 자리에 앉았다.

"친구와 함께 있다는 것이, 나보다 강한 상대를 쓰러뜨리는 것보다 더 즐겁다는 걸 발견했다는 건 정말 유쾌한 일이야."

파스크란의 말에 퀴트린은 희미하게 웃었다.

"고마워."

퀴트린의 말을 마지막으로 방 안은 다시 정적에 휩싸였다. 침묵은 길지 않을 것이다. 이제 곧 연락병이 항복의 소식을 전해 올 것이기 때문이었다.

퀴트린은 로젠다로 기사단의 전투복을 정결하게 차려입은 채로 말 위에 올라, 성 안에 정렬해 있는 로젠다로 기사단을 바라보고 있었다. 그의 옆에는 파스크란이 다시 검은색 갑옷을 입고 나란히 서 있었다. 퀴트린은 잠시 지금껏 자신이 지휘해 왔던 기사단을 둘러보고는 천천히 말을 이었다.

"로젠다로 국왕 엘쥬르 7세께서 항복의 뜻을 이나바뉴에 전하셨다."

퀴트린의 말은 간결했다. 그 말이 떨어지자 그의 예상대로 기사단 전체에서 울분과 분노, 허탈과 절망의 감정이 뒤섞인 탄식과 포효가 터져 나왔다. 분노하여 땅을 주먹으로 치는 기사도 있었고, 하늘을 향해 울부짖는 기사도 있었다. 어떤 기사는 말없이 눈물을 흘리기도 했다.

"이 시간 이후, 포프슨 성은 항복의 뜻을 이나바뉴 기사단에 전하고, 그들의 지휘 아래로 들어가게 된다. 국왕 폐하께서는 더 이상의 희생을 원치 않으셨다."

퀴트린의 말은 또렷했고, 조금의 흔들림도 없었다.

"모두 내성 안으로 들어가서 무장을 해제하고 대기하라. 곧 이나바뉴 기사단이 성 안으로 진입할 것이다. 그리고 나이트 일린스크,"

"예."

일린스크는 정렬된 기사단의 중앙에 서 있었다.

"이제부터 기사단의 지휘는 네게 맡긴다. 바스엘드의 지위를 이양하는 것이다."

"그, 그것은……."

일린스크와 퀴트린의 눈이 마주쳤다. 로젠다로가 항복한 이상, 퀴트린은 이나바뉴 기사단에 넘겨질 것이 분명했다. 그러나… 그러나 이것은 너무 빠르지 않은가? 일린스크는 당황스런 마음에 그렇게 생각하고 있었다.

"알겠습니다."

잠시 머뭇거리다가 결국 일린스크는 정중하게 예를 취하며 대답했다. 말을 마친 일린스크는 몇 발자국 앞으로 나선 다음, 다시 뒤로 돌아서서 기사단을 향했다.

"이제부터 이나바뉴 기사단의 휘하에 들어갈 때까지 기사단의 지휘는 내가 맡는다. 모두 즉시 내성 안으로 들어가 무장을 해제하고 대기하라."

일린스크의 명령에 따라 로젠다로 기사단은 차례차례로 내성으로 퇴각하기 시작했다. 퀴트린과 파스크란은 로젠다로 기사단이 내성 안쪽으로 완전히 사라질 때까지 그 모습을 지켜보고 있었다.

'저 안쪽에서 그들은 패전과 망국을 울부짖고 있겠지…….'

마지막으로 일린스크가 그들을 따라 내성 문 안으로 사라지는 것을 보고는 파스크란이 낮은 목소리로 말했다.

"갈 건가?"

"아니, 잠시."

퀴트린은 눈으로 맑은 포프슨의 가을 하늘을 좇으며 낮은 목소리로 대답했다.

"만나 보고 싶은 사람이 있네."

"알겠네… 만나고 오게."

파스크란이 대답하자 퀴트린은 말에서 내려 혼자 성 안으로 걸음을 옮겼다.

"아아젠?"

"알아보시겠어요?"

퀴트린이 아아젠의 방으로 들어섰을 때, 아아젠은 기다렸다는 듯이 밝은 표정으로 퀴트린을 맞았다. 퀴트린은 의아하다는 표정을 지었다.

"어떻게 된 거죠?"

퀴트린이 묻자 아아젠의 얼굴이 약간 붉어졌다. 그녀는 지금 깨끗한 옷을 벗고 누더기처럼 기운 장포를 입고 있었다. 단정하게 묶어 올렸던 머리도 다시 풀어헤쳐 단순한 끈 하나로 묶여 있었다.

"아니, 그건……."

퀴트린의 시선은 그녀의 손에 머무르고 있었다. 그녀의 손에는 작은 파야스가 들려져 있었던 것이다. 바로 그 모습, 퀴트린이 아아젠을 처음 만났을 때의 음유시인의 모습 그대로였다.

"그때 그 옷은 아니에요… 하지만 제가 나름대로 만들어 보았어요. 비슷하지 않나요?"

옷의 질감이 거칠지 않고 때도 묻지 않은 것이, 분명히 그때의 그 옷은 아니었다. 물론 그때 그 옷이 아직도 이곳에 있을리도 없었다. 아마도 아아젠이 자신의 옷을 잘라 이런 장포를 만들었으리라.

"이렇게 입으면……."

아아젠이 작은 목소리로 말했다.

"다른 세상에서도 퀴트린 님이 절 알아보실 수 있을 것 같아서 그랬어요."

퀴트린은 잠시 말을 잊었다. 그렇게 잠깐 그녀를 바라보던 퀴트린은 이내 부드러운 표정이 되었다. 밖에서는 누군가가 부르기 시작했는지, 구슬픈 곡조의 노래가 들려 오고 있었다. 퀴트린도 몇 번 들은 적이 있는 노래였다. 제3차 천신전쟁, 포프슨이 크실 기사단에게 함락되었을 때 만들어진 노래라고 했다.

우리가 그토록 바랬던 것은
로젠다로의 하늘
풀꽃 향기 날리는 꿈속의 조국
우리가 죽어 가며 지키려 한 것은
못다 이룬 사랑이었네.
오, 망국의 전장이여
낙엽처럼 쓰러진 전우여
마지막 한 장 낙엽으로 질 때까지
나 여기 남으리 널 지키리

퀴트린은 그 노랫소리를 못 들은 척하려 애써 입을 열었다.

"역시 어울리는군요, 아아젠. 하지만 노래를 부른다면 더욱 음유시인다울 것 같군요."

아아젠도 퀴트린을 마주보며 웃었다. 그리고는 자리에 앉아 파야스를 손에 쥐었다.

"어떤 노래를 듣고 싶으신가요?"

퀴트린은 서 있는 채였다.

"어떤 노래를 듣고 싶을 것 같나요?"

퀴트린이 웃으며 말하자 아아젠은 고개를 숙였다. 몇 번 파야스를 퉁기더니 그녀의 입에서는 작은 소리로 노래가 흘러나오기 시작했다.

그러나 웃는 얼굴로 퀴트린을 대하겠다고 마음먹은 아아젠이었지만 그렇게 쉽게 되지는 않았다. 어느새 그녀는 목소리가 잠기는 것을 느끼고 있었다.

'웃는 얼굴을. 이분께 웃는 얼굴을……'

아아젠은 퀴트린이 자신의 눈물을 눈치 채지 못하도록 옆으로 자세를 바꿔 앉았다. 퀴트린은 말없이 서서 그 노래를 듣고 있었다.

다시 태어난다면 바람으로 태어나겠어요
바람이 된다면 항상 당신 곁에 머물 수 있겠죠
먼 훗날 당신의 땀을 당신 모르게
닦아 드릴 수 있겠죠, 먼 훗날에라도
다시 태어난다면 햇볕으로 태어나겠어요
햇볕은 눈을 가지고 수많은 눈을 가지고
당신이 어디에 계신지 항상 바라볼 수 있겠죠
바라볼 수 있겠죠, 먼 훗날에라도

......

그대여 그럼 안녕… 영원히

"만나고 왔나?"

파스크란의 말에 퀴트린은 고개를 끄덕였다.

… 그녀도 이미 알고 있더군.

퀴트린의 얼굴에는 그런 뜻이 담겨 있었다. 파스크란은 웃으며 옆구리에 끼고 있던 검은색 투구를 머리에 썼다. 파스크란의 검고 긴 머리카락이 투구 안으로 들어가는 것을 보고 퀴트린도 투구를 집었다.

"그런데, 다시 검은색 갑옷인가?"

파스크란은 유쾌하게 웃었다.

"갑옷을 입는 것도 마지막인 것 같은데, 이왕이면 아버지와 함께이고 싶군. 자네도 아버지와 함께 있지 않겠나."

파스크란의 말에 퀴트린도 소리를 내어 웃었다.

"홀가분하군."

"그래."

투구 속에서 퀴트린의 눈이 반짝 빛났다. 잠시 파스크란과 마주 본 퀴트린은 큰 목소리로 외쳤다.

"자, 이제 멋지게 한바탕 싸워 보도록 하지. 이대로 저 기사단을 돌파해 퓨론사즈까지 달리는 거야. 만약 자네가 나를 따라올 수 있다면, 퓨론사즈가 자랑하는 셀큐러스 강도 보여 주겠네."

퀴트린의 호언에 파스크란이 큰 소리로 웃었다. 파스크란이 이렇게 통쾌하게 웃은 일은 한 번도 없었다.

"겨우 퓨론사즈인가? 그럼 자네는 퓨론사즈에서 그만두게나. 난 북동쪽 끝의 루우젤까지는 달려가 보겠네. 아직 가보지 못했거든."

비웃는 듯한 목소리로 파스크란이 말했지만 퀴트린은 기분이 나쁘지 않았다. 오히려 통쾌한 파스크란의 말에 가슴 속까지 후련해지는 느낌이었다.

"좋아, 그렇다면 루우젤까지 달리지. 세상에서 제일 아름다운 강을 자네에게 소개하겠네. 하얀 로냐프 강, 그곳에 내 모든 것이 있었지."

퀴트린과 파스크란, 그 시대를 풍미했던 두 명의 젊은 기사는 서로 마주보며 한참 동안이나 폭소했다.

페가드나 리첼반은 필요 없었다. 퀴트린과 파스크란은 동시에 하야덴을 뽑아 들고 누가 먼저랄 것도 없이 함께 말을 달려 열린 성문을 질주해 빠져나갔다.

아아젠은 노래를 한 번 더 되풀이하고도 퀴트린이 아무 말도 없자 고개를 돌려 그가 서 있던 쪽을 바라보았다. 그제야 그녀는 방금 전까지 그곳에 서 있던 퀴트린이 어디론지 사라져 버렸다는 것을 알 수 있었다.

"퀴트린 님?"

방 안에는 그녀와 정적밖에 없었다. 아아젠은 급히 창문으로 달려가서 성 밖을 내다보았다. 행여나 그의 마지막 모습을 놓칠까 봐 황급히 창밖 풍경을 읽어 가던 아아젠은, 다행히도 오래 걸리지 않아 퀴트린의 모습을 따라잡을 수 있었다.

툭.

그녀의 두 눈에서 조그만 물방울이 떨어져 창문 턱으로 떨어져 내렸다.

'… 퀴트린 님.'

그녀는 마음속으로 그의 이름을 다시 불러 보았다. 그러나 퀴트린의 대답은 돌아오지 않았다. 그녀의 목소리가 들리기엔 그는 너무 멀리 떨어져 있었던 모양이었다.

'약속해 주시겠죠. 그곳에서도 제 곁에 계셔 주시겠다고.'

아아젠은 품에서 천천히 퀴트린이 선물한 라비루를 꺼내 들며 눈으로 퀴트린의 뒷모습을 쫓고 있었다.

겨울 햇볕이 제법 따뜻했다. 옅은 구름 몇 조각에 끄트머리가 살짝 가려진 해가 포프슨 성곽과 라엘만 협곡, 그리고 포프슨 평원을 비추고 있었다. 아마도 겨울이 아니었다면 무척이나 더운 날씨였으리라. 새 소리가 맑게 들려 오는 오후, 맑게 햇살이 퍼져 있는 평원에는 자주색 갑옷을 입은 기사와 검은색 갑옷을 입은 기사 두 명이 말 머리를 나란히 하고 1만여 기가 훨씬 넘는 기사단을 향해 전속력으로 달리고 있었다.

빛과 어둠이 교차하는 곳
동틀 무렵의 정적과 언덕 위의 함성
피비린내 나는 언덕에 스산한 바람
말발굽 소리 울리는 빗속의 전장
우리가 나눌 삶은 길지 않겠지만
명예를 위해서만 살자던 굳은 맹세
사랑하는 이여
너를 위해 나는 다시 한 번
기사가 된다.

사랑하는 이여

너를 위해
나는
다시 한 번

기사가 된다.

에필로그

　금빛으로 태양이 타고 있었다. 이나바뉴의 수도 앞에 그 긴 머리를 드리운 셀큐러스 강도 퓨론사즈 평야의 끝에서부터 몰려온 저녁 빛을 가득 머금고 있었다. 들녘에서 일을 마치고 돌아오는 농민들과 성문이 닫히기 전에 성으로 들어오려는 여행자들의 바쁜 발길로 늘 분주했던 강가는, 그날만은 오직 두 사람의 그림자와 석양으로 채색되어 있었다. 한 명은 건장한 체격에 짧고 검은 턱수염을 기른 중년의 남자였고, 다른 한 명은 그보다 한 걸음 정도를 앞서 걷고 있는 열 살 남짓한 어린 소년이었다. 두 명 모두 화려한 펜플과 고급스러워 보이는 옷으로 몸을 감싸고 있는 것으로 보아, 귀족과 그의 어린 아들 정도인 것 같았다.

　"전 이런 정적은 싫어요."

　소년이 입을 열었다. 아들의 발자국 위에 자신의 발을 옮겨놓으며 묵묵히 걸음을 옮기던 중년의 남자는, 갑자기 튀어나온 아들의 퉁명스러운 말에 고개를 들었다.

　"무슨 말이니, 게르드?"

　소년은 뒤도 돌아보지 않고 말했다.

　"이건 인위적인 적막이에요. 제가 아버지와 함께하고 싶었던 산책은 이런 것이 아니었단 말이에요."

중년 남자의 입가에 부드러운 미소가 떠올랐다.

"그럼, 시끌벅적한 평민들과 함께 있고 싶었다는 말이로구나?"

게르드는 잠시 대답하지 않았다. 아버지의 말이 자신의 마음과 비슷하긴 했지만, 완전히 일치하지는 않았던 것이다.

"꼭 시끄럽고 분주할 필요는 없어요. 단지 저는 자연스러움을 원했던 것뿐이에요. 딱딱하고 경직된 분위기는 집에서만도 충분하잖아요? 아버지와 둘이 이야기를 나눌 수 있는 시간이 얼마나 된다고……."

앞서 가는 아들에게는 보이지 않았지만, 중년 남자는 천천히 고개를 끄덕거렸다. 그것은 놀라움의 표시였다. 열 살밖에 되지 않은 그의 아들은, 아버지가 자신의 안전을 위해 그날 저녁 그들의 산책로를 통제했다는 것을 이미 눈치 채고 있었던 것이다.

"미안하구나, 게르드. 하지만 네가 수행기사도 없이 단둘이서 하는 산책을 제안했기 때문에 어쩔 수 없었단다. 이 정도의 준비는 아버지로서 어쩔 수 없는 것이었단다."

"위험한가요?"

중년 남자는 대답하지 않았다.

"아버지는 이나바뉴 기사대장이잖아요."

그는 눈썹을 약간 찌푸렸다. 평소에도 기사를 달갑지 않게 생각하는 게르드의 말투가 귀에 조금은 거슬렸기 때문이었다.

그러나 그는 곧 얼굴을 펴고 게르드의 어깨를 살며시 잡았다.

"알았다. 다음번에 또 이런 산책의 기회가 생기면 그때엔 사람들이 오갈 수 있게 해주마. 그럼 오늘은 아버지를 용서해 주겠니?"

게르드는 자신의 어깨에 올려진 아버지의 손을 쥐어 보고는 다시 고개를 돌려 아버지의 인자한 얼굴을 마주했다. 그리고 는 어쩔 수 없다는 듯 천천히 고개를 끄덕여 보였다.

"고맙구나."

중년 남자는 얼굴 가득 웃음을 떠올렸다. 그때, 게르드가 갑 자기 손을 들어 강 언저리의 끝을 가리켰다.

"아버지, 저게 뭐죠?"

게르드의 손길을 따라 중년 남자도 시선을 옮겨 보았다. 강 가의 낮은 언덕 위에, 누군가 앉아 있었다. 다듬어지지 않은 머리카락에 낡고 지저분한 옷을 입고, 한 손에는 파야스로 보 이는 악기를 든 것으로 보아 한눈에 음유시인이라는 것을 알 수 있었다.

"음유시인인 모양이구나. 천한 사람이란다."

"저 사람이 음유시인이에요? 야아, 눈으로 보는 건 처음이 에요. 그럼 노래를 들을 수 있겠군요!"

게르드는 갑자기 환하게 웃음을 지어 보였다. 중년 남자는 난처한 표정이 되었다.

"하지만 게르드, 저런 천한 사람은 가까이하지 않는 것이 좋단다. 넌 저런 사람들과 어울릴 위치가 아니야."

"저 사람과 얘기할 수 있게 해주시면, 오늘은 아버지를 용서해 드릴게요."

게르드는 눈을 동그랗게 뜨고 아버지를 바라보았다. 잠시 아들의 눈을 들여다보던 중년 남자는 결국 웃음을 터뜨리고 말았다.

"네 어리광은 네 누나보다 더 심하구나. 알았다. 오늘은 아버지가 게르드에게 잘못한 것이 있으니 하는 수 없지. 어서 가서 저 사람과 이야기를 해보렴."

그렇게 말하고는 중년 남자는 무엇인가를 게르드의 손에 쥐어 주었다. 게르드가 손을 펴 보자, 손안에는 금빛으로 빛나는 동전이 올려져 있었다. 금화였다.

"아마 이게 필요할 거다."

중년 남자의 말이 떨어지자마자, 게르드는 신이 나서 언덕을 뛰어올라가기 시작했다. 중년 남자는 그 모습을 보며 천천히 걸음을 옮겼다. 왼손으로 허리께를 더듬으며. 그럴 리야 없겠지만, 저 음유시인이 게르드를 해하려 한다면 자신이 가진 하야덴의 힘이 필요했기 때문이다. 그의 허리에 채워져 있는 하야덴, 정열의 베락스가 달각거리는 소리를 냈다. 중년 남자는 옷 아래에 경장의 갑주를 입고 있었던 것이다.

울고 있나요, 무엇이 그리도 서러운가요
그대여 삶은 눈물만은 아니랍니다
삶은 초록빛, 처연한 초록빛

붙잡으려 하는 사람에겐 모습을 보이지 않는답니다

한숨으로 슬픈 눈물로
삶을 붙잡으려 하지 말아요
삶은 초록빛, 처연한 초록빛
붙잡으려 하는 사람에겐 옷자락을 내주지 않는답니다

중년 남자가 언덕으로 다가가자, 음유시인의 노랫소리가 들렸다. 게르드는 그 노랫소리를 들으며 한참을 꼼짝도 않고 그 앞에 서 있는 것 같았다. 그가 언덕을 다 올라갈 때까지 음유시인의 노래는 끝나지 않았다.

지금 홀로 목메어 노래부르지만
다른 이들이 그대의 노래를 이어 부를 것입니다
그것은 수천 년 짓밟혀도 진홍인 낙엽
지금은 쓸쓸히 져가도 우리는 혼자가 아니랍니다

그대여 휘파람을 부세요
원하는 대로 이룰 수 있다면 그것은 꿈속일 뿐
삶은 초록빛, 처연한 초록빛
붙잡으려 하는 사람에겐 눈길을 주지 않는답니다

그는 언덕을 다 올라가 게르드의 옆에 섰다. 게르드는 그의 아버지를 올려다보았다.

"아버지, 저 사람은 눈이 보이지 않나 봐요."

그는 눈앞의 음유시인을 바라보았다. 게르드의 말대로, 음유시인은 눈을 뜨고 있었으나 그 눈은 허공을 바라보고 있었다. 나이는 잘해야 서른대여섯 살이나 되었을까, 그러나 그녀의 손은 바람을 맞아 나무줄기처럼 거칠어져 있었고, 얼굴에는 오랜 세월의 앙금이 묻어 있었다.

"어서 그 금화를 주고 오너라."

중년 남자는 게르드의 어깨를 툭툭 쳤고, 소년은 그 음유시인의 앞에 무릎을 꿇고 공손하게 금화를 내려놓았다. 중년 남자는 웃음을 터뜨리고 말았다. 음유시인에게 돈을 건넬 때는 대부분의 사람들은 아무렇게나 던져 버리는데 천한 사람을 대해 본 적이 없는 게르드는 음유시인에게도 자신이 배운 예법대로 행동했던 것이었다.

눈이 보이지 않는 그 음유시인은 몇 번이고 머리를 조아리며 고맙다는 말을 반복했다. 중년 남자는 게르드에게 물었다.

"게르드는 어떤 기사를 가장 좋아한다고 했지? 져런스타르 님이었던가? 아니면 아켈로르 님?"

게르드의 얼굴에 실망의 빛이 스쳐갔다.

"꼭 기사들의 노래를 들어야 하는 건가요?"

"그런 건 아니지. 하지만 이왕 들을 거라면 용맹한 기상을 가진 기사들의 노래가 좋지 않겠니?"

게르드는 고개를 흔들었다. 그의 부푼 양볼에 오늘만은 자신이 하고 싶은 대로 하겠다는 고집이 나타났다. 중년 남자는 고개를 가볍게 저었지만, 아들의 뜻을 막지는 않았다.

"아가씨, 세상에서 가장 아름다운 노래를 들려 주세요."

'저런 사람은 아가씨라고 부를 필요도, 겸양어를 사용할 필요도 없단다.'

하지만 중년 남자는 그렇게 말하지 않았다. 단지 잠자코 아들이 하는 행동을 보고 있었을 뿐이었다. 음유시인이 머리를 바닥에 붙인 채 말했다.

"어떤 노래를 듣고 싶으신가요? 남녀 간의 사랑 노래를 듣고 싶으세요?"

게르드는 대답했다.

"아무거나 상관없어요. 전 어려서 노래 가사를 말해 못할지도 몰라요. 그냥 아름다운 노래라면 좋겠어요."

시인이 되고 싶어요… 라고 게르드는 입버릇처럼 말해 왔다. 중년 남자는 하나밖에 없는 아들이 자신의 기사명을 받을 기사로 성장하기를 바랐지만, 지금까지 내색은 하지 않았었다.

"그렇다면 좋은 노래가 있습니다. 한번 들어 보시지요, 어르신."

손때 묻은 파야스의 끈을 조정하고, 음유시인은 노래를 시작했다.

비가 내리는 밤, 그녀는 떠났지
그의 발걸음을 따라, 그의 향기에 취해

그의 황혼, 그녀의 신앙의 황혼
손도 머리도 가슴도 차가워지고
돌 아래 영원한 잠을 자기 위해
간직한 추억은 잊지 않기 위해

눈이 내렸으면 좋았을까, 그녀는 떠났지
그의 빛나는 눈빛을 따라, 그의 외침 소리를 들으며
그의 황혼, 그녀의 신앙의 황혼.
별은 뜨거운 태양 속으로 지고
바다에 영원한 안식을 던지기 위해
영원히 추억만은 잊지 않기 위해

노래 한 곡을 마친 이 음유시인은 또다시 한 곡을 이어 불렀다. 이번엔 음색이 더욱 가냘퍼졌다. 흔히 들을 수 있는 경박한 사랑 노래라고 생각하던 중년 남자는 그러나 다음 순간 얼굴빛을 달리할 수밖에 없었다. 그녀의 두 번째 노래가 시작되었을 때였다.

다시 태어난다면 바람으로 태어나겠어요
바람이 된다면 항상 당신 곁에 머물 수 있겠죠
먼 훗날 당신의 땀을 당신 모르게
닦아 드릴 수 있겠죠, 먼 훗날에라도

다시 태어난다면 햇볕으로 태어나겠어요
햇볕은 눈을 가지고 수많은 눈을 가지고
당신이 어디에 계신지 항상 바라볼 수 있겠죠
바라볼 수 있겠죠 먼 훗날에라도

"… 아버지?"

게르드는 아버지가 굳은 표정으로 음유시인을 노려보고 있자, 무엇인가 잘못된 줄 알고 아버지의 손을 잡아끌었다.

"왜 그러세요?"

"아, 게르드."

그제야 중년 남자는 무엇인가 회상에서 깨어난 듯했다. 아직 음유시인의 노래는 끝나지 않았다.

"아무것도 아니란다. 그냥, 옛날 일이 생각났단다. 노래가 마음에 들었느냐?"

"잘 이해 되진 않지만 아름다운 노래인 것 같아요."

게르드가 만족했다는 듯이 어깨를 으쓱하는 것을 보고 중년 남자는 고개를 돌려 셀큐러스 강 너머의 평원을 바라보며 생각에 잠겼다.

셀큐러스 강의 황혼. 그날도 그는 이 셀큐러스 강에 떨어지는 저녁 해를 바라보고 있었다. 그리고 먼 퓨론사즈 평원의 저편에서는 전투의 끝을 알리는 레페린 한 명이 말을 달려오고 있었고… 자신의 옆에는 아름다운 모습의 기사가 그 레페린을 똑바로 노려보고 있었다. 남자는 빙긋 웃음을 지었다.

'오래된 일이지.'

고개를 흔들자 눈앞에 펼쳐졌던 과거의 환영들이 일시에 사라져 버렸다. 그는 웃으며 아들의 손을 잡았다.

"돌아가자, 게르드. 시간이 늦었구나. 어머니와 누나가 기다리겠다."

게르드는 아쉬운 듯했지만 아버지의 말을 거역하지는 않았다.

"네. 오늘 정말 즐거웠어요, 아버지. 앞으로는 떼쓰지 않을게요."

중년 남자는 고개를 끄덕이고는 한 손으로 아들의 머리를 쓰다듬었다.

주위는 많이 어두워져 있었다. 석양을 뒤로하고 언덕을 내려오는 두 사람의 그림자 뒤로, 이제 음유시인의 노래가 끝나가고 있었다. 그녀는 그 두 사람이 자신에게서 멀어져 간 것도 모르는 듯, 계속해서 노래를 부르고 있었다.

어느새 루운은 저물고 하늘엔 보석이 박히네요
이 밤이 지나면 난 떠나지만 당신은 여기에 머물러 계세요
어쩌면 새벽이 오지 않을지도 모르잖아요
나의 사랑 대신 짧은 인사말만 놓고 갈게요

그대여 그럼 안녕… 영원히.

– 1부 끝 –

내가 아는 이상균

　그러니까 서울 올림픽이 열리기 바로 전 해였다. 이상균과 나는 같은 중학교 같은 반이었다. 우리는 같은 선생님 밑에서 배웠고, 같은 시간에 점심을 먹었고, 같이 하교했다. 기억해 보면 꽤 친하게 함께 놀았던 기억도 있는데, 그 나이 또래에 흔히 있는 일이겠지만, 뭔가 사소한 다툼이 있었고, 그 다툼을 계기로 우리 사이는 멀어지게 되었다.

　올림픽이 열린 이듬해에 나와 이상균은 서로 다른 학교로 전학을 갔고 연락이 끊어졌다. 그리고 우린 서로 다른 인생을 살았다.

　나중에야 안 일이지만 내가 문학을 전공하는 사이 이상균은 프로그래밍을 공부했다. 상식적으로 생각해 보면 만날 일 없는 다른 길을 걷고 있었던 것이다.

　그러다가 우리가 다시 만나게 된 것은 EBS에서 방송한 판타지 소설에 대한 TV 프로그램 때문이었다. 내 첫 방송 출연이다 보니 아무래도 집중해서 보게 되었는데 중간에 인터뷰로 나오는 작가 중에 어디서 많이 본 얼굴이 있었다. 10년도 넘게 못 본 얼굴이었지만 한눈에 알아볼 수 있었다. 저 친구가 '하얀 로냐프강'을 연재하고 있었단 말인가?

　그날 저녁 모뎀을 이용해 PC 통신에 접속한 나는 확인을 위해 이상균에게 쪽지를 보냈다. 우리는 몇 마디 확인을 위한 대화를 나눴고, 곧 서로를 기억했다. 이렇게 해서 우리는 다시 만나게 되었다. 그 해가 1998년의 일이다.

　그 뒤로 나는 이상균과 술깨나 먹었던 것 같다. 우연찮게 우리는 주량도 비슷했고 둘 다 술 먹으면서 즐겁게 떠드는 걸 좋아했다.

　중학생 시절에는 몰랐던 사실이었지만, 이상균은 음악에 꽤나 재능이 있다.

근사하게 노래도 부를 줄 알고, 피아노도 연주할 수 있으며 작곡도 한다. 나도 노래를 좋아해서 같이 노래를 부른 기억도 좀 있다. 물론 노래만큼은 내가 더 잘한다. 하하하.

내가 잘 하는 게 하나 더 있다. 바로 스타크래프트다. 이상균과 나는 공식적으로 3번 대전했고, 내가 3번 다 이겼다. 물론 복수전은 받아주지 않을 생각이다. 다시 한다면 그렇게 운 좋게 이기기가 쉽지 않을 것이란 걸 잘 알고 있기 때문이다.

물론 노래하고 게임 한 건 우리의 만남 중 아주 작은 부분이다. 우리는 많은 이야기를 나누었다. 중학교 때의 기억은 이제 서로 거의 잊었지만(특히 그 때 왜 다투었는지는 아직까지도 의견이 갈린다) 이제는 어른이 되어 어른에 어울리는 대화를 나누었다.

음악에 재능이 있다고 적었는데, 사실 그 부분은 이상균의 성격과 관계가 있다. 내가 어른이 되어 이상균을 다시 만난 뒤에 알게 된 사실 중 가장 놀랐던 건 이상균이 무척이나 낭만적인 사람이라는 점이었다. (놀란 이유를 '퍽퍽할 것 같아 보이는 외모와 전혀 어울리지 않기 때문'이라고 쓰고 싶지만 그러면 안 될 것 같아 그렇게 쓰지는 않겠다)

이상균은 술을 먹으며 자신의 지난날을 추억하곤 했다. 그때마다 이상균의 목소리는 젖어 있었고, 눈동자는 술잔 속 잠겨 있었다. 지금 생각해 보면 그건 그냥 술에 취해 그런 것일 뿐인지도 모르겠지만 그의 물기 어린 목소리를 들으며 나는 '이 친구 정말 낭만적이군' 하는 생각을 했다.

그는 추억을 즐길 줄 아는 사람이다. 지나간 것은 아름답기 마련이고, 이상균은 그 아름다움을 아름다움으로 만끽할 수 있는 사람이라는 소리다. 지나간 아름다운 기억을 그리는 건 자기 자신을 그리는 것이다.

기억은 왜곡되고 윤색되기 마련이다. 이상균은 이런 기억의 뒤틀림을 교묘하게 자기 것으로 승화시키는 재주가 있다. 그리고 그 재주가 글쓰기와 만나면 등장인물은 아련한 그리움이 되고, 사건은 아득한 추억이 된다.

'하얀 로냐프강'을 읽으며, 나는 이 친구가 자신의 추억을 멋들어지게 채색하는 재주를 그냥 혼자만 즐기는 게 아니라는 걸 알게 되었다. 어쩌면 이상균이 판타지라는 장르를 택하게 된 것은 '추억하는 재주'를 가장 잘 써먹을 수 있는 장르여서가 아니었을까? 어쩌면 이 친구가 판타지의 세계에 떨어지게 된다면 패배한 전투에서 홀로 적진으로 돌격하는 낭만적인 부대장이 될지도 모른다.

나중에 내가 사당동에 작업실을 얻어 나와 혼자 살게 되었을 때, 이상균은 꽤 자주 내 거처를 찾았다. 그 때마다 술을 마셨던 건 물론이다. 그 시절 그의 고민은 연애였다. 나는 꽤 훌륭한 연애상담사가 되어주었고, 모든 좋은 상담사는 상대방의 이야기를 잘 들어주는 사람이다. 고민을 털어놓던 친구는 결국 결심을 굳혔고, 오래지 않아 결혼했다.

아직까지 혼자 살고 있는 내 입장에서 보면 이상균은 참으로 부러운 남편이다. 애가 둘이나 있지만 아직도 닭살 돋는 연애를 하고 있다. 아마 10년이나 20년이 지난 후에, 이상균은 지금의 일들을 교묘하게 덧칠해서 나에게 들려줄 것이다. 그리고 나는 낭만이란 이런 것이구나, 하고 느끼며 또 다시 술잔 안에 흔들리고 있는 그의 눈동자를 보게 될 것이다.

이제는 가정이 생겼으니 예전처럼 자주 술잔을 기울일 수 없다는 게 서운하기는 하지만, 사람 관계가 다 그런 게 아니겠는가? 중학생 때와 총각 시절의 우리가 달랐듯, 유부남이 되고, 아이 아버지가 된 후의 관계는 또 달라지기 마련이다.

문득 앞으로 우리가 또 어떻게 다른 삶을 살게 될 지 궁금해진다. 두 아이의 아버지이고, 한 사람의 남편이고, 동시에 직장인인 이상균은 과연 앞으로 어떤 모습을 보여줄까? 나는 낭만적인 그의 글쓰기가 언제라도 빛나리라 믿고 있다.

김상현

* 김상현 : 1973년 서울 생. 소설가. 중앙대학교 문예창작학과 졸업. 1998년 〈탐그루〉로 데뷔. 〈하이어드〉 〈네크로폴리스〉 등을 썼다. 근작으로는 〈정약용 살인사건〉이 있다.

로젠다로의 하늘 3권

하얀 로냐프 강

초판 발행 | 2006년 11월 30일
초판 5쇄 발행 | 2010년 12월 20일

저자 | 이상균
펴낸이 | 서인석   펴낸곳 | (주)제우미디어
출판등록 | 제 3-429호 등록일자 | 1992년 8월 17일

121-829) 서울시 마포구 상수동 324-1 한주빌딩 5층
Tel: 02) 3142-6845 Fax: 02) 3142-0075
www.jeumedia.com
cafe.naver.com/jeunovels

S.T.A.F.F
출판사업부 총괄 | 손대현
기획 총괄 | 이상모
기획진행 | 전태준, 하일구, 김정은
디자인 총괄 | 최대원
디자인 | 박미혜
맵 일러스트 | 김해원
제작 총괄 | 김대연

ISBN | 978-89-5952-058-6
ISBN | 978-89-5952-059-6(set)